KB187457

아쿠타가와 류노스케 전집

芥川龍之介 全集

Ⅴ

아쿠타가와 류노스케 저

조사옥 편

본권번역자

윤 일

조성미

권희주

이민희 외

第5巻 担当

김난희
윤 일
권희주
최정아
임만호
신기동
하태후
김상원
손순옥
이시준
김명주
이민희
조사옥
김효순
조성미
김정희
조경숙
임명수
윤상현
송현순

* 작품의 배열과 분류는 편년체(編年体)를 따랐고, 소설 · 평론 · 기행문 · 인물기(人物記) · 시가 · 번역 · 미발표원고(未定稿) 등으로 나누어 수록했다. 이는 일본 지쿠마쇼보(筑摩書房)에서 간행한 전집 분류를 참조하였다.
* 일본어 가나의 한글 표기는 교육부 · 외래어 표기법에 준했고, 장음은 단음으로 표기하였다.

남송의 충신 악비의 묘앞에서(항주)

머리말

아쿠타가와 류노스케(芥川龍之介)는 1921년 3월 하순부터 7월 중순까지 오사카 마이니치신문사(大阪毎日新聞社)의 해외특파원으로서 중국 각지를 시찰하며 여행했다. 아쿠타가와(芥川)가 여행한 4개월 간은 중국의 격동기였다. 각지에서 문인들과 정치가들을 접하며 사회의식을 높이고, 실제로 배일감정(排日感情)을 피부로 느낌으로써 일본제국주의(日本帝国主義)를 직시하게 되었다.

전집 5권은 귀국 후 발표한 작품들이다. 3월 30일, 아쿠타가와는 모지(門司)에서 지쿠고마루(筑後丸)에 승선하여 중국의 상해(上海)에 도착했다. 하지만 건강이 악화되어 일본인이 경영하는 사토미 의원(里見医院)에 20일간 입원했다. 퇴원하고 나서 상해에 살고 있는 중국 문인, 장병린(章炳麟), 정효서(鄭孝胥), 이인걸(李人傑)을 만났다. 장병린과 만났을 때 "이전부터 가장 혐오하는 일본인은 도깨비섬(鬼が島)을 정복한 모모타로(桃太郎)이다. 모모타로를 사랑하는 일본국민들에게도 다소의 반감을 느끼지 않을 수 없다."라는 그의 말을 듣고 이를 「상해유기(上海游記)」

속에 쓰고 있다. 아쿠타가와는 귀국하고 나서 「모모타로(桃太郎)」를 썼는데, 이는 그때 들은 장병린의 말에 자극을 받았기 때문이었다.

아쿠타가와는 귀국 후에 쓴 「상해유기」의 「죄악(罪悪)」이라는 장에서, 상해의 매춘부들이 일본인을 보면 "이봐요, 이봐요(あなた、あなた)" "사이고 사이고(さいご さいご)"라고 하며 다가왔다고 쓰고 있다. 이는 러일전쟁(日露戦争) 때 일본인 병사들이 중국여성들을 붙잡고 "자, 가자(さあ、行こう: 사아 이코오)"라고 말한 것이 "사이고(さいご)"의 어원이라고 소개하며, 러일전쟁(日露戦争) 때 일본 병사들이 저지른 중국인에 대한 만행을 폭로하고 있다. 소주(蘇州)에서는 천평산 백운사(天平山 白雲寺)에서 "개와 일본놈들은 벽에 낙서할 수 없다" 하고 쓴 낙서를 수첩에 적어두었고, 「잡기(雜記)」의 「잡신일속(雜信一束)」, 「7 학교(学校)」의 장에서는 여학생들이 모두 반일(排日)을 하기 위해 일제 연필 등을 사용하지 않고 붓과 벼루를 구비하여 기하(幾何)와 산수를 하고 있었던 것을 기록하고 있다. 또한 기숙사를 한 번 보고 싶다고 했을 때 교사에게 거절당했다. 며칠쯤 전에 대여섯 명의 일본인 병사들에 의한 강간사건이 있었기 때문이라고 아쿠타가와는 쓰고 있다.

이상에서 본 장병린의 모모타로관(桃太郎観)이나 중국 도처에서 본 반일 낙서, 게다가 일본 군인들의 만행을 떠올리며, 아쿠타가와는 1921년 7월 중순에 귀국하여 「상해유기」와 그 밖의 것들을 쓴다. 그해 가을에 써서 1922년 1월호 잡지 『개조(改造)』에 실은 소설 「장군(将軍)」은 이미 전집 4권에 수록되어 있다. 「장군」에는 중국인 스파이를 '살육하는 것을 기뻐하는(殺戮を喜ぶ)' N장군과 기마병(騎兵)들의 잔학한 행위가 그려져 있다.

전집 5권에 수록되어 있는 「김 장군(金将軍)」은 1924년 2월 1일 발행한 잡지인 『신소설(新小説)』에 발표된 소설로서, 그 후 신초사(新潮社)

가 간행한 『황작풍(黄雀風)』에 수록되었다. 시대는 도요토미 히데요시(豊臣秀吉)에 의한 두 번째 조선 출병(壬辰倭乱) 때이다. 가토 기요마사(加藤清正)와 고니시 유키나가가 '8조 8억(八兆八億)' 병사들과 함께 조선팔도(朝鮮八道)를 침략하였을 때의 일에 대해서 "집이 불타 없어진 팔도의 백성들이 부모는 자식을 잃고, 남편은 처를 빼앗겨 우왕좌왕하며 도망쳤다."라고 쓰고 있다. 게다가 "만약 이대로 팔짱을 끼고 왜군이 유린하도록 놓아둔다면 아름다운 팔도강산도 순식간에 불타는 들판으로 변할 수밖에 없으리라." 하고 아쿠타가와는 말하면서, 침략전쟁의 횡포와 잔학함을 폭로하고 있다. 이는 일본 제국주의에 대한 비판으로 이어지는 것이다.

또한 선조왕(宣祖王)이 "우선 왜장의 목을 베어다" 달라고 한 명령을 들은 김응서(金応瑞) 장군은 고니시 유키나가의 총애를 받고 있던 평양기생 '계월향(桂月香)'과 합력하여 고니시 유키나가를 살해했다. 그다음 김응서 장군은 고니시의 아이를 임신하고 있는 계월향을 죽이고 뱃속의 아이를 끄집어냈다. 이 잔학한 살해방법에 대해 아쿠타가와는 "영웅은 예로부터 센티멘털리즘을 발밑에 유린하는 괴물이다"하고 비판하고 있다. 또한 아쿠타가와는 고니시(小西)가 조선에서 살해당하지 않았기 때문에, 이를 '역사분식(歴史粉飾)'이라고 지적하고 있다.

「모모타로(桃太郎)」는 1924년 7월 1일 자 『선데이 마이니치(サンデー毎日)』에 발표된 소설이다. 도깨비섬(鬼が島)은 '아름다운 천연 낙토'이며, 도깨비들은 '물론 평화를 사랑하고 있었다'. 모모타로는 이처럼 죄 없는 도깨비들에게 건국 이래 처음 겪는 공포감을 느끼게 했다. 같이 간 굶주린 동물들은 젊은 도깨비를 물어 죽이고, 도깨비의 아이들을 찔러 죽이고, 도깨비의 딸들을 목 졸라 죽이기 전에 "반드시 마음껏 능욕을 일삼았다". 그 후 도깨비섬(鬼が島)의 도깨비들이 바다를 건너

와서는 모모타로(桃太郎)가 자고 있을 때 그의 목을 베려고 했다. 잘못 보고 원숭이가 살해되거나 하는 불행이 계속되자 모모타로(桃太郎)는 탄식을 했다. 동화 모모타로(桃太郎) 이야기와 비교해보면 상당히 변형되어 있다. 여기서 알 수 있는 것은 아쿠타가와가 식민지 정책이라기보다 침략 자체를 비판하고 있다는 것이다. 중국 시찰 이후에 눈 뜬 침략에 대한 비판의식을 최대한 발휘하고 있다. 여기에는 일본제국주의에 의해 살해당한 중국과 한국(조선)의 민중들이 죽어 가는 것을 바라보고만 있었다고 하는 아쿠타가와의 죄의식도 읽을 수 있다.

「말 다리(馬の脚)」는 1925(大正14)년, 잡지 『신초(新潮)』 1월호와 2월호에 「말 다리(馬の脚)」, 「속 말다리(続篇馬の脚)」로 발표된 소설이다. 오시노 한자부로(忍野半三郎)는 북경의 미쓰비시(三菱)에서 근무하고 있는 30세 전후의 회사원이다. 어느 한낮, 오시노 한자부로는 뇌일혈(脳溢血)로 죽었는데, 이는 금주회장(禁酒会長)인 헨리 바렛 씨로 잘못 보고 죽게 되었다고 해서 세상으로 되돌아오게 되었다. 하지만 죽은 지 3일이나 지났기 때문에 한자부로(半三郎)의 "두 다리가 다 허벅지부터 썩어" 있었다. 결국 한자부로의 탄원에도 불구하고 그에게는 밤색 털이 난 굵은 말 다리가 붙여져서 인간사회에 '부활(復活)'한다. 비유적으로 말한다면, <말 다리>가 붙여져 귀국한 아쿠타가와 류노스케의 '부활'이라고도 할 수 있는 것이다.

한자부로의 말 다리는 '몽고산 고륜마(蒙古産の庫倫馬)'의 다리였기 때문에, '춘풍(春風)'에 실려온 '몽고의 공기(蒙古の空気)'를 느끼자마자 바로 춤을 추며 튀어 오르기 시작했다. 그래서 한자부로는 아내인 쓰네코(常子)에게 노끈을 가져와서 장화를 신은 두 다리를 붙들어 매게 하였지만, 하늘로 높이 날아올라 '황사 속으로 쏜살같이' 뛰어들어 사라졌다.

아쿠타가와 류노스케는 1921년 4개월간의 중국 시찰 여행 이래, 역사인식을 가지고 일본, 한국, 중국 관련 작품들을 쓴다. 말하자면 중국 여행 중에 세계 각지에서 불어온 '바람(風)' 속에 실려온 세계의 공기를 들이마시고, 세계 속의 일본, 일본의 '국체(国体)', 식민지정책 등에 대해 생각하며 시야를 넓힌 아쿠타가와가 「말 다리」에서 도저히 일본의 '국체'에 따라갈 수 없었던 사실을 고백한 것이라고도 볼 수 있을 것이다.

오사카 마이니치신문사의 특파원으로서 4개월간 중국 여행을 하며 중국의 공기를 마시고 귀국한 아쿠타가와는 일본의 공기를 견딜 수 없게 되었다. 따라서 '춘풍'에 실려온 '몽고의 공기'를 마시고 실종된 한자부로에게 자기투영을 하고 있다고도 읽을 수 있다.

「말 다리」에서와 같은 아쿠타가와의 죄의식을 느낄 수 있는 작품으로 「시로(白)」가 있다. 「시로」는 1923년(大正12)년 8월호 『여성 개조(女性改造)』에 발표된 동화이다. 시로(白)는 사이가 좋았던 쿠로(黒)라는 검정개가 죽임을 당하는 것을 목격하지만, 겁에 질려 보고도 모른 척한다. 시로가 집으로 도망쳐 돌아오자, 어느샌가 자신의 하얗던 몸이 까맣게 변해 있어 떠돌이 개로 오인받고 집에서 쫓겨난다. 시로는 자신의 비겁함을 부끄러워하며 까맣게 변한 자신을 죽이고 싶었지만, 자신의 목숨은 어떤 강적에게도 빼앗기지 않았다. 몸도 마음도 지친 시로는 자신을 귀여워해 준 주인에게 이별을 고하고 나서 자살하기로 결심하고, 집으로 돌아간다. 다음날 주인 아가씨가 새하얀 몸으로 돌아온 시로를 발견하고 "백구가 돌아왔다." 하고 큰소리로 외치자, 이를 듣고 깜짝 놀란 시로는 아가씨의 검은 눈동자에 하얀 개가 청아하고 단아하게 비치고 있는 것을 보고 운다. 「시로」가 1923년 8월에 발표된 것은 아쿠타가와가 1921년 7월 중순 중국여행에서 돌아와 「어머니(母)」, 「장군」, 「모모타로」를 쓴 이후이며, 1925년 1월, 2월에 발표된 「말 다

리」보다 이전의 일이다. 쿠로의 죽음을 보고도 모른 척했다고 하는 죄의식은 이런 흐름에서 본다면, 일본제국주의에 의해 살해당한 한국(조선)과 중국 민중들의 죽음을 눈감은 채 내버려둔 아쿠타가와의 죄의식이 나타나 있다고도 읽을 수 있는 것이다.

그 밖에 본 전집 5권에는 아쿠타가와 류노스케 말년의 자화상이 그려진 작품이 있다. 「야스키치의 수첩에서(保吉の手帳から)」, 「문장(文章)」, 「추위(寒さ)」, 「소년(少年)」, 「다이도지 신스케의 반생(大導寺信輔の半生)」이라는, 이른바 '야스키치모노(保吉もの)'가 그것이다. 「야스키치의 수첩에서(保吉の手帳から)」는 1923년 5월 『개조』에 「야스키치의 수첩(保吉の手帳)」이라는 제목으로 게재되었다. 1916년 7월에 아쿠타가와가 도쿄제국대학(東京帝国大学)을 졸업한 후, 12월 1일 부로 취임해서 1919년 3월 사직할 때까지 약 2년간, 요코스카(横須賀)의 해군기관학교(海軍機関学校)에서 영어학 교수촉탁(英語学教授嘱託)이라는 신분으로 근무하고 있던 때의 작품이다. 아쿠타가와가 사소설적인 소재를 다루게 된 전환점이 된 작품이라는 점에서 주목할 만하다. 야스키치(保吉)는 빵 때문에 해군기관학교의 교사가 되었다고 하지만, 이들 '야스키치모노'의 텍스트에는 아쿠타가와가 해군기관학교를 사직하고 오사카 마이니치 신문사의 사우(社友)가 되기 이전의 심경이 나타나 있다.

「문장」은 1924년 4월 『황작풍』에 발표되었다. 아쿠타가와가 해군기관학교에 영어교관으로서 재직하고 있던 때의 이야기이다. 호리카와 야스키치는 자신의 본업은 영어교관이 아니며 창작을 평생의 일이라고 생각하고 있다고 말한다. 해군기관학교를 사직하고 오사카 마이니치신문사의 사우가 된 아쿠타가와의 심경이 여기에 나타나 있다고 볼 수 있다.

「추위」는 1924년 4월 『개조(改造)』에 수록된 '야스키치모노'의 하나

이다. 이 작품은 하층노동자의 비극에 대한 지식인 아쿠타가와의 물음을 읽을 수 있는 텍스트로 주목받아 왔다. 철길 건널목에서 여자아이를 구하려다 열차에 치여 죽은(轢死) 건널목지기(踏み切番)의 희생정신에 따뜻함과 행복을 느끼고 있는 야스키치의 마음을 읽을 수 있다.

「소년」에는 아쿠타가와의 무의식 속에 있는 모성에 대한 희구가 나타나 있다. 아쿠타가와가 생후 8개월일 때 그의 어머니가 정신이상 증상을 보이면서 아쿠타가와는 외삼촌에게 맡겨졌다. 야스키치는 소년시절에 에코인(回向院)에서 전쟁놀이를 하다 쓰러졌을 때, '엄마(お母さん)'를 부르며 울었다고 놀림을 당했지만 이를 부정했다고 회상한다. 또한 중국의 상해에 도착하여 감기로 입원했을 때, 자면서 '엄마' 하며 불렀다고 간호사에게 들었던 것도 기록하고 있다. 아쿠타가와의 의식 깊은 곳에 있는 어머니에 대한 희구와 그리움이 나타나 있는 작품이라고 할 수 있다.

「다이도지 신스케의 반생」은 아쿠타가와 사후 1925년 1월, 초간본 『다이도지 신스케의 반생(大導寺信助の半生)』(岩波書店全集 12권, 1930년)에 수록되었다. 「2 우유(二 牛乳)」라는 장에서, 신스케(信輔)는 어머니의 젖을 전혀 빨아본 적이 없는 소년이었다고 고백하고 있다. 신스케는 분유 이외에 모유(母の乳)를 모르는 것을 부끄러워해서, 이는 누구에게도 알릴 수 없는 그의 일생의 비밀이었다고 한다. 어머니의 광기를 고백하지 않고 비밀로 하고 있던 아쿠타가와의 고독한 심상풍경을 들여다보는 듯하다.

본 전집 5권에는 「오긴(おぎん)」, 「오시노(おしの)」, 「이토조 상신서(糸女覚え書)」와 같은 기독교나 기독교도를 소재로 한 작품군인 '키리시탄 모노(キリシタンもの)'가 실려 있다.

「오긴」은 1922년 9월 1일 발행 잡지 『중앙공론(中央公論)』에 발표되

었다. 「오긴」은 겐나(元和), 간에이(寛永)의 대순교 시대를 배경으로 하고 있다. 오긴도 양부모와 함께 순교의 길을 선택했지만, 화형 직전에 배교했다. 불교도였던 부모가 지옥에 떨어져 있다고 생각하여 '육친의 정(肉親の情)'을 끊어 버릴 수가 없었기 때문이다. 순교와 배교를 결심하는 오긴의 마음과 일본인의 정신풍토 문제를 그리고 있는 점에서 중요한 작품이라고 할 수 있다.

「오시노」는 1923년 4월 1일, 『중앙공론(中央公論)』에 발표되었다. 무사의 아내 시노는 15세 된 아들의 병을 고치기 위해 남만사(南蛮寺)의 서양인(紅毛人) 신부를 찾아왔다. 그러나 신부가 십자가에 달린 그리스도의 말인 "나의 하느님, 나의 하느님, 어찌하여 나를 버리셨나이까?(わが神、わが神、何ぞ我を捨て給ふや?)"에 대해 이야기하자, 태도가 일변했다. '목 베는 한베에(首取りの半兵衛)'라 불렸던 죽은 남편은 아직 한 번도 적 앞에서 뒤를 보인 적이 없었다고 하며, 자신의 아들도 "겁쟁이가 주는 약을 먹는 것보다는 할복한다고 하겠지요" 라고 말하면서 돌아갔다. 무사도 때문에 기독교가 침투하기 어려운 일본의 정신풍토 문제를 다루고 있다.

「이토조 상신서」는 1924년 1월 1일 발행한 잡지 『중앙공론』에 발표되었다. 아쿠타가와는 호소카와 가라시아(細川ガラシャ)의 죽음에 대해 새로운 관점에서 말하고 있다. 그녀의 죽음은 이시다 미쓰나리(石田三成) 쪽의 인질이 되기보다는 목을 쳐서 죽이도록 이미 부하 무사에게 부탁해둔 남편 호소카와 타다오키(細川忠興)의 명령에 의한 것이지만, 무사의 아내에게 주어진 운명적 죽음인 동시에 경건한 키리시탄(キリシタン)의 죽음이기도 하다고 그리고 있다. 더욱이 혼노지(本能寺)에서 오다 노부나가(織田信長)를 살해한 아케치 미쓰히데(明智光秀)의 딸이라는 점에 근거하여, 검으로 일본의 역사를 움직인 아버지와 달리 그리

스도에 대한 사랑과 신앙으로 역사를 움직인 여성으로 아쿠타가와는 호소카와 가라시아를 주목하고 있다.

『아쿠타가와 류노스케 전집』 제5권에는 이 외에도 여기에서 언급하지 않은 작품들이 많이 수록되어 있지만, 크게 세 가지의 흐름을 들어 소개해 보았다.

2014년 5월 30일 조사옥

목 차

아쿠타가와 류노스케 전집

芥川龍之介 全集

선인(仙人)

김난희

여러분.

저는 지금 오사카(大阪)에 있습니다. 그러므로 오사카의 이야기를 하겠습니다.

옛날 오사카 시내로 일자리를 찾아온 사람이 있었습니다. 이름은 잘 모르겠습니다. 그저 머슴살이를 하러 온 사람이기에 곤스케(權助)라고만 전해집니다.

곤스케는 직업알선소의 주렴 안으로 들어오더니, 담배를 물고 있는 지배인에게 다음과 같이 일자리 주선을 부탁했습니다.

"지배인님, 저는 선인(仙人)이 되고 싶으니, 거기 걸맞은 데 살게 해 주시오."

지배인은 어안이 벙벙한 듯이, 잠시 말을 잊지 못했습니다.

"지배인님, 제 말이 안 들립니까? 나는 선인이 되고 싶으니, 거기에 맞는 집을 알선해 달라니까요."

"정말 미안합니다만, ——"

지배인은 겨우 늘 하던 버릇대로 담배를 뻐끔뻐끔 피우기 시작했습

니다.

"저희 가게에선 아직 한 번도 선인에 관한 일자리를 부탁받은 적이 없어서요. 아무쪼록 다른 곳에 가서 찾아보시죠."

그러자 곤스케는 못마땅한 듯이 연두색 잠방이로 다가가면서 다음과 같이 따져 물었습니다.

"그건 좀 얘기가 다릅니다. 당신네 가게는 주렴에다 뭐라고 써 놓은 줄 아십니까? '뭐든지 알선하는 집'이라고 써 놓았다구요. '뭐든지'라고 써놓았으니 뭐든지 알선해주는 게 마땅하지요. 그렇지 않으면 당신네 가게는 거짓말을 써놓은 겁니다."

아닌 게 아니라 말을 듣고 보니, 곤스케가 역정을 내는 것도 당연합니다.

"아니요, 주렴에 거짓말을 한 것은 아닙니다. 다만 선인이 될 수 있는 일자리를 찾아내라고 하니, 내일 다시 오십쇼. 오늘 안으로 찾아 놓을 테니까."

지배인은 아무튼 임시방편으로 곤스케의 부탁을 받아들였습니다. 하지만 어디로 보내야 신선수업을 할 수 있을지, 애당초 그런 걸 알 턱이 없습니다. 그래서 당장은 곤스케를 돌려보내고 나서, 지배인은 서둘러 근처에 사는 의원댁에 찾아갔습니다. 그리고 곤스케의 이야기를 전했습니다.

"어떻게 하면 될까요? 선생님. 신선수업을 하려면 어디로 머슴살이를 보내는 것이 지름길일까요?" 하고 근심스러운 듯 되물었습니다.

이 말에는 의원도 난감했겠지요. 잠시 동안 멍하니 팔을 끼고 뜰의 소나무만 바라보고 있습니다. 그런데 지배인의 말을 듣고서 곧장 옆에서 참견한 것은 늙은 여우라는 별명이 붙은 교활한 의원의 아내입니다.

"그자를 우리 집으로 보내시오. 우리 집에 있으면 이삼 년 안에 반드시 선인으로 만들어 놓을 테니."

"정말입니까? 거 참 좋은 방안을 들었습니다. 그럼 아무쪼록 부탁합니다. 정말이지 선인과 의사는 어딘가 인연이 닿는다고 생각했습니다."

아무것도 모르는 지배인은 연신 절을 하며 매우 기쁜 마음으로 돌아갔습니다.

의원은 씁쓸한 표정으로 그 뒤를 바라보고 있었습니다. 이윽고 아내를 향해,

"당신은 왜 그런 바보 같은 말을 했소? 만일 그 시골뜨기가 몇 년이 지나도록 왜 선술을 안 가르쳐 주냐고 불평이라도 한다면 어쩔 셈이요?" 부아가 난 듯이 잔소리를 했습니다.

그러나 아내는 사죄는커녕 콧방귀를 뀌며,

"그저 당신은 잠자코 계세요. 당신처럼 고지식해서는 이 각박한 세상에서 밥술도 못 떠 먹는다우." 하고 얼토당토않게 의원을 추궁합니다.

그리고 다음 날이 되자 약속대로 시골뜨기 곤스케는 지배인과 함께 찾아왔습니다. 오늘은 보아하니 곤스케도 첫 대면이라고 생각해선지 무늬가 새겨진 하오리(羽織)[1]를 입고 있는데, 외관상으로는 여느 평민들과 조금도 다르지 않습니다. 그 점이 오히려 의외였던지, 의원은 마치 천축(天竺)[2]에서 온 사향동물(麝香獸)[3]을 볼 때처럼 흘끔흘끔 얼굴을 바라보며,

"자네는 선인이 되고 싶어한다 들었는데, 대체 어찌해서 그런 마음이 생겨났는가?" 하고 미심쩍은 듯이 물어보았습니다. 그러자 곤스케

---

1) 일본옷 위에 입는 짧은 겉옷으로, 격식을 갖춘 복장이다.

2) 인도의 옛 이름.

3) 좋은 향기를 내는 동물의 총칭. 사향노루, 사향고양이 등이 이에 속한다.

가 대답하기를,

"딱히 이렇다 할 이유 같은 건 없습니다. 그저 저 오사카성을 보면, 다이코님(太閤様)[4] 같이 훌륭한 사람도 언젠가는 죽습니다. 그러고 보면 인간이란 아무리 부귀영화를 누려도 부질없다고 생각했습죠."

"그럼 선인만 될 수 있다면 어떤 일이라도 할 셈이냐? "

교활한 의원의 아내가 잽싸게 끼어들었습니다.

"예, 선인이 될 수만 있다면 어떤 일이라도 하겠사옵니다."

"그럼 오늘부터 우리 집에서 이십 년간 머슴 일을 하여라. 그리하면 반드시 이십 년째에 선인이 되는 선술을 가르쳐줄 테니."

"그렇습니까? 정말 감사하옵니다."

"그 대신 앞으로 이십 년간 급료는 한 푼도 없다."

"예, 예, 알겠습니다."

그로부터 곤스케는 이십 년간 그 의원의 집에 고용되었습니다. 물을 퍼올리고, 장작을 패고, 밥을 짓고, 걸레질을 했습니다. 게다가 의원이 왕진 갈 때는 약상자를 짊어지고 동행했습니다. 게다가 급료를 한 푼이라도 달라고 한 적이 없으므로, 이처럼 보배로운 머슴은 온 나라를 다 뒤져도 없을 겁니다.

드디어 이십 년이 흐르자, 곤스케는 처음 왔을 때처럼 다시금 문양이 새겨진 하오리를 펄럭이며 주인 부부 앞에 나왔습니다. 그리고 정중하게 이십 년 동안 돌보아준 데 대한 감사의 말을 했습니다.

"이제는 전에 약속한 대로 오늘은 제게 불로불사의 선인이 되는 선술을 전수받고 싶사옵니다."

곤스케가 이렇게 말하자 질린 것은 남편인 의원입니다. 아무튼 땡

---

4) 도요토미 히데요시(豊臣秀吉, 1536-1598)를 말한다. 1583년 오사카성을 축성했다.

전 한 푼 급료도 주지 않고 이십 년간 부리고 난 다음이므로, 이제 와서 새삼스레 선술 같은 것은 모른다고 잡아뗄 수 있는 단계가 아닙니다. 의원은 하는 수 없이,

"선술을 알고 있는 것은 우리 집사람이니까 내 아내에게 배우는 게 좋을 게다."라고 쌀쌀맞게 외면했습니다.

그러나 의원의 아내는 태연자약합니다.

"그럼 선술을 가르쳐줄 테니, 그 대신 어떤 어려운 일이라도 내가 말하는 대로 해야 한다. 그렇지 않으면 신선이 못 될 뿐만 아니라, 또 다시 앞으로 이십 년간 급료 없이 머슴 일을 해야 할 거야. 그렇지 않으면 벌 받아 죽을 줄 알아라."

"예, 어떤 어려운 일이라도 꼭 해내 보이겠습니다."

곤스케는 싱글벙글 기뻐하며 안주인의 분부를 기다리고 있습니다.

"그럼 저기 뜰에 있는 소나무에 올라가거라."

안주인은 이렇게 지시했습니다. 원래 선술 같은 것을 알 리가 없으므로, 뭐든 곤스케가 해낼 수 없을 것 같은 어려운 일을 시켜서 만일 그것을 못 해내면 앞으로 이십 년간 공짜로 부리려고 생각했던 게지요.

"더 높이, 더 계속해서 높이 올라가거라."

안주인은 툇마루에 서서 소나무 위의 곤스케를 올려다보았습니다. 곤스케가 입은 문장이 새겨진 하오리는 이제 저 커다란 소나무의 가장 높은 나뭇가지 끝에서 펄럭이고 있습니다.

"이번에는 오른손을 떼거라."

곤스케는 왼손으로 소나무의 굵은 가지를 단단히 누르며 슬그머니 오른손을 뗐습니다.

"그리고 왼손도 떼면 끝이다."

"이보게, 이보게, 왼손마저 떼면 저 시골뜨기가 떨어지고 말 텐데.

떨어지게 되면 아래에는 돌이 깔려 있고, 도저히 목숨을 건지지 못해."

의원이 마침내 툇마루 쪽으로 걱정스러운 듯 얼굴을 내밀었습니다.

"당신이 나설 자리가 아니에요. 그저 나한테 맡겨두세요. 자, 왼손을 떼면 된다."

곤스케는 그 말이 채 끝나기도 전에 결심한 듯 왼손을 떼었습니다. 나무 위에 올라간 채 양손 모두 떼어내고 말았으니, 떨어지지 않고는 못 버팁니다. 앗 하는 사이에 곤스케의 몸은, 곤스케가 입고 있는 문양이 새겨진 하오리는 소나무의 가지를 떠났습니다. 그런데 몸과 하오리가 가지를 떠났는데도, 떨어지지 않고 신기하게도 대낮의 하늘에 마치 꼭두각시 인형처럼 떡하니 멈춰 있는 게 아니겠습니까?

"정말 감사합니다. 덕택에 저도 어엿한 선인이 되었습니다."

곤스케는 정중하게 절을 하더니, 조용히 창공을 밟으며 점점 높이 구름 속으로 올라가 버렸습니다. 의원 부부가 어찌 되었는지 그건 아무도 모릅니다. 다만 그 의원 집 정원의 소나무는 훨씬 뒤에도 남아 있었습니다. 아마도 요도야 다쓰고로(淀屋辰伍朗)[5]가 이 소나무에 내린 설경을 감상하기 위해 네 아름드리나 되는 거목을 억지로 자기 집 정원에 옮겨왔다고 전합니다.

(1922년 3월)

5) 요도야 다쓰고로는 에도시대 겐로쿠기(元祿期) 오사카의 호상이다. 사치와 전횡이 심했으며 기생에 빠져 가산을 탕진했다. 문서위조죄로 3都(오사카·교토·에도)에서 추방되었다. 연극 등에 각색되면서 유명해졌다.

정원(庭)

윤 일

❖ 상 ❖

옛날, 여관의 본진(本陣)이 있던 나카무라(中村)라는 구가(旧家)의 정원이 있었다.

정원은 유신[1] 후, 십 년 정도는 그럭저럭 옛 모습을 지니고 있었다. 표주박 모양의 연못도 깨끗했고, 석가산[2]의 소나무 가지도 축 늘어져 있었다. 서학헌(栖鶴軒), 세심정(洗心亭)— 그러한 정자도 남아 있었다. 너무나 아름다운 연못의 뒷산 절벽에는 허연 폭포도 쏟아지고 있었다. 가즈노미야(和宮)님이[3] 하향(下向)하셨을 때 이름을 내리셨다는 석등롱(石灯籠)[4]도 역시 해마다 넓어져 가는 황매화나무 속에 서 있다. 그러나 그 어딘가에 있는 황폐한 느낌을 감출 수는 없었다. 특히 초봄, — 정원 안팎의 나무들의 가지 끝에 새싹이 동시에 피었을 무렵, 아름다

1) 1868년의 명치유신을 가리킴.
2) 석가산(줄여서 築山라고도 함): 정원을 만들기 위해 꾸민 산의 모형물.
3) 가즈노미야(和の宮, 1846-1877): 仁孝天皇의 여덟 번째 황녀.
4) 석등(石灯)을 가리킴.

운 인공 경치의 배후에 무언가 사람을 불안정하게 하는 야만적인 힘이 닥쳐오는 것을 한층 노골적으로 느낄 수 있었다.

나카무라 가문의 노인, — 드센 기질의 노인은 정원에 붙어 있는 안채의 화로에서 두창(頭瘡)을 앓는 늙은 부인과 바둑을 두거나 화투놀이를 하는 등 지루한 나날을 보내고 있었다. 그래도 때때로 대여섯 번이나 부인에게 내리 패하게 되면 정색하여 화를 낼 때도 있었다. 상속받은 장남은 사촌지간인 색시와 함께 복도가 이어진 좁은 별채에 살고 있었다. 장남은 아호(雅号)를 분시쓰(文室)라고 하는 신경질적인 남자였다. 병약한 부인이나 동생들은 물론 노인조차 그를 거리끼고 있었다. 다만 당시 여관에 살던 거지 소쇼(宗匠)인 세이게쓰(井月)는[5] 그에게 자주 놀러 오곤 했다. 장남도 희한하게 세이게쓰만큼은 술을 주거나 글을 쓰게 하여 기분 좋은 얼굴을 하였다. 「산에는 아직 꽃향기도 있구나 두견새야, 세이게쓰. 여기저기 폭포가 희미하게 보이는구나, 분시쓰.」— 이러한 붙임도 남아 있다.[6] 그 외 아직 동생이 두 명, — 차남은 친척 곡식가게에 양자로 갔고, 삼남은 오륙 리 떨어진 마을의 커다란 양조장에 근무하고 있었다. 그들은 모두가 미리 짠 것처럼 본가 근처에는 거의 오지도 않았다. 삼남은 거처가 먼데다가, 원래 당주와 성격이 맞지 않았기 때문이다. 차남은 방탕에 몸을 망친 결과, 양가에도 거의 돌아가지 않았기 때문이다.

정원은 이 년, 삼 년, 점점 황폐함을 더해갔다. 연못에는 남경수초가[7] 뜨기 시작했고 뜰에는 고목들이 섞여 있었다. 그 사이에 은거 노

---

5) 소쇼(宗匠)는 일본의 정형시인 와카(和歌)나 하이카이(俳諧) 등의 일인자를 일컫는 말이다. 방랑시인 이노우에 세이게쓰(井上井月, 1822-1877)의 별칭이다.

6) 세이게쓰와 장남 분시쓰가 주고받은 정형시. '山はまだ花の香りもあり時鳥、井月。ところどころに滝のほのめく、文室'.

7) 남경수초(南京藻): 중국에서 건너온 수초(水草)를 총칭하는 말.

인은 어느 가뭄이 심한 여름, 뇌빈혈로 급사했다. 급사하기 사오일 전 소주를 마시고 있는데, 연못 맞은편에 있는 세심정(洗心亭)에 하얀 옷차림을 한 귀족 한 명이 몇 번이나 들락날락하고 있었다. 아마도 그에게는 대낮에 그런 환상이 보였던 것이다. 다음 해에는 차남이 늦은 봄에 양가의 돈을 훔쳐 작부(酌婦)와 눈이 맞아 도망쳤다. 그해 가을에는 장남의 아내가 남자아이를 조산했다.

장남은 아버지가 죽은 후, 어머니와 안채에서 살고 있었다. 그가 살던 별채를 빌린 것은 지역의 소학교 교장이었다. 교장은 후쿠자와 유키치(福沢諭吉)[8] 노인의 실학을 신봉해서, 언젠가는 정원에 과수를 심도록 장남을 설득했다. 이후 정원은 봄이 되면 눈에 익은 소나무와 버드나무 사이로 복숭아라든가 살구, 배 등 온갖 빛깔의 꽃이 만발하게 되었다. 교장은 가끔 장남과 새로워진 과수원을 걸으며 "이렇게 훌륭한 꽃구경도 하게 되었습니다. 일거양득이네요."라고 비평하기도 했다. 그러나 석가산이나 연못의 정자는 그만큼 이전보다 한층 존재가 희미해져 갔다. 말하자면 자연의 황폐함 외에 인공의 황폐함도 더해간 것이다.

그해 가을에는 또 뒷산에 근래에 없던 산불이 났다. 그 후 연못에 떨어지던 폭포수가 뚝 끊어져 버렸다. 그리고 보면 눈이 내릴 때부터 이번에는 당주가 앓기 시작했다. 의사의 소견으로는 옛날의 폐결핵, 지금의 폐병인가 뭐라고 했다. 그는 자리에 눕거나 일어나거나 하면서 점점 신경질적이 되었다. 실제로 이듬해 정월에는 연시(年始)에 찾아온 삼남과 격론 끝에 화로를 던져버린 적도 있었다. 삼남은 그때 돌아가서, 형의 임종도 보지 못했다. 당주는 그리고 나서 일 년 남짓 지

8) 후쿠자와 유키치(福沢諭吉, 1834-1901): 근대 일본의 사상가.

나 병구완을 하는 아내가 지켜보는 가운데, 모기장 안에서 숨을 거두었다. "개구리가 울고 있구나. 세이게쓰는 뭐 하고 있지?" ― 이것이 마지막 말이었다. 하지만 세이게쓰는 이미 먼 옛날, 이 근처의 풍경에 질렸는지 아예 구걸하러 오지도 않고 있었다.

삼남은 당주의 일주기가 끝나자 주인의 막내딸과 결혼했다. 그리고 별채를 빌려 살던 소학교 교장의 전임을 기회로 새색시와 그곳으로 옮겨왔다. 별채에는 검게 칠한 장롱이 들어오거나, 홍백색 면(綿)이 장식되거나 했다. 그러나 안채에서는 그 사이 당주의 아내가 앓기 시작했다. 병명은 남편과 같았다. 아버지와 헤어진 외둥이, ― 렌이치(廉一)도 어머니가 피를 토하고 나서는 매일 밤 할머니와 잠재웠다. 할머니는 잠자기 전에 반드시 머리에 수건을 썼다. 그래도 밤중에는 쥐가 두 창의 악취를 맡고서 다가왔다. 물론 수건을 잊어버리면 쥐에게 머리를 물리는 경우도 있었다. 같은 해 말에 당주의 아내는 기름불이 꺼지는 것처럼 죽어갔다. 게다가 장례식 다음날에는 석가산 뒤의 서학헌(栖鶴軒)이 큰 눈으로 무너져버렸다.

다시 한 번 봄이 돌아왔을 때, 정원은 탁하기만 한 연못 주위에 세심정(洗心亭)의 초가지붕을 남기고 잡목 언덕의 새순으로 변해버린 것이다.

❖ 중 ❖

눈이 내리는 어느 흐린 날 저녁, 도망간 지 십 년째에 차남이 아버지 집으로 돌아왔다. 아버지 집― 이라고 해도 사실상 삼남의 집이나 마찬가지였다. 삼남은 딱히 싫은 얼굴도 하지 않고, 그러나 딱히 기뻐하지도 않고, 말하자면 아무 일도 없었던 것처럼 난봉꾼 형을 맞아들

였다.

이후 차남은 안채의 불단이 있는 방에 악질에 걸린 몸을 눕힌 채 꼼짝 않고 화로를 지켰다. 불단이 있는 방에는 커다란 불단에 아버지와 형의 위패가 늘어서 있었다. 그는 그 위패가 보이지 않도록 불단의 장지문을 닫아두었다. 더구나 어머니와 동생 부부와는 세 끼 식사를 같이 하는 것 외에는 거의 얼굴도 마주치지 않았다. 다만 고아인 렌이치만은 가끔씩 그의 방으로 놀러 왔다. 그는 렌이치의 종이 석판에 산이나 바다를 그려주었다. "무카이시마의 꽃도 한창이니 찻집 누나도 잠깐 나와 보게."[9] — 때때로 그러한 옛날 노래를 불안정한 필적으로 보여줄 때도 있었다.

그 사이에 또 봄이 되었다. 정원에는 뻗어난 초목 속에 볼품없는 복숭아나 살구가 꽃을 피워 어둠침침한 물빛의 연못에 세심정(洗心亭)의 그림자가 비쳤다. 그러나 차남은 변함없이 혼자서 불단이 있는 방에서 처박힌 채, 대낮에도 대부분 꾸벅꾸벅 졸고 있었다. 그러자 어느 날 그의 귀에 희미하게 샤미센(三味線) 소리가 들려왔다. 동시에 노랫소리도 띄엄띄엄 들려오기 시작했다. "이번 스와(諏訪)의 싸움에 마쓰모토(松本) 집안의 요시에(吉江) 님, 대포를 쏘러 가십니다……." 차남은 누운 채 약간 고개를 쳐들어 보았다. 노래도 샤미센도 거실에 있는 어머니임에 틀림이 없다. "해돋이가 화려하게, 용맹스럽게 나아가는 모습은 눈부신 용사로 보이는구나……." 어머니는 손자에게 들려주고 있는지 오오쓰에(大津絵)[10]의 개사곡(改詞曲)을 부르고 있었다. 그러나 그것은 드센 기질의 노인이 어딘가의 유녀에게서 배웠다고 하는 이삼십 년 전의 유행가였다. "적의 병기를 몸에 맞아, 어쩔 수 없이, 아까

9) '向島花ざかり、お茶屋の姐さんちょいとお出で。'라는 가요.

10) 오오쓰에(大津絵): 속요의 하나로, 오오쓰에 그려진 인물에 가락을 붙인 것.

운 목숨을 도요하시에, 풀잎의 이슬처럼 사라져버려도, 후세에는 남는다……." 차남은 수염이 멋대로 자라버린 얼굴에 어느새 묘한 눈을 반짝이고 있었다.

그리고 이삼 일이 지난 후, 삼남은 머위가 많은 석가산 뒤에서 흙을 파고 있는 형을 발견했다. 차남은 숨을 헐떡이며 부자연스럽게 괭이를 휘두르고 있었다. 그 모습은 어딘가 우스꽝스러움 속에서도 진지한 기세가 있었다. "형님, 뭐 하고 있어?" – 삼남은 담배를 입에 문 채, 뒤에서 형에게 말을 걸었다. "나?" – 차남은 눈부신 듯 동생을 올려보았다. "작은 냇물을 만들려고." "작은 냇물을 만들어서 뭐 할 건데?" "정원을 원래대로 하려고." – 삼남은 히죽히죽 웃으며, 더 이상 묻지 않았다.

차남은 매일 괭이를 갖고 와서는 열심히 계속해서 냇물을 만들었다. 하지만 병에 허약해진 그에게는 그것만으로도 쉬운 일이 아니었다. 그는 우선 쉽게 피로해졌다. 게다가 익숙하지도 않은 일이라 손톱이 벗겨지거나, 물집이 생기거나, 이것저것 불편함을 느끼는 경향이 있었다. 그는 가끔씩 괭이를 버려놓고 거기에 죽은 것처럼 누웠다. 그의 주위는 언제까지나 정원을 휘감은 아지랑이 속에 꽃이나 새잎이 떠돌고 있었다. 그러나 고요한 몇 분이 흐른 뒤, 그는 또 비틀비틀 일어나서는 끈질기게 괭이질을 하는 것이었다.

그러나 정원은 며칠이 지나도 좀처럼 신통한 변화가 없었다. 연못은 여전히 잡초가 자라고 있었고 뜰에는 잡목이 가지를 뻗고 있었다. 특히 과수의 꽃이 떨어지고 나서는 전보다 더 거칠어졌다고 생각될 정도였다. 그뿐만 아니라 집안의 노인이나 어린아이 할 것 없이 차남의 일을 동정하지 않았다. 투기심이 강한 삼남은 쌀 시세나 누에에 몰두하고 있었다. 삼남의 아내는 차남의 병에 여자다운 혐오감을 느끼고 있었다. 어머니도, — 어머니는 그의 건강을 염려해 지나친 흙장난을 두려워했다. 차남은 그래도 굳세게 인간과 자연에 등을 돌리며 조금씩 정원을 바꿔나갔다.

그러던 중, 비가 그친 어느 날 아침, 그가 정원에 나가 보니 머위가 늘어진 냇가 가장자리에 돌을 늘어놓고 있는 렌이치를 발견했다. "삼촌." — 렌이치는 기쁜 듯이 그를 올려보았다. "나도 오늘부터 거들게 해줘." "응, 거들어." 차남도 이때는 오랜만에 상쾌한 미소를 지었다. 그 이후 렌이치는 바깥에도 나가지 않고 열심히 삼촌을 돕기 시작했다. — 차남은 또 조카를 달래기 위해서 나무 그늘에서 쉴 때는 바다라든가, 도쿄라든가, 철도라든가, 렌이치가 모르는 이야기를 들려주었다. 렌이치는 푸른 매실을 먹으면서, 마치 최면술이라도 걸린 것처럼 가만히 그 이야기에 빠져들었다.

그해 장마철에는 비가 오지 않았다. 그들, — 나이 먹은 폐인과 동자(童子)는 강렬한 햇빛과 풀숲의 숨 막히는 열기에도 기가 죽지 않고 연못을 파거나 나무를 베며 점점 일을 넓혀갔다. 하지만 외부의 장애는 어떻게든지 이겨나가도, 내면의 장애만큼은 어쩔 수가 없었다. 차남은 환상 속에서 옛 정원을 대부분 볼 수 있었다. 그러나 정원수의 배치라든가, 혹은 길을 내는 방법이라든가 세세한 부분은 확실하게 기억해낼 수 없었다. 그는 가끔씩 일하던 도중에 갑자기 괭이를 지팡이 삼은 채 멍하니 주위를 둘러보곤 했다. "무슨 일이야?" — 렌이치는 어김없이 삼촌의 얼굴에 불안한 눈초리를 하였다. "여기는 원래 어떻게 되어 있었지?" — 땀에 젖은 삼촌은 허둥지둥 대면서, 언제나처럼 혼잣말밖에 하지 않았다. "이 단풍나무는 여기에 없었던 것 같은데 말이야." 렌이치는 단지 흙투성이 손으로 개미라도 죽이는 것 말고는 할 수 있는 일이 없었다.

내면의 장애는 그것만이 아니었다. 점차 여름도 깊어져 오니, 차남은 끝없는 과로 때문인지 어느새 머리까지 혼란스러워졌다. 한 번 판 연못을 다시 메우거나 소나무를 파낸 곳에 다시 소나무를 심거나 — 그런 일도 자주 있었다. 특히 렌이치를 화나게 한 것은 연못의 말뚝을 만들기 위해 물가의 버드나무를 베어버린 것이었다. "이 버드나무는 요전에 심었던 거잖아." — 렌이치는 삼촌을 노려보았다. "그랬었나? 왠지 기억이 잘 나지 않아." — 삼촌은 우울한 눈으로 한낮의 연못을 바라보고 있었다.

그래도 가을이 되니 풀이나 나무가 우거진 가운데 희미하게나마 정원이 드러났다. 물론 옛날과 비교하면 서학헌(栖鶴軒)도 보이지 않았고, 폭포수도 떨어지지 않았다. 아니, 명망 높은 정원사가 만든 우아한 옛 정취는 거의 어느 곳에도 보이지 않았다. 그러나 '정원'은 그곳에 있었다. 연못은 다시금 맑은 물에 동그란 석가산을 비추고 있었다. 소나무도 다시금 세심정(洗心亭) 앞에 유유히 가지를 내뻗고 있었다. 하지만 정원이 완성됨과 동시에 차남은 자리에 누워버렸다. 매일 열이 내리지 않고, 몸도 마디마디가 아팠다. "너무 무리한 탓이야." — 머리맡에 앉은 어머니는 몇 번이나 같은 넋두리를 반복했다. 그러나 차남은 행복했다. 정원에는 물론 몇 군데나 고치고 싶은 곳이 남아 있었다. 하지만 어쩔 수가 없었다. 아무튼 고생한 보람만큼은 있다. — 거기에 그는 만족했다. 십 년의 고생은 보람을 가르쳤고, 보람은 그를 구한 것이었다.

그해 늦가을, 차남은 누구도 알아차리지 못하는 사이에 어느샌가 숨을 거두었다. 그것을 발견한 것은 렌이치였다. 그는 커다란 소리를 내면서 툇마루가 이어진 별채로 달려갔다. 일가는 곧장 죽은 사람의 주위에 놀란 얼굴을 하고 모였다. "보세요. 형님은 웃고 있는 것 같네요." — 삼남은 어머니를 돌아보았다. "이런, 오늘은 불단의 장지문이 열려 있어." — 삼남의 아내는 죽은 사람을 보지 않고, 커다란 불단을 걱정했다.

차남의 장례식을 끝낸 후, 렌이치는 혼자서 세심정(洗心亭)에 앉아 있는 일이 많았다. 언제나 망연자실한 듯이 늦가을의 물이나 나무를 바라보면서…….

❖ 하 ❖

옛날, 여관의 본진(本陣)이 있던 나카무라(中村)라는 구가(旧家)의 정원이 있었다. 그것이 원래 모습으로 돌아간 지 채 십 년이 지나기도 전에 이번에는 집까지 전부 파괴되었다. 파괴된 자리에는 역이 세워졌고, 역 앞에는 작은 요리집이 생겼다.

나카무라의 본가는 그즈음 아무도 남아 있지 않았다. 어머니는 물론 벌써 옛날에 죽은 사람 숫자에 들어가 있었다. 삼남도 사업에 실패한 끝에 오사카(大阪)에 가버렸다고 한다.

기차는 매일 역에 와서는 또 역으로 사라져버린다. 정차장에는 젊은 역장이 한 사람, 커다란 책상을 마주해 앉아 있었다. 그는 한산한 사무를 보는 사이에 푸른 산들을 바라보거나 지역 출신의 역무원과 이야기를 하거나 했다. 그러나 그 이야기 속에도 나카무라 집안의 소문은 올라오지 않았다. 하물며 그들이 있는 곳에 석가산이나 정자가 있었던 것은 누구 한 사람도 생각하지 못했다.

하지만 그동안 렌이치는 도쿄(東京) 아카사카(赤阪)의 어느 서양화 연구소에서 유화의 이젤 앞에 앉아 있었다. 천장 창문으로 들어오는 빛, 유화 도구의 냄새, 옛 머리를 한 소녀 모델, — 연구소의 공기는 고향

집과 아무런 연결도 되지 않았다. 그러나 솔질을 하고 있으면 가끔씩 그의 마음속에 떠오르는 쓸쓸한 노인의 얼굴이 있었다. 그 얼굴은 또 미소를 지으면서, 끝없는 제작에 지친 그에게 분명 이렇게 말을 거는 것이었다. "너는 아직 아이였을 때, 내 일을 거들었지. 이번에는 내가 거들게 해줘."……

렌이치는 아직도 빈곤한 가운데 매일 유화를 계속해서 그리고 있다. 삼남의 소문은 아무도 모른다.

하룻밤 이야기(一夕話)

권희주

"여하튼 요즘 방심을 할 수가 없어. 와다마저도 게이샤를 안다니까."

변호사 후지이는 라오주 술잔을 비운 뒤 과장되게 일동의 얼굴을 둘러봤다. 테이블 주위를 둘러싼 이들은 같은 학교 기숙사에 있던 우리들 6명의 중년이다. 장소는 히비야의 도우토우테이 2층, 때는 6월의 어느 비 오는 밤, ―물론 후지이가 이렇게 말한 것은 이미 우리들의 얼굴에도 슬슬 취기가 오르기 시작했을 무렵이다.

"내가 그 녀석을 봤을 때 실제 그 격세지감은 말도 못했어."

후지이는 재미있다는 듯 말을 이어나갔다.

"의사 와다와 갔던 날에는 유도 선수이자 학교식당 정벌[1] 대장이고 리빙스턴의 숭배자이며 한겨울을 옷 한 겹으로 지낸 남자― 한마디로 말하면 호걸이었잖아? 그런데 자네, 야나기바시의 고엔이라는 게이샤 알고 있지?"

"자네 요즘 노는데 바꿨어?"

1) 기숙사 식당의 품질이 좋지 않은 관계로 학생들이 일으켰던 다양한 시위.

갑자기 말참견을 한 것은 이누마라는 은행 지점장이었다.

"노는데 바꿨어? 왜?"

"자네가 데리고 갔을 때였지? 와다가 그 게이샤를 만난 게?"

"걸려들면 안 돼. 누가 와다 같은 녀석을 데리고 가— "

후지이는 의기양양하게 눈썹을 올렸다.

"그게 지난달 며칠이었지? 아무래도 월요일인가 화요일이었던 것 같은데. 오랜만에 와다와 만났더니 아사쿠사에 가자고 하는 거야. 아사쿠사가 별로 탐탁지 않았지만, 친애하는 오랜 친구의 말이니까 나도 순순히 찬성했어. 대낮에 롯쿠(六区)[2]에 갔지—"

"그러자 마침 활동사진 속에라도 있던가?"

이번에는 내가 앞질러 말했다

"활동사진이라면 좋았겠지만, 회전목마에 와 있었어. 덤으로 둘 다 목마 위에 제대로 탔단 말이지. 지금 생각해도 바보같은 짓이야. 그런데 그것도 내가 이야기한 게 아니라구. 와다가 타고 싶어하니까 같이 타 본 거지.—그런데 그게 쉬운 게 아니야. 노구치 같이 심약한 사람은 안 타는 편이 낫지 "

"애도 아니고, 목마 같은 거 타는 사람이 있어?"

노구치라는 대학교수는 검푸른 송화를 볼에 잔뜩 넣고선 깔보는 듯 웃었다. 그러나 후지이는 개의치 않고 때때로 와다를 쳐다보며 의기양양하게 이야기를 계속 이어 갔다.

"와다는 흰 목마, 나는 붉은 목마를 탔는데, 악대와 함께 돌 때에는 어떻게 되는 거지 생각했어. 엉덩이는 춤추고, 눈은 빙빙 돌고, 떨어지지 않을 방법만 찾고 있었지. 그런데 그 와중에 눈에 띈 게, 난간 밖에

2) 아사쿠사공원(浅草公園) 근처에 있는 서민오락의 중심지.

있는 구경꾼 속에 게이샤 같은 여자가 있는 거야. 얼굴색은 창백하고 눈은 촉촉한 게, 어딘가 묘하게 우울한—"

"그것만 봤다면 괜찮은데 눈이 빙빙 돌았다는 건 이상한데?"

이누마는 다시 한 번 말참견을 했다.

"그래서 그 속에서라고 말했잖아. 머리는 물론 이초가에시[3]에 옅은 청색 줄무늬 모직물에 뭔가 면으로 된 오비를 맸던 것 같아. 여하튼 화류소설 삽화 같은 청초한 여자가 서 있는 거야. 그리고선 그 여자가 — 어떻게 했을 거라고 생각해? 내 얼굴을 흘긋 보자마자 요염하게 웃는 거야. 뭐지, 라고 생각했지만 이미 늦었지. 내가 목마를 타고 있으니 순식간에 여자 앞을 지나쳐 버렸어. 누구였을까 생각할 때에는 이미 붉은 목마 앞으로 악대 무리가 나타났지.— "

우리는 모두 웃기 시작했다.

"두 번째도 마찬가지야. 또 여자가 웃고 있는 거야. 그렇게 생각한 순간 다시 안 보이게 됐어. 그 뒤에 남은 건 단지 전후좌우로 목마가 뛰어오르거나 마차가 흔들리고, 아니면 나팔을 빽빽 불거나 큰북이 둥둥 울릴 뿐이었어. —나는 곰곰이 이렇게 생각했지. 이것은 인생의 상징이라고. 우리는 모두 실생활의 목마를 타고 있어서 때로는 '행복'이 찾아와도 잡기 전에 지나쳐 버리는 거야. 만약 '행복'을 잡을 생각이라면, —목마에서 뛰어내리면 되는 거지."

"설마 정말 뛰어내린 건 아니지?"

놀리듯 이렇게 말한 것은 기무라라는 전기회사의 기사장이었다.

"농담하지 마. 철학은 철학, 인생은 인생이야. —그런데 그런 것들을 생각하는 와중에 세 번째가 되었다고 생각해봐. 그때 문득 정신을

---

3) 머리카락을 좌우로 갈라 반원형으로 틀어 맨 스타일.

차리고 보니 —이번에는 나도 놀랐어. 그 여자가 웃는 얼굴을 보여준 건 유감스럽게도 내가 아니었어. 학생식당 정벌 대장, 리빙스턴 숭배자, etc. etc.......인 의사, 와다 료헤이였던 거야."

"그러나 철학대로 뛰어내리지 않았던 만큼 행복했겠네."

말수가 적은 노구치도 농담을 했다. 그러나 후지이는 변함없이 이야기를 계속하는 데 열중했다.

"와다 녀석도, 여자 앞쪽으로 오면 꼭 기쁜 듯이 인사를 하는 거야. 게다가 또 이렇게 엉거주춤한 태도로 흰 목마에 탄 채 넥타이만 앞으로 늘어뜨리고 말이지—."

"거짓말쟁이 같으니라구."

와다도 마침내 침묵을 깼다. 그는 아까부터 쓴웃음을 지으면서 라오주만을 들이키고 있었다.

"뭐가 거짓말이라는 거야. —그런데 그때까지는 괜찮았어. 드디어 회전목마에서 내리자마자 와다는 나도 잊은 채 여자하고만 수다를 떠는 거야. 여자도 선생님, 선생님 하면서 말이지. 수지타산 안 맞는 역할은 나뿐이라고—"

"역시 이게 진담이군. —이봐, 자네, 이렇게 되면 이제 오늘 밤 회비는 전부 자네가 내야 해."

이누마는 큰 상어 지느러미 접시에 은수저를 꽂으며 옆에 있는 와다를 보았다.

"멍청하긴. 그 여자는 친구의 첩이야."

와다는 팔꿈치를 괸 채 퉁명스럽게 내뱉었다. 그의 얼굴을 바라보니, 그 자리의 누구보다도 그을린 피부였다. 이목구비도 도시적이지 않다. 게다가 짧게 깎은 머리는 거의 암석처럼 단단할 듯하다. 그는 옛날 학교 대항 시합에서 왼쪽 팔꿈치를 삐면서도 상대편을 5명이나

내던진 일이 있었다. ―그러한 왕년의 호걸은 검은 정장에 줄무늬 바지라는 당시 유행하는 차림을 하고 있어 어딘가 생생히 그 모습이 남아 있다.

"이누마! 네 첩 아니야?"

후지이가 이마 너머로 상대를 보자 히죽 하고 취기 오른 사람의 미소를 보냈다.

"그럴지도 모르지."

이누마는 냉담하게 받아넘기면서 다시 한 번 와다를 돌아보았다.

"누군데, 그 친구라는 사람이?"

"와카쓰키라는 사업가인데, ―이 중에서도 누구 알지 않아? 게이오 대학인지 뭔지 졸업하고 지금 자기 은행에 나가고 있지. 연배도 우리 정도야. 얼굴이 하얗고 상냥한 눈매에 짧게 수염을 기른 ―그래, 한마디로 말하면 풍류를 사랑하는 미남이야."

"와카쓰키 미네타로, 아호가 세이가이 아냐?"

나도 옆에서 끼어들었다. 그 와카쓰키라는 사업가와 나도 4, 5일 전 엉겁결에 함께 연극을 봤기 때문이다.

"그래, 세이가이구집(靑蓋句集)이라는 것이 나왔지. ―그 남자가 고엔의 고객, 아니, 두 달 정도 전까지는 고객이었어. 지금은 완전히 연을 끊었지만―."

"허어, 그럼 와카쓰키라는 사람은―"

"내 중학교 동창이야."

"이거 점점 불온해지는데?"

후지이는 또 쾌활한 목소리를 냈다.

"너는 우리가 모르는 사이에 그 중학교 동창 녀석과 같이 게이샤와 즐기고―"

"바보 같은 소리 하지 마. 내가 그 여자를 만난 건 대학병원에 왔을 때 와카쓰키에게 좀 부탁받은 게 있어서 편의를 봐줬을 때 뿐이야. 축농증인지 뭔지 수술이었는데—."

와다는 라오주를 단숨에 들이키고 나서, 묘하게 깊은 생각에 빠진 눈초리였다.

"그런데 그 여자는 재미있는 사람이야."

"반했어?"

기무라는 조용히 놀렸다.

"어떤 면에서는 반한 건지도 몰라. 어떤 면에서는 또 조금도 반하지 않았을지도 모르지. 그렇지만 그런 것보다도 이야기하고 싶은 것은 그 여자와 와카쓰키의 관계야."

와다는 이렇게 서두를 꺼내고 나서, 평소와는 달리 웅변을 했다.

"나는 후지이가 말한 대로 일전에 우연히 고엔을 만났어. 그런데 만나서 이야기해 보니 고엔은 이미 두 달 정도 전에 와카쓰키와 헤어졌다는 거야. 왜 헤어졌느냐고 물어봐도 대답다운 대답은 하지 않더라고. 다만 외로운 듯이 웃으면서, '원래 나는 그 사람처럼 풍류인이잖아요'라고 하는 거야. 나도 그때는 캐물어 보지 않고 그대로 헤어졌지만, 문득 어제—, 어제는 오후에 비가 내렸잖아. 그 비가 한창 내리는 중에 와카쓰키에게 밥 먹으러 오지 않겠느냐는 편지가 온 거야. 마침 나도 한가해서 일찌감치 와카쓰키의 집에 가보니, 선생님은 센스 있게 6조의 서재에서 변함없이 유유히 독서를 하고 있었지. 나는 야만인이니까 풍류가 뭔지 전혀 몰라. 그런데 와카쓰키의 서재에 들어가니 예술적이라는 건 이런 생활이구나라는 느낌이 드는 거야. 우선 도코노마[4]에는 언제 가도 낡은 족자가 걸려 있어. 꽃도 시종 끊긴 적이 없지. 서적도 일본 서적 책장 외에 서양 책이 꽂혀 있는 책장도 늘어서

있었어. 덤으로 화사한 책상 옆에는 샤미센[5]도 때때로 내어놓고 말이야. 게다가 그곳에 있는 와카쓰키 본인도 어딘가 당세의 우키요에[6] 같은데 정통한 차림을 하고 있는 거야. 어제도 묘한 옷을 입고 있어서 그게 뭐냐고 물어보니까 점퍼라고 대답하더라고. 내가 친구가 많다고 해도 점퍼라는 옷을 입는 건 와카쓰키를 제외하고는 한 사람도 없어—그 남자의 삶은 만사가 이래.

"나는 그날 밥상 앞에서 와카쓰키와 술잔을 주고받으면서 고엔과 어떻게 된 건지를 물었어. 고엔에게는 다른 남자가 있어. 그건 뭐 별로 놀라운 일은 아니야. 그런데 그 상대가 누구냐면 나니와부시[7] 이야기꾼의 말단 녀석이라고 하더라고. 너희들도 이 이야기를 들으면 고엔의 어리석음에 웃지 않을 수가 없을 거야. 나도 실제 그때는 쓴웃음조차 낼 수 없을 정도였다고. 너희들은 물론 모르겠지만, 와카쓰키는 고엔에게 3년 동안 최선을 다했다고. 와카쓰키는 고엔의 어머니뿐만 아니라 동생도 돌봐 줬어. 또 고엔에게도 읽고 쓰는 것 말고도 기예뿐만 아니라 뭐든지 좋아하는 일을 가르쳤어. 고엔은 춤도 명성을 얻었지. 나가우타[8]도 야나기바시(柳橋)에서는 손꼽힐 정도라고 하더라고. 그거 말고도 홋쿠[9]도 지을 수 있다고 하고 치카게류[10] 같은 가나쓰기도 잘한다고 하네. 그것도 모두 와카쓰키 덕분인 거야. 그런 소식을 알고 있던 나로서는 자네들조차 가소롭게 생각하는데 기가 막히지 않을 수 있겠어?"

---

4) 다다미방의 정면에 바닥을 한 층 높혀 만든 곳.
5) 세 줄로 된 일본 고유의 현악기.
6) 에도(江戶)시대에 성행한 풍속화.
7) 샤미센 반주의 맞춰 부르는 창.
8) 에도시대에 유행한 긴 속요(俗謠).
9) 시가의 한 종류.
10) 서도(書道)의 한 유파.

"와카쓰키는 나에게 이렇게 말하는 거야. 뭐, 그 여자와 헤어지는 건 아무렇지도 않습니다. 그렇지만 나는 가능한 범위에서 최선을 다해 그 여자를 교육해 왔습니다. 아무쪼록 뭐든지 이해할 수 있는 폭넓은 취미를 가진 여자를 길러 내고 싶다— 그런 희망을 가지고 있었습니다. 그런 만큼 이번에는 실망했습니다. 남자를 만든 거라면 나니와부시 이야기꾼이라고만은 할 수 없는 일. 그렇게 기예에 정성을 다해도 천한 근성이 고쳐지지 않는다고 생각하니 참으로 불쾌한 기분입니다……."

"와카쓰키는 또 이렇게도 말했어. 그 여자는 이 반 년간 다소 히스테릭했었죠. 어느 때는 거의 매일같이 '오늘만은 샤미센을 들지 않을 거야' 하며 아이처럼 울었습니다. 또 왜 그런지 물어보면 내가 그 여자를 좋아하지 않는다고, 기예를 배우게 하는 것도 그 때문이라고 묘한 이유를 말하는 겁니다. 그럴 때는 내가 뭐라고 해도 듣는 기색조차 없었습니다. 다만 내가 박정하다고, 그것만 분한 듯 되풀이하는 겁니다. 하지만 발작만 끝나면 항상 웃음거리가 되지요……."

"와카쓰키는 또 이렇게 말하는 거야. 잘은 모르지만 상대인 나니와부시 녀석은 언제나 끝없이 난폭했다고 합니다. 전에 단골이었던 여관의 하녀에게 무슨 일이 생겨 남자가 그 하녀와 대판 싸움을 해 큰 상처를 입혔다고 하지 않습니까? 이거 말고도 그 남자에게는 무리한 동반자살을 시도한 일이라든지 스승의 딸과 야반도주한 일이라든지 여러 가지 나쁜 소문도 들립니다. 그런 남자에게 빠진 건 대체 무슨 생각일까요……?"

"나는 고엔의 단정치 못한 행동에 기가 막힌다고 말했지. 그러나 와카쓰키의 이야기를 듣고 있는 사이에 점점 나를 움직인 것은 고엔에 대한 동정인 거야. 과연 와카쓰키는 고객으로서는 요즘 흔히 볼 수 없

는 풍류객일지도 모르지. 하지만 그 여자와 헤어지는 것 정도는 아무것도 아니라고 말하잖아? 설령 그게 겉으로 하는 말이라고 해도 맹렬한 집착이 아닌 건 틀림없어. 맹렬한—예를 들면 그 나니와부시 녀석은 여자의 박정을 증오한 나머지 큰 상처를 입힌 거잖아. 내가 고엔의 입장이더라도 우아하긴 하지만 냉담한 와카쓰키보다 천박해도 맹렬한 나니와부시 녀석한테 빠져드는 것이 자연스럽다고 생각해. 고엔은 와카쓰키가 여러 예능을 가르치려고 하는 것도 사랑이 없는 증거라고 말했어. 나는 이 말 속에서도 히스테리만을 보려고 하지 않아. 고엔은 역시 와카쓰키와의 사이에 거리가 있다는 것을 알고 있었던 거야."

"그러나 나도 고엔을 위해서 나니와부시꾼과 맺어진 일을 축복하고 싶지 않아. 행복할지 불행할지, 그건 어느 쪽이라고 말할 수 없을 거야. —하지만, 만약 불행해진다면 저주해야 할 대상은 남자가 아니야. 고엔을 그곳에 이르게 한 풍류객 와카쓰키 세이가이라고 생각해. 와카쓰키는—아니, 당세의 풍류객은 여하튼 개인으로 생각하면 사랑스러운 인간임이 틀림없어. 그들은 바쇼를 이해하고 있어. 레오 톨스토이를 이해하고 있어. 이케노 다이가[11]를 이해하고 있어. 무샤노코지 사네아쓰를 이해하고 있어. 그러나 그게 무슨 소용이야? 그들은 맹렬한 연애를 몰라. 맹렬한 창조의 환희를 몰라. 맹렬한 도덕적 정열을 몰라. 맹렬한— 대략 이 지구를 장엄하게 할 맹렬한 그 무엇도 모르고 있어. 거기에 그들의 치명상이 있다면, 그들의 해독도 잠재해 있다고 생각해. 해독의 하나는 능동적으로 타인을 풍류객으로 변화시키는 거야. 해독의 두 번째는 그와 반대로 한층 타인을 속되게 하는 거지. 고엔이 그런 예가 아닐까? 예부터 목이 마르면 흙탕물도 마신다고 했어.

11) 일본 남화(南畵).

고엔도 와카쓰키에게 보호받지 않았다면 나니와부시 녀석과도 불가능했을지도 몰라."

"만약 또 행복해진다고 한다면—아니, 어쩌면 와카쓰키 대신에 나니와부시꾼을 얻은 일만으로도 행복은 확실히 행복이겠지. 아까 후지이가 말했잖아? 우리들은 모두 함께 실생활의 목마를 타고 있으니까. 때로는 '행복'이 와도 잡기 전에 스쳐지나가 버리지. 만약 '행복'을 잡을 생각이라면 큰 마음 먹고 목마에서 뛰어내리는 게 좋아.—다시 말해 고엔도 큰 마음 먹고 실생활의 목마에서 뛰어내린 거야. 이 맹렬한 환희나 고통은 와카쓰키 같은 풍류객은 알지 못해. 나는 인생의 가치를 생각하면 백 명의 와카쓰키에게는 침을 뱉어도 한 명의 고엔을 존중하고 싶어. 자네들은 그렇게 생각하지 않아?"

와다는 취한 눈을 반짝이면서 목소리가 없는 좌중을 둘러보았다. 하지만 후지이는 어느새 테이블에 고개를 떨군 채 편안히 잠들어 있었다.

로쿠노미야 공주(六の宮の姫君)

최정아

❖ 1 ❖

로쿠노미야(六の宮)[1] 공주의 아버지는 옛날 황녀의 소생이었다. 하지만 시대에 뒤처지기 일쑤인 고루한 사람이었기 때문에 벼슬도 효부노다이후(兵部大輔)[2] 이상은 오르지 못했다. 공주는 그런 부모와 함께 로쿠노미야 근방의 언덕 위 저택에서 살고 있었다. 로쿠노미야 공주라고 부른 것은 그 고장 이름에 따른 것이었다.

부모는 공주를 총애하였다. 그러나 역시 옛날식으로 자신이 먼저 나서서 공주를 선보이지는 않았다. 누군가 먼저 청혼해 오는 사람이 있기를 고대할 뿐이었다. 공주도 부모의 가르침대로 조신하게 하루하루를 지냈다. 그것은 슬픔도 모르는 동시에 기쁨도 모르는 생애였다. 하지만 세상을 모르는 공주는 각별히 불만도 느끼지 않았다. '부모님

1) 소재가 된 「곤자쿠모노가타리(今昔物語)」에도 '로쿠노미야(六の宮)'라고 되어 있지만 장소는 미상.
2) 제국의 병마 등 군사 행정을 담당하는 관청의 차관.

만 건강하게 계셔주면 돼.' —공주는 그렇게 생각했다.

오래된 연못에 가지를 늘어뜨린 벚나무는 해마다 빈약한 꽃을 피웠다. 그동안 공주도 어느새 어른스러운 아름다움을 갖추기 시작했다. 그러나 의지했던 아버지는 평상시 음주가 과했던 탓에 갑자기 고인이 되어버렸다. 그뿐만 아니라 돌아오지 않는 고인을 한탄하며 지내던 어머니도 반년도 안 되어 결국 아버지의 뒤를 따랐다. 공주는 슬프다기보다 앞으로의 일이 막막하지 않을 수 없었다. 실제로 부모의 품속에서만 자란 공주에게는 유모 단 한 사람 외에는 의지할 것이 아무것도 없었다.

유모는 갸륵하게도 공주를 위해서 몸을 아끼지 않고 일했다. 하지만 집에 전해 내려온 나전 손궤나 백금 향로는 언젠가 하나씩 사라져갔다. 그와 동시에 남녀 시종들도 누가 먼저랄 것도 없이 떠나기 시작했다. 생활이 어렵다는 사실은 공주도 점점 분명하게 알았다. 그러나 그것은 공주의 힘으로는 어떻게 할 수 있는 일이 아니었다. 공주는 쓸쓸한 저택의 별채에서 여전히 옛날과 조금도 다름없이 고토(琴)[3]를 타거나 와카(和歌)[4]를 짓거나 하면서 단조로운 놀이를 되풀이했다.

그러던 어느 가을 저물녘에 유모는 공주 앞으로 나와 생각에 생각을 거듭하며 이런 말을 했다.

"법사(法師)인 제 조카가 부탁하길, 단바(丹波)[5]의 젠지(前司)[6]로 계시는 어느 나리님이 당신을 만나게 해달라고 말씀하신다고 합니다. 젠지는 외관도 아름다운데다가 마음씨도 좋다고 합니다. 젠지의 아버지도 주료(受領)[7]라고는 하지만 신분이 가까운 간다치메(上達部)[8]의 자식

3) 일본의 거문고.
4) 일본의 정형시.
5) 교토후(京都府) 북서부 일대.
6) 전임 고쿠시(国司). 고쿠시는 각 지방에 부임하여 정무를 맡아보는 관리.

이라고 하오니 만나보심이 어떠신지요? 이렇게 쓸쓸하고 불안하게 사시는 것보다 조금은 낫지 않을까 합니다만……."

공주는 소리죽여 울기 시작했다. 그 남자에게 몸을 맡기는 것은 여의치 않은 생계를 돕기 위해 몸을 파는 것과 다름없었다. 물론 그런 일도 세상에는 많다는 것을 알고는 있었다. 하지만 실제로 그렇게 되고 보니 슬픔은 더욱 각별했다. 공주는 유모와 마주 앉아 담쟁이 잎[9]이 나부끼는 바람 속에서 언제까지고 옷소매에 눈물을 적시고 있었다…….

❖ 2 ❖

그러나 공주는 어느 사이엔가 밤마다 남자를 만나게 되었다. 남자는 유모의 말대로 마음이 착한 사람이었다. 생김새도 듣던 바와 같이 우아하고 품위가 있었다. 게다가 공주의 아름다움에 반해 모든 것을 잊고 지낸다는 것은 보는 사람 누구나가 알 수 있었다. 공주도 물론 이 남자가 싫다는 생각은 들지 않았다. 때로는 의지가 된다고 생각하는 일도 있었다. 하지만 새와 나비가 수놓인 휘장 그늘에서 등잔 빛을 눈 부셔하며 남자와 둘이서 정을 나눌 때에도 기쁘다는 생각은 하루도 하지 않았다.

그 사이에 저택은 조금씩 화사한 공기를 더해가기 시작했다. 장식

7) 제국(諸国)의 장관. 각 지방에 부임하여 정무를 맡아보는 고쿠시(国司)의 최상석에 위치하는 자.

8) 다이조(太政)대신, 좌·우대신, 다이(大)·추(中)나곤(納言), 산기(参議) 및 3위 이상의 조정 관리. 쿠게(公家)의 이칭.

9) '담쟁이 잎'은 와카에서 '원망스럽다'라는 말을 꺼내는 마쿠라코토바(枕詞)적인 관용구.

장이나 발도 새로워지고 시종들 수도 늘었다. 유모는 물론 이전보다도 더욱 활기차게 생활을 꾸려나갔다. 그러나 공주는 그런 변화도 쓸쓸히 바라볼 뿐이었다.

늦가을 비가 그친 어느 날 밤, 남자는 공주와 술잔을 기울이며 단바국(丹波の国)에서 있었다는 무서운 이야기를 했다. 이즈모지(出雲路)로 내려가던 나그네가 오에산(大江山) 기슭에 묵어갈 곳을 찾아들었다. 숙소의 안주인은 마침 그날 밤 무사히 여자아이를 출산했다. 잠시 후 나그네는 아기가 태어난 안채에서 정체를 알 수 없는 커다란 남자가 서둘러 밖으로 나오는 것을 봤다. 그 커다란 남자는 그저 "나이는 8세, 명(命)은 자해(自害)"라는 말을 내뱉고는 곧장 어디론가 사라져버렸다. 나그네는 그로부터 9년째에 이번에는 교토(京都)로 올라가는 도중에 같은 집에 묵어보았다. 그런데 실제로 여자아이는 8살에 변사했었다. 그것도 나무에서 떨어지면서 낫에 목이 잘렸다 했다. ―이야기는 대충 이런 것이었다. 공주는 이야기를 듣고 어쩔 수 없는 숙명에 몸을 떨었다. 그 여자아이에 비하면 이 남자를 의지하며 사는 것은 그나마 행복한 것임이 틀림없었다. "운명에 맡기는 수밖에 없어." ―공주는 그렇게 생각하면서 얼굴만은 아름답게 미소 짓고 있었다.

저택의 처마까지 뻗은 소나무가지가 쌓인 눈에 꺾이기를 몇 해, 공주는 낮에도 옛날처럼 고토를 타거나 스고로쿠(双六)[10]를 치며 지냈다. 밤에는 남자와 한 이불에 누워 물새가 연못에 내려앉는 소리를 들었다. 그것은 슬픔도 적은 동시에 기쁨도 적은 날들이었다. 하지만 공주는 변함없이 이 나른한 평안 가운데 허망한 만족을 발견하고 있었다.

그러나 그 평안도 뜻밖에 갑자기 끝날 날이 왔다. 겨우 봄이 다시

10) 일본의 주사위 놀이.

찾아온 어느 날 밤, 남자는 공주와 둘이 되자 "당신을 만나는 것도 오늘 밤이 마지막이구려."라며 어렵게 말을 꺼냈다. 남자의 아버지는 이번 인사개편으로 무쓰(陸奥)11)의 수령으로 임명되었다. 남자는 그 때문에 눈 깊은 오지로 함께 내려가야만 했다. 물론 공주와 헤어지는 것은 남자에게는 더없이 슬픈 일이었다. 그러나 공주를 아내로 삼은 것은 아버지에게 비밀로 했기 때문에 지금에 와서 사실을 밝히기도 불가능했다. 남자는 한숨을 내쉬며 오래도록 이러한 사정을 이야기했다.

"하지만 5년 지나면 아버지 임기도 끝난다오. 그때를 생각하며 기다려주오."

공주는 벌써 엎드려 울고 있었다. 비록 사랑한다고 생각하지는 않았지만 의지했던 남자와 헤어진다는 것은 말로 다 할 수 없는 슬픔이었다. 남자는 공주의 등을 쓰다듬으며 여러 가지 말로 위로도 하고 격려도 했다. 그러나 남자 역시 두 마디째에는 벌써 눈물로 목이 메었다.

그러한 때에 아무것도 모르는 유모는 젊은 여종들과 술병과 안주상을 들여왔다. 오래된 연못에 가지를 늘어뜨린 벚나무도 이제 봉오리를 맺었다는 이야기를 하면서…….

❖ 3 ❖

6년째의 봄은 돌아왔다. 하지만 먼 곳으로 떠난 남자는 돌아오지 않았다. 그 사이에 하인들은 한 사람도 남김 없이 어딘가로 떠나가 버렸고, 공주가 살고 있던 동쪽 별채도 어느 해 태풍으로 쓰러져버렸다. 공주는 이때 이래로 유모와 함께 이전에 사무라이(侍)가 거하던 회랑

---

11) 현재의 아오모리현(青森県)과 일부는 이와테현(岩手県)에 해당하는 옛 국명.

의 작은 방에 살고 있었다. 그곳은 주거라고는 하지만 좁기도 하거니와 황폐하여 겨우 비와 이슬을 피할 수 있는 정도였다. 유모는 이 건물로 옮겨왔을 당시 가여운 공주의 모습을 보면서 눈물을 흘리지 않을 수 없었다. 하지만 때로는 이유도 없이 계속 화가 나 있는 경우도 있었다.

생활이 힘든 것은 물론이었다. 장식장은 한참 전에 쌀과 푸성귀로 바뀌었다. 지금은 공주의 비단옷들도 현재 몸에 걸친 것 외에는 남아 있지 않았다. 유모는 땔감이 부족해지면 썩어가는 신덴(神殿)[12]으로 나무를 벗기러 갈 정도였다. 그러나 공주는 옛날과 다름없이 고토나 노래로 기분을 풀면서 가만히 남자를 기다리고 있었다.

그러던 어느 해 가을의 달밤에 유모는 공주 앞에 나오더니 생각에 생각을 거듭하며 이런 이야기를 했다.

"나리님은 이제 돌아오지 않으실 겁니다. 공주님도 나리님 일은 잊어버리시는 게 어떻겠습니까. 실은 최근에 한 궁중 의관이 공주님을 만나고 싶다고 간청하고 있습니다만……."

공주는 그 이야기를 들으며 6년 전 일을 떠올렸다. 6년 전에는 아무리 울어도 부족할 만큼 슬펐다. 그러나 지금은 몸도 마음도 그러기에는 너무나 지쳐 있었다. "그냥 조용히 늙어 죽고 싶어." ……그 외에는 아무것도 생각하지 않았다. 공주는 이야기를 다 듣고 나더니 하얀 달을 쳐다보며 시름에 겨운 야윈 얼굴을 가로저었다.

"나는 이제 아무것도 필요 없어. 살든 죽든 마찬가지야……."

---

12) 주인이 거주하고 빈객을 응접했던 곳.

* * *

마침 이와 같은 시각에 남자는 먼 히타치(常陸)13) 지방의 저택에서 새 아내와 술을 마시고 있었다. 아내는 아버지의 마음에 든 이 지방 수령의 딸이었다.

"저게 무슨 소린가?"

남자는 문득 놀란 듯이 조용하게 달빛이 비치는 처마를 올려보았다. 그때 왠지 남자의 가슴에는 분명하게 공주의 얼굴이 떠올랐다.

"밤송이가 떨어진 거겠지요."

히타치의 아내는 그렇게 대답하면서 미욱하게 술병의 술을 따랐다.

❖ 4 ❖

남자가 교토로 돌아온 것은 꼭 9년째가 되는 늦가을이었다. 남자와 히타치의 아내 일족, ―그들은 교토로 들어오는 도중에 험한 날씨를 피하기 위해 사나흘을 아와즈(粟津)에 체류했다. 그리고 교토로 들어올 때도 낮에는 사람 눈에 띄지 않기 위해 일부러 해 질 녘을 선택하기로 했다. 남자는 지방에 있는 동안에도 수차례 하인을 시켜 교토의 아내에게 소식을 전해줄 것을 간곡히 부탁했다. 그러나 보낸 사람이 돌아오지 않거나 다행히 돌아와도 공주의 저택을 찾지 못했거나 하여 한 번도 답신을 받지 못했다. 그런 만큼 교토에 도착하고 보니 그리움도 더한층 컸다. 남자는 아내의 아버지 저택으로 무사히 아내를 돌려보내자마자 여장도 풀지 않고 로쿠노미야로 갔다.

13) 지금의 이바라기현(茨城県)에 해당하는 옛 국명.

로쿠노미야에 가보니 옛날에 있었던 요쓰아시(四足)문[14]도 회나무로 지붕을 이은 신덴이나 별채도 모두가 지금은 사라지고 없었다. 그중에 단 하나 남아 있는 것은 무너지다 남은 토담뿐이었다. 남자는 잡초 속에 우두커니 선 채로 망연히 정원이 있던 터를 둘러보았다. 그곳에는 반 정도 파묻힌 연못에 물옥잠이 조금 재배되고 있었다. 물옥잠은 희미한 초승달 빛을 받으며 고요히 무성한 잎을 드리우고 있었다.

남자는 만도코로(政所)[15]라고 생각되는 부근에 쓰러져가는 나무움막이 있는 것을 발견했다. 움막에 다가가 보니 누군가 사람 그림자도 보이는 듯했다. 남자는 어둠을 응시하며 가만히 그 그림자에게 말을 걸었다. 그러자 달빛에 비틀대며 나온 것은 어디선가 본 기억이 있는 늙은 아낙이었다.

아낙은 남자가 이름을 밝히자 아무 말 없이 울기만 했다. 그 후 겨우 띄엄띄엄 공주의 신상에 대해 이야기하기 시작했다.

"잘 몰라보실지 모릅니다만, 저는 이 집에서 일하던 하녀의 어미입니다. 주인님이 지방으로 내려가신 후에도 딸아이는 5년 정도 종살이를 하고 있었습니다. 하지만 그러다가 남편과 함께 다지마(但馬)로 내려가게 되어 저도 그때 딸아이와 함께 마님 곁을 떠나게 되었지요. 그런데 요즘 들어 공주님 일이 왠지 마음에 걸려 저 혼자 다시 올라와 보니 보시는 바와 같이 저택이 사라지고 없지 않겠습니까. 공주님도 어디에 가셨는지, ―실은 저도 아까부터 어찌해야 좋을지 몰라 난감해하고 있었습니다. 주인님은 알지 못하시겠지만, 딸아이가 종살이를 하는 동안도 공주님 생활이 어찌나 딱하시던지 말로 할 수 없을 정도였습니다……."

14) 원형의 큰 기둥 전후에 사각형의 신주(神柱) 4개를 세운 문.
15) 황족의 저택 내에서 재정이나 종복과 관련된 업무를 보던 곳.

남자는 그동안 있었던 일의 전말을 다 들은 다음, 이 허리 굽은 아낙에게 아래옷을 한 장 벗어 주었다[16]. 그리고 고개를 숙인 채 묵연히 잡초 속을 떠나갔다.

❖ 5 ❖

남자는 다음날부터 공주를 찾으러 성안 곳곳을 헤매며 다녔다. 하지만 어디에서 무엇을 하고 있는지 좀처럼 행방을 알 수 없었다.

그리고 며칠인가 지난 해 질 녘에 남자는 소나기를 피하고자 스자쿠몬(朱雀門)[17] 앞에 있는 서쪽 교쿠덴(曲殿)[18]의 처마 밑에 섰다. 거기에는 아직 남자 외에도 걸인으로 보이는 법사 한 명이 역시 비가 그치기를 기다리고 있었다. 비는 단청을 칠한 문 위로 쓸쓸한 소리를 내고 있었다. 남자는 법사를 곁눈으로 보며 초조한 마음을 달래고 싶어 이리저리 돌바닥을 걷고 있었다. 그러다가 문득 남자는 어두컴컴한 격자 창 안에 사람이 있는 것 같은 기척을 느꼈다. 남자는 거의 아무 생각 없이 힐끗 창문 안을 들여다보았다.

창문 안에는 아낙 한 사람이 해진 거적을 걸치고 병자처럼 보이는 여자를 돌보고 있었다. 여자는 해 질 녘 어스름한 빛으로도 섬뜩할 만큼 앙상하게 야위어 있는 듯이 보였다. 그러나 그 공주임이 틀림없다는 사실은 한눈에 알아볼 수 있었다. 남자는 공주를 부르려 했다. 그러나 몰골 사나운 공주의 모습을 보자 왠지 목소리가 나오지 않았다. 공주는 남자가 있는 것도 모르고 해진 돗자리 위에서 몸을 뒤척이더

16) 고대 일본에서는 고마움의 표시로 옷을 벗어주는 관습이 있었다.
17) 헤이안시대(平安時代) 헤이안쿄(平安京)의 정문.
18) 건물 내에서 굽어 도는 곳.

니 괴로운 듯 이런 노래를 읊었다.

"예전엔 팔베개하고 선잠 잘 때에 문틈으로 부는 바람도 춥게 느꼈지만 몸은 습관에 익숙해지는 법, 지금은 이렇게 있어도 괜찮으니."[19]

남자는 이 목소리를 듣는 순간 자신도 모르게 공주의 이름을 불렀다. 그러자 힘없는 공주도 베개에서 고개를 들었다. 하지만 남자를 본 순간 무언가 희미하게 외치더니 다시 해진 돗자리 위로 고꾸라져버렸다. 아낙은, ―그 충실한 유모는 거기에 달려든 남자와 함께 당황하여 공주를 안아 일으켰다. 그러나 안아 일으킨 얼굴을 보자 유모는 물론 남자조차도 더한층 당황하지 않을 수 없었다.

유모는 마치 정신이 나간 사람처럼 거지 법사에게 달려갔다. 그리고 임종을 맞은 공주를 위해 무엇이든 좋으니 불경을 읊어달라고 했다. 법사는 유모가 소원하는 대로 공주 머리맡에 자리를 잡았다. 그러나 경문을 독송하는 대신 공주에게 이렇게 말을 건넸다.

"왕생은 다른 사람 손으로 할 수 있는 게 아닙니다. 그저 스스로 정성껏 아미타불의 이름을 계속해서 외십시오."

공주는 남자의 품에 안긴 채 가느다랗게 불명을 외기 시작했다. 그러더니 갑자기 겁에 질린 듯 문의 천장을 뚫어지게 쳐다보았다.

"아아, 저기에 활활 불에 타는 수레가……."

"그런 것에 겁먹지 마십시오. 부처님 이름만 외면 되는 겁니다."

법사는 약간 목소리를 높였다. 그러자 공주는 잠시 후 또 꿈꾸는 듯이 중얼거리기 시작했다.

"금색 연화가 보입니다. 천개(天蓋)[20]처럼 커다란 연화가……."

법사는 뭔가를 말하려 했다. 그러나 이번에는 그보다 빨리 공주가

---

19) 「곤자쿠모노가타리(今昔物語)」·「슈이와카집(拾遺和歌集)」에 보이는 와카.
20) 불상이나 관의 위를 가리는 비단 우산.

띄엄띄엄 입을 열었다.

"연화는 이제 보이지 않습니다. 이제는 그냥 어둠 속에 바람만이 불고 있습니다."

"전심으로 불명을 외십시오. 왜 온 마음을 다해 불명을 외지 않으시는 겁니까?"

법사는 거의 야단을 치듯이 말했다. 그러나 공주는 꺼져 들어갈 것처럼 같은 말을 되풀이할 뿐이었다.

"아무것도, ―아무것도 보이지 않습니다. 어둠 속에 바람만이, ―차가운 바람만이 불어옵니다."

남자와 유모는 눈물을 삼키면서 계속하여 입속으로 아미타불을 염하였다. 법사도 물론 합장을 한 채 공주의 염불을 돕고 있었다. 그런 목소리와 빗소리가 서로 섞이는 중에 해진 돗자리 위에 누운 공주의 얼굴은 점점 사색이 되어갔다…….

❖ 6 ❖

그리고 며칠인가 지난 어느 달밤, 공주에게 염불을 권했던 법사는 스자쿠몬 앞의 교쿠덴에 해진 옷을 입은 무릎을 껴안고 앉아 있었다. 그러자 그곳에 사무라이가 한 사람 유유하게 뭔가를 노래하며 달빛 비치는 대로[21]를 걸어왔다. 사무라이는 법사의 모습을 보자 짚신을 신은 발을 멈추고 은근하게 말을 걸었다.

"요즘 이 스자쿠몬 근방에 여자의 울음소리가 난다 하지 않는가?"

법사는 돌바닥에 앉은 채로 단 한마디 답을 했다.

21) 스자쿠대로(朱雀大路)를 말한다. 스자쿠몬에서 남단의 라쇼몬(羅生門)에 이르는 중앙의 큰길.

"들어보십시오."

사무라이는 잠시 귀를 기울였다. 그러나 희미한 벌레소리 외에는 아무것도 들리는 것이 없었다. 주위에는 그저 소나무 냄새가 밤 공기에 떠다니고 있을 뿐이었다. 사무라이는 입을 열려했다. 그러나 무슨 말을 하기 전에 돌연 어디선가 여자의 목소리가 가느다랗게 한탄을 실어 왔다.

사무라이는 칼에 손을 댔다. 그러나 목소리는 교쿠덴의 하늘에 한 차례 꼬리를 끈 다음 점점 또 어딘가로 사라져갔다.

"부처님 이름을 염해 주십시오. ─"

법사는 달빛에 얼굴을 들었다.

"저건 극락도 지옥도 모르는 못난 여자의 영혼입니다. 불명을 염해 주십시오."

그러나 사무라이는 대답도 하지 않고 법사의 얼굴을 들여다보았다. 그러더니 놀란 듯이 그 앞에 갑자기 손을 짚고 엎드렸다.

"나이키노 쇼닌(内記の上人)[22]이 아니십니까? 어째서 또 이런 곳에─"

재속의 이름은 요시시게노 야스타네(慶滋の保胤)[23], 세상에서 나이키노 쇼닌이라고 하는 이는 쿠야쇼닌(空也上人)[24]의 제자 중에서도 성스러운 고승이었다.

(1922년 7월)

---

22) 「우지슈이(宇治拾遺)」 권12의 4에 그 이름이 보인다. 나이키(内記)는 궁중의 일을 기록하는 직명. 대, 중, 소로 나뉜다. 쇼닌(上人)은 고승을 말한다.

23) (934?~997). 헤이안 중기의 문인. 다이나이키(大内記)가 되어, 후에 출가했다. 「지테이키(池亭記)」, 「일본왕생극락기(日本往生極楽記)」 등을 저술했다.

24) (903~972). 헤이안 중기의 고승. 춤염불(踊り念仏)의 시조.

강변어시장(魚河岸)

임만호

작년 봄날 밤, 그러나 아직 바람이 차갑고 달이 선명한 밤 9시 무렵, 야스키치[1](保吉)는 세 명의 친구들과 강변어시장 길을 걷고 있었다. 세 명의 친구라고 하는 것은 하이쿠시인인 로사이(露柴)[2], 서양화가인 후추(風中)[3], 전통공예가인 조단(如丹)[4], 세 사람 모두 본명을 밝히지는 않지만, 그 방면에서는 솜씨가 뛰어난 이들이다. 특히 로사이는 우리보다 연장자로, 신경향 하이쿠 시인으로서는 이전부터 이름을 날린 남자였다.

우리는 모두 취해 있었다. 원래 후추와 야스키치는 술을 못하고, 조단은 유명한 애주가였기에 평소와 다름이 없었다. 다만 로사이의 상태가 어떤가 하면, 약간 발걸음이 비틀거릴 정도였다. 우리는 로사이를 사이에 끼고서 차가운 달빛에 휩쓸리는 거리를 니혼바시(日本橋) 방면으로 걸어갔다.

---

1) 아쿠타와 류노스케의 신변소설의 주인공 이름.
2) 오자와 헤키도(小沢碧童)를 지칭(1922년 8월 자 서간에 의함).
3) 오아나 류이치(小穴隆一)를 지칭.
4) 엔도 코겐(遠藤古原)을 지칭.

로사이는 순수한 동경 토박이였다. 증조부는 쇼쿠산(蜀山)[5]과 분초(文晁)[6] 등과도 친분이 두터웠던 인물이었다. 집안도 강변의 마루세이(丸清)라고 하면 그 일대에서는 모르는 사람이 없었다. 그런데 로사이는 훨씬 전부터 가업을 거의 다른 사람에게 맡긴 채, 심산계곡에서 하이쿠와 서예, 전각 등을 즐기고 있었다. 그러한 연유로 로사이에게는 우리에게서는 볼 수 없는 멋있고 남자다운 품격이 있었다. 서민적인 기질보다는 약간 난폭하고 대장부다운 기풍으로, 야마노테(山の手)[7]와는 물론 인연이 없는, 말하자면 강변의 참치초밥과 서로 통하는 뭔가가 있었다.

로사이는 마치 거추장스럽다는 듯이 가끔씩 외투소매를 뿌리치면서 쾌활하게 우리와 계속 이야기를 했다. 조단은 조용히 웃으며 맞장구를 치고 있었다. 그러는 동안에 우리는 어느새 강변의 맨 앞쪽까지 와 버렸다. 이대로 강변을 빠져나가기에는 모두들 뭔가 모르게 아쉬운 감이 있었다. 그러던 중 그곳에는 서양 음식점 하나가 반쯤 달빛을 받은 하얀 포렴을 늘어뜨리고 있었다. 이 음식점 이야기는 야스키치조차도 몇 번인가 들은 적이 있었다. "들어갈까?" "들어가도 괜찮을 것 같은데." 그런 대화를 주고받는 사이에 우리는 이미 후추를 앞세우고서 좁은 가게 안으로 우르르 들어갔다.

음식점 안에는 손님이 두 사람, 폭이 좁고 긴 테이블에 마주 보고 앉아 있었다. 손님 중 한 사람은 강변에 사는 청년이고, 또 한 사람은 어딘가의 직공인 듯했다. 우리는 비좁아도 둘씩 마주 보며 같은 테이블에 앉게 해달라고 했다. 그리고 키조개 튀김을 안주 삼아 홀짝홀짝

5) 오타 난포(太田南畝, 1749~1823): 에도시대 후기의 대표적인 풍자시인, 풍속작가
6) 다니분초(谷文晁, 1763~1840): 에도 후기의 화가
7) 야마노테(山の手): 돈대(墩台). 동경에서는 당시 분쿄(文京), 신주쿠구(新宿区) 주변 일대의 고지대를 지칭.

청주 마사무네(正宗)를 마시기 시작했다. 물론 술을 잘 못하는 후추와 야스키치는 두 잔째는 입에 대지도 않았다. 그 대신 요리가 한 상 차려지자, 두 사람 모두 제법 먹성 좋게 먹었다.

이 음식점은 테이블과 의자 모두가 니스를 칠하지 않은 생나무 그대로였다. 게다가 음식점을 둘러싼 것은 에도 시대부터 전해 내려온 갈대 포렴이었다. 그래서 서양식 음식점이라는 느낌이 들지 않았다. 후추는 주문한 비프스테이크가 나오자, 이건 그냥 고깃덩어리라는 둥 불평을 했다. 조단은 나이프가 잘 드는 것에 매우 감탄을 하고 있었다. 야스키치는 장소가 장소인 만큼 역시 전등 불빛이 밝은 것이 고마웠다. 로사이도, 로사이는 토박이인지라 아무것도 신기하지 않은 것 같았다. 하지만 헌팅캡을 삐딱하게 쓴 채 조단과 술잔을 주고받으면서 여전히 쾌활하게 떠들고 있었다.

그러는 와중에 중절모를 쓴 손님 한 사람이 불쑥 포렴을 뚫고서 들어왔다. 손님은 외투 모피 깃에 통통한 볼살을 파묻고서, 쳐다보는 것이 아니라 째려보듯이 좁은 가게 안을 둘러보았다. 그리고서는 한마디의 양해도 구하지 않은 채, 조단과 청년들 사이의 자리에 큰 몸을 비집고 들어앉았다. 야스키치는 카레라이스를 뜨면서 짜증 나는 놈이라고 생각하고 있었다. 이런 상황이 이즈미 쿄카(泉鏡花)[8]의 소설 속 장면이라면 의협심 강한 기생이나 누군가에게 쫓겨날 놈이라고 생각하고 있었다. 그러나 또한 현대의 니혼바시(『日本橋』)[9]에는 도저히 쿄카의 소설 같은 행동을 하는 자는 없을 거라고 생각하고 있었다.

손님은 주문을 한 후, 거만하게 담배를 피우기 시작했다. 그 모습을 보면 볼수록 악역에 꼭 맞아떨어졌다. 기름지고 불그레한 얼굴은 물

8) 이즈미 쿄카(泉鏡花, 1873~1939): 낭만주의 작가
9) 니혼바시(『日本橋』): 두 기생을 주인공으로 한 이즈미 쿄카의 장편소설

론이고 오시마(大島)산 하오리(羽織)[10], 도장을 겸한 반지 등 모든 것이 악역의 틀을 벗어나지 않았다. 야스키치는 결국 겸연쩍어졌고, 이 손님의 존재를 잊고 싶은 마음에 옆자리의 로사이에게 말을 걸었다. 하지만 로사이는 '응'이나 '그래' 등의 무성의한 대답만 할 뿐이었다. 그뿐만이 아니라, 그도 면구스러웠는지 전등 불빛을 등지고서 헌팅캡을 깊숙이 눌러쓰고 있었다.

야스키치는 할 수 없이 후추와 조단과 함께 음식에 관한 이야기를 주고받았다. 그러나 이야기는 흥이 나질 않았다. 이 뚱뚱한 손님이 들어오고 난 후, 우리 세 사람의 심기에 묘한 이상이 생긴 것은 아무래도 어찌할 수 없는 사실이었다.

손님은 주문한 튀김이 나오자, 청주병을 집어 들었다. 그리고 잔에 따르려고 했다. 그때 누군가 옆에서 "코(幸) 씨" 하고 또렷하게 부르는 사람이 있었다. 손님은 분명히 깜짝 놀랐다. 더구나 그 놀란 얼굴은 목소리의 주인을 보자마자 곧바로 당혹스런 기색으로 변했다. "이야, 이거 주인어른이었습니까?" 손님은 중절모를 벗으면서 몇 번이고 목소리의 주인공에게 절을 했다. 그 목소리의 주인공은 하이쿠 시인 로사이, 강변 마루세이의 주인이었다.

"오랜만이군." 로사이는 자신과는 상관없다는 듯한 얼굴을 하면서 술잔을 입으로 가져갔다. 그 술잔이 비자마자, 손님은 곧바로 로사이의 잔에 자기 술병의 술을 따랐다. 그리고 옆에서 보기에 민망할 정도로 로사이의 기분을 살피기 시작했다.

쿄카의 소설은 죽지는 않았다. 적어도 동경의 강변어시장에는 아직도 그와 같은 사건도 일어나는 것이다.

---

10) 일본 옷 위에 입는 짧은 겉옷

그러나 서양음식점 밖으로 나왔을 때, 야스키치의 마음은 울적해져 있었다. 야스키치는 물론 '코 씨'에게는 아무런 동정심도 갖지 않았다. 게다가 로사이의 이야기에 따르면, 손님은 인격도 나쁜 듯했다. 하지만 그럼에도 불구하고 이상하게 즐겁지가 않았다. 야스키치 서재의 책상 위에는 읽다 만 로슈푸코[11]의 어록이 있다. 야스키치는 달빛을 밟으면서 어느새 그런 것을 생각하고 있었다.

1922년 7월

11) 로슈푸코(La Rochefoucauld, 1613~1680): 프랑스의 모랄리스트, 정치가. 저서로는 열렬한 언어로 인생을 묘사한 「잠언집」이 있다.

오토미의 정조(お富の貞操)

신기동

메이지 원년[1] 5월 14일 정오가 지나서였다. "관군은 내일 밤이 밝는 대로 도에이잔 쇼기다이(東叡山彰義隊)[2]를 공격한다. 우에노 일대 마을 주민들은 서둘러 어딘가로 피하라." —그런 통지가 있었던 오후였다. 시타야마치니초메(下谷町二丁目)[3]의 일용품가게인 고가야마사베(古河屋政兵衛)가 떠난 자리에는 부엌 구석의 전복껍데기 앞에 수컷 삼색털 고양이 한 마리가 조용히 웅크리고 앉아 있었다.

문을 죄다 닫은 집안은 정오를 조금 지났을 뿐인데도 어두컴컴했다. 사람 소리도 전혀 들리지 않았다. 단지 귀에 들어오는 것은 연일 내리는 빗소리뿐이었다. 비는 보이지 않는 지붕 위로 때때로 급하게 내리퍼붓다가 어느샌가 또 중천으로 멀어져갔다. 고양이는 그 소리가 커질 때마다 호박색 눈을 동그랗게 떴다. 아궁이조차 어딘지 알 수 없

1) 明治元年 : 1868년.
2) 쇼기다이(彰義隊)는 1868년 2월에 구막부의 신하들이 에도에서 결성한 조직으로, 신정부에 반항적인 태도를 취했지만 5월의 우에노(上野) 전쟁에서 괴멸됨. 도에이잔(東叡山)은 도쿄 우에노(上野)의 간에이지(寛永寺)의 산호(山号).
3) 우에노(上野)의 도에이잔(東叡山) 바로 밑에 위치한 상가 밀집지역의 번화가.

는 부엌에도 이때 만큼은 기분 나쁜 인광이 보였다. 그러나 쏴 하는 빗소리 이외에 아무런 변화도 없다는 것을 알자 고양이는 역시 꿈적거리지도 않고 다시 한 번 실눈을 떴다.

그런 것이 몇 번인가 되풀이되는 사이에 고양이는 마침내 잠들었는지 눈을 뜨지도 않게 되었다. 그러나 비는 여전히 세졌다가 조용해졌다가 했다. 오후 두세 시경, ―시간은 이 빗소리 속에서 점점 해 질 녘으로 옮겨 갔다.

그런데 오후 4시경이 되었을 때, 고양이는 뭔가에 놀란 듯이 눈을 크게 떴다. 동시에 귀도 세운 것 같았다. 하지만 빗줄기는 지금까지보다도 훨씬 더 가늘어져 있었다. 도로를 달려 지나가는 가마꾼의 목소리, ―그 외에는 아무것도 들리지 않았다. 그러나 몇 초간의 침묵 후, 캄캄했던 부엌은 어느샌가 희미하게 밝아지기 시작했다.

좁은 마루방을 메운 아궁이, 뚜껑이 없는 물 항아리의 물빛, 조왕신 솔가지[4], 지붕천장을 여닫는 밧줄, ―그런 것도 차례대로 보이게 되었다. 고양이는 마침내 불안한 듯이 문이 열린 부엌 출입문을 노려보면서 느릿느릿 큰 몸을 일으켰다.

이때 이 부엌문을 연 것은, 아니 문을 열었을 뿐만이 아니라 마침내 장지문까지 연 것은 비 맞은 생쥐 꼴이 된 거지였다. 그는 낡은 수건을 덮어쓴 목만 앞으로 내민 채 한동안은 쥐죽은 듯 조용한 집안에 귀를 세우고 있었다. 그러나 사람 소리가 나지 않는 것을 확인하자 넝마만큼은 완전 새 것인데 비에 젖은 표시가 뚜렷하게 드러난 채 슬며시 부엌으로 올라왔다. 고양이는 귀를 쫑긋하며 두세 걸음 뒷걸음질쳤다. 그러나 거지는 놀라지도 않고 손을 뒤로 해서 장지문을 닫고 얼굴을

4) 부뚜막 귀신에게 바치는 솔가지.

덮고 있던 수건을 천천히 벗었다. 얼굴은 수염에 덮여 있는 데다 고약도 두세 개 붙어 있었다. 그러나 얼룩투성이여도 이목구비는 오히려 기품이 있어 보였다.

"미케, 미케."[5)]

거지는 젖은 머리카락을 짜거나 얼굴의 물방울을 닦거나 하면서 작은 소리로 고양이 이름을 불렀다. 고양이는 귀에 익은 목소리인지 쫑긋 세우고 있던 귀를 원래대로 했다. 그러나 여전히 거기에 웅크린 채 때때로 힐끔힐끔 그의 얼굴을 주의 깊게 보고 있었다. 그러는 사이에 넝마를 벗은 거지는 정강이 색도 보이지 않는 흙발로 고양이 앞에 양반다리를 하고 털썩 앉았다.

"미케야. 어떻게 된 거니? —아무도 없는 것을 보니 너만 내버려졌구나."

거지는 혼자 웃으면서 큰 손으로 고양이 얼굴을 쓰다듬었다. 고양이는 순간 도망갈 자세를 취했다. 그러나 이내 튀어 달아나지도 않고, 오히려 거기에 앉은 채 점점 눈까지 가늘게 떴다. 거지는 고양이를 쓰다듬다가 유가타 품속에서 기름 광이 나는 권총을 꺼냈다. 그리고 으스레한 빛 속에서 방아쇠 상태를 살피기 시작했다. 전운이 감돌고 인기척 없는 민가 부엌에 권총을 만지작거리고 있는 한 명의 거지— 그것은 확실히 소설 같은 진귀한 광경이 틀림없었다. 그러나 실눈을 뜨고 있는 고양이는 역시 등을 둥글게 한 채 모든 비밀을 알고 있는 듯이 태연하게 앉아 있을 뿐이었다.

"내일이면 말이야, 미케야, 이 일대에도 대포알이 비 오듯 쏟아져 내릴 거야. 그놈에게 맞으면 죽어버리니까 내일은 어떤 소란이 있어

---

5) 미케(三毛)는 털에 흰색, 검정, 갈색이 섞여 있는 고양이.

도 온종일 툇마루 밑에 숨어 있어야 해……."

거지는 권총을 살펴보면서 때때로 고양이에게 말을 걸었다.

"너와도 긴 인연이구나. 하지만 오늘이 마지막이야. 내일은 네게도 운수 사나운 날이겠구나. 나도 내일은 죽을지도 몰라. 만약 또 죽지 않고 살아남으면 앞으로 두 번 다시 쓰레기더미를 뒤적거리지는 않을 작정이야. 그렇다면 네게는 희소식이 아니겠니?"

그러는 사이에 비는 한층 요란한 소리를 내기 시작했다. 구름도 용마루기와를 부예지게 할 만큼 아주 가깝게 지붕에 다가온 모양이다. 부엌에 감도는 여명은 전보다도 더 희미해졌다. 그러나 거지는 얼굴도 들지 않고 마침내 검사가 끝난 권총에 신중하게 탄약을 장전하고 있었다.

"그렇지 않으면 인연만은 아쉬워해주려나? 아니, 고양이란 놈은 3년 은혜도 잊는다고 하니 너도 믿을 수는 없을 것 같구나. ―뭐, 그런 것은 아무래도 좋아. 내가 없어진다면……."

거지는 갑자기 입을 다물었다. 누군가 부엌 출입구 밖으로 다가온 듯한 낌새가 있었다. 권총을 넣는 것과 뒤를 돌아보는 것, 거지에게는 그것이 동시였다. 아니, 그 외에 부엌 장지가 드르륵 하고 열리는 것도 동시였다. 거지는 민첩하게 자세를 잡으면서 정면으로 침입자와 눈을 맞추었다.

그러자 장지를 연 누군가는 거지의 모습을 보자마자 오히려 깜짝 놀란 듯이 "앗" 하고 희미한 외마디 소리를 질렀다. 그것은 맨발에 크고 검은 우산을 든, 아직 젊은 여자였다. 그녀는 거의 충동적으로 원래 왔던 빗속으로 뛰어나가려고 했다. 그러나 최초의 놀람에서 겨우 용기를 되찾자, 부엌의 희미한 불빛을 의지해 가만히 거지의 얼굴을 보았다.

거지는 깜짝 놀랐는지 낡은 유카타의 한쪽 무릎을 세운 채 상대를 빤히 쳐다보고 있었다. 이제 그 눈에도 아까와 같이 빈틈없는 낌새는 보이지 않았다. 두 사람은 얼마간 잠자코 서로 눈과 눈을 마주치고 있었다.

"뭐야, 너 신공이잖아?"

그녀는 조금 안심한 듯이 이렇게 거지에게 말을 걸었다. 거지는 히죽히죽거리며, 두세 번 그녀에게 머리를 숙였다.

"미안하게 됐소이다. 빗줄기가 너무 세어 그만 아무도 없는 집에 들어왔지만— 뭐, 달리 빈집털이로 마음을 바꾼 것도 아니올시다."

"놀랐잖아, 정말로— 아무리 빈집털이가 아니라고 해도, 뻔뻔스러운 것에도 정도가 있잖아?"

그녀는 우산의 물방울을 털고, 화난 듯이 덧붙였다.

"자, 이쪽으로 나와. 나는 집으로 들어갈 테니까."

"예, 나가죠. 나가라고 말씀하지 않아도 나갑니다만, 누님은 아직 피난가지 않았소?"

"피난 갔지. 피난 갔지만, —그런 것은 아무래도 좋지 않은가?"

"그러면 뭔가 잊은 것이라도 있나요? —뭐, 이쪽으로 들어오시죠. 거기 있으면 비 맞아요."

그녀는 아직 몹시 화가 난 듯이 거지의 말에는 대꾸도 하지 않고 부엌문 쪽의 마루방에 앉았다. 그리고 설거지통에 흙발을 뻗치고 콱콱 물을 끼얹기 시작했다. 태연히 양반다리를 하고 앉은 거지는 수염투성이 턱을 문지르면서 힐끗힐끗 그 모습을 바라보고 있었다. 그녀는 피부가 약간 검고 코언저리에 주근깨가 있는 촌스러운 여자였다. 옷도 하녀에게 어울리는, 손으로 짠 목면 홑옷에 고쿠라[6] 띠밖에 하고 있지 않았다. 그러나 생기 있는 이목구비나 통통한 몸집에는 어딘

가 풋풋한 복숭아나 배를 연상케 하는 아름다움이 있었다.

"이 난리 속에 물건을 가지러 되돌아오다니 뭔가 중요한 것을 잊었나 보네. 뭡니까? 그 잊은 것은? 어, 누님— 오토미상."

신공은 계속해서 물었다.

"뭐든 상관없잖아? 그보다 어서 나가 줘."

오토미의 대답은 퉁명스러웠다. 그러나 뭔가 생각난 듯이 신공의 얼굴을 쳐다보더니 진지하게 이렇게 물었다.

"신공 너, 우리 집 미케 못 봤어?"

"미케? 미케는 방금 여기에— 아니? 어디로 가버렸지?"

거지는 주위를 둘러봤다. 고양이는 어느샌가 선반의 막사발과 철냄비 사이에 얌전히 웅크리고 있었다. 그 모습은 신공과 동시에 바로 오토미의 눈에도 띈 것 같았다. 그녀는 국자를 놓기가 무섭게 거지의 존재도 잊은 듯이 마루방 위에 일어섰다. 그리고 환하게 미소 지으며 선반 위 고양이를 불렀다.

신공은 어두컴컴한 선반 위의 고양이로부터 의아한 듯이 오토미 쪽으로 눈길을 옮겼다.

"고양이입니까, 누님? 잊은 물건이라는 게?"

"고양이인 게 잘못됐나? —미케, 미케, 자, 내려와."

신공은 갑자기 웃기 시작했다. 그 목소리는 빗소리가 울려퍼지는 가운데 기분 나쁜 반향을 불러일으켰다. 그러자 오토미는 다시 한 번 화가 난 듯이 뺨을 상기시키면서 갑자기 신공에게 고함을 질렀다.

"뭐가 우스워? 우리 집 안주인님은 미케를 잊고 왔다고 미친 사람같이 되었단 말이야! 미케가 죽기라도 했으면 어떡하느냐고 내내 울

---

6) 고쿠라(小倉) 지역에서 생산되는, 날실을 촘촘히 하고 씨실을 굵게 해서 짠 면직물로, 기모노의 오비나 학생복 옷감으로 많이 씀.

고 있단 말이야! 나도 그것이 안돼 보여서 빗속을 일부러 되돌아온 거야!"

"됐어요. 이제 안 웃을 거요."

신공은 그래도 웃음을 멈추지 않고 오토미의 말을 잘랐다.

"이제 웃지는 않겠지만 말이요. 생각해 봐요. 내일이라도 '전쟁'이 시작되려고 하는데 기껏 고양이 한두 마리— 이것은 아무리 생각해도 웃기는 일이 아니겠소? 댁 앞이라서 하는 이야기지만, 도대체가 여기 안주인만큼 개념 없는 노랑이는 없을 거요. 무엇보다 미케공을 찾으러……."

"닥쳐! 안주인님 험담 따위 듣고 싶지 않아!"

오토미는 발을 동동 굴렀다. 그러나 거지는 의외로 그녀의 서슬에 놀라지 않았다. 그뿐만 아니라 그녀의 모습에 차근차근 거리낌 없는 눈길을 보내고 있었다. 실제로 그때의 그녀 모습은 야성적인 아름다움 그 자체였다. 비에 젖은 기모노나 허리끈— 그것들은 어디를 봐도 몸에 딱 붙어 있는 만큼 노골적으로 육체를 말하고 있었다. 더구나 한눈에 처녀를 느끼게 하는 싱싱한 육체를 말하고 있었다. 신공은 그녀에게 눈길을 준 채 여전히 웃는 소리로 말을 계속했다.

"무엇보다 저 미케를 찾으러 댁을 보낸 것만으로 알잖아. 네, 그렇지 않소? 지금 우에노 근처에 피난 가지 않은 집은 없어요. 그러고 보면 동네 집들은 늘어서 있어도 사람이 없는 벌판이나 마찬가지요. 설마 이리는 나오지 않겠지만 어떤 위험한 꼴을 당할지 모른다—고 말할 수 있지 않겠소?

"그런 쓸데없는 걱정을 하기보다 얼른 고양이를 잡아 줘. —바로 '전쟁'이 시작되는 것도 아닐 테고, 위험한 일이 뭐가 있다고."

"농담하지 마요. 젊은 여자 혼자 다니는 것이 이럴 때 위험하지 않

으면 언제 위험하다는 말이요? 다시 말하자면, 여기 있는 것은 댁과 나 둘뿐이요. 만일 내가 이상한 마음이라도 먹으면 누님, 댁은 어떻게 되겠소?"

신공은 점점 농담인지 진심인지 모를 말투가 되었다. 그러나 맑은 오토미의 눈에는 공포의 그림자조차 보이지 않았다.

다만 그 뺨은 아까보다 한층 상기된 듯하였다.

"뭐라고? 신공, ―너 지금 날 겁주는 거야?"

오토미는 그녀 자신이 겁주는 듯이 한 발 신공 옆으로 다가갔다.

"겁준다고? 겁주는 것만이라면 대수겠습니까? 어깨에 금줄을 두르고 있어도 질 나쁜 놈들이 많은 세상이죠. 더구나 나는 거지란 말입니다. 겁준다고만 할 수 없지요. 만약 정말로 이상한 마음이라도 먹는다면……."

신공의 말이 채 끝나기도 전에 큰 충격을 받은 오토미는 어느샌가 그 앞에 큰 검은 우산을 치켜들고 있었다.

"허튼수작 부리지 마!"

오토미는 또 신공 머리 쪽으로 힘껏 우산을 내리쳤다. 신공은 재빠르게 피하려고 했다. 그러나 우산은 그 순간 유카타의 어깨를 치고 있었다. 이 소동에 놀란 고양이가 철 냄비를 하나 차 넘어뜨리면서 조왕신 솔가지나 기름때가 묻어 있는 등잔도 신공의 위로 굴러떨어졌다. 신공은 겨우 튀어올라 일어나기 전에 몇 번씩이나 더 오토미의 우산에 얻어맞았다.

"이놈! 이놈!"

오토미는 우산을 마구 휘둘렀다. 그러나 신공은 얻어맞으면서 마침내 우산을 낚아채었다. 그뿐만 아니라 우산을 던져버리기가 무섭게 거칠게 오토미에게 달려들었다. 두 사람은 좁은 마루방 위에서 잠시

서로를 붙잡고 있었다. 이 싸움이 한창인 가운데 비는 또 부엌 지붕 위로 요란한 소리를 내기 시작했다. 빛도 빗소리가 세지는 것과 함께 점점 약해져 갔다. 신공은 맞아도 긁혀도 무턱대고 비틀어 덮쳐 누르려 했다. 그러나 몇 번이나 실패한 뒤, 겨우 그녀에게 달라붙나 했더니 갑자기 튕긴 듯이 부엌문 쪽으로 물러섰다.

"이 여자가……!"

신공은 장지문을 뒤로 한 채 가만히 오토미를 노려보았다. 어느새 머리도 엉망이 된 오토미는 마루방에 털썩 주저앉아서 허리띠 사이에 끼워 온 듯한 면도칼을 거꾸로 잡고 있었다. 그것은 살기를 띰과 동시에 묘하게 요염한, 말하자면 조왕신이 있는 선반 위의 긴장한 고양이와 닮아 있었다. 두 사람은 잠시 입을 다문 채 상대방의 눈빛을 살피고 있었다. 그러나 조금 뒤 신공은 일부러 냉소를 보이고, 품속에서 아까의 권총을 끄집어 냈다.

"자, 얼마든지 설쳐봐."

권총 끝은 천천히 오토미의 가슴 쪽을 향했다. 그래도 그녀는 분한 듯이 신공의 얼굴을 노려본 채 아무런 말도 하지 않았다. 신공은 그녀가 소리를 지르지 않는 것을 보자 이번에는 뭔가 생각난 듯이 권총 끝을 위로 향했다. 그 끝에는 어둠 속의 호박색 고양이 눈이 번득이고 있었다.

"어때? 오토미상-."

신공은 상대를 약 올리듯이 웃음을 머금은 목소리를 내었다.

"이 권총이 탕, 하면 저 고양이가 거꾸로 굴러떨어져. 댁도 마찬가지야. 그래도 괜찮아?"

방아쇠는 까딱하면 당겨져 나갈 것만 같았다.

"신공!"

갑자기 오토미는 소리를 질렀다.

"안 돼! 쏘면 안 돼!"

신공은 오토미 쪽으로 눈길을 옮겼다. 그러나 아직 총부리는 미케를 겨누고 있었다.

"안 되는 것은 당연한 거요."

"쏘면 불쌍해. 미케만은 살려 줘."

오토미는 지금까지와는 완전히 바뀐, 걱정스러운 눈빛을 하면서 약간 떨리는 입술 사이로 촘촘한 치아를 엿보이고 있었다. 신공은 반은 비웃듯이, 또 반은 의아해하듯이 그녀의 얼굴을 바라보면서 마침내 총부리를 내렸다. 동시에 오토미의 얼굴에는 안도의 기색이 떠올랐다.

"그러면 고양이는 살려 주지. 그 대신에—,"

신공은 거만하게 내뱉었다.

"그 대신에 댁의 몸을 빌리겠어."

오토미는 약간 눈길을 돌렸다. 일순간 그녀의 마음속에는 증오, 분노, 혐오, 비애, 그밖에 여러 감정이 뒤섞여 타오르는 것 같았다. 신공은 그런 그녀의 변화를 주의 깊게 지켜보면서, 옆걸음으로 그녀의 뒤로 돌아가 거실의 장지문을 열어젖혔다. 거실은 물론 부엌에 비해 훨씬 더 어두웠다. 그러나 피난을 간 흔적이나 남겨진 찻장이나 네모난 나무화로는 어둠 속에서도 확실히 볼 수 있었다. 신공은 그곳에 웅크린 채로 약간 땀이 밴 듯한 오토미의 목 언저리로 시선을 옮겼다. 그러자 그것을 느꼈는지 오토미는 몸을 약간 비틀어 뒤에 있는 신공의 얼굴을 쳐다봤다. 이제 그녀 얼굴에는 어느샌가 아까와 조금도 변함이 없는 화색이 돌고 있었다. 그러나 신공은 당황한 듯이 묘하게 눈을 한 번 깜박이더니 갑자기 고양이 쪽으로 권총을 향했다.

"안 돼! 안 된다니까!"

오토미는 그를 말리는 것과 동시에 손 안의 면도칼을 마루방에 떨어트렸다.

"안 된다면 저기로 가시지."

신공은 엷은 웃음을 띠고 있었다.

"정말 끔찍한 자식이군!" 오토미는 꺼림칙한 듯이 중얼거렸다. 그러나 벌떡 일어서자 모든 걸 체념한 여자 같이 서둘러 거실로 들어갔다. 신공은 그녀의 빠른 체념에 다소 놀라는 듯한 모습이었다. 비는 이제 훨씬 소리가 약해져 있었다. 게다가 구름 사이로는 저녁 햇살이라도 비추는지, 어두컴컴했던 부엌도 점점 밝아졌다. 신공은 그 가운데 우두커니 서서 거실의 기척을 듣고 있었다. 고쿠라 띠가 풀리는 소리, 다다미 위로 눕는 듯한 소리. —그리고 거실은 조용해졌다.

신공은 잠시 망설인 후에 어스레한 거실로 들어갔다. 거실 한가운데에는 오토미가 혼자 소매에 얼굴을 파묻은 채 가만히 위를 향해 누워 있었다. 신공은 그 모습을 보기가 무섭게 도망치듯이 부엌으로 돌아왔다. 그의 얼굴은 형용할 수 없는 묘한 표정으로 가득 차 있었다. 그것은 혐오 같기도 하고, 부끄러움 같기도 한 표정이었다. 그는 마루방으로 나오자, 여전히 거실에 등을 돌린 채 갑자기 괴로운 듯이 웃기 시작했다.

"농담이요. 오토미상. 농담이야. 이제 이쪽으로 나와요……."

—몇 분 뒤, 품에 고양이를 안은 오토미는 이제 우산을 한 손에 들고 넝마를 깔고 앉은 신공과 가볍게 뭔가 이야기를 하고 있었다.

"누님, 나는 댁에게 조금 묻고 싶은 것이 있는데—."

신공은 아직 어색한 듯이 오토미를 보지 않으려고 했다.

"뭘 말이야!"

"뭐라고 할 것도 없지만—, 뭐 몸을 맡긴다고 하면 여자 일생에서는

큰일이잖소. 그런데 오토미상, 댁은 그 고양이 목숨과 바꿔서—, 이건 아무리 생각해도 댁으로서는 너무 지나치지 않소?"

신공은 잠시 입을 다물었다. 그러나 오토미는 미소를 띤 채로 품 안의 고양이를 어루만지고 있었다.

"그렇게 그 고양이가 귀엽소?

"그야 미케도 귀엽고—."

오토미는 애매한 대답을 했다.

"그게 아니면, 또 댁은 이 근처에서도 주인을 끔찍이 생각한다는 평판이니 말이오. 미케가 죽게 되는 날에는 이 집의 안주인에게 면목이 없다—라는 걱정이라도 있었소?"

"아아, 미케도 귀엽고, 마님도 틀림없이 소중하지. 하지만 나는 말이야, 그저—."

오토미는 고개를 약간 갸우뚱거리며, 먼 곳이라도 보는 듯한 눈을 했다.

"뭐라 하면 좋을까? 단지 그때는 그렇게 하지 않으면 뭔가 찜찜하다는 기분이 들었어."

—또다시 몇 분쯤 후에 홀로 남은 신공은 유카타의 무릎을 껴안은 채 멍하니 부엌에 앉아 있었다. 황혼빛은 빗소리 속에 점점 이곳에도 다가왔다. 여닫이 지붕천장의 망, 개수대의 물 항아리 같은 것도 하나씩 보이지 않게 되었다. 우에노의 종이 한 번 칠 때마다 비구름에 쌓이면서 둔탁한 소리를 내기 시작했다. 신공은 그 소리에 놀란 듯이 정적이 감도는 주위를 둘러봤다. 그리고 손을 더듬어서 개수대로 내려서자, 국자에 넘치도록 물을 떴다.

"무라카미신자부로미나모토노 시게미쓰(村上新三郎源の繁光)[7], 오늘만큼은 한 방 먹었구나."

그는 그렇게 중얼거리고, 맛있는 듯이 석양의 물을 마셨다. ……

메이지 23년 3월 26일, 오토미는 남편과 아이 셋과 함께 우에노의 넓은 대로를 걷고 있었다.

그날은 마침 다케노다이(竹の台)[8]에 제3회 내국박람회[9] 개회식이 열리는 날이었다. 게다가 구로몬(黒門) 근처에는 벚꽃도 벌써 거의 다 피어 있었다. 그래서 대로의 인파는 거의 입추의 여지도 없을 지경이었다. 그곳으로 우에노 쪽에서는 개회식에서 돌아가는 마차나 인력거 행렬이 끊임없이 이어졌다. 마에다 마사나(前田正名)[10], 다구치 우키치(田口卯吉)[11], 시부사에 에이이치(渋沢栄一)[12], 쓰지 신지(辻新次)[13], 오카구라 가쿠조(岡倉覚三)[14], 시모조 마사오(下条正雄)[15] — 그 마차나 인력거 손님 중에는 그런 사람들도 섞여 있었다.

다섯 살이 되는 차남을 안은 남편은 소맷자락에 장남을 매달고 어지러울 정도로 많은 사람들을 피하고 또 피하면서, 때때로 조금 걱정스러운 듯이 뒤에 있는 오토미를 돌아봤다. 오토미는 장녀의 손을 잡고 그때마다 환한 미소를 보였다. 물론 20년의 세월은 그녀를 비껴 가

7) 신공이 성명을 가진 유서 있는 집안 출신인 것을 밝히는 부분.
8) 우에노박물관 앞의 광장.
9) 1890년 4월 1일에서 7월 31일까지 殖産興業과 지식 보급을 목적으로 도쿄 우에노 공원에서 열린 박람회.
10) 마에다 마사나(前田正名, 1850-1921): 박람회 당시 농상무차관, 박람회 사무위원.
11) 다구치 우키치(田口卯吉, 1855-1905): 박람회 당시 도쿄부(東京府)시의회의원. 박람회 사무위원(회계과 근무).
12) 시부사에 에이이치(渋沢栄一, 1840-1931): 박람회 당시 상공회의소장. 박람회 사무위원(회계과 근무).
13) 쓰지 신지(辻新次, 1842-1915): 박람회 당시 문부차관. 박람회 심사관(제5부장).
14) 오카구라 가쿠조(岡倉覚三, 1862-1913): 호는 덴신(天心). 박람회 당시 도쿄미술학교 간사. 박람회 심사관(간사).
15) 시모조 마사오(下条正雄, 1860-1920): 박람회 당시 해군 회계담당관. 박람회 심사관(간사).

지 않았다. 그러나 눈 속의 맑은 빛은 옛날과 별반 다름없었다. 그녀는 메이지 4, 5년 경에 고가야세이베의 조카뻘이 되는 지금의 남편과 결혼했다. 남편은 그 무렵 요코하마에, 지금은 긴자의 어느 번지에서 작은 시계점을 하고 있었다…….

오토미는 문득 눈을 들었다. 그때 마침 지나가던 쌍두마차 속에는 신공이 유유히 앉아 있었다. 신공이, ―하기는 지금 신공의 몸은 타조 깃털 장식이라든가 위압적인 금실 장식, 크고 작은 훈장 여러 개 등 갖가지 명예스러운 표장에 묻혀 있었다. 그러나 반백의 수염 사이로 이쪽을 보고 있는 붉은 얼굴은 왕년의 거지임이 틀림없었다. 오토미는 자기도 모르게 발걸음을 늦추었다. 그러나 이상하게도 놀라지 않았다.

신공은 예사 거지가 아니다. ―그런 것은 왠지 알고 있었다. 얼굴 탓인지, 말 탓인지, 그렇지 않으면 가지고 있던 권총 탓인지, 하여튼 알고 있는 것이었다. 20년 전 비오는 날의 기억은 이 순간 오토미의 마음에 안타까울 만큼 확실히 떠올랐다. 그녀는 그날 무분별하게도 한 마리의 고양이를 구하기 위해 신공에게 몸을 맡기려 했다. 그 동기는 무엇이었던가, ―그녀는 그것을 몰랐다. 신공은 또 그런 궁지에서도 그녀가 내던진 몸에는 손가락 하나 대지 않았다. 그 동기는 무엇이었을까? ―그것도 그녀는 몰랐다. 그러나 모르는데도 불구하고, 그런 것들은 모두 오토미에게는 너무 지나치게 당연했다. 그녀는 마차와 스쳐 지나가면서 왠지 마음이 편해지는 듯한 느낌이 들었다.

신공의 마차가 지나갔을 때, 남편은 인파 속에서 또 오토미를 뒤돌아 봤다. 그녀는 역시 그 얼굴을 보자 아무 일도 아닌 듯이 미소 지어 보였다. 생기 있게, 기쁜 듯이…….

(1922년 8월)

오긴(おぎん)

하태후

겐나인가, 간에인가, 어쨌든 먼 옛날이다.

천주의 가르침을 받드는 자는 그때에도 들키는 대로 화형이나 책형에 처해졌다. 그러나 박해가 심해지는 만큼 '만사에 충만하신 주님'도 그때는 한층 이 나라 신도에게 현저한 가호를 베푸시는 것 같았다. 나가사키 근처 마을에는 때때로 저녁 무렵 햇빛과 함께 천사나 성도가 위문하는 일도 있었다. 실제로 저 산 조안 바치스타마저 한번은 우라카미의 신도 미게루 야베의 물레방앗간에 모습을 나타냈다고 전해진다. 그와 동시에 악마 또한 신도의 정진을 방해하기 위해 익숙지 않은 흑인이 되기도 하고, 혹은 외국산 화초가 되기도 하고, 혹은 삿자리의 우차가 되기도 하여 자주 같은 마을에 출몰했다. 밤낮조차 구분할 수 없는 흙 감옥에서 미게루 야베를 괴롭혔던 쥐도 실은 악마의 화신이었다고 한다. 야베는 겐나 8년 가을, 11인의 신도와 함께 화형되었다. ─그 겐나인가 간에인가, 어쨌든 먼 옛날이다.

역시 우라카미 산촌에 오긴이라고 하는 처녀가 살고 있었다. 오긴의 부모는 오사카에서 멀고 먼 나가사키로 유랑해 왔다. 재산이 불기

전에 오긴 혼자 남긴 채 두 사람 다 고인이 되고 말았다. 물론 그네들 다른 지방 사람은 천주의 가르침을 알 리가 없었다. 그네들이 믿은 것은 불교이다. 선인가, 법화인가, 그렇지 않으면 또 정토인가, 어쨌든 석가의 가르침이다. 어떤 프랑스 예수회에 의하면, 천성이 간사한 지혜로 가득 찬 석가는 중국 각지를 떠돌면서 아미타라고 부르는 부처의 도를 설파했다. 그 후 또 일본 나라에도 역시 같은 도를 가르치러 왔다. 석가가 설파했던 가르침에 의하면 우리들 인간의 영혼은 그 죄의 경중에 따라 작은 새가 되고, 혹은 소가 되고, 혹은 또 수목이 된다고 한다. 그뿐만 아니라 석가는 태어날 때 그의 어머니를 죽였다 한다. 석가의 가르침이 황당무계하다는 것은 물론, 석가의 큰 악도 역시 명백하다.(장 크랏세) 그러나 오긴의 모친은 앞에서도 조금 적은 대로 그러한 진실을 알 리 없다. 그네들은 숨을 거둔 뒤에도 석가의 가르침을 믿고 있다. 쓸쓸한 묘소의 소나무 그늘에서 결국은 '인헤루노'에 떨어질 것도 모르고 부질없는 극락을 꿈꾸고 있다.

그러나 오긴은 다행히도 양친의 무지에 물들지 않았다. 산촌에 자리 잡은 농부, 연민의 정이 깊은 조안 마고시치는, 이미 이 처녀의 이마에 바푸치즈모의 성수를 부은 데다가 마리아라는 이름을 주었다. 오긴은 석가가 태어났을 때 하늘과 땅을 가리키며 '천상천하유아독존'이라고 사자후를 토한 것 등은 믿지 않는다. 그 대신에 '심히 유연하시고, 심히 애련하시고, 뛰어나게 아름다우신 동정녀 산타 마리아님'이 자연히 아기를 배었던 사실을 믿고 있다. '십자가에 달려서 죽으시고 돌무덤에 장사되어' 대지의 밑바닥에 묻힌 예수가 사흘 후에 부활한 것을 믿고 있다. 규명의 나팔이라도 울려 퍼지면, '주님 크신 위광, 크신 권세를 가지고 하늘에서 내려오셔서 티끌이 되어 버린 사람들의 몸을 원래의 영혼과 합하여 부활시키시고, 선인은 천상의 쾌락을 받

으며 또 악인은 마귀와 함께 지옥에 떨어질 것'을 믿고 있다. 특히 '말씀의 성덕에 의해 빵과 포도주는 색과 모양은 변하지 않아도, 그 정체는 주님의 살과 피로 변한다'는 숭고한 사가라멘토를 믿고 있다. 오긴의 마음은 양친과 같이 열풍이 부는 사막은 아니다. 소박한 들장미를 섞은, 열매가 풍성한 보리밭이다. 오긴은 양친을 잃은 후, 조안 마고시치의 양녀가 되었다. 마고시치의 처 조안나 오스미도 역시 마음이 부드러운 여자이다. 오긴은 이 부부와 함께 소를 몰기도 하고, 보리를 베기도 하고, 행복하게 하루하루를 보내고 있었다. 물론 이런 삶 중에서도 마을 사람의 눈에 띄지 않는 한 단식과 기도에 게으름 피우는 일은 없었다. 오긴은 우물가의 무화과 그늘에서 큰 초승달을 바라보면서 자주, 열심히 기도를 드렸다. 머리카락을 늘어뜨린 처녀의 기도는 이같이 간단한 것이었다.

"자비하신 성모님, 당신에게 예배를 드립니다. 유배된 자 하와의 자식, 당신에게 부르짖습니다. 가련한 이 눈물의 골짜기에 부드러우신 눈을 돌려주십시오. 안 메이."

그런데 어느 해 나타라의 밤, 악마는 포졸 몇 명과 함께 갑자기 마고시치의 집으로 들어왔다. 마고시치의 집에는 큰 화로에 '철야 장작불'이 활활 타오르고 있었다. 그리고 오늘 밤만은 그은 벽 위에 십자가가 걸려 있었다. 마지막으로 뒤쪽 외양간에 가면 예수님의 목욕을 위해 여물통에 물이 가득 채워져 있었다. 포졸들은 서로 고개를 끄덕이면서 마고시치 부부를 새끼줄로 묶었다. 오긴도 동시에 묶였다. 그러나 그들 세 사람은 전연 기가 죽는 기색이 없었다. 영혼의 구원을 위해서라면 어떤 심한 괴로움도 각오가 되어 있었다. 주님은 반드시 우리들을 위해 가호를 베풀어주실 것이 틀림없다. 첫째, 나타라의 밤에 체포되었다는 것은 하늘 은총이 두텁다는 증거가 아닌가? 그들은

서로 말을 맞춘 것처럼 이렇게 확신하고 있었다. 포졸은 그들을 포박한 후 행정관이 있는 관청으로 끌고 갔다. 하지만 그들은 그 와중에도 어두운 밤바람을 맞으면서 성탄의 기도를 흥얼거렸다.

"베렌 나라에 태어나신 어린 임금님, 지금은 어디에 계시옵니까? 찬송을 받으시옵소서."

악마는 그들이 잡힌 것을 보고 손뼉을 치며 즐겁게 웃었다. 그러나 그들의 다부진 모습에는 적지 않게 화가 난 것 같다. 악마는 혼자가 된 후 화가 치민 듯 침을 뱉기가 무섭게 금방 큰 맷돌이 되었다. 그리고 데굴데굴 구르며 어둠 속으로 사라져 버렸다.

조안 마고시치, 조안나 오스미, 마리아 오긴 세 사람은 흙 감옥에 던져진 후에도 천주의 가르침을 버리도록 여러 가지 모진 고문을 당했다. 그러나 물 고문이나 불 고문을 당해도 그들의 결심은 움직이지 않았다. 설령 살결이 문드러진다고 하더라도 하라이소(천국) 문에 들어가기까지는 이제 한 고비만 참고 넘기면 된다. 아니, 천주의 큰 은혜를 생각하면 이 어두운 흙 감옥조차 마치 하라이소의 장엄함과 다르지 않다. 그뿐만 아니라 고귀하신 천사와 성도는 꿈인지 현실인지 모르는 사이에 자주 그들을 위로하러 왔다. 특히 이 같은 행복은 오긴에게 가장 많이 나타난 것 같다. 오긴은 산 조안 바치스타가 커다란 양 손바닥에 메뚜기를 잔뜩 올려 놓고, 먹으라고 하는 것을 보았던 일도 있다. 또 대천사 가브리엘이 흰 날개를 접은 채 아름다운 금색 잔에 물을 따라 주는 것을 보았던 일도 있다.

행정관은 천주의 가르침은 물론 석가의 가르침도 몰랐기 때문에 왜 저들이 고집을 피우는지 확실히 이해되지 않았다. 때로는 세 사람 모두 정신이 나간 것이 아닌가 하고 생각한 적도 있었다. 그러나 정신이 나간 것이 아니라는 사실을 알자, 이번에는 구렁이라든지 일각수라든

지, 어쨌든 인륜과는 관계 없는 동물 같다는 생각이 들었다. 이 같은 동물을 살려 놓는 것은 오늘날의 법률에 어긋날 뿐만 아니라 한 나라의 안위에도 관계된다. 그래서 행정관은 한 달 정도 흙 감옥에 그들을 넣어 둔 후, 드디어 세 사람을 화형하기로 결정했다. (사실을 말하자면 이 행정관도 보통 세상 사람들과 같이 한 나라의 안위에 관계되는지 어떤지는 거의 생각하지 않았다. 이것은 첫째로 법률이 있고, 두 번째로는 사람의 도덕이 있으므로 일부러 생각해 보지 않아도 각별히 곤란할 것은 없었기 때문이다.)

조안 마고시치를 비롯하여 세 사람의 신도는 마을에서 떨어진 형장으로 끌려가는 도중에도 두려운 기색이 보이지 않았다. 형장은 마침 묘소와 이웃한 돌멩이가 많은 빈터다. 그들은 거기에 도착하자 하나하나 죄상을 들은 후 크고 각진 기둥에 묶였다. 그러고 나서 오른쪽에 조안나 오스미, 중앙에 조안 마고시치, 왼쪽에 마리아 오긴 순서로 형장의 한가운데에 세워졌다. 오스미는 연일 심한 고통 때문에 갑자기 나이를 먹은 것처럼 보인다. 마고시치도 수염이 자란 뺨에는 거의 핏기가 돌고 있지 않다. 오긴도 — 오긴은 두 사람에 비하여 아직 보통 때와 변함이 없다. 하지만 그들 세 사람은 공히 산더미 같은 장작을 밟은 채 똑같이 고요한 얼굴을 하고 있다.

형장 주위에는 전부터 많은 구경꾼이 둘러싸 있었다. 또 구경꾼 너머 하늘에는 묘소의 소나무 대여섯 그루가 천개처럼 가지를 뻗치고 있다.

모든 준비가 끝났을 때, 포졸 한 사람은 장엄하게 세 사람 앞으로 다가서서 천주의 가르침을 버릴 것인지 아닌지, 잠시 유예 시간을 줄 테니 한 번 더 잘 생각해 보라, 만약 가르침을 버린다고 한다면 금방이라도 포승줄을 풀어 준다고 했다. 그러나 그들은 대답하지 않았다.

모두 멀리 하늘을 바라본 채 입가에는 미소마저 띠고 있다.

포졸은 물론 구경꾼조차 이 몇 분간처럼 쥐 죽은 듯이 조용했던 적은 없다. 무수한 눈은 깜빡임도 없이 쭉 세 사람 얼굴에 쏠려 있다. 하지만 이것이 너무나 참혹한 나머지 누구도 숨을 들이마시지 않았다. 구경꾼은 도대체 불을 붙이는 것이 지금인가, 지금인가 하고 기다리고 있었다. 포졸은 또 처형에 시간이 걸려 완전히 지친 나머지 이야기할 용기도 나지 않았다.

그러자 갑자기 일동의 귀에는 의외의 말이 분명히 들려왔다.

"저는 가르침을 버리도록 하겠습니다."

목소리의 주인은 오긴이었다. 구경꾼은 일시에 웅성거렸다. 하지만 한 번 술렁인 후, 곧바로 또 조용해졌다. 그것은 마고시치가 슬픈 듯이 오긴 쪽을 돌아보면서 힘없는 소리를 내었기 때문이다.

"오긴! 너 악마에게 속은 거지? 조금만 더 참으면 주님 얼굴을 뵐 수 있어."

이 말이 끝나기도 전에 오스미도 멀리서 오긴을 향해 열심히 말을 걸었다.

"오긴! 오긴! 네게 악마가 붙은 거야. 기도해 주마. 기도해 주마."

그러나 오긴은 대답을 하지 않았다. 단지 수많은 구경꾼 너머로 천개처럼 가지를 뻗친 묘소의 소나무를 바라보고 있다. 그동안에 이미 행정관 한 사람이 오긴의 포승줄을 풀도록 명했다.

조안 마고시치는 그것을 보자마자 포기한 듯 눈을 감았다.

"만사에 충만하신 주님, 뜻하신 대로 맡기옵니다."

겨우 줄에서 풀려난 오긴은 잠시 망연히 웅크리고 서 있었다. 하지만 마고시치와 오스미를 보자 갑자기 그 앞에 무릎을 꿇으면서 무어라고 말도 하지 않고 눈물을 흘렸다. 마고시치 역시 눈을 감고 있다.

오스미도 얼굴을 돌린 채 오긴 쪽은 보려고도 하지 않는다.

"아버지, 어머니, 부디 용서해 주십시오."

오긴은 겨우 입을 열었다.

"저는 가르침을 버렸습니다. 그 이유는 문득 저쪽에 보이는 천개와 같은 소나무 가지에 생각이 미쳤기 때문입니다. 저 묘소 소나무 그늘에 잠들어 계시는 부모님은 천주의 가르침도 모르고, 틀림없이 지금쯤은 인헤루노에 떨어져 계시겠지요. 그런데 지금 저 혼자 하라이소 문에 들어가서는 무어라고 드릴 말씀이 없습니다. 저는 역시 지옥 밑바닥에 부모님 뒤를 따라가겠습니다. 부디 아버지와 어머니는 예수님, 마리아님 곁으로 가십시오. 그 대신에 가르침을 버린 이상 저도 살아 있을 수는 없습니다……."

오긴은 끊어질 듯 끊어질 듯 이렇게 말한 후에 흐느껴 울고 말았다. 그러자 이번에는 조안나 오스미도 밟고 있던 장작 위에 뚝뚝 눈물을 흘리기 시작했다. 지금부터 하라이소에 들어가고자 하는데 쓸데없이 슬픔에 빠져 있는 것은 물론 신도의 도리가 아니다. 조안 마고시치는 쓰라린 듯이 옆의 처를 쳐다보면서 새된 목소리로 나무랐다.

"당신도 악마에게 홀렸소? 천주의 가르침을 버리고 싶으면 마음대로 당신만 버리시오. 나는 혼자라도 화형 당하겠소."

"아닙니다. 저도 같이 죽겠습니다. 하지만 그것은 — 그것은…"

오스미는 눈물을 머금고서 반쯤 외치듯이 말을 던졌다.

"하지만 그것은 하라이소에 가고 싶기 때문이 아닙니다. 단지 당신과 — 당신의 뒤를 따르는 것입니다."

마고시치는 오랫동안 입을 다물고 있었다. 그러나 그 얼굴은 푸르기도 했고, 또 혈색이 넘치기도 했다. 동시에 땀방울도 알알이 얼굴에 괴기 시작했다. 마고시치는 지금 마음의 눈으로 그의 영혼을 보고 있

다. 그의 영혼을 두고 싸우고 있는 천사와 악마를 보고 있다. 만약 그때 발밑의 오긴이 엎드려 울고 있던 얼굴을 들지 않았더라면, — 아니, 이미 오긴은 얼굴을 들었다. 더욱이 눈물로 넘치는 눈에는 이상한 빛을 머금으면서 쭉 그를 쳐다보고 있다. 그 눈 속에서 번쩍이고 있는 것은 순진한 처녀의 마음만은 아니다. '유배된 자 하와의 자식', 모든 인간의 마음이다.

"아버지, 인헤루노로 가십시다. 어머니도 저도, 저쪽의 아버지 어머니도 — 전부 악마에게 맡깁시다."

마고시치는 드디어 타락했다.

이 이야기는 우리나라에 많았던 교인의 수난 중에서도 가장 부끄러워해야 할 배교로서 후대에 전해진 이야기이다. 확실히는 모르지만, 그들 세 사람이 가르침을 버리게 되었을 때에는 천주가 무엇인지 판별하지 못하는 구경꾼 남녀노소조차도 모조리 그들을 미워했다고 한다. 이것은 모처럼 화형이고 나발이고 볼 기회를 놓친 유감이었는지 모른다. 더욱이 또 전하는 바로는 악마는 그때 크게 기쁜 나머지 큰 책으로 변하여 밤중에 형장을 날고 있었다고 한다. 이것이 그렇게 무턱대고 기뻐할 정도로 악마의 성공이었는지 어떤지, 작자는 심히 회의적이다.

(1922. 8)

백합(百合)

김상원

료헤이는 어느 잡지사의 교정 일을 맡고 있다. 그러나 그것은 본의가 아니다. 그는 잠시라도 짬이 나면 마르크스 번역서를 탐독한다. 혹은 굵은 손가락 끝에 한 병의 바트 위스키를 즐기며 어두침침한 러시아를 공상한다. 백합 이야기도 그러한 때에 문득 그의 마음을 스쳐 지나간 단편적 기억의 한 조각에 불과하다.

올해 일곱 살인 료헤이는 생가 부엌에서 이른 점심을 허겁지겁 먹고 있었다. 그때 이웃집의 긴조가 땀범벅이 된 얼굴을 번득거리며 뭔가 큰일이라도 난 것처럼 갑자기 설거지대로 뛰어들어 왔다.

"지금 말야, 료짱. 지금 쌍떡잎 백합을 발견하고 왔어."

긴조는 싹이 두 개인 것을 표현하기 위해 위를 향한 코끝에 양손의 집게손가락을 가지런히 모았다.

"싹이 두 개라고?"

료헤이는 엉겁결에 눈이 휘둥그레졌다. 한 개의 뿌리에서 싹이 두 개 난 그 쌍떡잎 백합이라는 놈은 쉽게 찾아내기 어려운 것이었다.

"어, 되게 두꺼운 쌍떡잎이야. 잠지 싹이고, 빨간 싹이야, ……"

긴조는 막 풀리려던 허리띠 끝으로 얼굴 땀을 닦으며 정신없이 말을 이어갔다. 그 말에 혹했던 료헤이도 어느새 밥상을 내버려두고 설거지대 모퉁이에 웅크려 앉았다.

"밥부터 먹어라. 쌍떡잎이건 빨간 싹이건 간에 얼른."

어머니는 휑뎅그렁한 옆방에서 누에에게 줄 뽕나무를 썰며 두세 번 료헤이에게 말했다.

하지만 그는 그런 것은 전혀 귀에 들어오지 않는 듯이 싹은 얼마나 굵은지, 두 싹 모두 같은 길이인지 등 연달아 질문했다. 긴조는 물론 유창하게 답변했다. 싹은 두 개 모두 엄지손가락보다 두껍다, 키도 비슷하게 자라 있다, 그런 백합은 세계 어디에도 없다. ……

"야, 료짱. 지금 바로 보러 가자."

긴조는 몰래 어머니 쪽을 보고 나서 살짝 료헤이의 소맷자락을 잡아당겼다. 쌍떡잎의 빨간 잠지 싹을 본다. —이렇게 큰 유혹은 없었다. 료헤이는 대답도 하지 않고 어머니 짚신에 발을 넣었다. 짚신은 축축이 젖어 있었고, 게다가 끈도 꽤 느슨하게 풀려 있었다.

"료헤이! 이거! 밥도 먹다 말고, —"

어머니는 깜짝 놀라 말했다. 그러나 이미 료헤이는 그때 앞장서 뒤뜰을 달리고 있었다. 뒤뜰 밖에는 작은 길 건너편에 나무순이 자욱한 잡목림이 있었다. 료헤이는 그쪽으로 달려가려 했다. 그러자 긴조는 "이쪽이야" 하고 힘껏 외치며, 밭이 있는 오른쪽으로 달려갔다. 료헤이는 한 걸음 발을 내디딘 채 과장스럽게 머리를 빙 돌리고 몸을 앞으로 구부려 재빨리 뛰어서 돌아왔다. 왠지 그는 그렇게 하지 않으면 용감한 기분이 나지 않는 것이었다.

"뭐야, 밭 제방에 있는 거야?"

"아니, 밭 안에 있어. 이 맞은편 보리밭에……."

긴조는 이렇게 말하고 뽕나무 밭두렁으로 들어갔다. 뽕나무밭의 열십자 모양의 중작은 이미 종횡으로 뻗은 가지에 2전짜리 동전 크기의 잎을 달고 있었다. 료헤이도 그 가지 밑으로 허리를 구부려 긴조의 발자국을 따라갔다. 그의 바로 코끝에는 천을 댄 긴조의 엉덩이에 풀어진 허리띠가 춤을 추고 있었다.

뽕나무밭을 빠져나간 곳은 겨우 마디가 선 보리밭이었다. 긴조는 앞장선 채 보리와 뽕나무 사이에 낀 두렁을 한 번 더 오른쪽으로 돌았다. 민첩한 료헤이는 그 순간 긴조의 겨드랑이를 달려 빠져나갔다. 그러나 세 발도 못 가 화를 내는 듯한 긴조의 목소리는 갑자기 그를 멈춰 세웠다.

"뭐야, 어디 있는지 알지도 못하는 주제에!"

풀이 죽어 돌아온 료헤이는 마지못해 긴조를 앞장세웠다. 둘은 더 이상 달리지 않았다. 서로 말을 하지 않고 시무룩한 채 보리를 스칠 듯 걸었다. 하지만 그 보리밭 모퉁이에 지어진 제방 옆을 지나자 긴조는 급히 료헤이 쪽으로 웃는 얼굴을 돌리며 발밑의 밭두둑을 가리켜 보였다.

"이쪽, 여기야."

료헤이도 그 순간에는 언짢은 기분을 까맣게 잊고 있었다.

"어때? 어때?"

료헤이는 밭두둑을 들여다보았다. 거기에는 긴조가 말한 대로 빨간 잎을 말은 백합 싹 두 개가 윤기가 나는 머리를 삐쭉 내밀고 있었다. 료헤이는 말로만 들었지 실제로 이렇게 훌륭한 광경을 보자 말할 수 없이 깜짝 놀라고 말았다.

"봐, 두껍지."

긴조는 자못 득의양양하여 료헤이의 얼굴로 눈을 돌렸다. 하지만 료헤이는 고개만 끄덕인 채 백합의 싹만을 주시하였다.

"봐, 두껍지."

긴조는 다시 한 번 반복하고 나서 오른쪽 싹을 만지려 했다. 그러자 료헤이는 깜짝 놀라 황급히 긴조의 손을 막았다.

"앗, 만지지 마, 꺾이니까."

"괜찮아, 만져도. 네 백합도 아니면서!"

긴조는 다시 화를 냈다. 료헤이도 이번에는 물러서지 않았다.

"네 것도 아니잖아."

"내 건 아니지만 만지는 건 상관없잖아."

"그만두라니까, 꺾인단 말이야."

"꺾이다니. 나는 아까 실컷 만졌는데."

'아까 실컷 만졌다'고 하면 료헤이도 잠자코 있을 수밖에 없었다. 긴조는 그곳에 쭈그리고 앉은 채 아까보다 거칠게 백합 싹을 만지작거렸다. 그러나 세 치도 되지 않는 싹은 미동의 기색도 보이지 않았다.

"그럼 나도 만져볼까?"

겨우 안심한 료헤이는 긴조의 안색을 살피며 살짝 왼쪽 싹을 만져보았다. 빨간 싹은 료헤이의 손끝에 묘하게 단단한 느낌의 촉각을 주었다. 료헤이는 그 촉각에서 뭐라 말할 수 없는 기쁨을 느꼈다.

"굉장하다!"

료헤이는 혼자 미소 지었다. 그러자 긴조는 잠시 후 돌연 이런 말을 하기 시작했다.

"이렇게 좋은 잠지 싹이라면 뿌리가 아주 크겠지. 그지? 료짱, 파 볼까?"

긴조가 그렇게 말했을 때는 이미 손가락으로 밭두둑 흙을 파고 있을 때였다. 료헤이는 아까보다 더 화들짝 놀랐다. 그는 백합 싹도 까

맣게 잊은 듯 갑자기 긴조의 손을 꽉 잡았다.

"하지 마. 하지 마라니까. ―"

그리고는 료헤이가 작은 목소리로 말했다.

"들키면 너 혼나."

밭에서 자란 백합은 들이나 산에 있는 것들과 다르다. 이 밭의 주인 외에 누구도 파는 행위는 허락되어 있지 않다. ―그것은 긴조도 알고 있었다. 긴조는 약간 미련이 남는 듯 주위 흙에 원을 그린 후 고분고분 료헤이의 말을 들었다.

맑은 하늘 어딘가에서 종달새의 울음소리가 이어졌다. 두 아이는 그 울음소리 아래에서 쌍떡잎 백합을 만끽하며 진지하게 이렇게 약속했다. -첫째, 이 백합은 어떤 친구들한테도 말하지 말 것. 둘째, 매일 아침 학교에 가기 전 둘이 함께 보러 올 것. ……

❖ ❖

다음 날 아침, 둘은 약속한 대로 함께 백합이 있는 보리밭으로 왔다. 백합은 빨간 싹 끝에 이슬방울을 머금고 있었다. 긴조는 오른쪽 잠지 싹을, 료헤이는 왼쪽 잠지 싹을 각각 손톱으로 튕기며 이슬방울을 떨어트렸다.

"두껍다!-"

료헤이는 그날 아침도 새삼스럽게 백합의 훌륭함에 넋을 잃었다.

"이 정도면 5년은 됐을 거야."

"5년?-"

긴조는 잠시 료헤이의 얼굴로 경멸이 가득 찬 눈길을 보냈다.

"5년? 10년 정도는 됐겠지."

"10년? 10년이라면 나보다 나이가 많다고!"

"그래. 너보다 나이가 많을 거야."

"그럼 꽃이 열 송이 필까?"

5년생 백합에는 꽃이 다섯 송이 피고 10년생 백합에는 꽃이 열 송이 핀다. -그들은 언젠가 연장자에게 그런 걸 배운 적이 있었다.

"피지. 열 송이 정도!"

긴조는 엄숙히 잘라 말했다. 료헤이는 내심 멈칫거리며 변명이라도 하듯 혼잣말을 내뱉었다.

"빨리 피면 좋겠다."

"피기는, 여름까지는 안 피어."

긴조는 또다시 비웃었다.

"여름? 여름인가. 비 내리는 시기잖아."

"비 내리는 때는 여름이야."

"여름은 흰옷을 입는 때야. -"

료헤이도 쉽게 지지 않았다.

"비 내리는 때는 여름이야."

"바보! 흰옷을 입는 건 삼복 때야."

"거짓말. 우리 엄마한테 물어볼 거야. 흰옷을 입는 건 여름이야!"

료헤이는 그렇게 말을 마치기가 무섭게 철썩 왼쪽 뺨을 얻어맞았다. 그리고 맞았다고 생각했을 때는 벌써 상대에게 반격을 가하고 있었다.

"건방지게!"

안색을 바꾼 긴조는 힘껏 료헤이를 들이받았다. 료헤이는 하늘을 향해 보리밭 두둑에 쓰러졌다. 밭두둑에는 이슬이 내리고 있었기 때문에 그 바람에 얼굴과 옷이 완전히 진흙투성이가 되어버렸다. 그런데도 료헤이는 벌떡 일어나자마자 냅다 긴조에게 맹렬히 달라붙었다. 긴조도 허를 찔린 탓인지 평소에는 좀처럼 져본 일이 없지만 이때만은 털썩 엉덩방아를 찧었다. 게다가 엉덩방아를 찧은 자리는 백합 싹이 핀 바로 옆이었다.

"싸울 거면 이쪽으로 와. 백합 싹을 다치게 하니까 이쪽으로 와."

긴조는 아래턱을 치켜세우며 뽕나무 밭두둑으로 뛰어나갔다. 료헤이도 울상을 지은 채로 어쩔 수 없이 그곳으로 갔다. 둘은 금세 맞붙어 싸우기 시작했다. 얼굴이 벌게진 긴조는 료헤이의 멱살을 잡은 채 마구 앞뒤로 휘둘렀다. 료헤이는 보통 이렇게 당할 때는 대개 울음을 터뜨려 버리곤 했다. 그러나 그날 아침은 울지 않았다. 그뿐만 아니라 머리가 휘청거려도 악착같이 상대에게 달라붙었다.

그러자 뽕나무 사이에서 돌연 누군가가 얼굴을 내밀었다.

"아이고, 너희들 싸우는 거니."

둘은 그제야 싸움을 멈췄다. 그들 앞에는 얇은 마맛자국이 있는 농가의 아낙이 서 있었다. 그것은 역시 소키치라는 학교 친구의 어머니였다. 그녀는 뽕나무를 따러 온 것인지 잠옷 바람에 손수건을 둘러쓰고 커다란 소쿠리를 감싸 안고 있었다. 그리고는 뭔가 수상쩍은 듯 빤히 두 사람을 번갈아 보았다.

"스모예요. 아주머니."

긴조는 짐짓 아무렇지도 않은 듯 말했다. 하지만 료헤이는 부들부들 떨며 상대의 말을 자르듯 말했다.

"거짓말쟁이! 싸운 주제에!"

"너야말로 거짓말쟁이야."

긴조는 료헤이의 귓불을 붙잡았다. 그러나 다행히도 잡아당기기 전에 무서운 얼굴을 한 소키치의 어머니가 쉽사리 긴조의 손을 억지로

떼어놓았다.

"너는 항상 난폭하구나. 요전에 소키치의 이마에 상처를 낸 것도 너였지."

료헤이는 긴조가 혼나는 걸 보자 '꼴 좋다' 하고 말하고 싶었다. 하지만 그렇게 말해 주기 전에 왠지 눈물이 복받쳐왔다. 그 순간 또 긴조는 소키치 어머니의 손을 뿌리치며 한 발씩 춤추듯 뽕나무 가운데로부터 맞은편을 향해 도망쳐 갔다.

"히가네산이 흐렸다! 료헤이의 눈에서 비가 내렸다!"

다음 날 아침은 동트기 전부터 봄에는 드문 큰비가 내렸다. 료헤이의 집에서는 누에에게 먹일 뽕나무가 부족했기 때문에 아버지와 어머니는 점심 무렵이 되자 도롱이 먼지를 떨거나 낡은 밀짚모자를 끄집어내는 등 밭에 나갈 채비를 서두르기 시작했다. 그러나 료헤이는 그런 와중에도 계수나무 껍질을 깨물며 백합만을 생각하고 있었다. 이런 비라면 어쩌면 백합 싹도 꺾여버렸을지도 모른다. 아니면 밭의 흙과 함께 뿌리째 전부 흘러가버리진 않았을까? ……

"긴조 녀석도 걱정하겠지."

료헤이는 또 그렇게도 생각했다. 그러자 이상한 기분이 들었다. 긴조 집은 옆이니까 처마를 따라가기만 하면 우산을 켤 필요도 없었다. 그러나 어제 싸우고 난 후 체면상, 내 쪽에서 놀러 가고 싶지는 않았다. 설령 저쪽이 먼저 놀러 온다 해도 처음에는 말 한마디 하지 않을 테다. 그렇게 하면 녀석도 기가 죽을 게 틀림없다. ……(미완)

(1922년 9월)

세 가지 보물(三つの宝)

윤 일

❖ 1 ❖

숲 속. 세 명의 도둑이 보물을 갖고 싸우고 있다. 보물이라고 하는 것은 한 번 뛰어서 천 리를 뛰는 장화, 입으면 모습이 감춰지는 망토, 쇠라도 두 동강 내는 검 – 다만 어느 것을 보아도 낡은 도구 같은 물건뿐이다.

첫 번째 도둑: 그 망토를 이쪽으로 건네.

두 번째 도둑: 쓸데없는 말을 하지 마라. 그 검이야말로 이쪽으로 건네. – 아니, 내 장화를 훔쳤구먼.

세 번째 도둑: 장화는 내 물건이 아닌가? 너야말로 내 것을 훔쳤구나.

첫 번째 도둑: 좋아, 좋아. 그럼 망토는 내가 받아두지.

두 번째 도둑: 이 자식! 너 따위에게 가만히 넘겨줄 것 같으냐!

첫 번째 도둑: 잘도 나를 갈겼구나. – 아니, 내 검도 훔쳤어?

세 번째 도둑: 뭐야, 이 망토 도둑놈!

세 명의 큰 싸움이 된다. 그곳에 말에 올라탄 한 왕자가 숲 속을 지

나가고 있다.

왕자: 이봐, 이봐, 너희들 뭐 하고 있는 거야? (말에서 내린다)

첫 번째 도둑: 이 녀석이 나쁩니다. 제 검을 훔치고 망토까지 내놓으라고 하길래 –

세 번째 도둑: 아뇨, 그 녀석이 나쁩니다. 망토는 제가 훔친 것입니다.

두 번째 도둑: 아뇨, 이놈들은 둘 다 엄청난 도둑놈들입니다. 이것은 전부 제 건데 –

첫 번째 도둑: 거짓말하지 마!

두 번째 도둑: 이 사기꾼!

세 명, 또 싸움을 하려고 한다.

왕자: 기다려, 기다려. 저까짓 낡은 망토나 구멍이 뚫린 장화 따위, 누가 가져도 상관없지 않은가?

두 번째 도둑: 아뇨, 그렇지는 않습니다. 이 망토는 입자마자 모습이 감춰지는 망토입니다.

첫 번째 도둑: 어떠한 철 갑옷이라도 이 검으로 자르면 잘립니다.

세 번째 도둑: 이 장화는 신기만 하면 한 번에 천 리를 뜁니다.

왕자: 과연, 그런 보물이라면 싸움을 하는 것도 당연하군. 그렇다면 욕심내지 말고 하나씩 나누면 좋지 않은가.

두 번째 도둑: 그렇게 해 보세요. 제 목이 언제 어느 때 저 검에 잘릴지 모릅니다.

첫 번째 도둑: 아뇨, 그것보다 곤란한 것은 저 망토를 입으면 무엇을 도둑맞을지 모를 겁니다.

두 번째 도둑: 아뇨, 무엇을 훔친들 저 장화를 신지 않으면 마음대로 도망갈 수 없습니다.

왕자: 과연 하나하나 다 맞는 이야기구나. 그럼 그 물건들에 대해 의

논해보면, 내게 모두 팔지 않겠는가? 그러면 걱정할 필요도 없을 테니.

첫 번째 도둑: 어때, 이 영주님에게 팔아버리는 것은?

세 번째 도둑: 과연 그것도 좋을 수도 있겠군.

두 번째 도둑: 단 가격에 따라서다.

왕자: 가격은 – 그래, 그 망토 대신에 이 빨간 망토를 주지. 여기에는 가장자리에 자수도 놓여 있어. 그리고 그 장화 대신에는 보석이 박혀 있는 구두를 주지. 이 황금 세공의 검이라면 그 검을 주어도 손해 보지는 않을 거야. 어때, 이 가격으로?

두 번째 도둑: 저는 이 망토 대신 그 망토를 받죠.

첫 번째 도둑과 세 번째 도둑: 저희도 나무랄 게 없습니다.

왕자: 그래. 그럼 바꾸도록 하지.

왕자는 망토, 검, 장화 등을 바꾼 후, 다시 말 위에 올라타면서 숲 속 길로 가려고 한다.

왕자: 이 앞에 여관은 없는가?

첫 번째 도둑: 숲 밖으로 나가기만 하면 '황금 뿔피리'라는 여관이 있습니다. 그럼 조심히 가세요.

왕자: 그래, 그럼 안녕히. (간다)

세 번째 도둑: 남는 장사를 했네. 나는 장화가 이 구두가 될지는 생각도 못했다. 봐라. 연결고리에 다이아몬드가 박혀있어.

두 번째 도둑: 내 망토도 훌륭하지 않아? 이것을 입으면 영주님처럼 보이겠지.

첫 번째 도둑: 이 검도 대단한 거야. 칼자루도 칼집도 황금이니까, – 그런데 저런 싼 물건에 속아 넘어가다니 왕자도 바보가 아닌가?

두 번째 도둑: 쉿! 낮말은 새가 듣고 밤말은 쥐가 들어. 자, 어디라도

가서 한잔하지.

세 명의 도둑은 비웃으면서 왕자와는 반대의 길로 가버린다.

❖ 2 ❖

'황금 뿔피리'라는 여관의 술집. 술집 구석에서 왕자가 빵을 씹고 있다. 왕자 외에도 손님이 일고여덟 명, ― 모두 농부 같다.

여관 주인: 드디어 공주님의 혼례가 있다는군.

첫 번째 농부: 그렇다고 하네. 아무래도 신랑이 되는 사람은 검둥이 임금님이라고 하지 않는가?

두 번째 농부: 그러나 공주님은 그 임금님이 질색이라는 소문이야.

첫 번째 농부: 싫다면 그만두시면 좋을 텐데.

주인: 하지만 검둥이 임금님은 세 가지 보물을 갖고 계셔. 첫 번째가 천 리를 뛰는 장화, 두 번째가 쇠라도 자를 수 있는 검, 세 번째가 모습이 감춰지는 망토, ― 그것을 모두 헌상한다고 해서 욕심 많은 이 나라 임금님이 공주님을 준다고 말씀하셨다는 거야.

두 번째 농부: 공주님만 불쌍하게 되셨군.

첫 번째 농부: 누군가 공주님을 도와드리겠다는 사람은 없을까?

주인: 다른 나라의 왕자들 중에는 그렇게 말하는 사람도 있는 것 같지만, 아무튼 검둥이 임금님에게는 당해내지 못하니까 모두 손가락만 빨고 있다는 거야.

두 번째 농부: 게다가 욕심 많은 임금님은 공주님을 도둑맞지 않도록 용 파수꾼을 두었대.

주인: 아니야, 용이 아니고 군대라던데.

첫 번째 농부: 내가 마법이라도 할 줄 안다면 당장에 도와드리겠다고

말씀드릴 텐데, ─

주인: 당연하지. 나도 마법을 할 줄 알면 너 따위에게는 맡겨두지 않을 거야. (일동 웃기 시작한다)

왕자: (갑자기 일동 속에 뛰어들면서) 좋아, 걱정하지 마! 반드시 내가 구해주지.

일동: (놀란 듯) 당신이?!

왕자: 그렇다. 검둥이 왕 따위는 몇 명이라도 와라. (팔짱을 낀 채, 일동을 둘러본다) 닥치는 대로 해치울테니.

주인: 하지만 그 임금님에게는 세 가지 보물이 있답니다. 첫 번째는 천 리를 뛰는 장화, 두 번째는 ─

왕자: 쇠라도 자를 수 있는 검인가? 그런 거라면 나도 갖고 있어. 이 장화를 봐. 이 검을 봐. 이 낡은 망토를 봐. 검둥이 왕이 갖고 있는 것과 조금도 다르지 않은 보물들이야.

일동: (재차 놀란 듯) 그 구두가?! 그 검이?! 그 망토가?!

주인: (의심스러운 듯) 그러나 그 장화에는 구멍이 뚫려 있지 않습니까?

왕자: 그건 구멍이 뚫려 있어. 하지만 구멍이 뚫려 있어도 한 번 뛰어서 천 리는 뛸 수 있지.

주인: 정말입니까?

왕자: (불쌍한 듯) 너는 거짓말이라고 생각하겠지. 좋아, 그러면 뛰어 보이지. 입구의 문을 열어 둬. 됐지? 뛰어올랐다고 생각한 순간 보이지 않게 된다고.

주인: 그전에 계산해주실까요?

왕자: 뭐, 곧 돌아올 거야. 선물은 무엇을 갖다 줄까. 이탈리아의 석류인가, 스페인의 참외인가, 아니면 머나먼 아라비아의 무화과인가?

주인: 선물이라면 괜찮습니다. 일단 뛰어보세요.

왕자: 그럼, 뛴다. 하나, 둘, 셋!

왕자는 힘차게 뛰어오른다. 하지만 문 앞에 가기도 전에 털썩 하고 엉덩방아를 찧어버린다. 일동 와 하고 웃어버린다.

주인: 이럴 줄 알았지.

첫 번째 농부: 천 리는커녕 두세 칸(間)[1]도 뛰지 못했잖아.

두 번째 농부: 뭐, 천 리 뛰었어. 한 번에 천 리를 뛰고, 또 천 리를 뛰어서 돌아왔으니까 원래 장소로 되돌아온 거야.

첫 번째 농부: 농담하지 마. 그런 바보 같은 일이 어딨어.

일동: 크게 웃는다. 왕자는 풀이 죽어 일어나면서 술집 밖으로 나가려고 한다.

주인: 여보세요, 계산은 해주고 가세요.

왕자, 말없이 돈을 던진다.

두 번째 농부: 선물은?

왕자: (검의 손잡이에 손을 대고) 뭐라고?

두 번째 농부: (뒤로 물러나면서) 아뇨, 아무것도 아닙니다. (혼잣말처럼) 검이라면 모가지 정도는 자를지도 몰라.

주인: (달래는 듯) 자, 당신은 젊으니까 일단은 아버님의 나라로 돌아가세요. 아무리 당신이 떠들어 본들 검둥이 임금님에게는 도저히 상대가 되지 않습니다. 아무튼 사람은 매사에 분수를 알고 신중히 하는 것이 상책입니다.

일동: 그렇게 하세요. 그렇게 하세요. 나쁜 일을 말하지는 않습니다.

왕자: 나는 뭐든지, ─ 뭐든지 될 거라고 생각했는데. (갑자기 눈물을 흘린다) 너희에게도 창피하다. (얼굴을 감추면서) 아, 이대로 사라져버리

---

1) 간(間), 또는 칸: 길이의 단위로서 6척(尺)(약 1.818m).

고 싶다.

첫 번째 농부: 그 망토를 입어보세요. 그러면 사라질지도 모릅니다.

왕자: 빌어먹을! (발을 동동 구른다) 좋아, 얼마든지 바보 취급해봐. 나는 반드시 검둥이 왕으로부터 불쌍한 공주님을 구해낼 거야. 장화는 천 리를 뛰지는 못했지만, 아직 검이 있다. 망토도, — (열심히) 아니, 맨손으로라도 구해낼 거야. 그때 후회하지 않도록 해라. (미친 사람처럼 술집을 뛰어나가 버린다.)

주인: 곤란한 녀석이군. 검둥이 임금님에게 죽지나 않으면 좋겠는데. —

❖ 3 ❖

성의 정원. 장미꽃밭 사이로 분수가 치솟고 있다. 처음에는 아무도 없다. 잠시 뒤, 망토를 입은 왕자가 나온다.

왕자: 역시 이 망토는 입자마자 갑자기 모습이 감춰진다. 나는 성문을 통과하고 나서 병졸도 만났고, 시녀도 만났다. 하지만 누구도 검문하는 자가 없었다. 이 망토만 입으면 저 장미에 불고 있는 바람처럼 공주님 방에 들어갈 수 있을 것이다. — 아니, 저쪽에 걸어오는 것은 소문에 듣던 공주님이 아닌가? 어딘가에 몸을 감추고 나서, — 아니, 그럴 필요가 없지. 내가 여기에 서 있어도 공주님의 눈에는 보일 리가 없다.

공주님은 분수 가장자리에 오자 슬픈 듯 한숨을 내쉰다.

공주: 나는 왜 이리 불행할까. 이제 일주일도 안 가 저 밉살스러운 검둥이 왕이 나를 아프리카로 데려가 버릴 거야. 사자나 악어가 있는 아프리카로, — (잔디 위에 앉으면서) 나는 언제까지나 이 성에 있고 싶은데…….

왕자: 얼마나 아름다운 공주님인가. 설령 목숨을 잃는 한이 있어도 공주님을 구해낼 거야.

공주: (놀란 듯 왕자를 보면서) 누구세요, 당신은?

왕자: (혼잣말처럼) 아차! 소리를 낸 것이 잘못이군!

공주: 소리를 낸 것이 잘못이라고? 미친 사람인가? 저렇게 귀여운 얼굴을 하고선, ―

왕자: 얼굴? 당신은 제 얼굴이 보입니까?

공주: 보여요. 그게 뭐가 그렇게 이상하죠?

왕자: 이 망토도 보입니까?

공주: 예, 꽤나 낡은 망토가 아닌가요?

왕자: (낙담한 듯) 제 모습이 보일 리가 없을 텐데요.

공주: (놀란 듯) 어째서요?

왕자: 이것은 한 번 입기만 하면 모습이 감춰지는 망토입니다.

공주: 검둥이 왕의 망토가 그렇잖아요.

왕자: 아뇨, 이것도 그렇습니다.

공주: 그런데 모습이 감추어지지 않잖아요?

왕자: 병졸이나 시녀를 만났을 때는 확실히 모습이 감춰져 있었는데요. 그 증거로, 누구를 만나도 검문받은 적이 없었으니까요.

공주: (웃는다) 그건 그럴 거예요. 그런 낡은 망토를 입고 계시면 하인인가 하고 생각되니까요.

왕자: 하인! (낙담한 듯 앉아버린다) 역시 이 장화도 미친기기야.

공주: 그 장화도 어떻게 된 건가요?

왕자: 이것도 천 리를 뛰는 장화입니다.

공주: 검둥이 왕의 장화처럼?

왕자: 예, ― 그런데 요사이 뛰어보니 단 두세 칸도 뛰지 못했습니다. 보

세요. 아직 검도 있습니다. 이것은 쇠라도 자를 수 있을 터인데, —

공주: 뭔가 잘라 보신 적은?

왕자: 아뇨, 검둥이 왕의 목을 자를 때까지는 아무것도 자르지 않을 작정입니다.

공주: 저런, 당신은 검둥이 왕과 팔씨름이라도 하러 오셨나요?

왕자: 아뇨, 팔씨름 따위를 하러 온 것이 아닙니다. 당신을 구하러 왔습니다.

공주: 정말로?

왕자: 정말입니다.

공주: 어머, 기뻐요!

갑자기 검둥이 왕이 나타난다. 왕자와 공주는 깜짝 놀란다.

검둥이 왕: 안녕하세요. 저는 방금 아프리카에서 단숨에 뛰어 왔습니다. 어떻습니까, 제 장화의 힘이?

공주: (냉담하게) 그러면 다시 한 번 아프리카로 가시죠.

왕: 아뇨, 오늘은 당신과 함께 느긋하게 이야기를 하고 싶습니다. (왕자를 본다) 누구입니까, 그 하인은?

왕자: 하인? (화난 듯이 일어선다) 저는 왕자입니다. 공주를 구하러 온 왕자입니다. 제가 여기에 있는 한 손가락 하나도 내밀지 못하게 할 겁니다.

왕: (일부러 정중하게) 저는 세 가지 보물을 갖고 있습니다. 당신은 그것을 알고 있습니까?

왕자: 검과 장화와 망토입니까? 과연, 제 장화는 한 정(町)도[2] 뛸 수 없습니다. 그러나 공주와 함께라면 이 장화를 신고 있어도 천 리나

---

2) 정(町): 거리의 단위로서 60칸(間).

이천 리는 아무것도 아닙니다. 또 이 망토를 보세요. 제가 하인으로 보였기 때문에 공주의 앞에 올 수 있었으며, 그 역시 망토 덕분입니다. 이래서 왕자의 모습을 숨길 수 있지 않았겠습니까?

왕: (비웃으며) 건방지군! 내 망토의 힘을 봐두는 게 좋아. (망토를 입는다. 동시에 사라진다)

공주: (손뼉을 치면서) 아, 이제 사라져 버렸네요. 저는 저 사람이 사라져 버리면 정말로 기뻐서 어쩔 수가 없어요.

왕자: 저런 망토도 편리하네요. 마치 저를 위해 만들어진 것 같습니다.

왕: (돌연 또 나타난다. 분한 듯) 그렇습니다. 당신을 위해 만들어진 것 같습니다. 나에게는 전혀 도움이 되지 않아. (망토를 벗어 던진다) 그러나 나는 검을 갖고 있지. (갑자기 왕자를 노려보면서) 당신은 내 행복을 빼앗았다. 자, 정정당당하게 승부하지. 내 검은 쇠라도 자를 수 있어. 당신의 목 정도는 아무것도 아냐. (검을 뺀다)

공주: (일어서자마자 왕자를 감싼다) 쇠라도 자를 수 있는 검이라면 제 가슴도 찌를 수 있겠죠. 자, 한칼에 찔러 보세요.

왕: (뒷걸음질치며) 아뇨, 당신은 벨 수 없습니다.

공주: (비웃듯이) 저런, 이 가슴도 찌를 수 없습니까? 쇠라도 자를 수 있다고 말씀하신 주제에!

왕자: 기다리세요. (공주를 말리면서) 왕의 말은 지당합니다. 왕의 적은 저니까 정정당당하게 승부하지 않으면 안 됩니다. (왕에게) 자, 바로 승부하지. (칼을 뺀다)

왕: 나이가 어린데도 대견한 남자군. 알겠나! 내 검에 닿으면 목숨은 없어.

왕과 왕자의 검이 맞부딪힌다. 그러자 금세 왕의 검이 나뭇가지 따위를 자르는 것처럼 왕자의 검을 잘라버린다.

왕: 어때?

왕자: 틀림없이 검은 잘렸군. 하지만 나는 이처럼 당신 앞에서 웃고 있다.

왕: 그럼 아직 승부를 계속할 마음인가?

왕자: 당연하지. 자, 와라.

왕: 이제 승부 따위는 하지 않아도 좋아. (갑자기 검을 던져버린다) 이긴 것은 당신이야. 내 검 따위는 아무것도 아냐.

왕자: (희한한 듯 왕을 본다) 왜?

왕: 왜냐고? 내가 당신을 죽인들 공주에게 점점 미움받을 뿐이다. 당신은 그것을 모르겠나?

왕자: 아니, 나는 알고 있다. 단 당신은 그런 것도 모를 것 같았지.

왕: (생각에 잠기며) 나는 세 가지 보물이 있으면 공주도 받을 수 있을 거라고 생각하고 있었다. 하지만 그것이 틀렸었나봐.

왕자: (왕의 어깨에 손을 대면서) 나도 세 가지 보물이 있으면 공주를 구할 수 있을 거라고 생각하고 있었다. 하지만 그것도 틀렸었나 보다.

왕: 그렇다. 우리는 둘 다 틀렸었다. (왕자의 손을 잡는다) 자, 깨끗하게 화해하죠. 제 무례를 용서해 주십시오.

왕자: 제 무례도 용서해 주십시오. 지금 와서 생각해 보니 제가 이긴 건지 당신이 이긴 건가 모르겠습니다.

왕: 아니, 당신이 저를 이겼습니다. 저는 저 자신에게 이긴 것입니다. (공주에게) 저는 아프리카로 돌아갑니다. 부디 안심해 주세요. 왕자의 검은 쇠를 못 자르는 대신에 쇠보다도 더욱 단단한 제 마음을 찔렀습니다. 저는 당신의 혼례를 위해 이 검과 장화, 그리고 저 망토, 세 가지 보물을 드리죠. 이제 이 세 가지 보물이 있으면 두 분

을 괴롭히는 적은 세상에 없을 것입니다만, 만일 또 누군가 나쁜 녀석이 있다면 저희 나라에 알려 주세요. 저는 언제든지 아프리카에서 백만 흑인 기병과 함께 당신의 적을 정벌하러 오겠습니다. (슬픈 듯) 저는 당신을 맞이하기 위해서 아프리카의 수도 한복판에 대리석 궁전을 지어 놓았습니다. 그 궁전 주위에는 온통 연꽃이 피어 있습니다. (왕자에게) 부디 당신은 이 장화를 신고 가끔 놀러 오세요.

왕자: 반드시 대접받으러 가겠습니다.

공주: (검둥이 왕의 가슴에 장미꽃을 꽂아주면서) 저는 당신에게 미안한 일을 했어요. 당신이 이렇게 상냥한 분이라고는 꿈에도 모르고 있었어요. 부디 용서해 주세요. 정말로 저는 미안한 일을 했어요. (왕의 가슴에 기대면서 아이처럼 울기 시작한다)

왕: (공주의 머리를 쓰다듬으면서) 그렇게 말씀해 주시다니 감사합니다. 저도 악마가 아닙니다. 악마 같은 검둥이 왕은 옛날이야기에만 있을 뿐입니다. (왕자에게) 그렇지 않습니까?

왕자: 그렇습니다. (구경꾼을 향하면서) 여러분! 우리 세 사람은 눈이 뜨였습니다. 악마 같은 검둥이 왕이나 세 가지 보물을 갖고 있는 왕자는 옛날이야기에만 있을 뿐입니다. 우리는 이미 눈이 뜨인 이상 옛날이야기 속 나라에서 살아가서는 안 됩니다. 우리 앞에는 안갯속에서 더욱더 넓은 세계가 떠오르고 있습니다. 우리는 이 장미와 분수의 세계로부터 다함께 그 세계로 나갑시다. 더 넓은 세계! 더 추악한, 더 아름다운, — 더 큰 옛날이야기의 세계! 그 세계에서 우리를 기다리는 것이 고통일지, 또는 즐거움일지, 우리는 아무것도 모릅니다. 단 우리는 그 세계로 용감한 일대(一隊)의 군인처럼 나아가는 것만을 알고 있을 뿐입니다.

히나(雛)

손순옥

상자를 나서는 얼굴 잊을 수 없는 히나 한 쌍―부손(蕪村)

이것은 어느 노파의 이야기다.

……요코하마의 어느 미국인에게 히나(雛)인형을 팔기로 약속한 날이 다가온 것은 11월경이었습니다. 기노쿠니야라고 하는 우리 집은 조상 대대로 여러 다이묘의 돈 관리를 하고 있었으며, 특히 시치쿠라고 불리는 조부는 한량의 한사람이었기 때문에 히나도 저의 것이지만 아주 훌륭하게 만들어졌습니다. 뭐, 이를테면 다이리비나(内裏雛)[1]는 메비나(女雛)[2]가 쓴 관의 장신구에도 산호가 들어있다든가, 오비나(男雛)[3]의 시오제(塩瀬)[4]의 세키타이(石帯)[5]에도 죠몬과 카에몬이 서로 다르게 수를 놓았다던가, 하는 히나였습니다.

1) 다이리비나(内裏雛): 천황·황후의 모습을 본떠 만든 남녀 한 쌍의 인형
2) 메비나(女雛): 가운데 황후를 본뜬 인형
3) 오비나(男雛): 다이리비나중에서 천황으로 꾸민 인형
4) 시오제(塩瀬): 나라에 예부터 있었던 만두가게. 중국인 죠인이 일본에 건너와 만두를 만든 것을 기원으로 한다.
5) 세키타이(石帯): 공가의 정장인 속대를 입을 때 도포의 허리를 묶는 혁대

그것조차 팔려고 했기 때문에 저의 아버지, 12대째의 기노쿠니야 이헤에이가 어느 정도로 생활이 궁핍한지를 대략 추측할 수 있을 것입니다. 무엇보다 도쿠가와 가가 멸망한 이후 어용금(御用金)을 돌려준 것은 가슈 님뿐이었습니다. 그것도 삼천 냥 중에 백 냥밖에 돌려주지 않았지만요. 인슈 님 등은 겨우 사백 냥 정도의 아카마 돌벼루만 한 개 줄 뿐이었습니다. 게다가 화재도 두세 번 있었고, 우산 장사 등을 한 것도 모두 차질이 생겨 당시에는 이미 훌륭한 가구도 전부 가족의 생계를 위해 팔아버렸습니다.

거기에 히나마저 팔라고 아버지에게 권유한 것은 마루사(丸佐)라고 하는 골동품점의, ……이미 고인이 되었지만, 대머리 주인이었습니다. 이 마루사의 대머리만큼 웃겼던 것은 없습니다. 뭔가 하면, 머리 가운데 꼭 안마 고약을 바른 것처럼 문신을 하고 있었습니다. 이것은 모두 젊었을 때 머리가 약간 벗겨진 곳을 감추기 위해 새겨 넣은 것이지만 공교롭게도 그 뒷머리 쪽은 거리낌 없이 벗겨졌기 때문에 이 머리 꼭대기의 문신만 남게 되었다는 것을 그 당시 본인의 입으로 말했습니다. —그런 것은 어쨌든 아버지는 아직 15살인 저를 애처롭게 생각해서 가끔 마루사가 권유해도 히나를 파는 것만큼은 주저했던 것입니다.

그것을 결국 팔게 한 것은 에이키치라고 하는 저의 오빠, ……역시 고인이 되었지만, 그 당시는 아직 열여덟이었던, 화를 잘 내는 오빠였습니다. 오빠는 개화인이라고 할까, 영어책을 손에서 놓는 일이 없었고 정치를 좋아하는 청년이었습니다. 그러다 히나 이야기가 나오면, 히나마쓰리는 구식이라든가, 그런 실용적이지 못한 물건은 놔둬도 소용없다든가 여러 가지로 헐뜯는 것이었습니다. 그 때문에 오빠는 옛날 사람인 어머니와도 몇 번이나 말다툼을 했는지 모릅니다. 그러나 히나만 팔아 버린다면 이번 섣달 그믐까지는 어떻게든 버틸 수 있으니까 어머니도 괴로워하는 아버지 앞에서 그렇게 강하게만 말할 수도 없었겠지요. 히나는 앞에서도 말한 대로 11월 중순에는 결국 요코하마의 미국인에게 팔아버리기로 했습니다. 네, 저 말인가요? 그거야 응석도 부려봤지만, 말괄량이였기 때문일까요. 예상 외로 그렇게 슬프다고는 생각하지 않았습니다. 아버지는 히나를 팔기만 하면 보라색 공단 오비를 하나 사준다고 말씀하셨기 때문에…….

그 약속을 한 다음 날 밤, 마루사는 요코하마에 갔다가 돌아오는 길에 우리 집에 들렀습니다.

우리 집으로 말하면 세 번째 화재를 겪은 후에는 건물도 제대로 수리하지 않았습니다. 타다 남은 창고를 살림집으로, 거기에 달아낸 가건물을 가게로 한 것이었지요. 원래 당시에는 임시방편으로 약국을 하고 있었기 때문에 정득황이라든가 안경탕 또는 태독산이라든가-하는 약의 금 간판만은 약장 위에 진열해 놓았습니다. 거기에 또 무진등이 켜져 있는, ……라고만 말하면 아마 모르시겠지요. 무진등이라고 하는 것은 석유 대신에 종유를 사용하는 구식 램프입니다. 우스운 이야기지만 저는 아직까지 약재 냄새, 진피와 대황의 냄새가 나면 반드시 이 무진등을 생각하지 않을 수 없습니다. 실제로 그 밤에도 무진등은 떠도는 약재 냄새 속에 희미한 빛을 발하고 있었습니다.

머리가 벗겨진 마루사의 주인은 이제 겨우 서양식으로 머리를 자른 아버지와 무진등을 사이에 두고 앉았습니다.

"그렇다면 확실히 반액만…… 한번 확인해보세요."

형식적인 안부 인사를 끝낸 후 마루사의 주인이 끄집어낸 것은 종이꾸러미에 싸인 돈이었습니다. 그날 선금을 받기로 약속한 것이겠지요. 아버지는 화로에 손을 쬔 채로 아무 말도 하지 않고 고개를 끄덕였습니다. 마침 그때였습니다. 저는 어머니가 시키는 대로 차 심부름

을 갔습니다. 그런데 차를 내려고 하자 마루사의 주인은 큰소리로 "그러시면 안 됩니다. 그것만은 안 됩니다." 하고 갑자기 이렇게 말하는 것이 아니겠어요? 저는 차가 필요 없는 것인가 약간 당황했지만 마루사의 주인의 앞을 보자 이미 한 장의 종이에 싼 돈이 틀림없이 나와 있었습니다.

"이건 얼마 되지 않지만, 그래도 제 마음이니까……."

"아니오, 마음은 확실히 받았습니다. 이것은 부디 도로 넣어두심이……."

"어허, 사람 부끄럽게 하지 마십시오."

"농담하시면 안 됩니다. 나으리야말로 사람 부끄럽게 하십니다. 생판 남도 아니고 조부 때부터 도움을 받아온 마루사 아닙니까? 그저 남이라 여기지 마시고 이것만은 넣어두십시오. ……아니, 아가씨! 오늘 밤은, 아니아니, 나비 모양 머리가 아주 예쁘게 되었네!"

저는 별생각도 없이 이런 입씨름을 들으면서 창고 안으로 돌아왔습니다.

창고는 12첩(疊)[6]이나 깔렸다고 할까. 상당히 넓었지만 옷장도 있거니와 긴 화로도 있고 큰 궤짝도 있고 찬장도 있는 모양이니까 훨씬 비좁아 보이는 기분이 들었습니다. 이런 가재도구 중에서도 가장 눈에 띄는 것은 모두 30개의 오동나무 상자였습니다. 물론 히나인형 상자라는 것이야 말할 필요도 없습니다. 이것이 언제라도 내갈 수 있도록 창문 벽에 쌓여 있었습니다. 이런 창고 가운데에 —— 무진등은 가게에 가져갔기 때문에 희미한 호롱불이 켜져있는 —— 그 오래된 호롱불빛에 어머니는 망주머니를 깁고, 오빠는 작고 오래된 책상에서 여

---

6) 첩(疊): 다다미. 마루방에 까는 일본식 돗자리. 1疊=約1.65㎡(세로 180cm×가로 90cm) 1평은 2疊으로 12평은 약 6평이다.

전히 영어 책인지 뭔지를 살펴보고 있었습니다. 거기에는 평소와 다른 것이 없었습니다. 그런데 문득 어머니의 얼굴을 보자 바느질을 하며 내리뜬 어머니의 속눈썹 안쪽에 눈물이 가득 고여 있었습니다.

차 심부름을 마친 저는 어머니에게 칭찬을 받을 기대로 ——라고 하는 것은 허풍이라도 기대하는 마음은 있었습니다. 거기에 이 눈물이라니 저는 슬프다기보다도 처음 있는 일이라 곤란했기 때문에 가능하면 어머니를 보지 않으려고 오빠가 있는 쪽으로 가서 앉았습니다. 그러자 갑자기 오빠 에이키치가 눈을 들었습니다. 오빠는 약간 의아스러운 듯이 어머니와 저를 번갈아 보았지만 갑자기 묘한 웃음을 짓고 또 영어책을 읽기 시작했습니다. 저는 이때만큼 개화니 뭐니 잘난 체 하는 오빠를 미워한 적이 없습니다. 어머니를 바보취급하고 있다 —— 오직 이렇게 생각했던 것입니다. 저는 갑자기 힘껏 오빠의 등을 때렸습니다.

"뭐하는 거야?"

오빠는 저를 흘겨보았습니다.

"때려줄 거야! 때려줄 거야!"

저는 우는 소리를 내면서 다시 한번 오빠를 때리려고 했습니다. 그때는 이미 어느샌가 오빠가 화를 잘 낸다는 것을 잊어버렸습니다. 하지만 아직 올리고 있던 손을 내리치려는 순간에 오빠가 저의 뺨에 찰싹 하고 손바닥을 날렸습니다.

"철부지!"

저는 물론 울기 시작했습니다. 동시에 오빠의 위로도 자가 떨어졌습니다. 오빠는 바로 소리 지르며 어머니에게 대들었습니다. 어머니도 이렇게 되면 용서하지 않습니다. 낮은 목소리를 울리면서 심하게 오빠와 말씨름을 했습니다.

이런 말다툼을 하는 중에 저는 단지 분해서 계속 울고 있었습니다. 마루사의 주인을 배웅한 아버지가 무진등을 든 채 가게에서 창고로 들어오기 전까지는 —— 아니, 저 뿐만이 아니었습니다. 오빠도 아버지의 얼굴을 보자 갑자기 입을 다물어 버렸습니다. 말수가 없는 아버지만큼, 저는 물론 당시의 오빠에게도, 두려웠던 것은 없었기 때문입니다 —— 그날 밤 히나는 이달 말, 남은 잔금을 받는 동시에 저 요코하마의 미국인에게 넘겨지게 되었습니다. 뭐라고요? 판 가격 말입니까. 이제 와서 생각해보면 바보스러운 것 같지만 확실히 30엔이라고 말했습니다. 그래도 당시의 물건으로 치면 아주 고가임에는 틀림이 없습니다. 그사이에 히나인형을 넘길 날은 점점 가까워 오고 있었습니다. 저는 전에도 말한 대로 각별히 그것을 슬프다고는 생각하지 않았습니다. 그러나 하루하루 약속한 날이 다가오자 차차 히나와 헤어지는 것이 괴로워지기 시작했습니다. 그러나 아무리 어린아이라고는 해도 일단 넘기기로 정해진 히나인형을 넘기지 않아도 된다고는 생각하지 않았습니다. 단지 다른 사람 손에 넘어가기 전에 다시 한번 더 잘 보아 두고 싶었습니다. 다이리비나, 하야시, 좌측의 벚꽃, 우측의 귤, 촛대, 병풍, 공예품의 도구, ——다시 한번 이 창고 속에 이런 것들을 장식해보고 싶다 ——라고 하는 것이 소원이었습니다. 하지만 완고한 아버지는 몇 번이나 제가 졸라도 이것만은 허락하지 않았습니다. "한번 계약을 하면 어디에 있든 다른 사람의 것이다. 다른 사람의 것에는 손대는 것이 아니다."

그러다 벌써 월말에 가까워져, 바람이 심한 날이었습니다. 어머니는 감기에 걸린 탓일까. 아니면 또 아랫입술에 생긴 좁쌀 정도의 종기 탓인지 기분이 좋지 않다고 말하시며, 아침식사도 드시지 않았습니다. 저와 설거지를 하고 난 후에는 한손으로 이마를 누르면서 가만히 긴

화로 앞에 웅크리고 계셨습니다. 그런데 그럭저럭 점심때쯤 갑자기 얼굴을 든 것을 보자 종기가 있던 아랫입술만 마치 빨간 고구마같이 부풀어 올라있는 것이 아니겠습니까. 게다가 열이 높은 것은 이상하게 빛나는 눈의 색만으로도 바로 알 수 있었습니다. 이것을 본 저의 놀라움은 말할 필요도 없습니다. 저는 거의 무아지경이 되어 아버지가 있는 가게로 달려갔습니다.

"아버지! 아버지! 어머니가 큰일 났어요."

아버지는, ——그리고 거기에 있던 오빠도 아버지와 함께 안으로 들어왔습니다. 그러나 무서운 어머니의 얼굴에 놀랍고 어이없었겠죠. 평소에는 어떤 것에도 놀라지 않는 아버지조차 이 때만은 멍해져서 당분간 말을 하지 못했습니다. 그러나 어머니는 이 와중에도 열심히 웃으면서 이런 말을 하는 것이었습니다.

"왜 그래요, 큰일도 아닌데. 단지 약간 종기에 손톱을 댔기 때문이예요. —— 지금 식사준비 할게요."

"무리를 하면 안돼. 식사 준비 따위는 오쓰루도 할 수 있어."

아버지는 반은 야단을 치듯이 어머니의 말을 막았습니다.

"에이키치! 혼마 씨를 불러와라!"

오빠는 이런 말을 들었을 때에는 이미 재빨리 바람이 심하게 부는 가게 밖으로 뛰어나가고 있었습니다.

혼마 씨라고 말하는 한방의사 —— 오빠는 시종 돌팔이 의사라고 바보취급하고 있지만 그 의사도 어머니를 보았을 때는 당혹스런 듯이 팔짱을 꼈습니다. 듣자니 어머니의 종기는 면정(面疔)[7]이라고 하는 것이었습니다. 원래는 면정도 수술만 하면 두려운 병은 아닙니다. 그러

---

7) 면정(面疔, facial furuncle): 안면에 생기는 화농성 악성 종기. 모낭(毛囊)에 화농균이 감염하여 생기며, 특히 윗입술과 턱부분에 잘 생긴다.

나 당시의 비극은 수술할 형편이 아니라는 것이었습니다. 단지 달인 약을 마시게 하고 거머리에게 피를 빨게 하고 —— 그런 것만 할 수 있을 뿐이었습니다. 아버지는 매일 머리맡에서 혼마 씨의 약을 달였습니다. 오빠도 매일 50전씩 거머리를 사러 갔습니다. 저도 —— 저는 오빠가 모르게 아주 가까운 이나리(稲荷[8])신에게 백배를 하러 다녔습니다. —— 이런 형편이기 때문에 인형에 대한 것은 말할 수도 없었습니다. 아니 잠시 저를 비롯해 누구도 저 벽에 쌓인 30개가량의 오동나무상자에는 눈길도 주지 않았습니다.

그러나 11월 29일, 드디어 인형과 헤어지기 하루 전의 일입니다.

저는 히나와 같이 있는 것도 오늘이 마지막이라고 생각하자 너무 참을 수 없을 만큼 한번 더 상자를 열어 보고 싶었습니다. 하지만 아무리 졸라도 아버지는 승낙하지 않을 것이 틀림없습니다. 그러자 어머니에게 말해보자 —— 저는 곧 이런 생각을 했지만 어쨌든 그 후 어머니의 병은 전보다 더 나빠졌습니다. 먹는 것도 미음을 마시는 것 외에는 일체 목으로 넘기지 못하십니다. 특히 이때는 입안에도 끊임없이 피가 섞인 고름이 고이게 되었습니다. 이런 어머니의 모습을 보자 아무리 15살의 어린 딸이라고 해도 억지로 히나를 장식하고 싶다는 말 따위는 입 밖에 낼 용기가 나지 않습니다. 저는 아침부터 머리맡에서 어머니의 기분을 살피고 드디어 2, 3시 될 때까지는 아무 말도 하지 않았습니다. 그러나 저의 눈앞에는 금망을 친 창문 아래 예의 오동나무 인형 상자가 쌓여 있습니다. 그리고 그 인형 상자는 오늘밤 하루가 지나기만 하면 먼 요코하마의 외국인의 집에 —— 자칫 잘못하면

8) 이나리(稲荷)신: 곡식을 맡은 신, 곧 倉稲魂神; 또는 그 신을 모신 신사(神社). 지금은 대개 한 집안(지역)의 수호신으로 모시고 있으며 붉은 鳥居(=홍살문과 같은 것)가 있는 사당임.

미국까지 가버립니다. 그런 것을 생각하자 갑자기 가만있을 수가 없습니다. 저는 어머니가 자는 사이 살짝 가게에 나가 보았습니다. 가게는 불빛도 밝지 않고 창고 안에 비하면 큰길가의 사람들이 보이는 것만으로도 그런대로 괜찮은 것이었습니다. 거기에 아버지는 장부를 검토하고 오빠는 끙끙대며 한구석의 약상자에 감초인가 뭔가를 내리고 있었습니다.

"저, 아버지. 일생의 소원이니까 ——"

저는 아버지의 안색을 살피면서 여전한 부탁을 드렸습니다. 하지만 아버지는 승낙은커녕 상대도 해 주지 않았습니다.

"그런 것은 이전에도 말하지 않았나. —— 어이, 에이키치! 너는 오늘 밝은 동안 마루사에 좀 갔다 와라."

"마루사에 —— 와 달라고 하는 것인가요?"

"아니, 램프를 한 개 가지고 오라고 부탁했지만, —— 네가 돌아오는 길에 가지고 와도 좋다."

"그렇지만, 마루사에 램프는 없잖아요?"

아버지는 제가 놀랄 정도로, 드물게 웃는 얼굴을 보였습니다.

"촛대인지 뭔지는 없을 것이고 —— 램프는 사달라고 부탁해 놓았다. 내가 사는 것보다는 확실하니까."

"그럼 이제 무진등은 사용하지 않는 거예요?"

"그것도 이제 쉴 때가 되었겠지."

"오래된 것은 차차 그만두는 것이죠. 제일 먼저 어머니도 램프로 바꾸면 조금은 기분이 밝아지실 거예요."

아버지는 그뿐 전과 같이 또 주판을 튕기기 시작했습니다. 하지만 저의 소원은 상대해주지 않는 만큼 강해지기만 할 뿐이었습니다. 저는 다시 한번 뒤에서 아버지의 어깨를 흔드는 척했습니다.

"아버지, 으응."

"시끄럽다!"

아버지는 뒤도 돌아보지 않고 갑자기 저를 야단쳤습니다. 뿐만 아니라 오빠도 화가 난 듯이 저의 얼굴을 노려보고 있습니다. 저는 완전히 풀이 죽은 채 조용히 안으로 돌아왔습니다. 그러자 어머니는 어느샌가 열이 있는 눈을 들고, 얼굴 위에 가린 손바닥을 바라보고 있는 것이었습니다. 그러다 저의 모습을 보자 생각 외로 분명하게 이렇게 말씀하셨습니다.

"너 무엇 때문에 아버지에게 야단맞았니?"

저는 대답하기 곤란했기 때문에 머리맡의 하네요지(羽根楊枝)[9]만 만지작거리고 있었습니다.

"또 어떤 억지스런 말을 했겠지? ——"

어머니는 물끄러미 저를 보더니 이번에는 괴로운 듯이 계속 말씀하셨습니다.

"나는 이런 몸이고, 모든 것은 아버지가 하시는 일이니까 얌전히 있어야 한다. 자, 봐라. 옆집의 딸은 연극도 자주 보러간단다 ——"

"연극 따위는 보고 싶지 않으니까."

"아니, 연극뿐만이 아니라 비녀라든가 장식용 깃이라든가 네가 갖고 싶은 것 투성이잖니 ——"

저는 그것을 듣고 있는 동안 분하다고 할까 슬프다고 할까 결국 눈물을 흘리고 말았습니다.

"있잖아. 어머니 —— 나는 있잖아 —— 아무것도 원하는 것이 없어요. 단지 저 히나를 팔기 전에 ——"

---

9) 원문에는 '羽根楊枝'로 되어 있다. 면봉처럼 끝에 깃털을 붙인 가느다란 막대로 종기가 난 어머니의 얼굴에 약을 바를 때 사용한 것으로 보인다.

"히나말이야? 히나인형을 팔기 전에?"

어머니는 한층 더 커진 눈으로 저의 얼굴을 주시했습니다.

"전 히나를 팔기 전에 ——"

저는 잠시 주춤했습니다. 갑자기 정신을 차려보니 어느 순간 뒤에 오빠 에이키치가 서 있던 것입니다. 오빠는 저를 내려다보면서 변함없이 화가 난 듯이 이렇게 말했습니다.

"철부지! 또 히나 이야기이겠지? 아버지에게 야단맞은 건 잊었어?"

"이제 그만해도 되지 않겠니? 그렇게 꽥꽥 소리지르지 않더라도."

어머니는 시끄러운 듯이 눈을 감았습니다. 그러나 오빠는 그것도 들리지 않는다는 듯이 계속 야단쳤습니다.

"15살이나 되는 주제에 조금은 세상 물정도 알 것인데? 겨우 그런 히나인형 따위로 분해하는 놈이 있을까?"

"남의 일에 참견이야! 오빠의 히나가 아니잖아?"

저도 지지 않고 말대꾸를 했습니다. 그 다음은 늘 마찬가지입니다. 두 마디 세 마디 주고받는 중에 오빠는 저의 목덜미를 잡더니 갑자기 저쪽으로 잡아당겨 넘어뜨렸습니다.

"말괄량이!"

오빠는 어머니가 제지하지 않았으면 이 때도 틀림없이 두 세 번은 꾸짖었을 것입니다. 그러나 어머니는 베게 위에서 반쯤 머리를 들고 헐떡헐떡 거리면서 오빠를 야단쳤습니다.

"오쓰루가 아무 일도 안했는데 그런 눈으로 보는 것은 당치 않아."

"그건 그렇고 이 녀석은 아무리 말해도 좀처럼 말을 듣지 않아요."

"아니, 오쓰루만 미운 것은 아니지? 너는 —— 너는 ——"

어머니는 눈물의 고인 채 분한 듯이 몇 번이나 말을 머뭇거렸습니다.

"너는 내가 미운게지? 그렇지 않으면 내가 아프다고 하는 데도, 히

나를 —— 히나를 팔고 싶어 하고, 죄도 없는 쓰루를 괴롭히고 —— 그런 일을 할 리가 없잖아. 그렇지? 그렇다면 왜 미운건지 ——"

"어머니!"

오빠는 갑자기 이렇게 외치더니, 어머니의 베게맡에 꼿꼿이 선 채로 무릎에 얼굴을 묻었습니다. 그 후 부모가 죽은 후에도 눈물 한 방을 흘리지 않았던 오빠 —— 오랫동안 정치일로 뛰어다닌 후부터 정신병원에 보내질 때까지 한 번도 약한 모습을 보이지 않았던 오빠, —— 이런 오빠가 이때만은 슬프게 울기 시작했습니다. 이것은 흥분을 가라앉힌 어머니에게도 의외였을 것입니다. 어머니는 긴 한숨을 쉬기만 하고, 하려고 하던 말을 하지 않고, 다시 누워버렸습니다. ——

이런 소동이 있고 나서 1시간 정도 후입니다. 오래간만에 가게에 얼굴을 내민 것은 생선가게의 도쿠조입니다. 아니 생선가게는 아닙니다. 이전에는 생선가게를 했지만 지금은 인력거 마부가 되어 가게에 자주 드나드는 젊은이입니다. 이 도쿠조에게는 우스운 이야기가 몇 개나 있는지 모릅니다. 그 중에서도 지금까지 생각나는 것은 성(姓)에 관한 이야기입니다. 도쿠조도 역시 유신 이후 성을 가지게 되었지만 어차피 성을 가지려고 하면 대충 정해서 도쿠가와로 하기로 결정했습니다. 그런데 시청에 신청하자 야단을 맞거나 맞지 않는 것 정도가 아니었습니다. 어쨌든 도쿠조의 말에 의하면 당장 참수당할지도 모른다고 생각될 정도의 서슬이었다고 합니다. 그 도쿠조가 아무렇지 않게 모란꽃에 사자무늬의 중국풍 그림이 그려진 당시의 인력거를 끌면서 휙 가게 앞에 온 것입니다. 그것이 왜 왔는가를 생각하자 오늘은 손님이 없어 한가하니 아가씨를 인력거에 태우고 아이즈하라에서 붉은 벽돌로 된 대로에라도 함께 가고 싶다 —— 이렇게 말하는 것이었습니다.

"어때? 오쓰루."

아버지는 일부러 진지한 척 인력거를 보러 가게에 나온 저의 얼굴을 바라보았습니다. 오늘날 인력거를 타는 것은 틀림없이 아이들도 기뻐하지 않을 것입니다. 그러나 당시의 우리들에게는 정말 자동차를 타는 것만큼 기쁜 일입니다. 그러나 어머니도 아프고 특히 그런 소동이 있은 직후였기 때문에 한번에 가고 싶다고 말할 수 없습니다. 저는 아직 풀이 죽은 채 "가고 싶어"라고 작은 소리로 대답했습니다.

"자, 어머니에게 물어 보고 오렴. 모처럼 도쿠조도 이렇게 말했다고."

어머니는 저의 생각대로 눈도 뜨지 않고 웃으면서 "좋아"라고 말했습니다. 심술이 많은 오빠는 안성맞춤으로 마루사에 외출 중이었습니다. 저는 언제 울었냐는 듯이 재빨리 인력거에 올라탔습니다. 빨간 담요를 무릎에 덮고 바퀴가 덜컹덜컹 거리는 인력거에 ——

그때 보고 걸은 경치는 말할 필요도 없습니다. 단지 지금까지도 이야기가 되는 것은 도쿠조의 불평입니다. 도쿠조는 저를 태운 채 붉은 벽돌로 된 큰길에 들어가자마자 서양부인을 태운 마차와 정면으로 충돌했습니다. 그것을 겨우 피하고 바보처럼 혀를 차면서 이런 말을 하는 것입니다.

"아무래도 안 되겠네. 아가씨는 너무 가볍기 때문에 중요할 때 다리로 밟아도 정지하지 않아. —— 아가씨를 태우는 인력거꾼이 가여우니까 스무 살 전에는 인력거에 타지마세요."

인력거는 붉은 벽돌로 된 큰길에서 집 방향으로 골목을 돌았습니다. 그러자 갑작스럽게 오빠 에이키치가 나타났습니다. 오빠는 그을려 검붉어진 대나무 자루가 달린 램프를 한 대 들고 바쁜 걸음으로 거기를 걸어오고 있었습니다. 그러다 저의 모습을 보자 "기다려"라는 신호로 램프를 들었습니다. 그러나 이미 그 전에 도쿠조는 손잡이를 빙글 돌리면서 오빠 쪽으로 인력거를 대었습니다.

"고생하네. 도쿠 씨. 어디에 갔다 오는 길인가?"

"예, 오늘은 아가씨와 에도 구경입니다."

오빠는 쓴웃음을 지으면서 인력거 쪽으로 다가왔습니다.

"오쓰루, 너 먼저 이 램프를 들고 가. 나는 기름집에 갔다 올 테니까."

저는 조금 전의 말다툼 때문에 일부러 아무 대답도 하지 않고 단지 램프만 받아 들었습니다. 오빠는 그대로 걸어가다가 갑자기 또 이쪽으로 방향을 바꾸더니 인력거의 흙받이에 손을 대면서 "오쓰루" 하고 부르는 것이었습니다.

"오쓰루, 너 또 아버지에게 히나인형 따위 말하면 안 된다."

저는 그래도 가만히 있었습니다. 그렇게 저를 괴롭히는 주제에 또 하고 생각한 것입니다. 그러나 오빠는 미동도 하지 않고 계속 잔소리를 했습니다.

"아버지가 보면 안 된다는 것은 선금을 받았기 때문이 아니라 보면 모두가 미련이 남는다는 것도 생각한 거야. 알겠어? 이해했지? 이해했으면 이제 이전과 같이 보고 싶다 어쩐다 말하면 안 된다."

저는 오빠의 목소리 속에 평소에는 없는 정을 느꼈습니다. 하지만 오빠 에이키치 만큼 묘한 인간은 없습니다. 상냥한 말을 한다 생각하면 이번에는 또 평소대로 갑자기 나를 협박하는 것이었습니다.

"그렇다면 하고 싶은 말을 해도 좋아. 말하고 싶으면 말해도 좋지만 그 대신 뼈아픈 소리를 들을 각오해."

오빠는 밉상스런 말을 던진 후 도쿠조에게도 아무 인사도 없이 재빨리 어딘가로 가버렸습니다.

그날 밤의 일입니다. 우리 가족 네 사람은 창고 안에서 저녁상에 둘러앉았습니다. 원래 어머니는 베게 위에서 얼굴을 들기만 하기 때문에 둘러앉은 숫자에는 들어가지 않습니다. 그러나 그 밤의 저녁은 평소보다 화기애애한 느낌이었습니다. 그 이유는 말할 필요도 없습니다. 그 희미한 무진등 대신에 오늘밤은 새 램프의 불이 빛나고 있기 때문입니다. 오빠와 저는 식사 중에도 가끔씩 램프를 바라보았습니다. 석유를 통과시키는 유리병, 움직이지 않는 빛을 지키는 호롱불. —— 그런 아름다움으로 가득찬 진귀한 램프를 바라보았습니다.

"밝네. 낮과 같구나."

아버지도 어머니를 번갈아 보면서 만족스런 듯이 말했습니다.

"너무 눈부실 정도네."

이렇게 말하는 어머니의 얼굴에는 거의 불안에 가까운 색이 비치고 있었습니다.

"그것은 무진등에 익숙해 있었기 때문에 —— 하지만 한번 램프를 사용하면 이제 무진등은 켤 수가 없겠구나."

"어떤 것도 처음에는 너무 눈부셔요. 램프도 서양학문도 ——"

오빠는 누구보다도 신이 나 있었습니다.

"그래도 습관이 되면 똑같아요. 앞으로 틀림없이 이 램프도 어둡다고 말할 때가 올 거예요."

"아마 그럴지도 모르겠구나 —— 오쓰루, 너 어머니의 미음은 어떻게 된 거니?"

"어머니가 오늘밤은 그만 되었다고 해서."

나는 어머니가 말한 대로 무심코 대답했습니다.

"곤란한데. 조금도 식욕이 없는 거야?"

어머니는 아버지가 묻자 어쩔 수 없다는 듯이 한숨을 쉬었습니다.

"아니, 왠지 이 석유냄새가 —— 구식 사람이라는 증거네."

그 후로 우리들은 말을 줄이고 젓가락만 계속 움직였습니다. 그러나 어머니는 생각난 듯이 가끔씩 램프가 밝은 것을 칭찬했습니다. 그

부풀어 오른 입술 위에도 미소를 지으면서.

그날 밤도 모두 잠든 것은 11시가 지나서였습니다. 그러나 저는 눈을 감아도 쉽사리 잠들 수가 없었습니다. 오빠는 저에게 두 번 다시 히나에 대해 말하지 말라고 했습니다. 저도 히나를 내어 보는 것은 불가능한 이야기라고 단념하고 있었습니다. 그러나 보고 싶은 마음은 전과 조금도 변함이 없습니다. 히나는 내일이 되기만 하면 먼 곳으로 가버립니다. —— 이렇게 생각하면 감은 눈 속에도 저절로 눈물이 고입니다. — 모두 자고 있는 동안에 살짝 혼자 나가서 볼까? —— 이렇게도 저는 생각해 보았습니다. 아니면 그 중의 하나만 어딘가의 밖에 감추어 둘까? —— 저는 이렇게도 생각해 보았습니다. 그러나 어느 쪽도 들킨다면 —— 이라고 생각하자 역시 겁에 질려 풀이 죽어버립니다. 저는 솔직하게 그날 밤만큼 여러 가지 무서운 생각을 해봤던 기억이 없습니다. 오늘밤 다시 한번 화재가 일어나면 좋겠다. 그렇게 되면 다른 사람에게 보내기 전에 히나도 전부 타버릴텐데. 아니면 미국인도 대머리 마루사도 콜레라에 걸려 버리면 좋겠다. 그러면 인형은 어디에도 주지 않고 그대로 간직 할 수 있다. —— 그런 공상도 떠오릅니다. 하지만 아직 뭐라고 해도 어린애이기 때문에 한 시간이 지났을까 지나지 않았을까 그 사이에 어느새 꾸벅꾸벅 잠들어버렸습니다.
그 후 얼마가 지났을까, 문득 잠을 깨어보니 희미하게 초롱불을 켠 창고에 누군가 일어나 있는 것 같이 물건 소리가 들리는 것이었습니다. 쥐일까, 도둑일까 아니면 벌써 날이 새었을까? —— 저는 어느 쪽인지 헤매면서 조심조심 눈을 가늘게 떴습니다. 그러자 저의 머리맡에는 잠옷차림의 아버지가 혼자 이쪽으로 옆모습을 보이면서 앉아있는 게 아니겠어요. 아버지가! —— 그러나 저를 놀라게 한 것은 아버지 뿐만이 아니었습니다. 아버지의 앞에는 저의 히나인형이 —— 셋쿠 이후로는 보지 못했던 히나가 진열되어 있는 것이 아니겠어요.

꿈일까 싶은 것은 이런 때를 말하는 것이겠죠. 저는 거의 숨도 쉬지 않고 그 이상한 모습을 지켜보았습니다. 밝지 않은 초롱불의 빛 속에 상아의 홀을 준비한 오비나를, 관의 보석을 늘어뜨린 메비나를, 오른쪽에 귤을, 왼쪽에 벚꽃을, 손잡이가 긴 양산을 든 잡역부를, 굽이 높은 그릇을 든 궁녀를, 작은 칠공예로 된 거울과 옷장을, 조개껍질을 붙인 인형 병풍을, 그릇을, 명주를 발라 불을 켜는 촛대를, 색실로 된 고무공을, 그리고 또 아버지의 옆모습을 ——

꿈인가 생각하는 것은 —— 아아, 앞에서도 이미 말했지만 정말로 그날 밤의 히나인형은 꿈이었을까요? 너무나 히나를 보고 싶었던 나머지 모르는 사이에 만들어 낸 환상은 아니었을까요? 저는 지금까지 어쩌면 저 자신도 진짜인지 아닌지 대답하기가 곤란합니다.

그러나 저는 한밤중에, 혼자서 인형을 보고 있는 연세가 드신 아버지를 발견했습니다. 이것만은 확실합니다. 그렇다면 가령 꿈이라고 해도 그다지 분하다고는 생각하지 않습니다. 어쨌든 저는 눈앞에 저와 조금도 다르지 않은 아버지를 보았기 때문에, 연약한 —— 그런 주제에 엄숙한 아버지를 보았기 때문입니다.

"히나"이야기를 쓰다 만 것은 몇 년 전의 일입니다. 그것을 지금 완성한 것은 타케다 씨의 권유 때문만은 아닙니다. 동시에 또 4, 5일전 요코하마의 어느 영국인의 객실에서 오래된 히나의 목을 장난감으로 가지고 놀던 서양 여자아이를 만났기 때문입니다. 지금은 이 이야기에 나오는 히나도 납으로 된 병대와 고무인형과 한 장난감 상자에 아무렇게나 집어넣어져 같은 우울함을 겪고 있을지도 모릅니다.

(1923, 2)

원숭이와 게의 싸움(猿蟹合戰)

이시준

게의 주먹밥을 빼앗은 원숭이는 결국 게에게 복수를 당했다. 게는 절구, 벌, 알[1]과 함께 원수인 원숭이를 죽였던 것이다. — 그 이야기는 굳이 이제 와서 하지 않아도 좋다. 다만 원숭이를 죽인 이후, 게를 포함한 동료들이 어떤 운명에 봉착했는지에 관해서는 이야기할 필요가 있다. 왜냐하면 옛날이야기에서는 전혀 이것에 관해서는 말하고 있지 않기 때문이다.

아니, 이야기하기는커녕 마치 게는 구멍 속에서, 절구는 부엌의 흙바닥 구석에서, 벌은 처마 끝 벌집에서, 알은 왕겨 상자 속에서 무사태평하게 생애라도 보낸 듯이 꾸며내고 있다.

하지만 그것은 거짓이다. 그들은 원수를 갚은 후 경관에게 포박당해 전원 투옥되었다. 게다가 거듭된 재판 끝에 주범인 게는 사형을 선고받고, 절구, 벌, 알 등의 공범은 무기징역[2]을 선고받았다. 옛날이야

1) 대개는 밤이라고 되어 있지만, 알이라고 되어 있는 이야기도 있다.
2) 원문에는 '無期徒刑'라 되어 있다. 중죄를 저지른 자에게 내리는 구 형법의 형명, 섬으로 보내 노역을 하게 하는 무기한의 형벌.

기밖에 모르는 독자는 이러한 그들의 운명에 의아해할지도 모른다. 하지만, 이것은 사실이다. 한 치 의심의 여지도 없는 사실이다.

게는 그 자신의 말에 따르면 주먹밥과 감을 교환했다. 그러나 원숭이는 익은 감을 주지 않고 덜 익은 풋감만 주었을 뿐만 아니라 게에게 상해를 입힐 요량으로 마구 감을 던졌다고 한다. 그러나 게는 원숭이와 한 장의 증서도 교환하지 않았다. 설령 그것을 따지지 않는다고 쳐도, 주먹밥과 감을 교환했다고 했지 딱히 익은 감이라고는 언급하지 않았다. 마지막으로 풋감을 던졌다고 말한 것도 원숭이에게 악의가 있었는지 어떤지는 그 증거가 불충분하다. 그래서 게의 변호에 나선, 달변으로 이름 높은 모 변호사도 재판관의 동정을 구걸하는 것 외에는 다른 수가 없었던 모양이다. 그 변호사는 딱하다는 듯이 게거품을 닦아 주면서 "포기하세요."라고 말했다고 한다. 다만, 이 "포기하세요."가 사형을 선고 받은 것에 대해서 체념하라고 말한 것인지, 변호사에게 거금을 뜯긴 것에 대해서 체념하라고 말한 것인지는 아무도 판단할 수 없다.

게다가 신문잡지의 여론도 게에게 동정을 표하는 경우는 거의 하나도 없었던 듯하다. 게가 원숭이를 죽인 것은 개인적 분노의 결과일 뿐이다. 게다가 그 개인적 분노는 자기 자신의 무지와 경솔함 때문에 원숭이가 이득을 본 것이 분했을 뿐이 아닌가? 강한 자가 이기고 약한 자가 지는 세상에서 이런 개인적 분노를 내비치는 것은 어리석은 자 아니면 미친 자다. —라고 하는 비난이 많았던 것 같다. 실제로 상업회의소 회장인 모 남작 같은 사람은 대체로 위와 같은 의견과 함께 게가 원숭이를 죽인 것도 다소 유행하고 있는 위험사상[3]에 심취했던 것

3) 대정시대에서 소화시대에 걸쳐 왕성해진 사회주의 및 공산주의를 말한다.

이라고 결론 내렸다. 그 탓일까, 게의 복수 사건 이후 모 남작은 건달[4] 외에도 불독을 열 마리 키운다고 한다.

또한 게의 복수 사건은 소위 지식인들 사이에서도 조금도 호평을 얻지 못했다. 대학교수 모 박사는 윤리학적 관점에서 게가 원숭이를 죽인 것은 복수의 의지가 표출된 것이다, 복수는 선이라고 하기 어렵다고 했다. 그리고 사회주의의 모 수령은 게는 감이나 주먹밥 같은 사유재산을 달갑게 생각하고 있었으므로 절구나 벌, 알 등도 반동적 사상을 갖고 있었을 것이다, 어쩌면 뒤를 봐주고 있던 것은 국수회[5]일지도 모른다 라고 말했다. 그리고 모 종파의 관장(管長)[6]인 모 스님은 '게는 자비심을 몰랐던 것 같다. 설령 원숭이가 덜 익은 감을 던졌다 하더라도 자비심을 알고 있었더라면, 원숭이의 소행을 미워하는 대신 역으로 그것을 불쌍히 여겼을 것이다. 아아, 생각해보면 한 번이라도 좋으니 나의 설법을 들려주고 싶다.'라고 말했다.

그리고— 또 온갖 방면에 여러 가지로 비판하는 인사들은 있었지만, 누구도 게의 복수에는 찬성의 목소리를 보내지 않았다. 그러던 와중에 단 한 명, 게를 위해 열을 올린 것은 주당이자 시인인 모 중의원 의원이다. 그는 '게의 복수는 무사도의 정신과 일치한다'라고 말했다. 그러나 그런 시대착오적인 의견은 누구의 귀에도 들어올 리가 없었다. 그뿐만 아니라 신문의 가십기사에 의하면, 그 의원은 수년 전에 동물원을 구경하던 중 원숭이에게 오줌을 갈겨진 것에 대해 원한을 품고 있었다는 듯하다.

---

4) 원문에는 '壮士'로 되어 있다. 일정한 생업이 없이 타인의 의뢰를 받아 완력으로 협박하거나 담판 등을 하는 사람.
5) 황실중심주의, 국수주의를 신봉하는 사상단체. 다이쇼 8년 西村伊三郎 등의 주창으로 성립한 대일본국수회 등을 말함.
6) 불교의 한 종파의 우두머리.

동화밖에 알지 못하는 독자들은 애처로운 게의 운명에 동정의 눈물을 흘릴지도 모른다. 그러나 게의 죽음은 당연한 것이다. 그것을 안쓰럽게 여기는 건 여자나 어린아이들의 센티멘탈리즘에 지나지 않는다. 천하는 게의 죽음을 옳다고 하였다. 실제로 사형이 집행된 날 밤, 판사, 검사, 변호사, 간수, 사형집행인, 교도관은 숙면을 취했다고 한다. 게다가 모두 꿈속에서 천국의 문을 봤다는 모양이다. 천국은 그들의 말에 의하면 봉건시대의 성처럼 생긴 백화점이라더라.

하는 김에 게가 죽은 후 그의 가족은 어떻게 되었는가, 그것도 조금 적어두고 싶다. 게의 아내는 매춘부가 되었다. 그렇게 된 이유는 빈곤했기 때문이었을까, 그녀 자신이 타고난 본성 때문일까, 어느 쪽인지는 지금도 확실치 않다. 게의 장남은 아버지의 사망 후, 신문잡지의 용어를 써서 말하자면 '갑자기 마음을 고쳐먹었다.' 지금은 확실히는 모르지만 어떤 주식회사의 관리인인지 뭔지를 하고 있다고 한다. 이 게는 어느 날 동족의 고기를 먹기 위해 상처 입은 동료를 자기 굴로 끌어들였다. 크로폿킨이 상호부조론에서 게도 동류를 돌본다고 한 것의 실제 예가 실은 이 게인 것이다. 차남은 소설가가 되었다. 물론 소설가이니까 여자에게 홀리는 것 외에는 아무것도 하지 않았다. 그저 아버지의 일생을 예로 들어, '선은 악의 이명이다' 같이 적당히 비꼬는 말만 늘어놓고 있다. 셋째는 멍청했기 때문에 그야말로 게 외에는 다른 것이 될 수 없었다. 그 게가 옆으로 걸어가고 있으려니 주먹밥 하나가 떨어져 있었다. 그는 주먹밥을 좋아했다. 그는 커다란 집게발 끝으로 그 사냥감을 집어들었다. 그러자 높은 감나무 가지 끝에서 이를 잡고 있던 원숭이가 한 마리, —이다음은 말할 필요가 없을 터이다.

어찌 됐든 원숭이와 싸웠지만, 결국 게는 반드시 세상에 의해 살해

당할 뿐이라는 것은 사실이다. 이 이야기를 세상의 독자들에게 바친다. 당신들도 대개는 게랍니다.

두 고마치(二人小町)

김명주

❖ 1 ❖

오노노 고마치[1], 휘장 안쪽에서 가나로 쓴 책을 읽고 있다. 그때 갑자기 저승사자가 나타난다. 저승사자는 검은 피부의 청년, 하물며 귀는 토끼 귀다.

고마치: (놀라며) 누구시죠? 당신은?

저승사자: 저승사자요.

고마치: 저승사자! 그럼 벌써 난 죽었나요? 이미 이승엔 있을 수 없다는 건가요? 아, 잠깐만 기다려 주세요. 난 아직 21살이에요. 아직 한창 예쁠 때라고요. 제발 목숨만 살려주세요.

저승사자: 안 되오. 나는 천하를 다스리는 황제라 해도 봐주지 않는

1) 일본에서 고마치(小町)는 미인의 대명사임. 특히 오노노 고마치는 일본에서 클레오파트라와 양귀비와 함께 3대 미인으로 일컬어진다. 헤이안(平安, 794-1192) 시대 전기의 가인(歌人)으로, 6가선(歌仙), 36가선의 한 사람.

저승사자란 말이오.

고마치: 당신은 인정이라는 것도 없나요? 내가 당장 죽는다고 해봐요. 후카쿠사노쇼쇼(深草の少将) 소장님은 어떻게 되죠? 난 소장님과 약속을 했어요. 하늘에 있는 비익조와 땅의 연리지 —아아, 그 약속을 떠올리는 것만으로도 내 가슴은 터질 것만 같아요. 소장님은 내가 죽었다는 것을 들으시면 분명히 슬픔에 겨워 죽고 말 거예요.

저승사자: (시시하다는 듯) 슬픔으로 죽는다면 행복한 거요. 아무튼 한 번은 사랑을 받아 보았다는 말이니……. 하지만 그런 건 아무래도 상관없소. 자, 지옥으로 같이 갑시다.

고마치: 안 돼요. 안 됩니다. 당신은 아직 모르시나요? 난 예사 몸이 아닙니다. 벌써 소장님의 아이를 가졌단 말이에요. 내가 지금 죽는다고 하면 아이도, —사랑스런 내 아이도 함께 죽지 않으면 안 된다고요. (울면서) 당신은 그래도 괜찮다는 건가요? 흑암에서 흑암으로 아이를 쫓아 보내도 된다는 건가요?

저승사자: (풀이 죽어) 그건 자녀분에게는 참 안 된 일이오. 허나 염라대왕의 분부이시니 제발 함께 가주시오. 뭐, 지옥이라 해도 생각보다 힘든 곳은 아니오. 예로부터 이름난 미인이나 천재들은 거의 지옥에 가 있소.

고마치: 당신은 귀신이에요. 마귀예요. 내가 죽으면 소장님도 죽어요. 소장님의 씨인 아이도 죽습니다. 세 사람 다 함께 죽고 말아요. 아니, 그것만이 아니지요. 연로하신 내 아버지와 어머니도 분명 죽고 말 거예요. (한층 울음소리를 크게 내며) 난 저승사자라 해도 좀 더 마음씨 좋은 분일 거라 믿고 있었어요.

저승사자: (성가시다는 듯) 난 도와주고 싶지만 말이오…….

고마치: (다시 살아난 듯 얼굴을 들고는) 그럼 제발 도와주세요. 5년이라도,

10년이라도 상관없어요. 부디 제 수명을 연장시켜 주세요. 기껏해야 5년, 10년, —애가 자라나기만 하면 됩니다. 그래도 안 된다는 건가요?

저승사자: 글쎄요, 기한은 상관이 없소만, —허나 당신을 데려가지 않는 대신 다른 사람이 필요하오. 당신과 같은 나이의……

고마치: (흥분하면서) 그렇다면 누구라도 데려가 주세요. 내 시녀 중에도 동년배라면 두셋은 있지요. 아고키(阿漕)라도 고마쓰(小松)라도 상관없어요. 당신이 맘에 드시는 쪽을 데려가세요.

저승사자: 아니, 이름도 당신처럼 고마치가 아니면 안 되오.

고마치: 고마치! 누군가 고마치라는 이가 없을까? 아하! 있습니다. 있어요. (발작적으로 웃음을 터트리며) 다마쓰쿠리노 고마치(玉造の小町)라는 이가 있습니다. 그 사람을 대신 데려가세요.

저승사자: 나이도 당신과 비슷하오?

고마치: 예, 거의 같은 정도지요. 다만 예쁘지는 않지만요. —외모 같은 건 아무래도 상관없겠죠?

저승사자: (붙임성 있게) 못생긴 쪽이 좋소. 동정하지 않고 끝낼 수 있으니까.

고마치: (생기 있게) 그럼, 그 사람에게 가서 거둬 가세요. 그 사람은 이 세상에 있는 것보다 지옥에서 살고 싶다고 하고 있어요. 아무도 교제하는 이가 없는 여자니까.

사자: 됐소. 그 사람을 데리고 갑시다. 그럼 아이는 조심해서 잘 낳으시오. (의기양양하게) 저승사자도 인정 하나만은 자신이 있단 말이오.

저승사자, 갑자기 또 사라진다.

고마치: 아아, 겨우 살아났어! 이것도 평소 믿고 모시는 하느님이나

부처님의 섭리이시겠지. (두 손을 모은다) 이 세상의 온신이시여. 사방팔방에 계신 뭇 보살님이시여, 부디 이 거짓말이 들통 나지 않기를.

❖ 2 ❖

저승사자, 다마쓰쿠리노 고마치를 등에 업으며 흑암의 암혈도[2]를 걸어온다.

고마치: (날카롭게 비명을 지르며) 어딜 가는 거죠? 어딜 가는 겁니까?

저승사자: 지옥으로 가는 것이요.

고마치: 지옥에! 그럴 리가 없어요. 당장 어제 아베노 세메(安倍の晴明)[3]도 수명은 86살까지라고 했는데.

저승사자: 그건 역술가의 사기겠죠.

고마치: 아뇨, 사기가 아니에요. 아베노 세메가 하는 말은 뭐든 잘 맞아요. 당신이야말로 거짓말을 하고 있는 거겠지요. 거 봐요, 답을 잘 못하고 있잖아요?

저승사자: (독백) 아무래도 난 너무 정직한 것 같아.

고마치: 그래도 버틸 셈인가요? 그만, 솔직하게 털어놔 버려요.

저승사자: 실은 당신에게는 안 된 일이지만…….

고마치: 그럴 거라고 생각하고 있었어요. '안 된 일이지만'이라는 게 대체 무슨 말이죠?

저승사자: 당신은 오노노 고마치 대신 지옥으로 떨어지게 된 거요.

고마치: 오노노 고마치 대신에! 그건 또 대체 어찌 된 영문인가요?

---

2) 7일 밤낮 빛이 보이지 않는, 중죄인이 다니게 하는 흑암으로 가득한 길.
3) 헤이안(平安) 시대 중기의 유명한 역술가.

저승사자: 그 사람은 지금 임신을 하고 있다고 하오. 후카쿠사노쇼쇼의 자식인가를…….

고마치: (화를 내며) 그걸 진짜로 믿었던 건가요? 거짓이에요. 당신! 소장은 지금도 그 사람 집에 '백일 방문(百夜通い)'[4]를 하고 있는 정도인 걸요. 소장의 애를 가졌기는커녕 만난 일조차 한 번도 없어요. 거짓말도, 거짓말도, 새빨간 거짓말이에요.

저승사자: 새빨간 거짓말? 설마 그럴 리가 있겠소?

고마치: 그럼 누구에게든 물어보세요. 후카쿠사노쇼쇼 소장의 '백일 방문'이라고 하면 어린 아랫것들도 다 알고 있을 터입니다. 그걸 당신은 거짓말이라고는 생각지 않고…… 그 사람 대신에 내 목숨을…… 너무해요. 너무해, 정말 너무해요. (울기 시작한다)

저승사자: 울지 마시오. 울어봤자 아무 소용없소. (등에서 다마쓰쿠리노 고마치를 내려놓는다) 당신은 줄곧 이 세상보다도 지옥에서 더 살고 싶다 하지 않았소? 그러고 보면 내가 당한 것은 오히려 잘된 일이 아니오?

고마치: (잡아먹을 듯이) 그런 말은 누가 했죠?

저승사자: (겁에 질려) 역시 아까 오노노 고마치가…….

고마치: 어머나, 세상에, 어쩜 그리도 뻔뻔스러운 여자야! 거짓말쟁이! 구미호! 꽃뱀! 사기꾼! 여우! 공주병에, 정말 이번에 만나면 그걸 끝으로 목덜미를 물어뜯어 놓고 말 테니. 분하다. 분해. 정말 분해. (저승사자 몸을 잡고 마구 흔든다)

저승사자: 자, 기다리시오. 난 아무것도 몰랐으니까 말이오. —자, 이

---

4) 오노노 고마치가 소장의 구애를 단념시키기 위해 백일 동안 오면 허락하겠다고 하여 매일 밤 다니러 왔으나 마지막 밤에 소장이 죽게 되었다는 오노노 고마치의 전설로서 유명한 에피소드임.

손 놓으시오.

고마치: 대체 당신이 바보 아닙니까? 그런 거짓말을 진짜로 알아듣다니…….

저승사자: 허나 누구라도 곧이곧대로 받아들였을 것이오……. 당신은 뭔가 오노노 고마치에게 원한 산 일이라도 있소?

고마치: (묘하게 웃는다) 있는 것 같기도 하고 없는 것 같기도 하고……. 어쩜 있을지도 모르겠네요.

저승사자: 허면 그 원한이란 건?

고마치: (경멸하듯이) 우린 여자끼리가 아닙니까?

저승사자: 참, 미인들끼리였었지!

고마치: 어머머, 입에 발린 말은 그만하세요.

저승사자: 빈말 아니오. 정말로 예쁘다고 생각하고 있었소. 아니, 뭐라고 표현하기 힘들 정도로 예쁘다고 생각하고 있는 거요.

고마치: 어쩜 그런 남 비위 맞추는 말만! 당신이야말로 저승에는 어울리지 않는 아름다운 분이 아닌가요?

저승사자: 이런 검은 피부의 남자가 말이오?

고마치: 검은 편이 매력 있지요. 남자다운 느낌이 드는 걸요.

저승사자: 허나 이 귀는 흉측하지 않소?

고마치: 어머, 귀엽지 않습니까? 잠깐 좀 만져 봐도 될까요? 난 토끼를 정말 좋아해서요. (사자의 토끼 귀를 장난감처럼 만진다) 좀 더 이쪽으로 와요. 왠지 난 당신을 위해서라면 죽어도 좋을 것 같은 느낌이 들어요.

저승사자: (고마치를 안으며) 정말이오?

고마치: (거의 눈을 감은 채) 그렇다면요?

저승사자: 이러는 거지요. (입맞춤을 하려 한다)

고마치: (밀쳐낸다) 안 돼요.

저승사자: 허면…… 허면 거짓말이었소?

고마치: 아뇨, 거짓말이 아닙니다. 다만 당신이 본심인지 어떤지 그것만 알면 돼요.

저승사자: 그럼 뭐든 말해 보시오. 당신이 원하는 게 무엇이오? 불쥐의 가죽옷이오? 봉래산의 구슬 가지요? 아니면 자패(紫貝)[5]요?

고마치: 아이, 잠깐만요. 내가 원하는 건 이것뿐이에요. —제발 날 살려주세요. 그 대신 오노노 고마치를, —그 밉살스런 오노노 고마치를 대신 끌고 가 주세요.

저승사자: 그것만으로 족하오? 좋소. 당신 원대로 하리다.

고마치: 꼭이에요? 아이, 좋아라. 정 그러시다면……. (사자를 끌어안는다)

저승사자: 아아, 나야말로 죽어버릴 것 같소.

❖ 3 ❖

수많은 신장(神将)들, 어떤 자는 창을 들고 어떤 자는 검을 들고 오노노 고마치 집 지붕을 지키고 있다. 거기에 저승사자가 비틀비틀 공중에 나타난다.

신장: 뭐하는 놈이냐? 넌?

저승사자: 나는 저승사자요. 부디 거기를 지나가게 해주시오.

신장: 그럴 순 없지.

---

5) 이 세 가지는 일본의 최초의 소설, 『다케토리모노가타리(竹取物語)』에 나오는 것들로, 히로인인 가구야히메(かぐや姫)가 구혼자들에게 낸 미션들 중의 하나임. 즉 현실에서 구하기 힘든 것을 요구하고 그것을 해결하면 결혼을 허락하겠다는 동서양 고래부터 내려오는 난제(難題)의 형태임. 자패는 부적과 같은 것으로, 몸에 지니면 순산하게 된다는 조개껍데기를 말함.

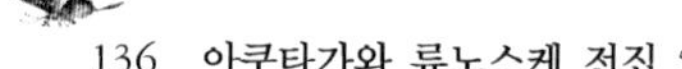

저승사자: 난 고마치를 데리러 온 것이오.

신장: 고마치를 넘겨주는 일은 더더욱 안 되지.

저승사자: 더더욱 안 된다? 당신들은 대체 뭐하는 자들이오?

신장: 우린 천하가 다 아는 역술가 아베노 세메의 기도에 따라 고마치를 수호하는 30번신이다.

저승사자: 30번신! 당신들은 그 거짓말쟁이를, ―그 바람둥이 여자를 수호한다는 거요?

신장: 닥쳐! 연약한 여자를 괴롭히는 것도 모자라 오명까지 씌우다니 용서할 수 없는 놈이군.

저승사자: 뭐가 오명이오? 고마치는 정말로 거짓말쟁이에다 바람둥이가 아니오?

신장: 아직도 그런 말을 하다니. 그래 좋아, 할 테면 해봐. 그 귀를 둘 다 싹둑 잘라 놓을 테니.

저승사자: 허나 고마치는 실제로 나를……

신장: (화가 나서) 이 창을 받고 죽어버려라! (사자에게 달려든다)

저승사자: 살려주시오! (사라진다)

❖ 4 ❖

수십 년 후, 늙은 두 여자 걸인, 마른 억새밭에서 이야기를 나누고 있다. 하나는 오노노 고마치, 다른 하나는 다마쓰쿠리노 고마치.

오노노 고마치: 고달픈 날만 이어지는군요.

다마쓰쿠리노 고마치: 이런 고생을 겪느니 차라리 죽는 편이 나았을지도 모르겠네요.

오노노 고마치: (혼잣말처럼) 그때 죽었더라면 좋을 뻔했어요. 저승사자

를 만났을 때에…….

다마쓰쿠리노 고마치: 어머나, 당신도 만났던가요?

오노노 고마치: (의심스러운 듯이) 당신도라면? 당신이야말로 만났던 겁니까?

다마쓰쿠리노 고마치: (쌀쌀하게) 아뇨, 난 만나지 않았어요.

오노노 고마치: 당신이 만난 건 당나라 사신입니다.

잠시 침묵. 저승사자가 바쁜 듯 지나간다.

다마쓰쿠리, 오노노 고마치: 저승사자! 저승사자!

저승사자: 누구요? 날 불러 세운 사람은?

다마쓰쿠리노 고마치: (오노노 고마치에게) 당신은 저승사자를 이미 알고 있지 않나요?

오노노 고마치: (다마쓰쿠리노 고마치에게) 당신도 모른다고는 할 수 없겠지요. (저승사자에게) 이 분은 다마쓰쿠리노 고마치입니다. 당신은 이미 알고 있지요?

다마쓰쿠리노 고마치: 이분은 오노노 고마치입니다. 역시 당신이 아는 사람이지요?

저승사자 : 뭐? 다마쓰쿠리노 고마치에다 오노노 고마치! 당신들이, — 피골만 상접한 여자 걸인들이!

오노노 고마치: 어차피 뼈만 앙상한 여자 거지들이지요.

다마쓰쿠리노 고마치: 나를 안았던 일을 잊었나요?

저승사자 : 자, 자, 그리 화만 내지 마시오. 너무도 변해버렸으니, 나도 모르게 입 밖에 나와 버렸소. ……그런데 나를 불러 세운 것은 뭔가 볼일이라도 있는 거요?

오노노 고마치: 있어요, 있고 말고요. 부디 저승으로 데리고 가주세요.

다마쓰쿠리노 고마치: 나도 함께 데려가 줘요.

저승사자: 황천으로 데려가 달라고? 농담하지 마시오. 또 나를 속이려는 것이오?

다마쓰쿠리: 아이 참, 왜 속이겠어요!

오노노 고마치: 정말로 데려가 주세요.

저승사자: 당신들을! (고개를 흔들며) 도무지 난 수락할 수가 없소. 또 봉변당하는 건 싫으니까, 누군가 다른 자에게 부탁하시오.

다마쓰쿠리노 고마치: 그런 말씀은 마시고 데려가 주세요. 꼭 당신의 아내가 될 테니까요.

저승사자: 안 되오. 안돼. 당신들과 엮였다가는, —아니, 당신들만이 아니오, 여자들과 엮이게 되면 무슨 봉변을 당할지 모르오. 당신들은 호랑이보다도 강하오. 내심뇨야샤[6]라는 비유 그대로요. 무엇보다 당신들의 눈물 앞에서는 어느 누구도 뜻을 꺾고 마오. (오노노 고마치에게) 당신들의 눈물이란 대단한 것이지요.

오노노 고마치: 거짓말, 거짓말이에요. 당신은 내 눈물 따위에 흔들린 적은 없어요.

저승사자: (들으려고도 않고) 다음으로, 당신들은 알몸만 맡기면 뭐든 못할 일이 없소. (다마쓰쿠리노 고마치에게) 당신은 그 수를 쓴 것이오.

다마쓰쿠리노 고마치: 흉한 말씀은 그만두세요. 당신이야말로 사랑을 모르는 거죠.

저승사자: (역시 별 관심 없다는 듯이) 셋째로, —이게 가장 무서운 거지만, 셋째로, 세상은 창세 이래로 온통 여자에게 속고만 있어요. 여자란 연약한 것, 부드러운 것이라고 믿고 있소. 봉변당하는 것은 언제나 남자, 봉변을 주는 것은 언제나 여자, —그 외는 생각할 수

6) 얼굴은 보살과 같이 선하나, 마음은 악귀처럼 험악하고 무섭다는 뜻, 특히 여성이 불도의 수행을 방해하고 있다는 말.

없소. 그런 주제에 정말로 여자 때문에 끝없이 남자가 힘들어하고 있소. (오노노 고마치에게) 30번 신을 보시오. 나만 나쁜 놈으로 만들었지 않소.

오노노 고마치: 신불 험담은 그만두세요.

저승사자: 아니, 나한텐 신불보다도 당신들이 더욱 무서운 거요. 당신들은 남자의 마음도 몸도 자유자재로 갖고 놀 수가 있소. 게다가 만일 일이 제대로 안 되면 세상 힘을 빌릴 수도 있소. 그만큼 강한 자는 없을 거요. 또 정말로 당신들은 온 일본 곳곳에 당신들의 먹잇감이 된 남자의 시체를 뿌려두고 있소. 나는 무엇보다 먼저 당신들의 손아귀에 걸려들지 않도록 조심하지 않으면 안 될 것이오.

오노노 고마치: (다마쓰쿠리노 고마치에게) 아이 참, 어찌 저리도 남이 들으면 큰일 날 소리를 자기 맘대로 하실까?

다마쓰쿠리노 고마치: (오노노 고마치에게) 정말이지 남자들의 이기심에는 할 말이 없어요. (저승사자에게) 여자야말로 남자의 먹잇감이죠. 아뇨, 당신이 뭐라 해도 남자의 먹잇감이 틀림없어요. 옛날에도 남자의 먹이였지요. 지금도 그렇지요. 장래에도 남자의……

저승사자: (갑자기 쾌활하게) 장래는 남자에게 유망하오. 여태정대신, 여포졸, 염라여왕, 30번 여신, —이런 것이 가능하다면 남자는 조금은 편해질 거요. 첫째, 여자는 남자사냥 외에도 보람 있는 일이 가능하니까요. 둘째, 여자들의 세상은 지금의 남자들의 세상보다 여자에게 편할 리가 없으니까 말이오.

오노노 고마치: 당신은 그토록 우릴 미워하고 계셨던가요?

다마쓰쿠리노 고마치: 미워해요. 미워하라고요. 어디 실컷 미워해 봐요.

저승사자: (우울하게) 하지만 끝내 미워할 수가 없소. 혹시 깨끗이 미워할 수 있었다면 이보다 행복해졌을 것이오. (갑자기 또 개가라도 부르듯이)

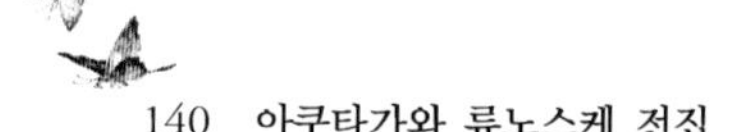

허나 지금은 괜찮소. 당신들은 예전의 당신들이 아니오. 뼈만 앙상한 거지 여자일 뿐이오. 당신들의 술수에는 걸려들지 않을 거요.

다마쓰쿠리노 고마치: 네네, 이제 어디로든 가버려요!

오노노 고마치: 저런, 그런 말씀 그만하시고…… 자, 이리 애원할게요.

저승사자: 안 되오. 그럼, 잘 지내시오. (마른 억새풀 속으로 사라진다)

오노노 고마치: 어쩌면 좋죠?

다마쓰쿠리노 고마치: 어떡하죠?

둘 다 그 자리에 쓰러져 울음을 터트리고 만다.

(1923.2)

오시노(おしの)

하태후

여기는 남만사 성당 안이다. 보통 때라면 아직 유리 벽화 창으로 햇빛이 비치고 있을 시간이다. 하지만 오늘은 장마 때문에 땅거미의 어둠과 차이가 없다. 그 안에 단지 고딕풍의 기둥이 멍하니 나무 살결을 빛내면서 드높이 렉토리움을 지키고 있다. 그리고 예배당 안에 등불 하나가 감실 안에 서있는 성자상을 쭉 비추고 있다. 참배객은 이미 한 사람도 없다.

이런 어슴푸레한 성당 안에 붉은 머리 신부가 혼자서 기도를 하는지 머리를 숙이고 있다. 나이는 사십 오륙 세일 것이다. 이마가 좁고 광대뼈가 튀어나왔으며 구레나룻이 긴 남자다. 마루 위를 끌던 옷은 '아비도'라고 부르는 승복인 듯하다. 이렇게 말하자면 '곤타쓰'라 부르는 염주도 손목을 한 바퀴 감은 후 푸른빛이 은은히 감도는 구슬을 늘어뜨리고 있다.

성당 안은 물론 쥐 죽은 듯이 조용하다. 신부는 언제까지나 꿈쩍도 하지 않는다.

거기에 한 일본인 여자가 조용히 성당 안에 들어 왔다. 문양을 새긴

낡은 홑옷에 무언가 검은 띠를 한 무가의 부인 같은 여자이다. 부인은 아직 삼십 대일 것이다. 하지만 살짝 본 바로는 나이보다도 훨씬 늙어 보인다. 우선 묘하게도 얼굴색이 나쁘다. 눈 주위에도 검은 그늘이 있다. 그러나 대체적인 이목구비는 아름답다고 해도 무방하다. 아니, 단정함이 지나친 결과 오히려 험상궂어 보일 정도이다.

여자는 아주 진기한 듯이 성수반이나 기도책상을 보면서 주뼛주뼛 성당 안으로 걸어 들어갔다. 그러자 어슴푸레한 성단 앞에 신부 한 사람이 무릎을 꿇고 있다. 여자는 조금 놀란 듯이 거기에 발을 딱 멈추었다. 하지만 상대가 기도하고 있는 것을 바로 알아차린 것 같다. 여자는 신부를 쳐다본 채 말없이 거기에 서 있다.

성당 안에는 변함없이 쥐 죽은 듯이 조용하다. 신부도 꼼짝하지 않거니와, 여자도 눈썹 하나 까딱하지 않는다. 이것이 꽤 오랜 시간이었다.

그동안에 신부는 기도를 마치고 겨우 바닥에서 몸을 일으켰다. 바라보니 앞에는 한 여자가 무언가 말할 것처럼 멈춰서 있다. 남만사 성당에는 익숙지 않은 십자가에 달린 부처를 구경하러 오는 사람도 드물지는 않다. 그러나 이 여자가 여기에 온 것은 호기심만은 아닌 것 같다. 신부는 일부러 미소를 지으면서 서투른 일본어를 썼다.

"무언가 용무가 있으십니까?"

"예, 잠시 부탁드릴 것이 있습니다."

여자는 공손하게 가벼운 인사를 했다. 가난한 살림에도 불구하고 이것만은 반듯하게 감아올린 비녀 머리를 숙였다. 신부는 미소 어린 눈으로 목례를 했다. 손은 곤타쓰의 푸른 진주에 손가락을 감았다 뗐다를 반복하고 있다.

"저는 이치반가세 한베의 미망인, 시노라고 하는 사람입니다. 실은 저의 아들 신노조라고 하는 녀석이 큰 병에 걸려 있습니다만……."

여자는 조금 말을 머뭇거린 후, 이번에는 낭독이라도 하듯이 술술 용건을 이야기하기 시작했다. 신노조는 금년 십오 세가 된다. 그 아이가 올해 봄부터 이유를 알 수 없이 아프기 시작했다. 기침이 나고, 식욕이 나지 않고, 열이 높다는 것이다. 시노의 힘이 미치는 한 의사에게 보이기도 하고, 약도 사 먹고, 여러 가지 양생으로 손을 써 보았다. 그러나 조금도 효험은 보이지 않는다. 그뿐만 아니라 점차로 쇠약해진다. 게다가 요즘은 살림이 어려워 생각하는 대로 치료를 받을 수도 없다. 듣기로는 남만사 신부의 의술은 문둥병이라도 고친다고 한다. 부디 신노조의 생명도 살려 주시기를…….

"병문안해주시겠습니까? 어떻습니까?"

여자는 이렇게 말하는 사이에도 쭉 신부를 지켜보고 있다. 그 눈에는 연민을 구하는 기색도 없을 뿐 아니라 걱정스러움을 참지 못하는 기색도 없다. 단지 거의 완고함에 가까운 조용함을 나타내고 있을 뿐이다.

"좋아요, 봐 드리지요."

신부는 턱수염을 잡아당기면서 사려 깊은 듯이 고개를 끄덕여 보였다. 여자는 영혼의 구원을 얻으러 온 것이 아니다. 육체의 구원을 얻으러 온 것이다. 그러나 그것은 책망하지 않아도 좋다. 육체는 영혼의 집이다. 집의 수복만 온전하면 주인의 병도 물리치기 쉽다. 실제로 카테키스타 파비안 등은 그 때문에 십자가를 경배하게 되었다. 이 여자를 여기에 보낸 것도 어쩌면 그 같은 신의 뜻인지도 모른다.

"아드님이 여기에 올 수 있습니까?"

"그것은 약간 무리라고 생각됩니다만……."

"그러면 거기로 안내해 주십시오."

여자의 눈이 한순간 기쁨으로 번쩍였던 것은 이때이다.

“그렇습니까? 그렇게 해 주신다면 무엇보다도 다행입니다.”

신부는 부드러운 감동을 느꼈다. 그 역시 한순간 탈바가지처럼 표정이 없는 여자의 얼굴에 부정할 수 없는 어머니를 보았기 때문이다. 앞에 서 있는 사람은 이미 견실한 무가의 부인이 아니다. 아니, 일본인 여자도 아니다. 옛날 구유 속에서 그리스도에게 아름다운 젖을 물렸던 ‘심히 애련하고, 심히 부드럽고, 심히 아름다운 천상의 왕비’와 같은 어머니가 되었다. 신부는 가슴을 젖히면서 쾌활하게 여자에게 이야기를 걸었다.

“안심하십시오. 병도 대체로 알고 있습니다. 아드님의 생명은 제가 맡겠습니다. 어쨌든 가능한 방법을 써 봅시다. 만약 또 인력이 미치지 않으면…….”

여자는 부드럽게 말에 끼어들었다.

“아니, 당신이 한 번이라도 병문안해주시면, 나중에는 어떻게 되더라도 조금도 미련은 없습니다. 그 이상은 단지 기요미즈사 관세음보살의 가호에 매달릴 뿐입니다.”

관세음보살! 이 말은 순식간에 신부의 얼굴에 화가 난 듯한 기색을 떠올리게 했다. 신부는 아무것도 모르는 여자의 얼굴에 예리한 눈을 응시하고 고개를 설레설레 흔들며 나무라기 시작했다.

“주의하십시오. 관음, 석가, 하치만, 덴진— 당신들이 숭배하는 것은 모두 나무와 돌로 된 우상입니다. 진정한 신, 진정한 천주는 오직 한 분밖에 계시지 않습니다. 아드님을 죽이는 것도, 살리는 것도 데우스의 뜻 하나입니다. 우상은 아는 것이 없습니다. 만약 아드님이 소중하다면 우상에게 기도하는 것은 그만두십시오.”

그러나 여자는 낡은 홑옷 옷깃을 은근히 턱에 누르고 놀란 듯이 신부를 보고 있다. 신성한 노여움에 찬 말도 알아들었는지 어떤지 확실하지 않다. 신부는 거의 상대를 누르려는 태도로 수염투성이 얼굴을 내밀면서 열심히 이렇게 충고를 계속했다.

"진정한 신을 믿으십시오. 진정한 신은 주데아 나라 베렌에서 태어나신 제즈스 기리스토스뿐입니다. 그 외에 신은 없습니다. 있다고 생각하는 것은 악마입니다. 타락한 천사의 화신입니다. 제즈스는 우리를 구원하기 위하여 십자가에까지 몸이 달렸습니다. 보십시오. 저 모습을!"

신부는 엄숙하게 손을 뻗더니 뒤에 있는 유리 벽화 창을 가리켰다. 마침 엷은 햇빛에 비친 창은 성당 안의 어렴풋한 어둠 속에서 수난의 그리스도를 띄우고 있다. 십자가 밑에는 울며 갈팡질팡하고 있는 마리아와 제자들도 띄우고 있다. 여자는 일본풍으로 합장하면서 조용히 이 창을 우러러보았다.

"저것이 소문으로 들었던 남만의 여래입니까? 제 아들의 생명만 구해 주신다면 저는 저 십자가 부처에게 일생 봉사해도 상관없습니다. 부디 가호를 내리시도록 기도드려 주십시오."

여자의 목소리는 침착한 중에 깊은 감동을 간직하고 있다. 신부는 점점 우쭐한 듯 목덜미를 조금 젖힌 채 전보다도 웅변적으로 이야기하기 시작했다.

"제즈스는 우리들의 죄를 씻고 우리들의 영혼을 구하기 위하여 지상에 강림하셨습니다. 들으십시오. 일생의 고난 고통을!"

신선한 감동에 찬 신부는 이곳저곳을 걸으면서 빠른 말투로 그리스도의 생애를 이야기했다. 세상 온갖 덕을 갖춘 처녀 마리아에게 수태를 알리러 왔던 천사의 일을, 마구간 속에서 탄생하신 일을, 탄생을 알리는 별을 따라 유향과 몰약을 바치러 왔던 현명한 동방 박사들의 일을, 메시아의 출현을 두려워해 헤로데 왕이 죽였던 아이들의 일을,

요한의 세례를 받으셨던 일을, 산상의 가르침을 베푸셨던 일을, 물로 포도주를 만드셨던 일을, 맹인의 눈을 뜨게 하신 일을, 막달라 마리아에게 항상 따라다니던 일곱 악귀를 쫓아내셨던 일을, 죽은 라자로를 살리신 일을, 물 위로 걸어가신 일을, 당나귀 등에 타시고 예루살렘에 들어가신 일을, 슬픈 최후의 만찬을, 감람산에서 기도하신 일을…….

신부의 목소리는 신의 말처럼 어둠침침한 성당 안에 울려 퍼졌다. 여자는 눈이 빛난 채 아무 말 없이 그 소리를 듣고 있다.

"생각해 보십시오. 제즈스는 두 사람의 도둑과 같이 십자가에 달렸습니다. 그때의 슬픔, 그때의 고통, ―우리는 지금 생각하는 것만으로도 몸을 떨지 않을 수 없습니다. 특히, 황송한 생각이 드는 것은 십자가 위에서 외치셨던 제즈스의 최후의 말씀입니다. 엘로이, 엘로이, 레마 사박타니― 이것을 풀이하면 나의 하느님, 나의 하느님, 어찌하여 나를 버리셨나이까? ……"

신부는 무심코 입을 닫았다. 바라보니 새파랗게 된 여자는 아랫입술을 깨물면서 신부의 얼굴을 뚫어지게 쳐다보고 있다. 더욱이 그 눈에 번쩍이고 있는 것은 신성한 감동도, 아무것도 아니다. 단지 싸늘한 경멸과 뼈에라도 사무칠 듯한 증오이다. 신부는 어안이 벙벙한 채 잠시 벙어리처럼 눈을 끔벅거릴 뿐이었다.

"진정한 천주, 남만의 여래는 그런 것입니까?"

여자는 지금까지의 얌전함과는 달리 일격을 가하듯이 쏘아 붙였다.

"제 남편, 이치반가세 한베는 사사키가의 무사였습니다. 그러나 아직 한 번도 적 앞에서 뒤를 보인 적이 없습니다. 지난 조고사 성 공격 때도 남편은 도박에 져, 말은 물론이고 갑옷과 투구조차 빼앗겼습니다. 그렇지만 전투가 있던 날에는 나무아미타불이라고 커다랗게 쓴 종이 겉옷을 맨살에 걸치고, 가지 달린 대나무를 깃대로 대신하고, 오

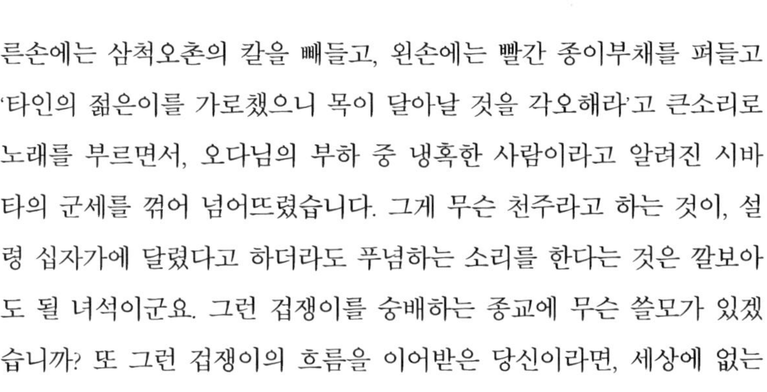

른손에는 삼척오촌의 칼을 빼들고, 왼손에는 빨간 종이부채를 펴들고 '타인의 젊은이를 가로챘으니 목이 달아날 것을 각오해라'고 큰소리로 노래를 부르면서, 오다님의 부하 중 냉혹한 사람이라고 알려진 시바타의 군세를 꺾어 넘어뜨렸습니다. 그게 무슨 천주라고 하는 것이, 설령 십자가에 달렸다고 하더라도 푸념하는 소리를 한다는 것은 깔보아도 될 녀석이군요. 그런 겁쟁이를 숭배하는 종교에 무슨 쓸모가 있겠습니까? 또 그런 겁쟁이의 흐름을 이어받은 당신이라면, 세상에 없는 남편의 위패 앞에도 제 자식의 병은 보일 수 없습니다. 신노조도 타인의 목을 베는 한베라는 남편의 아들입니다. 겁쟁이의 약을 먹는 것보다는 할복하겠다고 하겠지요. 이런 것을 알았다면 일부러 여기까지 오지 않았을 것을— 그것만은 분합니다."

여자는 눈물을 머금으면서 휙 하고 신부에게 등을 돌리자마자 돌풍을 피하는 사람처럼 망설임 없이 성당 밖으로 사라져 버렸다. 놀란 신부를 남겨 둔 채로…….

(1923. 3)

야스키치의 수첩에서(保吉の手帳から)

이민희

❖ 멍멍(わん) ❖

어느 겨울날 저녁, 야스키치(保吉)는 구중중한 레스토랑 이 층에서 기름내 나는 구운 빵을 뜯어 먹고 있었다. 그가 앉아 있는 테이블 앞에 놓여 있는 것은 금이 간 흰 벽이었다. 거기에는 비스듬히 '핫(따뜻한) 샌드위치도 있어요' 라고 쓴 길쭉한 종이도 붙어 있었다. (그의 동료 중 한 사람은 이것을 '후유(따뜻한) 샌드위치'라고 읽으며 진심으로 의아스러워했다.) 그리고 왼쪽에는 아래로 내려가는 계단, 오른쪽에는 바로 유리창이 있었다. 그는 구운 빵을 뜯어 먹으며 때때로 멍하니 창밖을 바라보았다. 창밖에는 거리 건너편으로 함석지붕을 얹은 헌옷 가게가 한 채, 직공용 청색 무명 작업복이나 카키색 망토 따위를 내걸고 있었다.

그날 밤 학교에서는 여섯 시 반부터 영어 모임이 열리기로 되어 있었다. 거기에 출석할 의무가 있는 그로서는, 이 마을에 살고 있지 않은 탓에 싫어도 방과 후 여섯 시 반까지는 이런 데 있을 수밖에 없었

다. 도키 아이카(土岐哀果)[1] 씨의 노래 중에 분명 — 틀렸다면 미안합니다 — '멀리까지 와서 이따위 비프스테이크나 먹어야 한다니. 아내여, 아내여, 그립구나.'라는 구절이 있다. 그는 여기에 올 때마다 언제나 이 노래가 떠올랐다. 뭐, 그리워해야 할 아내는 아직 없다. 그러나 헌 옷 가게를 바라보면서 기름내 나는 구운 빵을 뜯으며 '핫(따뜻한) 샌드위치'를 보고 있으면 '아내여, 아내여, 그립구나.'라는 말이 저절로 입 밖으로 흘러나오는 것이었다.

야스키치는 일전에도 이들 젊은 해군무관 두 명이 자신의 뒤에서 맥주를 마시고 있었다는 사실을 기억해냈다. 그중 한 명은 야스키치와 같은 학교에 다니는 낯익은 주계관(主計官)[2]이었다. 무관과 친분이 거의 없는 야스키치는 그의 이름을 몰랐다. 아니, 이름뿐만이 아니다. 소위급인지 중위급인지 그것도 모른다. 그가 알고 있는 사실은 단지 다달이 급료를 받을 때 이 사람의 손을 거친다는 것뿐이었다. 또 다른 사람은 전혀 모른다. 둘은 맥주를 시킬 때마다 '이봐'라든가 '어이'라는 말을 썼다. 여종업원은 그래도 싫은 기색 없이 양손으로 컵을 받아들면서 바지런히 계단을 오르내렸다. 그런 주제에 야스키치가 있는 테이블에는 홍차 한 잔 부탁해도 좀처럼 가져다주지 않았다. 이는 비단 여기서만 일어나는 일이 아니다. 이 마을에 있는 카페나 레스토랑 어딜 가도 마찬가지였다.

둘은 맥주를 마시면서 무언가 큰 소리로 얘기했다. 물론 야스키치

---

1) 도키 젠마로(土岐善麿, 1885년~1980년): 가인(歌人)·국문학자로 호(号)는 아이카(哀果) 등 다수 있다. 사회에 눈을 돌린 생활파 가인으로서 활약, 로마자운동의 중심적 존재였다. 가집(歌集)으로는 「울고 웃음(NAKIWARAI)」, 「황혼에(黄昏に)」, 「봄 들판(春野)」, 평론으로는 「다야스 무네타케(田安宗武)」 등이 있다.

2) 일본 재무성(財務省) 주계국(主計局)에 설치된 국가공무원 관리직으로, 국가예산안 심사 및 작성이 주된 임무이다.

는 그 이야기에 귀를 기울이고 있지는 않았다. 그러나 그때 갑자기 그를 놀라게 한 것은 '멍멍하고 짖어.'라는 말이었다. 그는 개를 좋아하지 않았다. 개를 좋아하지 않는 문학자에게 괴테와 스트린드베리를 열거하는 것을 유쾌하게 여기는 사람 중 한명이었다. 그 때문에 이 말을 들었을 때, 야스키치는 이런 곳에서 키우기 좋은 커다란 서양 개를 상상했다. 동시에 그놈이 자신 뒤에서 서성거리고 있을 것 같은 불안함을 느꼈다.

그는 살짝 뒤를 돌아보았다. 다행히도 거기에는 개처럼 생긴 놈은 보이지 않았다. 그저 그 주계관이 창밖을 보면서 히죽히죽 웃고 있을 뿐이었다. 야스키치는 개가 있는 곳이 창문 밖 아래일 거라고 짐작했다. 그러나 어쩐지 이상한 기분이 든다. 그러고 있자니 주계관은 또다시 '멍멍하고 짖어. 어이, 멍하고 짖어.'라고 말한다. 야스키치는 몸을 조금 비틀어 구부려서 건너편 창 아래를 내려다보았다. 우선 그의 눈에 들어온 것은 마사무네(正宗)[3] 광고를 겸한, 아직 불도 켜지지 않은 헌등(軒灯)이었다. 그리고 거두어들인 차양이었다. 이어서 보이는 것은 맥주통으로 만든 빗물 통 위에 언제 널어놓았는지 모를 쓰마카와(爪革)[4]였다. 그리고 길거리에 생긴 물구덩이. 그리고 — 그 다음이 무엇이든 간에 어디에도 개 그림자는 없었다. 대신에 열두세 살로 보이는 거지 아이가 한 명, 이 층 창문을 올려다보면서 추운 듯 서 있는 모습이 보였다.

"멍멍하고 짖어. 멍하고 짖으라니까!"

주계관은 또다시 말을 걸었다. 그 말에는 어딘지 거지 아이의 마음

3) 일본 긴키(近畿) 지방 서부에 있는 효고현(兵庫県) 나다(灘)에서 생산되는 청주(清酒)의 상품명.

4) 비나 진흙을 피하기 위해 게다(下駄: 왜나막신) 앞부분에 씌운 발가락 덮개. 또는 눈이 많은 지방에서 신는, 짚으로 반장화처럼 엮어 만든 신.

을 지배하는 힘이 있는 듯했다. 거지 아이는 마치 몽유병환자처럼, 눈은 여전히 위를 올려다본 채, 한두 걸음 창 아래로 다가섰다. 야스키치는 그제야 질 나쁜 주계관의 못된 장난을 발견했다. 못된 장난? — 혹은 장난이 아닐지도 모른다. 그게 아니라면 실험이다. 인간은 주린 배를 채우기 위하여 자기의 존엄을 어디까지 희생할 수 있는가? — 에 관한 실험이다. 야스키치 생각에 이것은 새삼스럽게 실험 따위 해야 할 필요도 없는 문제다. 에서는 고기를 위해서 장자권을 포기했고, 야스키치는 빵을 위해서 교사가 되었다. 이런 사실로 충분한 것이다. 그러나 저 실험 심리학자는 이 정도로는 연구를 그만둘 마음이 생기지 않겠지. 그렇다면 오늘 학생들에게 가르친 'De gustibus non est disputandum'[5]이다. 쓴 여뀌 잎을 즐겨 먹는 벌레도 있듯이, 자기 마음이다. 실험이 정 하고 싶다면 하면 그만이다. — 야스키치는 그런 생각을 하면서 창 아래 거지를 바라보고 있었다.

주계관은 잠시 말이 없었다. 그러자 거지 아이는 불안한 듯 앞뒤를 살피기 시작했다. 개를 흉내내는 것에는 별다른 이견이 없다 하더라도, 그 역시 주위 사람들의 시선만큼은 신경 쓰인 게 분명하다. 그러나 주계관은 거지 아이가 채 마음을 굳히기도 전에 붉은 얼굴을 창밖으로 내밀면서 이번에는 뭔가를 흔들어 보였다.

"멍멍하라니까. 짖으면 이걸 줄게."

거지 아이의 얼굴은 일순 욕망에 발갛게 달아올랐다. 야스키치는 때때로 거지에 대하여 로맨틱한 흥미를 갖고 있었다. 그러나 연민이라든가 동정 따위의 감정은 한 번도 가진 적이 없다. 만약 조금이라도 느꼈다면 그들을 바보이거나 거짓말쟁이로 여겼을 정도다. 그러나 지

5) 오이를 거꾸로 먹어도 제멋, 취향(기호)에 관하여 다툴 것은 없다는 의미다.

금 저 거지 아이가 목을 조금 뒤로 젖힌 채 눈에 빛을 발하고 있는 모습을 보자, 조금 안쓰럽다는 생각이 들었다. 단, 이때 '조금'은 말 그대로의 조금이다. 야스키치는 안쓰럽다고 여기기보다는 오히려 그런 거지아이의 모습에 렘브란트[6]풍의 효과를 즐기고 있었다.

"안 할 거야? 어이, 멍하고 짖어."

거지 아이는 얼굴을 찡그리는 듯하더니,

"멍"

소리는 너무나도 작았다.

"더 크게."

"멍멍"

거지 아이는 마침내 두 마디 소리를 냈다. 그러자 바로 창밖으로 네이블오렌지 한 개가 떨어졌다. — 다음 이야기는 더 이상 쓰지 않아도 된다. 거지 아이가 오렌지에 달려든 것은 물론이고, 주계관은 웃었다.

그 일이 있은 후 일주일쯤 지나서 야스키치는 월급날이 되어 예의 주계관에게 급료를 받으러 갔다. 주계관은 저쪽 장부를 열거나 이쪽 서류를 펼치는 등 바빠 보였다. 그런 그가 야스키치의 얼굴을 보자 '봉급 받으러 온 거죠?' 하고 한마디 한다. 그도 '그렇습니다.'라고 간단히 대답했다. 하지만 주계관은 일이 많은지 좀처럼 월급을 주지 않았다. 그뿐만 아니라 나중에는 그를 향하여 군복 차림의 엉덩이를 내민 채 언제까지고 주판알을 튀기고 있다.

"주계관."

야스키치는 얼마간 기다리다 애원하듯 이렇게 불렀다. 주계관은 어

6) Rembrandt Harmensz van Rijn(1606년~1669년): 네덜란드의 화가로, 깊고 미묘한 빛의 명암이나 독특한 색채를 써서 인간의 깊은 정신을 표현함. 작품에 '해부 교수(解剖教授)', '야경(夜警)', '자화상' 등이 있음.

깨너머로 이쪽을 보았다. 그의 입술에서는 분명 '이제 곧입니다.'라는 말이 나오려 하고 있었다. 그러나 그에 앞서 야스키치는 이미 준비해 둔 말을 이었다.

"주계관. 멍멍하고 짖을까요? 예? 주계관."

야스키치가 믿기에 그렇게 말한 자신의 목소리는 천사보다도 부드러웠다.

❖ 서양인(西洋人) ❖

이 학교에는 서양인 두 명이 회화나 영작문을 가르치러 와 있었다. 한 명은 타운젠드라고 불리는 영국인, 다른 한 사람은 스탈렛이라는 미국사람이다.

타운젠드 씨는 머리가 벗겨진, 일본어를 잘하는 호호야(好好爺)였다. 예부터 전해오기를 서양인 교사라는 자는 아무리 속물이라도 셰익스피어라든가 괴테 등이 입에서 떠나지 않는 자들이다. 그러나 다행히도 타운젠드 씨는 '문예'의 '문' 자도 안다고 할 수 없다. 언젠가 워즈워스에 대한 이야기가 나오자, '시는 전혀 몰라. 워즈워스도 어디가 좋은 걸까.'란다.

야스키치는 이러한 타운젠드 씨와 같은 피서지에 살고 있어서, 학교를 오갈 때도 같은 기차에 탔다. 기차는 그럭저럭 삼십 분 정도 걸린다. 둘은 그 기차 안에서 글래스고산(産) 파이프를 입에 물면서 담배라든가 학교, 유령 따위의 얘기를 나누었다. 신지학자(神智学者: theosophist) 다운 타운젠드 씨가 햄릿에는 흥미가 없어도, 햄릿 부친의 유령에 대해서는 흥미를 갖고 있었기 때문이다. 그러나 마술이나 연금술, 오컬트 사이언스 등의 이야기가 나오면 타운젠드 씨는 어김없이 슬픈 듯

머리와 파이프를 동시에 흔들면서, '신비의 문은 속인들이 생각하는 것처럼 열기 어려운 것이 아니다. 그것이 두려운 까닭은 오히려 닫기 어려운 것에 있다. 그런 것에는 손대지 않는 편이 좋다.'고 한다.

한편, 스탈렛 씨는 훨씬 젊은 멋쟁이였다. 겨울에는 암녹색 오버코트에 붉은 목도리 등을 두르고 왔다. 타운젠드 씨에 비해 이 사람은 종종 신간서도 들여다보는 모양이다. 실제로 학교 영어모임에서 '최근 미국 소설가'라는 강연을 크게 한 적도 있다. 그렇다고는 하나, 그 강연에 따르면 최근 미국의 대소설가는 로버트 루이스 스티븐슨이나 오 헨리가 된다!

야스키치와 같은 피서지는 아니지만, 스탈렛 씨 역시 연안 마을에 살고 있었기 때문에 둘이 기차를 함께 타는 경우는 종종 있었다. 야스키치는 스탈렛 씨와 어떤 이야기를 나누었는지 거의 기억이 없다. 단 한 가지 기억하는 것은 대합실 난로 앞에서 기차를 기다리고 있었을 때의 일이다. 야스키치는 그때 하품을 하면서 교사라는 직업의 지루함에 대해서 이야기했다. 그러자 테 없는 안경을 쓴, 풍채가 남자다운 스탈렛 씨는 조금 묘한 표정을 지으면서,

"교사가 되는 것은 직업이 아니다. 그보다는 천직이라 불러야 할 것이라고 생각한다. You know, Socrates and Plato are two great teachers …… Etc."라고 말했다.

로버트 루이스 스티븐슨은 양키건 뭐건 상관없다. 하지만 소크라테스와 플라톤마저 교사였다고 하는 건 — 야스키치는 그때부터 스탈렛 씨에게 은근한 우정을 다하기로 마음먹었다.

❖ 점심시간 —어느 공상—(午休み —或空想—) ❖

야스키치는 이 층 식당을 나왔다. 문관교관은 점심식사 후 대체로 옆에 있는 흡연실로 들어간다. 하지만 오늘은 그곳으로 가지 않고 정원으로 난 계단을 내려가기로 했다. 그러고 있자니 아래에서 하사관 한 명이 메뚜기처럼 한 번에 계단 세 개씩 뛰어 올라왔다. 그런 그가 야스키치의 얼굴을 보자 갑자기 절도 있게 거수경례를 한다. 그러나 그도 잠시, 야스키치를 훌쩍 뛰어넘어 지나쳐갔다. 야스키치는 아무도 없는 허공에 대고 꾸벅 인사하면서 유유히 계단을 내려갔다.

교정에는 무화과나무와 비자나무 사이로 목련이 꽃을 피우고 있다. 목련은 어째서인지 애써 피운 꽃을 햇볕이 잘 드는 남쪽으로는 향하지 않으려는 듯 보였다. 반면 신이(辛夷)는 목련을 닮았으면서도 고집스럽게 남쪽으로 꽃을 향하고 있다. 야스키치는 궐련에 불을 붙이면서 목련의 개성을 축복했다. 거기에 돌이 날아들 듯 할미새가 한 마리 내려앉았다. 할미새도 그에게는 소원하지 않다. 저 작은 꼬리를 흔드는 것은 그를 안내하는 신호다.

"여기, 여기! 그쪽이 아네요. 이쪽, 이쪽이라니까!"

그는 할미새가 일러주는 대로 자갈이 깔린 좁다란 길을 걸어갔다. 그러나 할미새는 어찌 된 일인지 돌연 하늘로 다시 날아올랐다. 대신에 키 큰 기관병 한 명이 좁다란 길 저편에서 걸어왔다. 야스키치에게 이 기관병의 얼굴은 어디선가 본 적이 있는 듯 여겨졌다. 기관병 역시 경례를 한 후, 재빨리 그의 옆을 빠져나간다. 그는 담배 연기를 뿜으면서 '누구였더라.' 하고 계속 생각했다. 두 걸음, 세 걸음, 다섯 걸음 — 열 걸음째에 이르러 야스키치는 발견했다. 그는 폴 고갱이다. 혹은 고갱이 전생(転生)한 것이다. 지금쯤 샤브르 대신에 화필을 잡고 있을

것임이 틀림없다. 그리고 종국에는 정신이 이상해진 친구로부터 뒤에서 총을 맞을 것이다. 가엽지만 어쩔 도리가 없다.

야스키치는 드디어 좁다란 길을 따라 현관 앞 광장으로 나왔다. 거기에는 전리품인 대포 두 대가 소나무랑 대나무 사이에 늘어서 있다. 포 몸통에 살짝 귀를 갖다 댔더니 웬일인지 숨소리가 들린다. 대포도 하품을 하는지 모른다. 그는 대포 아래에 앉았다. 그러고 나서 두 번째 궐련에 불을 붙였다. 이미 한 차례 자동차가 지나간 자갈 위에는 도마뱀이 한 마리 빛나고 있다. 인간은 다리를 잘리면 그것으로 끝, 다시 만들 수 없다. 그러나 도마뱀은 꼬리가 잘려도 금방 새로운 꼬리를 제조한다. 야스키치는 입에 담배를 문 채로 도마뱀은 분명 라마르크보다 더 용불용설(用不用說)[7]주의자임이 틀림없다고 생각했다. 허나 그도 잠시, 도마뱀은 어느새 자갈에 떨어진 한 줄기 중유로 변하고 말았다.

야스키치는 그제야 일어났다. 페인트가 칠해진 교사(校舍)를 따라 다시 한 번 정원 저편으로 빠져나가자, 바다에 면한 운동장이 나왔다. 붉은 흙이 깔린 테니스코트에는 무관교관 몇 명이 열심히 승부를 겨루고 있다. 코트 위 공간에는 끊임없이 무언가 파열된다. 동시에 네트 오른쪽이랑 왼쪽으로 희끄무레한 직선이 용솟음친다. 저건 공이 나는 것이 아니다. 눈에 보이지 않는 샴페인을 따고 있는 것이다. 또한 와이셔츠 차림의 신들이 샴페인을 맛있게 마시고 있는 것이다. 야스키치는 신들을 찬미하면서 이번에는 교사 뒷정원으로 갔다.

그곳에는 장미가 많다. 물론 꽃은 아직 한 송이도 피지 않았다. 그

---

7) 1909년에 라마르크가 제창한 학설로, 자주 사용하는 기관은 세대를 거듭함에 따라서 잘 발달하며, 그렇지 못한 기관은 점점 퇴화하여 소실되어 간다. 이러한 발달과 미발달은 자손에게 유전된다.

는 걸으면서 길가로 늘어진 장미가지 위의 벌레 한 마리를 발견했다. 그런데 그게 다가 아니다. 옆 나뭇잎 위에도 벌레가 있다. 그들은 서로 고개를 끄덕이면서, 잘은 모르겠지만 야스키치에 대한 얘기를 나누는 듯하다. 그는 살짝 엿듣기로 했다.

벌레 1 이 교관은 언제 나비가 될까? 우리들의 증증증조부 때부터 땅만 기어다녀.

벌레 2 인간은 나비가 안 될지도 몰라.

벌레 1 아니야, 되기는 해. 저기서 지금 날고 있으니까.

벌레 2 과연. 하지만 어쩜 저리도 추할까! 인간에게는 미의식이라는 것도 없나 봐.

야스키치는 손으로 빛을 가리면서 머리 위로 날아온 비행기를 보았다.

거기에 동료로 둔갑한 악마 한 명이 나타났다. 옛날에는 연금술을 가르쳤던 악마도 지금은 학생들에게 응용화학을 가르치고 있다. 그런 그가 뭔가 유쾌한 일이라도 있는 듯 히죽거리면서 야스키치에게 이렇게 말한다.

"이봐, 오늘 저녁 같이 할까?"

야스키치는 악마의 미소 속에서 생생히 파우스트의 대사 두 줄을 떠올렸다. — '모든 이론은 잿빛이지만, 푸른 것은 황금을 이루는 생활의 나무다!'

그는 악마와 헤어진 뒤, 교사 안으로 발걸음을 옮겼다. 교실은 모두 텅 비어 있다. 지나는 길에 들여다보니, 어느 교실의 흑판 위에 그리다 만 기하학 그림 하나만이 남아 있다. 그 그림은 야스키치가 엿보고

있다는 사실을 알아채자, 자신이 지워질 거라고 확신한 모양이다. 갑자기 펴기도 하고 움츠러들기도 하면서,

"다음 시간에 필요합니다."라고 말한다.

야스키치는 처음 내려왔던 계단을 다시 올라 어학과 수학 교실 사이에 있는 교관실로 들어섰다. 그곳에는 머리가 벗겨진 타운젠드 씨 외에는 아무도 없었다. 게다가 그 노교사는 지루한 나머지 연거푸 휘파람을 불면서 나 홀로 댄스를 시험하고 있는 중이다. 야스키치는 어이가 없어서 살짝 웃음 지으며 손을 씻으러 세면대 앞으로 갔다. 그때 별생각 없이 거울을 봤는데, 놀랍게도 타운젠드 씨는 어느새 미소년으로, 야스키치 자신은 허리 굽은 백발노인으로 변해있었다.

❖ 수치심(恥) ❖

야스키치는 교실로 나가기에 앞서 사전에 반드시 교과서를 조사한다. 그것은 월급을 받고 있기에 수업을 아무렇게나 할 수 없다는 의무감 때문이라고만 할 수 없다. 교과서에는 학교 특성상 해상 관련 용어가 많이 나오는데, 그것을 제대로 조사해두지 않으면 말도 안 되는 오역을 하기 십상이다. 예를 들어 'Cat's paw'가 고양이 발인가 했더니 미풍(微風)인 경우가 그러하다.

어느 날 그는 늘 그래 왔듯이 2학년 생도에게 항해에 관하여 쓴 어떤 소품을 가르치고 있었다. 그것은 가공할 만한 악문(悪文)이었다. 돛대에 바람이 윙윙거리거나 해치에 파도가 들이쳐도, 파도가 됐건 바람이 됐건 조금도 문자로 살아나지 않았다. 그는 생도에게 번역하여 읽게 시키면서 자신이 먼저 지루해했다. 이럴 때만큼 생도를 상대로 사상문제라든가 시사문제 등을 논하고 싶은 마음에 사로잡힌 적은 없

다. 본래 교사라는 자는 학과 이외의 무언가를 가르치고 싶어 한다. 도덕, 취미, 인생관 — 뭐라 불러도 상관없다. 아무튼 교과서나 흑판보다도 교사 자신의 심장에 가까운 그 무언가를 가르치고 싶어 한다. 그러나 공교롭게도 생도라는 자는 학과 이외의 것은 아무것도 배우고 싶어 하지 않는다. 아니, 배우고 싶어 하지 않는 정도가 아니다. 단연코 배우는 것을 혐오하는 자이다. 평소 그렇게 믿고 있던 야스키치이기에 이날도 무료한 대로 계속 역독(訳読)을 시키는 수밖에 달리 방도가 없었다.

그러나 일단 생도의 역독에 귀를 기울인 이상 오역을 면밀히 고쳐야 하는데, 야스키치에게는 따분하지 않을 때조차 꽤나 성가신 일이다. 한 시간 수업시간을 30분가량 채운 그는 더 이상 참지 못하고 역독을 중지시키더니, 대신에 자신이 한 구절씩 읽고는 번역하기 시작했다. 교과서에 실린 항해는 여전히 지루하기 짝이 없다. 야스키치의 가르치는 모습 또한 그에 못지않다. 그는 무풍지대를 가로지르는 돛단배처럼 동사의 텐스(tense: 시제(時制))를 빠뜨리기도 하고 관계대명사를 틀리기도 하면서 나아가는 데 애를 먹고 있었다.

그러는 사이 문득 정신을 차려보니, 조사해온 데까지는 이제 겨우 네댓 줄밖에 안 남았다. 여기를 넘으면 해상용어의 암초로 가득한, 결코 방심할 수 없는 거센 바다였다. 야스키치는 곁눈으로 시계를 보았다. 휴식을 알리는 나팔이 불 때까지 20분은 족히 남아 있다. 그는 할 수 있는 한 최대로 자세하게 사전조사가 된 네댓 줄을 번역했다. 그런데도 시계 침은 3분밖에 움직이지 않았다.

야스키치는 절체절명(絶体絶命)의 위기에 봉착했다. 이럴 경우 유일한 혈로(血路)는 생도의 질문에 답하는 것이다. 그래도 시간이 남으면 수업을 빨리 끝냄을 알리면 그만이다. 그는 교과서를 내려놓으며 '질

문은?' 하고 말하려 했다. 그런데 갑자기 얼굴이 새빨개졌다. 왜인가? — 이유는 그 자신도 설명할 수 없다. 아무튼 생도를 속이는 것쯤은 아무렇지도 않은 그가 이때만큼은 벌겋게 상기된 것이다. 물론 생도는 아무것도 모른 채 말끄러미 야스키치의 얼굴을 쳐다본다. 그는 다시 한 번 시계를 봤다. 그 후, — 교과서를 집어 들자마자 엄청난 속도로 읽어나가기 시작했다.

교과서에 실린 항해는 그 이후에도 지루했는지 모른다. 그러나 그의 가르치는 모습은, — 야스키치는 지금도 믿고 있다. 태풍에 맞서 싸우는 돛단배보다도 더욱 장렬했음을.

❖ 용감한 수위(勇ましい守衛) ❖

늦가을인지 초겨울인지 분명치 않다. 아무튼 학교에 다닐 적, 오버코트를 걸쳤을 무렵이라고 기억하고 있다. 점심 먹으러 테이블에 앉았을 때, 어느 젊은 무관교관이 옆에 앉아 있는 야스키치에게 최근에 일어난 이상한 사건에 대하여 얘기했다. 내용인즉슨, — 바로 이삼 일 전 한밤중, 도둑 두세 명이 철을 훔치러 학교 뒤편에 배를 댔다. 야경을 서다 그것을 발견한 수위는 단신으로 그들을 체포하려 들었다. 그런데 전세가 역전되어, 격렬한 격투 끝에 바다에 던져졌다. 수위는 물에 젖은 생쥐 꼴이 되어 겨우 해안가로 기어올랐다. 물론 그때는 이미 도둑을 실은 배가 바다 저편 어둠 속으로 모습을 감춘 뒤였다.

"오우라(大浦)라고 하는 수원데 말이죠. 엄청 큰일을 당했어요."

무관은 빵을 입속에 가득 문 채 말하기 힘든 듯 웃었다.

오우라라면 야스키치도 알고 있다. 수위는 몇 명인가 교대로 문쪽 대기소에 대기하고 있다. 그리고 무관이건 문관이건 가리지 않고 교

관들이 드나드는 것을 볼 때마다 거수하도록 되어 있다. 경례를 받는 것도 하는 것도 좋아하지 않는 야스키치는, 경례할 틈을 주지 않도록 대기소를 통과할 때 유독 발걸음을 빨리 옮겼다. 그러나 오우라라는 수위만큼은 좀처럼 피할 수가 없다. 그도 그럴 것이 대기소에 앉은 채로 문 안팎 스무 걸음[8] 사이로 끊임없이 눈길을 주고 있다. 그 때문에 야스키치의 모습이 보이면 채 앞에 이르기도 전에 벌써 경례하는 자세를 취한다. 이렇게 되면 숙명이라 여길밖에 달리 도리가 없다. 야스키치는 결국 체념했다. 아니, 체념한 정도가 아니다. 요즘은 오우라를 발견하는 즉시 방울뱀 앞 토끼 모양으로 이쪽에서 먼저 모자를 벗기까지 한다.

그런 그가 도둑을 잡겠다고 덤비다가 바다로 던져졌다는 것이다. 야스키치는 잠시 동정하는가 싶더니 결국 웃지 않을 수 없었다.

그로부터 오륙일 지난 어느 날. 야스키치는 정차장 대합실에서 우연히 오우라를 발견했다. 오우라는 그의 얼굴을 보자 장소도 가리지 않고 정자세를 취하더니 언제나처럼 빈틈없이 철저하게 거수의 예를 표한다. 야스키치는 마치 오우라 뒤에 대기소 입구가 보이는 듯했다.

"참, 일전에……"

잠시 침묵 끝에 야스키치는 이렇게 말을 걸었다.

"예. 잡을 뻔한 도둑을 놓쳤습니다."

"큰일 날 뻔했네요."

"다행히 다치지는 않았습니다. ……"

오우라는 쓴웃음 지은 채, 스스로 자신을 비웃는 듯 얘기를 꺼냈다.

---

8) 원문은 '대여섯 겐 되는 거리(五六間の距離)'로 기술하고 있다. 겐(間)은 척관법(尺貫法)의 길이를 재는 단위로, 1겐은 3보(步: 약 1.818미터)이므로, '대여섯겐 되는 거리'는 열다섯에서 열여덟 보에 해당한다. 참고로 보는 주척(周尺)으로 여섯 자가 되는 거리로, 1보는 한 걸음 정도의 거리를 말한다.

"뭐, 무리해서라도 잡으려 들었으면 한 명 정도는 잡을 수 있었습니다. 허나 잡으면 뭐 합니까."

"잡으면 뭘 하다니요?"

"상여금이고 뭐고 아무것도 없어요. 도둑을 잡았을 경우 어떻게 한다는 글은 수위 규칙에 없으니까요."

"순직해도 말입니까?"

"예."

야스키치는 잠시 오우라를 봤다. 오우라의 말에 의하면 그는 보통의 용사와 달리 한목숨 바쳐 도둑을 잡으려 덤빈 건 아니다. 그에게 돌아올 대가를 생각하니 아니다 싶어 잡아야 할 도둑을 놓친 것이다. 그러나— 야스키치는 궐련을 꺼내면서, 가능한 한 크게 고개를 끄덕여 보였다.

"그래야겠지. 그렇잖으면 너무 어리석잖아요. 위험을 무릅쓰는 만큼 손해를 보게 되니까요."

오우라는 "그런가요?" 하며 얼버무린다. 그러면서도 이상하게 기운이 없어 보인다.

"그러나 만약 상여금만 나온다면야……."

야스키치는 다소 우울한 듯 말했다.

"그래도 상여금이 나온다고 하여 모두 위험을 무릅쓸지 어떨지? …… 그것 역시 의문이군요."

오우라는 이번에는 침묵했다. 그러나 야스키치가 담배를 입에 물자 급히 자신의 성냥을 그어 야스키치에게 내밀었다. 야스키치는 벌겋게 타든 불꽃을 담배 끝으로 옮기면서 자신도 모르는 사이 입가에 떠오른 미소를 그가 알아차리지 않도록 꾹 눌러 참았다.

"고마워요."

"고맙긴요."

오우라는 아무렇지 않은 듯 답하더니 성냥갑을 포켓에 도로 넣는다. 그러나 야스키치는 지금도 그날 자신이 이 용감한 수위의 비밀을 간파했다고 믿고 있다. 예의 한 점의 성냥불은 야스키치만을 위한 것이 아니다. 사실인즉 오우라의 무사도를 잘 보이지 않는 어둠 속에서도 똑똑히 보실 신들을 위하여 그어진 것이다.

1923(大正12)년 4월

시로(白)

조사옥

❖ 1 ❖

어느 봄날 오후였습니다. 시로(白)라는 하얀 개는 땅 냄새를 맡으며 조용한 거리를 걷고 있었습니다. 좁은 길 양옆으로는 움이 트기 시작한 나무 울타리가 죽 이어져 있고, 그 울타리 사이에는 하나 둘씩 벚꽃 같은 것도 피어 있었습니다. 시로는 울타리를 따라 가다가 문득 어느 골목길로 들어갔습니다. 하지만 그쪽으로 도는 순간 깜짝 놀란 듯이 갑자기 멈춰서 버렸습니다.

그것도 무리는 아닙니다. 그 골목의 14, 5m 앞에는 가게 이름이 새겨진 웃옷을 걸치고 길에 다니는 개를 잡아가는 사람이 올가미를 뒤에 감춘 채 검정개 한 마리를 노리고 있는 것입니다. 그런데 검정개는 아무것도 모르고 이 개를 잡으러 다니는 사람이 던져 준 빵인지 뭔지를 먹고 있었습니다. 하지만 시로가 놀란 것은 그 때문만이 아니었습니다. 모르는 개라면 모르겠지만, 지금 개잡이가 노리고 있는 것은 옆집 검정개 쿠로(黑)였습니다. 매일 아침 얼굴을 맞댈 때마다 서로 코

냄새를 맡는 아주 사이가 좋은 쿠로(黑)였던 것입니다.

시로는 자신도 모르게 "쿠로 군(黑君)! 위험해!" 하고 소리치려고 했습니다. 그런데 그 순간 개를 잡으러 다니는 사람이 힐끗 시로를 바라보았습니다. "소리치기만 해봐! 네놈부터 올가미를 씌울거야." —개잡이의 눈에는 그렇게 협박하는 빛이 역력했습니다. 시로는 너무나 두려워서 그만 짖는 것조차 잊어버렸습니다. 아니 잊은 것만이 아닙니다. 한시도 가만히 있을 수 없을 정도로 두려움이 몰려왔던 것입니다. 시로는 개를 잡는 사람의 눈치를 살피면서 한걸음 한걸음 뒷걸음질치기 시작했습니다. 그렇게 울타리 그림자 안으로 개잡는 사람의 모습이 가려지자마자, 불쌍한 쿠로(黑)를 남겨 둔 채 쏜살같이 도망치기 시작했습니다.

그 순간 올가미가 덮쳐졌겠지요. 계속해서 쿠로의 요란한 비명 소리가 들려왔습니다. 하지만 시로는 되돌아가기는커녕 발걸음도 멈추려 하지 않았습니다. 진흙탕을 뛰어넘고 자갈을 튀기며 통행금지 표시 줄을 빠져나가, 쓰레기통을 뒤집으며 뒤도 돌아보지 않고 계속 도망쳤습니다. 보세요. 고개를 뛰어 내려가는 모습을! 저런, 자동차에 치일 뻔했어요! 시로는 이제 살고 싶다는 생각만으로 정신이 없을지도 모릅니다. 아니, 시로의 귀에는 여전히 쿠로의 비명 소리가 등에 소리처럼 윙윙거리고 있었습니다.

"깨갱, 깽, 살려줘! 깨갱, 깽, 살려줘!"

❖ 2 ❖

시로는 헐떡거리며 겨우 주인집으로 돌아왔습니다. 검은 담벼락 아래에 있는 개구멍을 빠져나가 헛간을 돌기만 하면 바로 개집이 있는 뒷마당이 나옵니다. 시로는 마치 바람처럼 뒷마당의 잔디밭으로 뛰어들었습니다. 이제 여기까지 도망쳐 왔으니까 올가미에 걸릴 걱정은 없습니다. 게다가 푸르디푸른 잔디 위에서는 다행히도 아가씨와 도련님이 공 던지기를 하고 있었습니다. 그것을 본 시로의 기쁨을 무어라 말해야 좋을까요? 시로는 꼬리를 흔들면서 단숨에 그곳으로 달려갔습니다.

"아가씨! 도련님! 오늘 개 잡으러 다니는 사람을 만났어요."

시로는 두 사람을 올려보며 숨돌릴 사이도 없이 이렇게 말했습니다(하지만 아가씨와 도련님이 개의 말을 알아들을 수 없으니까 멍멍으로 들릴 뿐입니다). 그런데 오늘은 어찌된 건지 아가씨와 도련님이 그냥 어이없는 표정을 지은 채 시로의 머리를 쓰다듬어 주질 않는 겁니다. 시로는 이상하게 생각하며 다시 한 번 두 사람에게 이야기를 했습니다.

"아가씨! 아가씨는 개 잡으러 다니는 사람을 알고 있나요? 그거 무서운 놈이예요. 도련님! 나는 도망쳤지만, 옆집 쿠로 군은 잡혔답니다."

그래도 아가씨와 도련님은 얼굴을 마주보고 있을 뿐이었습니다. 게다가 두 사람은 잠시 후 이런 엉뚱한 소리까지 하기 시작했습니다.

"어디서 온 개지? 하루오."

"글쎄, 누나."

어디서 온 개? 이번에는 시로가 황당했습니다(시로는 아가씨와 도련님의 말을 제대로 알아들을 수 있습니다. 우리는 개가 하는 말을 알아들을 수 없으니까 개들도 역시 우리 말을 못 알아듣는다고 생각하지만 실제로는 그렇지 않습니다. 개가 재주를 익힐 수 있는 것은 우리 말을 알아듣기 때문이지요. 하지만 우리는 개의 말을 알아듣지 못하

니까 어둠 속에서 보는 것과 희미한 냄새를 맡아서 아는 것 등, 개가 우리에게 가르쳐 주는 재주는 하나도 익힐 수 없습니다).

"어디서 온 개라니 무슨 말이예요? 나예요! 시로!"

하지만 아가씨는 여전히 기분이 나쁜 듯이 시로를 바라보고 있었습니다.

"옆집 쿠로의 형제인가?"

"쿠로의 형제일지도 모르겠네." 도련님은 야구 방망이를 만지작거리며 신중하게 말했습니다.

"이 녀석도 온몸이 새까만 걸 보니."

시로는 갑자기 등의 털이 곤두서는 것을 느꼈습니다. 새까맣다고? 그럴 리 없습니다. 시로는 아주 어릴 때부터 우유처럼 새하얀 개였으니까요. 그런데 앞다리를 보니 아니, 앞다리만이 아닙니다. 가슴도 배도 뒷다리와 품위 있게 쭉 뻗은 꼬리도 모두 냄비 밑바닥처럼 새까만 겁니다. 새까매, 새까맣다! 시로는 미친 듯이 이리 뛰고 저리 뛰면서 열심히 짖어댔습니다.

"어머, 어떻게 하지? 하루오. 이 개 미친 개잖아."

아가씨는 꼼짝도 못하고 지금 당장이라도 울 것 같은 목소리로 말했습니다. 그러나 도련님은 용감했습니다. 시로는 순식간에 왼편 어깨를 딱 하고 방망이로 맞았습니다. 다시 두 번째 방망이가 머리 위로 날아왔습니다. 시로는 그 아래를 빠져나오자마자 원래 왔던 길로 도망쳤습니다. 그래도 이번에는 조금 전처럼 10m고 20m고 도망치지는 않았습니다. 잔디밭 구석의 종려나무 아래에는 크림색 개집이 있습니다. 시로는 개집에 오자 꼬마 주인들을 돌아보았습니다.

"아가씨! 도련님! 나는 시로라구요. 아무리 까맣게 변했다고 해도 역시 나는 시로라니까요."

시로의 목소리는 뭐라고도 표현할 수 없는 슬픔과 분노로 떨리고 있었습니다. 하지만 아가씨와 도련님이 그런 시로의 심정을 알 리가 없습니다. 실제로 아가씨는 얄밉다는 듯이 "아직도 저기서 짖고 있네. 정말 뻔뻔스러운 들개야." 하며 발을 동동 구르고 있는 것이었습니다. 도련님도 —도련님은 길에 있는 자갈을 집어들자 힘껏 시로에게 던졌습니다.

"저 녀석! 아직도 우물쭈물하고 있네. 이래도야? 이래도야?"

자갈은 계속해서 날아왔습니다. 그중에 시로의 귀밑에 피가 번질 정도로 맞은 것도 있었습니다. 시로는 결국 꼬리를 내리고 검은 담 밖으로 빠져나갔습니다. 검은 담 밖에는 봄볕에 은색 분을 뒤집어쓴 배추흰나비 한 마리가 한가롭게 날고 있었습니다.

"아아, 오늘부터 집 없는 개가 되는 걸까."

시로는 한숨을 내쉬면서 한동안 전신주 아래에서 단지 멍하니 하늘을 바라보고 서 있었습니다.

❖ 3 ❖

아가씨와 도련님에게 쫓겨난 시로는 동경(東京) 여기저기를 돌아다녔습니다. 그러나 어딜 가서 뭘 하든지 잊을 수 없는 것은 새까맣게 변한 자신의 모습이었습니다. 시로는 손님들의 얼굴이 비치는 이발소의 거울을 두려워했습니다. 비 갠 후의 하늘을 비추고 있는 거리의 물웅덩이를 무서워했습니다. 거리의 파란 나무 이파리를 비추고 있는 쇼윈도의 유리를 두려워했습니다. 아니, 카페 테이블 위에 있는 흑맥주를 가득 담은 유리컵조차 —하지만 그런다고 해결될 수 있을까요? 저 자동차를 보세요. 네에, 저 공원 밖에 서 있는 큰 검은색 자동차 말

입니다. 검은 옻칠이 반짝이는 자동차의 차체는 지금 이쪽으로 걸어오는 시로의 모습을 비추었습니다. 확실하게 거울처럼. 시로를 비추는 것은 저 손님을 기다리고 있는 자동차처럼 가는 곳마다 있는 겁니다. 만약 그걸 봤다면 시로가 얼마나 무서워했을까요. 시로의 얼굴을 보세요. 시로는 고통스러운 듯이 신음하더니 금세 공원 안으로 뛰어들어갔습니다.

공원에는 플라타너스 잎 사이로 조금 잔잔한 바람이 지나가고 있었습니다. 시로는 고개를 숙인 채 나무 사이로 걸어갔습니다. 그곳에는 다행히 연못 이외에 시로의 모습을 비춰 줄 것이 보이지 않았습니다. 소리라고는 하얀 장미에 모여드는 벌들의 소리가 들릴 뿐입니다. 시로는 평화로운 공원의 공기 속에서 한동안 검정개가 된 슬픔도 잊고 있었습니다.

그런데 그런 행복도 5분이나 계속되었는지 모르겠습니다. 시로는 그냥 꿈꾸는 것처럼 벤치가 줄지어 있는 길가로 갔습니다. 그러자 그 길을 돌아 저편에서 요란한 개의 비명 소리가 들리는 것이었습니다.

"깨갱, 깽, 살려 줘! 깨갱, 깽, 살려 줘!"

시로는 자기도 모르게 부르르 떨었습니다. 이 소리는 시로의 마음 속에 그 무서웠던 쿠로의 마지막 모습을 다시 한 번 확실하게 떠올리게 했습니다. 시로는 눈을 감은 채 원래 왔던 길로 도망치려 했습니다. 하지만 그건 말 그대로 일순간의 일이었습니다. 시로는 무시무시한 신음 소리를 내더니 휙 다시 뒤돌아보았습니다.

"깨갱, 깽, 살려 줘! 깨갱, 깽, 살려 줘!"

이 소리가 시로의 귀에는 이런 말로도 들리는 것입니다.

"깨갱, 깽, 겁쟁이가 되면 안 돼! 깨갱, 깽, 겁쟁이가 되지 마!"

시로는 머리를 숙이자마자 소리가 나는 곳으로 달려갔습니다.

그런데 그곳에 달려가 보았더니 시로의 눈앞에 나타난 것은 개잡는 사람 따위가 아니었습니다. 단지 하교 중인 것으로 보이는 양복을 입은 아이 두 세명이 목에 줄을 맨 갈색 강아지를 질질 끌면서 뭔가 와글와글 떠들고 있는 것이었습니다. 강아지는 끌려가지 않으려고 발버둥치며, "살려줘!" 하고 계속 소리치고 있었습니다. 하지만 아이들은 그런 소리에 귀를 기울이려고도 하지 않았습니다. 마냥 웃고 소리치며, 어떤 아이는 강아지 배를 구둣발로 걷어차기도 했습니다.

시로는 조금도 망설이지 않고 아이들을 향해 짖어댔습니다. 갑자기 당한 일에 아이들은 놀랐니 놀라지 않았니를 가릴 정도가 아니었습니다. 실제로 시로의 모습은 불길처럼 타오르는 눈빛과 칼날같이 드러난 송곳니에 금방이라도 달려들어 물어뜯을 것 같은 무서운 기세를 보이고 있는 것이었습니다. 아이들은 사방으로 흩어져 도망쳤습니다. 그중에는 너무 놀라서 길가의 화단으로 뛰어든 녀석도 있었습니다. 시로는 4, 5m 정도 쫓아간 뒤에 홱 강아지를 돌아보고는 꾸짖듯이 말했습니다.

"자, 나하고 같이 가자. 네 집까지 바래다 줄 테니까." 시로는 원래 왔던 길을 나무 사이사이로 다시 쏜살같이 뛰어갔습니다. 갈색 강아지는 기뻐하며 벤치를 빠져나가서, 장미를 걷어차며 시로에게 지지 않으려는 듯이 뛰어갔습니다. 아직 머리에 감겨 있는 긴 줄을 끌면서.

* * *

두세 시간이 지난 후, 시로는 허름한 카페 앞에 갈색 강아지와 함께 멈춰서 있었습니다. 낮에도 조금 어두운 카페 안에는 붉은 전등이 켜져 있고, 긁힌 소리가 나는 축음기에서는 나니와부시(浪花節)인지 뭔지

하는 이야기를 노래하고 있는 것 같습니다. 강아지는 꼬리를 흔들며 이렇게 시로에게 말하였습니다.

"나는 여기서 살고 있어요. 이 다이쇼켄(大正軒)이라는 카페에서요. 아저씨는 어디서 살아요?"

"아저씨 말이야? 아저씨는 저기 먼 동네에 살아."

시로는 외로운 듯이 한숨을 내쉬었습니다.

"그럼 이제 아저씨는 집으로 가야지."

"잠깐 기다리세요. 아저씨네 주인은 까다로우세요?"

"우리 주인? 갑자기 그건 왜 물어봐?"

"만약 주인이 까다롭지 않다면 오늘 밤은 여기서 자고 가세요. 그리고 우리 엄마한테도 목숨을 구해 준 감사의 말이라도 하게 해 주세요. 우리 집에는 우유라든가 카레라이스, 비프스테이크 같이 맛있는 것이 많이 있어요."

"고맙다, 고마워. 하지만 아저씨는 볼일이 있어서 대접은 다음에 받기로 하자. 그럼 네 어머니께도 안부 전해줘."

시로는 잠시 하늘을 올려 보고나서 조용히 발걸음을 옮겼습니다. 하늘에는 카페 지붕 끝에 걸린 달이 슬슬 빛을 발하고 있었습니다.

"아저씨, 아저씨, 아저씨는!"

강아지는 슬픈 듯이 코를 킁킁거렸습니다.

"그럼 이름이만라도 알려 주세요. 나는 나폴레옹이라고 해요. 나포짱이라고도 하고 나포 공(公)이라고도 하는데요, 아저씨 이름은 뭐예요?"

"아저씨 이름은 시로라고 한단다."

"시로라구요? 시로라고 부르는 것은 이상하네요. 아저씨는 어디든 다 검잖아요?"

시로는 마음이 아팠습니다.

"그래도 시로라고 한단다."

"그럼 시로 아저씨라고 하지요. 시로 아저씨, 가까운 시일에 꼭 다시 놀러 오세요."

"그럼, 나포 공(公). 안녕!"

"잘 가세요, 시로 아저씨! 안녕, 안녕!"

❖ 4 ❖

그 후 시로는 어떻게 됐을까요? 그건 일일이 말하지 않아도 여러 신문에 실려 있습니다. 아마 누구든지 다 알고 계시지요? 여러 번 위험에 처해 있는 사람들을 구한 용감한 검은색 개가 있었다는 것을요. 또 한때 '의견(義犬)'이라는 활동사진이 유행했다는 것도요. 그 검은색 개가 시로였던 것입니다. 그런데도 아직 불행하게 모르는 사람이 있다면 모쪼록 아래에 인용한 신문 기사를 읽어 주세요.

동경 일일신문(東京日日新聞)

지난 18일(5월) 오전 8시 40분, 오우선(奥羽線) 상행 급행열차가 다바타역(田端駅) 부근 건널목을 통과할 무렵, 건널목 지기의 과실로 인해 다바타 ABC회사원 시바야마 데쓰타로(柴山鉄太郎)의 장남 사네히코(実彦, 4살)가 열차가 지나가는 선로 안에 들어가 열차에 치일 뻔한 위기일발의 순간이었습니다. 그때 늠름한 검은색 개가 한 마리, 번개처럼 건널목에 뛰어들어 눈앞에 다가온 열차바퀴 속에서 멋지게 사네히코를 구출해 냈다. 이 용감한 검은색 개는 사람들이 서서 웅성거리는 사이에 어디론가 모습을 감추어버려 표창장을 주고 싶어도 줄 수가 없

어서 당국은 크게 곤란해하고 있다.

동경 아사히신문(東京朝日新聞)

가루이자와에서 피서 중이던 미국 부호 에드워드 버클리 씨의 부인은 페르시아산 고양이를 총애하고 있었다. 그런데 최근 그녀의 별장에 2m가 넘는 큰 뱀이 나타나 베란다에 있던 고양이를 삼키려 했다. 마침 그때 나타난 낯선 검은색 개 한 마리가 갑자기 고양이를 구하러 달려들어 20분에 걸친 사투 끝에 드디어 큰 뱀을 물어 죽였다. 그러나 이 갸륵한 개는 어디론가 모습을 감추어버려 부인은 5,000불의 상금을 걸고 개의 행방을 찾고 있다.

국민신문(国民新聞)

일본 알프스 횡단 중에 일시(一時) 행방불명이 된 제일고등학교 학생 3명은 7일(8월) 가미코치(上高地) 온천에 도착했다. 일행은 호타카야마(穂高山)와 야리가타케(槍ヶ岳) 사이에서 길을 잃었고, 게다가 일전의 폭풍우로 텐트와 식량 등을 잃어 거의 죽음을 각오하고 있었다. 그런데 어디에선가 그곳에 나타난 검은색 개 한 마리가 일행이 방황하고 있는 계곡에 나타나, 마치 안내라도 하듯이 앞장 서서 걷기 시작하였다. 일행은 이 개의 뒤를 따라 하루 정도 걸은 후에 겨우 가미코치(上高地)에 도착할 수 있었다. 그러나 개는 눈 아래 온천장의 지붕이 보이자 기쁜 듯이 한번 짖고는 다시 원래 왔던 길인 얼룩조릿대 숲 속으로 모습을 감추어버렸다고 한다. 일행은 모두 이 개가 온 것이 신의 가호라고 믿고 있다.

시사신보(時事新聞)

13일(9월) 나고야시(名古屋市)의 큰불로 사상자가 10여 명에 이르는데, 요코제키(橫関) 나고야 시장도 사랑하는 아들을 잃을 뻔한 사람 중의 하나이다. 아들 다케노리(武矩, 3살)가 가족들의 어떤 실수 때문인지 화염 속에서 2층에 남겨진 채 한 줌의 재로 화하려는 순간, 검은색 개 한 마리가 나타나 그를 입에 물고 나왔다. 이후 시장은 나고야 시에 한해서 떠돌이 개의 말살을 금지한다고 하였다.

요미우리신문(読売新聞)

오다와라마치 성내 공원(小田原町城内公園)에서 연일 인기를 모으고 있는 미야기 순회 동물원(宮城巡回動物園)의 시베리아산 늑대는 25일(10월) 오후 2시경, 갑자기 튼튼한 우리를 뚫고 경비원 두 명에게 부상를 입힌 후 하코네(箱根) 방면으로 도망을 쳤다. 오다와라서(小田原署)는 이로 인해 비상 근무를 소집하여 전 지역에 경계망을 쳤다. 그러던 오후 4시 반경 예의 늑대가 사거리에 나타나 검은색 개와 싸우기 시작했다. 검은색 개는 악전고투 끝에 드디어 적을 물어 쓰러뜨리기에 이르렀다. 때마침 경계 중이던 경관이 달려와 바로 늑대를 총살하였다. 이 늑대는 루프스 기간틱스라는 가장 포악한 종족이라고 한다. 그런데 미야기 동물원(宮城動物園) 주인은 이 늑대를 총살한 것이 부당하다고 하여 오다와라 서장(小田原署長)을 상대로 고소하겠다며 기세가 등등하다.

❖ 5 ❖

어느 가을날 한밤중이었습니다. 몸도 마음도 피로에 지친 시로는 주인 집으로 돌아왔습니다. 물론 아가씨와 도련님은 이미 잠자리에

들었습니다. 아니, 지금은 누구 하나 깨어 있는 사람도 없을 것입니다. 조용한 뒤뜰의 잔디밭 위에도 커다란 종려나무 가지 끝에 단지 하얀 달이 하나 걸려 있을 뿐이었습니다. 시로는 이전의 자기 개집 앞에서 이슬에 젖은 몸을 쉬고 있었습니다. 그리고는 쓸쓸한 달을 상대로 이런 혼잣말을 했습니다.

"달님! 달님! 나는 쿠로가 죽는 것을 바라보고만 있었습니다. 내 몸이 새까맣게 된 것도 아마 그 때문일 것입니다. 그러나 나는 아가씨와 도련님에게 작별을 고하고 나서 온갖 위험과 싸워왔습니다. 그 이유 중 하나는 어느 순간 숯검정보다도 검은 몸을 보자 겁쟁이를 부끄러워하는 생각이 들었기 때문이었습니다. 하지만 마지막에는 검게 변한 것이 싫어서, 그런 나를 죽이고 싶어서, 때로는 불 속에도 뛰어들고 때로는 늑대와 싸우기도 하였습니다. 하지만 이상하게도 나의 생명력은 어떤 강적(強敵)을 만나도 빼앗기지 않았습니다. 죽음도 내 얼굴을 보면 어디론가 사라져 버리는 겁니다. 나는 결국 너무나도 괴로워서 자살을 결심하게 되었습니다. 단지 자살을 하더라도 꼭 한 번 보고 싶은 것은 나를 사랑해 주셨던 주인님입니다. 물론 아가씨와 도련님은 내일이라도 나의 모습을 보면 또 틀림없이 떠돌이 개로 생각하겠지요. 어쩌면 도련님의 방망이에 맞아 죽을지도 모릅니다. 그러나 그렇게 되더라도 나는 만족합니다. 달님! 달님! 나는 주인님의 얼굴을 한 번 보는 것 이외에는 더 바랄 것이 없습니다. 이를 위해 오늘 밤 먼 길을 마다않고 다시 이곳으로 돌아왔습니다. 부디 날이 밝자마자 아가씨와 도련님을 만날 수 있게 해 주세요."

시로는 혼잣말이 끝나자 잔디 위에 턱을 쭉 내민 채 어느샌가 푹 잠이 들어버렸습니다.

* * *

"깜짝 놀랐어, 하루오."

"어떻게 된 거지? 누나."

시로는 작은 주인의 목소리에 확실하게 눈을 떴습니다. 보았더니 아가씨와 도련님이 개집 앞에 선 채로 이상하다는 듯이 얼굴을 마주 보고 있는 것입니다. 시로는 한 번 쳐다보고는 다시 잔디 위로 엎드려 버렸습니다. 아가씨와 도련님은 시로가 새까맣게 변했을 때에도 역시 지금처럼 놀랐던 겁니다. 그때 슬퍼했던 것을 생각하면, 시로는 이제 와서 돌아온 것을 후회하는 마음조차 생겼습니다. 그런데 그 순간이었습니다. 도련님이 갑자기 뛰어오르며 큰소리로 이렇게 외쳤습니다.

"아빠! 엄마! 시로가 돌아왔어요!"

시로가! 시로는 순간 벌떡 일어섰습니다. 그러자 다시 도망가려 한다고라도 생각했던 게지요. 아가씨가 양손을 뻗어 시로의 목을 꽉 눌렀습니다. 동시에 시로는 아가씨의 눈을 가만히 쳐다보았습니다. 아가씨의 눈에는 까만 눈동자에 또렷하게 개집이 비치고 있었습니다. 키가 큰 종려나무 그늘 아래에 있는 크림색 개집이. 물론 그건 당연합니다. 그런데 그 개집 앞에 쌀알만 한 크기의 하얀 개가 한 마리 앉아 있는 겁니다. 청아하고 날씬하게. 시로는 그냥 황홀하여 이 개의 모습을 넋을 잃고 바라보고 있었습니다.

"어어, 시로가 울고 있네."

아가씨는 시로를 껴안은 채로 도련님의 얼굴을 올려다보았습니다. 도련님은— 보세요, 도련님이 으스대고 있는 모습을!

"뭐, 누나도 울고 있으면서!"

아이의 병(子供の病気)

……이치유테이(一游亭)[1]에게……

김효순

나쓰메(夏目)[2] 선생은 서예 병풍을 보고는, 혼잣말처럼 "교쿠소(旭窓)군"라고 했다. 낙관을 보니 역시 교쿠소외사(旭窓外史)였다. 나는 선생님께 이렇게 말씀드렸다. "교쿠소는 단소(淡窓[3])의 손자죠. 단소의 아들은 이름이 뭐였죠?" 선생님은 즉각 "무소(夢窓)일 걸"이라고 답하였다.

……그러자 갑자기 잠이 깼다. 모기장 안에는 옆방에서 켜 놓은 전깃불이 흘러들고 있었다. 아내는 두 살 된 아들의 기저귀를 갈고 있는 것 같았다. 물론 아이는 계속 울어대고 있었다. 나는 그쪽으로 등을 돌리고는 다시 한 번 잠을 청하려 했다. 그러자 아내가 이렇게 말했다. "아, 어쩌지. 다카(多加)짱. 또 병이 났네." 나는 아내에게 말을 걸었

---

1) 아쿠타가와의 친구 오아나 류이치(小穴隆一, 1894.11.28.~1966.4.24)를 말함. 서양화가이며 수필가, 하이진(俳人). 이치유테이는 하이고(俳号). 아쿠타가와는 자식들에게 "오아나 류이치를 아버지로 생각해라. 따라서 오아나의 교훈에 따라야 한다"는 유서를 남기고 자살함.

2) 아쿠타가와가 스승으로 여긴 소설가 나쓰메 소세키(夏目漱石, 1867.2.~1916.12)를 말함.

3) 에도시대의 유학자, 교육자, 한시인. 히로세 단소(広瀬淡窓, 1782.5.22.~856.11.28)를 말함. 저서 『원사루시(遠思楼詩鈔)』, 『석현(析玄)』, 『의부(義府)』, 『우언(迂言)』 등이 있다.

다. “어떻게 된 거야?” “예, 배탈이 좀 난 것 같아요.” 이 아이는 장남에 비하면 자주 병에 걸리곤 했다. 그만큼 불안감도 있었지만, 또 반대로 익숙해져서 등한시하는 기분도 없지는 않았다. “내일 S씨에게 진찰을 받아.” “예, 오늘 밤에 진찰을 받으려 했는데요.” 나는 아이가 울음을 그친 후에 다시 잠이 들어버렸다.

다음 날 아침 눈을 떴을 때도 꿈은 또렷이 기억났다. 단소(淡窓)는 히로세 단소였을 것이다. 그러나 교쿠소니 무소니 하는 것은 완전히 가공의 인물 같았다. 그리고 보니 야담가 중에 난소(南窓)라는 인물이 있었던가 싶다. 하지만 아이의 병은 별로 마음에 걸리지 않았다. 그게 좀 걱정이 된 것은 S씨한테 다녀온 아내의 말을 들었을 때였다. “역시 소화불량이라네요. 선생님께서도 나중에 오시겠대요”. 아내는 아이를 옆에 끼고는 화가 난 듯이 말했다. “열은?” “7도 6부 정도, ……어젯밤에는 전혀 없었는데.” 나는 2층 서재에 틀어박혀 매일 일에 매달렸다. 일은 여전히 진척이 없었다. 하지만 그게 꼭 아이의 병 탓만은 아니었다. 얼마 안 있어 정원 나뭇가지를 두드리며 무더운 여름비가 내리기 시작했다. 나는 쓰다 만 소설을 앞에 놓고 시키시마(敷島)[4] 담배에 몇 번이나 불을 붙였다.

S씨는 오전에 한 번, 저녁에 한 번 진찰을 하러 왔다. 저녁에는 다카시(多加志)에게 관장을 시켰다. 다카시는 관장을 하면서 전깃불을 말똥말똥 바라보았다. 관장액은 얼마 안 있어 거무스름한 점액을 밀어냈다. 나는 병(病)을 본 것 같았다. “어떠세요? 선생님?”

“뭐, 별거 아닙니다. 다만 얼음으로 쉬지 말고 머리를 충분히 식혀 주세요. ……아아, 그리고 너무 어르지 않도록 해 주세요” 선생은 그

4) 1904년 6월부터 1943년 12월까지 발매된 담배상표.

렇게 말하고 돌아갔다.

나는 밤에도 일을 계속하다가 1시가 되어서야 겨우 잠자리에 들었다. 그전에 뒷간에 다녀오니 컴컴한 부엌에서 누군가 달그락 달그락 소리를 내고 있었다. "누구야?" "나다."라고 대답을 한 것은 어머니의 목소리였다. "뭐 하고 계세요?" "얼음을 깨고 있어." 나는 무심했던 것이 무안해서, "불을 좀 켜시지 그러세요."라고 했다. "괜찮아. 손으로 더듬으며 해도 돼." 나는 그 말에 신경 쓰지 않고 불을 켰다. 호소오비(細帯)[5] 하나만 걸친 어머니는 어설프게 쇠망치를 사용하고 있었다. 그 모습은 어쩐지 가정에서 보기에는 너무나 초라한 느낌이 들었다. 물에 녹은 얼음 모서리에는 전깃불이 비쳐 반짝거리고 있었다.

하지만 다음 날 아침 다카시의 열은 9도도 넘을 정도였다. S씨는 오전 중에 다시 와서 어젯밤 했던 관장을 되풀이했다. 나는 그것을 도우며 오늘은 점액이 적었으면 하고 생각했다. 그러나 변기를 빼 보니 점액은 어젯밤보다 훨씬 더 많았다. 그것을 본 아내는 누구에게랄 것도 없이, "이렇게나 많네요."라고 소리를 질렀다. 그 목소리는 나이가 일곱은 젊은 여학생이 되었나 싶을 정도로 경박스러운 분위기를 띤 것이었다. 나는 무심결에 S씨의 얼굴을 보았다. "이질 아닌가요?" "아니, 이질은 아니에요. 이질은 젖을 떼기 전에는……" S씨는 의외로 침착했다.

나는 S씨가 돌아간 후, 평소 하던 일을 하기 시작했다. 그것은 『선데이매일』 특별호에 실을 소설이었다. 게다가 원고 마감은 내일 아침으로 임박했다. 나는 내키지 않았지만 억지로 계속해서 펜만 움직였다. 하지만 다카시의 울음소리는 어쨌든 신경에 자꾸 거슬렸다. 그뿐

5) 폭이 좁은 허리띠.

만 아니라 다카시가 울음을 멈췄는가 싶더니 이번에는 두 살 위인 히로시(比呂志)도 있는 힘껏 큰 소리로 울기 시작했다.

신경에 거슬리는 것은 그것만이 아니었다. 오후에는 모르는 청년 한 명이 돈을 융통하러 왔다. "나는 노동자인데, C선생한테 선생님께 드릴 소개장을 받아 와서요." 청년은 무지렁이처럼 이렇게 말했다. 나는 그때 지갑에 2, 3엔밖에 없었기 때문에, 쓸모없는 책 두 권을 건네며 그것을 돈으로 바꾸라고 했다. 청년은 책을 받아들더니 속표지를 열심히 살펴보기 시작했다. "이 책은 비매품이라고 적혀 있네요. 비매품이라도 돈이 됩니까?" 나는 어이없다는 생각이 들었다. 하지만 어쨌든 팔릴 것이라고 대답했다. "그래요? 그럼 실례하겠습니다." 청년은 그저 의심스러운 표정을 지으며, 고맙다는 말도 없이 돌아갔다.

S씨는 저녁에도 관장을 했다. 이번에는 점액도 훨씬 줄었다. "아아, 오늘 밤엔 적네요." 손 씻을 물을 가지고 온 어머니는 마치 대견하다는 표정으로 그렇게 말했다. 나도 안심한 것까지는 아니더라도, 안심에 가까운 편안함을 느꼈다. 그런 이유에는 점액의 많고 적음 외에 다카시의 안색과 거동이 평소와 다름이 없었던 탓도 있었다. "내일은 아마 열이 내릴 거예요. 다행히 구토도 하지 않을 것 같으니까요." S씨는 어머니에게 대답하면서 만족스럽게 손을 씻고 있었다.

다음 날 아침 내가 눈을 떴을 때 이모님은 벌써 옆방에서 내 모기장을 개고 있었다. 그러나 모기장 고리 부딪히는 소리를 내며, "다카짱이……" 어쩌고저쩌고하는 소리가 들렸다. 아직 머리가 멍한 상태였던 나는 "다카시가?"라며 적당히 되물었다. "다카짱 상태가 좋지 않아. 입원시켜야겠어." 나는 벌떡 일어나 앉았다. 어제 일이 있었던 만큼 의외라는 생각이 들었다. "S씨는?" "선생님도 벌써 와 계셔. 자, 어서 일어나." 이모님은 감정을 숨기듯 묘하게 얼굴이 굳어 있었다. 나

는 바로 세수를 하러 갔다. 여전히 구름이 잔뜩 낀 음산한 날씨였다. 목욕탕 나무바가지에는 산나리 두 송이가 아무렇게나 던져져 있었다. 뭔가 그 냄새와 갈색 꽃가루가 끈적끈적 피부에 들러붙을 것 같았다.

다카시는 겨우 하룻밤 새에 눈이 움푹 들어갔다. 오늘 아침에 아내가 안아 일으키자 머리를 축 늘어뜨린 채 하얀 것을 토했다는 것이었다. 하품만 하고 있는 것도 이상한 것 같았다. 나는 갑자기 가여운 느낌이 들었다. 동시에 또한 불길한 느낌도 들었다. S씨는 아이의 머리맡에 잠자코 앉아 시키시마를 피워 물고 있었다. 그런데 내 얼굴을 보자, "잠깐 드릴 말씀이 있어서요."라고 했다. 나는 S씨를 2층으로 불러 불기운이 없는 화로를 사이에 끼고 앉았다. "생명에는 위험이 없을 것 같습니다만," S씨는 그렇게 운을 뗐다. 다카시는 S씨의 말에 의하면, 위가 완전히 상했다는 것이다. 이렇게 된 이상은 2, 3일간 단식을 시키는 수밖에 없었다. "그러기 위해서는 입원을 시키는 것이 편리하지 않을까 합니다." 나는 다카시의 용태는 S씨가 말하고 있는 것보다 훨씬 더 위험하지 않을까 생각했다. 어쩌면 이미 입원시키기에는 너무 늦은 게 아닐까 하는 생각도 들었다. 그러나 처음부터 그런 것을 가지고 왈가왈부할 상황이 아니었다. 나는 즉시 S씨에게 입원 수속을 부탁하기로 했다. "그러면 U병원으로 하죠. 가까우니만큼 편리하니까요." S씨는 마시라는 차도 마시지 않고 U병원에 전화를 걸러 갔다. 나는 그 사이에 아내를 불러 이모님께도 병원에 가 달라고 하기로 했다.

그날은 손님을 만나는 날이었다. 손님은 아침부터 네 명 정도 있었다. 나는 손님과 이야기하면서 입원 준비를 서두르고 있는 아내와 이모님을 의식했다. 그러자 혀끝에 뭔가 모래알 같은 것이 느껴졌다. 나는 얼마 전에 때운 충치 시멘트가 빠진 것이 아닌가 했다. 하지만 손

끝에 꺼내 보니, 진짜 이가 빠진 것이었다. 나는 미신 때문에 약간 걱정이 되었다. 그러나 손님하고는 담배를 연신 피우며 매물로 나왔다나 어쨌다나 해서 소문이 난 호이쓰(抱一)[6]의 샤미센(三味線) 이야기를 했다.

그러고 있는데, 또 그 막노동자라 칭하는 어제 그 청년도 나를 만나러 왔다. 청년은 현관에 서서 어제 받은 책 두 권은 1엔 20전밖에 되지 않으니, 4, 5엔을 더 달라는 홍정을 하기 시작했다. 그뿐만 아니라 아무리 거절을 해도 쉽게 돌아갈 기색을 보이지 않았다. 나는 마침내 평정심을 잃고 "그런 말 들을 시간이 없네. 돌아가 주게."라고 고함을 질렀다. 청년은 그래도 불복하며, "그럼 전철 값을 주세요. 50전 주면 됩니다."라며 뻔뻔스러운 말을 늘어놓고 있었다. 하지만 그 수도 통하지 않는 것을 보고는 현관 격자문을 거칠게 닫고서야 겨우 문밖으로 물러났다. 나는 그때 앞으로는 그런 기부에는 절대 응하지 않으리라 생각했다.

네 명의 손님은 다섯 명이 되었다. 다섯 명째 손님은 젊은 프랑스 문학 연구자였다. 나는 그 손님과 엇갈려서 거실의 상황을 엿보러 갔다. 그러자 벌써 준비를 끝낸 이모님은 옷을 잔뜩 껴 입혀 뚱뚱해진 아이를 안고 툇마루를 왔다 갔다 했다. 나는 빛깔이 좋지 않은 다카시의 이마에 입술을 살짝 대보았다. 이마는 꽤 열이 올라 있었다. 눈꺼풀[7]도 꿈틀꿈틀 움직이고 있었다. "인력거는요?" 나는 작은 소리로 다른 이야기를 했다. "인력거? 인력거는 벌써 와 있어요." 이모님은 어쩐지 남처럼 정중한 말씨를 썼다. 그곳에 옷을 갈아입은 아내도 깃털 이

---

6) 사카이 호이쓰(酒井抱一, 1761.8.1~1829.1.4)를 말함. 에도시대 후기의 화가이자 하이쿠 시인.

7) 원문에는 '시오무키(しおむき)' 즉 '조갯살'이라 나와 있으나 문맥상 통하지 않는다. 이와나미서점(岩波書店) 전집 미주의 추측에 따라 '눈꺼풀'로 번역했다.

불과 바구니를 들고 왔다. "그럼 다녀올게요." 아내는 내 앞에 두 손을 짚고 묘하게 진지한 목소리를 냈다. 나는 그저 다카시의 모자를 새것으로 바꿔 주라는 말만 했다. 그것은 내가 우연히 4, 5일 전에 내가 사 온 여름 모자였다. "벌써 새것으로 바꿔 두었어요." 아내는 그렇게 대답한 후에 옷장 위에 있는 거울을 들여다보며 옷깃을 살짝 여몄다. 나는 그들을 전송하지 않고 다시 2층으로 되돌아왔다.

나는 새로 온 손님과 조르주 상드[8]에 대해 이야기하고 있었다. 그때 정원의 나뭇잎 사이로 인력거 두 대의 덮개가 보였다. 덮개는 담 위에서 펄럭이며 순식간에 눈앞을 지나갔다. "정말이지 19세기 전반의 작가들은 발자크든 상드든 후반기 작가들하고는 달라요." 손님은 …… 나는 분명히 기억하고 있다. 손님은 열심히 그렇게 말하고 있었다.

오후에도 손님은 끊이지 않았다. 나는 저녁이나 되어서야 겨우 병원에 갈 시간을 냈다. 잔뜩 흐린 날씨는 어느새 비를 뿌리고 있었다. 나는 옷을 갈아입으면서 식모에게 비 올 때 신는 굽 높은 나막신을 꺼내라고 했다. 그곳에 오사카(大阪)의 N군이 원고를 받으러 얼굴을 들이밀었다. N군은 흙투성이 장화를 신고 있었고, 외투에서는 빗물이 번쩍이고 있었다. 나는 현관까지 나가서 이런저런 사정이 있어서 아무것도 쓰지 못했다며 양해를 구했다. N군은 나를 동정했다. "그럼 이번에는 포기하겠습니다."라는 말도 했다. 나는 어쩐지 N군에게 동정을 강요한 듯한 느낌이 들었다. 동시에 빈사상태에 있는 아이를 구실로 적당히 체면을 차린 것 같았다.

N군이 돌아가자마자 곧 이모님도 병원에서 돌아오셨다. 다카시는

---

8) George Sand(1804.7~1876.6)를 말함. 프랑스 여류작가이자 초기 페미니스트

이모님 말씀에 의하면 그 후에도 두 번이나 젖을 토했다. 그러나 다행히 뇌에는 이상이 없다고 했다. 이모님은 또 그 외에 간호부가 마음씨가 곱다, 오늘 밤에는 아내의 친정어머니가 자러 와줄 것이다라는 이야기를 했다. "다카짱이 그곳에 입원하자 곧 일요학교 학생들이 보냈다고 하며 꽃다발을 하나 받았어. 근데 꽃이니만큼 싫은 느낌이 들어서 말이야." 그런 이야기도 했다. 나는 오늘 아침 이야기를 하고 있는 동안에 이가 빠진 것이 생각났다. 하지만 아무 말도 하지 않았다.

집을 나섰을 때는 완전히 캄캄해졌다. 얼마 안 있어 가랑비가 내렸다. 나는 대문을 나섬과 동시에 날이 개었을 때 신는 나막신을 신고 있다는 사실을 깨달았다. 게다가 그 나막신은 왼쪽 앞 끈이 느슨해져 있었다. 나는 어쩐지 그 신발 끈이 풀리면 아이의 목숨도 끝날 것 같았다. 그러나 갈아 신으러 돌아가는 것은 마음이 초조해서 도저히 견딜 수가 없었다. 나는 비 올 때 신는 나막신을 꺼내 놓지 않은 식모의 어리석음을 탓하며, 나막신을 잘못 딛지 않도록 조심하고 또 조심하며 걸어갔다.

병원에 도착한 것은 9시가 넘어서였다. 과연 다카시의 병실 말고 다른 병실에는 나리꽃과 패랭이꽃이 대여섯 송이 세면기의 물에 담겨 있었다. 병실 안 전구에는 보자기 같은 게 걸려 있어서 얼굴도 보이지 않을 만큼 어두컴컴했다. 그곳에 아내와 아내의 친정어머니는 다카시를 사이에 두고 허리띠도 풀지 못하고 누워 있었다. 다카시는 외할머니 팔을 베고 새근새근 잠들어 있는 것 같았다. 아내는 내가 온 것을 알자 혼자서 이불 위에 앉아 작은 목소리로, "고생하셨어요."라고 했다. 장모도 역시 같은 말을 했다. 그것은 예상했던 것보다 가벼운 목소리였다. 나는 어느 정도 안심이 되어 그들의 머리맡에 앉았다. 아내는 젖을 물리지 못해서 다카시는 울고 젖은 불어서 이중으로 힘들다

고 했다. "아무래도 고무 젖꼭지로는 안 되더라고요. 결국은 혀를 빨지 않겠어요." "지금은 내 젖을 빨고 있네." 장모는 웃으며 쪼글쪼글한 젖꼭지를 내어 보였다. "열심히 빨아서 말이야, 이렇게 새빨개졌어." 나도 어느새 웃고 있었다. "하지만 의외로 좋아 보이네. 나는 이제 지금쯤은 절망적인가 하고 생각했어." "다카짱이요? 다카짱은 이제 괜찮아졌어요. 뭐, 그냥 설사를 한 거예요. 내일은 꼭 열이 내릴 거예요." "부처님 은덕이겠죠?" 아내는 어머니를 놀렸다. 그러나 법화경(法華経) 신자인 장모님은 아내의 말도 들리지 않는 것처럼 나쁜 열을 식히려는 것인지 열심히 입을 내밀어 후우, 후우 하며 다카시의 머리에 입김을 불어넣었다.

❖ ❖

다카시는 간신히 죽지 않고 살아났다. 나는 아이의 병세가 좀 나아졌을 때 입원 전후의 일들을 소품으로 쓰려고 생각한 적이 있다. 하지만 그런 이야기를 잘못 썼다가는 다시 병이 도질 것 같은 미신 같은 생각이 들었다. 그래서 결국 쓰지 않고 지나가 버렸다. 지금은 다카시도 마당의 나무에 묶어놓은 해먹 속에 잠들어 있다. 나는 원고 부탁받은 것을 기회로 일단 이 이야기를 써 보기로 했다. 독자에게는 오히려 민폐일지도 모른다.

(1913년 7월)

인사(お時儀)

조성미

야스키치(保吉)는 이제 막 서른 살이 되었다. 게다가 글 나부랭이를 써서 먹고 사는 모든 업자와 같이 정신없이 돌아가는 생활을 영위하고 있다. 그러니까 '내일'은 생각해도 '어제'는 좀처럼 생각하지 않는다. 그러나 길을 걷고 있거나 원고용지를 보고 있거나 전철을 타고 있는 동안에 문득 과거의 한 정경을 선명하게 떠올릴 때가 있다. 그것은 종래의 경험에 의하면 대부분 후각의 자극으로부터 연상을 일으키는 결과인 것 같다. 또 그 후각의 자극이 되는 것도 도시에 사는 슬픔 가운데에는 악취로 불리는 냄새뿐이다. 가령 기차의 매연 냄새는 어느 누구도 맡고 싶어 할 리는 없다. 그러나 어떤 한 아가씨에 대한 기억, 즉 5, 6년 전에 마주친 어느 아가씨의 기억 따위는 그 냄새를 맡기만 하면 굴뚝에서 내뿜는 불꽃처럼 금방 되살아나는 것이다.

이 아가씨를 만난 것은 어느 피서지의 정거장이었다. 아니, 더 엄밀하게 말하면 그 정거장의 플랫폼이었다. 당시 그 피서지에 살고 있던 그는 비가 내려도 바람이 불어도 늘 오전에는 8시에 출발하는 하행열차를 타고, 오후에는 4시 20분에 도착하는 상행열차에서 내리곤 했다.

어째서 매일 기차를 탔는지는 아무래도 상관없지만, 매일 기차 따위를 타면 1다스(12명) 정도 낯익은 사람은 금방 생기게 된다. 아가씨도 그중 한 사람이었다. 그러나 오후에는 나나쿠사(七草: 정월 7일)부터 3월 이십 며칠인가까지 한 번도 만난 기억은 없다. 오전에도 아가씨가 타는 기차는 야스키치한테는 아무런 상관없는 상행열차이다.

아가씨는 열예닐곱 살 정도 되는 것 같다. 언제나 은회색 양복에 은회색 모자를 쓰고 있다. 키는 오히려 작은 편인 것 같지만, 겉보기에는 날씬했다. 특히 같은 은회색 양말에 굽이 높은 구두를 신은 다리는 사슴 다리처럼 늘씬했다. 얼굴은 미인이라고 할 정도는 아니었지만, 야스키치는 아직 동서를 불문하고 근대 소설의 여주인공으로 완벽한 미인을 본 적은 없다. 작가는 여성을 묘사할 때 대부분 "그녀는 미인은 아니다. 그러나……"라는 둥 미리 한 자락 깔고 들어간다. 짐작건대 완벽한 미인을 인정하는 것은 근대인으로서 체면과 관계되는 모양이다. 그러니까 야스키치도 이 아가씨에게 '그러나'라는 조건을 덧붙인 것이다. 만일을 위해 한 번 더 반복하자면 얼굴은 미인이라고 할 정도는 아니지만, 약간 오뚝한 코에 애교가 많은 둥근 얼굴이다.

아가씨는 번잡한 인파 속에 멍하니 서 있을 때가 있다. 인파를 벗어난 벤치에서 잡지 등을 읽을 때도 있다. 혹은 또 긴 플랫폼 주변을 어슬렁어슬렁 걷기도 한다.

야스키치는 아가씨의 모습을 봐도 흔히 연애 소설에나 쓰여 있는, 심장이 두근거린다거나 흥분된 기억은 없다. 그저 낯익은 요코스카(横須賀) 해군 사령장관이나 매점에 있는 고양이를 봤을 때와 똑같이 "있구나."라고 생각할 뿐이다. 그러나 어쨌든 잘 아는 사람에 대한 친밀감만큼은 품고 있었다. 그러니까 가끔 플랫폼에 아가씨의 모습이 보이지 않기라도 하면 뭔가 실망에 가까운 기분이 들었다. 그렇다고 뭔

가 실망에 가까운 기분조차 절실하게 느낀 것은 아니다. 야스키치는 실제로 매점 고양이가 2, 3일 행방을 감추었을 때에도 아무런 변함없이 외로움을 느꼈다. 만약 요코스카 해군 사령장관이 급사나 뭔가로 죽었다고 하면 이 경우는 조금 의문일지도 모른다. 하지만 우선 고양이 정도는 아니라고 해도 예상했던 것과 는 다르다는 생각쯤은 들었을 것이다.

그런데 3월 이십 며칠인가, 하늘에 뜨뜻미지근한 구름이 낀 오후의 일이다. 야스키치는 그날도 직장에서 4시 20분에 도착하는 상행열차를 탔다. 확실히는 모르나 희미한 기억에 의하면, 조사하는 일로 피곤한 탓인지 기차 안에서도 평소처럼 책을 읽지는 않았던 것 같다. 단지 창가에 기대서서 완연한 봄날의 산과 밭을 바라보고 있던 것으로 기억하고 있다. 언젠가 읽었던 서양 소설에서 평지를 달리는 기차의 소리를 'Tratata tratata Tratata'라고 표현하고, 철교를 건너는 기차의 소리를 'Trararach trararach'라고 표현한 것이 있다. 과연 멍하니 귀를 기울이고 있으면 그런 식으로 들리는 것도 같았다. —그런 생각을 했던 일도 기억하고 있다.

야스키치는 나른한 30분이 지난 후 겨우 그 피서지 정거장에 내렸다. 플랫폼에는 조금 전에 도착한 하행열차도 멈춰 있다. 그는 인파에 섞이면서 문득 그 기차에서 내리는 사람을 바라보았다. 그러자 뜻밖에도 아가씨였다. 야스키치는 전에도 쓴 것처럼 오후에는 아직 이 아가씨와 한 번도 마주친 적은 없다. 그런데 지금 갑자기 눈앞에 햇빛을 투과한 구름 같기도 하고 갯버들 꽃과 같은 은회색 자태를 드러낸 것이다. 그는 물론 '아니, 이런' 하고 놀랐다. 아가씨도 분명히 그 순간 야스키치의 얼굴을 본 것 같았다. 그와 동시에 야스키치는 자기도 모르게 아가씨에게 머리 숙여 공손하게 인사를 하고 말았다.

인사를 받은 아가씨는 분명히 놀랐을 테지만, 어떤 얼굴을 했는지 공교롭게도 지금은 벌써 잊었다. 아니, 그 당시에는 그런 일을 살필 여유가 없었을 것이다. 그는 '아뿔싸' 하고 생각하기 무섭게 금방 귓불이 벌겋게 달아오르는 것을 느꼈다. 그러나 이것만은 기억하고 있다. 아가씨도 그에게 가볍게 인사를 했다!

겨우 정거장 밖으로 나온 그는 자신의 어리석음에 분노를 느꼈다. 왜 또 인사를 하고 만 것일까? 그 인사는 완전히 반사적이다. 번개가 번쩍하고 빛나는 바로 그 순간 눈 깜박하는 것과 같은 것이다. 그렇다면 내 의지대로는 안 된다. 생각이 자유롭지 않은 행위는 책임을 지지 않아도 좋을 것이다. 그러나 아가씨는 어찌 생각했을까? 과연 아가씨도 인사를 했지만, 그것은 놀라는 바람에 역시 반사적으로 했을지도 모른다. 지금쯤은 야스키치를 매우 불량한 소년이라고 여길 것만 같았다. 차라리 '아뿔싸' 하고 생각했을 때에 무례함을 사죄했어야 했다. 그런 것도 알아차리지 못했다니……

야스키치는 하숙으로 돌아가지 않고 인적이 드문 모래 해변으로 갔다. 이것은 드문 일은 아니다. 그는 한 달에 5엔 하는 셋방과 한 끼에 50전 하는 도시락으로 근근이 살아가는 세상이 싫어지면, 의례 이 모래 위로 글라스고(Glasgow)[1] 파이프를 피우러 온다. 이날도 흐린 날씨의 바다를 보면서 우선 파이프에 성냥불을 붙였다. 오늘 일은 더 이상 어쩔 수 없다. 그러나 또 내일이 되면 분명히 아가씨와 마주칠 것이다. 아가씨는 그때 어떤 태도를 보일까? 그를 불량소년이라고 여기고 있다면 당연히 눈길도 주지 않을 것이다. 그러나 불량소년이라고 여기지 않는다면 내일도 또 오늘처럼 그의 인사에 답할지도 모른다. 호리

1) 글라스고(Glasgow): 영국, 스코틀랜드 서안(西岸)의 도시. 제철, 조선 등이 발달한 스코틀랜드 상업 무역의 중심지.

카와 야스키치(堀川保吉)는 다시 한 번 그 아가씨에게 아무렇지도 않게 태연히 인사할 생각인가? 아니, 인사할 생각은 없다. 하지만 일단 인사를 한 이상 혹여 우연한 기회에 아가씨나 그도 서로 가볍게 인사할 수 있을 것이다. 만약 서로 인사를 나눈다고 한다면…… 야스키치는 문득 아가씨의 아름다운 눈썹이 떠올랐다.

그 이후 7, 8년이 경과한 오늘, 그때의 고요한 바다만큼은 묘하게도 선명하게 기억하고 있다. 야스키치는 이러한 바다를 향해 바라보며 언제까지나 그저 망연히 불 꺼진 파이프를 입에 물고 있었다. 무엇보다 그의 생각은 아가씨와 관계된 일만이 아니었다. 예를 들어 가까운 시일 내에 착수해야 할 소설 집필 생각도 떠올랐다. 그 소설의 주인공은 혁명적 정신이 투철한 어느 영어 교사이다. 강직하기로 그 명성이 자자한 그의 목숨은 어떠한 권력에도 굴할 줄 모른다. 다만 전후에 딱 한 번 어느 친숙한 아가씨에게 무심코 인사를 해 버린 적이 있다. 아가씨는 키가 작은 편일지는 모르지만 겉보기에는 날씬했다. 특히 은회색 양말에 굽이 높은 구두를 신은 다리는— 어쨌든 자연스레 아가씨 생각이 자꾸만 났던 것은 사실일지도 모른다. ……

이튿날 아침 8시 5분 전이다. 야스키치는 사람들로 북적이는 플랫폼을 걷고 있었다. 그의 마음은 아가씨와 우연히 만났을 때의 기대로 긴장하고 있었다. 마주치고 싶지 않은 기분이 들지 않은 건 아니었지만, 마주치지 않기를 바라는 바가 아님도 확실하다. 이른바 그의 마음은 강적과의 시합을 눈앞에 둔 권투선수의 각오와 별반 다름이 없었다. 그러나 그것보다 잊을 수 없는 일은 아가씨와 마주친 순간 무엇인가 상식을 초월한 어처구니없는 짓을 하지는 않을까 하는, 묘하게 병적인 불안한 마음이었다. 옛날 장 리슈팽(Jean Richepin)[2)]은 마침 지나가는 사라 베르나알(Sarah Bernahar, 1845~1923: 프랑스 여배우로 비극적 연기가

특기)에게 방약무인한 입맞춤을 했다. 일본인으로 태어난 야스키치는 설마 입맞춤은 하지 않더라도 갑자기 혀를 쑥 내민다든가, 손가락으로 아래 눈꺼풀을 끌어내려 놀라게 할지도 모른다. 그는 내심 조마조마하면서 짐짓 찾지 않는 척하며 주변 사람들을 둘러보고 있었다.

그러자 금방 그의 눈은 유유히 이쪽으로 걸어오는 아가씨의 모습을 발견했다. 그는 숙명을 맞이하듯이 곧바로 걸음을 계속해 갔다. 두 사람은 순식간에 가까워졌다. 열 걸음, 다섯 걸음, 세 걸음— 아가씨는 지금 눈앞에 섰다. 야스키치는 머리를 쳐든 채 정면으로 아가씨의 얼굴을 바라보았다. 아가씨도 가만히 그의 얼굴을 차분하게 주시하고 있다. 두 사람은 얼굴을 마주 본 채 아무렇지도 않게 지나치려고 했다.

바로 그 찰나였다. 그는 돌연 아가씨의 눈에 무엇인가 동요 비슷한 것을 느꼈다. 동시에 또 거의 온몸으로 공손하게 인사를 하고 싶은 충동을 느꼈다. 그러나 그것은 영락없이 한순간에 벌어진 사건이었다. 아가씨는 깜짝 놀란 그를 뒤로하고 얌전히 벌써 지나쳐 버렸다. 햇빛을 투과한 구름처럼 혹은 꽃을 꽂은 갯버들처럼…….

20분 정도 지난 후 야스키치는 흔들리는 기차에 몸을 싣고, 글라스고 파이프를 입에 물고 있었다. 아가씨는 유달리 눈썹만 아름다웠던 것은 아니다. 눈도 시원스레 눈동자가 큰 아름다운 눈이었다. 약간 위를 향한 코도…… 그런데 이런 생각을 하는 것도 연애라고 하는 걸까? —그는 그 물음에 어떻게 대답했는지, 이것 또한 기억에 남아 있지 않았다. 단지 야스키치가 기억하고 있는 것은 언젠가 그를 덮치기 시작한 어슴푸레한 우울뿐이었다. 그는 파이프에서 뿜어 오르는 한 줄기 연기를 지켜본 채로 얼마 동안은 이 우울 속에 아가씨만 줄곧 생각했

2) 장 리슈팽(Jean Richepin, 1849~1926): 프랑스 시인. 사회의 전통과 관습에 반항하고 기교 이상을 즐겼다.

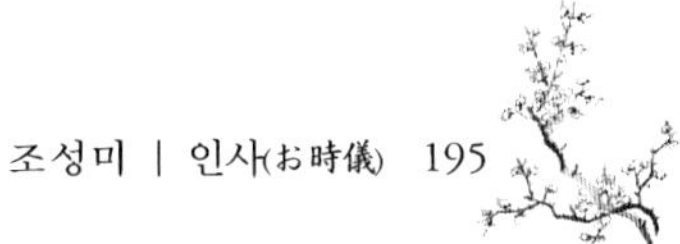

다. 기차는 어김없이 그러는 사이에도 다른 한쪽에 아침 햇살을 받은 산골짜기를 달리고 있다. 'Tratata tratata tratata trararach'

(1923년 9월)

아바바바바(あばばばば)

김정희

야스키치(保吉)는 꽤 오래전부터 이 가게의 주인을 알고 있었다.

아주 오래전, ―혹은 그 해군 학교에 부임한 날부터였을지도 모른다. 그는 문득 성냥 하나를 사기 위해 이 가게에 들어갔다. 가게에는 작은 쇼윈도가 있는데, 창 안에는 대장기(大将旗)를 걸은 군함 미카사(三笠)[1]의 모형 주변에 큐라소[2] 병, 캔 코코아, 건포도 상자 등이 진열되어 있었다. 그러나 가게 앞에 빨간색으로 '담배'라고 쓰인 간판이 나와 있으니 물론 성냥을 팔지 않을 리가 없다. 그는 가게 안을 들여다보며 "성냥 하나 주시오."라고 하였다. 가게 앞, 높은 계산대 뒤에는 젊은 사팔뜨기 남자 한 사람이 따분한 듯 서성거리고 있었다. 남자는 그의 얼굴을 보자 주판을 옆으로 세운 채 벙긋하지도 않고 대답을 하였다.

"이걸 가져가세요. 공교롭게도 성냥은 다 떨어졌으니까요."

---

1) 러일 전쟁의 연합함대로 사령관이 탔던 군함. 大正 말기 군함소속지가 해제되어 요코쓰카(横須賀)의 시라하마(白浜) 해안에 기념함으로 보존했다.

2) キュラソオ curaçao(仏語). 오렌지 껍질에서 향료를 낸 양주. 큐라소 섬에서 유래됐다.

가져가라고 하는 것은 담배에 붙어 있는 가장 작은 성냥이었다.

"받는 것은 좀 그런데. 그럼 아사히(朝日)를 한 갑 주게."

"뭘요, 괜찮습니다. 가져가세요."

"아니 뭐, 아사히를 주게."

"가져가십시오. 이것으로 괜찮으시다면. —필요 없는 것을 사실 것까지는 없습니다."

사팔뜨기 남자의 말은 친절한 것임이 분명했다. 그러나 그 목소리나 안색은 너무나도 무뚝뚝하기 그지없었다. 순순히 받기에는 꺼림칙했다. 그렇다고 해서 가게를 그냥 나가버리기엔 상대에게 좀 미안하다. 야스키치는 할 수 없이 계산대 위에 1전짜리 동전 한 개를 냈다.

"자, 그럼 그 성냥을 두 개 주게나."

"두 개든 세 개든 가져가십시오. 그러나 값은 받지 않겠습니다."

그때 마침 입구에 걸어둔 킨센(金線)사이다 포스터 뒤에서 나이 어린 점원이 고개를 내밀었다. 이 점원은 몽롱한 표정에 여드름투성이다.

"나리, 성냥은 여기 있습니다요."

야스키치는 내심 신이 나서 큰 성냥 한 상자를 샀다. 가격은 물론 1전이다. 그러나 그는 그때만큼 성냥의 아름다움을 느껴본 적이 없다. 특히 삼각 파도 위에 서양식 대형 범선을 띄운 상표는 액자에 넣어도 좋을 정도이다. 그는 바지 주머니 깊숙이 성냥을 집어넣은 뒤, 의기양양하게 가게를 뒤로하였다.

야스키치는 그 후 반년 정도, 학교를 오고 갈 적에 종종 이 가게에 물건을 사기 위해 들렀다. 이제는 눈을 감아도 선명하게 가게를 떠올릴 수 있다. 천장 대들보에 걸려 있는 것은 가마쿠라(鎌倉)햄이 분명하다. 교창(交窓)의 색유리는 회반죽을 바른 벽에 푸른 햇빛을 비추고 있다. 판자를 붙인 마루에 널려 있는 것은 연유 광고겠지. 정면 기둥에

는 시계 밑에 큰 달력이 걸려있다. 그 외 쇼윈도 안의 군함 미카사도, 킨센사이다의 포스터도, 의자도, 전화도, 자전거도, 스코틀랜드 위스키도, 미국 건포도도, 마닐라의 시가(cigar)도, 이집트 궐련도, 훈제 청어도, 소고기 통조림도, 대부분이 본 적이 있는 것들이다. 특히 높은 계산대 뒤에서 무뚝뚝한 얼굴을 하고 있는 주인은 질릴 정도로 익숙해져 있었다. 아니, 익숙해지기만 한 것이 아니다. 그가 어떻게 기침을 하는지, 어떻게 점원에게 명령을 하는지, 코코아 캔 하나를 사는 것도 "Fry보다는 이것으로 하세요. 이것은 네덜란드 코코아인 Droste입니다."라는 등 어찌나 손님을 고민하게 하는지, —이미 주인의 일거수일투족까지 모두 알고 있는 것이다. 세세히 알고 있는 것은 나쁜 일이 아니다. 그러나 따분한 것은 사실이다. 야스키치는 때때로 이 가게에 오면 묘하게 자신이 오랫동안 교사를 하고 있다고 생각하기도 했다.(그 버릇은 전에도 말했듯이 그가 교사생활을 시작한 지 아직 1년도 채 되지 않았기 때문이다!)

그러나 모든 것을 지배하는 변화는 역시 이 가게에도 일어나지 않을 수 없었다. 야스키치는 어느 초여름 아침 담배를 사기 위해 이 가게에 들어섰다. 가게 안은 평소와 같았다. 물을 뿌린 바닥 위에 가당연유 광고가 널려 있는 것도 똑같다. 그러나 사팔뜨기 주인 대신 계산대 뒤에 앉아 있는 것은 서양식으로 머리를 묶은 여자였다. 나이는 겨우 19세 정도 되었을까. 정면에서 본 얼굴은 고양이를 닮았다. 햇빛에 줄곧 눈을 가늘게 뜨고 있는, 다른 색깔의 털이 없는 하얀 고양이를 닮았다. 야스키치는 '어?'라 생각하며 계산대 앞으로 걸어갔다.

"아사히 두 갑 주시오."

"네."

여자의 답은 부끄러운 듯했다. 그뿐만 아니라 여자가 내어 준 것도

아사히가 아니었다. 두 갑 모두 상자 뒷면에 욱일기(旭日旗: 구 일본 해군의 깃발)를 그린 미카사(三笠: 담배)이다. 야스키치는 무심코 담배에서 여자의 얼굴로 시선을 옮겼다. 동시에 다시 여자의 코 밑에 긴 고양이 수염을 상상했다.

"아사히를, —이건 아사히가 아니야."

"어머, 정말이네. —정말 죄송합니다."

고양이—아니, 여자는 얼굴이 빨개졌다. 이 순간의 감정 변화는 진짜 소녀의 것이었다. 그것도 요즘 세상의 아가씨가 아닌, 5~6년 전에 없어진 겐유샤(硯友社) 취향[3]의 소녀이다. 야스키치는 잔돈을 찾으면서 「키재기(たけくらべ)」[4], 풀면 제비 꼬리 모양의 보자기, 제비붓꽃, 료고쿠(両国)[5], 가부라키 키요카타(鏑木清方)[6] —이 외에도 여러 가지를 떠올렸다. 여자는 물론 그 사이에도 계산대 아래를 들여다보며 열심히 아사히를 찾고 있다.

그러자 안에서 나온 것은 예의 사팔뜨기 주인이었다. 주인은 미카사를 한 번 보자마자 대충의 사정을 파악한 듯하다. 오늘도 여전히 잔뜩 찌푸린 상을 하고, 계산대 아래에 손을 넣자마자 아사히 두 갑을 야스키치에게 건네주었다. 그러나 그 눈에는 희미하게나마 미소가 보

---

3) 겐유샤는 1885년 오자키 코요(尾崎紅葉), 야마다 비묘(山田美妙) 등이 결성. 동인지 「가라쿠타 분코(我楽多文庫)」를 발간. 당시 문단을 지배했지만, 1903년 코요의 사망으로 쇠퇴했다. 겐유샤 취향은 자연주의 이전의 금욕적, 정서적인 경향을 말한다.

4) 히구치 이치요(樋口一葉)의 단편소설. 1896년 작. 유곽 주변의 소년·소녀의 일상을 섬세하게 그렸다.

5) 両国. 추오구(中央区)와 스미다구(墨田区)의 지명. 그 사이를 연결하는 両国다리에서 유래되었다. 아쿠타가와 유소년기의 연고지. 강 놀이의 시작을 축하하는 불꽃놀이로 유명하다.

6) 鏑木清方(1878~1972). 일본의 화가. 紅葉의 「금색야차(金色夜叉)」의 삽화, 「일엽의 무덤(一葉の墓)」 등에서 에도·메이지 시대의 정취를 생생하게 나타냈다.

였다.

"성냥은?"

여자의 눈 또한, 고양이라고 한다면 마치 목구멍에서 소리를 내는 것 같이 애교스럽다. 주인은 대답 대신 그저 고개를 끄덕였다. 여자는 순식간에(!) 계산대 위에 작은 성냥을 하나 내놓았다. 그리고— 다시 한 번 부끄러운 듯 웃었다.

"정말 미안합니다."

미안한 것은 아사히를 내놓지 않고 미카사를 내놓은 것만은 아니다. 야스키치는 두 사람을 비교해 보면서 그 자신도 언젠가 미소 지었다고 생각했다.

그 이후 언제 가더라도 여자는 계산대 뒤에 앉아 있었다. 다만 이제는 처음처럼 서양식으로 묶은 것이 아니라, 단정하게 빨간 헝겊을 감은 큰 마루마게(円髷: 일본식 머리형)로 바뀌어 있었다. 그러나 손님을 대하는 태도는 여전히 앳되고 순박하다. 손님 응대는 답답하고, 물건은 틀리고, 게다가 때때로 얼굴은 빨개진다. —전혀 여주인다운 면모를 찾아볼 수 없다. 야스키치는 점점 이 여자에게 어떤 호의를 느끼게 되었다. 물론 그렇다고 해도 연애감정에 빠진 것은 아니다. 너무나도 낯선 장소에서 가벼운 그리움을 느끼게 된 것이다.

늦더위가 심하던 어느 날 오후, 야스키치는 학교 퇴근길에 코코아를 사기 위해 가게에 들어섰다. 여자는 오늘도 계산대 뒤에서 코단쿠라부(講談倶楽部)[7]인지 뭔지를 읽고 있다. 야스키치는 여드름이 많은 점원에게 Van Houten(코코아 상품명)은 없느냐고 물었다.

"지금 있는 것은 이것뿐입니다만."

7) 대중잡지. 1911~62년. 대중소설로 다이쇼·쇼와의 대중문학 융성에 기여했다.

점원이 건네준 것은 Fry였다. 야스키치는 가게를 둘러보았다. 그러자 과일 통조림 사이에 서양 비구니 상표를 붙인 Droste 한 캔이 섞여 있었다.

"저기에 Droste도 있지 않은가."

점원은 슬쩍 그쪽을 보더니, 역시나 막연한 얼굴을 하고 있었다.

"예, 저것도 코코아입니다."

"그럼 이것만 있는 게 아니지 않은가."

"예, 그래도 이것뿐입니다요. ―주인아주머니, 코코아는 이것뿐이지요?"

야스키치는 여자를 돌아봤다. 약간 눈을 가늘게 뜬 여자는 아름다운 푸른빛 얼굴을 하고 있었다. 물론 이것은 불가사의한 일이 아니다. 그저 교창의 색유리를 통과한 오후 햇살 때문인 것이다. 여자는 잡지를 팔꿈치 아래에 둔 채로, 여느 때와 같이 망설이듯 대답을 했다.

"네, 그것뿐일 텐데요."

"실은 이 Fry 코코아 속에는 종종 벌레가 떠 있어서 말이지, ―"

야스키치는 진지하게 말을 걸었다. 그러나 실제로 벌레가 떠있는 코코아를 본 적이 있는 것은 아니다. 그저 뭐든 이렇게 이야기하면 Van Houten의 유무를 확인시키는 효능이 있기 때문이라고 믿었기 때문이다.

"그것도 꽤나 큰 벌레가 들어 있으니까 말이야. 딱 요 새끼손가락만 한……"

여자는 조금 놀란 듯이 계산대 위로 상반신을 내밀었다.

"아직 그쪽에도 있지 않을까? 아, 그 뒤의 선반장 안에도."

"빨간 것밖에 없어요. 여기 있는 건."

"그럼 이쪽에는?"

여자는 게타를 아무렇게나 신더니 걱정스럽게 찾으러 나왔다. 멍하니 있던 점원도 어쩔 수 없이 통조림 사이사이를 들여다보고 있다. 야스키치는 담배에 불을 붙인 뒤, 그들에게 박차를 가하듯 생각에 생각을 더해 계속 말하였다.

"벌레가 떠 있는 것을 먹이면 애들은 배탈이 난단 말이야. (그는 어느 피서지에서 혼자 셋방살이를 하고 있다) 아니, 애들뿐이 아니야. 아내도 한 번 호되게 당한 적이 있어. (물론 아내 따위가 있었던 적은 없다) 무엇보다 조심해서 나쁠 것은 없으니까 말이지……."

야스키치는 문득 입을 다물었다. 여자는 앞치마에 손을 닦으며 당혹스러운 듯 그를 쳐다보고 있었다.

"아무래도 안 보이는 것 같은데요."

여자의 눈은 불안감에 흔들리고 있었다. 입가도 억지로 미소를 짓고 있다. 특히 우스운 것은 코에도 송골송골 땀이 맺혀 있는 것이다. 야스키치는 여자와 눈이 마주친 찰나 갑자기 악마가 들러붙는 것을 느꼈다. 이 여자는 말하자면 함수초(含羞草)이다. 일정한 자극을 주기만 하면 반드시 그가 생각한 대로의 반응을 보여줄 것이다. 그러나 자극은 간단하다. 잠깐 얼굴을 바라보는 것도 좋다. 또는 손가락 끝을 건드려도 좋다. 여자는 분명 그 자극으로 야스키치의 암시를 알아차릴 것이다. 알아차린 암시를 어떻게 할지는 물론 미지의 문제이지만, 다행히 반발하지 않는다면, ―아니, 고양이는 길러도 좋다. 그러나 고양이를 닮은 여자 때문에 악마에게 영혼을 팔아넘기는 것은 아무래도 좀 생각해볼 일이다. 야스키치는 피우던 담배와 함께, 들러붙은 악마를 멀리 내던졌다. 허를 찔린 악마는 재주넘기를 하며 점원의 콧구멍으로 뛰어들어갔으리라. 점원은 목을 움츠리자마자 연달아 크게 재채기를 하였다.

"그럼 어쩔 수 없지. Droste를 하나 주게."

야스키치는 쓴웃음을 지은 채, 주머니에서 동전을 찾아 꺼냈다.

그 후에도 그는 그 여자와 비슷한 교섭을 자주 반복했다. 그러나 악마가 들러붙은 기억은 다행히도 그밖에는 없다. 아니, 한 번쯤은 갑작스럽게 천사가 왔던 것을 느낀 적조차 있다.

가을도 깊어진 어느 오후, 야스키치는 담배를 산 김에 이 가게의 전화를 빌렸다. 주인은 햇볕이 드는 가게 앞에서 공기 펌프를 움직이면서 자전거 수리를 하고 있었다. 점원도 오늘은 심부름을 하러 나간 모양이다. 여자는 여전히 계산대 앞에서 영수증 같은 것을 정리하고 있다. 이와 같은 가게의 모습은 언제 보아도 나쁘지 않다. 어딘지 모르게 네덜란드의 풍속화 같은 조용한 행복이 넘치고 있다. 야스키치는 여자의 바로 뒤에서 수화기를 귀에 댄 채로, 그가 소중히 간직한 사진판 De Hooghe[8] 한 장을 떠올리고 있었다.

그러나 전화는 시간이 흘러도 쉽게 상대방과 연결되지 않는 듯하다. 그뿐만 아니라 교환수도 어떻게 된 영문인지, 한두 번 "몇 번에 거십니까?"를 반복한 뒤부터는 완전히 침묵을 지키고 있다. 야스키치는 몇 번이나 벨을 울렸다. 그러나 수화기는 그의 귀에 지지직하는 소리만을 전할 뿐이다. 이렇게 되면 더 이상 De Hooghe 따윌 생각하고 있을 입장이 아니다. 야스키치는 먼저 주머니에서 Spargo[9]의 「사회주의 빨리 알기」를 꺼냈다. 다행히 전화기는 독서대같이 뚜껑이 비스듬히 된 상자도 달려 있다. 그는 그 상자 위에 책을 놓고, 눈은 활자를 좇으며 손은 가급적 천천히 고집스럽게 벨을 눌렀다. 이는 무례한 교환수

8) デ·ホーホ(1629~83년경). 네덜란드의 화가. 렘브란트의 영향을 받아, 빛과 그림자의 고안이 훌륭하고, 서민의 일상 풍경과 초상화를 잘 그렸다.

9) ジョン·スパルゴー(1876~1966). 미국의 사회민주주의자.

에 대한 그의 작전 중 하나였다. 언젠가 긴자(銀座) 오와리초(尾張町: 번화가)의 자동전화기에 들어갔을 때에도 역시 계속 벨을 눌러, 결국「사하시진고로(佐橋甚五郎)10)」한 편을 다 읽어 버렸다. 오늘도 교환수가 나오기 전에는 벨을 누르는 손을 결코 멈추지 않을 것이다.

한참을 교환수와 싸우고 나서야, 겨우 전화를 건 것은 20분 정도 뒤였다. 야스키치는 인사를 하기 위해 뒤쪽 계산대를 돌아봤다. 그러나 계산대에는 아무도 없었다. 여자는 어느새 가게 문가에서 주인과 무언가 이야기를 하고 있다. 주인은 아직 가을 양지에서 자전거를 계속 고치고 있는 듯했다. 야스키치는 그쪽으로 걸어가려고 했다. 그러나 무심코 걸음을 멈추었다. 여자는 그를 등지고 선 채, 이런 것을 주인에게 묻고 있었다.

"아까 말이에요, 여보, 젠마이 커피였나, 이걸 달라는 손님이 있었는데요. 젠마이 커피라는 게 있나요?"

"젠마이 커피?"

주인의 목소리는 자신의 아내한테도 손님을 대할 때처럼 무뚝뚝했다.

"겐마이(현미) 커피를 잘못 들은 거겠지."

"겐마이 커피? 아, 겐마이로 만든 커피. —어쩐지 우습더라니. 젠마이는 야채가게에 있는 거잖아요?"

야스키치는 두 사람의 뒷모습을 바라보면서, 동시에 천사가 다시 온 것을 느꼈다. 천사는 햄이 걸려 있는 천장 주위를 날아다니다가 아무것도 모르는 두 사람 위에서 축복을 내리고 있음이 틀림없다. 다만 훈제 청어 냄새에 얼굴만은 좀 찡그린 채, —야스키치는 갑자기 훈제

10) 모리 오가이(森鷗外)의 역사소설. 1913년 작. 방자한 주군에 대한 무사의 조용한 반항을 다룬 단편. 당시 간행 중인『오가이 전집(鷗外全集)』제4권에 수록.

청어를 사두지 않은 것이 생각났다. 청어는 그의 코앞에서 비참한 뼈를 겹치고 있다.

"어이, 여보게, 이 청어를 주시게."

여자는 곧 뒤돌아보았다. 이는 마침 젠마이가 야채가게에 있다는 것을 알았을 때이다. 여자는 물론 그 이야기를 그가 들었을 것이라고 분명 생각했으리라. 고양이를 닮은 얼굴에 눈이 올라갔다고 생각한 순간, 금세 수줍은 듯이 물들었다. 야스키치는 전에도 말했듯이 그녀가 낯을 붉히는 것을 지금까지 자주 보아왔다. 그러나 아직 이때만큼 새빨갛게 된 것을 본 적은 없다.

"아, 예. 청어를?"

여자는 작은 목소리로 되물었다.

"네, 청어를."

야스키치도 이때만큼은 매우 만족스럽게 대답을 했다.

이러한 사건이 있은 후, 두 달 정도가 지났을 무렵이리라. 아마 다음 해 정월에 있었던 일이다. 여자를 어디로 보낸 것인지, 갑자기 모습을 감추고 말았다. 그것도 3일이나 5일이 아니라, 평소 물건을 사러 가게에 들어가 봐도 낡은 스토브를 놓아둔 가게에는 예의 사팔뜨기 주인 혼자서 따분한 듯 앉아 있을 뿐이다. 야스키치는 약간 아쉬움을 느꼈다. 또 여자가 보이지 않는 이유에 대해 여러모로 상상을 해보기도 했다. 그러나 일부러 무뚝뚝한 주인에게 "여주인은?"이라 물을 기분도 들지 않았다. 또 실제로 주인은 물론 그 부끄럼을 잘 타는 여자에게도 "이것저것을 주게." 하고 말하는 것 외에는 인사조차 나눈 적이 없었기 때문이다.

그러던 중, 황량한 겨울철 길 위에도 가끔 하루 이틀씩 따뜻한 햇살이 비치게 되었다. 그러나 여자는 아직도 모습을 보이지 않았다. 가게

는 역시 주인 주변에 황량한 공기를 띄우고 있다. 야스키치는 언제부턴가 조금씩 여자가 없는 것을 잊어버렸다. ……

그러자 2월 말 어느 밤, 학교 영어 강연회를 겨우 일단락 지은 야스키치는 미지근한 남풍을 맞으며, 특별히 물건을 살 생각도 없이 이 가게 앞을 지나가고 있었다. 가게에는 전등 불빛 아래 서양 술병이나 통조림 등이 반짝거리며 진열되어 있었다. 이것은 물론 이상한 일은 아니다. 그러나 문득 정신을 차려 보니, 가게 앞에 한 여자가 두 팔에 갓난아이를 안은 채 종잡을 수 없는 이야기를 하고 있었다. 야스키치는 가게에서 길로 넓게 뻗친 큰 전등불 덕에 그 젊은 엄마가 누구인지 바로 알 수 있었다.

"아바바바바바바바, 바아!"

여자는 가게 앞을 걸으면서 재밌는 듯 갓난아이를 어르고 있었다. 그런데 갓난아이를 추켜올리는 바람에 우연히 야스키치와 눈이 마주쳤다. 야스키치는 순간적으로 여자의 눈이 우물쭈물 망설이는 모양을 상상했다. 그다음에 밤눈에도 여자의 얼굴이 빨개지는 모습을 상상했다. 그러나 여자는 얌전하게 있다. 눈도 조용히 미소 짓고 있었으며, 얼굴에도 수줍음 따위는 띠고 있지 않았다. 그뿐만 아니라 의외의 한 순간이 지난 후, 어르던 갓난아이를 쳐다보며 사람 앞인 것도 부끄러워하지 않고 반복했다.

"아바바바바바바바, 바아!"

야스키치는 여자를 뒤로 한 채 자신도 모르게 히죽히죽 웃었다. 여자는 더 이상 '그 여자'가 아니었다. 베짱이 좋은 한 사람의 어머니인 것이다. 일단 아이를 위해서라면 끝까지, 예전부터 어떤 악행까지도 서슴지 않았던, 무서운 '어머니' 중의 한 사람이다. 이 변화는 물론 여자를 위해서는 온갖 축복을 해주어도 좋다. 그러나 소녀 같았던 아내

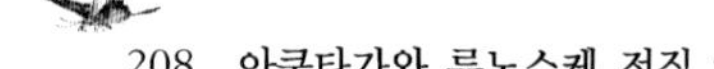

대신 뻔뻔한 엄마의 모습을 보이는 것은……. 야스키치는 계속 걸어가다가 멍하니 집들 위의 하늘을 올려다보았다. 하늘에는 남풍이 부는 사이에 봄의 둥근 달 한 가닥이 새하얗고 희미하게 걸려 있었다.

……

한 줌의 흙(一塊の土)

조경숙

오스미(お住)의 아들이 죽은 것은 찻잎을 따기 시작한 때였다. 아들인 니타로(仁太郎)는 햇수로 8년째 병상에 누워 있었다. 이런 아들의 죽음은 "극락왕생"할 거라는 오스미에게 슬프지만은 않았다. 오스미는 니타로의 관 앞에서 향 하나를 봉향하곤, 겨우 길 하나를 빠져나온 듯한 생각이 들었다.

니타로의 장례를 마친 후, 우선 문제가 된 것은 며느리 오타미(お民)의 거처였다. 오타미에게는 아들이 있었다. 오타미는 자리에 드러누운 니타로 대신에 밭일도 대부분 도맡았다. 그런데 그런 오타미를 내보낸다면 손자도 보살펴야 하고 생활조차 꾸려나갈 수 없었다. 그래서 오스미는 니타로의 49재가 끝나자마자 오타미에게 사위를 들여 계속 일을 시킬 생각을 했다. 사위로는 니타로의 사촌인 요기치与吉를 생각하고 있었다.

그런데 7일째 되는 다음날 아침에 오타미가 그릇을 꺼내는 것을 보고 오스미가 깜짝 놀랐다. 오스미는 그때 손자 히로지(広次)를 구석방의 마루에 놀게 하고 있었다. 장난감은 학교에서 몰래 가져온 벚꽃 한

가지였다.

"저, 오타미. 내가 오늘까지 입을 다물고 있었던 것은 미안한 일이지만, 혹시 이 아이와 나를 놓아둔 채로 집을 나가려고 그러니?"

오스미는 따진다고 하기보다는 호소하듯 말을 했다. 오타미는 돌아보지도 않고 "무슨 말씀이세요. 어머니."라고 웃을 뿐이었다. 오스미는 어느 정도 안심이 되었다.

"그렇지. 설마 그런 일은 없겠지……."

오스미는 역시 계속해서 불평 섞인 탄식을 했다. 또 그녀 자신의 말에 감상을 얹기 시작했다. 마침내는 눈물도 몇 가닥 주름진 볼을 타고 내려왔다.

"예. 저도 어머님만 괜찮으시면 언제까지고 이 집에 있을 생각이에요. ―아들도 있는데 어디로 간단 말이에요."

오타미도 어느샌가 글썽거리며 히로지를 무릎 위에 앉혔다. 히로지는 이상하게 부끄러운 듯이 구석방의 낡은 타다미에 던져진 벚꽃 가지만 바라보고 있었다. ……

오타미는 니타로가 살아 있을 동안과 변함없이 일했다. 그러나 사위를 맞이하는 이야기는 생각보다 쉽사리 성사되지 않았다. 오타미는 그런 일에 일말의 흥미도 없는 것 같았다. 오스미는 물론 기회만 있으면 가만히 오타미의 마음을 떠보기도 하고, 노골적으로 말을 해 보기도 했다. 하지만 그때마다 오타미는 "예, 내년이 되면요."라고 적당히 대답을 할 뿐이었다. 이런 오스미의 대답이 걱정도 되었지만, 한편 기쁘기도 했다. 오스미는 다른 사람들의 눈을 신경 쓰면서 어쨌든 며느리가 말하는 대로 날이 바뀌기를 기다리기로 했다.

하지만 오타미는 다음 해가 되어도 역시 들판으로 나가는 것 외에

는 어떤 생각도 하지 않은 것 같았다. 오스미는 다시 한 번, 작년보다 더 강력히 탄원을 하듯 사위를 들이자고 권하기 시작했다. 왜냐하면 친척들과 주변에서 말이 나오고 욕을 들어먹을 수 있기 때문이다.

"오타미, 너처럼 젊은 사람이 남자 없이 어떻게 살겠니?"

"그렇다고 해도 어쩔 수 없잖아요. 새사람이 들어오면 히로지도 불쌍하고 어머님도 신경 쓰이실 거고, 무엇보다도 제가 고생해야 하니까. 됐어요."

"그러니까 요키치를 사위로 들이면 되지. 요기치도 요즘은 도박을 완전히 끊었다더라."

"어머님한테는 친척이지만 저에게는 역시 타인이에요. 그러니까 저만 참으면……"

"그래도 그 참는다는 것이… 1, 2년밖에 되지 않을 거야."

"괜찮아요. 히로지를 위해서예요. 제가 지금 고생해서 이 집 전답이 두 개로 나눠지 않고 그대로 히로지한테 넘어가면,"

"그래도 오타미. (오스미는 이런 이야기를 할 때면 목소리를 낮추는 것이었다.) 어쨌든 다른 사람들의 눈도 있으니까. 지금 내 앞에서 말한 대로 다른 사람에게도 말해야 한다……."

이런 문답은 두 사람 사이에 몇 번이나 나왔는지 모른다. 그러나 오타미의 결심은 그 때문에 더 강해졌어도, 약해지지는 않았다. 실제로 또 오타미는 남자의 손도 빌리지 않고 고구마를 심기도 하고 보리를 베기도 하고, 이전보다 더 열심히 일을 하는 것이었다. 그뿐만 아니라 여름에는 숫염소를 키우고, 비 오는 날에는 풀도 베러 갔다. 그렇게 열심히 일하는 건 지금 새삼스럽게 다른 사람을 남편으로 맞이하는 것에 대한 오타미의 강한 반항이었다. 오스미도 마침내는 사위를 들이자는 이야기를 단념했다. 단념한 것이 꼭 그녀에게 불유쾌한 일은

아니었다.

오타미는 여자 몸으로 일가를 계속 지탱했다. 그건 물론 '히로지를 위해'라는 한 가지 생각이 있었음이 틀림없다. 그러나 또 한편으로는 그녀의 마음속 깊이 뿌리 내린 유전의 힘도 있는 것 같았다. 오타미는 불모의 산간 지방에서 이주해온, 소위 '떠돌이 타관사람'의 딸이었다. "할머니하고 타미는 얼굴은 닮지 않았지만, 힘은 똑같은 것 같아. 얼마 전 큰 벼 다발을 네 단씩 등에 지고 가는 것을 봤지." 오타미는 이웃집 할머니들에게 그런 말을 종종 들었다.

오스미는 오타미에 대한 감사의 마음을 일을 함으로써 대신하려고 했다. 손자와 놀기도 하고 소를 돌보기도 하고 밥을 짓기도 하고 빨래를 하기도 하고 이웃집에 물을 뜨러 가기도 하고, —집안일도 적지 않았다. 그러나 오스미는 허리를 구부린 채로 즐거운 듯이 일했다.

가을도 저물어 가던 어느 저녁, 오타미는 솔잎 다발을 안고 겨우 집으로 돌아왔다. 오스미는 히로지를 업은 채, 마침 좁은 토방 구석에 놓아둔 목욕통 밑에 불을 때고 있었다.

"추운데 늦었구나."

"오늘은 다른 날하고 달리 다른 일을 하고 왔어요."

오타미는 솔잎 다발을 한쪽에 내던지고, 진흙투성이가 된 짚신을 벗지도 않고 커다란 난로 옆으로 올라갔다. 난로 안에는 상수리나무 뿌리가 하나, 벌겋게 불꽃을 움직이고 있었다. 오스미는 곧바로 일어서려고 했다. 하지만 히로지를 업은 허리는 목욕통 테두리를 잡지 않고는 쉽게 일어설 수 없었다.

"지금 바로 목욕해."

"목욕보다 전 배가 고파요. 미리 감자라도 좀 먹어야겠어요. —삶아

놓은 것 있어요? 어머니."

오타미는 비틀거리며 개수대 쪽으로 가서 삶아놓은 고구마를 냄비째로 난로 옆에 내려주었다.

"벌써 삶아서 기다리고 있었지. 이거 식어버렸네."

두 사람은 고구마를 대나무 꼬챙이로 찔러 함께 화롯불에 갖다 대었다.

"히로지는 잘 자네요. 저쪽에 눕혀두면 될 것 같은데."

"오늘은 너무 추워서 그냥 눕혀둘 수가 없었어."

오타미는 그렇게 말하면서 김이 나는 고구마를 입안 가득 넣기 시작했다. 그건 하루의 노동으로 피곤한 농부만이 알고 있는 먹는 방법이었다. 고구마는 대나무 꼬챙이에 꿰인 채로 한입에 오타미의 볼 한가득 들어갔다. 오스미는 작게 코를 골고 있는 히로지의 무게를 느끼면서 고구마를 계속 구웠다.

"어쨌든 너처럼 일하면 다른 사람보다 더 배가 고플 거야."

오스미는 때때로 며느리의 얼굴을 감탄스럽게 바라보았다. 그러나 오타미는 아무런 말도 하지 않고 그을린 장작 불빛 속에서 걸신들린 것처럼 고구마를 한입 가득 넣었다.

오타미는 몸을 아끼지 않고 남자들이 해야 할 일을 계속 해나갔다. 때로는 밤에도 램프 빛으로 풀을 솎아 내며 돌아다닌 적도 있었다. 오스미는 이러한 남자와 다름없는 며느리에게 언제나 경이를 느끼고 있었다. 아니, 경의라고 하기보다는 오히려 두려움을 느끼고 있었다. 오타미는 들과 산 일 외에는 무엇이든 오스미에게 떠맡겼다. 요즘에는 그녀 자신의 속옷조차 좀처럼 빨아 입은 적이 없었다. 오스미는 그래도 불평하지 않고 굽은 허리를 뻗치며 열심히 일했다. 그뿐만 아니라

이웃 할멈이라도 만나면 "어쨌든 오타미가 저렇게 일하니까 난 언제 죽어도 괜찮을 거야."라고 진지하게 며느리를 칭찬했다.

그러나 오타미의 "돈벌이 병"은 쉽사리 만족하지 않은 것 같았다. 오타미는 또 일 년을 넘기자, 이번에는 강 건너편의 뽕나무 밭으로 손을 내밀기 시작했다. 오타미의 말에 의하면 다섯 걸음걸이밖에 되지 않는 밭에 10엔 정도의 소작료를 내는 건 아무리 생각해도 어리석다. 차라리 거기에 뽕나무를 만들고 한쪽에 양잠을 한다면, 누에고치 시세에 변동이 일어나지 않는 한 틀림없이 한 해 150엔은 손에 들어올 수 있다는 것이다. 하지만 돈은 있으면 좋은 일이지만 더 바빠질 것을 생각하면 오스미는 도저히 참을 수 없었다. 특히 품이 드는 양잠 일은 할 수 없었다. 오스미는 마침내 불평을 오타미에게 늘어놓으며 반항했다.

"한번 들어봐라, 얘야. 내가 하기 싫어서 그러는 것이 아니야. 우리한테는 남자 일손도 없고 우는 아이도 있고, 또 지금 이대로도 일이 많아. 그걸 너 혼자서 어떻게 감당한다는 거야. 게다가 양잠까지. 내 생각도 좀 해 주게."

오타미도 시어머니가 우는소리를 하니 어쩔 수 없었다. 그러나 양잠은 단념해도 양잠 밭은 단념할 수 없었다. "좋아요. 어차피 밭일은 나 혼자 하면 되니까." —오타미는 불복하듯 오스미를 바라보며 그렇게 혼자서 중얼거렸다.

오스미는 그 일 이후 사위를 들일 생각을 다시 했다. 새로운 생활을 걱정하기도 하고, 세상의 눈을 꺼리기도 해서 사위를 들일 생각을 몇 번 했었다. 그런데 이번에는 잠시라도 집에 있으면서 뭔가를 해야 하는 괴로움을 피하려고 사위를 들이려고 했다. 그런 만큼 이전에 비하면 이번의 사위 이야기는 너무나 간절했다.

마침 밀감 밭 가득 꽃을 피울 즈음, 램프 앞에서 진을 치고 있던 오스미는 일을 하면서 안경 너머로 슬며시 그 이야기를 끄집어내었다. 그러나 화로 옆에 양반다리를 하고 있던 오다미는 소금 절인 콩을 씹어 먹으면서, "또 그 이야기예요, 전 몰라요."라고 상대할 기색도 보이지 않았다. 얼마 전의 오스미라면 대충 포기했을 것이다. 그러나 이번만큼은 오스미도 끈덕지게 설득하기 시작했다.

"그렇게 딱 잘라 말하지 마라. 내일 미야시타 장례식이 있는데, 이번에는 우리 집에서 무덤을 파야 한다네. 이럴 때 남자가 있어야……"

"괜찮아요. 그거라면 제가 나가면 돼요."

"설마, 네가? 여잔데, —"

오스미는 일부러 웃으려고 했다. 그러나 오타미의 얼굴을 보니 웃는 것도 생각에 그쳤다.

"어머니. 이제 어머니가 살림을 그만하고 싶어서 그러세요?"

오타미는 양반다리 무릎을 안은 채로 차갑게 이렇게 못을 박았다. 급소를 맞은 오스미는 갑자기 커다란 안경을 벗었다. 그러나 무엇 때문에 벗었는지는 그녀 자신도 몰랐다.

"무슨 말을 그렇게 하는 거니!"

"히로지 애비가 죽었을 때 어머님께서 말씀하셔놓고 잊어버리신 거예요? 이 집 전답이 나뉘면 조상께도 죄송하다고, ……"

"아, 그렇게 말했었지. 그래도 생각해보면, 시대에 따라 변하는 게 있으니까, 그런 건 어쩔 수 없지 않겠니……."

오스미는 남자 손이 필요하다는 것을 열심히 웅변했다. 그러나 오스미의 의견은 그녀 자신의 귀에조차 그럴듯한 반향이 되지 않았다. 우선 그녀의 본심은, —결국 그녀가 편해지고 싶어 한다는 것을 말할 수 없었기 때문이었다. 또 오타미는 그 속을 다 아는 듯, 여전히 짭짤

한 완두를 씹으며 바짝 시어머니를 긴장하게 했다. 그리고 오스미가 모르는 천성적인 언변도 있었다.

"어머니, 그래도 어머니는 괜찮으세요. 먼저 돌아가실 테니까. 그런데 어머니, 제 신세가 되어 보세요. 그렇게 뿔내지 마시고요. 저도 어쨌든 덕을 보거나 자랑거리로 후가를 두려고 하는 것은 아니라는 걸 아니까요. 뼈마디가 아파서 잠 못 자는 밤엔 억지를 부려 어쩌자고 그러는지 곰곰이 생각한 적도 많아요. 그렇지만 이것도 모두 집을 위해서야, 히로지를 위해서야 하고 생각을 고쳐먹고 어쩔 수 없이 하고 있는 거예요. ……"

오스미는 그저 망연자실 며느리 얼굴만 바라보고 있었다. 그러는 동안에 어느샌가 그녀의 마음에서 어떤 사실을 뚜렷이 찾아냈다. 그것은 아무리 발버둥 쳐보아도 도저히 눈을 감을 때까지는 편안해질 수 없다는 사실이었다. 오스미는 며느리의 말이 끝난 후에, 다시 한 번 커다란 안경을 꼈다. 그리고 반은 혼잣말처럼 이런 말로 결말을 지었다.

"그렇지만, 얘야. 세상 일은 그렇게 쉽사리 네 논리로 되어 가지는 않는 것이야. 곰곰이 너도 생각해 봐. 나는 이제 아무 말도 하지 않을 거니까."

20분 후, 누군가 마을의 젊은이 한 명이 조금 큰 소리로 노래를 부르면서 이 집 앞을 지나갔다. "젊은 어머니, 오늘은 풀을 베는가. 풀이여 흔들려라. 낫으로 베어라" —노랫소리가 멀어져 갈 때 오스미는 다시 한 번 안경 너머로 흘깃 오타미의 얼굴을 바라봤다. 하지만 오타미는 램프 건너편에 길게 다리를 뻗은 채로 일부러 하품을 할 뿐이었다.

"얼른 주무세요. 아침에 일찍 나가야 하니까."

오타미는 겨우 그렇게 말하고, 소금 완두콩을 하나 먹은 후에 귀찮

은 듯이 화로 옆에서 일어섰다. ……

오스미는 그 후 3, 4년 동안 잠자코 괴로움을 참아냈다. 그것은 말하자면 온 힘을 다 쏟은 말이 늙어서도 멍에를 등에 질 수밖에 없는, 늙은 말이 경험하는 고통이었다. 오타미는 여전히 집 밖에서 열심히 밭일을 했다. 오스미는 겉으로는 여전히 집에서 열심히 일했다. 그러나 보이지 않는 채찍의 그림자는 끊임없이 그녀를 위협하고 있었다. 어떤 때는 목욕물을 데우지 않았기 때문에, 어떤 때는 벼를 말리는 것을 잊어버렸기 때문에, 어떤 때는 말을 풀어놓았기 때문에, 오스미는 늘 기가 센 오타미에게 잔소리를 들었다. 하지만 그녀는 대꾸도 하지 않고 고생을 꾹 참고 견뎠다. 그건 우선 참고 견디는 데 익숙한 정신을 가졌기 때문이었다. 또 둘째는 손자 히로지가 엄마보다 할머니인 그녀를 더 많이 따르기 때문이었다.

오스미는 실제로 보면 거의 이전과 다름이 없었다. 단지 조금이라도 달라진 것이 있다면 그것은 단지 이전처럼 며느리를 칭찬하지 않는 것뿐이었다. 하지만 그러한 미세한 변화는 특별히 다른 사람의 눈에 띄지는 않았다. 적어도 이웃 할머니들에게는 늘 "극락왕생"할 오스미였다.

여름의 햇볕이 강하게 내리쬐던 정오, 오스미는 헛간 앞을 덮은 포도덩굴 잎 그늘에서 이웃집 할머니와 이야기를 나누고 있었다. 주위에는 외양간에 날아다니는 파리 우는 소리 외엔 어떤 소리도 들리지 않았다. 이웃 할머니는 짧은 엽궐련을 피우기도 했다. 그건 아들이 피우다 만 껍질을 정성스럽게 모아온 것이었다.

"며느리는? 흠. 풀 베러 갔구나? 젊은데도 뭐든 하네?"

"뭐, 여자가 밖에 나가 일하는 것보다 집안일이 가장 좋은 것이야."

"아니지, 밭일을 좋아하는 건 다행이지. 우리 며느리는 혼인하고 나서 7년간 밭일은커녕 풀을 뽑은 적도 없고 하루도 일을 하러 나간 적이 없어. 아이들 빨래나 하고, 바느질이나 하고, 매일 긴 하루를 보내고 있지."

"그거 좋지. 아이들도 예쁘게 키우고 자신도 예쁘게 가꾸면 역시 그림 속의 집이지."

"그래도 지금 젊은이들은 도대체가 밭일을 싫어하니까. ―어라, 뭐시, 지금 그 소리는?"

"지금 그 소리? 이보게, 소 방귀잖아."

"소 방귀? 정말 그렇구먼. ―특히 이 땡볕에 등을 내놓고 조 밭의 풀을 베다니, 젊은 데 괴로울 것이야."

두 노파는 그런 식으로 대체로 평화롭게 이야기하고 있었다.

니타로가 죽은 지 8년째 되던 즈음, 오타미는 여자 힘으로 일가의 생활을 지탱해왔다. 그러는 새 오타미의 이름도 마을 밖으로 퍼지기 시작했다. 오타미는 이미 "돈벌이 병"으로 밤에도 새벽에도 더 이상 청상과부가 아니었다. 마을 젊은이들의 "젊은 어머니"는 더더욱 아니었다. 그 대신에 며느리의 모범이 되었다. 이 시대 열녀의 거울이었다. "오타미를 봐." ―그러한 말이 잔소리와 함께 누구의 입에서나 나올 정도였다. 오스미는 자신의 괴로움을 이웃집 할머니에게도 호소하지 않았다. 또 호소하고 싶다고도 생각하지 않았다. 그러나 그녀의 마음 깊은 곳에서 분명히 의식하지 않았지만 어딘가 천신을 의지하고 있었다. 그 천신을 의지하던 마음도 마침내 수포로 돌아갔다. 지금은 손자 히로지 외에 어떤 다른 의지도 없었다. 오스미는 12,3살 되는 손자에게 모든 사랑을 쏟았다. 하지만 최근 그 의지도 끊어질 것 같은 일이 몇 번 있었다.

어느 가을, 맑은 날이 계속되던 오후, 책보를 안고 있던 손자 히로지는 서둘러 학교에서 돌아왔다. 오스미는 마침 부엌 앞에서 그릇에 칼을 넣어 움직이면서 말릴 감을 손질하고 있었다. 히로지는 조의 볍씨를 말린 멍석을 가볍게 한 장 띄어 넘더니 이렇게 진지하게 물었다.

"있잖아요. 할머니. 우리 엄마가 그렇게 훌륭한 사람이에요?"

"무슨 말이니?"

오스미는 칼을 놀리고 있던 손을 멈추고 손자의 얼굴을 응시하지 않을 수 없었다.

"그게, 선생님이 수신 시간에 그렇게 말했는걸요. 히로지 어머니는 이 근처에서 둘도 없는 훌륭한 사람이라고."

"선생님이?"

"응, 선생님이. 거짓말이에요?"

오스미는 당황했다. 손자조차 학교선생님이 그런 큰 거짓말을 가르치고 있다니, —사실 오스미에게는 그렇게까지 의외의 일은 아니었다. 하지만 일순간 당황한 후, 발작적으로 화가 난 오스미는 다른 사람이 되어 오타미를 욕했다.

"그럼, 거짓말이지. 거짓말이야. 네 어미라는 사람은 밖에서 열심히 일해서 다른 사람들에게는 훌륭하게 보이지만 마음은 정말 나쁜 사람이여. 할미한테 일만 시키고, 기만 엄청 세고……."

히로지는 그저 놀라 안색을 바꾼 할머니를 바라보았다. 오스미는 갑자기 눈물을 흘리며 말했다.

"그래도 이 할미는 말이야. 너 하나만을 믿고 살고 있는 거야. 너는 그것을 잊으면 안 된다. 너도 이제 17살이 되면 곧 아내를 맞이하게 될 거야. 그땐 할머니를 좀 편하게 해 주는 거야. 네 어미는 징병이 끝난 뒤니 어쩌니 하며 한가한 소리를 하지만, 언제까지 기다려야 하는

건지! 알았어? 넌 할미한테 아버지 몫까지 효도하는 것이야. 그러면 할미도 나쁜 짓은 안 할 거니까. 뭐든 너에게 줄 거니까……."

"이 감도 익으면 나 줄 거야?"

히로지는 먹고 싶다는 듯이 바구니 안의 감을 만지작거렸다.

"그럼, 주고말고. 너도 이제 다 알겠지? 언제까지나 그런 마음 잊으면 안돼."

오스미는 눈물을 흘리며 딸꾹질을 하듯이 웃었다.

그러한 작은 일이 있었던 밤, 오스미는 마침내 사소한 것으로 오타미와 심한 말다툼을 했다. 오타미가 먹을 감자를 오스미가 먹은 것뿐이었다. 그렇지만 점점 말다툼이 격심해지는 사이에 오타미는 냉소를 띠면서, "어머니가 일하는 게 싫으면 죽어야지요."라고 했다. 그러자 오스미는 평소와는 달리 미친 것처럼 포효했다. 그때 손자인 히로지는 할머니 무릎을 베고 이미 쌕쌕 잠들어 있었다. 그러나 오스미는 그 손자조차 "히로지, 일어나, 일어나."라고 흔들어 깨운 후 이렇게 욕하는 것이었다.

"히로지, 일어나. 히로지, 일어나. 네 어미가 하는 말을 한번 들어봐. 네 어미가 나보고 죽으라고 하는구나. 봐, 잘 들어. 저기 네 어미가 돈은 조금 늘였지만, 마을 삼단 밭, 저건 모두 할아버지와 이 할미가 개간한 것이야. 그런데도 편하고 싶으면 죽으라고 하는구나. —오타미, 나보고 죽으라고 했지? 뭐 죽는 것이 두려울까. 아니, 난 죽을 것이야. 어쨌든 죽어버릴 거야. 죽어서 니 앞에 보여 줄 거야……."

오스미는 큰소리로 욕하면서 울기 시작한 손자를 끌어안았다. 그러나 오타미는 여전히 난로 옆에 누운 채 건성으로 듣고 있을 뿐이었다.

하지만 오스미는 죽지 않았다. 그 대신 다음 해 삼복 전, 건강 하나

가 자랑이던 오타미는 장티푸스에 걸려, 발병 후 8일째 죽어버렸다. 당시 이 작은 마을에서 장티푸스에 걸린 환자가 몇 명이나 되는지 알 수 없었다. 오타미는 발병하기 전에 장티푸스 때문에 쓰러진 대장간집의 장례를 지낼 땅을 파러 갔었다. 대장간에는 장례식 날에 겨우 격리해서 보낸 자도 남아 있었다. "그때 틀림없이 옮았을 거야." —오스미는 의사가 돌아간 후, 얼굴이 벌게진 환자인 오타미에게 비난을 했다.

오타미의 장례식 날에는 비가 왔다. 그러나 마을 사람들은 촌장을 비롯해 한 명도 빠지지 않고 장례식에 참여했다. 참여한 자들은 또 한 사람도 남기지 않고 젊어서 죽은 오타미를 슬퍼하며, 가족을 먹여 살리던 사람을 잃어버린 히로지나 오스미를 동정하기도 했다. 그리고 마을의 어른은 머지않아 마을에서 오타미의 근로를 표창할 것이라고 말했다. 오스미는 그러한 말에 머리를 숙일 뿐, 다른 방법이 없었다. "그저 운이라고 생각해요. 우리들도 오타미의 표창은, 작년부터 군청에 제안하고, 촌장과 내가 기차비를 들여서 다섯 번이나 군장을 만나러 갔지. 힘들기는 했지만 우리도 얼마간 포기했어요. 할머니도 그렇게 생각하고 계셔요. " —사람 좋아 보이는 대머리 마을 어른은 그런 농담도 덧붙였다. 젊은 소학교 교사는 불쾌한 듯이 그 모습을 빤히 지켜보기도 했다.

오타미의 장례를 마친 저녁, 오스미는 불단이 있는 구석방 귀퉁이에 히로지와 한 모기장으로 들어갔다. 평소에 둘은 컴컴한 채로 잠을 잤다. 하지만 오늘 밤 불단에는 아직 등이 켜져 있었다. 게다가 묘한 소독약 냄새가 낡은 다다미에 스며든 것 같았다. 오스미는 이런저런 생각에 쉽사리 잠들지 못했다. 오타미의 죽음은 확실히 그녀에게 커다란 행복을 가지고 왔다. 그녀는 이제 일하지 않아도 되었다. 잔소리를 들을 염려도 없었다. 게다가 저금도 3천 원이나 있었고, 밭도 꽤 많

이 있었다. 앞으로 매일 손자와 함께 쌀밥을 먹을 수도 있었다. 평소 좋아하는 고등어 자반을 먹을 수도 있었다. 오스미는 평생 동안 이 정도로 안심이 된다고 느껴본 적이 없었다. 이 정도로 안심이 된다고? —그러나 그녀의 기억은 분명히 9년 전 어느 밤을 불러일으켰다. 그날 밤도 안도했던 걸 생각하면 거의 오늘 밤과 같았다. 그건 피를 나눈 아들의 장례식이 끝난 밤이었다. 오늘 밤은? —오늘 밤도 손자를 낳은 며느리의 장례식을 막 마친 밤이었다.

오스미는 갑자기 눈을 떴다. 손자는 그녀의 바로 옆에서 정신없이 자며 얼굴을 위로 향하고 있었다. 오스미는 손자의 자는 얼굴을 보고 있는 동안에 점점 그녀 자신을 한심한 인간으로 느끼기 시작했다. 또 그녀와 악연을 맺은 아들 니타로와 며느리인 오타미도 한심한 인간으로 느끼기 시작했다. 그 변화는 순식간에 9년간의 증오와 분노를 씻어 내었다. 아니, 그녀를 위로해 줄 미래의 행복조차 씻어버렸다. 그들 3명은 모두 한심스러운 인간이었다. 그렇지만 그중에 단 한 사람, 살아 있음으로 수치를 당하고 있는 그녀 자신이 가장 한심스러운 인간이었다. "오타미, 넌 왜 죽어 버렸니?" —오스미는 갑자기 신불에게 말을 걸기 시작했다. 정처 없는 눈물이 뚝뚝 흘러내리기 시작했다…….

오스미는 새벽 4시가 지나서 겨우 피로한 잠에 빠져들었다. 그렇지만 그때는 이미 이 집 이엉지붕 위의 하늘이 차갑게 새벽녘을 맞이하기 시작했다.

다이쇼 12(1923)년 12월

이상한 섬(不思議な島)

조성미

나는 멍하니 기다란 등나무 의자에 누워 있다. 눈앞에 난간이 있는 곳을 보니까 아무래도 배의 갑판인 것 같다. 난간 저편으로는 회색빛 파도에 날치인지 무엇인가 번쩍이고 있다. 하지만 무엇 때문에 배를 탔는지, 신기하게도 그것은 기억나지 않았다. 일행이 있는지 혼자인지, 그것도 마찬가지로 모호하다.

모호하다고 하면, 파도 저편도 안개가 낀 탓인지 매우 모호하기 이를 데 없었다. 나는 긴 의자에 아무렇게나 드러누운 채 몽롱하게 연기처럼 흐려 보이는 깊숙한 그곳에 무엇이 있는지 보고 싶었다. 그러자 염력이 통한 것처럼 순식간에 섬의 그림자가 표면에 드러나기 시작했다. 중앙에 제일 높은 산이 우뚝 솟은, 원추에 가까운 섬의 그림자이다. 그러나 공교롭게도 윤곽 외에는 거의 아무것도 분명히 보이지 않았다. 나는 앞서 재미를 보았기 때문에 다시 한 번 보고 싶다고 마음속으로 빌어 보았다. 그러나 어스름한 섬의 그림자는 여전히 흐릿할 뿐이다. 염력도 이번에는 통하지 않은 것 같다.

이때 나는 오른쪽 옆에서 갑자기 누군가의 웃음소리를 들었다.

"하하하, 아무 소용없어요. 이번에는 염력도 통하지 않는 것 같네요. 하하하."

오른쪽 옆 등나무 의자에 앉아 있는 사람은 영국인으로 보이는 노인이다. 얼굴은 비록 주름이 많기는 하지만 일단 호인이라고 평가해도 좋다. 그러나 복장은 호가스(W. Hogarth)[1]의 그림에서 본 18세기 풍이다. Cocked hat[2]이라고 할까? 은색 테두리가 있는 모자를 쓰고, 수를 놓은 조끼에 무릎길이밖에 오지 않는 바지를 입고 있다. 게다가 어깨에 늘어져 있는 머리는 자연적인 머리카락이 아니다. 무엇인가 이상한 가루를 뿌린 삼베 색깔의 곱슬머리 가발이다. 나는 놀라 어안이 벙벙하여 대답하는 것도 잊고 있었다.

"제 망원경을 사용하세요. 이것을 들여다보면 분명히 보여요."

노인은 기분 나쁘게 웃는 얼굴로 내 손에 낡은 망원경을 건네주었다. 언젠가 어느 박물관에 진열되어 있던 것 같은 망원경이다.

"오오, 땡큐."

나도 모르게 영어로 말했다. 그러나 노인은 개의치 않고 섬의 그림자를 가리키면서 능숙하게 일본어로 계속 말했다. 그 가리킨 소매 끝에도 거품 같은 레이스가 삐져나와 있다.

"저 섬은 서산라프라고 하는데요. 알파벳은 SUSSANRAP[3]이에요. 언뜻 보기에 가치가 있는 섬이에요. 이 배도 5, 6일은 정박하니까, 꼭 보러 가세요. 대학도 있고 절도 있어요. 특히 장이 서는 날은 장관이에

---

1) W. Hogarth(1697~1764): 영국의 화가. 만년에는 궁정화가가 되었다. 사실적인 초상화로 유명하다.

2) 끝을 말아 올린 모자

3) 이 알파벳을 거꾸로 한 PARNASSUS(파르나서스)는 그리스에 있는 산의 이름. 아폴로와 뮤즈의 영지인 이 산의 명칭을 따서 19세기 프랑스의 고답파 시인을 파르나시앙이라고 칭했다.

요. 좌우간 근해의 섬들로부터 무수한 사람들이 모이니까요……."

나는 노인이 말하고 있는 사이에 망원경을 들여다보았다. 확실히 망원경 거울에 비친 것은 이 섬의 해안가 마을일 것이다. 깔끔한 집들이 늘어선 것이 보인다. 가로수의 나뭇가지가 바람에 흔들리는 것이 보인다. 절의 탑이 우뚝 솟은 것이 보인다. 안개 따위는 조금도 끼어 있지 않았다. 모두 죄다 분명히 보인다. 나는 매우 감탄하면서 마을 위로 망원경을 옮겼다. 그와 동시에 나도 모르게 소리를 지를 뻔했다.

망원경 거울에는 구름 하나 보이지 않는 하늘에 세상에 둘도 없다는 후지산(富士山)을 닮은 산이 우뚝 솟아 있다. 그것은 그리 신기한 일도 아니다. 그러나 그 산은 올려다보기만 해도 온통 채소로 뒤덮여 있다. 양배추, 토마토, 파, 양파, 무, 순무, 당근, 우엉, 호박, 동과, 오이, 감자, 연근, 쇠귀나물, 생강, 파드득나물— 온갖 채소로 뒤덮여 있다. 이는 뒤덮여 있는 게 아니라 채소를 쌓아 올린 것이다. 가공할 만한 채소의 피라미드이다.

"저—저것은 어떻게 된 거예요?"

나는 망원경을 손에 든 채로 오른쪽 옆의 노인을 돌아보았다. 하지만 노인은 이미 거기에 없었다. 단지 기다란 등나무 의자 위에 신문 한 장이 내던져 있었다. 나는 앗 하는 순간에 뇌빈혈이라도 일으킨 모양이다. 어느새 또 묘하게 답답한 무의식 속에 잠겨 버렸다.

❖ ❖

"어떻습니까, 구경은 다 했어요?"

노인은 기분 나쁜 미소를 지으며 내 옆에 걸터앉았다.

여기는 호텔의 살롱(salon: 응접실)인 모양이다. 시세션(secession)[4]식의 가

구를 늘어놓은, 묘하게 휑하니 넓은 서양실(西洋室)이다. 하지만 사람의 그림자는 어디에도 보이지 않았다. 안쪽에 쭉 보이는 리프트도 올라갔다 내려갔다 하는데도, 손님 한 사람도 나오지 않는 것 같다. 영업이 어지간히 안 되는 호텔인 것 같다.

나는 이 살롱 구석의 긴 의자에 고급 하바나[5]를 입에 물고 있다. 머리 위로 덩굴을 늘어뜨리고 있는 것은 화분에 심은 호박이 틀림없다. 넓은 잎의 화분을 감춘 그늘에 노랑꽃이 핀 것도 보인다.

"예, 대충 구경했습니다. 어떻습니까, 엽궐련은?"

그러나 노인은 아이처럼 약간 고개를 저은 후 고풍스러운 상아 코담배[6]갑을 꺼냈다. 이것도 어느 박물관에 진열되어 있던 것과 똑같다. 이러한 노인은 일본은 물론이고 서양에도 지금은 한 명도 없을 것이다. 사토 하루오(佐藤春夫)[7]한테라도 소개해 주면 필시 귀히 여겼을 것이다. 나는 노인에게 말을 걸었다.

"마을 밖으로 한 발 내밀면 온통 눈에 보이는 것은 채소 밭이군요."

"서산라프 섬 주민은 대부분 채소농사를 지어요. 남자이건 여자이건 모두 채소를 키워요."

"그렇게 수요가 있는 것입니까?"

"근해의 섬에 팔리지만, 물론 다 팔리지는 않아요. 팔다 남은 것은 어쩔 수 없이 쌓아 올려 둡니다. 배 위에서 보였죠? 대충 2만 척(피트)이나 쌓여 있는 것을?"

---

4) 시세션. 분리파(分離派). 19세기 말경 빈에서 일어난 예술 혁신 운동. 미술공예상의 양식의 하나로, 단순 명확한 형태 및 색채로 산뜻한 느낌을 준다.

5) Havana(쿠바 공화국의 수도), 또는 그 지역에서 생산되는 담배.

6) 콧구멍에 대고 냄새를 맡는 가루담배.

7) 佐藤春夫(1892~1964): 시인, 소설가. 유미적, 고답적인 소설가로, 고전적인 격조의 서정시로 알려져 있고, 후에 소설로 전환하여 환상적, 탐미적인 작풍을 개척했다. 『전원의 우울(田園の憂鬱)』, 『도시의 우울(都会の憂鬱)』 등.

"저것이 모두 팔다 남은 것입니까? 그 채소 피라미드가?"

나는 노인의 얼굴을 보며 눈만 멀뚱멀뚱 뜨고 있을 뿐이었다. 하지만 노인은 여전히 재미있는 듯이 혼자 미소 짓는다.

"예, 모두 팔다 남은 것이에요. 게다가 고작 3년 동안에 저만큼의 부피가 되었으니까요. 옛날부터 재고품을 모았다면 태평양도 채소로 매몰될 정도예요. 그러나 서산라프 섬의 주민은 아직도 채소를 키우고 있습니다. 낮이나 밤에도 키우고 있습니다. 하하하, 우리가 이렇게 이야기하고 있는 동안에도 열심히 농사짓고 있어요. 하하하, 하하하."

노인은 참기 어려운 듯 계속 웃어대며 말리나무 냄새가 나는 손수건을 꺼냈다. 이것은 단순한 웃음은 아니었다. 인간의 어리석음을 조롱하는 악마의 웃음과도 같은 것이었다. 나는 얼굴을 찡그리면서 새로운 화제를 꺼내기로 했다.

나: "장은 언제 섭니까?"

노인: "매달 초면 반드시 열려요. 그러나 그것은 보통 장이에요. 임시로 서는 큰 장날은 일 년에 세 번, 1월과 4월, 9월에 열려요. 특히 1월은 대목 때예요."

나: "그러면 큰 장날 전에는 매우 번잡하겠네요?"

노인: "매우 붐비다마다요. 누구라도 큰 장날에 맞추려고 정성 들여 채소를 가꾸니까요. 인산비료를 주고, 깻묵을 주고, 온실에 넣고, 전류를 통하게 하고— 말도 마세요. 그중에는 한시라도 빨리 기르려고 조바심내는 바람에 애써서 소중히 가꾼 채소를 말려 죽여 버리는 일도 있을 정도예요."

나: "아, 그러고 보니 오늘도 채소밭에 수척해 보이는 남자 하나가 미친 사람처럼 '장날에 맞추지 못하겠네. 큰일 났네.' 하며 뛰어다니고 있었어요."

노인: "그럴 수도 있을 거예요. 새해 장날도 이제 곧 열리니까요. —마을에 있는 상인들도 한 사람도 빠짐없이 혈안이 되어 있겠지요."

나: "마을에 있는 상인이라면 누구요?"

노인: "채소 매매를 하는 상인이요. 상인은 마을 사람들이 기른 채소밭의 채소를 사고, 근해의 섬에서 온 사람들은 또 그 상인으로부터 야채를 사는 순서로 되어 있는 거예요."

나: "그렇군요. 그 상인인 모양이에요. 뚱뚱한 남자 하나가 검은 가방을 안으면서 '곤란해, 곤란한데'라고 말하는 것을 보았습니다. —그러면 제일 잘 팔리는 것은 어떤 종류의 채소입니까?"

노인: "그것은 신의 의지에 달려 있지요. 딱히 어떤 것이라고 말하기 어려워요. 해마다 조금씩 다른 것 같아요. 또 그렇게 다른 이유도 모르는 것 같아요."

나: "하지만 좋은 물건이라면 잘 팔리겠지요?"

노인: "글쎄, 그게 어떨지요. 원래 좋고 나쁜 채소는 신체장애인이 결정하게 되어 있습니다만……."

나: "어째서 또 장애인이 결정합니까?"

노인: "장애인은 채소밭에 나올 수 없지요? 따라서 또 채소도 가꿀 수 없는 만큼 좋고 나쁜 채소를 보는 안목에는 타의 추종을 불허하는 공평한 태도를 취할 수 있지요. —즉 일본의 속담으로 말하면, 곁에서 보는 제삼자가 오히려 사물의 시비를 더 잘 알 수 있다는 것이지요."

나: "아, 바로 그 장애인이에요. 아까 수염이 난 장님 하나가 진흙투성이의 커다란 토란을 이리저리 어루만지면서 '이 채소 색은 뭐라고 말할 수 없는, 장미꽃 색과 하늘색을 한데 합친 것 같다'라고 말했어요."

노인: "그렇지요. 장님도 물론 좋지만, 가장 이상적인 인물은 둘도 없는 장애인이에요. 눈도 안 보이고, 들을 수도 없고, 냄새도 맡을 수 없고, 손발도 없고, 치아나 혀가 없는 장애인이에요. 그러한 장애인만 나타나면 당대의 Arbiter elegantiarum[8]이 돼요. 현재 인기 있는 장애인 대부분은 자격을 갖추고 있지만, 단지 코로 냄새만 맡고 있어요. 확실히는 모르나 요전에는 그 콧구멍에 고무 녹인 것을 쏟아 넣었다고 하는데, 역시 조금은 냄새가 난다고 해요."

나: "그런데 그 장애인이 결정한 좋고 나쁜 채소는 어떻게 됩니까?"

노인: "그것은 어쩔 도리가 없어요. 아무리 장애인이 나쁘다고 말해도 잘 팔리는 채소는 척척 팔리고 마니까요."

나: "그러면 상인의 기호에 달려 있나요?"

노인: "상인은 잘 팔릴 가능성이 있는 채소만 사겠지요. 그러면 좋은 채소가 팔릴지 어떨지는……."

나: "잠깐만요. 그러면 우선 장애인이 결정한 좋고 나쁜 것을 의심할 필요가 있군요."

노인: "그것은 채소를 가꾸는 사람들은 대부분 의심하고 있지만요. 그러면 그런 무리에게 좋고 나쁜 야채를 물어보면 역시 확실치 않아요. 예를 들어 어떤 사람들에 의하면 '좋고 나쁘고는 자양분의 유무에 달려 있다'고 해요. 하지만 또 다른 무리에 의하면 '좋고 나쁘고는 맛에 불과하다'고 말해요. 그뿐이라면 그래도 간단하지만요……."

나: "네? 더 복잡합니까?"

노인: "그 맛이나 자양분 나름대로 또 설이 나뉘어요. 예를 들어 비타

8) 라틴어; 우미한 것을 판정하는 사람

민이 없는 것은 자양분이 없다든가, 지방이 있는 것은 자양분이 있다든가, 당근 맛은 영 아니고 무 맛이 그만이라든가……"

나 : "그러면 우선 기준은 자양분과 맛 두 가지인데, 그 두 가지 기준에 다양한 바리에이션(Variation)이 있다— 대강 이런 식이 됩니까?"

노인: "그렇게 간단하지 않아요. 예를 들어 아직 이런 것도 있어요. 어느 사람들한테 듣자니까 색에 기준도 있어요. 그 미학 입문 따위에서 말하는 차가운 색, 따뜻한 색[9]이지요. 이 사람들은 빨강이나 노랑의 따뜻한 색 채소라면 뭐든지 합격시키지만, 파랑이나 초록 등 차가운 색 채소는 눈길도 주지 않아요. 어쨌든 이 사람들의 모토(motto)[10]는 '채소를 모조리 토마토라고 속여라. 그렇지 않으면 우리에게 죽음을 달라'라고 하니까요."

나: "과연, 셔츠 한 장 걸친 호걸 한 사람이 자기가 가꾼 채소를 쌓아 올리기 전에 그런 연설을 했어요."

노인: "아, 그게 그래요. 그 따뜻한 색 채소는 프롤레타리아(proletariat) 채소라고 해요."

나: "하지만 쌓여 있던 채소는 오이나 참외뿐이었는데요……."

노인: "그 사람은 분명히 색맹일 거예요. 자기만 붉다고 생각하는 거예요."

나: "차가운 색 채소는 어떻습니까?"

노인: "마찬가지로 차가운 색 채소가 아니면 채소가 아니라고 말하는

---

9) 미학, 심리학에서는 푸른색 계통은 차가운 느낌을 받고, 빨간색 계통은 따뜻한 느낌이 난다고 한다.

10) Motto: 주의, 이상을 간명히 나타낸 표어. 미국 혁명가 패트릭 헨리가 연설 중에 '우리에게 자유를 달라. 그렇지 않으면 죽음을 달라'고 한 유명한 문구를 흉내 낸 것.

사람들이 있어요. 무엇보다 이 사람들은 냉소는 해도 연설 따위는 하지 않는 모양인데, 마음속으로는 막상막하로 따뜻한 색 채소를 싫어하는 것 같아요."

나: "그럼 결국 비겁한 거네요?"

노인: "그거야 연설하고 싶어하지 않다기보다도 연설을 할 수 없는 거예요. 대부분 술독이나 매독 때문에 혀가 썩어 있는 모양이니까요."

나: "아, 그게 그런 거였군요? 셔츠 한 장 걸친 호걸 너머로 폭이 좁은 바지를 입은 재사(才士) 한 사람이 부지런히 호박을 따면서, '흠, 연설인가?' 했었지요?"

노인: "아직 푸른 호박을 땄지요? 저렇게 차가운 색을 부르주아(bourgeois) 채소라고 해요."

나: "그럼 결국 어떻게 됩니까? 채소를 가꾸는 사람들에 의하면……"

노인: "채소를 가꾸는 사람들에 의하면 자신이 가꾼 채소와 비슷한 것은 죄다 좋은 채소인데, 자신이 가꾼 채소와 다른 것은 죄다 나쁜 채소인 거예요. 이것만큼은 어쨌든 확실해요."

나: "하지만 대학도 있지요? 대학교수는 채소학 강의를 하고 있다고 하니까, 좋고 나쁜 채소를 분별해내는 정도는 아무것도 아닐 것 같은데요……."

노인: "그런데 대학교수 같은 사람은 서산라프 섬의 채소는 완두콩과 누에콩도 구별할 수 없어요. 무엇보다 1세기 전의 채소만큼은 강의 중에도 들어가지만요."

나: "그러면 어디 채소를 알고 있습니까?"

노인: "영국 채소, 프랑스 채소, 독일 채소, 이탈리아 채소, 러시아 채소… 학생들한테 제일 인기 있는 것은 러시아 채소학 강의라고 해

요. 꼭 한번 보러 대학으로 오세요. 내가 일전에 참관했을 때에는 코에 안경을 걸친 교수 하나가 병 속 알코올에 절인 러시아의 늙은 오이를 보이면서, '서산라프 섬의 오이를 보게나. 죄다 푸른색을 띠고 있지만, 위대한 러시아 오이는 그러한 천박한 색이 아닐세. 이와 같이 인생 그 자체를 닮은, 포착할 수 없는 색을 갖고 있다. 아, 위대한 러시아의 오이는……' 하고 청산유수와 같이 말을 했었어요. 나는 당시 감동한 나머지 2주일 정도 자리에 누웠었지요."

나: "그러면— 그렇다면 말이죠, 역시 당신이 말한 것처럼 채소가 팔릴지 잘 팔리지 않을지는 신의 의지에 따를 수밖에 없다고 생각합니까?"

노인: "뭐, 그럴 수밖에 없겠지요. 또 실제로 이 섬 주민은 대부분 밥브랍브베에다를 믿고 있어요."

나: "무엇입니까?, 그 밥브랍브 뭐라는 것은?"

노인: "밥브랍브베에다예요. BABRABBADA라고 쓰는데, 아직 당신은 보지 못했나요? 그 절 안에 있는……"

나: "아, 그 돼지 머리를 한 커다란 도마뱀 우상 말입니까?"

노인: "그것은 도마뱀이 아니에요. 천지를 주재하는 카멜레온이에요. 오늘도 그 우상 앞에 많은 사람들이 절을 했겠지요. 저런 사람들은 채소가 많이 팔리게 해달라는 기도를 하고 있는 거예요. 어쨌든 최근 신문에 의하면 뉴욕 근처의 백화점은 죄다 그 카멜레온의 축복이 내리길 기다린 후, 계절행사 준비에 착수한다고 하니까요. 이제 세계의 신앙은 여호와(Jehovah)도 알라(Allah) 신도 아닌, 카멜레온으로 돌아갔다고도 할 수 있을 정도예요."

나: "그 절의 제단 앞에도 채소가 많이 쌓여 있었는데요……."

노인: "그것은 모두 제물이에요. 서산라프 섬의 카멜레온에게는 작년에 잘 팔린 채소를 제물로 바치는 거예요."

나: "하지만 아직 일본에는……"

노인: "이런, 누가 부르고 있어요."

나는 귀를 기울여 보았다. 과연 나를 부르고 있는 것 같다. 게다가 요즘 축농증 때문에 코가 꽉 막힌 조카의 목소리이다. 나는 마지못해 일어나면서 노인 앞으로 손을 뻗었다.

"그럼 오늘은 이만 실례하겠습니다."

"그렇습니까. 그러면 또 이야기 나누러 오세요. 저는 이런 사람이니까요."

노인은 나와 악수를 나눈 뒤 유유히 명함 한 장을 꺼냈다. 명함 한 가운데에는 선명하게 르무엘 걸리버(Lemuel Gulliver)라고 인쇄되어 있다! 나는 무심코 입을 벌린 채로 망연히 노인의 얼굴을 응시했다. 삼베색 머리카락에 이목구비가 뚜렷한 노인의 얼굴이 영원한 냉소를 띄우고 있다고 느낀 것은 그저 일순간에 지나지 않았다. 그 얼굴은 어느샌가 장난꾸러기 같은 열다섯 살 된 조카의 얼굴로 변해 있었다.

"원고 때문에 왔어요. 일어나세요. 원고를 가지러 왔대요."

조카는 나를 흔들었다. 나는 이동식 고타쓰(火燵: 일본의 실내 난방 장치)를 쬐다가 30분 정도 낮잠을 잔 모양이다. 고타쓰 위에 놓여 있는 것은 읽다가 만 걸리버 여행기(Gulliver's Travels)[11]이다.

"원고를 가지러 왔어? 어느 원고를?"

"수필[12] 원고래요."

---

11) 영국의 작가 스위프트의 작품. 소인국, 말의 나라 등 가상의 나라 여행 이야기를 통해 당시 인간과 사회의 타락과 부패를 풍자한 작품.

12) 1923년 11월 창간. 이 소설은 1924년 1월 「隨筆」에 실린 것이다.

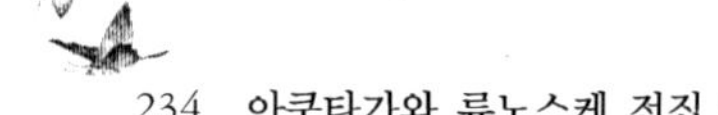

"수필 원고?"

나는 나도 모르게 혼잣말을 말했다.

"서산라프 섬의 채소 시장에는 '별꽃'[13] 종류도 잘 팔릴 것으로 보인다."

(1923년 12월)

13) 식용으로도 쓰지만 보통 먹지 않는다. 여기에서는 잡초도 팔 거리가 된다는 뜻을 풍자하고 있다.

이토조* 상신서(糸女覚え書)

이시준

슈린인(秀林院)[1] 님(호소카와(細川) 엣추(越中) 수령 다다오키(忠興)[2]의 부인, 수림원전화옥종옥대자(秀林院殿華屋宗玉大姉)는 그 법호이다)이 돌아가신 경위.

1. 이사다(石田) 치부소(治部少)[3]의 난이 있었던 해, 즉 경장(慶長) 5년[4] 7월 10일, 저희 아버지인 나야세 자에몬(魚屋清左衛門)이 오사카(大阪)의 다마즈쿠리(玉造) 댁에 들러 '카나리아' 열 마리를 슈린인님께 헌상했습니다. 슈린인님은 무엇이든 남반(南蛮)에서 건너온 물건[5]을 좋아하시

---

* 허구의 인물, 슈린인의 시녀.

1) 1564-1600. 호소카와 다다오키(忠興細川)의 부인으로 이름은 다마(玉), 이후 기리스탄에 귀의하여 가라샤라고 했다. 당시까지 히데요시(秀吉)에 의한 기독교 금령(禁令)이 행해지고 있었기 때문에 시녀 중 한 사람인 마리아에게 비밀리에 세례를 받았다고 한다. 경장 5년, 이시다 미쓰나리가 거병했을 때 인질로 잡히는 것을 거부하고 자살했다.

2) 호소카와 다다오키(細川忠興, 1564-1654). 오다 노부나가(織田信長)·도요토미 히데요시(豊臣秀吉)를 따르고, 세키가하라 전투에서는 도쿠가와 이에야스(徳川家康) 편에서 전투를 벌였다. 원화(元和) 6년 출가하여 산사이(三斎)라 칭했다.

3) 이시다 미쓰나리(石田三成, 1563 ~ 1600). 일본의 아즈치모모야마 시대의 무장.

4) 1600년.

5) 서양에서 들여온 물건.

기 때문에 매우 기뻐하셨고, 저도 면목이 섰습니다. 그렇긴 하지만 가지고 계신 집기 중에는 가짜도 많아, 이 카나리아만큼 확실한 물건은 하나도 갖고 계시지 않았습니다. 그때 아버지는 찬바람이 부는 대로 슈린인님의 봉공을 마치고 시집보내도록 해 주십사 하고 아뢰었습니다. 저도 벌써 삼 년 정도 슈린인 님을 모시고 있습니다만, 슈린인님은 조금도 상냥한 곳이 없고, 현숙한 여자인 척하는 것을 제일로 여기시기 때문에 옆에서 모시면서도 경박한 이야기 등은 해서 안 되고, 하여튼 숨이 막힐 참에, 아버지의 말씀을 들었을 때는 하늘에라도 올라갈 심정이었습니다. 그날도 슈린인님이 말씀하신 것은 일본국 여자가 지혜가 부족한 것은 서양의 횡문자로 된 책을 읽지 않기 때문이라는 것입니다. 슈린인 님은 내세(来世)에는 분명 남만국의 대명(大名)의 부인이 되실 것이라 생각합니다.

2. 11일, 조콘(澄見)이라고 하는 비구니가 슈린인님을 만나 뵈었습니다. 이 비구니는 지금 성내[6] 쪽에도 비위를 맞추는 등 꽤나 수완이 좋은 사람입니다만, 이전에는 교토 이토야(糸屋)의 미망인으로 남편을 여섯이나 바꾼 행실이 나쁜 여자입니다. 저는 조콘의 얼굴만 보면 신물이 날 정도로 싫습니다만, 슈린인 님은 그다지 싫어하지도 않으시고, 때로는 그럭저럭 반나절이나 이야기 상대를 하셨습니다. 그때마다 저희 시녀들은 모두 곤란해했습니다만, 이것은 전적으로 슈린인 님이 칭찬을 좋아하시기 때문입니다. 예를 들면 조콘은 슈린인 님에게 '언제나 아름다우십니다. 틀림없이 어느 남자분이라도 나이 스물 정도로 볼 것입니다.'라고, 짐짓 참말인 양 용모를 칭찬했습니다. 하지만 슈린

6) 오사카성(大阪城)을 가리킴.

인 님의 용모는 그다지 아름답다고 말씀드릴 수 없고, 특히 코는 약간 높은 편으로 주근깨도 상당히 있습니다. 그뿐만 아니라 나이는 서른 여덟인지라, 아무리 밤에 보거나 멀리서 본다 할지라도 스물 정도로는 보이지 않습니다.

3. 조콘이 알현을 왔던 것은 은밀히 이시다 치부소님에게 부탁을 받았던 까닭으로, 슈린인 님의 거처를 성내로 옮기시도록 권해드리기 위함입니다.[7] 슈린인 님은 생각한 후에 답을 드리겠다고 조콘에게 말씀하셨습니다만, 좀처럼 확고한 결심이 서지 않은 듯이 보였습니다. 그리고 조콘이 물러간 후에는 '마리아'님의 그림 앞에서 대략 한 시간에 한 번씩 '오랏시요'[8]라고 하는 기도를 열심히 드렸습니다. 뭐, 이 기회에 말씀드립니다만, 슈린인 님의 '오랏시요'는 일본국 말에는 없는 라틴어라고 하는 남만국 말인 까닭에, 저희들 귀에는 단지 '노스, 노스'[9]하고 들리니, 이 우스움을 참는 것은 여간 고통스러운 일이 아닐 수 없습니다.

4. 12일은 별로 특별한 일도 없었고, 단지 아침부터 슈린인 님의 기분이 좋지 않은 듯이 보였습니다. 대개 기분이 좋지 않을 때는 저희들에게는 물론 요이치로(与一郎様) 님(다다오키의 아들, 다다타카(忠隆))의 부인

7) 부인은 아케치 미쓰히데(明智光秀)의 딸로, 호소카와 다다오키(細川忠興)의 부인이다. 이전에 도요토미 히데요시(豊臣秀吉)는 대명들의 처자를 남김없이 오사카(大坂)에 머물도록 해서 인질로 삼고 있었다. 이시다 미쓰나리(石田三成)는 인질을 오사카성으로 옮기면 대명들은 모두 도요토미 히데요시에게 귀순하게 되어 도쿠가와 씨를 돕지못할 것이라고 판단했다.

8) Ora-tio(라틴어), 기도.

9) No-ster(라틴어), 의미는 '우리들의'. 기도 중에 종종 나오는 구절. 우리들의 마리아님 등.

에게도 잔소리와 짓궂은 말들을 하시니, 아무도 좀처럼 곁에 가까이 가려고 하지 않습니다. 오늘도 또 요이치로님의 부인께 화장을 너무 진하게 하지 말라고 「이솝 이야기」[10] 속의 공작새 이야기[11]를 예를 들며 장황하게 이야기하시니 모두가 딱하게 생각했습니다. 이 부인은 옆집 우키타(浮田) 중납언(中納言)[12]님 부인의 여동생에 해당하는데, 영리하다고는 조금 말씀드리기 그렇습니다만, 그 용모는 어떤 훌륭한 그림 속의 인형에도 뒤떨어지지 않을 정도입니다.

5. 13일, 오가사하라 쇼사이(小笠原小斎: 히데키요(秀清)), 가와키타 이와미(河北石見: 가즈나리(一成)) 두 분이 부엌까지 오셨습니다. 호소카와 가(細川家)에서는 남자는 물론 어린아이라도 부인의 거처에 들어와서는 안 되는 가법(家法)이 있기에, 밖의 관리는 부엌에 들어오셔서 무엇이든 간에 저희들을 통해서 부인에게 전달하는 것이 오랜 관습으로 되어 있었습니다. 이것은 모두 산사이(三斎) 님(다다오키(忠興))과 슈린인님 두 분의 질투에서 일어난 것으로, 구로다 가(黒田家)의 모리타베에(森太兵衛)도 참으로 불편한 가법도 다 있구나 하고 비웃으셨습니다. 하지만 무슨 일이든 여러 가지 복잡한 사정이 있는 법이라 그렇게 불편을 느끼지는 않습니다.

---

10) 이솝이야기의 번역. 문록(文祿) 2년(1593) 키리시탄 간본 로마자역 『이소포의 하브라스』가 아마쿠사(天草)에서 간행되었다.

11) 아마쿠사 판 이솝이야기 하권 「꼬리 긴 새와 공작 이야기(尾長鳥と孔雀の事)」. 사람의 가치는 외모의 아름다움이 아니라 재치와 용기에 있다는 교훈적인 이야기.

12) 우키타 히데이에(浮田秀家, 1573-1655). 쇼쿠호(織豊) 시대의 무장. 도요토미 히데요시(豊臣秀吉)에게 길러져 오카야마(岡山)의 영주가 되었는데 경장(慶長) 5년, 이시다 미쓰나리(石田三成)와 함께 도쿠가와 이에야스(徳川家康)를 공격하기 위해 거병했으나, 세키가하라(関が原)에서 패하고 만다.

6. 쇼사이, 이와미 두 분이 시모(霜)라고 하는 시녀를 부르셔 상세하게 말씀하신 것은, 이번에 급히 치부소(治部少)가 동쪽으로 떠나신 대명(大名)들[13]의 인질을 성내에 잡아 둔다는 걸 비록 풍문이긴 하지만 들었는데, 어떻게 하면 좋을지 슈린인님의 뜻을 듣고 싶다는 것이었습니다. 그때 시모(霜)가 슈린인님이 '유수거역(留守居役)[14]을 맡으신 분들이 느리기도 하셔라. 그 일이라면 조콘에게서 그저께 벌써 들었던 내용인데. 아무튼 전해주시느라 수고하셨네.'라 말씀하셨다고 저에게 들려주었습니다. 하지만 이런 일은 드문 일도 아니어서, 항상 세상의 소문은 유수거역(留守居役)의 귀보다도 우리들 귀에 먼저 들어왔습니다. 쇼사이는 단지 외곬인 노인이고 이와미는 무도(武道)만 알고 주위를 살피지 않고 행동하는 사람이라 그럴 수도 있을 것이라 생각합니다만, 어쨌든 이런 일이 반복되니 저희들을 비롯하여 시녀들은 '세상 사람들이 다 알고 있다.'라고 말하는 대신에 '유수거역(留守居役)조차 알고 있다'라고 말하게 되었습니다.

7. 시모는 곧 이 뜻을 슈린인 님에게 말씀드렸더니, 슈린인 님이 분부하신 것은 '치부소와 산사이(三斎) 님[15]은 전부터 사이가 좋지 않으니, 틀림없이 인질을 잡아들이기 시작할 때는 먼저 이쪽으로 올 것이다. 만일 그렇지 않으면 다른 집과 같이 취급할 수도 있다. 만약 또 제일 먼저 찾아온다면 어떻게 대답할 것인가. 쇼사이, 이와미 두 사람이

13) 도쿠가와 이에야스(徳川家康)를 따라 동정(東征)한 장수들을 말함. 이시다 미쓰나리(石田三成)는 관동(関東)의 우에스기(上杉)·사타케(佐竹)를 설득하여 모반을 일으키게 하고, 이에야스로 하여금 토벌하게 하여 그 배후를 치려고 계획했던 것이다.

14) 에도(江戸) 시대에 대명이 영지에 거하고 있을 때, 에도의 거처를 지키고 막부의 공용公用 혹은 다른 가문과의 교제를 담당했다.

15) 호소카와 다다오키(細川忠興). 즉 슈린인의 남편.

어찌할지 판단하도록 하시오.'라고 하는 것이었습니다. 쇼사이, 이와미 두 분도 판단하기 어려워 의중을 물었던 것인데 슈린인님의 말씀은 이치가 맞지 않지만, 시모도 슈린인님의 위광에 눌려 말씀하신 그대로 두 분께 전했습니다. 시모가 부엌으로 물러간 후, 슈린인 님은 또 '마리아'님의 그림 앞에서 '노스, 노스'를 외우시니, 우메(梅)라고 하는 신참 시녀가 무심결에 웃음을 터뜨려, 슈린인님께 있을 수 없는 일이라고 심하게 꾸지람을 들었습니다.

8. 쇼사이, 이와미 두 사람은 슈린인님의 분부를 듣고 두 분 모두 당황하셔서 시모에게 다음과 같이 말씀하셨습니다. 치부소 쪽에서 거처를 옮기도록 찾아와도 요이치로님, 요고로(与五郎) 님(다다오키(忠興)의 아들, 오키아키(興秋)) 두 분은 동쪽으로 떠나셨고, 나이키(内記) 님(상동, 다다토시(忠利))도 역시 지금은 에도 인질로 있으시니, 인질로 내놓을 사람이 이 집에는 한 사람도 없어 도저히 내놓을 수 없다고 대답하여라. 또 꼭 내놓아야 한다면, 다나베(田辺) 성(城)[16](마이즈루(舞鶴))에 보고를 해서 유사이(幽斎)[17] 님(다다오키의 아버지, 후지타카(藤孝))으로부터 지시를 받아야 하니 그때까지 기다리라고 응대해야 한다고. 이렇게 하면 어떻겠느냐는 것이었습니다. 슈린인님은 두 사람이 잘 판단하도록 하라고 하셨습니다만, 쇼사이, 이와미 두 사람의 말에 털끝만큼의 분별도 있었겠습니까. 우선 노련한 사무라이는 아니어도 보통의 분별을 가진 사무라이라면, 가령 다나베 성에라도 슈린인 님을 피신시키고, 그다음에는 또 우리들에게도 제각기 자취를 감추게 하고, 마지막으로 유수거역(留守居役)인 두 사람만이 죽을 각오를 하면 되는 경우입니다. 그런

16) 호소카와 유사이(細川幽斎)가 거하는 성.
17) 호소카와 유사이(1534-1610). 노부나가·히데요시·이에야스(家康) 삼대를 모신 무장.

데도 인질로 내어 놓을 사람은 한 사람도 없고, 내놓는 것도 안 된다는 건 말할 필요도 없는 시비조로, 관계도 없이 봉변을 당하는 저희들이 무슨 죄란 말이옵니까.

9. 시모는 또 위와 같은 의견을 슈린인님에게 말씀드렸더니 슈린인님은 대답도 하지 않으시고, 그저 입으로 '노스, 노스'라고만 중얼거리셨습니다만, 드디어 아무렇지도 않은 기색으로 일단 그렇게 하라고 분부하셨습니다. 정말이지 유수거역(留守居役)이 피신시켜 드리겠습니다, 라고 아뢰기도 전에 피신 가자고 말씀하실 리는 없으니, 틀림없이 마음속으로는 쇼사이, 이와미의 무분별한 아룀을 한탄하고 계셨을 것으로 생각합니다. 한편으로 기분도 이때부터 계속해서 매우 좋지 않으셔서 사사건건 우리들을 나무라시고, 또 나무라실 때마다 '이솝 이야기'인가 뭔가를 들려주시고, 누구는 이 개구리, 누구는 이 늑대 등이라고 말씀하셔서 모두가 인질로 가는 것보다도 괴롭게 생각했습니다. 특히 저는 달팽이랑도, 까마귀랑도, 돼지랑도, 거북이 새끼랑도, 종려랑도, 개랑도, 독사랑도, 들소랑도, 병자랑도 닮았느니 하며 서럽게 잔소리를 들은 일은 평생 잊을 수 없을 듯합니다.

10. 14일에는 또 조콘이 와서 인질 건을 아뢰었습니다. 슈린인님은 산사이님이 허가하기 전에는 어떠한 일이 있어도 인질로 가는 것에는 의견을 같이할 수 없다고 말씀하셨습니다. 그러자 조콘은 '과연 산사이님의 의견을 중히 여기는 것은 확실히 현명한 여성임에는 틀림없습니다. 하지만 이것은 호소카와 가의 대사(大事)로, 설령 성 안으로 가시지 않는다고 해도 이웃집 우키타 중납언님에게 가셔야 하지 않겠습니까. 우키타 중납언님의 부인은 요이치로님과 자매로, 그런 관계는 산

사이님에게도 아마 허물이 되지 않을 것이니 그렇게 하십시오.'라고 아뢰었습니다. 조콘은 제가 제일 싫어하는 너구리 같은 할멈이긴 합니다만, 조콘이 아뢴 이야기는 일리가 있다고 생각합니다. 이웃집 우키타 중납언님 댁으로 옮기신다면 첫째로 세상의 평판도 좋고, 둘째로 저희들의 목숨도 무사할 터이니, 이 이상의 묘안은 없을 것입니다.

11. 하지만 슈린인님은 아무리 우키타 중납언님이 같은 집안이기는 하지만 그 사람도 치부소와 같은 편이라는 것을 이미 들은 바이고, 그렇게 하여도 인질은 인질이니 의견을 같이하기 어렵다고 말씀하셨습니다. 조콘은 여전히 반론을 하며 계속 설득했습니다만, 전혀 승낙하지 않으시고 결국 조콘의 묘안도 물거품으로 사라져버렸습니다. 그때도 또 슈린인님은 공자며 '이솝'이며 다치바나 공주(橘姫)며 '그리스도' 등, 일본 중국은 말할 것도 없고 남만국의 이야기까지도 들려주셨으니 그 대단한 조콘도 그 능변에 혀를 내두르는 듯이 보였습니다.

12. 이날 땅거미 질 때, 시모는 마당 앞 소나무 가지에 금색 십자가가 하늘에서 내려오는 모습을 꿈같이 바라보았던바, 어떤 흉사의 징조인가라고 서글프게 저에게 이야기했습니다. 원래 시모는 근시안에다가 요즘 모두에게 놀림을 당하는 겁쟁이라서 샛별을 십자가로 잘못 본 것이겠지요. 정말 믿을 수 없는 일입니다.

13. 15일에 또 조콘이 와서 어제와 같은 이야기를 아뢰었습니다. 슈린인님은 설령 몇 번이나 아뢴다고 해도 각오는 변하지 않는다고 말씀하셨습니다. 그러자 조콘도 화가 났는지, 자리에서 물러갈 때에 "필경 심려가 크셨던지, 정말이지 얼굴도 사십은 되어 보이네요.'라고 했

습니다. 슈린인님도 매우 화가 나셔서 이후로는 조콘에게 알현도 필요 없다고 전하라고 말씀하셨습니다. 또 이날도 30분마다 '오랏시요'를 외고 계셨습니다만, 내밀한 교섭도 은밀하게 두 사람이 만나는 것도 결국 끊어져 버렸기에 모두 불안해하며, 그 우메조차 웃지 않고 조신하고 있었습니다.

14. 이날은 또 가와키타 이와미가 이나토미 이가(稲富伊賀: 스케나오(祐直))와 입씨름을 했는데, 이가는 포술(砲術)이 뛰어나 다른 집안에도 제자가 적지 않고 이래저래 평판이 좋기 때문에 쇼사이, 이와미 등이 이를 질투하여 이것저것 걸핏하면 입씨름을 하는 것이었습니다.

15. 이날 한밤중에 시모는 꿈에 인질을 잡으러 사람이 오는 것을 보고, 간담이 서늘해진 까닭에 큰소리로 무언가를 외치면서 복도를 네다섯 간(間) 뛰어다녔습니다.

16. 16일 오전 10시경, 쇼사이, 이와미 두 사람이 다시 시모에게 다음과 같이 말했습니다. 지금 치부소로부터 공식적인 사자가 와서 반드시 슈린인님을 건네라, 만약 건네주지 않으면 쳐들어가 잡아가겠다고 했는데, 그리 당치도 않은 말이 어디 있다는 말인가, 그렇다면 우리가 할복을 할지언정 건네줄 수 없다고 답했습니다. 그러니 슈린인님에게도 각오를 하시라는 이야기였습니다. 그때 공교롭게 쇼사이는 이빨이 빠진 곳을 앓고 있어 이와미에게 말하도록 부탁하였는데, 또 이와미는 화가 난 나머지 시모를 죽일 듯이 봤다고 합니다. 이는 모두 시모에게 들은 이야기입니다.

17. 슈린인님은 시모에게 자세한 이야기를 들으시고, 바로 요이치로님의 부인과 은밀히 이야기를 나누셨습니다. 후에 들어보니 요이치로님의 부인에게도 자결을 권하셨다고 하니 참으로 애처로운 일이 아닐 수 없습니다. 대게 이 큰 변란은 어쩔 수 없는 것이라고는 하지만, 첫 번째로는 유수거역(留守居役)의 무분별함으로 일이 틀어졌고, 두 번째로는 슈린인님 자신의 타고난 성질 때문에 최후를 앞당기시게 된 것과 진배없습니다. 그럼에도 불구하고 요이치로님의 부인에게도 자결을 권하셨으니, 저희들에게조차도 같이 자결하라는 분부를 내리실지도 모르는 일이라 정말인지 곤란해하고 있던 터에, 어전에 부름을 받은 우리들은 어떤 분부를 받을지 매우 걱정했습니다.

18. 이윽고 어전에 갔더니, 슈린인님이 드디어 '하라이소'[18]라고 하는 극락에 갈 시간도 가까워져 더욱 기쁘다고 말씀하셨습니다. 그렇지만 얼굴색은 새파랗고, 목소리도 약간 떨고 계셔서 처음부터 이것은 거짓말이라고 생각했습니다. 슈린인님께서는 분부하시기를, 단지 황천길의 걸림돌이 되는 것은 너희들의 미래이고, 너희들은 마음씨가 악해서 기리스탄(切支丹) 종문(宗門)[19]에도 귀의하지 않았기에 미래에는 '인헤루노'[20]라고 하는 지옥에 떨어져 악마의 먹잇감이 될 것이다. 그러하니 오늘부터 마음을 바꾸어 천주의 가르침을 지켜라. 만약 또 그렇지 않으면 모두 함께 자결을 하여 나와 함께 예토(穢土)[21]로 떠나자. 그때는 내가 '아루칸조(대천사)'[22]에게 부탁하고, '아루간조'는 또 주님

18) Pa-raiso(포르투갈어). 천국.
19) 16세기 일본에서 카톨릭교를 칭하는 말.
20) In-ferno(포르투갈어).
21) 정토에 반하는 현세. 더러운 세상.
22) Archanjo(포르투갈어). 천사의 수장.

'예수 그리스도'에게 부탁하여, 모두가 '하라이소'의 장엄함을 보도록 하자고 말씀하셨습니다. 이에 우리들은 감격의 눈물에 목이 메서 모두가 즉시 기리스탄 종문에 귀의하겠다고 이구동성으로 말씀드렸더니 슈린인님은 기분이 좋아지셔서, 이로써 황천길에도 걸림돌이 없어 안도했으니 함께 자결할 필요가 없어졌다고 말씀하셨습니다.

19. 또 슈린인님은 산사이님과 요이치로님에게 유서를 써 두 통을 모두 시모에게 건네주었습니다. 그 후 교토의 '그레고리야'라고 하는 신부님에게도 무엇인가 횡문자의 유서를 쓰시고 그것을 저에게 건네주셨습니다. 횡문자의 유서는 5, 6행 정도였습니다만, 슈린인님이 쓰시는 데는 30분도 넘게 걸렸습니다. 이것도 참고로 말씀드리겠습니다만, 이 유서를 '그레고리야'에게 건넸을 때 일본인 '이루만'[23](역승(役僧)) 한 사람이 엄숙하게 말씀하시기를, 대개 자살은 기리스탄 종문이 금하고 있는 것이니, 슈린인님도 '하라이소'에는 가실 수 없습니다. 다만 '미사'라는 기도를 드리면 그 공덕이 광대하여 악취(悪趣)[24]를 면할 수 있다고 하셨습니다. 만약 '미사'를 드리고자 하면 은(銀) 한 장을 내려주십사 하는 것이었습니다.

20. 인질을 잡기 위한 사람이 들이닥친 것은 밤 10시경이라고 생각됩니다. 저택 바깥은 가와키타 이와미가 맡고, 안쪽은 오가사하라 쇼사이가 맡도록 정해져 있었습니다. 적이 다가온다는 것을 듣고 슈린인님은 우메를 보내시어 요이치로님의 부인을 부르셨습니다만, 이미 어딘가 피신해 버렸는지 방은 텅 비어 있어 저희들은 모두 기뻐했습

23) Irmao(포르투갈어). 신부 다음의 지위에 있는 수도사(修道士).
24) 불교에서 악업을 쌓아 사후에 갈 수 밖에 없는 지옥도, 악귀도, 축생도 등을 이름.

니다. 그러나 슈린인님은 매우 화를 내시며 저희들에게 말씀하시기를, 태어나서는 야마자키(山崎) 전투[25]에서 다이코(太閤) 전하[26]와 천하를 다투셨던 고레토(惟任) 장군 미쓰히데(光秀)를 아버지로 의지하고, 죽어서는 '히라이소'에 계시는 '마리아'님을 어머니로 의지하고자 하는 우리에게 최후의 치욕을 주었으니, 정말이지 괘씸하고 변변치 않은 대명의 딸이라고 말씀하셨습니다. 그때의 그 경박한 모습은 지금도 눈에 선합니다.

21. 이윽고 오가사하라 쇼사이가 감색 실로 얽어 엮은 갑옷에 짧은 언월도를 들고 옆방으로 할복 후 목을 치는 역할을 맡기 위해 왔습니다. 아직 빠진 이빨이 심하게 아파서 왼쪽 뺨 끝이 부어올라 무사다움도 조금은 덜해 보였습니다. 쇼사이가 말씀드리기를, 거하시는 방의 문턱을 넘는 것도 황송하오니, 문턱 너머에서 목을 치고, 뒤따라 자기도 할복하고자 한다는 것이었습니다. 최후를 끝까지 지켜보는 역은 시모와 저로 정해져 있었기 때문에, 이때는 모두 어딘가에 도망치고 우리들만 남아 있었습니다. 슈린인님은 쇼사이를 보시고, 목을 치는 일로 노고가 많다고 말씀하셨습니다. 호소가와 가에 시집오신 이래, 부부 친자에게는 각별하셨지만 그 외 남자의 얼굴을 보신 것은 쇼사이가 처음이라는 것을 후에 시모에게 들었습니다. 쇼사이는 옆방에서 양손을 짚고 운명의 시간이 온 것을 알렸습니다. 하지만 한쪽 뺨이 부어올라 있어 말하는 것이 심히 알아듣기 어려워, 슈린인님도 당황하

25) 천정(天正) 10년(1572) 6월, 히데요시(秀吉)가 혼노지(本能寺)의 사건을 알고 급히 모리씨(毛利氏)와의 싸움을 중지하고 되돌아와 교토의 야마자키(山崎)에서 아케치 미쓰히데(明知光秀)를 토벌한 전투. 이 일전을 통해 히데요시는 천하통일의 기초를 만들었다.

26) 히데요시를 가리킴.

셔서 큰 소리로 말하라고 분부하셨습니다.

22. 그때 누군가 젊은이 한 사람이 연두색 실로 얽어 엮은 갑옷에 큰 칼을 들고 옆방으로 달려 들어오자마자 곧 이나토미 이가(稲富伊賀)가 모반을 하여 적이 뒷문으로 들이닥쳤으니 어서 각오하시라고 말씀드렸습니다. 슈린인님은 오른쪽 손으로 머리를 세차게 감아올리시고 각오를 하신 모습으로 보였습니다만, 젊은이의 모습을 보시고 부끄럽다고 생각하셨는지 곧바로 얼굴의 귀밑이 빨갛게 물들었습니다. 제 일생에 이때처럼 슈린인님의 모습이 아름답다고 생각한 적이 한 번도 없습니다.

23. 저희들이 문을 나갔을 때에는 벌써 집이 불길에 타올랐고, 문밖에도 많은 사람이 불빛 가운데 모여 있었습니다. 이들은 적이 아니었고 불을 보러 모인 사람들이었으며, 또 적은 이가(伊賀)를 끌고 슈린인님이 숨을 거두시기 이전에 퇴각하였습니다. 이는 모두 나중에 들은 이야기입니다. 슈린인 님이 돌아가신 경위는 대강 이상으로 말씀드리는 바와 같습니다.

(1923.12)

산에몬의 죄(三右衛門の罪)

김난희

분세이(文政) 4년[1] 음력 섣달이다. 가가(加賀)[2]의 제상 하루나가(治修)[3]의 부하 중 영지 육백 석(石)을 봉록으로 받는 경호무사(馬廻り) 호소이 산에몬(細井三右衛門)은 동료 기누가사 다헤(衣笠太兵衛)의 둘째 아들 가즈마(数馬)를 찔러 죽였다. 그것도 결투신청을 한 것이 아니다. 어느 날 저녁 오후 7시 반쯤에 가즈마는 남쪽에 있는 승마연습장에서 때마침 요곡(謡曲: 能의 대본)의 노래회합(謡の会)[4]에서 돌아오는 중인 산에몬을 어둠을 탄 시각에 불시에 죽이려 하였는데, 오히려 산에몬에게 찔려 죽은 것이다.

이 자초지종을 들은 제상 하루나가는 산에몬을 알현장(目通り)에 데려오라고 명령했다. 명을 내린 것은 꼭 우연은 아니다. 첫째, 하루나가는 총명한 영주이다. 총명한 영주답게 매사에 부하에게만 맡겨두는

1) 1822년 쇼군 이에나리의 시대.
2) 지금의 이시카와 현
3) 가가(加賀) 백만 석 번주 마에다 하루나가(前田治修:1745-1810). 존왕정신이 투철하고 번학을 창설했다. 분세이 4년은 그의 사후 12년째로, 연대는 맞지 않는다.
4) 이시카와 현 가나자와는 宝生流 謡曲이 성했던 지역이다.

일은 없다. 스스로 판단을 내리고 스스로 실행하지 않으면 안심이 안 되는 식이다. 하루나가는 언젠가 두 명의 매부리(鷹匠[5])에게 각각에 맞는 상과 벌을 내렸다. 이는 하루나가가 일을 처리하는 방식의 한 단면을 말해준다. 대략 다음과 같이 발췌해 본다.

"언젠가 이시카와군(石川群) 이치카와 마을(市川村)에 있는 푸른 논에 두루미떼가 내려앉았다. 매사냥 때 쓸 미끼를 담당하는 오토리미(お鳥見[6])를 통해 매부리들(鷹匠部屋)에게 보고하도록 했다. 감독자인 와카도시요리(若年寄[7])에게 직접 보고받은 영주는 매우 만족해하시며 다음날 새벽 6시에 행차준비를 끝내고 이치카와 마을에 납시었다. 매는 쇼군케로부터 하사받는 '후지쓰카사(富士司)[8]'라는 특등품을 비롯해 '오타카(大鷹)'[9]두 마리, '하야부사(隼)'[10] 두 마리를 받게 된다. 후지쓰카사를 담당하는 매부리로는 아이모토 기자에몬(相本象喜左衛門)이라는 사람이 있는데, 그날은 영주님에게 후지쓰카사를 직접 만나게 해주려 했으나 비가 갠 후의 논두렁이어서 그만 발밑을 헛디딘 순간 매가 하늘로 날아가고 두루미도 별안간 사라져버렸다. 이 광경을 본 기자에몬은 순간의 노여움에 이성을 잃고 '이놈, 무슨 짓을 한 것이냐' 하고 야단을 치는데 곧 어전 앞인 것을 알아차리고 식은땀이 등에 번짐과 동시에 꿇어앉아 처분을 기다리는데, 영주님께서는 크게 웃으시며 '나의 실수다. 용서하라'는 뜻을 비치신다. 한편, 기자에몬의 충직에 감응하여 귀

5) 영주의 매사냥을 담당하는 관리. 매사냥은 길들인 매를 이용해 다른 동물들을 사냥하는 것이다.
6) 매사냥 때 쓸 먹이를 찾아내는 직책.
7) 중신인 가로(家老) 다음 직책으로, 가로가 관할하는 이외의 업무를 맡는다. 매사냥도 와카도시요리의 업무이다.
8) 매의 특등품에 붙여진 이름.
9) 매의 암컷. 수컷보다 크다.
10) 일반적인 보통의 매.

성 후에는 새로 개간한 땅 백 석을 주신데다 별도의 봉록을 보태주셨다. 그리고 매부리 부서의 집무를 맡기셨다."

"그 후 후지쓰카사 매 담당은 야나세 세이하치(柳瀨清八)가 하게 되어, 일시적으로 병든 매가 된 적도 있다. 어느 날 영주께서 세이하치를 불러 후지쓰카사의 병은 어찌 되었느냐 하시매 '이미 쾌유한 후라 완전히 나았습니다. 지금 당장은 사람도 잡을 수 있습니다.'라고 아뢴 바, 세이하치의 꾀를 미워할 수 없었다. 그럼 일단 그렇다면 사람을 잡게 해 보라고 하신다. 세이하치는 이후 어쩔 수 없이 제 아들 세이타로(清太郎)의 머리에 다진 고기와 으깬 곡식을 먹이로 올려놓고 아침 저녁으로 후지쓰카사를 마주하게 하면 매도 차차 사람 머리 위에서 춤추며 내려오는 법을 익힐 수 있을 겁니다. 세이하치는 우선 매부리 청 조장(組長)에게 사람을 잡는 방법을 진언했는데, '그거 재미있겠군. 다음날 남쪽에 있는 승마훈련장에 가서 다례담당관(茶坊主) 오바 주겐(大場重玄)을 잡아 보여라'라는 분부가 있으셨다. 오전 8시경 승마장에 납시어 오바 주겐을 한가운데 세우고 '세이하치, 매를' 하고 말씀하시니, 세이하치는 '여기 있습니다' 하면서 후지쓰카사를 풀어놓았는데, 매는 곧 한일자로 주겐의 머리 위를 꽉 움켜쥐었다. 세이하치는 옳거니 하고 용기를 북돋으며 마루아게(새의 내장을 도려내는 작은 칼)를 한 손으로 빼들고 주겐(重玄)을 찌르려고 덤벼들었다. 영주께서는 '야나세, 무슨 짓이냐!'라고 하셨고, 세이하치는 영주님의 의중도 두려워 않고 '매의 먹이는 잡히는 대로 도려내지 않으면 안 됩니다.' 하며 계속 주겐을 찌르려고 하니, 영주님께서는 진노하시고 철포를 달라고 말씀하심과 동시에 평소 단련하던 총으로 그 자리에서 세이하치를 쏴 죽이셨다."

둘째, 하루나가는 평소 산에몬에게 유달리 주목하고 있었다. 예전에

정신이상자를 제어할 때 산에몬과 또 다른 무사 두 사람 모두 머리에 상처를 입었다. 그것도 한 사람은 미간 언저리, 산에몬은 왼쪽 귀밑머리 쪽이 시퍼렇게 부풀려 있었다. 하루나가는 이 두 사람을 불러 신묘함의 극치라며 상을 주셨다. 그리고 "어떠냐? 아프냐?" 하고 물으셨다. 그러자 한 사람은 "고마운 천운이옵니다, 행복한 상처는 아프지 않사옵니다."라고 대답했다. 그러나 산에몬은 떨떠름하게 "이 정도 상처에도 아프지 않다면 살아 있다고 말할 수 없지요."라고 대답했다. 이후 하루나가는 산에몬을 정직한 사람이라고 생각하고 있다. 저 자는 아무튼 번드르르하게 아첨하지 않아 믿음직스러운 자라고 생각하고 있다.

이런 하루나가이기에 이번 일도 직접 산에몬에게 자초지종을 물어보는 것이 지름길이라고 믿고 있다.

분부를 받은 산에몬은 조심스럽게 어전에 문안드렸다. 그러나 기죽은 기색은 보이지 않는다. 얼굴빛이 까무잡잡하고 근육이 탱탱한 다소 신경질적인 얼굴에는 결심의 빛마저 어른거린다. 하루나가는 먼저 물었다.

"산에몬, 가즈마는 그대에게 불의의 습격을 했다는데. 그렇다면 무언가 그대한테 원한을 품게 했다고 보이는군. 무엇에 원한을 품었을꼬?"

"뭐 때문에 원한을 품게 되었는지 정확히는 모르겠습니다."

하루나가는 잠시 생각한 후 다짐하듯이 되물었다.

"아무것도 그대는 짐작이 안 가는가?"

"짐작이라고 할 정도의 일은 없습니다. 그러나 혹시 저번 일을 원망스럽게 생각했는가 할 만한 일은 있사옵니다."

"뭔가, 그 일은?"

"나흘 전쯤의 일입니다. 지남번(指南番)11) 야마모토 고자에몬(山本小左

衛門) 님의 도장에서 납회(納会) 시합[12]이 있었습니다. 그때 저는 고자에몬님 대신에 심판(行司) 역을 맡았습니다. 다만 모쿠로쿠(目錄) 이하인 사람들에 대한 승부만을 확인했습니다. 가즈마가 시합을 했을 때도 심판은 저였습니다."

"가즈마의 상대는 누구였는가?"

"오소바야쿠(御側役)[13] 히라타 기다유(平田喜太夫) 님의 장남, 다몬(多門)이옵니다."

"그 시합에서 가즈마는 진 게로군 "

"그러하옵니다. 다몬은 고테(小手)[14] 한 번, 머리 위를 두 번 차지했습니다. 가즈마는 한 번도 차지하지 못하고 말았습니다. 결국 삼판승부에서 괴로운 패배를 한 것입니다. 그 때문에 어쩌면 심판관인 나에게 원한을 품었는지 모르겠습니다."

"그렇다면 가즈마는 그대의 심판에 편파가 있었다고 생각한 게로군."

"그러하옵니다. 저는 편파를 하지는 않았습니다. 편파판정을 할 이유도 없습니다. 그러나 가즈마는 편파가 있었다고 의심한 듯하옵니다."

"평소는 어찌했는가? 그대는 가즈마를 상대로 언쟁이라도 한 적이 없는가?

"언쟁 같은 것을 한 적은 없습니다. 그저……"

산에몬은 잠시 말을 흐렸다. 말할까 말까 주저하는 기색으로 보이지는 않는다. 할 말의 순서를 생각하고 있는 듯한 표정이다. 하루나가

11) 무예를 가르치는 사람.
12) 일 년 중 맨 마지막에 행해지는 시합.
13) 주군의 옆에서 봉사하는 직책.
14) 손목과 팔꿈치 사이를 치는 것.

는 안색을 부드럽게 한 채 조용히 산에몬의 말을 기다리고 있다. 산에몬은 곧 말하기 시작했다.

"다만 이런 일이 있었습니다. 시합 전날입니다. 가즈마가 돌연 저에게 지난날의 무례를 사죄했습니다. 그러나 지난번의 무례란 대체 무슨 일인지 전혀 알 수가 없었습니다. 또 뭐냐고 물어보아도 가즈마는 쓴웃음만 지을 뿐 별다른 대답을 하지 않았습니다. 나는 하는 수 없이 '무례를 했다는 기억이 없으니 사죄할 만한 기억은 더욱 없을 테지.' 하고 가즈마에게 대답했습니다. 그러자 가즈마는 납득했다는 듯이 '그럼 잘못 생각했는지도 모르겠습니다. 아무쪼록 괘념치 말아 주세요.' 하고 이번에는 순순히 말했습니다. 그때는 쓴웃음이라기보다는 미소 띤 웃음이었던 것으로 기억합니다."

"무엇을 가즈마는 잘못 생각한 걸까?"

"그건 저로서도 알 수 없습니다. 하지만 모두가 자질구레한 조그만 일들이지요. 그 밖에는 아무 일도 없습니다."

짧은 침묵이 있었다.

"그럼 어떤가? 가즈마의 기질은? 의심이 많다고 생각한 적은 없었는가?"

"의심이 많은 기질이라고 생각지 않습니다. 어느 쪽인가 하면, 젊은이다운 어떤 것도 표정으로 드러내는 것을 부끄러워 하지 않는— 그 대신 다소 격하기 쉬운 기질이었다고 생각합니다."

산에몬은 잠시 말을 끊고, 말이라기보다는 한숨을 쉬듯이 덧붙였다.

"게다가 저 다몬과의 시합은 중요한 시합이었습니다."

"중요한 시합이라니 왜인가?"

"가즈마는 기리가미(切紙)[15]였습니다. 그러나 그 시합에서 이겼다면 모쿠로쿠를 받을 수 있었습니다. 그것은 다몬도 마찬가지였습니다. 가

즈마와 다몬은 동문 중에서도 솜씨가 좋아 우열을 가리기 힘든 동문 수학이었습니다."

하루나가는 잠시 침묵한 채 뭔가 생각하는 듯했다. 하지만 갑자기 생각을 바꾼 듯이 이번에는 산에몬이 가즈마를 죽인 날 밤으로 화제를 돌렸다.

"가즈마는 확실히 훈련장 밑에서 그대를 기다리고 있었다고 했지?"

"아마 그랬다고 생각합니다. 그날 밤은 갑자기 눈이 내려서 저는 우산으로 눈을 피하며 승마장 아래에 당도했습니다. 마침 동행도 없었고, 비옷도 걸치지 않은 채 나간 것입니다. 바람 소리가 거세지더니 왼쪽에서 눈이 휘날려 왔습니다. 저는 순간 반쯤 편 우산을 비스듬히 왼쪽으로 돌렸습니다. 가즈마는 그때 찔렀으므로 제게는 상처를 입히지 못하고 우산만 베었습니다."

"소리도 지르지 않고 베고 갔느냐?"

"지를 수 없었던 것 같습니다."

"그때 상대를 어떻게 생각했는가?"

"뭐라 생각할 겨를이 없었습니다. 저는 우산이 베임과 동시에 저도 모르게 오른쪽으로 뛰어 물러났습니다. 신발도 그때는 이미 벗겨져 있었던 것 같습니다. 그러자 두 번째 칼이 들어왔습니다. 두 번째 칼은 저의 하오리 소매를 다섯 치 정도 베어 찢었습니다. 저는 다시 뒤로 물러나면서 칼을 뽑음과 동시에 상대를 쳤습니다. 가즈마가 배의 옆쪽을 베인 것은 그 순간이었다고 생각합니다. 상대는 그때 뭔가를 말했습니다. ―"

"뭔가라니?"

15) 무예에서, 오린 종이에 기록한 면허목록. 예도의 첫 계급.

"뭐라고 말했는지는 모릅니다. 다만 격한 와중에 소리를 지른 것입니다. 저는 그때 확실히 가즈마라고 생각했습니다."

"그것은 뭔가를 말한 소리를 통해 전에 들어본 적이 있다고 말하는 건가?"

"아닙니다. 그렇지는 않습니다."

"그럼 어떻게 가즈마라고 알아차린 것이냐?"

하루나가는 물끄러미 산에몬을 바라보았다. 산에몬은 아무런 말도 못하고 있다. 하루나가는 다시 한 번 재촉하듯이 같은 말을 반복했다. 하지만 이번에도 산에몬은 하카마(袴)에 눈을 떨군 채 좀처럼 입을 열려고 하지 않는다.

"산에몬, 왜 그러느냐?"

하루나가는 어느새 딴 사람처럼 위엄 있는 태도로 변해 있었다. 이처럼 태도를 갑자기 바꾸는 것은 하루나가가 예사로 쓰는 수단의 하나이다. 산에몬은 여전히 눈을 내리깐 채 겨우 다물었던 입을 열었다. 그러나 그 입에서 새어나온 말은 '왜'에 대한 대답이 아니다. 뜻밖에도 매우 힘없는, 죄를 용서한다는 말이다.

"아깝고도 귀한 무사 한 명을 칼의 녹으로 만들어버린 것은 산에몬의 죄입니다."

하루나가는 조금 눈썹을 찌푸렸다. 하지만 눈은 여전히 산에몬의 얼굴에 집중되어 있다. 산에몬은 계속 말을 이어나갔다.

"가즈마가 원한을 품은 것은 지당합니다. 나는 심판 일을 맡았을 때 편파적인 행동을 했습니다."

하루나가는 더욱 눈썹을 찌푸렸다.

"그대는 조금 전에는 편벽되게 하지 않았다, 할 이유도 없다고 말하지 않았느냐……."

"그건 지금도 변함없습니다."

산에몬은 한 마디 한 마디 생각하면서 술회하듯이 말을 이어나갔다.

"제가 말하는 편벽이라는 것은 그런 것이 아닙니다. 하물며 가즈마를 패배시킨다든가 다몬을 이기게 한다든가 하는 행동을 하지 않았다는 것은 말씀드린 그대로입니다. 그러나 그것만으로 편파가 없었다고는 단정할 수 없습니다. 저는 다몬보다 가즈마에게 기대를 걸고 있었습니다. 다몬의 기예는 조잡스러웠습니다. 아무리 비겁한 짓을 해도 그저 이기기만 하면 그만이다, 승부에만 집착하는 그릇된 기예입니다. 가즈마의 기예는 그처럼 천박한 것이 아닙니다. 어디까지나 바르게 적을 제압하는 정도(正道)의 기예였습니다. 저는 앞으로 이삼 년 지나면 다몬은 도저히 가즈마의 숙련에 미치지 못할 것이라고까지 생각했습니다."

"그런 가즈마를 왜 지게 했느냐?"

"바로 그 점입니다. 저는 확실히 다몬보다 가즈마를 이기게 하고 싶다고 생각했습니다. 그러나 저는 심판입니다. 심판은 비록 어떤 일이 있더라도 공평을 잃어서는 아니 됩니다. 일단 두 사람의 죽도 사이로 부채를 들고 서 있는 이상, 천도를 따르지 않으면 안 됩니다. 저는 그렇게 생각했기에 다몬과 가즈마가 겨룰 때 공평만을 신경 썼습니다. 하지만 대략 말씀드린 바와 같이 저는 가즈마가 이기도록 해야겠다고 생각했습니다. 말하자면 제 마음속의 저울은 가즈마에게 기울어져 있었습니다. 저는 이 마음의 저울을 평평하게 하고자 하는 일념에서 자연스레 다몬의 접시 위에 저울추를 얹게 되었습니다. 그런데 나중에 생각해보니 너무 많이 얹고 말았습니다. 다몬에게는 너무 관대했으며 가즈마에게는 지나치게 엄격했습니다."

산에몬은 다시 말을 이었다. 하지만 하루나가는 묵묵히 귀를 기울

이고 있을 뿐이었다.

“두 사람은 정안(正眼)의 자세를 취하며 어느 쪽도 먼저 행동하지 않았습니다. 그 사이 다몬이 틈을 엿본 것인지 가즈마의 얼굴을 치려고 했습니다. 그러나 가즈마는 기합을 넣으며 확실하게 그것을 되받아쳤습니다. 동시에 다몬의 고테(小手)를 쳤습니다. 제가 편파적이 된 것은 이 순간이었습니다. 저는 확실히 이 한판은 가즈마의 승리라고 생각했습니다. 이 두 번째의 판단은 저의 결단을 둔하게 만들었습니다. 저는 마침내 가즈마에게 올려야 할 부채를 올리지 않았습니다. 둘은 다시 잠시 동안 상대방의 눈높이에 칼을 겨누고 노려보기를 계속했습니다. 그러자 이번에는 가즈마가 다몬의 고테 쪽에 칼을 댔습니다. 다몬은 그 죽도를 거두며 가즈마의 고테로 들어왔습니다. 다몬이 취한 고테는 가즈마가 취한 고테보다 약했습니다. 적어도 가즈마의 고테보다 훌륭하지는 않았습니다. 그러나 저는 그때도 다몬한테 부채를 올려 승리의 판정을 내렸습니다. 결국 맨 처음 한판의 승리는 다몬의 것이 되어버렸습니다. 저는 아차 싶었습니다. 하지만 그런 생각의 와중에서도 심판은 실수해서는 안 된다, 실수했다고 생각하는 것은 가즈마에 대한 편벽된 마음이 있기 때문이라는 속삭임이 들려왔습니다…….”

“그리고는 어떻게 했는가?”

하루나가는 약간 떨떠름하게, 여전히 입을 꽉 다물고 있는 산에몬에게 이야기를 재촉했다.

“두 사람은 다시 원래처럼 죽도의 끝을 스치며 마주했습니다. 가장 긴 기합으로 겨룬 것은 이때였다고 생각합니다. 그러나 가즈마는 상대방의 죽도에 죽도를 닿게 하는가 싶더니 순간 갑자기 목 언저리에 죽도를 찔렀습니다. 죽도는 정확히 목을 찔렀습니다. 하지만 동시에 다몬의 죽도도 가즈마의 머리 위를 차지한 것입니다. 저는 동시에 차

지해서 비겼다는 것을 전하기 위해 곧바로 부채를 올렸습니다. 그러나 그때도 동시에 차지한 것이 아닐지도 모릅니다. 어쩌면 선후를 정하는데 헤매고 있었는지도 모릅니다. 아니, 목을 겨눈 것이 얼굴을 죽도로 겨눈 것보다 먼저였는지 모릅니다. 그래도 아무튼 동시에 차지한 두 사람은 네 번째 겨루기에 들어갔습니다. 그러나 이번에도 도전은 가즈마 쪽이었습니다. 가즈마는 다시 한 번 목을 겨냥했습니다. 하지만 이때 가즈마의 죽도는 살짝 끝이 올라가 있었습니다. 다몬은 그 죽도의 밑을 몸뚱이 쪽으로 찔러 들어오려 했습니다. 그러고 나서 그럭저럭 열 합 정도 서로 겨루었습니다. 그러나 마지막에 공격자세를 한 다몬은 가즈마의 머리 쪽에 쳐들어갔습니다……."

"그 머리는?"

"그 머리를 멋지게 차지했습니다. 이것만은 어느 누구의 눈에도 의심의 여지가 없는 다몬의 승리였습니다. 가즈마는 머리를 습격당한 후 점점 초조해하기 시작했습니다. 저는 가즈마가 초조해하는 것을 보면서 이번만은 가즈마에게 승리를 안겨줘야겠다고 생각했습니다. 그러나 그렇게 생각하면 할수록 실은 부채를 드는 것을 주저하게 되었습니다. 두 사람은 이번에도 잠시 있다가 일고여덟 합 정도 겨루었습니다. 그동안 가즈마는 무슨 생각을 했는지 다몬에게 몸으로 부딪쳤습니다. 무슨 생각을 했는지라고 한 것은, 가즈마는 평소 몸으로 부딪치기 같은 것은 결코 하지 않았기 때문입니다. 나는 깜짝 놀랐습니다. 어쩌면 깜짝 놀란 것은 당연합니다. 다몬은 몸을 활짝 열고 멋지게 다시 한 번 머리를 차지했습니다. 이 마지막 승부만큼 어이없었던 적은 없었습니다. 나는 마침내 세 번 모두 다몬한테 부채를 들고 말았습니다. —저의 편파란 이런 것입니다. 이것은 마음의 저울로 보면, 말하자면 털 하나를 보탠 정도의 균형의 오차일지 모릅니다. 그러나 가

즈마는 이 편파 때문에 소중한 시합을 망쳐버렸습니다. 저는 가즈마가 원한을 품은 것이 지금은 이상할 것이 없는 일의 경과였다고 생각합니다."

"그렇다면 그대가 칼로 베었을 때 가즈마라고 알아차린 것은?"

"그건 분명히 모르겠습니다. 그러나 지금 생각해보니 저는 마음 한구석에 가즈마에게 미안하다는 마음을 갖고 있었던 것 같습니다. 그래서 갑자기 난동을 부린 자가 가즈마라고 생각되었던 것 같습니다."

"그럼 그대는 가즈마의 최후를 불쌍하다고 생각하는가?"

"그렇습니다. 그리고 아까도 말씀드렸듯이 어엿하게 제 몫을 할 무사의 목숨을 빼앗은 것은 무엇보다도 영주님에 대한 불충이었다고 생각합니다."

이야기를 마친 산에몬은 새삼스레 머리를 떨구었다. 이마에는 섣달의 추위에도 불구하고 땀마저 맺혀 있다. 어느새 기분을 되돌린 하루나가는 의연하게 몇 번씩이나 끄덕여 보였다.

"잘 알았다. 그대의 마음은 이해한다. 그대가 한 일은 나쁜 짓인지도 모른다. 그것도 하는 수 없다. 다만 이후로—"

하루나가는 말도 채 끝내지 않고 흘끔 산에몬의 얼굴을 바라보았다.

"그대는 칼로 한 번 쳤을 때에 가즈마라는 것을 알았지. 그럼 왜 원수를 갚을 때를 기다리지 않았느냐?"

산에몬은 하루나가의 질문을 받자 의기양양하게 까무잡잡한 얼굴을 들었다. 그 눈에는 이전의 대담한 광휘가 깃들어 있었다.

"그자를 찔러죽이지 않을 수 없었습니다. 산에몬은 영주님의 가신입니다. 그렇다 해도 한편으로는 무사이기도 합니다. 가즈마를 불쌍하게 생각하지만, 불한당을 동정하지는 않습니다."

(1923년 12월)

덴기쓰의 복수(伝吉の敵打ち)

조경숙

이것은 효자 덴기쓰가 아버지의 복수를 했다는 이야기이다.

덴기쓰는 신슈(信州) 미노고오리(水内郡) 사사야마촌(笹山村)에 사는 한 백성의 외아들이다. 덴기쓰의 아버지는 덴산이라고 한다. '술을 좋아하고 도박을 좋아하고 말싸움도 좋아한다'고 해서 마을 사람들은 그를 등한시하고 있었던 것 같다. (주1: 이 작품에서는 주6까지 나오는데, 이는 아쿠타가와 류노스케가 이 작품을 고증한 것처럼 보이게 하려고 쓴 것 같다. 이하동문) 어머니는 덴기쓰를 낳은 다음 해 병사했다고도 한다. 아니면 정부가 생겨서 가출해 버렸다고 하기도 한다. (주2) 그러나 사실이 어쨌든, 이 이야기가 시작될 즈음에 어머니가 없었다는 것은 확실하다.

이 이야기의 시작은 덴기쓰가 겨우 12살이 된(일설에 의하면 15살) 덴보(天保) 7년의 봄이다. 덴기쓰는 어느 날 사소한 일로 '에쓰고(越後) 낭인(浪人) 핫토리 헤시로(服部平四郎)라고 하는 자의 분노를 사 마침내 칼에 맞았다'고 한다. 헤시로는 당시 시오하라(柏原)에 있는 분조(文蔵)라는 도박장의 감시자인 검객이었다. 그런데 이 '사소한 일'에는 두세

가지 이설이 없는 것도 아니다.

먼저 다시로 겐보(田代玄甫)가 쓴 『다비스즈리(旅硯)』에 나오는 문장에 의하면, 덴기쓰는 헤시로의 상투에 연을 걸었다고 한다.

또 덴기쓰의 무덤이 있는 사사야마촌의 지쇼지(慈照寺: 정토종)에는 『효자 덴기쓰 이야기』라는 목판본이 있다. 이 『덴기쓰 이야기』에 의하면, 덴기쓰는 뭔가를 한 것은 아니다. 단지 그가 낚시를 하고 있는 곳으로 우연히 온 헤시로에게 낚시 도구를 빼앗으려고 했던 것뿐이다.

마지막으로 고이즈미 고쇼(小泉孤松)가 쓴 『농가의인전』의 한 편에 의하면, 덴기쓰가 끌던 말이 헤시로를 진흙투성이 밭에 차버렸다고 한다. (주3)

어쨌든 헤시로는 너무 화가 나서 덴기쓰를 베었음이 틀림없다. 덴기쓰는 헤시로에게 쫓겨 아버지가 있는 산밭으로 도망갔다. 아버지 덴산은 혼자서 뽕나무밭을 손질하고 있었다. 그런데 자식의 위급함을 알고 감자밭 구멍 속에 덴기쓰를 숨겼다. 감자밭 구멍이라는 것은 감자를 넣어두는 다다미 한 장 정도 크기의 흙구덩이다. 덴기쓰는 그 구멍 속에서 짚을 덮어쓴 채로 가만히 숨을 죽이고 있었다.

「헤시로는 이내 뒤따라와서 "아저씨, 아저씨, 이쪽으로 도망 온 놈 어디로 갔소?"라고 묻자, 덴산은 "저 길로 달려갔소."라고 속인다. 헤시로는 그쪽으로 달려가려 하다가 문득 덴산이 한숨을 토해내는 것을 보고 캐묻기를, "이 농사꾼 나부랭이가 간도 크게 □□□□□□□□□□□(좀이 쏠았기 때문에 해독이 어려움)"라고 하며 덴산을 발로 차고, 순식간에 덴산의 배를 누르고, 거기 있던 괭이를 재빨리 들어 그 백성의 팔을 누르고 숨통을 조인다.」

「어쨌든 수상한 놈이니까 더 필사적으로 대적하지요…….」

「헤시로는 과연 노련하게 마음대로 덴산을 꼼짝 못하게 하고, 땅을

파는 괭이를 들어 올려 순식간에 덴산의 어깻죽지에 한 방 꽂아 내리쳐……」

「덴기쓰가 있는 것을 알아채지 못하고 칼을 빼내어 아무 일도 없었다는 듯이 사라졌다.」(『다비스즈리』)

뇌빈혈을 일으킨 덴기쓰가 겨우 구멍에서 밖으로 기어 나왔을 때는 벌써 감자를 덮은 뽕나무 뿌리 옆에 덴산의 시체가 있을 뿐이었다. 덴기쓰는 시체에 달려들어 언제까지고 혼자서 멍하니 앉아 있었는데, 이상하게도 눈물이 하나도 눈썹을 적시지 않았다. 그 대신에 어떤 감정이 불꽃처럼 마음속에서 타오르고 있는 것을 느꼈다. 그것은 아버지가 죽어가고 있는 것을 그저 지켜볼 수밖에 없었던 자신에 대한 분노였다. 원수를 갚지 않으면 사라질 줄 모르는 분노였다.

그 후 덴기쓰의 일생은 거의 이 분노로 일관되었다고 해도 좋다. 덴기쓰는 아버지를 묻고 난 후 나가쿠보(長窪)에 있는 숙부 집에 들어가 머슴처럼 살았다. 숙부는 마스야 젠사쿠(枡屋善作)(일설에 의하면 젠베에(善兵衛))라고 하는 재치 있는 숙박업자이다.(주4) 덴기쓰는 머슴방에 누워서 복수할 궁리를 계속했다. 이 복수할 궁리에 대해서도 여러 설들이 많지만, 정확한 것은 잠시 의문으로 남겨둘 수밖에 없다.

(1) 『다비스즈리』, 『농가의인전』 등에 의하면 덴기쓰는 원수가 누구인지 알고 있었다고 한다. 그러나 『덴기쓰 이야기』에 의하면 핫토리 헤시로의 이름을 알기까지 '3년'이 걸렸던 것 같다. 또 미나가와 초안이 쓴 『나뭇잎』 중 「덴기쓰에 관한 것」에도 '수년이 지나서'라고 미리 언급해 두고 있다.

(2) 『농가의인전』 「본조고망청(本朝姑妄聽)」(저자 불명) 등에 의하면, 덴기쓰가 검법을 배운 스승은 히라이사몬(平井左門)이라고 하는 떠돌이 무사이다. 사몬은 나가쿠보의 아이들에게 독서와 습자를 가르치면서

북진몽상류(北辰夢想流)의 검법도 가르쳤던 것 같다. 하지만 『덴기쓰 이야기』, 『다비스즈리』 등에 의하면 덴기쓰는 검법을 스스로 터득하고 있었다. "또는 나무를 원수라고 여기며 바위를 헤시로라고 이름 지어" 일념으로 연마를 한 것이다.

그런데 덴보 10년(1839)경 핫토리 헤시로가 갑자기 어디론가 사라져 버렸다. 그런데 이것은 덴기쓰가 그에게 복수하겠다는 것을 알았기 때문이 아니다. 여느 부랑인처럼 어딘가로 모습을 숨겨버리고 만 것이다. 덴기쓰는 물론 낙담했다. 한때는 "부처님도 원수를 지켜주시는가"라며 탄식했다. 그래서 원수를 갚으려면 길을 떠나야만 했다. 그러나 목적도 없는 여행을 하는 것은 당시의 덴기쓰에게는 불가능했다. 덴기쓰는 극심하게 절망한 나머지 점점 방탕해져 갔다. 『농가의인전』은 이 변화를 "사교 목적으로 도박을 하니, 아마도 원수가 살고 있는 곳을 알아내고자 한 것이다."라고 설명하고 있다. 이것 또한 하나의 해석에 지나지 않을지도 모른다.

덴기쓰는 쌀집에서 쫓겨나 도마루노마쓰(唐丸松)라는 도박사 마쓰고로(松五郎)의 수하로 들어갔다. 그 이후 20년 정도 무뢰한 생활을 보냈던 것 같다. (주5) 『고노바(木の葉)』는 이 당시에 덴기쓰가 쌀집 딸을 유괴하기도 하고, 나가쿠보 본진의 숙소에서 갈취를 하기도 했다고 전하고 있다. 이것도 다른 여러 책에는 실려 있지 않은 걸 보면 쉽사리 진의를 알 수 없다. 지금 『농가의인전』은 "덴기쓰, 그곳 악당과 함께 악행을 했다고도 한다. 일일이 지적하기도 모자란다. 덴기쓰는 아버지 원수를 갚으려는 효잔데, 아니, 이런 무상한 일도 있는가" 하고 『고노바』의 기사를 부정하고 있다. 하지만 덴기쓰는 그동안에도 한 번도 원수 갚는 일을 잊어버리지는 않았을 것이다. 비교적 덴기쓰에게 동정을 갖지 않는 미나가와 초안(皆川蜩庵)도 이렇게 쓰고 있다. "덴기쓰는

주변에는 원수 갚는 것을 말하지 않고, 그것을 알고 있는 자들에게는 일부러 원수의 이름은 전혀 모른다고 위장했다. 신중한 행동이다." 그러나 세월은 허무하게 흐르고, 헤시로의 행방은 여전히 그 누구의 귀에도 들리지 않았다.

그러다 안세(安政) 6년(1859)의 가을, 덴기쓰는 문득 헤시로가 구라이(倉井)촌에 있다는 것을 알아냈다. 이번에는 옛날처럼 쌍칼을 손에 쥐고 있지 않았다. 어느샌가 머리를 늘어뜨리고 구라이촌의 지장보살을 지키는 자가 되어 있었다. 덴기쓰는 '신의 보살핌에 감사함'을 느꼈다. 구라이촌이라고 하면 나가쿠보에서 멀지 않은 산촌이다. 게다가 사자야마촌과 이웃하고 있어서 골목길까지도 훤하게 알고 있었다. (지도 참조) 덴기쓰는 현재 헤시로가 조관(浄観)이라 불리는 것도 확인했다. 안세 6년 9월 7일, 삿갓모를 쓰고 도롱이를 덮어쓰고 긴 칼을 차고 혼자 원수를 갚기 위한 길에 올랐다. 아버지 덴산이 죽은 지 거의 23년째에 드디어 원수를 갚으려고 하는 것이다.

덴기쓰가 구라이촌으로 들어간 것은 밤 9시가 조금 지났을 때이다. 이것은 어떤 방해도 받지 않으려고 일부러 밤을 택한 것이다. 덴기쓰는 추운 밤의 시골길을 따라 산그늘에 있는 지장보살이 있는 곳으로 갔다. 문을 조금 찢어 엿보니, 불빛이 조금 드리운 벽 위에 커다란 그림자가 하나 비쳤다. 그러나 그림자의 주인은 각도의 관계상 도저히 확인할 수 없었다. 단지 눈앞에 커다랗게 보이는 그림자는 의심할 여지가 없는 중의 머리였다. 게다가 잠시 가만히 들어보니 이 외딴 그림자 외의 인기척은 들리지 않았다. 덴기쓰는 우선 처마 돌에 가만히 삿갓모를 거꾸로 벗어놓았다. 그리고 조용히 도롱이를 벗고 두 겹으로 접어 삿갓모 속에 넣었다. 삿갓모도, 도롱이도 어느샌가 촉촉이 밤이슬에 젖어 있었다. 그런데— 갑자기 용변이 급해졌다. 어쩔 수 없이

덤불 속에 들어가 칡나무 아래에서 볼일을 봤다. 이 일을 다시로 겐보는 "간이 큰 자들이야말로 두렵다"라고 하며, 고이즈미 고쇼는 "덴기쓰의 침착한 용기가 대단하다"라고 경탄하고 있다.

심신의 준비를 마친 덴기쓰는 긴 칼을 빼어들고 지장보살당의 장지문을 활짝 열었다. 불빛 앞에 있던 한 중이 편안히 발을 뻗고 있었다. 중은 반대쪽으로 등을 보인 채 "뉘시오?"라는 말만 했다. 덴기쓰는 잠시 허탈함을 느꼈다. 첫째, 이런 중의 태도는 원한을 산 사람이라고는 도저히 생각할 수 없었다. 둘째, 그 뒷모습은 덴기쓰의 머리에 그리고 있었던 것보다 훨씬 더 초췌했다. 덴기쓰는 거의 일순간 다른 사람이 아닌가 하는 의심조차 했다. 그러나 물론 이제 와서 새삼 주저할 수는 없었다.

덴기쓰는 손을 뒤로 뻗쳐 장지문을 닫고 "핫토리 헤시로!"라고 소리쳤다. 중은 그래도 놀라지 않고 수상한 듯 손님을 쳐다보았다. 하지만 흰 칼날의 빛을 보자 얼른 옷자락을 끌어당겼다. 불빛에 비친 중의 얼굴은 피골이 상접한 노인이었다. 그러나 덴기쓰는 그 얼굴 어딘가에 분명히 핫토리 헤시로를 느꼈다.

"누구시오, 당신은?"

"덴산의 아들 덴기쓰다! 원한은 당신도 기억하고 있겠지?"

조관은 크게 눈을 뜬 채로 묵묵히 그저 덴기쓰를 올려다보았다. 그 얼굴에 나타난 감정은 뭐라고 말할 수 없는 공포였다. 덴기쓰는 칼을 든 채로 차갑게 이 공포를 향유했다.

"자, 그 덴산의 원수를 갚으러 왔다! 냉큼 일어서서 승부를 겨루자!"

"뭐, 일어서라고?"

조관은 미소를 지을 뿐이었다. 덴기쓰는 이 미소 속에 뭔가 섬뜩함을 느꼈다.

"자네는 내가 옛날처럼 일어설 수 있다고 생각하는가? 난 앉은뱅이야."

덴기쓰는 갑자기 한 발짝 뒷걸음쳤다. 어느샌가 그가 쥐고 있던 칼이 덜덜 떨리는 것이 칼끝으로 전해졌다. 조관은 그 모습을 바라보면서, 이빨 빠진 입을 분명히 드러내고 다시 한 번 더 덧붙였다.

"일어설 수도 없는 자유롭지 못한 몸이지."

"거짓말이야! 거짓말……"

덴기쓰는 필사적으로 저주하듯 말했다. 하지만 조관은 반대로 조금씩 냉정을 되찾았다.

"뭐가 거짓이라는 거야. 이 마을 사람들한테도 물어봐. 난 작년에 큰 해를 입고 앉은뱅이가 되었지. 그렇지만—"

조관은 잠시 말을 멈추고, 정면으로 덴기쓰의 눈 속을 들여다보았다.

"하지만 나는 비겁한 말은 하지 않는다. 정말이지 그대가 말한 대로, 그대의 아버지는 내 손으로 베었다. 이 앉은뱅이라도 베고 싶다면 멋지게 나를 베어 봐!"

덴기쓰는 잠시 침묵하는 동안 여러 가지 감정이 교차하는 것을 느꼈다. 혐오, 연민, 모멸, 공포— 그러한 감정의 고저는 순식간에 그의 칼끝을 둔하게 만들어 버릴 뿐이었다. 덴기쓰는 조관을 노려본 채로 내려치지도, 어찌지도 못하고 서 있었다.

"자아, 쳐보게."

조관은 거의 거만하게 덴기쓰에게 비스듬히 어깨를 내보였다. 그 순간에 문득 덴기쓰는 술 냄새가 나는 조관의 입김을 느꼈다. 동시에 옛날의 원한이 뭉게뭉게 가슴에 피어오르는 것을 느꼈다. 그것은 아버지를 뻔히 보고 있으면서 구하지 못한 그 자신에 대한 분노였다. 누가 뭐래도 원수를 갚지 않으면 사라질 줄 모르는 분노였다. 덴기쓰는

한 번 칼을 들더니 잽싸게 조관의 옷 위로 내리쳤다…….

덴기쓰가 멋지게 원수를 갚은 이야기는 순식간에 마을에 퍼졌다. 당국도 물론 이 효자에게는 각별히 죄를 묻지 않았던 것 같다. 다만 미리 원수갚기의 탄원서를 올리는 것을 잊고 있었기 때문에 포상을 내리지는 않은 것 같다. 그 후의 덴기쓰를 이야기하려는 건 이 이야기의 주제가 아니다. 하지만 대략 이야기하자면, 덴기쓰는 유신(維新) 이후 목재상을 하였는데 실패에 실패를 거듭하다가 마침내 정신이상을 일으켰다. 사망한 건 메이지 10년(1877년) 가을, 나이는 향년 거의 53살이었다. (주6) 그러나 그러한 최후는 여러 책에 전혀 기록되어 있지 않다. 지금 『효자 덴기쓰 이야기』는 아래와 같이 이야기를 마무리하고 있다. —

<덴기쓰는 그 후 집이 번성하고 즐거운 만년을 보내었습니다. 적선이 많은 집에 좋은 업보가 있는 것은 참으로 이런 것을 두고 하는 말이겠지요. 나무아미타불, 나무아미타불.>

다이쇼 12(1923)년 12월

김 장군(金将軍)

김정희

어느 여름, 삿갓을 쓴 중 두 명이 조선 평안남도 용강군 동우리의 시골길을 걷고 있었다. 이 두 사람은 단지 수행을 위해 여기저기 돌아다니는 행각승은 아니다. 실은 머나먼 일본에서 조선이란 나라를 염탐하러 온 히고(肥後)의 영주 가토 기요마사(加藤清正)와 셋쓰(摂津)의 영주 고니시 유키나가(小西行長)이다.

두 사람은 주위를 둘러보면서 벼가 푸릇푸릇한 논 사이를 걷고 있었다. 그러자 바로 길옆에 농부의 아이 같은 한 어린이가 둥근 돌을 베게 삼아 새근새근 자고 있는 것을 발견했다. 가토 기요마사는 삿갓 아래로 물끄러미 이 아이를 바라보았다.

"이 아이는 특이한 상(相)을 하고 있다."

호랑이 상관(가토 기요마사)은 두말 않고 베갯돌을 걷어찼다. 그런데 희한하게도 이 아이의 머리는 땅에 떨어지기는커녕 돌이 있던 허공을 베개 삼아 여전히 평온하게 자고 있는 것이 아닌가!

"확실히 이 아이는 보통 놈은 아니야."

기요마사는 연한 황갈색 승복에 숨기고 있던 칼에 손을 대었다. 일

본에 화근이 될 놈은 싹을 잘라버려야 한다고 생각했기 때문이다. 그러나 유키나가는 비웃으면서 기요마사의 손을 제지했다.

"이 아이가 무엇을 할 수 있단 말인가? 무익한 살생을 해서는 안 돼."

두 명의 중은 또다시 푸른 논 사이를 걷기 시작했다. 하지만 억세고 뻣뻣한 수염이 난 호랑이 상관만은 아직도 무언가 불안한 듯 때때로 이 아이를 뒤돌아보고 있었다…….

30년 후, 그때 중이었던 두 사람, —가토 기요마사와 고니시 유키나가는 수많은 병사와 함께 조선 팔도에 쳐들어왔다. 집이 불타 없어진 팔도의 백성은 부모는 자식을 잃고, 남편은 처를 빼앗겨 우왕좌왕 도망치며 갈팡질팡했다. 경성은 이미 함락되었다. 평양도 지금은 왕의 영토가 아니다. 선조는 겨우 의주로 피신하여 명나라의 원군을 애타게 기다리고 있었다. 만약 이대로 팔짱을 끼고 왜군이 유린하도록 놓아둔다면, 아름다운 팔도산천도 순식간에 불타는 들판으로 변할 수밖에 없었으리라. 그러나 하늘은 다행히도 아직 조선을 버리지 않았다. 이는 옛날 벼가 푸릇한 논두렁에서 기적을 일으킨 한 어린아이, —김응서에게 나라를 구하게 했기 때문이다.

김응서는 의주의 통군정에 달려가 초췌한 선조의 용안을 뵈었다.

"제가 이렇게 있사오니, 부디 염려 놓으십시오."

선조는 슬픈 듯이 미소를 지었다.

"왜장은 귀신보다도 세다고 하는데, 만약 그를 칠 수만 있다면 우선 왜장의 목을 베어다 주게."

왜장 중 한 사람— 고니시 유키나가는 쭉 평양의 대동관에서 기생 계월향을 총애하고 있었다. 계월향은 수많은 기생 중에서도 견줄 자가 없는 미인이다. 그러나 나라를 걱정하는 마음은 머리에 꽂은 매괴

꽃과 함께 하루도 잊은 적이 없다. 맑고 아름다운 눈은 웃고 있을 때조차 긴 속눈썹 그늘 아래 늘 슬픈 빛을 머금고 있었다.

어느 겨울밤, 유키나가는 계월향에게 술을 따르게 하면서 그녀의 오빠와 술잔치를 하고 있었다. 그녀의 오빠도 역시 피부가 희고 풍채가 당당한 남자이다. 계월향은 보통 때보다도 한층 애교를 떨면서 쉬지 않고 유키나가에게 술을 권했다. 또 이 술 안에는 이미 수면제를 넣은 상태였다.

잠시 후, 계월향과 그녀의 오빠는 술에 취해 고꾸라진 유키나가를 뒤로 한 채 살짝 어딘가에 몸을 숨겼다. 유키나가는 비취와 금이 장식된 휘장 밖에 비장의 보검을 걸어놓고 세상 모르게 자고 있었다. 그러나 유키나가가 반드시 방심한 것만은 아니다. 이 휘장도 역시 방울이 달려 있어서, 누구라도 안에 들어오려고 하면 휘장을 둘러싼 방울이 바로 요란한 소리를 내서 유키나가의 잠을 깨워버리고 만다. 다만 유키나가는 계월향이 이 방울도 울리지 않도록 어느새 방울 구멍에 솜을 틀어막은 사실만은 몰랐을 뿐이다.

계월향과 그녀의 오빠는 또다시 그곳에 돌아왔다. 오늘 밤 그녀는 수를 놓은 치마에 아궁이 재를 담아왔다. 그녀의 오빠도— 아니, 그녀의 오빠는 아니다. 왕명을 받든 김응서는 소맷자락을 높이 걷어 올린 손에 청룡도를 한 자루 들고 있었다. 그들은 살짝 유키나가가 있는 비취와 금이 장식된 휘장에 접근하려고 했다. 그러자 유키나가의 보검은 스스로 칼집을 나오자마자 마치 날개가 돋은 것 같이 김 장군 쪽으로 날아왔다. 하지만 김 장군은 조금도 동요하지 않고 즉각 보검을 겨냥하여 침을 한 모금 뱉었다. 보검은 침 범벅이 됨과 동시에 금세 신통력을 잃어버렸는지 마루 위에 툭 떨어졌다.

김응서는 사납게 포효하며 청룡도로 단번에 유키나가의 목을 베어

버렸다. 그런데 이 무서운 왜장의 목은 분한 듯이 이를 갈며 원래의 몸에 붙으려고 했다. 이 괴이함을 본 계월향은 치마 속에 손을 넣자마자 곧 유키나가의 목을 벤 자리에 재를 몇 줌 뿌렸다. 목은 몇 번 높이 날아오르다가 재투성이가 되어 베인 자리에 결국 다시는 붙지 않았다.

하지만 목이 없는 유키나가의 몸은 손으로 더듬어 보검을 집자 바로 김 장군에게 던졌다. 허를 찔린 김 장군은 계월향을 겨드랑이에 낀 채로 높은 대들보 위로 뛰어올랐지만, 유키나가가 던진 칼은 공중으로 날아간 김 장군의 새끼발가락을 베어 버렸다.

날이 새기 전이다. 왕명을 완수한 김 장군은 계월향을 등에 업고 인기척이 없는 들판을 달리고 있었다. 들판 가에는 잔월(殘月) 한 가닥이 마침 어두운 언덕 뒤로 지려는 참이었다. 김 장군은 문득 계월향이 임신한 것이 떠올랐다. 왜장의 아이는 독사와 같다. 지금 죽이지 않으면 어떤 큰 화를 당할지 모른다. 이렇게 생각한 김 장군은 30년 전의 기요마사처럼 계월향 모자를 죽이는 것 외에 다른 방법이 없다고 생각했다.

영웅은 예로부터 센티멘털리즘을 발밑에 유린하는 괴물이다. 김 장군은 바로 계월향을 죽이고 배 속의 아이를 끄집어냈다. 새벽달 빛에 비친 아이는 아직 모호한 핏덩어리였다. 그렇지만 그 핏덩어리는 몸을 부르르 떨면서 돌연 인간처럼 큰 소리를 질렀다.

"이놈! 이제 석 달만 기다리면 아버지 원수를 갚을 수 있는 것을!"

목소리는 물소가 으르렁거리듯이 어두운 들판 한가운데에 울려 퍼졌다. 동시에 또 한 가닥의 잔월도 점차 언덕으로 지고 말았다…….

이 이야기는 조선에서 전해지는 고니시 유키나가의 최후이다. 유키나가는 물론 임진왜란의 전쟁터에서는 목숨을 잃지 않았다. 그러나 역사를 꾸미는 것은 반드시 조선만은 아니다. 일본 역시 어린이에게

가르치는 역사는, —혹은 어린아이와 다를 바 없는 일본 남아에게 가르치는 역사는 이런 전설로 가득 차 있다. 예를 들면 일본의 역사 교과서는 이러한 패전의 기사를 한 번도 실은 적이 없지 않은가?

「당나라 장군이 전함 170척을 이끌고 백촌강(白村江)[1](조선 충청도 서천군)에 진을 치고 있다. 무신년(戊申)(천지천황(天智天皇) 2년 가을 8월 27일) 일본(야마토) 수군 비로소 당도하여 당나라의 수군과 전쟁하다. 일본군은 불리하자 퇴각하다. 기유년(己酉)(28일) …… 더욱더 일본의 대열이 흐트러져 정예군(精銳軍)의 병졸을 이끌고 진격하여 당나라군을 공격하다. 당나라군이 좌우로 배를 사이에 두고 에워싸고 싸우다. 순식간에 관군[2] 패하다. 강물로 뛰어들어 물에 빠져 죽는 자가 많았다. 뱃머리를 돌릴 수 없었다.」 (일본서기(日本書紀))[3]

어떠한 나라의 역사도 그 국민에게는 반드시 영광 있는 역사이다. 특별히 김 장군의 전설만 일소(一笑)할 가치가 있는 것은 아니다.

---

1) 금강의 옛 이름.

2) 천지천황의 군대.

3) 칙찬(勅撰)의 역사서. 720년 성립. 인용은 663년 8월의 부분. 백제가 신라·당 연합군의 공격을 받아, 일본은 원군으로 갔지만 패하였고, 백제의 멸망으로 일본은 퇴각했다.

네 번째 남편으로부터(第四の夫から)

임만호

이 편지는 인도 다즐링의 아라마 챠브준 씨에게 보내는 편지 속에 봉하여 아라마 씨에게 일본에 부쳐달라고 한 것일세. 무사히 자네 손에 건네질 수 있을지 다소 걱정이 되지 않는 것은 아니네. 그러나 만일 건네지지 않더라도 자네는 각별히 내게서 편지가 올 거라는 기대를 하고 있지 않을 테니, 그 점만큼은 매우 안심하고 있네. 하지만 만약 이 편지를 받았다면 자네는 반드시 나의 운명에 깜짝 놀라지 않을 수 없을 테지. 첫 번째로, 나는 티베트에 살고 있네. 두 번째로, 나는 중국인이 되었네. 세 번째로, 나는 세 사람의 남편과 한 사람의 아내를 공유하고 있다네.

요전에 자네에게 편지를 보낸 것은 다즐링에 살고 있던 무렵이지. 나는 이미 그 무렵부터 중국인 행세를 하고 있었네. 원래 세상에서 국적처럼 귀찮은 짐은 없지. 다만 중국이라는 국적만큼은 거의 유무를 묻지 않는 만큼 굉장히 편하다네. 자네가 아직 고등학교에 있던 무렵, 나에게 '방황하는 유대인'[1])이라는 별명을 붙인 것을 기억하고 있을 거

1) 기독교에서 예수의 저주를 받아 영원히 방랑을 계속하는 유대인 아하스 페르츠

야. 실제로 나는 자네가 말한 대로 '방황하는 유대인'으로 태어난 것 같아. 그러나 이 티베트의 라싸(Lhasa)[2]만큼은 매우 내 마음에 드네. 그 이유가 특별히 풍경이나 기후에 애착이 있는 것은 아니야. 사실은 게으름을 악덕으로 보지 않는 것을 미덕으로 삼고 있는 것일세.

박식한 자네는 판덴 아지샤가 라싸에 부여한 이름을 알고 있겠지. 그러나 라싸는 식분아귀(食糞餓鬼)[3]의 도시가 아닐세. 읍내는 오히려 동경보다도 살기 좋을 정도이지. 다만 라싸 시민의 게으름은 천국의 장관이라 할 수 있을 거야. 오늘도 아내는 변함없이 밀짚이 흩어져 있는 문간에 앉아 가만히 무릎을 껴안은 채 조용히 낮잠을 즐기고 있지. 이런 풍경은 우리 집뿐만이 아니야. 어느 집 문간에나 두세 사람씩은 반드시 또 누군가 졸고 있다네. 이런 평화로움이 가득한 경치는 세계 어디에서도 볼 수 없을 거야. 더구나 그들 머리 위, 라마교 사원의 탑 위에는 희미하게 파르스름한 태양이 하나, 라싸를 둘러싼 봉우리들의 눈을 어렴풋이 빛나게 하고 있네.

나는 적어도 몇 년 동안은 라싸에 살 생각이야. 그 이유에는 게으름의 미덕 이외에도 약간은 아내의 용모에 마음이 끌려서인지도 모르지. 아내는 이름은 다아와라고 하는데, 이웃에서도 미인이라는 평을 받고 있네. 신장은 보통보다 큰 정도일 것이네. 얼굴은 다아와라는 이름처럼(다아와는 '달'을 의미한다.) 때가 끼기는 했으나 살갗이 희고, 시종일관 실처럼 눈을 가늘게 뜬, 묘하게 어딘지 모르게 고운 여자야. 남편은 나를 포함해 넷이라는 것은 앞에서도 잠깐 말했었지. 첫 번째 남편은 행상인, 두 번째 남편은 육군하사, 세 번째 남편은 라마교의 불

를 지칭.

2) 성지의 의미. 티베트의 수도.

3) 아귀는 악업 때문에 아귀도에 떨어진 자. 피골이 상접하여 항상 기갈(飢渴)에 시달려 인분(人糞)을 게걸스럽게 먹는다고 한다.

(仏)화가, 네 번째 남편이 나일세. 나 또한 이 무렵은 직업이 있었네. 아무튼 솜씨 좋은 것을 간판으로 내세운 뛰어난 이발사인 것처럼 행세를 하고 있었지.

근엄한 자네는 나처럼 일처다부에 만족하는 자를 경멸하지 않을 수가 없을 테지. 하지만 내 생각에는 모든 결혼이라는 형식은 그저 편의에 따른 것이야. 일부일처의 기독교도가 반드시 이교도인 나보다도 도덕적인 인간은 아닐세. 그뿐만 아니라 사실상의 일처다부는 사실상의 일부일처와 함께 어느 나라에나 있을 것이다. 실제로 또한 일부일처는 티베트에도 전혀 없는 것은 아니야. 루크소·민즈라는 이름으로 (루크소·민즈는 파격이라는 의미이다) 경멸하고 있을 뿐이지. 마치 우리의 일처다부도 문명국가들의 경멸을 초래하고 있는 것처럼.

나는 세 사람의 남편과 함께 한 사람의 아내를 공유하는 것에 조금도 불편함을 느끼지 못하고 있네. 다른 세 사람도 또한 같은 생각일 것일세. 아내는 이 네 사람의 남편 모두를 넘치지도, 모자라지도 않게 사랑하고 있네. 내가 아직 일본에 있었을 때 역시 세 사람의 서방과 함께 한 기생을 공유한 적이 있었네. 그 기생과 비교해 보면 다아와는 어쩌면 그토록 여자보살[4] 같은지. 실제로 불화가는 다아와에게 연화부인(蓮花夫人)[5]이라는 별명을 붙였지. 참으로 강변의 수양버들 아래서 아기를 안고 있는 아내의 모습에서는 원광(圓光)이 비치고 있다고 말하지 않을 수 없다네. 아이는 벌써 맏이가 여섯 살이고, 젖먹이를 포함하여 셋을 낳았네. 물론 누구는 어떤 남편을 아버지로 부른다거나 하지는 않아. 첫 번째 남편은 아버지라고 부르고, 우리들 세 사람은 똑

4) 보살은 부처 다음의 위치로, 대자비를 베풀어 중생을 구원하는 자. 단, 여성이 아니다.

5) 고대 인도의 선녀. 미모가 뛰어나 그녀가 밟은 곳에는 연꽃이 피었다고 한다. 조시연왕(烏提延王)의 왕비가 되어 연화부인이라고 칭하게 되었다.

같이 작은아버지라고 부르고 있지.

그러나 다아와도 여자다. 아직 한 번도 도덕적인 실수를 저지른 적이 없었던 것은 아니야. 벌써 지금으로부터 2년쯤 전에 산호구슬 등을 파는 상인의 종업원과 함께 우리들을 기만한 적도 있었네. 그것을 발견한 첫 번째 남편은 다아와의 귀에 들어가지 않도록 우리들에게 선후책을 상담했지. 그러자 가장 분개한 사람은 두 번째 남편인 육군하사였네. 그는 당장 두 사람의 코를 도려내 버리자고 주장하기 시작했네. 온후한 자네는 이 말의 잔혹함을 책망할 게 틀림없겠지. 하지만 코를 도려내는 것은 티베트의 사형(私刑)[6] 중 하나일세. (예를 들면 문명국가의 언론공격처럼) 세 번째 남편인 불화가는 그저 너무나도 당혹스러운 듯이 눈물만 흘리고 있을 뿐이었네. 나는 그때 세 사람의 남편에게 종업원의 코를 도려낸 후, 다아와의 조치는 뉘우치는 마음에 따라서 맡기자는 제의를 했네. 물론 누구도 다아와의 코를 도려내 버리고 싶어 하는 사람은 없었지. 첫 번째 남편인 행상인은 곧바로 나의 의견에 찬성했네. 불화가는 불행한 종업원의 코에도 다소 연민을 느끼고 있는 듯 했네. 그러나 육군하사를 화나게 하지 않기 위해서 역시 나의 의견에 동의를 했네. 육군하사도— 육군하사는 잠시 생각한 후, 크게 숨을 한 번 내쉬고서는 "아이들을 위해서이기도 하니까"라며 마지못해 우리들 의견에 따르기로 했네.

우리 네 사람은 그 다음 날, 어렵지 않게 종업원을 결박했네. 그리고 육군하사는 우리를 대신해서 나의 면도칼을 받자마자 망설임 없이 그의 코를 도려냈지. 종업원은 물론 욕설을 퍼붓기도 하고, 하사의 손을 물고 늘어지기도 하고, 비명을 지르기도 했네. 그러나 코를 도려내

6) 국가에 의한 것이 아니라 어떤 단체 내에서 행해지는 제재.

고 난 후, 지혈제를 발라 준 행상인과 나에게는 울며 감사한 것도 사실이야.

현명한 자네는 그 후의 일도 스스로 짐작할 수 있을 것일세. 다아와는 그 후 정숙하게 우리들 네 사람을 사랑하고 있지. 우리들도—, 그것은 말할 필요도 없고 말이야. 실제로 어제는 육군하사조차 절실하게 나한테 이렇게 말했지. "이제 와서 생각해보면, 다아와의 코를 도려내지 않았던 것은 불행 중 다행이었어."

때마침 낮잠에서 깨어난 다아와가 나를 산책에 데리고 나가려고 하는군. 그럼 멀리 바다 건너에 있는 자네의 행복을 기원하면서 일단 이 편지도 마치기로 하지. 라싸는 지금 집집이 뜰에 복숭아꽃이 한창일세. 오늘은 다행히 먼지바람도 불지 않는군. 우리들은 이제 사촌끼리 결혼한 불륜남녀의 공개처벌을 구경하러 감옥 앞으로 갈 생각이네.

(1924년 3월)

어느 연애소설(或恋愛小說)

—어쩌면 '연애는 지고지순하다'*—

임명수

어느 여성잡지사 면회실.

주필(主筆): 뚱뚱한 40대 전후 신사.

호리카와 야스키치(堀川保吉): 주필이 뚱뚱한 만큼 그와 반대로 엄청 말라 보이는 30대 전후의, —한마디로 좀 형용하기 힘들다. 어쨌든 신사라고 하기에는 어딘가 조금 부족한 것만큼은 사실이다.

주필: 이번에는 저희 잡지에 소설 한 편 써주시지 않겠습니까. 정말 요즈음은 독자 눈도 아주 높아졌고, 기존의 연애소설로는 만족하지 않게 되어서 말이에요. ……좀 더 깊은 인간성에 바탕을 둔 심각한 연애소설을 써 주셨으면 합니다.

야스키치: 예, 쓰지요, 뭐. 실은 여성잡지에 싣고 싶은 소설이 있습니다.

주필: 아, 그렇습니까. 그거 잘됐네요. 만약 기고해 주신다면 신문에 대대적으로 광고하겠습니다. '호리카와 씨 붓에서 완성된 청순가련의

---

* 영국의 시인 부라우닝(Robert Browing, 1812~1889)의 시집 『남과 여』(1855) 권두시 「폐허의 사랑(Love among the Ruins)」 말미의 일구. 아쿠타가와는 부라우닝을 애독, 극적 독백의 수법을 『게사와 모리토(袈裟と盛遠)』에 응용했다.

극치를 보여주는 연애소설', 뭐 이런 식으로 광고를 내겠습니다.

야스키치: '청순가련의 극치'? 하지만 내 소설은 '연애는 지고지순하다'라고 말합니다.

주필: 그렇다면 연애 찬미네요. 그건 더더욱 좋지요. 구리야가와(厨川) 박사[1]의 「근대연애론」 이래, 대부분 청춘남녀의 마음은 연애지상주의에 쏠려 있으니까요. ……물론 근대적 연애겠지요?

야스키치: 음, 그건 좀 의문입니다. 근대적 회의라든가 근대적 도둑, 근대적 염색약 같은 것은 분명히 존재하겠지요. 그러나 왠지 연애만큼은 이자나기·이자나미[2]의 신화시대 이래 그다지 변하지 않은 것 같은 생각이 듭니다만.

주필: 그거야 이론만이겠지요. 예를 들면 삼각관계 같은 것은 근대적 연애의 한 예이니까요. 적어도 일본의 요즘 세태에서는.

야스키치: 아아, 삼각관계 말입니까? 내 소설에도 삼각관계는 나옵니다. ……대충 줄거리를 말해 볼까요?

주필: 그렇게 해 주시면 좋지요.

야스키치: 여주인공은 젊은 부인입니다. 외교관 아내입니다. 물론 도쿄(東京) 야마노테(山の手)[3] 저택에 살고 있지요. 키도 늘씬하고, 언동이 부드럽고 상냥하며, 언제나 머리모양은— 대체 독자들이 요구하는 것은 주로 어떻게 머리를 묶은 여주인공인가요?

주필: 귀 가림[4]이겠지요.

야스키치: 그럼 귀 가림으로 합시다. 항상 머리를 귀 가림으로 묶고, 하얀 피부에다 눈이 해맑고 약간 입술에 특징이 있는, —뭐, 활동

---

1) 구리야가와 하쿠손(厨川白村, 1880~1923): 영문학자, 평론가.
2) 일본 신화에서 최초의 부부로 등장한 남녀신.
3) 도쿄 중심부 주택가. 당시에는 관료나 군인들의 주택이 많았음.
4) 耳隱し: 1920년경부터 유행했던 귀가 안 보이도록 묶는 헤어스타일.

사진(영화)으로는 구리시마 스미코(栗島澄子)[5]라 할까요. 외교관 남편도 신세대 법학사니까, 신파극 분위기같이 앞뒤가 막힌 사람은 아닙니다. 학창시절에는 야구선수였고, 게다가 취미로 소설 정도는 읽는, 피부가 가무잡잡한 호남(好男)이지요. 두 사람은 야마노테 저택에서 행복하게 신혼생활을 보내고 있습니다. 같이 음악회에 가기도 하고, 긴자(銀座) 거리를 산책하기도 합니다…….

주필: 물론 관동대지진[6] 전이죠?

야스키치: 네, 대지진 훨씬 전이죠. ……같이 음악회에 가기도 하고, 긴자(銀座) 거리를 산책하기도 한다. 어떤 때는 서양식 방 전등 밑에서 말없이 미소만 주고받는 때도 있다. 여주인공은 이 서양식 방에다 '우리의 보금자리'라고 이름 붙였다. 벽에는 르누아르[7]와 세잔[8]의 복제화도 걸려 있다. 피아노도 검은 몸체를 번뜩이고 있다. 화분에 심은 야자도 잎을 늘어뜨리고 있다. —라고 하면 다소 세련미가 있지만, 월세는 의외로 쌉니다.

주필: 그런 설명은 안 들어가겠죠? 적어도 소설 본문에는.

야스키치: 아니, 필요합니다. 젊은 외교관 봉급은 뻔하니까요.

주필: 그럼 화족(華族) 아들로 하시죠. 하기야 화족이라면 백작이나 자작이겠죠. 무슨 연유인지 공작이나 후작은 그다지 소설에는 안 나오는 것 같습니다만.

야스키치: 그거야 백작의 아들이라도 상관없어요. 아무튼 서양식 방만 있으면 됩니다. 서양식 방, 긴자 거리, 음악회 이야기를 제1회에 실을 거니까. ……그러나 다에코(妙子)는—다에코는 여주인공 이름

5) 구리시마 스미코(栗島澄子, 1902~1987): 영화배우.
6) 関東大震災, 1923년 9월에 발생한 대지진.
7) 오귀스트 르누아르(Auguste Renoir, 1841~1919): 프랑스 인상파 화가.
8) 폴 세잔(Paul Cezanne, 1839~1906): 프랑스 후기인상파 거장.

입니다.—음악가인 다쓰오(達雄)와 친해지고 나서 왠지 점점 불안해지기 시작합니다. 다쓰오는 다에코를 사랑하고 있다, —그렇게 여주인공은 직감적으로 느끼고 있지요. 그뿐만 아니라 이 불안감은 날이 갈수록 점점 고조될 뿐입니다.

주필: 다쓰오는 어떤 남자인가요?

야스키치: 다쓰오는 음악천재입니다. 롤랑(Romain Rolland)[9]이 묘사한 장 크리스토프와 바서만(Jakob Wassermann)[10]의 다니엘 노트하프트를 하나로 합친 천재지요. 비록 아직 가난하고 아무에게도 인정받지 못하지만요. 이 부분은 내 음악가 친구를 모델로 할 생각입니다. 하기야 내 친구는 미남인데, 다쓰오는 미남은 아닙니다. 얼굴은 언뜻 보기에 고릴라와 닮은 도호쿠(東北) 지방 출신의 야만인입니다. 그러나 눈만큼은 천재다운 번뜩임을 소유하고 있지요. 그의 눈은 한 덩어리의 숯불처럼 끊임없이 열정을 품고 있다. —그러한 눈을 가지고 있어요.

주필: 천재로 설정하는 것은 아마도 독자들에게 통할 겁니다.

야스키치: 하지만 다에코는 외교관 남편에게 부족함을 느끼고 있는 것은 아닙니다. 아니, 오히려 전보다도 열렬히 남편을 사랑하고 있습니다. 남편도 역시 다에코를 신뢰하고 있고. 그건 말할 것도 없겠지요. 그 때문에 다에코의 심적 고통은 한층 심해져 갈 뿐이지요.

주필: 요컨대 제가 근대적이라고 말한 것은 바로 그런 연애를 의미하는 겁니다.

야스키치: 다쓰오는 또 매일 전등만 켜면 반드시 서양식 방에 얼굴을

---

9) 로맹 롤랑(Romain Rolland, 1866~1944): 프랑스 작가, 평론가.
10) 야코프 바서만(Jakob Wassermann, 1873~1934): 독일 소설가.

내밉니다. 그것도 남편이 있을 때라면 그나마 고통스럽지는 않지만, 다에코가 혼자서 집을 지키고 있을 때에도 역시 얼굴을 보이는 겁니다. 다에코는 그럴 때에는 어쩔 수 없이 그에게 피아노만 치게 합니다. 하기야 남편이 있을 때에도 다쓰오는 거의 피아노 앞에 앉아 있습니다만.

주필: 그러는 사이에 연애에 빠지는 겁니까?

야스키치: 아니오, 그리 쉽게 빠지지 않습니다. 그런데 2월 어느 날 저녁, 다쓰오는 갑자기 슈베르트의 「실비아에게」를 연주하기 시작합니다. 떠도는 불꽃처럼 정열이 깃든 노래이지요. 다에코는 커다란 야자잎 아래로 가만히 귀를 기울이고 있다. 그런 사이에 점점 다쓰오에 대한 그녀의 사랑을 느끼기 시작한다. 동시에 눈앞에 떠오른 황금빛 유혹을 감지하기 시작한다. 이제 5분— 아니, 1분만 지나면 다에코는 다쓰오 품 안으로 몸을 내던졌을지도 모릅니다. 그 때— 막 연주곡이 끝나려 할 때 다행스럽게도 남편이 귀가합니다.

주필: 그러고 나서는요?

야스키치: 그러고 나서 일주일쯤 지난 뒤 다에코는 결국 그 괴로움을 참을 수 없어 자살을 결심하게 됩니다. 그런데 마침 임신 중이어서 자살을 실행할 용기가 나지 않습니다. 거기서 자신이 다쓰오에게 사랑받고 있다는 사실을 남편에게 털어놓습니다. 하기야 남편에게 고통을 주지 않기 위해 그녀 자신도 다쓰오를 사랑하고 있다는 것만큼은 고백하지 않습니다만.

주필: 그리고 결투라도 하게 되나요?

야스키치: 아니오, 그냥 남편은 다쓰오가 방문했을 때 차갑게 그의 방문을 사절합니다. 다쓰오는 묵묵히 입술을 깨물며 피아노만 응시하고 있다. 다에코는 문밖에 우두커니 선 채 북받치는 울음을 억

제하고 있다. —그 후 2월이 채 지나기 전에 갑자기 발령을 받은 남편은 중국의 한카오(漢口)[11] 영사관으로 부임하게 됩니다.

주필: 다에코도 함께 가는 겁니까?

야스키치: 물론 함께 가지요. 그러나 다에코는 출발하기 전에 다쓰오에게 편지를 보냅니다. '당신의 순정은 동정합니다. 하지만 저는 어찌할 수도 없습니다. 서로 이렇게 될 운명이라 생각하고 잊도록 하지요.'—대충 그런 의미입니다만. 그 후로는 다에코는 이날까지 다쓰오를 만나지 않습니다.

주필: 그럼 소설은 그것으로 끝입니까?

야스키치: 아니오, 조금 더 남아 있습니다. 다에코는 한카오에 간 후에도 가끔 다쓰오 생각이 납니다. 그뿐만 아니라 끝내는 실은 남편보다 다쓰오를 사랑하고 있음을 깨닫게 되지요. 아세요? 다에코를 둘러싸고 있는 것은 한카오의 풍경이에요. 그 유명한 당나라 최호(崔顥)[12]의 시에 '청천력력한양수(晴川歷歷漢陽樹) 방초처처앵무주(芳草萋萋鸚鵡洲)'[13]라고 노래했던 풍경이지요. 다에코는 드디어 다시 한 번,—1년 정도 지나서입니다만,—다쓰오에게 편지를 보냅니다. '저는 당신을 사랑하고 있었어요. 지금도 당신을 사랑하고 있어요. 제발 저 자신을 속이고 있었던 저를 가엾게 여겨 주세요.' —그런 의미를 담은 편지를 보내는 겁니다. 그 편지를 받은 다쓰오는…….

주필: 곧바로 중국으로 달려가겠지요?

야스키치: 도저히 그렇게는 할 수 없습니다. 어쨌든 다쓰오는 먹고 살

---

11) 중국 호북성(湖北省)의 지명.

12) 704경~754.

13) 『당시선(唐詩選)』 5권에 수록된 7언시 「황학루(黃鶴樓)」의 한 구절.

기 위해 아사쿠사(浅草)의 어느 활동사진관에서 피아노를 치고 있기 때문에.

주필: 그건 좀 살풍경인데요.

야스키치: 살풍경이더라도 어쩔 수 없습니다. 다쓰오는 변두리 카페 테이블에 앉아 다에코의 편지 봉투를 뜯고 있습니다. 창밖의 하늘은 비를 뿌리고 있습니다. 다쓰오는 정신이 나간 것처럼 멍하니 편지를 응시하고 있습니다. 왠지 글줄과 글줄 사이에 다에코의 서양식 방이 보이는 듯합니다. 피아노 뚜껑에 전등 불빛이 비치는 '우리의 보금자리'가 보이는 듯합니다…….

주필: 좀 부족한 듯합니다만, 어쨌든 근래 보기 드문 걸작이네요. 꼭 좀 써주세요.

야스키치: 사실 좀 더 있는데요.

주필: 아니, 아직 끝이 아닙니까?

야스키치: 네, 그러던 중에 다쓰오는 웃기 시작합니다. 그러다가 분한 듯이 '빌어먹을' 하고 고함을 질러댑니다.

주필: 아하, 미쳤군요.

야스키치: 아니, 너무 어처구니가 없어 속이 끓어오른 겁니다. 당연히 끓어오르겠지요. 애초부터 다쓰오는 다에코 따위는 조금도 사랑한 적은 없었으니까요…….

주필: 하지만, 그렇게 되면…….

야스키치: 다쓰오는 단지 피아노를 치고 싶어 다에코 집을 다녔던 겁니다. 말하자면 피아노만을 사랑했을 뿐입니다. 여하튼 가난한 다쓰오에게는 피아노를 살 돈이 아예 없었을 테니까요.

주필: 그렇지만 호리카와 씨…….

야스키치: 하지만 영화관 피아노라도 칠 수 있었을 때만 하더라도 다

쓰오에게는 행복했던 겁니다. 다쓰오는 과거 관동대지진 이후 경찰이 되었습니다. 호헌운동(護憲運動)[14]이 일어났을 때 등은 선량한 도쿄시민을 위해 뭇매질당하기도 합니다. 단지 야마노테 주택가 순찰 중에 이따금 피아노 소리라도 나면 그 집 밖에 멈춰선 채 덧없는 행복을 꿈꾸고 있습니다.

주필: 그럼 모처럼의 소설은…….

야스키치: 좀 들어봐요. 다에코는 최근에도 한카오 집에서 여전히 다쓰오를 생각하고 있습니다. 아니, 한카오에서뿐만이 아닙니다. 외교관 남편이 전근할 때마다, 상하이(上海), 베이징(北京), 텐진(天津)으로 일시적으로 거주를 옮기면서 변함없이 다쓰오를 그리워합니다. 물론 대지진 때에는 자식들도 많아졌지요. 음, 연년생에다 쌍둥이를 낳았으니까 아이가 넷이나 되었습니다. 게다가 또 남편은 어느 샌가 술을 많이 마시게 되었지요. 그래도 돼지처럼 뚱뚱해진 다에코는 정말로 자신과 서로 사랑했던 상대는 다쓰오뿐이었다고 생각하고 있습니다. 연애는 실제로 지고지순한 것이지요. 그렇지 않다면 도저히 다에코처럼 행복해질 수 있을 리가 없지요. 적어도 인생의 수렁을 증오할 수밖에 없겠지요. 어떻습니까? 이런 소설은.

주필: 호리카와씨. 당신은 대체 제정신입니까?

야스키치: 네, 당연히 제정신이지요. 요즈음 연애소설을 보세요. 여주인공은 마리아가 아니면 클레오파트라가 아닙니까. 그러나 인생의 여주인공은 반드시 정숙한 여자도 아니고, 동시에 꼭 음부(淫婦)도 아닙니다. 만약 순진하고 착한 독자 중에서 한 사람이라도 그런 소설을 곧이듣는 남녀가 있다고 칩시다. 물론 연애가 원만하게 성

---

14) 1924년 각 정당이 결속하여 정당내각과 보통선거의 실현을 이끌었던 운동.

취된 경우에는 문제가 안 됩니다만, 만일 실연이라도 한 날에는 반드시 어리석은 자기희생을 하든지, 그렇지 않으면 더 어리석은 복수심을 발산하겠지요. 게다가 그것을 당사자 자신은 뭔가 영웅적 행위처럼 아주 자랑스럽게 생각할 테니까요. 하지만 내 연애소설에는 조금도 그러한 악영향을 끼칠 걱정은 없습니다. 그뿐만 아니라 결말은 여주인공의 행복을 찬미하고 있지요.

주필: 농담도 참. ……어쨌든 저희 잡지에는 실을 수 없겠는데요.

야스키치: 그래요? 뭐, 그럼 어딘가 다른 곳에 싣지요. 이 넓은 세상에 한 곳 정도는 내 주장을 이해해주는 여성잡지도 있을 테니까요.

야스키치의 예상이 틀리지 않았다는 증거는 이 대화가 여기에 실렸다는 것이다.

문장(文章)

권희주

"호리카와 씨, 조사(弔辭) 하나 써 주시겠어요? 토요일에 혼다 소좌의 장례식이 있어서 ―그때 교장 선생님께서 읽으실 건데요."

후지타 대좌는 식당을 나서면서 야스키치에게 말을 건넸다. 호리카와 야스키치는 이 학교의 학생들에게 영어를 가르치고 있다. 그러나 수업을 피해 짬짬이 조사를 쓰거나 교과서를 집필하고 오전 강의의 첨삭을 하거나 외국의 신문기사를 번역하는 일도 때때로 해야만 한다. 이런 일을 시키는 것은 항상 이 후지타 대좌이다. 대좌는 겨우 마흔 살 정도됐을 것이다. 약간 검은 피부에 마르고 신경질적인 얼굴이다. 야스키치는 대좌보다도 한 걸음 뒤에서 어슴푸레한 복도를 걸으며 무심코 '그럴 수가'라고 탄식했다.

"혼다 소좌가 돌아가셨습니까?"

대좌도 '그럴 수가'라는 듯이 야스키치의 얼굴을 돌아다봤다. 야스키치는 어제 거짓 핑계를 대고 쉬었기 때문에 혼다 소좌의 급사를 알린 통지서를 보지 못했던 것이다.

"어제 아침 돌아가셨습니다. 뇌출혈이라고 하던데……, 그럼 금요일

까지 부탁합니다. 모레 아침까지입니다."

"네, 쓰기는 쓰겠지만……."

눈치가 빠른 후지타 대좌는 금세 야스키치를 앞질러 말했다.

"조사를 쓰는 데 참고할 이력서는 이따 드리지요."

"그런데 어떤 분이셨지요? 저는 혼다 소좌의 얼굴만 기억하는 정도인데요……."

"우애가 깊은 사람이었어요. 그리고.....그리고 항상 우등생이었지요. 나머지는 아무쪼록 명문장으로 채워 주십시오."

두 사람은 이미 노랗게 칠해진 과장실 문 앞에 서 있었다. 후지타 대좌는 과장이라 부르는 교감 역할을 하고 있다. 야스키치는 어쩔 수 없이 조사에 관한 예술적 양심을 내던졌다.

"천성이 영리하고 우애가 깊은 분이시군요. 그럼 어떻게든 갖다 붙이지요."

"아무쪼록 잘 부탁합니다."

대좌와 헤어진 야스키치는 흡연실로 향하지 않고 아무도 없는 교관실로 돌아왔다. 11월의 햇살은 마침 오른쪽에 창이 있는 야스키치의 책상을 비추고 있다. 그는 그 앞에 앉아 담배 한 대에 불을 붙였다. 이미 오늘까지 두 개의 조사를 쓴 경험이 있다. 첫 조사는 맹장염으로 죽은 시게노 소위를 위해 쓴 것이었다. 당시 학교에 온 지 얼마 안 된 그는 시게노 소위가 어떤 사람인지 얼굴조차 기억하지 못했다. 그러나 조사로서는 처녀작이라 다소 흥미를 갖고 있었기 때문에 '유유히 떠 있네, 흰 구름'이라는 당송팔가문 같은 문장으로 조사를 채웠다. 그 다음은 뜻밖의 익사 사고를 당한 기무라 대위를 위해 쓴 것이었다. 기무라 대위와는 매일같이 기차로 같은 피서지에서 이 학교 소재지로 함께 왕복했기 때문에 솔직하게 애도를 표할 수 있었다. 그렇지만 이

번 혼다 소좌는 단지 식당을 나올 때마다 독수리를 닮은 얼굴을 봤을 뿐이다. 그뿐만 아니라 조사를 쓰는 것에 흥미도 갖고 있지 않다. 말하자면 현재의 호리카와 야스키치는 주문을 받은 장의사이다. 몇 월 며칠 몇 시까지 용등이나 조화를 가져오라는 부탁을 받은 정신생활상의 장의사이다. —야스키치는 담배를 문 채로 점점 우울해지기 시작했다…….

"호리카와 교관."

야스키치는 꿈에서 깬 듯, 책상 옆에 서 있는 다나카 중위를 올려다보았다. 다나카 중위는 콧수염이 짧고, 둥근 이중턱과 애교 있는 얼굴의 소유자이다.

"이게 혼다 소좌의 이력서라네요. 과장님이 지금 호리카와 교관에게 전해주라고 해서요."

다나카 중위는 책상 위에 괘지를 몇 장이나 철해 놓은 것을 내려놓았다. 야스키치는 "네"라고 대답하고서는 멍하니 괘지로 눈길을 떨구었다. 괘지에는 서임 연월만 빼곡히 나열되어 있다. 이것은 평범한 이력서가 아니다. 문관도 아닌 무관도 아닌, 모든 천하의 관리되는 자의 일생을 암시하는 상징이다…….

"그리고 한 가지 여쭈어보고 싶은 단어가 있는데— 아니, 해상용어는 아닙니다. 소설에 나왔던 단어입니다."

중위가 내민 종잇조각에는 뭔가 가로로 쓴 단어 하나가 파란 연필의 흔적을 남기고 있다. Masochism— 야스키치는 무심결에 종잇조각에서 언제나 빰이 발간 중위의 동안으로 눈길을 돌렸다.

"이것입니까? 이 마조히즘이라는……."

"네, 아무래도 보통 영어사전에는 나오지 않을 듯해서요……."

야스키치는 근심스러운 얼굴로, 마조히즘의 의미를 설명했다.

"아니, 그런 뜻입니까!"

다나카 중위는 변함없이 밝은 미소를 띠고 있다. 이렇게 만족한 미소만큼 초조한 기분을 부추기는 것은 없다. 특히 현재의 야스키치는 실제 이 행복한 중위의 얼굴에 크라프트 에빙의 모든 어휘를 내던지고 싶은 유혹마저 느꼈다.

"이 단어의 기원이 된— 음, 마조흐라고 하셨죠. 그 사람의 소설은 훌륭합니까?"

"뭐, 모조리 졸작입니다"

"그렇지만 마조흐라는 사람은 어쨌든 흥미로운 인격인 거네요?"

"마조흐 말입니까? 마조흐라는 사람은 바보예요. 여하튼 정부는 국방계획보다도 사창가 보호에 돈을 써야 한다고 열심히 주장했다고 하니까요."

마조흐의 어리석음을 알게 된 다나카 중위는 겨우 야스키치를 해방시켰다. 원래 마조흐가 국방계획보다도 사창가 보호를 중요시했는지는 확실하지 않다. 아마도 역시 국방계획에도 상당한 경의를 표했을 것이다. 그러나 그렇게 말하지 않으면 이 낙천가 중위의 머리에 변태성욕이 어리석은 이유를 새기는 것은 불가능하기 때문이다…….

야스키치는 혼자가 된 후, 또 하나의 담배에 불을 붙이면서 어슬렁어슬렁 실내를 걷기 시작했다. 그가 영어를 가르치고 있는 것은 앞에도 쓴 대로다. 그렇지만 그것은 본직이 아니다. 적어도 본직이라고는 믿고 있지 않다. 그는 여하튼 창작을 평생의 사업으로 생각하고 있다. 실제로 교사가 되고 나서도 대체로 두 달에 한 편씩은 짧은 소설을 발표해 왔다. 그 중 하나— 성 크리스토프의 전설을 게이초 연간에 출판된 이솝 이야기풍으로 딱 절반만큼 고쳐 쓴 것이 이번 달에 어느 잡지에 실렸다. 다음 달에는 또 같은 잡지에 남은 절반을 써야만 한다. 이

번 달도 벌써 7일이니 다음호 마감일은— 조사 같은 것을 쓰고 있을 때가 아니다. 밤낮으로 노력해도 원래 일하는 데 시간이 걸리는 그가 완성을 할 수 있을지 의문이다. 야스키치는 점점 조사가 꺼림직해지기 시작했다.

이때 큰 벽시계가 조용히 12시 반을 알린 것은 이를테면 뉴턴의 발밑으로 사과가 떨어진 것과 같은 것이었다. 야스키치는 수업이 시작되기까지 이제 30분을 기다려야 한다. 그 사이에 조사를 써 버리면 굳이 괴로운 일 사이에 '슬프다'는 생각을 하지 않아도 된다. 그렇다고는 하나, 고작 30분 사이에 천성이 영리하고 우애가 깊은 혼다 소좌를 추도하기에는 다소 어려움이 수반된다. 그러나 그런 어려움에 두 손을 들어버린다면 위로는 가키노모토 히토마로(柿本人麻呂)에서 아래로는 무샤노코지 사네아쓰(武者小路実篤)에 이르는 풍부한 어휘를 자랑한 것도 모두 허세가 되어버린다. 야스키치는 바로 책상에 앉아 잉크병에 펜을 꽂자마자 시험용지인 풀스캡에 단숨에 조사를 쓰기 시작했다.

혼다 소좌의 장례식 날은 조금도 과장없는 맑은 가을 날씨였다. 야스키치는 프록코트에 실크 모자를 쓰고 12~13명의 문관교관과 장례행렬의 뒤를 따라갔다. 문득 뒤돌아보니 교장인 사사키 중장을 비롯해 무관 중에서는 후지타 대좌, 문관 중에서는 아와노 교관이 그보다도 뒤에서 걷고 있다. 그는 송구스러움을 느껴 바로 뒤에 있던 후지타 대좌에게 "먼저 가시죠"라며 인사를 했다. 그러나 대좌는 "아닙니다"라고 말할 뿐 묘하게 웃고 있다. 그러자 교장과 이야기하고 있던 콧수염이 짧은 아와노 교관이 역시 미소를 지으며 농담인지 진담인지 모르게 이렇게 야스키치에게 주의를 줬다.

"호리카와 군. 해군의 의식이네. 고위 고관일수록 뒤에 서니까 호리

카와 군은 후지타 씨 뒤에 설 수 없어요."

야스키치는 다시 한 번 황송함을 느꼈다. 과연 듣고 보니 그 상냥한 다나카 중위는 훨씬 앞쪽 행렬에 있다. 야스키치는 서둘러 큰 걸음으로 중위 쪽으로 다가갔다. 중위는 오늘도 장례식보다는 결혼식에 참석한 것처럼 대단히 기쁜 듯 호리카와에게 말을 걸었다.

"날씨가 좋네요. ……지금 장례행렬에 참가하신 겁니까?"

"아니요, 계속 뒤에 있었습니다."

야스키치는 조금 전에 있었던 이야기를 했다. 중위는 물론 장례식의 위엄을 깨트릴 정도로 웃기 시작했다.

"처음입니까, 장례식에 오신 것은?"

"아뇨, 시게노 소위 때에도, 기무라 대위 때도 왔습니다."

"그때는 어떻게 하셨습니까?"

"물론 교장 선생님이나 과장님보다도 훨씬 뒤쪽에 있었죠."

"그럼, ―대장 격이네요."

장래행렬은 이미 절에 가까운 변두리 마을에 들어섰다. 야스키치는 중위와 이야기하면서 장례식을 보러 온 사람들에게 눈길 주는 것도 잊지 않았다. 이 마을 사람들은 어렸을 때부터 무수히 많은 장례식을 보았기 때문에 장례식 비용을 계산하는 일에 이상한 재능을 가지고 있다. 여름방학 하루 전날 수학을 가르치는 기리야마 교관의 부친 장례식에 갔을 때에도, 어느 집 처마에 서 있던 민소매 옷을 입은 노인이 감물 먹인 부채로 이마를 가린 채 "아, 15엔짜리 장례식이군."이라고 말했다. 오늘도― 오늘은 공교롭게도 그때처럼 누구도 그 재능을 발휘하지 않는다. 그러나 오모토교(大本教)의 신관 한 명이 자기 자식으로 보이는 백색증 아이를 목말 태우고 있던 것은 오늘 생각해봐도 진기한 광경이다. 야스키치는 언젠가 이 마을의 사람들을 '장례식'이라든가 하는 단편으로 써보고 싶다고 생각했다.

"이번 달은 뭔가 호로상인이라는 소설을 쓰고 계시지요?"

상냥한 다나카 중위는 계속해서 이야기했다.

"그 비평이 나왔습니다. 오늘 아침 지지(時事)— 아니, 요미우리(読売)였습니다. 나중에 보여 드릴게요. 외투 주머니에 있으니까요."

"아뇨, 그러실 필요 없습니다."

"호리카와 교관은 비평을 쓰시지 않는 것 같아요. 저는 비평만은 써보고 싶습니다. 예를 들면, 셰익스피어의 햄릿. 그 햄릿의 성격은……"

야스키치는 금방 깨달았다. 천하에 비평가가 넘쳐나는 것이 반드시 우연은 아니었다.

장례행렬은 마침내 절 문으로 들어섰다. 절은 뒤쪽 소나무 숲 사이에 잔잔한 바다를 내려다보고 있다. 보통은 한적할 것이다. 그러나 지금 문 안은 장례식 행렬보다 앞서 온 학교 학생들로 가득차 있다. 야스키치는 고리(庫裡) 현관에 새 에나멜 구두를 벗고 햇빛이 잘 드는 긴 복도를 지나 다다미만 새로 깔려 있는 조문객석으로 향했다.

조문객석의 맞은편은 가족석이었다. 그곳의 상석에 앉아 있는 사람은 혼다 소좌의 아버지일 것이다. 역시 독수리를 닮은 얼굴은 머리가 하얗게 센 만큼 아들보다도 한층 사나워 보인다. 그다음에 앉아 있는 대학생은 물론 동생임에 틀림없다. 세 번째 사람은 여동생치고는 너무 예쁜 아가씨이다. 네 번째 사람은—여하튼, 네 번째 이후의 사람은 이렇다 할 특징이 없는 듯 하다. 이쪽의 조문객석에는 우선 교장이 앉아 있다. 그 다음에는 과장이 앉았다. 야스키치는 과장의 바로 뒤—조문객석의 두 번째 줄에 앉기로 했다. 그렇다고는 해도 과장이나 교장처럼 무릎을 모으지는 않았다. 다리가 쉽사리 저리지 않도록 책상다리를 하고 앉았다.

독경은 바로 시작됐다. 야스키치는 신나이(新內)[1]를 사랑하듯이 여러 종교의 독경도 사랑한다. 그러나 도쿄 내지 도쿄 근교의 절은 불행히도 독경조차 대체로 타락을 드러내는 듯 하다. 옛날에는 긴보산(金峯山)의 자오(蔵王)[2]를 비롯해 구마노(熊野)의 곤겐(権現)[3], 스미요시(住吉)의 묘진(明神)[4] 등도 도묘아지리(道明阿闍梨)[5])의 독경을 들으러 호린사(法輪寺)의 정원에 모였다고 한다. 그러나 그러한 미묘한 음은 미국문명의 도래와 함께 영원히 이승 세계를 등졌다. 지금도 4명의 제자는 물론이거니와 근시안경을 쓴 주지는 국정교과서를 암송하듯 제바품인지 뭔지를 읽고 있다.

그 사이 독경이 일단락 될 때가 되자 교장인 사사키 중장은 천천히 소좌의 관 앞으로 갔다. 하얀 고급직물에 싸인 관은 수미단(須弥壇)을 정면으로 본당의 입구에 안치되어 있다. 또 관 앞의 책상에는 연꽃 조화가 희미하게 보이고 촛불의 불꽃이 흔들리는 그 사이에 훈장 상자도 장식되어 있다. 교장은 관에 한번 인사한 후, 왼손에 들고 있던 봉서의 조사를 펼쳤다. 조사는 물론 2~3일전에 야스키치가 쓴 '명문'이다. '명문'은 특별히 부끄러운 곳은 없다. 그런 신경은 아주 옛날에 낡은 혁지와 같이 닳아 없어졌다. 다만 이 장례식의 희극 중에 그 자신도 조사의 작자라는 한 역할을 하고 있다—라기보다도 오히려 그러한 사실을 명백히 드러내는 것이 어쨌든 그다지 유쾌하지 않다. 야스키치는 교장의 헛기침과 동시에 엉겁결에 무릎 위로 눈길을 돌렸다.

---

1) 조루리(浄瑠璃)의 한 유파.
2) 나라현(奈良県)에 있는 긴본산사(金峯山寺) 본당의 본존.
3) 구마노산잔(熊野三山)에서 모시는 신.
4) 일본 신도의 신을 지칭.
5) 도묘아지리(道明阿闍梨, 생년미상~1020): 독경의 명인으로 전해지는 헤이안(平安) 중기의 천태종 승려.

교장은 조용히 읽기 시작했다. 약간 쉰 목소리에는 글을 초월한 애절한 정이 담겨 있다. 도저히 다른 이가 쓴 조사를 읽고 있다고는 생각되지 않았다. 야스키치는 조용히 교장의 배우적 재능에 감탄했다. 본당은 두말할 것도 없이 조용하다. 움직임조차 거의 없다. 교장은 드디어 침통하게 "당신은, 천성이 영리하고 우애가 깊은"이라는 부분을 계속 읽어 나간다. 그러자 갑자기 가족석에서 누군가가 킥킥 웃기 시작하는 사람이 있었다. 뿐만 아니라 그 웃음소리는 점점 커지는 것 같다. 야스키치는 내심 흠짓 놀라면서 후지타 대좌의 어깨 넘어 맞은편 사람들을 물색했다. 그와 동시에 장소에 맞지 않는 웃음소리라고 생각한 것은 우는 소리였다는 사실을 발견했다.

목소리의 주인공은 여동생이다. 구식의 속발머리를 한 채 얼굴을 숙이고 비단 손수건을 얼굴에 대고 있는 예쁜 아가씨이다. 그뿐만이 아니라 남동생도—세련되지 않은 대학생도 역시 눈물을 흘리고 있다. 그러고 보니 노인도 끊임없이 휴지를 내어 조용히 코를 풀고 있다. 야스키치는 이러한 광경 앞에 우선 무엇보다도 놀랐다. 그리고 감쪽같이 관객을 울린 비극 작가로서 만족을 느꼈다. 그러나 마지막에 느낀 것은 그들의 감정보다도 훨씬 큰 뭐라 말할 수 없는 미안함이다. 고귀한 인간의 마음 속에 부지불식간에 진흙발로 들어서버린, 사과하고 싶어도 할 수 없는 미안함이다. 야스키치는 이 미안함 앞에 한 시간에 걸친 장례식 중, 처음으로 초연히 머리를 숙였다. 혼다 소좌의 친척들은 이러한 영어 교사의 존재 같은 것은 몰랐음에 틀림없다. 그러나 야스키치의 마음 속에는 광대 옷을 입은 라스코니코프가 한 명, 7, 8년이 지난 오늘도 진창길에 무릎을 꿇은 채로 아무쪼록 제군의 사면을 청하고 싶다고 생각하고 있다......

장례식이 있던 날의 해질녘이다. 기차에서 내린 야스키치는 해안에

있는 하숙집으로 돌아가기 위해 조릿대 울타리가 늘어선 피서지의 뒷길을 지나갔다. 길이 좁아 구두 밑에는 촘촘히 모래가 낀다. 안개도 어느샌가 내려앉은 듯 하다. 담장 안에 모여 있는 소나무 사이로 성기게 하늘이 보이고 어렴풋이 송진 냄새가 풍겨난다. 야스키치는 고개를 숙인 채 그러한 정막함에도 신경쓰지 않고 어슬렁 어슬렁 바다 쪽으로 걸어갔다.

그는 절에서 후지타 대좌와 함께 돌아오게 되었다. 그러자 대좌는 그가 만든 조사의 완성도를 칭찬하며 '급히 옥을 다듬는다'는 말은 혼다 소좌의 죽음에 어울린다는 등 비평을 했다. 그것만으로도 친척의 눈물을 본 야스키치를 약하게 만들기에는 충분하다. 게다가 또 같은 기차에 탄 상냥한 다나카 중위는 야스키치의 소설을 비평한 요미우리 신문의 월평을 보여줬다. 월평을 쓴 것은 그 무렵 명성을 떨치던 N씨다. N씨는 호되게 매도한 후, 이렇게 야스키치에게 못을 박았다. "해군××학교 교관의 취미는 문단에 전혀 필요하지 않다!"

반시간도 걸리지 않아 쓴 조사는 의외로 감명을 주었다. 그러나 며칠 밤을 전등 불빛 아래 퇴고를 거듭한 소설은 은근히 기대했던 감동의 10분의 1도 주지 못한다. 물론 그는 N씨의 말을 일소에 부칠 여유를 가지고 있다. 그러나 현재의 자신의 위치는 쉽게 일소에 부칠 수 없었다. 그는 조사에는 성공하고 소설에는 멋지게 실패했다. 이것은 그의 입장에서 보면 불안한 마음이 드는 것은 사실이다. 도대체 운명은 그를 위해 언제쯤 이러한 슬픈 희극의 막을 내려주실까......

야스키치는 문득 하늘을 올려다보았다. 하늘에는 가지를 뻗은 소나무 사이로 빛나지 않는 달이 하나, 확연히 적동색을 띠고 있다. 그는 그 달을 바라보는 사이에 소변이 보고 싶어졌다. 길에는 다행히 한 사람도 없다. 길의 좌우는 변함없이 조릿대 울타리가 조용히 늘어서 있

다. 그는 오른쪽 담 밑에 오랫동안 외롭게 소변을 보았다.

그러자 아직 소변을 보는 중에 야스키치 눈 앞의 울타리가 끼익하고 열렸다. 담이라고만 생각했던 것은 담과 같이 생긴 문이었다. 그리고 그 문에서 나온 것은 콧수염을 기른 남자다. 야스키치는 어찌할 바를 몰랐지만 소변만은 계속 보면서 가능한 천천히 옆으로 돌렸다.

"이거 곤란한데요."

남자는 망연히 이렇게 말했다. 뭔가 당혹 그 자체인 사람이 된 듯한 목소리였다. 야스키치는 이 말을 들었을 때, 갑자기 소변도 보이지 않을 정도로 해가 지고 있는 것을 발견했다.

추위(寒さ)

윤상현

어느 날, 눈이 멎은 오전이었다. 호리카와 야스키치(堀川保吉)는 물리 교관실에 있는 의자에 앉아 난로에서 타오르는 불꽃을 바라보고 있었다. 난로 불꽃은 마치 숨을 쉬는 듯, 흐물흐물 노란빛으로 타오르거나 거무칙칙한 재로 꺼져갔다. 그것은 실내에 떠도는 추위와 하염없이 싸우는 증거였다. 야스키치는 문뜩 지구 밖의 우주적 한랭을 상상하면서 빨갛게 열을 발산하는 석탄에 왠지 동정에 가까운 것을 느꼈다.

"호리카와 군."

야스키치는 난로 앞에 서 있는 미야모토(宮本)라는 이학 학사(理学学士)의 얼굴을 쳐다보았다. 근시 안경을 쓴 미야모토는 바지 주머니에 손을 넣은 채, 콧수염 아래 엷은 입술에 상냥한 미소를 띠고 있었다.

"호리카와 군. 자네는 여자도 물체(物体)라는 사실을 알고 있나?"

"동물이라는 건 알고 있는데."

"동물이 아니라 물체라네. —이건 나도 고심한 결과, 최근에 발견한 진리란 말이지."

"호리카와 씨, 미야모토 씨가 말하는 것을 곧이곧대로 들어선 안 돼

요."

이것은 또 한 사람의 물리 교관— 하세가와(長谷川)라는 이학 학사가 한 말이었다. 야스키치는 그를 돌아다보았다. 하세가와는 막 야스키치 뒤에 있는 책상에 앉아 시험지 답안을 확인하는 중으로, 이마가 벗겨진 얼굴에 당혹스럽고 어이없는 웃음이 가득하였다.

"이거 당치 않군. 내 발견은 하세가와 군을 매우 행복하게 하는 것이지 않은가? —호리카와 군, 자넨 전열(伝熱) 작용 법칙을 아는가?"

"전열? 전기 열인가 뭔가 하는?"

"문학자는 이래서 안 된단 말이야."

미야모토는 이렇게 말하는 와중에도 불기운이 남아 있는 난로 개폐구에 석탄을 한 번 쓸어 넣었다.

"온도가 다른 두 개의 물체를 서로 접촉시켜 놓으면 말일세. 열은 고온 물체에서 저온 물체로, 두 개의 온도가 동등해질 때까지 쭉 이동을 계속하지."

"그런 건 누구나 아는 사실 아닌가?"

"그걸 전열 작용의 법칙이라고 하지. 그런데 여자를 물체로 보면 말이야. 알겠어? 만일 여자를 물체라고 한다면, 남자도 물론 물체가 되겠지. 그러면 결국 연애는 열에 해당되지. 지금 이 남녀를 접촉시키면 연애가 전달되는 것도 전열과 같이, 보다 흥분한 남자로부터 그다지 흥분하지 않은 여자에게, 양자의 연애가 동등해질 때까지 당연히 이동을 계속할 거야. 하세가와 군의 경우가 바로 그런 단계지……."

"참, 또 시작이군."

하세가와는 되레 즐거운 듯이, 들뜰 때 짓는 웃음소리를 내었다.

"지금 면적 S를 지나, 시간 T 내에 이동하는 열량을 E라고 하지. 그러면— 알겠나? H는 온도, X는 열전도로 잰 거리, K는 물질의 일정한 열전도율이라네. 그러면 하세가와 군의 경우는 말이야…….”

미야모토는 작은 칠판에 공식 같은 것을 쓰기 시작했다. 하지만 갑자기 뒤돌아보더니 자못 실망이라도 한 듯 분필가루를 털어냈다.

“아무래도 초짜인 호리카와 군을 상대로 하기엔 모처럼 발견한 보람도 없군. ―하여간 하세가와 군의 약혼녀는 공식대로 흥분하기 시작한 것 같군.”

“실제로 그러한 공식이 있다면야 세상은 어지간히 편하겠는데.”

야스키치는 기다란 다리를 뻗으며 멍하니 창밖에 펼쳐진 설경을 바라보았다. 이 물리 교관실은 2층 모퉁이에 있기 때문에 체조 기구가 있는 운동장이나 운동장 저편에 늘어선 소나무 숲, 그리고 맞은편에 빨간 벽돌로 지어진 건물 또한 한눈에 전망하기 쉬웠다. 바다도― 바다는 건물과 건물 사이로 어슴푸레 파도를 흩뿌리고 있었다.

“헌데 문학자 형편이 말이 아니군. ―어때, 요새 출판한 책 매상은?”

“예전이나 지금이나 조금도 팔리지 않아. 작가와 독자 사이에는 전열 작용도 일어나지 않는 것 같군. ―그런데 하세가와 군, 결혼은 아직입니까?”

“예, 이미 1월에 접어들었습니다만, ―준비할 것도 여러 가지 있으니까요. 그보다 싸게 내놓은 집이 없어 곤란해하고 있습니다.”

“싸게 내놓은 집이 없다고 결혼을 늦춰서야.”

“전 미야모토 씨가 아니잖아요. 가장 중요한 건 집을 얻으려고 해도, 셋집이 없어 난감합니다. 실제로 요전 일요일에는 거의 모든 마을을 다녀 봤습니다. 하지만 어쩌다 집이 비어 있나 싶으면 이미 계약이 끝났더군요.”

“저희 집 쪽은 어떻습니까? 매일 기차를 타고 학교에 통학하는 것만 괜찮으시다면요.”

"선생님이 사시는 동네는 꽤 멉니다. 그 동네에 셋집도 있다고 해서 아내도 그쪽을 희망하고 있습니다만, —아니, 호리카와 씨, 구두가 타고 있지 않습니까?"

어느새 호리카와의 구두가 난로에 닿았는지 가죽 타는 냄새와 함께 모락모락 수증기를 피우고 있었다.

"자네, 그것도 역시 전열 작용이라는 걸세."

미야모토는 안경을 닦으면서, 보이지 않는 근시안으로 야스키치를 향해 히죽 웃어 보였다.

그러고 나서 4, 5일이 지난 후, 어느 흐린 날 아침이었다. 야스키치는 기차를 타기 위해 어느 변두리 피서지에서 열심히 서두르고 있었다. 길 오른쪽은 보리밭, 왼쪽은 기차 선로가 있는 폭 2겐(間)[1] 정도의 제방이었다. 아무도 없는 보리밭은 희미한 소리로 가득 차 있었다. 그것은 영락없이 누군가 보리밭 사이를 걷고 있는 소리였다. 그러나 사실은 갈아엎어 흙 속에 있던 서릿발이 제풀에 무너지는 소리인 듯했다.

그 사이 8시 발 상행선 열차는 긴 기적소리를 울리면서 천천히 속도를 줄이며 제방 위를 통과하였다. 야스키치가 타려는 하행선 열차는 이보다 30분 늦게 온다. 그는 시계를 꺼내 보았다. 그런데 시계가 어찌 된 일인지 8시 15분이 되어가고 있었다. 그는 이 시간 차이를 시계가 고장 난 것으로 해석하였다. '오늘은 기차를 놓칠 걱정은 없어.' —그때 이런 생각이 든 것도 말할 것 없었다. 길옆 보리밭은 점점 생

1) 겐(間)은 길이의 단위로, 1겐은 약 1.8m.

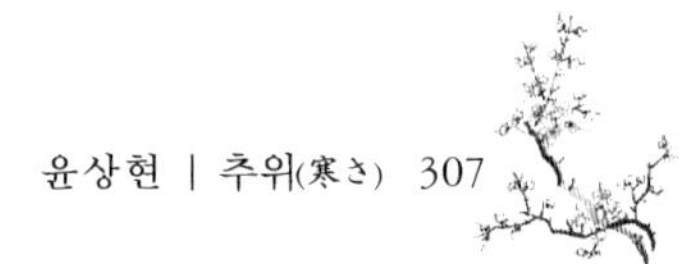

울타리로 변하기 시작하였다. 야스키치는 담배 '아사히(朝日)'를 한 개비 꺼내며 좀 전과 달리 홀가분한 마음으로 걸어갔다.

석탄재 따위가 깔려 있는 비탈길 위엔 건널목이 보인다. —여느 때처럼 그곳에 왔을 때였다. 야스키치는 건널목 양쪽에 사람들이 모여 있는 것을 발견하였다. 순간 치여죽었구나 하는 생각이 들었다. 때마침 건널목 울타리 옆에 짐 실은 자전거가 멈춰 있는 것을 보니, 평소 알던 정육점의 어린 점원이 있었다.

"이봐, 무슨 일이야?"

"치였어요. 지금 상행 열차에 치였어요."

어린 점원은 당황한 듯 빠른 어조로 이렇게 말했다. 토끼 가죽으로 만든 귀마개를 한 얼굴도 묘하게 상기되어 빛나고 있었다.

"누가 치었지?"

"건널목 간수요. 학생이 치일 뻔한 것을 살리려다가 치였대요. 저기 봐요. 하치만마에(八幡前)에 나가이(永井)란 책방 있죠? 저기 사는 여자애가 치일 뻔했대요."

"그 아이는 살았어?"

"예, 저쪽에 울고 있는 게 그 아이예요."

'저쪽'이라는 곳은 건널목 맞은편에 모여 있는 사람들 쪽이었다. 과연 그곳에는 여자아이 한 명이 순사의 질문을 받고 있었다. 그 옆에는 부(副)역장으로 보이는 남자도 이따금 순사와 이야기하고 있었다. 건널목 간수는— 야스키치는 건널목 간수 초소 앞 거적에 덮힌 시체를 발견했다. 그것은 혐오를 느끼게 하는 것과 동시에 호기심을 느끼게 하는 것도 사실이었다. 멀리서도 거적 밖으로 튀어나온 양쪽 구두만은 보이는 것 같았다.

"시체는 저 사람들이 가져갔습니다."

이쪽 편 신호 전신주 아래에는 인부 두세 명이 작은 모닥불을 둘러 싸고 있었다. 노란 불꽃을 일으킨 모닥불은 빛도 연기도 내지 않았다. 그것만으로 매우 춥게 느껴졌다. 인부 중 한 사람이 그 모닥불에 반바지 차림인 엉덩이를 쬐고 있었다.

야스키치가 건널목을 다 건너갈 무렵이었다. 선로는 역에 가까웠기 때문에 몇 개의 선로에 있는 건널목을 건너야 했다. 그는 그 선로를 건너갈 때마다 건널목 간수가 치인 곳이 어느 선로일까 하는 생각을 되새겼다. 하지만 어떤 선로였는지는 금방 그의 눈으로도 확연히 알 수 있었다. 한 가닥 선로 위에 뿌려진 피는 여전히 2, 3분 전의 비극을 말해주고 있었다. 그는 거의 반사적으로 건널목 맞은편으로 눈길을 돌렸다. 그러나 그것은 쓸데없는 짓이었다. 차갑게 빛나는 철 표면 위로 검붉게 괴어 있는 광경은 그것이 무엇인지 알아차린 순간 그의 마음속에 선명히 새겨졌다. 그뿐만 아니라 선로 위에 있던 피는 희미하게 수증기가 되더니 하늘 위로 사라져 갔다…….

10분 후, 역 플랫폼에 도착한 야스키치는 불안한 걸음걸이로 이리저리 걷고 있었다. 그의 머릿속은 방금 본 기분 나쁜 광경으로 가득 차 있었다. 특히 피가 수증기가 되어 올라가는 모습은 여전히 눈 앞에 아른거렸다. 그는 며칠 전 미야모토가 이야기한 전열 작용이란 말이 생각났다. 핏속에 숨쉬고 있던 생명의 열은 미야모토가 가르쳐 준 법칙대로, 한 치의 틀림도 없이 비정하게 선로에 전달하고 있다. 또 그 생명은 누구라도 상관없이, 순직한 건널목 간수이든 중범죄자이든 마찬가지로 역시 비정하게 전달하고 있다. ―효자라도 익사하기 마련이며, 열녀도 불에 타 죽는다. 이러한 생각이 의미 없다는 것은 그도 물론 잘 알고 있었다. ―그는 이런 생각 속에 몇 번이나 자기 자신을 설득하려고 했다. 그러나 눈앞에서 본 사실은 쉽사리 그 논리를 허락하지 않을 만큼 울적한 감명을 남기고 있었다.

하지만 플랫폼에 있는 사람들은 그의 마음을 아는지 모르는지 누구나 행복한 얼굴을 하고 있었다. 야스키치는 그것에서도 초조함을 느꼈다. 특히 해군 장교들이 큰 소리로 떠드는 것은 육체적으로 불쾌하였다. 그는 두 개비째 '아사히'에 불을 붙이며 플랫폼 가장자리로 걸어갔다. 그곳은 선로에서 약 300m 떨어진, 좀 전의 선로가 보이는 장소였다. 건널목 양쪽에 운집했던 사람들도 지금은 대부분 흩어지고 없었다. 다만 신호 전신주 아래에는 아까 철도 인부들이 쬐던 모닥불 하나가 노란색 불꽃을 흔들거리고 있었다.

야스키치는 저 멀리 떨어져 있는 모닥불에 뭔가 동정에 가까운 것을 느꼈다. 하지만 건널목이 보이는 것 역시 불안하긴 마찬가지였다. 그는 그쪽을 등지고, 다시 한 번 붐비는 인파 속으로 돌아가려고 했다. 그러나 채 열 걸음도 가기 전에 문득 빨간 가죽 장갑 하나가 떨어져 있는 것을 발견했다. 장갑은 그가 담배에 불을 붙일 때 왼쪽만 벗어 가지고 걷다가 잃은 것이었다. 그는 뒤돌아보았다. 그러자 장갑은 플랫폼 가장자리로 손바닥을 드러내며 뒹굴고 있었다. 그것은 마치 아무 말 없이 그를 불러 세우는 것 같았다.

야스키치는 흐린 하늘 아래, 단 하나 남겨진 빨간 가죽 장갑의 마음을 생각했다. 동시에 쌀쌀한 이 세계에도 어느새 따뜻한 햇살이 미약하나마 비추는 것을 느꼈다.

(1924년 4월)

소년(少年)

송현순

❖ 1. 크리스마스 ❖

작년 크리스마스 오후, 호리카와 야스키치(堀川保吉)는 스다초(須田町) 모퉁이에서 신바시(新橋) 행 합승버스를 탔다. 그의 자리만큼은 있었지만, 버스 안은 여전히 움직일 수 없을 만큼 만원이었다. 뿐만 아니라 대지진 후의 도쿄 거리는 버스를 달리게 하는 것도 여간 힘든 게 아니었다. 야스키치는 오늘 아침에도 평소처럼 주머니에 넣어둔 책을 꺼냈다. 하지만 아직 가지초(鍛冶町)에도 못 가서 결국 독서만큼은 단념하고 말았다. 이 안에서 책을 읽으려고 하는 것은 기적을 행하는 것과 같다. 기적은 그의 직업이 아니다. 아름다운 원광을 머리에 쓰고 있는 서양의 옛 성자들의— 아니, 그의 옆에 있는 가톨릭 선교사는 지금 눈 앞에서 기적을 행하고 있었다.

선교사는 모든 것을 잊은 듯 자잘한 로마자의 책을 계속 읽고 있다. 나이는 대충 50은 넘었을 것이다. 철 테 코안경을 걸친, 닭처럼 얼굴이 붉고 짧은 구레나룻이 있는 프랑스인이다. 야스키치는 곁눈질로 살짝 그 책을 엿보았다. Essai sur les[1]…… 그다음은 뭔지 확실하지 않

다. 그러나 내용은 어쨌든, 종이가 누렇고 활자가 자잘하여 도저히 신문을 읽는 것처럼은 읽을 수 없을 것 같은 책자이다.

야스키치는 이 선교사에게 가벼운 적의를 느끼며 멍하니 공상에 잠겼다. —많은 아기천사가 선교사의 주변에서 독서의 평안을 지키고 있다. 물론 이교도인 승객 중에는 그 누구도 아기천사가 보이지 않는다. 그러나 5, 6명의 아기천사는 차양이 넓은 모자 위에 거꾸로 매달리기도 하고, 공중회전을 하기도 하면서 여러 가지 곡예를 선보이고 있다. 그러자 어깨 위로 한꺼번에 늘어선 5, 6명의 아기천사도 승객의 얼굴을 둘러보며 천국의 농담을 서로 주고받고 있다. 아니 이런! 아기천사 하나가 귓속에서 얼굴을 내미는 게 아닌가? 그러고 보니 콧마루 위에도 하나 의기양양하게 코안경에 걸터앉아 있다. ……

버스가 멈춘 곳은 오덴마초(大伝馬町)이다. 동시에 승객 서너 명이 한꺼번에 버스에서 내리기 시작했다. 선교사는 어느새 책을 무릎에 놓고 두리번두리번 창밖을 바라보고 있다. 그러자 승객이 다 내린 다음, 열한두 살의 소녀 하나가 제일 먼저 버스로 들어왔다. 분홍색 서양 옷에 하늘색 모자를 뒤로 젖혀 쓴, 묘하게 건방져 보이는 소녀이다. 소녀는 버스 한가운데에 있는 놋쇠 기둥을 붙잡은 채 양쪽 자리를 둘러보았다. 그러나 공교롭게도 어느 쪽에도 비어 있는 자리는 없었다.

"아가씨, 여기 앉아요."

선교사는 살찐 허리를 일으켰다. 말은 매우 숙달되고 약간 코멘소리의 일본어였다.

"감사합니다."

소녀는 선교사와 바로 위치를 바꿔 야스키치 옆에 앉았다. 그 또

---

1) ……에 관한 시론의 의미.

"감사합니다"도 얼굴처럼 되바라진 억양으로 꽉 차 있었다.

야스키치는 자기도 모르게 얼굴을 찡그렸다. 원래 아이는— 특히 소녀는 2천 년 전의 오늘 베들레헴에서 태어난 아기처럼 청정무구하다고 믿고들 있다. 그러나 그의 경험에 의하면 어린아이라고 하더라도 악당이 없는 것은 아니다. 그것을 모두 신성하다고 하는 것은 세계에 널리 퍼진 센티멘탈리즘이다.

"아가씨는 몇 살인가요?"

선교사는 미소를 담은 눈으로 소녀를 들여다보았다. 소녀는 벌써 무릎 위에 털실뭉치를 올려놓고 아주 잘 짤 수 있다는 듯이 두 개의 대바늘을 움직이고 있다. 그게 눈은 빈틈없이 대바늘 끝을 쫓으며 거의 교태를 부리는 대답을 했다.

"저요? 전 내년에 열두 살이 돼요."

"오늘은 어디 가시나요?"

"오늘? 오늘은 이제 집에 돌아가는 길이에요."

자동차는 이런 문답을 주고받는 사이에 긴자(銀座) 거리를 달리고 있다. 달리고 있다기보다 뛰고 있다고 해야 할지도 모르겠다. 마침 옛날 갈릴리 호수에 폭풍을 맞이한 기독교 배에 필적하는 것은 아닌가 생각될 정도이다. 선교사는 뒤로 돌린 손에 놋쇠 기둥을 잡은 채 몇 번이고 버스 천정에 키가 큰 머리를 부딪칠 것 같았다. 그러나 일신의 안위 정도는 상제(上帝)의 의지에 맡겨 놓았는지, 역시 미소를 띠며 소녀와의 문답을 계속하고 있다.

"오늘이 무슨 날인지 알고 계신가요?"

"12월 25일이지요."

"그래요. 12월 25일이지요. 12월 25일은 무슨 날입니까? 아가씨! 알고 계신가요?"

야스키치는 다시 한 번 얼굴을 찡그렸다. 틀림없이 선교사는 교묘하게 기독교 선교로 옮겨갈 것이다. 코란과 함께 검을 잡은 마호메트교의 전도는 그런대로 검을 잡은 곳에 인간끼리의 존경과 정열을 제시하고 있다. 그러나 크리스트교의 전도는 전혀 상대방을 존중하지 않는다. 마치 이웃에 차린 옷가게의 존재를 알려주는 것처럼 은근하게 신을 가르친다. 혹은 그래도 모르는 얼굴을 하면, 이번에는 외국어 수업료 대신에 신앙을 파는 것을 권유한다. 특히 소년이나 소녀들에게 그림책이나 장난감을 주면서 살짝 그들의 영혼을 천국으로 유괴하려고 하는데 그것은 당연히 범죄라고 불러야 한다. 야스키치 옆에 있는 소녀도— 그러나 소녀는 여전히 뜨개질하는 손을 움직이며 너무도 태연하게 대답을 했다.

"네. 그건 알고 있지요."

"그럼 오늘은 무슨 날입니까? 알고 있으면 말해 보세요."

소녀는 마침내 선교사의 얼굴을 윤기 있는 검은 눈동자의 눈으로 바라보았다.

"오늘은 내 생일."

야스키치는 순간 소녀를 바라보았다. 소녀는 벌써 진지하게 뜨개질 바늘 쪽으로 눈길을 주고 있었다. 그러나 그 얼굴은 어찌 된 일인지 앞에서 생각했던 것만큼 건방지지는 않다. 아니, 오히려 귀여우면서도 지혜의 빛이 두루 비치는 어린 마리아에도 뒤지지 않는 얼굴이다. 야스키치는 어느새 그 자신이 미소 짓고 있는 것을 발견했다.

"오늘이 아가씨 생일?"

선교사는 갑자기 웃기 시작했다. 이 프랑스인이 웃는 모습은 마치 사람 좋은 옛이야기 속의 남자나 누군가가 웃는 것 같다. 이번에는 소녀가 의아한 듯 선교사의 얼굴을 올려다보았다. 이것은 소녀만이 아니었다. 바로 앞에 있는 야스키치를 비롯하여 양쪽에 있던 승객들도 대부분 선교사 쪽을 바라보았다. 다만 그들의 눈에 담겨 있는 것은 의혹도 아니고 호기심도 아니다. 모두 선교사의 박장대소의 의미를 확실하게 이해한 미소이다.

"아가씨, 아가씨는 좋은 날에 태어나셨습니다. 오늘은 더없이 좋은 생일입니다. 온 세상이 축하하는 생일입니다. 아가씨는 곧— 아가씨가 어른이 되었을 때는 말이지요. 아가씨는 틀림없이……"

선교사는 목이 멘 채로 버스 안을 둘러보았다. 동시에 야스키치와 눈을 마주쳤다. 선교사의 눈은 코안경 속에 눈물을 머금은 미소를 반짝거리고 있다. 야스키치는 그 행복에 가득 찬 회색빛 눈동자 속에 모든 크리스마스의 아름다움을 느꼈다. 소녀는— 소녀도 마침내 선교사가 웃음을 터뜨린 이유를 알아차린 것 같다. 지금은 조금 토라진 듯 일부러 다리를 흔들고 있다.

"당신은 틀림없이 현명한 부인이— 상냥한 어머니가 되겠지요. 그럼 아가씨, 잘 가요. 제가 내리는 곳에 왔으니까요. 그럼—"

선교사는 다시 조금 전과 같이 모두의 얼굴을 둘러보았다. 버스는 마침 통행인이 많은 오하리초(尾張町) 교차로에 멈춰 있다.

"그럼 여러분, 안녕히들 가세요."

몇 시간 후, 야스키치 역시 오하리초의 어느 바라크 카페 구석에서 이 작은 사건을 떠올렸다. 그 뚱뚱한 선교사는 벌써 전등도 켜지기 시작한 지금쯤 무엇을 하고 있을까? 그리스도와 생일을 함께한 소녀는 저녁 밥상에 앉은 아버지와 어머니에게 오늘 아침에 일어난 사건을 이야기하고 있을지도 모른다. 야스키치도 역시 20년 전에는 사바고를 모르는 소녀처럼, 어쩌면 죄 없는 문답 앞에서 사바고를 망각한 선교사처럼 작은 행복을 소유하고 있었다. 대덕원(大德院)의 길일에 건포도

과자를 산 것도 그즈음이다. 니슈로(二州楼)의 넓은 홀에서 영화를 본 것도 그즈음이다.

"혼조 후카가와(深川)는 아직도 재투성이군."

"헤에, 그런가요? 그런데 요시와라(吉原)는 어떻게 됐습니까?"

"요시와라는 어떻게 됐을까요? ―아사쿠사(浅草)에는 요즘 아가씨들의 매춘이 시작되었다지요."

옆 테이블에서는 상인이 두 사람, 이런 대화를 하고 있다. 그러나 그런 것은 아무래도 좋다. 카페 중앙의 크리스마스트리에는 솜을 걸친 침엽수 가지에 산타클로스 장난감이며 은빛 별들이 달려 있다. 가스난로의 불꽃도 빨갛게 그 나무의 줄기를 비추고 있는 것 같다. 오늘은 경사스러운 크리스마스이다. 온 세상이 축하하는 탄생일이다. 야스키치는 식후 홍차를 앞에 두고 멍하니 담배를 피우며 오카와 너머에 살게 된 20년 전의 행복을 계속 꿈꾸었다…….

이 몇 편의 소품은 담배 한 개비가 연기로 사라지는 사이 속속 야스키치의 마음을 스쳐 간 추억 두세 가지를 기록한 것이다.

❖ 2. 길 위의 비밀 ❖

야스키치가 4살 때의 일이다. 그는 쓰루(鶴)라는 하녀와 함께 마침 큰 도랑이 있는 길을 지나갔다. 새까맣게 물이 넘실거리는 큰 도랑 건너편은 후에 료고쿠(両国)의 정거장이 된, 유명한 오타케구라의 대나무 숲이다. 혼조의 7대 불가사의 중 하나에 해당하는, 밤중에 어디선가 들려오는 축제의 흥겨운 장단 소리라는 것은 이 숲 속에서 들려오는 것을 말하는 것 같다. 적어도 야스키치는 누구에게 들었는지 너구리가 자기 배를 두드리며 내는 소리가 들려오는 것은 물론이고 오이테키(두고 가) 수로나 이파리 하나 달린 갈대도 오타케구라에 있다고 확신하고 있었다. 그러나 지금은 이 기분 나쁜 대나무 숲이나 너구리는 어딘가로 내쫓아 버렸는지 햇빛이 맑은 바람 속에 누레진 대나무 끝만 흔들고 있다.

"도련님, 이걸 알고 계신가요?"

쓰야(야스키치는 그녀를 이렇게 불렀다.)는 그를 뒤돌아보며 사람의 왕래가 적은 길 위를 가리켰다. 흙먼지 이는 길 위에는 상당히 두터운 선이 한 줄 희미하게 저쪽으로 쭉 나 있다. 야스키치는 전에도 길 위에서 이런 선을 본 듯한 기분이 들었다. 그러나 지금도 그때처럼 무엇인지는 알지 못했다.

"뭘까요, 도련님. 생각해 보세요."

이것은 쓰야가 늘 하는 수단이다. 그녀는 무엇을 물어도 그냥 순수하게 알려주는 법이 없다. 반드시 한 번은 엄격하게 "생각해 보세요"를 반복한다. 엄격하게— 하지만 쓰야는 어머니처럼 나이를 먹은 것은 결코 아니다. 겨우 열다섯이나 열여섯 살이 된, 눈 밑에 조그만 검정 사마귀가 있는 소녀이다. 원래 그녀가 이렇게 말하는 것은 조금이라도 야스키치의 교육에 힘을 보태고 싶었기 때문일 것이다. 그도 쓰야의 친절에는 감사하고 싶다. 그러나 그녀도 이 말의 의미를 정확하게 알고 있었다면 틀림없이 옛날만큼 집요하게 뭐든지 간에 "생각해 보세요"를 반복하는 우만큼은 범하지 않았을 것이다. 야스키치는 이후 30년 동안 여러 가지 문제를 생각해 보았다. 그러나 아무것도 알 수 없다는 것은 그 영리한 쓰야와 함께 큰 도랑의 거리를 걸었을 때와 조금도 다르지 않다…….

"있잖아요, 여기에도 하나 더 있지요? 그렇지요. 도련님, 생각해 보세요. 도대체 이 줄은 무엇일까요?"

쓰야는 아까처럼 길 위를 손가락으로 가리켰다. 역시 같은 두께의 줄이 3척 정도의 거리를 두고서 흙먼지 길을 달리고 있다. 야스키치는 진지하게 생각해 본 후 결국 그 대답을 알아냈다.

"어딘가 사는 아이가 그렸을 거야. 막대기나 뭔가를 가져와서."

"그래도 두 줄 늘어서 있잖아요?"

"그거야 둘이서 그으면 두 줄이 되는걸."

쓰야는 싱글싱글 웃으며 아니오라는 대답 대신에 고개를 저었다. 물론 야스키치는 불만이었다. 그러나 그녀는 완벽했다. 말하자면 Delphi[2]의 무녀이다. 길 위의 비밀도 진즉부터 간파했음이 틀림없다. 야스키치는 점점 불평 대신에 이 두 줄의 선에 대한 경이로운 마음을 느끼기 시작했다.

"그럼 뭐야, 이 선은?"

"뭘까요? 자, 계속 저쪽까지 똑같이 두 줄 그어져 있지요?"

실지로 쓰야가 말하는 대로 한 줄의 선이 꾸불거릴 때는 맞은편에 가로놓인 또 한 줄의 선도 똑같이 꾸불거린다. 뿐만 아니라 이 두 줄의 선은 희끗한 길이 계속되어 있는 저편으로 영원한 것처럼 연결되어 있다. 도대체 이것은 무엇 때문에, 누가 칠한 표시일까? 야스키치는 슬라이드 속에 비친 몽골의 대사막을 떠올렸다. 두 줄의 선은 그 대사막에도 역시 가늘게 이어져 있었다. ……

"아이 참, 츠야, 뭐냐니까?"

"글쎄, 생각해 보세요. 뭔가 두 개가 나란히 있는 것이니까. —뭘까요? 두 개가 나란히 있는 것은? 두 개로 되어 있는 것은?"

쓰야도 모든 무녀처럼 막연하게 암시를 줄 뿐이다. 야스키치는 더

---

2) 고대 그리스의 성지.

욱 열심히 젓가락이라든가 장갑이라든가 북채라든가, 두 개로 된 것을 열거하기 시작했다. 그러나 그녀는 그 어느 대답에도 쉽게 만족을 표하지 않았다. 그냥 묘하게 미소를 지은 채 여전히 “아니오”를 반복하고 있다.

“아이 참, 알려 달라고, 빨리. 쓰야, 멍청이야, 빨리.”

야스키치는 결국 짜증을 냈다. 아버지조차도 그의 짜증에 한 번도 싸움을 건 적이 없다. 그것은 훨씬 전부터 야스키치를 보아 온 쓰야도 잘 알고 있었다. 그녀는 겨우 엄숙하게 길 위의 비밀을 설명했다.

“이건 자동차 바퀴 자국입니다.”

야스키치는 어안이 벙벙하여 흙먼지 속으로 계속 이어져 있는 두 줄의 선을 주의해서 보았다. 동시에 대사막의 공상은 신기루처럼 소멸했다. 지금은 그저 진흙투성이의 짐차 한 대가 쓸쓸한 그의 마음속에서 저절로 바퀴를 돌리고 있다…….

야스키치는 아직도 이때 받은 큰 교훈을 잊지 않고 있다. 30년 동안이나 생각해 보아도 뭐 하나 제대로 알지 못하는 것은 오히려 일생의 행복일지도 모른다.

❖ 3. 죽음 ❖

이것도 그즈음의 이야기이다. 저녁 반주를 곁들인 밥상 앞에 앉은 아버지는 로쿠베 술잔을 손에 들고서 무슨 이야기를 하다가 이렇게 말했다.

“결국 경사[3]스럽게 되었다더군. 그 있잖아. 마키초(槇町) 이현금(二絃琴)

3) 죽음을 의미.

선생도. ……"

램프 불빛은 선명하게 검은 칠을 한 밥상 위를 비추고 있다. 이런 때의 밥상 위만큼 아름다운 색채로 넘치는 것은 없다. 야스키치는 지금도 음식의 색채— 숭어 알을 소금에 절인 것이며 구운 김, 초에 절인 굴, 염교(辣韮) 등의 색채를 사랑하고 있다. 무엇보다 당시 사랑한 것은 그렇게 고급스러운 색채는 아니다. 오히려 불쾌할 만큼 너무 자극적이고 생생한 색채뿐이다. 그는 그날 밤도 식탁 앞에서 한 움큼의 해초를 받침대로 한 다랑어 회를 바라보고 있었다. 그러자 얼근하게 취한 아버지는 그의 예술적 감흥을 물질적 욕망으로 해석했나 보다. 상아 젓가락을 집어 들었나 했더니 일부러 그의 코 위로 간장 냄새가 나는 회를 내밀었다. 그는 물론 한입에 먹었다. 그리고 감사의 뜻을 표하기 위해 이렇게 아버지에게 말을 걸었다.

"아까는 다른 집 선생님, 이번에는 내가 경사스럽게 되었다!"

아버지는 말할 것도 없고 어머니와 큰이모도 한꺼번에 와 웃기 시작했다. 그러나 반드시 그 웃음은 기지가 넘치는 그의 대답을 이해했기 때문만은 아닌 것 같다. 이 의문은 그의 자존심에 다소 불쾌감을 전해주었다. 그렇지만 아버지를 웃게 한 것은 어찌 되었든 큰 공을 세운 것임이 틀림없다. 동시에 또 집안을 밝게 한 것에 대해 그 자신도 아주 유쾌하다. 야스키치는 곧바로 아버지와 함께 될 수 있는 대로 큰 소리로 웃어댔다.

그러자 웃음소리가 잦아든 후 아버지는 아직도 미소를 띤 채 큰 손으로 야스키치의 목덜미를 두드렸다.

"경사롭게 되었다는 것은 말이다. 죽어버렸다는 것이야."

모든 답은 가래(鍬)처럼 질문의 뿌리를 절단해 버리는 것은 아니다. 오히려 오래된 질문 대신에 새로운 질문을 움트게 하는 전지가위의 역할밖에 하지 못한다. 30년 전의 야스키치는 30년 후의 야스키치처럼 겨우 답을 얻었다고 생각하면 이번에는 그 또 답 속에서 새로운 질문을 발견했다.

"죽어버린다는 건 어떻게 되는 거야?"

"죽어버린다는 것은 말이지, 자, 너는 개미를 죽이지. ……"

아버지는 딱하게도 열심히 죽음이라는 것을 설명하기 시작했다. 그러나 아버지의 설명도 소년의 논리를 고수하는 그에게는 전혀 만족을 주지 못했다. 역시 그에게 죽임을 당한 개미가 움직이지 않는 것만큼은 확실하다. 그러나 그것은 죽은 게 아니다. 단지 그에게 죽임을 당한 것이다. 죽은 개미라고 하는 이상은 특별히 그에게 죽임을 당하지 않아도 계속 움직이지 못하는 개미여야만 한다. 그런 개미는 석등 밑이나 감탕나무 밑에서도 본 적이 없다. 그러나 아버지는 웬일인지 완전히 이 차별을 무시하고 있다. ……

"죽인 개미는 죽어버린 거야."

"죽인 것은 죽였을 뿐이잖아?"

"죽임을 당한 것도 죽은 것과 같은 것이야."

"하지만 죽임을 당한 것은 죽임을 당했다고 하는걸."

"그렇게는 말해도 다 같은 것이야."

"아니야, 아니야, 죽인 것과 죽은 것은 같지 않아."

"멍청이, 이렇게 이해를 못 하는 녀석이 어디 있어?"

아버지에게 야단맞은 야스키치가 울음을 터뜨린 것은 물론이다. 그러나 아무리 야단맞았다 해도 이해가 안 되는 것을 이해할 수는 없다. 그는 그 후 수개월 동안 마치 한 분야의 철학자처럼 죽음이라는 문제를 끊임없이 생각했다. 죽음이란 불가해한 것이다. 죽인 개미는 죽은 개미가 아니다. 그럼에도 불구하고 죽은 개미이다. 이 정도로 비밀스

럽고 매력이 넘치는 종잡을 수 없는 문제는 없다. 야스키치는 죽음을 생각할 때마다 회향원 경내에서 발견한 개 두 마리를 떠올렸다. 그 개는 석양 속에서 반대 방향으로 얼굴을 향한 채 한 마리처럼 꼼짝 않고 가만히 있었다. 뿐만 아니라 묘하게 엄숙했다. 죽음이란 것도 그 개 두 마리와 어딘가 닮은 데가 있을지도 모른다. ……

그런데 어느 날 저녁때의 일이다. 야스키치는 관청에서 돌아온 아버지와 어두침침한 욕실에서 목욕을 하고 있었다. 목욕을 하고 있었다고는 해도 몸을 씻고 있었던 것은 아니다. 그냥 가슴 정도까지 오는 목욕통 안에서 조심조심 선 채로 삼각형의 흰 돛이 달린 범선을 띄우고 있었다. 마침 그때 손님인가 누군가가 왔을 것이다. 쓰루보다도 나이가 많은 하녀가 뜨거운 김으로 가득 찬 유리문을 열더니 거품투성이의 아버지에게 뭐라고 말을 건넸다. 아버지는 스펀지로 문지르며 "알았다, 곧 가마."라고 대답했다. 그리고서 또 야스키치를 바라보며 "너는 계속 목욕을 하고 있거라. 지금 바로 어머니가 들어올 테니까."라고 했다.

물론 아버지가 없는 것은 특별히 배를 항해시키는 데 지장이 생기는 것은 아니다. 야스키치는 잠시 아버지를 보고서 "응"이라고 순순히 대답했다.

아버지는 몸을 닦더니 젖은 수건을 어깨에 걸치며 "영차"하고 살찐 허리를 일으켰다. 야스키치는 그래도 신경 쓰지 않고 삼각돛이 달린 범선을 만지고 있었다. 그러나 유리문이 열리는 소리에 다시 한 번 문득 고개를 들자 아버지가 마침 수증기 속에서 벌거벗은 등을 보인 채 욕실 저쪽으로 나가는 참이었다. 아버지의 머리는 아직 희지는 않다. 허리도 젊은 사람처럼 반듯하다. 그러나 그 뒷모습은 왠지 네 살인 야스키치의 마음에 깊은 쓸쓸함을 느끼게 했다. '아버지' —순간 범선을 잊은 그는 자기도 모르게 그렇게 부르려고 했다. 그러나 두 번째 유리문 소리가 조용히 아버지 모습을 감춰버리고 말았다. 그 뒤로는 단지 뜨거운 물 냄새로 가득 찬 희미한 불빛이 퍼져갈 뿐이다.

야스키치는 조용한 욕탕 안에서 망연히 큰 눈을 떴다. 동시에 지금까지 이해할 수 없었던 죽음이란 것을 발견했다. —죽음이란, 말하자면 아버지의 모습이 영원히 사라져 버리는 것이다!

❖ 4. 바다 ❖

야스키치가 바다를 알게 된 것은 다섯 살인가 여섯 살 때의 일이다. 무엇보다 바다라고는 해도 넓은 대양을 알게 된 것은 아니다. 단지 오모리(大森) 해안의 좁은 도쿄만(東京湾)을 알게 된 것이다. 그러나 좁디좁은 도쿄만도 당시의 야스키치에게는 경이였다. 나라(奈良) 시대의 가인(歌人)은 바다에 보내는 그리움을 "가토리(香取) 바다에 정박해 있는 사람들은 어떤 사람들일까?"라고 노래했다. 야스키치는 물론 사랑도 모르고, 만요슈(万葉集)의 노래라는 것도 전혀 알지 못했다. 그러나 햇빛에 흐려 보이는 바다가 뭔가 묘하게도 쓸쓸한 신비감을 느끼게 해준 것은 사실이다. 그는 바다 쪽으로 돌출된 갈대발의 찻집 난간에 서서 언제까지고 바다를 바라보고 있었다. 바다는 희끗희끗 빛나는 범선을 몇 척이나 띄우고 있었다. 긴 연기를 하늘로 내뿜는 두 개의 돛대가 있는 기선도 떠있다. 날개가 긴 한 무리 기러기는 마치 고양이처럼 울며 해면을 비스듬히 날아갔다. 그 배나 기러기는 어디에서 와서 어디로 가는 것일까, 바다는 그저 몇 겹인가의 김발 너머로 푸르게 물들어 있을 뿐이었다. ……

그러나 바다의 신기함을 더욱 선명하게 느낀 것은 벌거벗은 아버지

나 숙부와 함께 물이 깊지 않은 바닷가에 갔을 때이다. 야스키치는 처음에 모래 위로 조용히 다가오는 잔물결을 무서워했다. 그러나 그것은 아버지와 숙부와 함께 바닷속으로 막 들어가려던 불과 2, 3분 정도의 감정이었다. 그 후의 그는 잔물결은 물론, 바다의 모든 즐거움을 향락했다. 찻집 난간에서 바라보던 바다는 왠지 모르는 얼굴처럼 신기하면서도 동시에 섬뜩했다. —그러나 갯벌에 서서 바라보는 바다는 큰 장난감 상자와 같은 것이다. 장난감 상자! 그는 실지로 신(神)처럼 바다라는 세계를 가지고 놀았다. 게나 소라게는 눈부신 갯벌을 우왕좌왕 걸어 다니고 있다. 파도는 지금 그의 앞으로 한 줄기 해초를 실어 왔다. 저 나팔을 닮은 것도 역시 고둥이라는 것일까? 이 모래 속에 숨어 있는 것은 모시조개라는 조개임이 틀림없다. ……

야스키치의 향락은 장대했다. 그러나 이런 향락 속에서도 다소의 외로움이 없었던 것은 아니다. 그는 지금까지 바다색을 푸른 것으로만 믿고 있었다. 료고쿠(両国)의 다이헤이(大平)에서 팔고 있는 겟코(月耕: 에도시대 우키요에 화가)나 도시카타(年方: 메이지 시대 우키요에 작가)의 풍속화를 비롯하여 당시 유행하던 석판화의 바다는 그 어느 것도 똑같이 새파랗다. 특히 운수가 좋다는 길일에 그림 마술 상자가 보여주는 황해의 해전 광경은 황해라고 하면서도 지나칠 만큼 파란 파도에 흰 물살을 출렁이게 하고 있었다. 그러나 눈앞의 바다색은— 역시나 눈앞의 바다색도 먼바다만큼은 푸르게 흐려 있다. 그러나 해변에 가까운 바다는 전혀 파란색을 띠고 있지 않다. 실로 진창의 웅덩이 물과 다르지 않은 다갈색을 하고 있다. 아니, 진창의 웅덩이 물보다도 더욱 선명한 다갈색을 하고 있다. 그는 이 다갈색 바다에 기대와 다른 외로움을 느꼈다. 그러나 또 동시에 용감하게도 잔인한 현실을 인정했다. 바다를 푸르다고 생각하는 것은 먼바다만 본 어른들의 오해이다. 이것은 누구라도 그처럼 해수욕만 하면 이의가 없는 진리임이 틀림없다. 바다는 사실은 다갈색을 하고 있다. 양동이의 녹을 닮은 다갈색을 하고 있다.

30년 전의 야스키치의 태도는 30년 후의 야스키치에게도 그대로 적용되는 태도이다. 다갈색의 바다를 인정하는 것은 한시라도 빠른 게 좋다. 동시에 또 이 다갈색의 바다를 푸른 바다로 바꾸려고 하는 것은 결국 헛수고로 끝날 뿐이다. 그보다도 다갈색 바다의 해변에서 아름다운 조개를 발견하자. 바다도 그 사이 먼바다처럼 온통 파랗게 될지도 모른다. 그러나 미래를 동경하기보다도 오히려 현재에 안주하자. —야스키치는 예언자적 정신이 가득 찬 두세 명의 친구를 존경하면서 한편으로 마음속 가장 깊은 곳에서는 여전히 혼자서 이렇게 생각하고 있다.

오모리 바다에서 돌아온 후 어머니는 어딘가 다녀오는 길에 일본 옛날이야기 속에 나오는 「우라시마타로(浦島太郎)」를 사다 주었다. 이런 동화책을 누군가 읽어주면 좋아했던 것은 말할 것도 없다. 그러나 그는 그 외에도 또 한 가지 즐거움을 가지고 있었다. 그것은 평소부터 가지고 있던 그림물감으로 하나하나 삽화에 색칠하는 것이었다. 그는 이 「우라시마타로」에도 서둘러 색깔을 입히기로 했다. 「우라시마타로」는 한 권에 삽화가 열 장 정도 들어 있었다. 그는 먼저 우라시마타로가 용궁을 떠나는 이야기의 그림을 칠하기 시작했다. 용궁은 초록색 지붕 기와에 빨간 기둥이 있는 궁전이다. 용궁에 사는 공주는— 그는 잠시 생각한 후 공주도 역시 의상만큼은 전부 빨간색으로 칠하기로 했다. 우라시마타로는 생각하지 않아도 좋다. 어부의 옷은 진한 남색, 허리에 두르는 도롱이는 연한 노란색이다. 다만 가느다란 낚싯대에 계속해서 죽 노란색을 칠하는 것은 의외로 그에게는 어려웠다. 바다거북도 털만을 녹색으로 칠하는 것은 그리 쉬운 일은 아니다. 마지막으로 바다는 다갈색이다. 양동이 녹을 닮은 다갈색이다. —야스키치는 이런 색채의 조화에 예술가다운 만족감을 맛보았다. 특히 공주나 우라시마타로의 얼굴에 연한 빨간색을 칠한 것은 마치 굉장한 생동감을 불어넣어 준 것처럼 생각되었다.

야스키치는 서둘러 어머니에게 그의 작품을 보여주러 갔다. 뭔가 바느질을 하고 있던 어머니는 돋보기안경을 쓴 이마 너머로 삽화그림의 색깔을 바라보았다. 그는 당연히 어머니의 입에서 칭찬의 말이 나올 것으로 기대하고 있었다. 그러나 어머니는 이 채색에도 그만큼 감명받지는 않은 것 같았다.

"바다색이 이상하구나. 왜 파란색으로 칠하지 않았니?"

"하지만, 바다는 이런 색인걸."

"다갈색 바다 같은 게 있을 리가 있니?"

"오모리 바다는 다갈색이잖아."

"오모리 바다도 새파란 색이야."

"으음, 정확히 이런 색을 하고 있었어."

어머니는 그의 고집에 놀라움이 섞인 미소를 흘렸다. 그러나 아무리 설명해도— 아니, 투정을 부리며 그가 「우라시마타로」를 찢어버린 후에도 여전히 이 의심할 여지가 없는 다갈색 바다만큼은 믿지 않았다. ……'바다' 이야기는 이것뿐이다. 우선 무엇보다 지금의 야스키치는 이야기의 체재를 갖추기 위해 좀 더 소설의 결말다운 결말을 덧붙이는 것도 어렵지는 않다. 가령 이야기를 끝내기 전에 이런 몇 줄을 덧붙이는 것이다. —"야스키치는 어머니와의 문답 속에서 또 하나 중요한 것을 발견했다. 그것은 누구도 다갈색 바다에는— 인생에 가로놓여 있는 다갈색 바다에도 눈을 감기 쉽다는 것이다."

그러나 이것은 사실이 아니다. 뿐만 아니라 만조(滿潮)는 오모리 바다에도 푸른색의 파도를 일게 하고 있다. 그럼 현실이란 다갈색의 바다인가? 아니면 또 파란색의 바다인가? 결국 우리의 리얼리즘도 정말이지 믿을 수 없다고밖에 할 수 없다. 한편, 야스키치는 조금 전과 같은 무기교로 이야기를 끝내기로 했다. 그러나 이야기의 체재는? ―예술은 제군(諸君)이 말하는 것처럼 무엇보다도 우선 내용이다. 형식 같은 것은 아무래도 상관없다.

❖ 5. 환등 ❖

"이 램프에 이렇게 불을 붙여 주세요."

완구점 주인은 금속제 램프에 노란색 성냥불을 켰다. 그리고 슬라이드 뒤쪽 문을 열고 살짝 그 램프를 기계 속으로 옮겼다. 일곱 살의 야스키치는 숨도 쉬지 않고 테이블 앞에서 엉거주춤한 자세가 된 주인의 손 주변을 바라보고 있다. 깔끔하게 머리를 왼쪽에서 가르마를 탄, 묘하게 피부색이 창백한 주인의 손 주변을 바라보고 있다. 시간은 이럭저럭 3시쯤일 것이다. 완구점 밖의 유리문은 한 면 가득 비친 햇빛 속에 사람들이 끊임없이 지나다니는 거리를 비추고 있다. 그러나 완구점 안은― 특히 이 텅 빈 장난감 상자를 아무렇게나 쌓아올린 완구점 구석은 마치 해 질 무렵처럼 어두침침하다. 야스키치는 이곳으로 왔을 때 뭔가 섬뜩함 같은 것을 느꼈다. 그러나 지금은 환등에― 환등을 보여주는 주인에 의해 모든 감정을 망각하고 있다. 아니, 그의 뒤에 선 아버지의 존재조차 잊고 있다.

"램프를 넣어 주시면 저쪽에 저런 달이 나오니까―,"

겨우 허리를 일으킨 주인은 야스키치라기보다도 오히려 아버지 쪽으로 향하는 흰 벽을 가리켰다. 환등은 그 벽 위에 마침 직경 3척 정

도의 빛나는 원을 그리고 있다. 부드럽게 노래진 둥근 빛은 과연 달을 닮았는지도 모른다. 그러나 흰 벽의 거미집이나 먼지도 그곳만큼은 똑똑하게 보인다.

"이쪽으로 이렇게 그림을 비추는 거로군."

달그락거리는 소리가 들리는가 싶더니 둥근 빛은 어느새 희미하게 뭔가를 비추고 있다. 야스키치는 금속에서 나는 냄새에 더욱 호기심을 자극받으며 꼼짝하지 않고 그 뭔가에 눈을 집중했다. 뭔가— 그곳에 비친 것은 풍경인지 사람인지 아직 분명하지 않다. 다만 희미하게나마 분간할 수 있는 것은 덧없는 비눗방울 같은 색채이다. 아니, 색채만 닮은 게 아니다. 이 흰 벽을 비추고 있는 것은 분명 큰 비눗방울이다.

"저 희미한 것은 렌즈의 초점을 맞추기만 하면—이 앞에 있는 렌즈지요.— 바로 보시는 것처럼 선명해집니다."

주인은 다시 한 번 엉거주춤한 자세가 되었다. 동시에 비눗방울은 눈 깜짝할 사이에 한 장의 풍경화로 바뀌었다. 그러나 일본의 풍경화는 아니다. 수로 양측에 집들이 솟아오른, 서양 어딘가의 풍경화이다. 시간은 이제 저녁에 가까운 시간일 것이다. 초승달은 오른쪽 집들이 있는 하늘에 희미하게 빛을 발하고 있다. 그 초승달도, 집들도, 집들의 창가에 핀 장미꽃들도 조용히 물 위로 선명하게 그림자를 떨어뜨리고 있다. 사람 그림자는 물론이고 아무리 둘러보아도 기러기 한 마리 떠 있지 않다. 물은 그저 막다른 곳의 다리 밑으로 반듯하게 한 줄로 이어져 있다.

"이탈리아 베니스의 풍경입니다."

30년 후의 야스키치에게 베네치아의 매력을 알려준 것은 단눈치오의 소설이다. 그러나 당시 야스키치는 이 집들이며 수로에 그저 의지할 데 없는 외톨이 같은 쓸쓸함을 느꼈다. 그가 사랑하는 풍경은 붉게 칠한 관음당 앞에 무수한 비둘기가 날아다니는 아사쿠사(浅草)이다. 혹은 또 높은 시계탑 밑으로 철도마차가 다니는 긴자(銀座)이다. 그 풍경들에 비교하면 이 집들과 수로들은 어찌 쓸쓸함으로 가득 차 있을까. 철도마차나 비둘기는 보이지 않아도 좋다. 하다못해 건너편 다리 위로 일렬의 기차라도 지나고 있다면— 마침 이렇게 생각한 순간이다. 큰 리본을 꽂은 소녀 하나가 오른쪽에 이어져 있는 창문으로 갑자기 조그만 얼굴을 내밀었다. 어느 창문이었는지는 확실하게 기억하고 있지 않다. 그러나 대략 초승달 아래에 있는 창문이었던 것만큼은 확실하다. 소녀는 얼굴을 내밀자마자 다시 그 얼굴을 이쪽으로 돌렸다. 그리고— 멀리서 보아도 매우 사랑스러운 얼굴에 의심할 여지가 없는 미소를 띠고 있었다. 그러나 그것은 정말이지 1, 2초 동안에 일어난 일이다. 나도 모르게 "아니?" 하고 눈을 부릅떴을 때는 이미 소녀는 창문 안으로 모습을 감추었던 것이다. 창문은 그 어느 것도 똑같이 인적이 없는 커튼을 늘어뜨리고 있다. ……

"자, 이제 비추는 방법은 알겠지?"

아버지의 말은 망연한 그를 현실 세계로 불러왔다. 아버지는 담배를 입에 문 채 따분한 듯 뒤에 우두커니 서 있다. 완구점 밖의 거리는 여전히 지나다니는 사람이 끊이지 않는 것 같다. 주인도— 깔끔하게 가르마를 탄 주인은 미리 예행연습을 마친 마술사처럼 묘하게 창백한 볼 부근에 만족의 미소를 띠고 있다. 야스키치는 갑자기 이 환등을 한시라도 빨리 그의 방으로 가지고 가고 싶다는 생각을 했다. ……

야스키치는 그날 밤 아버지와 함께 초를 칠한 천 위로 다시 한 번 베네치아 풍경을 투영시켰다. 중천에 떠있는 초승달, 양쪽에 늘어선 집들, 창가의 장미꽃을 비춘 한 줄기 수로의 물빛— 그것은 모두 앞에서 본 대로이다. 그러나 그 사랑스러운 소녀만큼은 어찌 된 일인지 이번에는 얼굴을 내밀지 않는다. 창문이란 창문은 아무리 기다려도 길게 늘어뜨린 커튼 뒤로 집들의 비밀을 봉하고 있다. 야스키치는 결국 기다리다 지쳐 램프의 상태를 신경 쓰고 있던 아버지에게 애원하듯이 말을 걸었다.

"그 여자아이는 왜 안 나오는 거야?"

"여자아이? 어딘가에 여자아이가 있는 거야?"

아버지는 야스키치의 질문의 의미조차 확실히 모르는 것 같다.

"으응, 있지는 않지만, 얼굴만 창문으로 내밀었잖아."

"언제 말이니?"

"완구점 벽에 비췄을 때."

"그때도 여자아이는 같은 건 나오지 않았다."

"하지만 얼굴을 내민 게 보였는걸."

"무슨 말을 하는 거야?"

아버지는 무슨 생각을 했는지 야스키치의 이마에 손바닥을 댔다. 그리고 갑자기 야스키치도 알 수 있을 만큼 일부러 기분 좋은 듯 큰 소리를 냈다.

"자, 이번에는 어떤 걸 비출까?"

그러나 야스키치는 귀도 기울이지 않고 베네치아 풍경을 뚫어지게 바라보았다. 창문은 어스름한 수로의 물 위로 조용한 커튼을 비추고 있을 뿐이다. 하지만 언젠가는 어딘가의 창문에서 큰 리본을 한 소녀 하나가 불쑥 얼굴을 내밀지 말라는 법도 없다. ―그는 이렇게 생각하니 말로 표현할 수 없는 그리움이 느껴졌다. 동시에 이전에 알지 못했던 어떤 기쁜 슬픔도 느꼈다. 그 그림의 영상 속에 힐끗 얼굴을 내민 소녀는 실지로 뭔가 초자연적인 영혼이 그의 눈에 모습을 보이게 한 것일까? 혹은 또 소년에게 일어나기 쉬운 환각의 일종에 지나지 않았던 것일까? 그것은 물론 그 자신에게도 해결할 수 없는 것임이 틀림없다. 그러나 어쨌든 야스키치는 30년 후의 지금도 속세의 번거로움에 완전히 지쳤을 때는 이 영원히 돌아오지 않는 베네치아의 소녀를 떠올린다. 마치 몇 년이나 얼굴을 못 본 첫사랑의 여인이라도 떠올리듯이.

❖ 6. 어머니 ❖

8살인가, 9살인가, 어쨌든 그 어느 쪽인가의 가을이다. 육군 대장 가와시마(川島)는 회향원 노불(露仏) 돌계단 앞에 서서 아군의 군대를 검열했다. 우선 군대라고는 해도 아군은 야스키치를 포함하여 4명밖에 없다. 그것도 금색 단추의 제복을 입은 야스키치를 제외하면 나머지는 모두 감색 바탕에 비백무늬 옷이나 감색 민무늬의 통소매 옷을 입고 있다.

이것은 물론 국기관(国伎館)의 그림자가 경내에 생기는 회향원은 아니다. 아직 태풍이 부는 아침 등에는 네즈미코조(鼠小僧)의 묘 부근에도 은행잎 떨어진 것이 산을 이루는 오래전의 회향원이다. 묘하게 시골티가 나는 당시의 풍경—에도(江戸)라기보다도 에도 끝자락의 혼조라는 당시의 풍경은 이미 사라진 지 오래되었다. 그러나 아직도 비둘기만큼은 똑같다. 아니, 비둘기도 달라져 있는지도 모른다. 그날도 노불 돌계단 주변은 대부분 비둘기로 가득 찼다. 그러나 어느 비둘기도 지금처럼 예쁘게는 보이지 않았던 것 같다. "문 앞의 지저분한 비둘기를 벗 삼아 붓순나무 파는 사람" 이런 덴포(天保) 하이진(俳人)의 작품은 반드시 회향원에서 붓순나무 파는 사람을 노래한 것은 아닐 것이다. 아니면 야스키치는 이런 시구만 보아도 언제나 노불 돌계단 부근에 너

저분하게 무리지어 있던 비둘기를— 목 속에 잠겨 잘 나오지 않는 소리로 옅은 햇빛을 흔들리게 하던 비둘기를 떠올리지 않을 수는 없다.

줄을 파는 가게의 아들 가와시마는 차례차례 검열을 한 뒤, 감색 민무늬 통소매 옷 속에서 나이프며 딱총이며 고무공과 함께 그림 딱지 한 다발을 꺼냈다. 이것은 막과자 집에서 파는 행군장기 그림 딱지이다. 가와시마는 그들에게 한 장씩 그 그림딱지를 나눠주면서 4명의 부하를 임명(?)했다. 이제 그 임명을 공표하면, 통을 만들어 파는 집 아들 히라마쓰(平松)는 육군 소장, 순사의 아들인 다미야(田宮)는 육군 대위, 방물가게 아들인 오구리(小栗)는 평범한 공병(工兵), 호리카와 야스키치는 지뢰병이다. 지뢰병은 나쁜 역은 아니다. 다만 공병만 마주치지 않으면 대장도 포로로 잡을 수 있는 역이다. 야스키치는 당연히 기분이 좋았다. 그러나 통통하게 살이 오른 오구리는 임명이 끝나자마자 공병이 된 것에 불평을 하기 시작했다.

"공병은 시시하잖아. 이봐, 가와시마 군. 나도 지뢰병으로 해줘, 제발."

"넌 언제나 포로가 되잖아."

가와시마는 진지한 얼굴로 타일렀다. 그러나 오구리는 얼굴이 빨개지며 조금도 기가 죽지 않고 말을 되받았다.

"거짓말하고 있어. 얼마 전에 대장을 포로로 잡은 게 나잖아."

"그래? 그럼 이다음에는 대위로 해 줄게."

가와시마는 싱긋 웃더니 바로 오구리를 회유했다. 야스키치는 아직도 이 소년의 간사한 꾀가 보통이 아님에 놀라고 있다. 가와시마는 초등학교를 졸업하기 전에 열병으로 죽고 말았다. 그러나 만일 죽지 않고 다행히 교육을 받지 않았다면, 적어도 지금은 젊으면서도 패기 만연한 시의원이나 뭔가가 되었을 것이다. ……

“전투 개시!”

이때 이런 소리를 지른 것은 정문 앞에서 진을 치고 있던, 역시 4, 5명의 적군이다. 적군은 오늘도 변호사 아들인 마쓰모토(松本)를 대장으로 하고 있는 것 같다. 감색 바탕에 비백무늬 옷의 가슴 부근에 빨간 셔츠를 내놓고 가르마를 탄 마쓰모토는 전투 개시의 신호를 하기 위해서인지 학교 모자를 높이 흔들고 있다.

“전투 개시!”

그림 딱지를 쥔 야스키치는 가와시마의 호령이 떨어지자 누구보다도 먼저 소리를 지르며 돌진했다. 동시에 또 조용히 모여 있던 비둘기가 엄청난 날갯짓 소리와 함께 크게 원을 그리며 공중으로 날아 올라갔다. 그리고— 그리고 아직까지 경험한 적이 없었던 격전이다. 총의 화약 연기가 눈 깜짝할 사이에 산을 이루고, 적의 포탄은 비처럼 그들 주변에서 폭발했다. 그러나 아군은 용감하게 한 발 한 발 적진으로 육박했다. 우선 적의 지뢰병이 처참한 불기둥을 일으키자마자 아군의 소장을 가루로 만들었다. 그러나 적군도 대령을 잃고, 그다음으로는 또 야스키치가 두려워하던 유일한 공병을 잃어버렸다. 이것을 본 아군은 지금까지보다도 더욱 맹렬하게 공격을 계속했다. —이것은 물론 사실은 아니다. 단지 야스키치의 공상에 비친 회향원의 격전 광경이다. 하지만 그는 낙엽만이 밝은, 어딘지 쓸쓸한 경내를 뛰어다니면서 똑똑히 연기냄새를 느끼고, 어지럽게 날아다니는 포화의 번뜩거림을 생생하게 느꼈다. 아니, 어떤 때는 땅바닥에서 폭발할 기회를 기다리고 있는 지뢰병의 마음까지 느꼈다. 이런 발랄한 공상은 중학교에 들어간 후 어느샌가 그를 떠나버렸다. 지금의 그는 전쟁놀이 중에서 여순항의 격전을 보지 않을 뿐만 아니라, 오히려 여순항의 격전 중에서도 전쟁놀이를 보고만 있다. 그러나 추억은 다행히도 그를 소년 시절

로 되돌아가게 했다. 그는 먼저 만사 제쳐놓고 당시의 공상을 다시 한 번 하는 더없는 쾌락을 붙잡아야만 한다. —

총의 화약 연기가 눈 깜짝할 사이에 산을 이루고, 적의 포탄은 비처럼 그들 주변에서 폭발했다. 야스키치는 그것을 바싹 뒤쫓아갔다. 그런데 돌에 걸렸는지 벌렁 거기에 넘어지고 말았다. 동시에 또 용감한 공상도 비눗방울처럼 사라져버렸다. 이제 그는 영광에 찬 조금 전의 지뢰병이 아니다. 얼굴도 온통 코피로 물들고, 바지 무릎에 큰 구멍이 난, 모자고 뭐고 아무것도 없는 소년이다. 그는 간신히 일어서더니 자기도 모르게 큰 소리로 울기 시작했다. 적군과 아군의 소년은 이 소동에 모처럼의 격전도 중지한 채 야스키치의 주변으로 모여든 것 같다. "야아, 부상을 입었다."라고 하는 자도 있다. "반듯이 누워."라고 하는 자도 있다. "우리 잘못이 아냐."라고 하는 자도 있다. 그러나 야스키치는 통증보다도 말로 표현할 수 없는 슬픔 때문에 두 팔에 얼굴을 묻은 채 더욱 소리 높여 울기 시작했다. 그러자 갑자기 귓가에 조소하는 소리를 낸 것은 육군 대장인 가와시마이다.

"얼레리, 엄마 하면서 울어대고 있잖아!"

가와시마의 말은 금세 적군과 아군의 말을 웃음소리로 바꿨다. 특히 큰 소리로 웃어댄 것은 지뢰병이 되지 못한 오구리이다.

"우습네. 엄마라고 하면서 울어대고 있어!"

그러나 야스키치는 울었다고는 해도 "엄마"라고 한 기억은 없다. 그렇게 말한 것처럼 모함하는 것은 언제나 가와시마의 못된 심술이다. —이렇게 생각한 그는 슬픔보다 더한 분함에 치를 떨며 더욱 격렬하게 몸을 흔들면서 울기 시작했다.

그러나 무기력한 그에게는 누구 하나 호의를 표하는 자가 없다. 뿐만 아니라 그들은 모두 입으로 가와시마의 말을 흉내 내면서 제각기

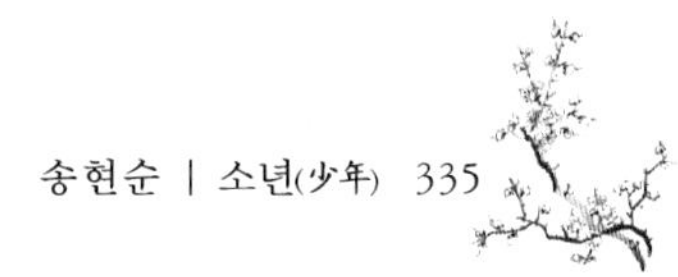

어딘가로 뛰어가 버렸다.

"얼레리, 엄마 하면서 울어대고 있다네!"

야스키치는 점점 멀어져가는 그들의 소리에 분해하며, 어느새 또 그의 발밑에 내려온 무수한 비둘기에도 눈길을 주지 않고 오랫동안 훌쩍거리며 울음을 멈추지 않았다.

야스키치는 이후 이 엄마를 완전히 가와시마가 만들어낸 거짓말이라고만 믿고 있었다. 그런데 정확히 3년 전, 상하이에 도착해서 바로 도쿄에서부터 걸린 감기 때문에 어느 병원에 입원하게 되었다. 그는 흰 침대 위에서 몽롱한 눈을 뜬 채, 몽골의 봄이 가져오는 황사의 끔찍함을 바라보기도 했다. 그러자 어느 더운 날 오후, 소설을 읽고 있던 간호부가 갑자기 의자에서 일어서더니 침대 쪽으로 가까이 다가오며 이상한 듯 그의 얼굴을 들여다보았다.

"어머나, 깨어 있으신 거예요?"

"왜요?"

"아니, 지금 '엄마'라고 하셨잖아요?"

야스키치는 이 말을 듣고 바로 회향원의 경내를 떠올렸다. 어쩌면 가와시마도 심술궂은 거짓말을 한 게 아니었는지도 모른다.

(1924년 4월)

버려진 편지(文放古)

최정아

이것은 양지 몇 장에 쓴 편지로, 히비야(日比谷) 공원[1] 벤치 아래에 떨어져 있던 것이다. 이 편지를 주웠을 때 나는 내 호주머니에서 떨어진 것으로 생각했다. 그러나 나중에 꺼내보니, 어느 젊은 여자에게 보내는 어느 젊은 여자의 편지였다. 내가 이러한 버려진 편지에 호기심을 느낀 것은 물론이다. 그뿐만 아니라 우연히 눈에 띈 곳에는 다른 사람은 몰라도 나 자신에게는 결코 그냥 지나칠 수 없는 말이 적혀 있었다. —

「아쿠타가와 류노스케(芥川龍之介)로 말하자면 바보 중의 상 바보라니까.」

나는 어느 비평가가 말했듯이 나의 '작가적 완성을 수포로 만들 만큼 회의적'이다. 그중에서도 나 자신의 어리석음에 대해서는 그 누구보다도 한층 더 회의적이다. 「아쿠타가와 류노스케로 말하자면 바보 중의 상 바보라니까」! 이게 웬 말괄량이다운 폭언일까. 나는 마음에

1) 일본 도쿄(東京)에 있는 공원. 긴자(銀座)와 신주쿠(新宿)를 연결하는 도심 속에 있는 공원으로, 1903년에 일본 최초의 서양식 정원으로 문을 열었다.

치미는 분노의 불길을 애써 억누르며 여하튼 일단은 그녀의 논거에 점검을 가해보기로 결심했다. 이하에 싣는 것은 이 버려진 편지 일부를 한 자도 고치지 않고 옮긴 것이다.

「……내 생활이 얼마나 지루한지는 이루 말로 다할 수 없을 정도야. 그도 그럴 것이 워낙 규슈(九州)의 외딴 시골이잖아. 연극도 없고, 전람회도 없고, (너는 슌요카이(春陽会)[2]에 갈 거니? 간다면 다음에 좀 알려줘. 나는 왠지 작년보다 훨씬 좋을 것 같은 느낌이 드는걸) 음악회도 없고, 강연도 없고, 어디 가볼 만한 데라곤 없다니까. 게다가 이 고장 지식계급은 겨우 도쿠토미 로카(徳富蘆花)[3] 정도더라고. 어제도 여학교 때 친구를 만났더니 이제야 겨우 아리시마 다케오(有島武郎)[4]를 발견했다는 얘기를 하지 않겠어? 한심한 수준이지. 그래서 나도 이곳 수준에 맞춰 재봉질을 하고, 요리도 하고, 여동생의 오르간도 켜보고, 한 번 읽은 책을 다시 읽어보기도 하면서 주로 집안에서 멍하게 지내고 있어. 뭐, 네가 하는 말을 빌리자면 앙뉘[5] 그 자체라고 해야 할 생활인 셈이지.

「그것뿐이라면 그래도 괜찮지. 게다가 또 가끔 친척 같은 사람들이 결혼문제를 가지고 오는 거야. 현회의원의 장남이라는 둥, 광산 소유주의 조카라는 둥, 사진만 해도 벌써 10장 정도는 봤어. 그래, 생각났

2) 일본미술원을 탈퇴한 고스기 모구세이(小杉未星)와 우메하라 류자부로(梅原竜三郎) 등에 의해 1923년에 창립된 서양화 단체. 매년 봄, 가을에 도쿄에서 전람회를 연다.
3) 도쿠토미 로카(徳富蘆花, 1868~1927): 메이지(明治), 다이쇼(大正) 시대의 소설가. 도쿠토미 소호(徳富蘇峰)의 동생. 「두견새(不如帰)」는 당시 큰 호평을 받았다.
4) 아리시마 다케오(有島武郎, 1878~1927): 메이지, 다이쇼 시대의 소설가. 시라카바(白樺)파로서 활약. 「어느 여자(ある女)」(1919년 완결), 「아낌없이 사랑은 빼앗는다(惜しみなく愛は奪ふ)」(1920년), 「선언 하나(宣言一つ)」(1922년) 등을 발표.
5) ennui(불). 지루함. 권태.

다. 그중에는 도쿄(東京)에 나가 있는 나카가와(中川) 씨네 아들 사진도 있었더랬지. 언젠가 너에게도 말해 줬잖아. 왜, 그 카페 여종업원과 대학 안을 거닐고 있었던, ―그 아이도 여기서는 수재로 통하지. 정말이지 다들 너무 나를 바보로 안다니까. 그래서 나는 이렇게 말해주고 있어. "저도 결혼하지 않겠다는 말은 아닙니다. 하지만 결혼할 때는 타인의 평가를 신뢰하기보다 먼저 저 자신의 평가를 신뢰하겠습니다. 그 대신 장래의 불행도 저 혼자서 책임을 지도록 하죠."라고 말이지.

「하지만 벌써 내년이면 남동생도 상대를 졸업하고 여동생도 여학교 4학년이 되잖아. 이런저런 사정을 생각해보면 나 혼자 결혼 안 하고 있는 건 아무래도 좀 어려울 것 같아. 도쿄라면 그런 건 아무 문제도 아니지. 그걸 이 고장에서는 아무런 이해도 없이 마치 남동생과 여동생의 결혼을 방해라도 하기 위해 남아 있는 것처럼 생각한다니까. 그런 욕을 들으면 정말이지 너무 견디기 힘들어.

「하긴 나는 너처럼 피아노를 가르칠 수도 없고, 결국은 결혼하는 수밖에 없는 것도 알아. 하지만 아무 남자랑 결혼할 수는 없지 않겠니? 그걸 이 고장에서는, 뭘 좀 얘기하려 하면 '이상이 높다'는 탓으로 해버리는 거야. '이상이 높다'고! 이상이라는 말에게 미안할 지경이지. 이 고장에선 남편 후보감을 말할 때밖에는 이상이라는 말을 사용하지 않으니까. 그런데 그 후보자들이 또 얼마나 훌륭한지! 정말이지 너에게 보여주고 싶을 지경이야. 잠깐 일례를 들어볼까? 현회의원의 장남은 은행인가 뭔가에 다니고 있어. 그런데 그게 아주 대단한 퓨리탄[6] 이야. 퓨리탄인 건 좋지만, 막걸리도 제대로 마시지 못하면서 금주 모임 간사를 한다지 뭐니. 원래 술도 못 마시게 태어났다면 금주 모임에

6) Puritans(영). 그리스도교의 일파, 청교도. 화미, 오락을 죄악시하며 청정한 생활을 지향한다.

들어가는 것도 이상하잖아? 그런데도 당사자는 아주 진지하게 금주 연설 같은 걸 하고 있다지 않겠니.

「하지만 후보자가 하나같이 다 저능아인 건 아니야. 우리 부모님이 가장 마음에 든다고 하시는 전등회사 기사는 여하간 교육은 받은 청년인 것 같아. 얼굴도 얼핏 보면 크라이슬러[7]를 닮았어. 이 야마모토(山本)라는 사람은 기특하게도 사회문제를 연구한다고 해. 하지만 예술이나 철학 같은 건 전혀 흥미가 없는 사람이지. 게다가 취미는 대궁(大弓)과 나니와부시(浪花節)[8]라지 뭐니. 그래도 자기 역시 나니와부시는 좋은 취미가 아니라고 생각했나 봐. 내 앞에서는 나니와부시의 나 소리도 않고 시치미를 떼고 있지. 그런데 언젠가 내 축음기로 갈리크루치[9]와 카루소[10]를 들려줬더니 자기도 모르게 그만 "도라마루(虎丸)[11]는 없습니까?" 하고 결국은 자기 본성을 밝혀버렸지. 또 더 재미난 건, 너도 우리 집 2층에 올라가면 사이쇼사(最勝寺)가 보이는 거 알지. 그 탑이 안개에 싸여 구륜[12]만 반짝반짝 빛이 나는 광경은 요사노 아키코(与謝野晶子)[13]라도 와카를 지어 읊었을 거야. 그걸 야마모토라는 사람이 놀러 왔을 때 "야마모토 씨, 탑이 보이지요?" 하고 가리켰더니 "아, 보입니다. 거리가 몇 미터나 될까요."라며 진지하게 고개를 갸웃

7) 프리츠 크라이슬러(Fritz Kreisler, 1975~1962): 오스트리아 빈 출생의 바이올리니스트. 1923년에 일본을 방문했다.

8) 샤미센(三味線)을 반주로 하여 주로 의리, 인정 따위의 서민적인 주제를 엮은 창(唱).

9) 아메리타 갈리 크루치(A. Galli-Curci, 1873~1921): 이탈리아 출생의 테너 가수.

10) 엔리코 카루소(Enrico Caruso, 1873~1921): 이탈리아 출생의 테너 가수. 일세를 풍미했다.

11) 나니와부시(浪花節)가수. 도라마루는 1세부터 3세까지 있는데, 여기서는 1894년에 습명(襲名)받은 유명한 2세를 가리킨다. 「요쓰야괴담(四谷怪談)」, 「안추(安中)」 등으로 호평을 얻었다.

12) 탑 꼭대기에 있는 높은 기둥으로서 9개의 원으로 이루어진 청동제 장식.

13) 요사노 아키코(与謝野晶子, 1878~1942): 「묘조(明星)」에서 활약한 여류시인. 가집 「헝클어진 머리(みだれ髪)」가 유명. 요사노 뎃칸(与謝野鉄幹)의 처.

대더라고. 저능아는 아니라고 했지만 예술적으로는 저능아인 거지.

「그런 것에 대해 아는 건 후미오(文雄)라고 하는 내 사촌이야. 이 사람은 나가이 가후(永井荷風)[14)]도, 다니자키 준이치로(谷崎潤一郎)[15)]도 읽어. 하지만 조금 얘기하다 보면 역시 시골 문학통인 만큼 어딘가 좀 어긋나 있더라고. 예를 들면 『대보살고개(大菩薩峠)』[16)] 같은 소설도 일대의 걸작이라고 생각하지. 뭐, 그건 좋다 쳐도, 평판이 자자한 방탕아인 걸 어쩌겠어. 그것 때문에 우리 아버지 말에 의하면 금치산인가 뭔가가 될 거라 해. 그래서 우리 부모님도 내 사촌에게는 후보자 자격을 인정하지 않으셔. 단지 사촌의 아버지만은— 그러니까 내 큰아버지 말인데. 큰아버지만은 날 며느리 삼고 싶어 하시지. 그것도 드러내놓고는 말할 수 없으니까 은밀히 나에게 직접 물어오셔. 그런데 그 구실이 또 얼마나 가관인지 아니? "너라도 우리 집에 들어와 준다면 그 자식의 방탕한 생활도 끝날 테니까"라는 거야. 부모는 원래 다 그렇게 말하는 걸까? 아무리 그래도 너무 이기주의잖아. 말인즉슨 큰아버지 생각대로라면 나는 주부라기보다 사촌오빠의 방탕을 그만두게 하기 위한 도구로 사용될 뿐인걸. 정말 어이가 없어 말이 안 나온다니까.

「이러한 결혼난(結婚難)이 생기는 것만 봐도, 내가 절실히 생각하게 되는 것은 일본의 소설가들이 참으로 무력하다는 사실이야. 교육을 받았다, 향상되었다, 그 결과 교양이 결핍된 남자를 남편으로 선택하

---

14) 나가이 가후(永井荷風, 1879~1959): 탐미파의 소설가. 「미타분가쿠(三田文学)」를 주재. 「미국 이야기(あめりか物語)」, 「이슬의 전과 후(つゆのあとさき)」 등.

15) 다니자키 준이치로(谷崎潤一郎, 1886~1965): 탐미파의 소설가. 이 무렵까지 「문신(刺青)」, 「악마(悪魔)」, 「치인의 사랑(痴人の愛)」 등.

16) 나카자토 가이잔(中里介山)의 장편소설. 1913년 9월, 미야코신문(都新聞)에 발표되고 이후 10년간 단절됐다가 그 후에도 계속 집필됐지만, 작가 사망에 의해 미완. 눈이 보이지 않는 검객 쓰쿠에 류노스케(机竜之介)를 주인공으로 한 대장편소설. 대중문학의 선구적 작품.

는 일이 곤란해졌다, —이런 결혼난을 당하고 있는 건 분명 나 혼자가 아닐 거야. 일본 전국 어디에나 있을 거야. 하지만 일본의 소설가는 아무도 이런 결혼난 때문에 고민하는 여성을 쓰지 않잖아? 더구나 이런 결혼난을 해결할 길을 가르치지도 않잖아? 그야 결혼하기 싫으면 하지 않는 것보다 더 좋은 방법은 없겠지. 하지만 결혼하지 않는다면, 설령 이 고장의 경우처럼 바보 같은 비난은 받지 않는다 하더라도 자활의 방책만큼은 필요해지겠지. 그런데 우리가 받고 있는 것은 자활과는 아무 상관이 없는 교육이잖아? 우리가 배운 외국어로는 가정교사도 할 수 없고, 우리가 배운 편물로는 하숙료도 충분히 지불할 수 없어. 그럼 역시 경멸하는 남자와 결혼하는 외에는 아무 방법이 없는 게 되잖아. 나는 이게 너무 흔한 얘기인 듯 보여도 참으로 큰 비극이라고 생각해. (실제로 또 흔한 일이라 한다면 그런 만큼 더욱 무서운 얘기 아니겠니?) 이름은 결혼이라고 하지만, 사실은 매춘부로 몸을 파는 것과 조금도 다르지 않다고 생각해.

「하지만 너는 나와는 달리 훌륭하게 자활해 나갈 수 있을 거야. 그것만큼 부러운 일도 없어. 아니, 실은 너만이 아니야. 어제 엄마와 물건을 사러 나갔는데, 나보다도 젊은 여자가 혼자 일본어 타이프라이터를 치고 있었어. 그 사람조차 나에 비하면 얼마나 행복한가, 하는 생각도 들던걸. 아, 그래, 너는 무엇보다 센티멘털리즘을 싫어했지. 그럼 이제 한탄은 그만두기로 할게.

「그래도 일본 소설가들의 무력함에 대해서만은 공격할 수 있게 해줘. 나는 이런 결혼난을 해결할 길을 찾아 이미 한 번 읽었던 책을 다시 읽어보았어. 하지만 우리들의 대변자는 거짓말처럼 한 사람도 없지 않겠니? 구라타 햐쿠조(倉田百三)[17], 기쿠치 간(菊池寬)[18], 구메 마사오(久米正雄)[19], 무샤노코지 사네아쓰(武者小路実篤)[20], 사토미 돈(里見弴)[21],

사토 하루오(佐藤春夫)[22], 요시다 겐지로(吉田絃次郎)[23], 노가미 야요이(野上弥生)[24], ―한 사람도 빠짐없이 모두가 장님이야. 그런 사람들은 그래도 괜찮다 친다 해도, 아쿠타가와 류노스케로 말하자면 바보 중의 상 바보라니까. 너는 『로쿠노미야 공주(六の宮の姫君)』[25]라는 단편을 읽은 적이 없니? (작가 왈, 교덴(京伝), 산바(三馬)[26]의 전통에 충실하기를 바라는 나는 이 기회에 광고를 하지 않으면 안 된다. 『로쿠노미야 공주』는 단편집 『슌푸쿠(春服)』[27]에 수록되어 있다. 발행처는 도쿄 슌요도(春陽堂)이다) 작가는 그 단편에서 의지가 약한 공주님을 매도하고

17) 구라타 햐쿠조(倉田百三, 1891~1943): 소설가·극작가. 이 무렵까지 「출가와 그 제자(出家とその弟子)」, 「사랑과 인식의 출발(愛と認識との出発)」을 발표했다.

18) 기쿠치 간(菊池寛, 1888~1948): 소설가·극작가. 제일고등학교에서 아쿠타가와와 동기. 「신사조(新思潮)」 동인. 이 무렵까지 「아버지 돌아오다(父帰る)」, 「진주부인(真珠婦人)」 등 발표. 1923년에 「문예춘추(文芸春秋)」를 창간했다.

19) 구메 마사오(久米正雄, 1891~1962): 소설가·극작가. 제일고등학교·동경대학교에서 학우 아쿠타가와, 기쿠치 등과 동인지 「신사조」를 만들었다.

20) 무샤노코지 사네아쓰(武者小路実篤, 1885~1976): 소설가·희곡가. 「시라카바(白樺)」에서 활약. 이 무렵까지 「그 여동생(その妹)」, 「행복한 사람(幸福者)」, 「인간만세(人間万歳)」 등을 발표. 또 「새마을(新しき村)」을 제창했다.

21) 사토미 돈(里見弴, 1888~1981): 소설가. 아리시마 다케오의 친동생. 「시라카바(白樺)」 창간호에 「오타미상(お民さん)」을 발표. 이 무렵까지 「모자(母と子)」, 「다정불심(多情仏心)」 등을 발표.

22) 사토 하루오(佐藤春夫, 1892~1964): 시인·소설가. 이 무렵까지 유명한 「전원의 우울(田園の憂鬱)」, 「도시의 우울(都会の憂鬱)」을 발표했다.

23) 요시다 겐지로(吉田絃次郎, 1886~1956): 소설가·수필가. 감상적인 기행문으로 호평을 받았다.

24) 노가미 야요이(野上弥生, 1885~1985): 野上弥生子. 본명 야에(ヤエ). 소설가. 처녀작은 「인연(縁)」(1907년). 이 무렵까지 「반지(指輪)」, 「새 생명(新しき生命)」, 「가이진마루(海神丸)」 등 발표. 후에 「마치코(真知子)」, 「미로(迷路)」와 같은 대작을 집필했다.

25) 1922년 8월 「표현(表現)」에 발표. 지방 행정관이 되어 떠난 남편을 기다리다 가산을 잃고 병들어 죽은 여자의 이야기.

26) 산토 교덴(山東京伝), 시키테이 산바(式亭三馬) 모두 에도 후기의 게사쿠(戯作) 작가. 산바는 자신의 책 속에서 자가제 미안수 '에도의 물(江戸の水)'을, 교덴은 물건 담는 주머니를, 바킨(馬琴)도 독서환(読書丸)이라는 약을 선전 광고했다.

27) 1923년 5월 순요도에서 간행한 아쿠타가와의 여섯 번째 단편소설집.

있어. 뭐, 열렬히 의지하지 않는 자는 죄인보다도 비천하다고 말하고 싶은 것 같아. 자활과 아무 관련도 없는 교육을 받은 우리는 아무리 열렬히 의지한다 해도 실행할 수단이 없는 거잖아. 공주님도 분명 그랬을 거라고 생각해. 그런 걸 잘났다는 듯이 매도를 해대는 것은 작가의 식견 부족을 얘기하는 것 아니겠니? 나는 그 단편을 읽었을 때만큼 아쿠타가와 류노스케를 경멸한 적이 없어. ……」

이 편지를 쓴 어디 있는지 모를 여자는 하나는 알고 둘은 모르는 센티멘털리스트이다. 이런 술회를 하고 있느니 타이피스트 학교에 들어가기 위해 좋아하는 남자와 야반도주를 시도하는 것보다 나은 것은 없다. 나는 바보 중의 상 바보라는 소리를 들은 대신에 물론 그녀를 경멸했다. 그러나 또 왠지 동정 비슷한 마음을 느낀 것도 사실이다. 그녀는 불평을 계속하면서 결국에는 역시 전등회사 기사인가 뭔가와 결혼할 것이다. 결혼한 다음은 자기도 모르는 사이에 평범한 아내로 변할 것이다. 나니와부시에도 귀를 기울일 것이다. 사이쇼사의 탑도 잊을 것이다. 돼지처럼 아이를 계속해서 낳고— 나는 책상 서랍 깊숙이 이 버려진 편지를 던져 넣었다. 거기에는 나 자신의 꿈도 오래된 몇 통인가의 편지와 함께 슬슬 색이 바래가고 있다.

(1924년 4월)

모모타로(桃太郎)

김효순

❖ 1 ❖

옛날 옛적, 어느 깊은 산 속에 큰 복숭아나무 한 그루가 있었다. 그냥 크다는 말만으로는 표현이 안 될지도 모른다. 그 복숭아 나뭇가지는 구름 위에 드리워져 있었고, 그 복숭아나무의 뿌리는 대지 밑의 황천에까지 뻗어 있었다. 어쨌든 천지개벽 무렵, 이자나기 님(伊弉諾の尊)[1]은 요모쓰히라 언덕(黃最津平阪)[2]으로 여덟 개의 번개를 물리치기 위해 복숭아열매를 던졌다고 하는데, ―그 신대의 복숭아 열매는 이 나뭇가지에 열려 있던 것이다.

이 나무는 세상이 개벽한 이래, 1만 년에 한 번 꽃을 피우고 1만 년에 한 번 열매를 맺었다. 꽃은 진홍색 꽃자루에 황금색 술을 늘어뜨린 것 같다. 열매는― 열매 역시 큰 것은 말할 것도 없다. 하지만 그보다 신기한 것은 그 열매는 씨가 있는 곳에 원래 아름다운 아이를 한 명씩

1) 일본 신화에서 이자나미 님(伊弉冉尊)과 함께 나라를 낳고 신을 낳은 남자 신.
2) 이승과 황천의 경계에 있는 언덕.

잉태하고 있다는 사실이다.

옛날 옛적에 이 나무는 산골짜기를 뒤덮은 가지에 열매를 주렁주렁 단 채 조용히 햇빛을 받고 있었다. 1만 년에 한 번 열린 열매는 천 년 동안 땅에 떨어지지 않는다. 그러나 어느 날 아침, 운명은 한 마리 야타가라스(八咫鴉)[3]가 되어 그 나뭇가지에 휙 날아와 앉았다. 그런가 싶더니 벌써 붉은빛이 돌기 시작한 작은 열매 하나를 쪼아서 떨어뜨렸다. 열매는 구름 안개가 솟아오르는 아득한 저 아래 계곡으로 떨어졌다. 물론 계곡물은 봉우리 사이에 하얀 물안개를 뿜어내며 인간이 있는 세상으로 흘러들어 간다.

아기를 잉태한 그 열매는 깊은 산 속을 떠난 후 어떤 사람의 손에 들어갔을까? —그것은 새삼 말할 필요도 없을 것이다. 계곡 끝에는 할머니 한 명이, 일본 어린이라면 누구나 알고 있는 것처럼, 나무를 하러 간 할아버지의 옷인지 뭔지를 빨고 있었던 것이다. ……

❖ 2 ❖

복숭아에서 태어난 모모타로(桃太郎)는 도깨비섬을 정벌할 마음을 먹었다. 마음을 먹은 것은 왜인가 하면, 할아버지와 할머니처럼 들이나 강으로 일을 하러 가기 싫었기 때문이다. 그 이야기를 들은 노인 부부는 내심 이 말썽꾸러기에게 정나미가 떨어져 있던 차였던지라, 한시라도 빨리 내쫓고 싶은 마음에 깃발이며, 칼이며, 진중에서 입을 옷이며 출진 준비에 필요한 것은 원하는 대로 모두 해 주기로 했다. 그뿐만 아니라 도중에 필요한 양식으로는, 이것도 모모타로의 주문대

3) 일본 신화에서 간무천황(神武天皇)의 동방정벌 때, 구마노(熊野)에서 야마토(大和)로 들어가는 산속에서 길을 안내하기 위해 아마테라스오카미(天照大神)가 보낸 까마귀.

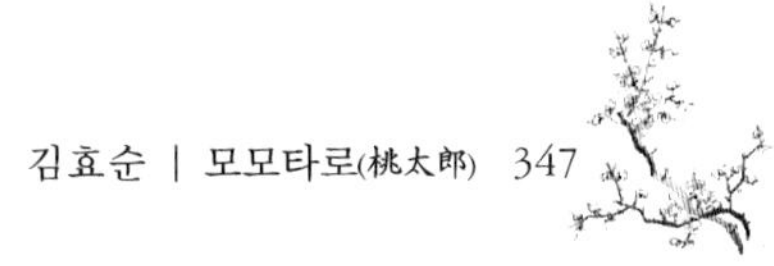

로, 수수경단까지 만들어 주었다.

모모타로는 의기양양하게 도깨비섬 정벌의 길에 올랐다. 그러자 커다란 들개 한 마리가 굶주린 눈을 번득이며 모모타로에게 이렇게 말을 걸었다.

"모모타로 님, 모모타로 님. 허리에 찬 것은 무엇이온지요?"

"이것은 일본에서 제일가는 수수경단이네."

모모타로는 자랑스럽게 대답했다. 물론 실제로는 일본에서 제일가는지 어떤지 그런 것은 그 자신도 잘 몰랐다. 하지만 개는 수수경단이라는 말을 듣자 바로 그의 옆으로 다가왔다.

"한 개만 주세요. 그럼 제가 수행을 하겠습니다."

모모타로는 순간 주판을 튕겼다.

"한 개는 줄 수 없지. 반 개 주겠네."

개는 한동안 강경하게 "한 개 주세요."라고 반복했다. 그러나 모모타로는 아무리 말을 해도, "반 개 주겠다"는 말을 철회하지 않았다. 이렇게 되면 원래 모든 장사가 그렇듯이, 소위 가지지 못한 자는 가진 자의 의지에 복종하게 마련이다. 개도 결국은 탄식을 하며 수수경단 반 개를 받는 대신 모모타로를 수행하게 되었다.

모모타로는 그 후 개 외에도, 역시 수수경단 반 개를 미끼로 원숭이와 꿩도 부하로 만들었다. 그러나 그들은 유감스럽게도 별로 사이가 좋지 않았다. 튼튼한 어금니를 가진 개는 기개 없는 원숭이를 무시했다. 수수경단 계산이 빠른 원숭이는 젠 체 하는 꿩을 무시했다. 지진학에 능통한 꿩은 머리가 우둔한 개를 무시했다. —이렇게 서로 계속해서 으르렁거렸기 때문에 모모타로는 그들을 부하로 삼고 나서도 이만저만 고생을 한 것이 아니었다.

게다가 원숭이는 배가 부르면 금방 불평불만을 쏟아놓기 시작했다.

아무래도 수수경단 반개 정도 받는 것으로 도깨비섬을 정벌하는 데 수행을 하는 것은 다시 한 번 생각해 볼 일이라고 이야기하기 시작했다. 그러자 개는 사납게 으르렁거리며 갑자기 원숭이를 물어 죽이려 했다. 만약 꿩이 말리지 않았다면, 원숭이는 게가 원수를 갚기 전에[4] 이때 이미 죽었을지도 모른다. 그러나 꿩은 개를 달래고 원숭이에게 주종의 도덕을 가르치며 모모타로의 명령에 따르라고 했다. 그래도 원숭이는 개의 습격을 피해 길가에 있던 나무 위로 올라간 후였기 때문에 꿩의 말을 쉽게 들으려 하지 않았다. 결국 간신히 그 원숭이의 마음을 돌린 것은 확실히 모모타로의 수완이다. 모모타로는 원숭이를 올려다보며 히노마루(日の丸)[5] 부채를 부쳐대며 일부러 쌀쌀맞게 내뱉었다.

"됐어, 됐어. 그럼 수행을 하지 말게. 그 대신 도깨비섬을 정벌해도 보물은 하나도 나눠 주지 않겠네."

욕심 많은 원숭이는 눈이 휘둥그레졌다.

"보물이라고요? 아니, 그럼 도깨비섬에는 보물이 있다는 말씀이세요?"

"보물만 있겠나. 무엇이든지 원하는 것은 다 나오게 해주는 도깨비 방망이라는 보물도 있지."

"그럼 그 도깨비 방망이에서 또 도깨비 방망이를 몇 개고 나오라고 하면 단번에 무엇이든지 손에 넣을 수 있다는 것이네요. 그것참 솔깃한 이야기이군요. 부디 저도 데리고 가 주세요"

4) 교활한 원숭이가 게를 속여 게의 감나무에 올라가 감을 따 준다며 잘 익은 감은 자신이 먹고 떫은 감은 게에게 던져 죽이자, 그 게의 자식들이 원숭이에게 복수를 한다는 내용의 일본 민화 「게와 원숭이의 싸움」에서 온 표현. 아쿠타가와는 이를 패러디한 작품 「게와 원숭이의 싸움」을 썼다.

5) 일본 국기에 그려진 붉은 태양.

모모타로는 다시 한 번 그들을 데리고 도깨비섬 정벌의 길을 서둘렀다.

❖ 3 ❖

도깨비섬은 절해(絶海)의 고도(孤島)였다. 하지만 세상 사람들이 생각하는 것처럼 바위산투성이는 아니었다. 실은 야자나무가 우뚝 솟아 있고 극락조가 지저귀는 아름다운 천연 낙토였다. 물론 그런 낙토에서 생명을 받은 도깨비들은 평화를 사랑했다. 아니, 도깨비라는 것은 원래 우리 인간들보다 향락적(享楽的)으로 생긴 종족인 것 같다. 혹부리 영감에 나오는 도깨비는 밤새도록 춤을 춘다. 잇슨법사(一寸法師)[6] 이야기에 나오는 도깨비도 일신의 위험을 돌아보지 않고 참배를 간 재상의 딸에게 반했다고 한다. 정말이지 오에야마산(大江山)의 슈텐 동자(酒顛童子)[7]나 라쇼몬(羅生門)의 이바라기 동자(茨木童子)[8]는 희대의 악인으로 여겨지고 있다. 그러나 이바라기 동자는 우리가 긴자(銀座)를 사랑하는 것처럼 스자쿠 대로(朱雀大路)를 사랑하는 나머지 가끔씩 라쇼몬에 살짝살짝 모습을 드러내는 것은 아닐까? 슈텐 동자도 오에야마산의 암굴에서 술만 마시고 있었던 것은 사실이다. 그가 여인을 빼앗아 갔다는 것은— 진위 여부는 제쳐 놓고, 여인 자신이 하는 말에 지나지 않는다. 여인 자신이 하는 말을 모두 다 진실이라고 인정하는

---

6) 『어가초자(御伽草子)』에 의하면 잇슨법사는 쓰노쿠니난바(津国難波: 오사카) 태생으로 열두세 살이 되어도 키가 1촌(약 3센티미터) 정도밖에 되지 않았다. 그 후 법사는 바늘 칼과 보리짚 칼집 차림에 밥그릇 배를 타고, 젓가락을 노 삼아 저어서 상경하여 도깨비를 퇴치했다고 한다.

7) 오에야마산에 사는 귀신의 두목으로 술을 좋아한다고 한다.

8) 슈텐동자의 부하로 교토시내를 어지럽혔다고 한다.

것은 좀— 나는 근 20여 년 동안 그런 의문을 품어 왔다. 그 라이코(頼光)[9]나 사천황(四天王)[10]은 모두 다소 제정신이 아닌 여성숭배자가 아니었을까?

도깨비는 열대의 풍경 속에서 가야금을 켜고 춤을 추거나 고대 시인의 시를 읊으며 몹시 안온(安穩)하게 살고 있었다. 또한 그 도깨비들의 아내나 딸들도 베틀을 짜고, 술을 빚고, 난(蘭) 꽃다발을 만들며 우리 인간들의 아내나 딸들과 조금도 다름없이 살고 있었다. 특히 벌써 머리가 하얗게 세고, 어금니가 빠진 도깨비의 어머니는 늘 손자를 보면서 우리 인간들이 얼마나 끔찍한 존재들인지 들려주고 있었다. ……

"너희들도 장난을 하면 인간들이 있는 섬에 보낼 거야. 인간 섬에 보내진 도깨비들은 필시 옛날의 그 슈텐 동자처럼 인간들이 죽여 버릴 테니까 말이야. 뭐, 인간이라는 것이 뭐냐고? 인간이라는 존재는 뿔도 없고 희멀건 얼굴과 손발을 한, 무어라 할 수 없을 만큼 기분 나쁘게 생겼어. 게다가 또 인간 여자라는 것은 그 희멀건 얼굴과 손발에 온통 납 가루를 바르고 있지. 그 정도에서 그치면 그래도 괜찮겠지만 말이야. 남자든 여자든 하나같이 거짓말을 하고, 욕심도 많고, 질투를 하는데다 자아도취에 빠져 거만하고, 동료 사이에 서로 죽이고, 불을 지르고 도둑질을 하고, 정말이지 어떻게 손을 쓸 수 없는 짐승들이란다……"

9) 미나모토노 요리미쓰(源頼光)를 말함. 헤이안시대(平安時代) 중기의 무장. 동화에서는 도깨비 퇴치 전문가로 알려져 있다.

10) 불교에서 말하는 4명의 수호신. 동방의 지국천(持国天), 남방의 증장천(增長天), 서방의 광목천(広目天), 북방의 다문천(多聞天)을 말함.

❖ 4 ❖

모모타로는 그런 죄 없는 도깨비 나라에 건국 이래 최대 공포를 초래했다. 도깨비는 방망이를 잊은 채로, "인간이 왔다!"라고 외치며 우뚝 솟아 있는 야자나무 사이를 우왕좌왕하며 도망쳤다.

"전진! 전진! 도깨비라는 도깨비는 눈에 띄는 대로 남김 없이 죽여 버려!"

모모타로는 한 손에는 복숭아 깃발을 들고 히노마루 부채를 연신 휘두르며 개, 원숭이, 꿩 세 마리에게 호령했다. 개, 원숭이, 꿩 세 마리는 사이는 좋지 않았을지도 모른다. 하지만 굶주린 짐승만큼 용감무쌍한 병졸의 자격을 갖추고 있는 것은 없을 것이다. 그들은 모두 회오리바람처럼 도망치는 도깨비들을 쫓아다녔다. 개는 단 한입에 도깨비 젊은이를 물어 죽였다. 꿩도 날카로운 부리로 도깨비 어린이를 쪼아 죽였다. 원숭이도－ 원숭이는 우리 인간들과 동지 사이인 만큼 도깨비 처녀를 목 졸라 죽이기 전에 반드시 마음껏 능욕을 일삼았다. ……

모든 죄악이 이루어진 후, 마침내 도깨비 촌장은 목숨을 부지한 몇 안 되는 도깨비와 함께 모모타로 앞에 항복했다. 모모타로가 얼마나 득의양양했는지는 상상할 수 있을 것이다. 도깨비섬은 이제 어제처럼 극락조가 지저귀는 낙토가 아니다. 야자 숲에는 도처에 도깨비들의 사체가 흩어져 있었다. 모모타로는 역시 한 손에 깃발을 들고 세 마리 부하를 이끌고는 납작 엎드려 거미처럼 된 촌장에게 엄숙하게 이렇게 명령했다.

"그럼 각별히 불쌍히 여겨 너희들의 목숨만은 살려 주겠다. 그 대신 도깨비섬의 보물들은 하나도 남김 없이 모두 헌상해야 한다."

"예, 헌상하겠습니다."

"또 그 외에 너희들의 아이를 인질로 내놓아야 한다."

"그것도 잘 알겠습니다."

도깨비의 촌장은 다시 한 번 이마를 땅바닥에 대고는 흠칫흠칫 두려워하며 모모타로에게 질문했다.

"저희들은 당신들께 저희가 무엇인가 무례한 짓을 저질렀기 때문에 정벌을 하신 것으로 생각하고 있습니다. 그러나 실은 저를 비롯하여 도깨비섬의 도깨비들은 당신들께 어떤 무례한 짓을 저질렀는지 통 짐작이 가지 않습니다. 그러니 무슨 무례한 짓을 저질렀는지 알려 주실 수는 없으신지요?"

모모타로는 천천히 고개를 끄덕였다.

"일본에서 제일가는 모모타로는 개, 원숭이, 꿩 세 마리의 충신을 거느리게 되었기 때문에 도깨비섬을 정벌하러 온 것이다."

"그럼 그 세 분은 어떻게 거느리시게 된 것이온지요?"

"그건 원래 도깨비섬을 정벌하고자 하는 데 뜻을 두었기 때문에, 수수경단을 주고 거느리게 된 것이다. —어떠냐? 이래도 아직 모른다고 하면 너희들도 모두 죽여 버릴 테다."

도깨비 촌장은 깜짝 놀란 듯이 뒤로 펄쩍 뛰어 세 척 정도 물러서더니, 결국은 다시 정중하게 고개를 숙여 인사를 했다.

❖ 5 ❖

일본에서 제일가는 모모타로는 개, 원숭이, 꿩 세 마리와 인질로 잡은 도깨비 어린이에게 보물을 실은 수레를 밀게 하고는 득의양양해서 고향으로 개선했다. —이 정도는 뭐 일본 어린이들이라면 누구나 이

미 알고 있는 이야기이다. 그러나 그렇다고 해서 모모타로가 꼭 행복한 일생을 보낸 것은 아니다. 도깨비 어린이들은 어엿한 어른이 되자 망을 보는 꿩을 물어 죽이고 순식간에 도깨비섬으로 도망을 쳤다. 그뿐만 아니라 도깨비섬에 남겨진 도깨비들은 가끔씩 바다를 건너와서는 모모타로의 저택에 불을 지르거나 자고 있는 모모타로의 목을 베려 했다. 아무래도 원숭이가 살해를 당한 것은 인간으로 착각을 당했기 때문일 것이라는 소문이다. 모모타로는 그런 불행이 자꾸 겹치는 데 대해 탄식하지 않을 수 없었다.

"정말이지 도깨비들은 집요해서 못쓰겠다니까."

"애써 목숨을 살려주신 주인의 대은(大恩)을 잊다니 발칙한 놈들이옵니다."

개도 모모타로의 찌푸린 얼굴을 보고는 분하다는 듯이 소리를 지르곤 했다.

일전에도 쓸쓸한 도깨비섬 바닷가에는 아름다운 열대의 달빛을 받으며 도깨비 젊은이들 대여섯 명이 도깨비섬의 독립을 계획하기 위해 야자나무 열매에 폭탄을 장치하고 있었다. 상냥한 도깨비 처녀들과 사랑을 나누는 일조차 잊었는지, 묵묵히 그러나 기쁜 듯이 밥공기만 한 눈알을 번득이면서. ……

❖ 6 ❖

인간이 모르는 산속에 운무를 뚫고 나온 복숭아나무는 오늘날에도 여전히 옛날처럼 무수한 열매를 주렁주렁 달고 있다. 물론 모모타로를 잉태한 열매는 벌써 계곡을 떠내려가 버렸다. 그러나 미래의 천재는 아직 그 씨앗들 속에 몇 명이나 잠들어 있다. 그 커다란 야타가라

스는 앞으로 언제 또 이 나뭇가지에 다시 모습을 드러낼 것인가? 아아, 미래의 천재는 여전히 그 열매 속에 몇 명이나 잠들어 있다. ……

(1924년 6월)

10엔 지폐(十円札)

이민희

어느 흐린 초여름 아침, 호리카와 야스키치(堀川保吉)는 플랫폼 돌계단을 기운 없이 오르고 있다. 그렇다고는 하나 그다지 큰일은 아니다. 다만 바지 주머니 속에 든 돈이 겨우 60전(銭) 조금 넘는다는 사실이 기분 나쁠 뿐이다.

당시 호리카와 야스키치는 언제나 돈에 쪼들리고 있었다. 영국어를 가르치는 보수는 한 달에 불과 60엔(円)이다. 틈틈이 쓰고 있는 소설은 『중앙공론(中央公論)』에 게재되었을 때조차 90전 이상 받아본 적이 없다. 기본적으로 한 달에 5엔인 방세에 한 끼 식사 50전 하는 식대를 지불하고 나면 남는 게 없다. 게다가 멋을 부린다기보다는 즐기는 그로서는 — 적어도 경제적 의미를 중요하게 여기는 것만은 사실이다. 그러나 책도 읽어야 한다. 이집트 담배도 피워야 한다. 음악회 의자에도 앉아야 하고, 친구들 얼굴도 봐야 한다. 친구 이외에 여인의 얼굴도 — 아무튼 주 1회씩 반드시 도쿄에 가야 한다. 이런 생활욕에 사로잡혀 있던 그는 원고료를 가불하는 것은 물론, 부모·형제의 신세를 지기도 했다. 그래도 돈이 부족할 때는 처마에 붉은색 유리 등을 내단,

사람의 왕래가 드문 토담집에 커다란 화집(畵集) 따위를 맡긴다. 그러나 더 이상 가불할 곳이 없고 부모·형제와도 싸운 지금은 – 아니, 사태는 더 심각하다. 얼마 전 건국기념일에 새로 맞춘 18엔 50전 하는 실크 모자가 그의 손을 떠난 지 이미 오래다.

야스키치는 사람으로 붐비는 플랫폼을 걸으면서 광택이 멋진 실크 모자를 생생히 눈앞에 떠올려보았다. 그것은 둥근 몸통에 토담집 창문 빛을 넌지시 발하고 있다. 창밖에 핀 태산목(泰山木) 꽃 또한 비추고 있다. ……그러나 바지 속에서 어렴풋이 만져진 60전은 바로 그 꿈을 부숴버렸다. 오늘은 10일하고도 며칠밖에 지나지 않았다. 28일 월급날 호리카와 교관 앞이라는 서양식 봉투를 받으려면 아직 2주일도 더 기다려야 한다. 그런데 그가 기대하는 도쿄에 가는 일요일은 벌써 내일로 다가와 있다. 야스키치는 내일 하세(長谷), 오토모(大友)와 함께 저녁 식사를 할 생각이었다. 평소 갖고 싶던 스콧 유화물감이랑 캔버스도 구입할 작정이었다. 묄렌도르프 양의 연주회에도 참석할 예정이었다. 하지만 60전이 조금 넘는 돈 앞에서는 도쿄행 자체를 포기하지 않으면 안 된다.

'내일이여, 안녕'인 것이다.

야스키치는 우울함을 달래기 위하여 엽궐련 한 대를 피우려 했다. 그러나 공교롭게도 손을 넣은 주머니 속에는 한 개비도 남아있지 않았다. 그는 악의적인 운명의 미소를 느끼면서 결국 대합실 밖에 멈춰선 행상인 앞으로 걸어갔다. 녹색 사냥 모자를 쓴, 살짝 곰보 자국이 있는 행상인은 늘 무료한 듯 목에 매단 상자 속 신문과 캐러멜 따위를 바라보고만 있다. 그는 일개 상인에 불과하지 않다. 우리들 생명을 저해하는 부정적 정신의 상징이다. 야스키치는 이러한 행상인의 태도에 오늘도 – 아니, 오늘만큼은 도저히 참을 수 없는 초조함을 느꼈다.

"아사히 줘요."

"아사히 말입니까?"

행상인은 언제나 그렇듯 눈을 내리깐 채로 비난하는 듯 되물었다.

"신문이요? 담배요?"

야스키치는 미간이 떨리는 것을 느꼈다.

"맥주!"

예상했던 대로 행상인은 놀랐는지 야스키치의 얼굴을 쳐다본다.

"아사히맥주는 없습니다."

야스키치는 후련한 기분으로 행상인을 뒤로하고 걷기 시작했다. 그러나 아사히는 어쩌고, ― 아사히 따위 이제 피지 않아도 좋다. 못마땅했던 행상인을 물리친 것은 하바나를 편 것보다 더 유쾌했다. 그는 바지 주머니 속 돈이 고작 60전 정도라는 사실도 잊어버린 채, 플랫폼 앞으로 걸어갔다. 마치 바그람(Wagram)에서 있었던 일전(一戰)에 대승(大勝)을 거둔 나폴레옹이라도 되는 양…….

❖ ❖

바위인지 진흙덩이인지 모를 깎아지른 듯한 잿빛 낭떠러지는 높다랗게 흐린 하늘로 솟아있다. 그리고 그 꼭대기에는 풀인지 나무인지 알 수 없는 빛바랜 초록이 희부옇게 보인다. 야스키치는 이 절벽 아래를 홀로 멍하니 걷고 있다. 30분 기차에 흔들리고 바로 30분가량 모래 먼짓길을 걷는 일은 물론 고통스럽다. 고통? ― 아니, 고통이 아니다. 타력(惰力)의 법칙은 어느새 고통이라는 의식조차 빼앗아 갔다. 그는 매일 아무 느낌 없이 지루함을 똑 닮은 낭떠러지 아래를 걷고 있다. 지옥의 업고(業苦)를 치르는 것은 우리에게 반드시 비극은 아니다. 우

리의 비극은 지옥의 업고를 업고로 느끼지 못하는 데 있다. 그는 이러한 비극 밖으로 일주일에 한 번씩 뛰어나간다. 그러나 바지 주머니 속에 60전 정도밖에 없는 지금으로서는…….

"안녕하세요."

갑자기 말을 건 것은 수석교관인 아와노(粟野) 씨다. 아마 오십이 넘었을 것이다. 검은색 근시 안경을 쓴, 등이 다소 굽은 신사다. 자고로 야스키치가 일하고 있는 해군학교 교관은 시대를 초월한 감색 서지(serge) 직물 이외에는 그 어떠한 양복도 입은 적이 없다. 아와노 씨 역시 감색 서지 양복에 새로 산 밀짚모자를 쓰고 있다. 야스키치는 정중히 인사를 했다.

"안녕하십니까."

"찜통더위가 시작될 모양이네요."

"따님은 좀 어떠세요? 몸이 아프다고 들었는데……."

"고마워요. 어제 막 퇴원했습니다."

아와노 씨보다 먼저 나온 야스키치는 마치 다른 사람이라도 된 듯 은근하다. 이것은 조금도 허례가 아니다. 그는 아와노 씨의 어학적 천재성에 상당한 경의를 품고 있다. 향년 육십인 아와노 씨는 라틴어로 된 시저(Caesar)를 가르치고 있다. 물론 지금도 영국어를 비롯한 다양한 근대어에 정통하다. 야스키치는 언젠가 아와노 씨가 『아시노(Asino)』 — 가 아닐지도 모르지만 — 아무튼 그런 이름의 이탈리아어 책을 읽고 있는 것을 보고는 적잖이 놀랐다. 그렇다고는 하나 아와노 씨에 대한 경의가 꼭 어학적 천재성 때문만은 아니다. 아와노 씨는 너무나도 연장자다운 관후(寬厚)한 인품을 지녔다. 야스키치는 영국어 교과서에서 난해한 곳을 발견하면 반드시 아와노 씨에게 가르침을 받으러 간다. 난해한 — 물론 시간을 절약하기 위하여 때로는 사전을 찾아보지도 않고 물으러 간 경우가 아주 없는 것도 아니지만, 그럴 경우는 예의상 당혹한 척 가장하기에 전력을 다한 것 또한 사실이다. 아와노 씨는 언제나 간단히 그의 질문을 해결해주었다. 그러나 너무 손쉽게 해결할 수 있는 경우에 한해서는 — 야스키치는 한참 궁리하는 척하는 아와노 씨의 위선적 태도를 지금도 또렷이 기억하고 있다. 아와노 씨는 야스키치의 교과서 앞에서 불 꺼진 파이프를 문 채로 늘 약간 읊조렸다. 그리곤 마치 천상에서 묵시록이라도 내려온 듯 갑자기 '이건 말이죠.' 하면서 단숨에 그곳을 해결했다. 야스키치는 이러한 거짓연극을 보고 — 어학적 천재성보다는 오히려 위선자다운 가르침을 보고 그 얼마나 아와노 씨를 존경했던가…….

"벌써 일요일이네요. 요즘도 일요일에는 도쿄로 외출하십니까?"

"예, 뭐……. 근데 내일은 안 갈 겁니다."

"왜요?"

"실은 저……. 거지예요."

"농담이시죠?"

아와노 씨에게서 희미한 웃음소리가 흘러나왔다. 옅은 다갈색 콧수염 아래로 살짝 송곳니가 보일 정도로 조심스럽게 웃은 것이다.

"당신은 어쨌든 월급 이외에 원고료도 들어오니까 막대한 수입을 보장받고 있잖아요."

"농담 마세요."라고 말한 것은 이번에는 야스키치 쪽이었다. 그래도 아와노 씨의 어휘 선택은 꽤나 진지한 구석이 있었다.

"월급은 아시다시피 60엔입니다만, 원고료는 한 장에 90전 해요. 가령 한 달에 50장을 써도 45엔에 불과하죠. 게다가 알려지지 않은 잡지의 원고료는 60전이 될까 말까 하니까……."

야스키치는 느닷없이 매문(賣文)으로 입에 풀칠하는 것이 얼마나 어려운지에 대하여 열심히 토로하기 시작했다. 그냥 늘어놓는 정도가 아니다. 그의 타고난 시적 정열은 점점 그것을 과장하기 시작했다. 일본의 희곡가와 소설가는 — 특히 그의 친구들은 참담한 궁핍에 만족하지 않으면 안 된다. 하세 마사오(長谷正雄)는 술 대신에 전기블랭[1]을 마신다. 오토모 유키치(大友雄吉)도 처자식과 함께 다다미(畳) 세 장으로 된 이층집을 빌리고 있다. 마쓰모토 호조(松本法城) 또한— 그는 결혼한 이래 조금 편하게 지내고 있는지도 모른다. 그러나 바로 얼마 전까지는 그 역시 꼬치구이 집에 드나들고 있었다…….

"Appearances are deceitful[2]로군요."

하면서 아와노 씨는 농담인지 진심인지 알 수 없는 뜨뜻미지근한 맞장구를 쳤다.

길 양편은 어느새 너저분한 마치야(町家)[3]로 변해 있었다. 먼지투성이 진열창과 빛바랜 광고 붙은 전봇대 — 시(市)라는 이름은 붙어 있어도, 도회지다운 색채는 어디에도 없다. 무엇보다 기와지붕 하늘 위로 커다란 갠트리 크레인(gantry crane)[4]이 걸쳐 있거나 검은 연기와 하얀 수증기가 피어오르는 모습은 전율할 만한 공포 그 자체다. 야스키치는 밀짚모자 차양 아래로 이러한 광경을 바라보면서 스스로가 의식하면서 과장한 매문의 비극에 감격했다. 동시에 평소 존중하던 오기로 버티기고 뭐고 다 잊어버린 듯 다시금 한 손을 집어넣은 바지 속 내용물에 대하여 떠들어댔다.

"실은 도쿄에 가고 싶지만, 60전 조금 넘는 돈으로는 어림없어서 그

---

1) 도쿄에 있는 가미야(神谷)바의 창업자인 가미야 덴베에(神谷伝兵衛)가 만든 알코올 음료.
2) 외관은 사람으로 하여금 착각하기 쉽게 만든다—역자
3) 근대 일본 점포 겸용 주택의 하나.
4) 문 모양으로 만들어 그 밑으로 차량이 지나다닐 수 있도록 한 기중기.

래요."

❖ ❖

야스키치는 교관실 책상 앞에서 교과서 사전조사에 착수했다. 그러나 유틀란트(Jutland) 해전[5] 등은 평상시에도 유쾌하게 읽을 수 있는 기삿거리가 아니다. 도쿄에 가고 싶은 마음에 부아가 치밀어 오르는 오늘 같은 날은 더욱 그렇다. 그는 한 손에 든 해상 관련 용어사전을 한 쪽가량 훑어본 뒤, 우울하게도 또다시 주머니 속 60전 조금 넘는 돈을 생각하기 시작했다…….

열한 시 반의 교관실은 쥐죽은 듯 인기척 하나 없다. 열 명 남짓한 교관들도 아와노 씨 한 명을 남겨둔 채, 너나 할 것 없이 수업에 나가버렸다. 아와노 씨는 그의 책상 건너편으로 ─ 건너편이라 해도, 둘의 책상을 가르는 살풍경한 책장 건너편으로 완전히 모습을 감추고 있다. 그러나 파르스름한 파이프 연기는 아와노 씨의 존재를 증명이라도 하는 듯 때때로 흰 벽을 뒤로한 공중으로 희미하게 피어오르고 있다. 창밖 풍경 또한 고요하기는 마찬가지다. 흐린 하늘에 모여 있는 새잎 달린 나뭇가지, 그 너머로 이어진 잿빛 교사(校舍), 또 그 너머로 옅게 빛나는 후미진 강 ─ 이 모든 것들이 땀에 찬 듯 묵직한 고요함에 젖어 있다.

야스키치는 엽궐련 생각이 났다. 순간 행상인에게 대갚음한 뒤 궐련 사는 일을 까맣게 잊고 있었다는 사실을 발견했다. 궐련도 피울 수 없게 된 형편은 비참하다. 비참? ─ 혹은 비참한 일이 아닐지도 모른

5) 1916년 5월 31일 덴마크 유틀란트 반도에 면한 북해에서 일어난 영국·독일의 전투로, 제1차 세계대전 중 최대의 해전.

다. 의식 해결에 급급한 궁민(窮民)의 고통에 비하면 60전이 넘는 돈에 한탄한다는 것은 행복에 겨운 소리가 아닐 수 없다. 하지만 고통으로 치자면 매한가지다. 아니, 오히려 가난한 백성보다 신경이 예민한 그로서는 한층 더 고통스럽게 느끼지 않을 수 없다. 궁민은 — 반드시 궁민이 아니어도 좋다. 어학적 천재인 아와노 씨는 고흐의 해바라기를 봐도, 볼프의 리트를 들어도, 혹은 베르하렌의 도회시를 읽어도 태생적으로 몹시 냉담했다. 이러한 아와노 씨에게 예술은 개한테 풀이 없는 것과 같이 무의미하겠지. 그러나 야스키치에게 예술이 없다는 것은 당나귀에게 풀이 없는 것과 마찬가지다. 60전이 조금 넘는 돈은 호리카와 야스키치에게 정신적 기갈(飢渴)[6]의 고통을 가져온다. 그래도 아와노 렌타로(廉太郎)에게는 아무런 통양(痛痒)[7]도 주지 않겠지.

"호리카와 군."

파이프를 입에 문 아와노 씨가 어느 틈엔가 야스키치의 눈앞에 와 있다. 와 있는 거야 그리 이상할 것도 없다. 하지만 훤하게 벗겨진 이마에도, 근시 안경 너머 눈빛에도, 바짝 짧게 깎은 콧수염에도, — 다소 과장하자면 댓진으로 번뜩이는 파이프에도, 거의 여인의 교태에 가까운 어색함이 엿보이는 것은 이상하다. 야스키치는 어이가 없었지만, '제게 볼일이라도?' 정도의 말도 건네지 못한 채 그저 처자(処子)의 자태를 띠는 이 노교관의 얼굴을 지켜볼 따름이다.

"호리카와 군, 이거 얼마 안 되지만……."

아와노 씨는 수줍은 듯 미소 지으며 넷으로 접은 10엔짜리 지폐를 꺼냈다.

"정말로 작지만, 도쿄행 기차비로 써주세요."

---

6) 배고픔과 목마름.
7) 아픔과 가려움.

야스키치는 크게 당황했다. 록펠러에게 돈을 빌리는 것은 여러 차례 공상했다. 그러나 아와노 씨에게 돈을 꾸리라고는 꿈에서조차 생각한 적이 없다. 그때 퍼뜩 생각난 것은 오늘 아침 아와노 씨에게 매문의 비극에 대하여 거침없이 말한 일이다. 그는 새빨갛게 상기되어 횡설수설 변명을 늘어놓기 시작했다.

"아니, 실은 용돈은 – 용돈이 없는 것은 사실입니다만, – 도쿄에 가면 어떻게든 해결될 것이고…, 무엇보다 도쿄에는 더 이상 가지 않기로 했으니까……."

"그래도 일단 받아두세요. 없는 것보다는 나을 테니까요."

"아니요, 진짜로 필요 없습니다. 호의는 감사합니다만……."

아와노 씨는 조금 당혹스러운 듯 입에 물고 있던 파이프를 떼면서 사 등분으로 접은 10엔 지폐로 눈길을 떨어뜨린다. 그러나 그도 잠시, 바로 눈을 들어 다시 한 번 금테 근시 안경 너머로 수줍음에 가까운 미소를 내비친다.

"그래요. 그럼, 나중에 또 봬요. 공부하시는데 실례했습니다."

아와노 씨는 10엔 지폐를 포켓으로 집어넣자마자, 마치 돈을 꾸러 왔다가 거절당한 사람처럼 사전과 참고서가 즐비한 책상으로 허둥지둥 물러났다. 그리고는 원래대로 힘 빠진, 어딘지 모르게 살짝 땀이 밴 듯한 침묵만이 남았다. 야스키치는 니켈로 씌운 시계를 꺼내어 그 뚜껑 위에 비친 자신의 얼굴을 응시했다. 자신이 평상심(平常心)을 잃은 것 같으면 늘 어떻게든 거울 속 자신의 모습을 비추어 보는 것이 10년 전부터 쭉 있었던 그의 습관이다. 물론 니켈 시계의 뚜껑은 그의 얼굴을 정확히 비춰줄 리가 없다. 작은 원 속에 비친 그의 얼굴은 전체적으로 약간 몽롱한데다가 유독 코만 널찍이 퍼져 있다. 그래도 다행인 것은 그의 마음이 점차 진정을 되찾기 시작했다는 점이다. 그와

동시에 아와노 씨의 호의를 헛되게 한 미안한 마음 또한 들기 시작했다. 아와노 씨는 10엔 지폐를 돌려받고 싶어서라기보다는 오히려 호의가 흔쾌히 받아들여지는 것을 만족스럽게 여겼음에 틀림없다. 그것을 받아들이지 않고 물리치는 것은 실례다. 그뿐만 아니라…….

야스키치는 이 '그뿐만 아니라'라는 말 앞에서 회오리바람에 직면한 당혹감을 느꼈다. 그뿐만 아니라 궁한 상황은 다 호소해놓고 정작 은혜는 거절하는 것은 비겁하다. 의리니 인정이니 하는 것은 짓밟아도 좋다. 그러나 비겁자가 되는 것만큼은 피해야 한다. 그러나 돈을 빌리는 것은 – 돈을 빌리는 순간 적어도 28일 월급날까지 갚을 수 없다는 건 분명하다. 그는 가불한 원고료 따위는 아무리 밀려도 태평하다. 하지만 아와노 씨에게 빌린 돈을 2주 이상이나 갚지 않고 지낸다는 것은 거지가 되는 것보다 더 찜찜하다…….

그는 10분쯤 망설이다 시계를 포켓에 넣고는 거의 싸움을 걸 기세로 의기양양하여 아와노 씨 책상 쪽으로 갔다. 아와노 씨는 언제나처럼 담뱃갑, 재떨이, 출석부, 반년풀(万年糊)[8] 등이 가지런히 놓여있는 책상 앞에서 파이프에 연기를 흩날리면서 한가롭게 모리스 르블랑의 탐정소설을 탐독하고 있다. 그러나 야스키치가 온 것을 보자 교과서 내용을 질문하러 온 것인 줄로 알았는지 탐정소설을 덮더니 조용히 그의 얼굴을 쳐다본다.

"아와노 씨. 좀 전의 그 돈 빌려주세요. 이리저리 생각해봤더니 아무래도 빌리는 편이 좋을 듯하니."

야스키치는 단숨에 이렇게 말했다. 아와노 씨는 아무런 대답도 없이 그 자리에서 일어섰던 것으로 기억하고 있다. 그러나 어떤 표정을

---

8) 풀을 두꺼운 종이로 만든 삼각형 주머니 속에 넣고 한쪽 귀퉁이에 작은 구멍을 뚫어 밀어내어 쓰는 것으로, 히라가 겐나이(平賀源内, 1728~1780)가 고안했다.

지었는지는 잘 모르겠다. 그로부터 7, 8년이 흐른 지금, 야스키치가 어렴풋이 기억하고 있는 것은 그의 눈앞에 아와노 씨가 내민 커다란 오른손이 보였다는 사실뿐이다. 혹은 그 손가락 끝에(니코틴은 또 얼마나 누렇게 두꺼운 두 번째 손가락 손톱에 물들어 있었던가!) 사 등분으로 접힌 10엔 지폐가 한 장, 그 자체로 수줍음을 발하는 듯 조심스럽게 펼쳐졌다는 사실뿐이다.

❖ ❖

야스키치는 이 10엔 지폐를 기필코 모레, 월요일에 아와노 씨에게 되돌려주기로 결심했다. 혹시나 하여 재차 확인해두자면 다른 것이 아닌, 실로 이 한 장의 10엔 지폐다. 이렇게 말하는 것은 다른 뜻이 있어서가 아니다. 가불할 가능성이 전혀 없고 부모·형제와도 싸운 지금, 설령 도쿄에 갔다 한들 돈이 생기지 않는다는 것은 자명하다. 그렇다면 10엔을 갚기 위해서는 이 10엔 지폐를 보존하지 않으면 안 된다. 이 10엔 지폐를 지키기 위해서는 — 야스키치는 어스름한 2등 객차 구석에서 출발을 알리는 기적소리를 기다리면서 오늘 아침보다 더한층 뼈저리게 60전이 조금 넘는 잔돈에 섞인 한 장의 10엔 지폐에 대하여 계속 생각했다.

아침보다 더한층 뼈저리게 — 하지만 오늘 아침보다 더 우울하지는 않다. 아침에는 그저 돈이 없다는 사실만이 기분 나빴을 뿐이다. 그러나 지금은 그 밖에도 이 한 장의 10엔 지폐를 갚아야 한다는 도덕적 흥분을 느끼고 있다. 도덕적? — 야스키치는 자신도 모르게 얼굴을 찌푸렸다. 아니, 단연코 도덕적 문제 때문이 아니다. 그는 단지 아와노 씨 앞에서 자신의 위엄을 지키고 싶은 것이다. 물론 위엄을 지키는 것

이 빌린 돈을 갚는 것 외에 달리 방도가 없는 것은 아니다. 만약 아와노 씨도 예술을 — 적어도 문예를 사랑했다면, 작가 호리카와 야스키치는 한 편의 걸작을 저술하는 것으로 위엄을 지키려고 시도했을 것이다. 그리고 만약 아와노 씨도 우리들처럼 일개의 어학자에 불과했다면, 교사 호리카와 야스키치는 어학적 소양을 표하는 것으로 위엄을 지킬 수도 있었을 터이다. 그러나 예술에 흥미가 없고 어학적 천재인 아와노 씨 앞에서는 이 모든 것이 통할 리가 없다. 그렇다면 야스키치는 좋든 싫든 사회인다운 위엄을 지키지 않으면 안 된다. 즉 빌린 돈을 갚는 것이다. 이런 수고를 끼치면서까지 무리하게 위엄을 지키려는 것은 어쩌면 우스꽝스럽게 들릴지도 모르겠다. 하지만 그는 어찌 된 셈인지 그 누구보다도 특히 아와노 씨 앞에서 — 저 금테 근시 안경을 쓴, 등이 다소 굽은 노신사 앞에서 그 자신의 위엄을 지키고 싶은 것이다…….

그러는 사이 기차는 움직이기 시작했다. 어느 틈에 흐린 하늘을 흩뜨린 비가 희푸른 바다 위로 몇 척이나 되는 군함을 부옇게 보이게 한다. 야스키치는 이유 모를 안도감을 느끼면서, 승객이 두세 명밖에 없는 덕에 쿠션 위에 몸을 쭉 뻗고 드러누웠다. 그러고 있자니 바로 생각난 것은 고향에 있는 어느 잡지사다. 이 잡지사는 불과 한 달 전에 기고를 의뢰하는 긴 편지를 보내왔다. 하지만 이 잡지사가 발행하는 잡지에 증오와 모멸감을 느끼고 있던 그는 아직껏 의뢰에 응하지 않고 있다. 그런 잡지사에 작품을 파는 것은 딸을 매춘부로 삼는 것과 매한가지다. 그러나 지금에 이르러 생각해보니 다소 가불이 가능할 것 같은 곳은 고작 이 잡지사 한 곳뿐이다. 만약 얼마간의 가불이라도 가능하다면 —

그는 이 터널에서 저 터널로 통과하는 차내 명암을 올려다본 채로

다소의 가불이 가져다줄 향락에 대하여 상상했다. 모든 예술가의 향락은 자기발전의 기회다. 자기발전의 기회를 붙잡는 것은 천하에 부끄러운 소행이 아니다. 이것은 2시 30분에는 도쿄에 닿을 급행열차다. 얼마간의 가불을 받아내기 위해서는 이대로 도쿄까지 타고 있기만 하면 된다. 50엔의 — 적어도 30엔의 돈만 있으면 오랜만에 하세나 오토모와 함께 저녁 식사를 할 수 있을 터이다. 뮐렌도르프 양의 음악회에도 갈 수 있다. 캔버스나 그림도구도 살 수 있다. 아니, 그 정도가 아니다. 단 한 장의 10엔 지폐를 필사적으로 보존하지 않아도 될 터이다. 하지만 만일 가불이 불가능할 시에는 — 그럴 경우는 그때 가서 생각하면 된다. 원래 그는 무엇 때문에 아와노 렌타로 앞에서 위엄을 지키고 싶어했던가? 아와노 씨는 분명 군자일지도 모른다. 그러나 야스키치의 마음속에는 — 그는 예술적 정열과는 필경 무관한 사람이다. 아무 상관도 없는 사람을 위하여 자기발전의 기회를 잃는다는 것은 — 빌어먹을, 이런 논리는 위험하다!

야스키치는 갑자기 몸서리치면서 쿠션 위로 몸을 일으켰다. 지금도 터널을 빠져나온 기차는 괴로운 듯 연기를 뿜어내며 비바람에 요동치는 푸른 억새가 무성한 산골짜기를 달리고 있다…….

❖ ❖

다음날 일요일 저녁 무렵이다. 야스키치는 하숙집 낡은 등의자 위에 앉아 유유히 엽궐련에 불을 붙인다. 그의 마음속에는 근래에 드문 만족감이 흘러넘치고 있다. 그건 우연이 아니다. 첫째로, 그는 10엔 지폐를 보존하는 데 성공했다. 둘째로, 방금 어느 출판서점이 편지 속에 한 권에 50전 하는 그의 저서 5백 부에 대한 인세를 봉하여 보내왔다.

셋째로— 가장 의외인 것은 이 사건이다. 셋째로, 하숙집 저녁 밥상에 소금구이 은어 한 마리가 올라왔다!

초여름 저녁 어스름 빛은 처마 끝에 드리운 벚나무 가지에 감돌고 있다. 버찌가 점점이 흩뿌려진 모래 마당에도 퍼져 있다. 모직으로 덮인 야스키치의 무릎 위에 놓인 한 장의 10엔 지폐에도 번져 있다. 그는 어스름 빛 속에서 접은 자국이 남은 10엔 지폐로 조용히 눈길을 떨어뜨린다. 잿빛 넝쿨이랑 열여섯국화(十六菊)[9] 가운데 인주가 찍힌 10엔 지폐는 이상하게도 아름다운 지폐다. 타원형 속 초상도 우둔한 감이 없지 않지만 평소 생각했던 것만큼 저속하지는 않다. 뒷면도 — 품격이 느껴지는 테에 갈색을 두른 뒷면은 앞면보다 한층 멋지다. 이렇게 손때만 묻지 않았어도 이대로 액자 속에 넣어도 — 아니, 손때만이 아니다. 커다란 10자 위에 뭔가 잉크로 쓴 자잘한 낙서도 있다. 그는 조용히 10엔 지폐를 들어 올려 입속으로 그 문자를 읽어 내려갔다.

'초밥으로 할까?'[10]

야스키치는 10엔 지폐를 무릎 위에 되돌려 놓았다. 그리고는 뜰 앞 저녁 어스름 속에서 오래도록 엽궐련 연기를 뿜어냈다. 이 한 장의 10엔 지폐도 낙서를 한 작자에게는 단지 초밥이라도 먹을까 하는 망설임을 나타내는 것에 지나지 않았겠지. 그러나 넓은 세상 가운데서는 이 한 장의 10엔 지폐 때문에 비극이 일어났을지도 모른다. 그만 해도 어제 오후에는 이 한 장의 10엔 지폐 위에 그의 영혼을 걸고 있었던 것이다. 하지만 이제 그런 건 아무래도 좋다. 어쨌든 그는 아와노 씨 앞에서 그 자신의 위엄을 세웠다. 5백 부에 해당하는 인세도 월급날까

---

9) 꽃잎이 16장 있는 국화를 도안한 국화 문양.

10) 원문 '야스케니시요우카(ヤスケニショウカ)'에서 '야스케(ヤスケ)'는 조루리(浄瑠璃) 「義経千本桜(요시쓰네 천 그루 벚나무)」에 나오는 초밥집 주인 이름에서 유래하여 '초밥(寿司)'을 가리킨다.

지 용돈으로 충당하기에는 충분하다.

'초밥으로 할까?'

야스키치는 이렇게 중얼거린 채, 다시 한 번 찬찬히 10엔 지폐를 바라보았다. 마치 어제 답파(踏破)한 알프스를 뒤돌아보는 나폴레옹이라도 되는 양.

1924(大正13)년 8월

다이도지 신스케의 반생(大導寺信輔の半生)

송현순

❖ 1. 혼조(本所) ❖

다이도지 신스케(大導寺信輔)가 태어난 곳은 혼조의 회향원(回向院) 근처였다. 그의 기억에 남아 있는 것 중 아름다운 풍경은 하나도 없었다. 특히 그의 집 주변에는 지하 움막을 만드는 목공소며, 막과자 가게, 고물상들뿐이었다. 그 집들에 면한 길도 흙탕물이 사라진 적이 한 번도 없었다. 게다가 또 그 길 막다른 곳은 오타케구라(お竹倉)의 큰 하수구였다. 난킨 수초(南京藻)가 떠 있는 그 큰 하수구에서는 항상 악취가 풍기고 있었다. 그는 물론 이런 마을 풍경에 우울함을 느끼지 않을 수 없었다. 그러나 또 혼조 이외의 풍경들은 더욱 그에게는 불쾌했다. 주택이 많은 야마노테(山の手)를 비롯하여 아담한 상점들이 줄지어 늘어선 에도(江戸) 이래의 시타마치(下町)도 뭔가 그를 압박했다. 그는 혼고(本郷)나 니혼바시(日本橋)보다도 오히려 쓸쓸하면서도 한적한 혼조를, 회향원을, 고마도메바시(駒止め橋)를, 요코아미(横網)를, 물웅덩이를, 기바바(木馬馬)를, 오타케구라를 사랑했다. 그것은 어쩌면 사랑보다 연민

에 가까운 것이었는지도 모른다. 하지만 연민이었다 해도 30년이 지난 오늘날까지 가끔씩 그의 꿈에 나타나는 것은 그 장소들뿐이었다. ……

신스케는 철이 들고 나서 끊임없이 혼조의 여기저기를 사랑했다. 가로수도 없는 혼조 거리는 항상 모래먼지로 뒤덮여 있었다. 하지만 어린 신스케에게 자연의 아름다움을 가르쳐 준 것은 역시 혼조의 풍경들이었다. 그는 좁고 지저분한 거리에서 막과자를 먹고 자란 소년이었다. 시골은— 특히 논이 많은, 혼조 동쪽에 개척한 시골은 이런 성장을 한 그에게는 조금도 흥미를 전해 주지 않았다. 그것은 자연의 아름다움보다도 오히려 자연의 추함을 눈앞으로 보여줄 뿐이었다. 그에 비해 혼조의 거리들은 설사 자연에는 부족함이 있었다 해도 꽃이 피어 있는 지붕의 풀이며 물웅덩이에 비친 봄 구름에 뭔가 애처로운 아름다움을 나타냈다. 그는 그 아름다움들 때문에 어느새 자연을 사랑하게 되었다. 다만 자연의 아름다움에 점점 그의 눈을 뜨게 한 것이 혼조의 풍경들만은 아니었다. 책도— 그가 초등학교 시절에 몇 번이고 열심히 읽은 로카(蘆花)의 「자연과 인생」이나 러벅(J. Lubbock)의[1] 번역 「자연미론(自然美論)」도 그를 계발시켰다. 그러나 그의 자연을 보는 눈에 가장 영향을 준 것은 분명 혼조의 풍경들이었다. 집들도, 수목들도, 거리도 묘하게 초라한 것들이었다.

실지로 그의 자연을 보는 눈에 가장 큰 영향을 준 것은 초라한 혼조의 풍경들이었다. 그는 훗날 가끔씩 일본 여러 지역으로 짧은 여행을 했다. 그러나 황량한 기소(木曾)의 자연은 언제나 그를 불안하게 했다. 또 부드러운 세토우치(瀨戶內)의 자연도 언제나 그를 따분하게 했

1) 러벅(J. Lubbock): 영국의 인류학자.

다. 그는 그 자연들보다도 훨씬 초라한 자연을 사랑했다. 특히 인공의 문명 속에서 희미하게 숨 쉬고 있는 자연을 사랑했다. 30년 전의 혼조는 도랑의 버드나무를, 회향원의 광장을, 오타케구라나 잡목림을— 이런 자연의 아름다움을 아직도 곳곳에 간직하고 있었다. 그는 그의 친구처럼 닛코(日光)나 가마쿠라(鎌倉)에 갈 수 없었다. 하지만 매일 아침 아버지와 함께 그의 집 주변을 산책하러 갔다. 그것은 당시의 신스케에게는 분명 큰 행복이었다. 그러나 또 그의 친구 앞에서 의기양양하게 들려주기에는 뭔가 주눅이 드는 행복이었다.

아침노을이 막 사라지려고 하던 어느 날 아침, 아버지와 그는 언제나처럼 햑본구이(百本杭)로 산책하러 갔다. 햑본구이는 오카와(大川)의 기슭이어도, 특히 낚시꾼이 많은 장소였다. 하지만 그날 아침은 아무리 둘러보아도 낚시꾼이 한 명도 보이지 않았다. 넓은 강변에는 돌담 사이로 갯강구들이 움직이고 있을 뿐이었다. 그는 아버지에게 왜 오늘 아침에는 낚시꾼들이 보이지 않는지 그 이유를 물어보려고 했다. 그러나 아직 입을 열기도 전에 바로 그 답을 발견했다. 아침노을이 빛나는 물결에는 까까머리를 한 시신 하나가 갯비린내 나는 수초와 오미(五味)가 뒤섞인 물속의 말뚝 사이로 떠다니고 있었다. —그는 아직도 선명하게 그날 아침의 햑본구이를 기억하고 있다. 30년 전의 혼조는 감상적인 신스케의 마음에 수많은 추억적 풍경화를 남겼다. 그러나 그날 아침의 햑본구이는— 이 한 장의 풍경화는 동시에 또 혼조의 거리들이 내던진 정신적 음영(陰影)의 전부였다.

❖ 2. 우유 ❖

신스케는 전혀 어머니의 젖을 빨아본 적이 없는 소년이었다. 원래

몸이 약한 어머니는 외아들인 그를 낳은 후조차 한 방울의 모유도 주지 않았다. 뿐만 아니라 유모를 들이는 것도 가난한 그의 집 형편으로는 불가능한 이야기 중 하나였다. 그는 그 때문에 태어난 직후부터 우유를 마시며 자랐다. 그것은 당시의 신스케에게는 증오할 수밖에 없는 운명이었다. 그는 매일 아침 부엌으로 오는 우유병을 경멸했다. 또 아무것도 모르면서 모유만을 알고 있는 그의 친구들을 부러워했다. 실지로 초등학교에 들어갔을 때, 아직 나이가 젊은 그의 숙모가 새해 인사인가 무슨 일인가로 와 있는 동안 젖이 불은 것을 고통스러워했다. 젖은 입을 헹구는 놋쇠사발에 아무리 짜내도 나오지 않았다. 숙모는 얼굴을 찡그리며 반쯤 놀리듯 "신짱이 빨아 줄래?"라고 했다. 그러나 우유를 먹고 자란 그는 물론 빠는 법을 알 리가 없었다. 숙모는 결국 옆집 아이에게— 지하 움막을 짓는 목수네 집 여자아이에게 딱딱한 유방을 빨게 했다. 유방은 부풀어 오른 반구(半球) 위로 푸른 정맥을 내비치고 있었다. 부끄럼을 잘 타는 신스케로서는 설령 빠는 방법을 알았다 해도 도저히 숙모의 유방을 빨 수는 없었을 것이다. 그럼에도 불구하고 역시 옆집 여자아이를 미워했다. 동시에 또 옆집 여자아이에게 유방을 빨게 한 숙모를 미워했다. 이 작은 사건은 그의 기억에 고통스러운 질투만을 남겼다. 어쩌면 그 외에도 vita sexualis(성욕적인 생활)는 당시에 시작되고 있었는지도 모른다. ……

신스케는 병 우유 외에 어머니의 젖을 모르는 것을 부끄러워했다. 이것은 그의 비밀이었다. 누구에게도 결코 말할 수 없는 그의 일생의 비밀이었다. 이 비밀은 또 당시의 그에게는 어느 미신을 수반하게 하였다. 그는 단지 머리만 큰, 기분 나쁠 만큼 마른 소년이었다. 뿐만 아니라 부끄럼을 잘 타는데다가 반들거리는 정육점의 칼만 보아도 심장이 두근거리는 소년이었다. 그 점은— 특히 후시미(伏見), 도바(鳥羽)의

전쟁에서 총화를 뚫고 나가는 등 평소 대담하고 용감함을 자랑하는 아버지와는 전혀 닮지 않은 것은 분명했다. 그는 도대체 몇 살 때부터인지, 또 그 무슨 논리에서인지 이 아버지를 닮지 않은 것을 우유 때문이라고 확신했다. 만약 우유 때문이라고 한다면, 조금이라도 약점을 보이기만 하면 그의 친구들은 틀림없이 그의 비밀을 간파해 버릴 것이다. 그는 그 때문에 어떤 경우에도 친구의 도전에 응했다. 도전은 물론 한 가지만이 아니었다. 어떤 때는 다케구라의 큰 도랑을 막대기도 사용하지 않고 뛰어넘는 것이었다. 어떤 때는 회향원의 큰 은행나무에 사다리도 걸치지 않고 올라가는 것이었다. 또 어떤 때는 그들 중 하나와 서로 치고 패고 싸우는 것이었다. 신스케는 큰 도랑 앞에 서면 벌써 무릎 정강이가 떨리는 것을 느꼈다. 하지만 질끈 눈을 감은 채 수초가 떠있는 수면을 힘껏 뛰어넘었다. 이 공포와 망설임은 회향원의 큰 은행나무에 올라갈 때에도, 그들 중 하나와 싸울 때에도 역시 엄습했다. 그러나 그때마다 용감하게 그것들을 정복했다. 그것은 미신 때문이었다고 해도 분명 스파르타식 훈련이었다. 스파르타식 훈련은 그의 오른쪽 무릎 정강이에 평생 없어지지 않을 흉터를 남겼다. 어쩌면 그의 성격에도— 신스케는 아직도 위압적인 아버지의 잔소리를 기억하고 있다. —"네 녀석은 패기도 없으면서 뭘 하든 고집불통이라서 안 돼."

그러나 그의 미신은 다행히도 점차 사라져 갔다. 뿐만 아니라 그는 서양사 속에서 적어도 그 미신의 반증에 가까운 것을 발견했다. 그것은 로마를 건국한 로물루스에게 젖을 준 것은 승냥이라는 구절이었다. 그는 어머니의 젖을 모르는 것에 이후 더욱 냉담해졌다. 아니, 우유로 자란 것은 오히려 그의 자랑이 되었다. 신스케는 중학교에 들어가던 해 봄, 나이 먹은 그의 숙부가 경영하던 목장에 간 것을 기억하고 있

다. 특히 겨우 목장 울타리 위로 제복 입은 가슴을 숙이고 눈앞으로 다가온 흰 소에게 마른 풀을 준 것을 기억하고 있다. 소는 그의 머리를 올려다보며 조용히 마른 풀에 코를 내밀었다. 그는 그 얼굴을 바라보았을 때 문득 이 소의 눈동자 속에서 뭔가 인간에 가까운 것을 느꼈다. 공상? —어쩌면 공상일지도 모른다. 그러나 그의 기억 속에는 아직도 큰 흰 소가 한 마리, 꽃이 가득 핀 살구나무 가지 밑에서 울타리에 다가간 그를 올려다보고 있다. 물끄러미, 그리운 듯이. ……

❖ 3. 빈곤 ❖

신스케의 집은 가난했다. 다만 그들의 빈곤은 쪽방촌에 잡거하는 하류계급의 빈곤은 아니었다. 그러나 체면을 차리기 위해 더욱 고통을 감수해야만 하는 중하층 계급의 빈곤이었다. 퇴직관사였던 그의 아버지는 약간의 저금 이자를 제외하면 1년에 5백 엔의 연금으로 하녀를 포함하여 다섯 명의 식구를 부양해야만 했다. 당연히 그 때문에 절약에 절약을 더해야만 했다. 그들은 현관을 포함한 방 5개 집에—더구나 조그만 정원이 있는 구조의 집에 살고 있었다. 그러나 새 기모노 같은 것은 누구 하나 쉽게 장만하지 못했다. 아버지는 항상 손님에게는 내놓을 수 없는 싸구려 술로 반주하는 데 만족해야 했다. 어머니 역시 하오리 속에는 잇대어 꿰맨 자리투성이의 허리띠를 숨기고 있었다. 신스케도— 신스케는 아직 니스 냄새가 나는 그의 책상을 기억하고 있다. 책상은 중고품을 산 것으로, 위에 깐 녹색 나사포도, 은색으로 빛나는 쇠 장식도 언뜻 보기에는 예쁘게 만들어져 있었다. 그러나 실제는 모직포도 얇고, 서랍도 제대로 열린 적이 없었다. 이것은 그의 책상보다도 그의 집의 상징이었다. 체면만큼은 늘 차리지 않으면 안

되는 그의 가정생활의 상징이었다. ……

신스케는 이 빈곤을 증오했다. 아니, 지금도 여전히 당시의 증오는 그의 마음속 깊은 곳에 사라지기 어려운 반향을 남기고 있다. 그는 책을 살 수 없었다. 여름학교에도 갈 수 없었다. 새 외투도 입을 수 없었다. 하지만 그의 친구는 모두 그것들을 누리고 있었다. 그는 그들을 부러워했다. 때로는 그들을 질투까지 했다. 그러나 그 질투나 선망을 스스로 인정하는 것은 수긍할 수 없었다. 그것은 그들의 재능을 경멸하고 있었기 때문이었다. 하지만 빈곤에 대한 증오는 조금도 그 때문에 변하지 않았다. 그는 낡은 다다미를, 어두침침한 램프를, 담쟁이 그림이 바래기 시작한 당지를— 온갖 집안의 초라함을 증오했다. 그러나 그것은 아직 그런대로 괜찮았다. 그는 더욱 초라함 때문에 그를 낳아준 양친을 증오했다. 특히 그보다도 키가 작은, 머리가 벗겨진 아버지를 미워했다. 아버지는 가끔씩 학교 보증인 회의에 참석했다. 신스케는 그의 친구들 앞에서 이런 아버지를 보는 것을 부끄러워했다. 동시에 또 육친인 아버지를 부끄러워하는 그 자신의 마음속 추함을 부끄러워했다. 구니키다 돗포(国木田独歩)를 모방한 그의 「스스로 기만하지 않는 기록」은 그 노래진 괘지 한 장에 이런 구절 하나를 남기고 있다.—

"나는 부모를 사랑할 수 없다. 아니, 사랑할 수 없는 게 아니다. 부모 그 사람은 사랑하지만 부모의 외모를 사랑할 수 없다. 외모로 사람을 평가하는 것은 군자의 부끄러운 면이다. 하물며 부모의 외견을 운운하는 것은. 그렇지만 나는 그 어떻게 해도 부모의 외견을 사랑할 수 없다. ……"

그런데 이런 초라함보다도 더욱 증오하는 것은 빈곤 때문에 일어나는 거짓말이다. 어머니는 후게쓰(風月)[2] 과자상자에 넣은 카스텔라를 찬척들에게 선물했다. 하지만 그 카스텔라는 후게츠는커녕, 근처 과자점의 카스텔라였다. 아버지도— 얼마나 아버지는 그럴싸하게 근검상무를 가르쳤던가! 아버지의 교육에 의하면 오래된 옥편 외에 한화사전을 사는 것조차 사치이며 쓸데없는 문예에 탐닉하는 것이었다. 그러나 신스케 자신도 거짓에 거짓을 반복하는 것이 역시 부모에 뒤지지는 않았다. 그것은 한 달 50전의 용돈을 한 푼이라도 더 받아내어 무엇보다도 그가 굶주려 있던 책이나 잡지를 사기 위해서였다. 그는 잔돈을 잃어버린 것으로 하거나 노트북을 산다거나 학우회 회비를 낸다거나— 모두 그럴듯한 구실을 붙여 부모의 돈을 훔치려고 했다. 그래도 돈이 부족할 때는 교묘하게 부모의 환심을 사서 다음 달 용돈을 타내려고 했다. 그중에서도 특히 그에게 너그러웠던 노모에게 아부하려고 했다. 물론 그에게는 그 자신의 거짓말도 양친의 것처럼 불쾌했다. 그러나 그는 거짓말을 했다. 대담하고 교활하게 거짓말을 했다. 그것은 그에게는 무엇보다도 먼저 필요했음이 틀림없었다. 그러나 동시에 또 병적인 유쾌함을— 뭔가 신(神)을 죽이는 것과 닮은 유쾌함도 전해주었음이 틀림없었다. 분명 이 점만큼은 불량소년에 접근해 있었다. 그의 「스스로 기만하지 않는 기록」은 그 마지막 한 장에 이런 몇 줄을 남기고 있다. —

"돗포는 사랑을 사랑한다고 말한다. 나는 증오를 증오한다고 하겠다. 빈곤에 대한, 허위에 대한 모든 증오를 증오한다고 하겠다. ……"

이것은 신스케의 충정이었다. 그는 어느새 빈곤에 대한 증오, 그것도 증오하고 있었다. 이런 이중으로 원을 그린 증오는 스무 살이 되기 전의 그를 끊임없이 괴롭혔다. 그러나 다소의 행복은 그에게도 전혀

2) 에도 시대부터 긴자(銀座)에 있던 화과자점.

없는 것은 아니었다. 그는 시험을 볼 때마다 3등인가 4등의 성적을 차지했다. 그것들은 신스케에게는 구름 낀 하늘에서 새어나오는 빛줄기였다. 증오는 그 어떤 감정보다도 그의 마음을 누르고 있었다. 뿐만 아니라 어느새 그의 마음에 없어지기 어려운 흔적을 남기고 있었다. 그는 빈곤에서 벗어난 후에도 빈곤을 증오하지 않을 수 없었다. 동시에 또 빈곤과 마찬가지로 호사도 미워하지 않을 수 없었다. 호사도— 이 호사에 대한 증오는 중하층 계급의 빈곤이 전해주는 낙인이었다. 그는 오늘날까지도 그 자신 속에 이 증오를 느끼고 있다. 이 빈곤과 싸워야만 하는 Petty Bourgeois(소시민)의 도덕적 공포를. ……

마침 대학을 졸업하던 해 가을, 법과에 재학 중인 어떤 친구를 방문했다. 그들은 벽도 당지도 낡은 다다미 8장 방에서 이야기를 하고 있었다. 그 뒤로 얼굴을 내민 것은 60 전후의 노인이었다. 신스케는 이 노인의 얼굴에서— 알코올 중독의 노인의 얼굴에서 퇴직관사를 바로 떠올렸다.

"우리 아버지."

그의 친구는 간단하게 이렇게 그 노인을 소개했다. 노인은 오히려 오만하게 신스케의 인사를 흘려들었다. 그리고 안으로 들어가기 전에 "아무쪼록 편히 놀다가요. 저기 의자도 있으니까요."라고 했다. 역시 두 개의 팔걸이가 있는 의자가 거무스름한 툇마루에 나란히 놓여 있었다. 하지만 그 의자들은 아랫부분이 높고 빨간 쿠션의 색이 바랜 반세기 전의 낡은 의자였다. 신스케는 이 팔걸이 의자에서 모든 중하층 계급을 느꼈다. 동시에 또 그의 친구도 그처럼 아버지를 부끄러워하는 것을 느꼈다. 이런 작은 사건도 그의 기억에 고통스러울 만큼 똑똑하게 남아 있다. 사상은 앞으로 그의 마음에 잡다한 그림자를 전해줄지도 모른다. 그러나 그는 무엇보다도 먼저 퇴직 관사의 아들이었다.

하층계급의 빈곤보다도 더 허위를 감수해야만 하는 중하층 계급의 빈곤이 낳은 인간이었다.

❖ 4. 학교 ❖

학교도 역시 신스케에게는 어두운 기억만 남겨주었다. 그는 대학 재학 중, 노트에 필기도 하지 않고 출석한 두세 강의를 제외하면 그 어떤 학교 수업에도 흥미를 느낀 적은 없었다. 그러나 중학교에서 고등학교, 고등학교에서 대학교로 몇 갠가의 학교를 통과한 것은 말하자면 적어도 빈곤을 탈출할 수 있는 단 하나의 구명책이었기 때문이다. 우선 신스케는 중학교 시절에는 이런 사실을 인정하지 않았다. 적어도 확실하게는 인정하지 않았다. 그러나 중학교를 졸업할 즈음부터 빈곤의 위협은 먹구름의 하늘처럼 신스케의 마음을 압박하기 시작했다. 그는 대학이나 고등학교에 있을 때 몇 번이고 자퇴를 계획했다. 그러나 이 빈곤의 위협은 그때마다 어두침침한 장래를 제시하며 자꾸 실행을 불가능하게 했다. 그는 물론 학교를 미워했다. 특히 구속이 많은 중학교를 미워했다. 얼마나 수위의 나팔소리는 잔혹하면서도 차가운 울림을 전해주었던가? 또 얼마나 운동장의 포플러는 우울한 색으로 우거져 있었던가? 신스케는 그곳에서 서양역사의 연대를, 실험도 하지 않는 화학방정식을, 유럽의 한 도시의 주민수를, ─온갖 필요 없는 소지식을 배웠다. 그것은 약간의 노력만 기울이면 그다지 괴로운 일은 아니었다. 그러나 아무 쓸모 없는 소지식이라는 사실을 잊는 것은 곤란했다. 도스토옙스키가 「죽은 자의 집」 속에서 가령 첫 번째 양동이의 물을 먼저 두 번째 양동이에 옮기고, 다시 또 두 번째 양동이 물을 첫 번째 양동이에 옮기는 것처럼, 쓸모없는 노동을 강요받는 죄

수가 자살하는 것에 대해서 언급하고 있다. 신스케는 잿빛 학교건물 속에서— 키가 큰 포플러가 산들거리는 와중에 이런 죄수가 경험하는 정신적 고통을 경험했다. 뿐만 아니라—

뿐만 아니라 그가 교사라는 것을 가장 증오한 것도 중학교 때였다. 교사는 모두 개인으로서는 악인은 분명 아니었다. 그러나 "교육상의 책임"은— 특히 학생들을 처벌하는 권리는 저절로 그들을 폭군으로 만들었다. 그들은 그들의 편견을 학생의 마음에 종두하기 위해서 그 어떤 수단도 가리지 않았다. 실지로 그들 중 어떤 자는— 달마라는 별명이 있는 영어교사는 '버릇이 없다'는 이유로 가끔씩 신스케에게 체벌을 가했다. 그러나 그 버릇이 없다는 이유는 다름 아닌 신스케가 돗포나 가타이(花袋)를 읽고 있는 것, 바로 그것이었다. 또 그들 중 어떤 자는— 그자는 왼쪽 눈에 의안을 한 국어한문 교사였다. 이 교사는 그가 무예나 경기에 흥미가 없다는 것을 좋아하지 않았다. 그 때문에 몇 번이고 신스케에게 "네 녀석은 여자야?"라고 조소했다. 신스케도 어느 날 욱하는 마음을 누르지 못하고 "선생님은 남자입니까?"라고 반문했다. 교사는 물론 그의 불손에 엄벌을 가하지 않고는 가만있지 못했다. 그 외에 벌써 종이가 누레진 「스스로 기만하지 않는 기록」을 다시 읽어 보면 그가 굴욕을 당한 것은 일일이 열거하기 어려울 정도였다. 자존심이 강한 신스케는 고집스럽게도 그 자신을 지키기 위해서 항상 이런 굴욕에 반발하지 않으면 안 되었다. 그렇지 않으면 모든 불량소년처럼 그 자신을 업신여기는 것으로 끝날 뿐이었다. 그는 그 스스로를 강하게 하는 도구를 당연히 「스스로 기만하지 않는 기록」에서 찾았다.—

"이 세상에는 나쁜 것이 많지만, 이 세 가지만큼은 지켜야 함을 나는 알고 있다.

그 하나는 문약(文弱)이다. 문약이란 육체의 힘보다도 정신의 힘을 중시하는 것을 말한다.

그 두 번째는 경조부박(輕佻浮薄)이다. 경조부박이란 공리 외에 아름다운 것을 사랑하는 것을 말한다.

그 세 번째는 자존이다. 자존이란 함부로 다른 사람 앞에서 자기 소신을 꺾지 않는 것을 말한다."

그러나 교사도 모두 그를 박해한 것은 아니었다. 그들 중 어떤 자는 가족이 참가한 다과회에 그를 초대했다. 또 그들 중 어떤 자는 그에게 영어 소설을 빌려주었다. 그는 4학년을 졸업했을 때 그 빌린 소설 속에서 「사냥꾼의 일기」의 영역(英訳)을 발견하여 기뻐하면서 읽은 것을 기억하고 있다. 그러나 "교육상의 책임"은 항상 그들과 인간으로서의 친근감을 교환하는 데 방해를 했다. 그것은 그들의 호의를 얻는 것에도 뭔가 그들의 권력에 아부하는 천박함이 잠재되어 있기 때문이었다. 그렇지 않다면 그들의 동성애에 아첨하는 추함이 잠재되어 있기 때문이었다. 그는 그들 앞으로 나오면 도저히 자유롭게 행동할 수 없었다. 뿐만 아니라 가끔씩은 부자연스럽게 담배 상자에 손을 내밀거나 관람한 연극을 주절주절 말하거나 했다. 그들은 물론 이 무례함을 불손하기 때문이라고 해석했다. 물론 그렇게 해석하는 것도 당연했다. 그는 원래 호감이 가는 학생은 분명 아니었을 것이다. 그의 상자 속 옛날 사진은 몸과 어울리지 않게 머리가 크고, 또 무턱대고 눈만 빛나는 병약한 소년이 투영되어 있다. 더구나 이 얼굴색이 나쁜 소년은 끊임없이 독을 품은 질문을 던져 사람 좋은 교사를 괴롭히는 것을 더없는 유쾌함으로 알고 있었다!

신스케는 시험이 있을 때마다 성적은 항상 고득점이었다. 그러나 소위 품행점수만큼은 한 번도 6점을 넘지 않았다. 그 6이라고 하는 아

라비아 숫자에서 교무실 속의 냉소를 느꼈다. 실지로 또 교사가 품행 점수를 무기로 그를 비웃고 있는 것도 사실이었다. 그의 성적은 이 6점 때문에 항상 3등을 넘지 못했다. 그는 이런 복수를 증오했다. 지금도 — 아니, 지금은 어느새 당시의 증오를 잊고 있다. 중학교는 그에게는 악몽이었다. 그러나 악몽이었던 것은 반드시 불행이라고는 할 수 없다. 그는 그 때문에 적어도 고독을 견딜 수 있는 성격을 만들었다. 그렇지 않다면 그가 걸어온 반생은 지금보다도 훨씬 더 고통스러웠을 것이다. 그는 그가 꿈꿔왔듯이 몇 권인가의 책 저자가 되었다. 그러나 그에게 주어진 것은 분명 적막한 고독이었다. 이 고독에 만족한 지금 — 혹은 이 고독에 만족하는 것 외에 달리 방법이 없다는 것을 알게 된 지금, 20년 전 옛날을 뒤돌아보면 그를 힘들게 한 중학교 교사(校舎)는 오히려 아름다운 장밋빛을 띤 희미한 빛 속에 가로놓여 있다. 다만 그라운드의 포플러만큼은 여전히 울창하게 우거진 가지 끝에 외로운 바람 소리를 품고서…….

❖ 5. 책 ❖

책에 대한 신스케의 정열은 초등학교 시절부터 시작되었다. 이 정열을 그에게 가르쳐 준 것은 아버지의 책 상자 속에 있던 제국문고의 수호전이었다. 머리만 큰 초등학교 학생은 어두침침한 램프 빛 밑에서 몇 번이고 「수호전」을 읽고 또 읽었다. 뿐만 아니라 책을 읽지 않을 때도 동귀(童貴)가 송나라 천자로부터 깃발을 하사받아 송 공명(公明)과 적대하는 이야기나 경양강(景陽岡)에서 무송(武松)이 큰 호랑이를 죽이는 이야기나 장청(張青)이 여행객을 죽여 그 인육을 먹는 상상을 했다. 상상? —그러나 그 상상은 현실보다도 더욱 현실적이었다. 그는

또 몇 번이고 목검을 들고 푸성귀를 말리기 위해 매달아 놓은 뒤뜰에서 「수호전」 속의 인물과— 일장청 호삼랑(一丈青扈三娘)이나 화화상 노지심(花和尚魯智深)[3]과 격투를 하였다. 이 정열은 30년 동안 끊임없이 그를 지배했다. 그는 가끔 책을 읽으며 긴 밤을 새운 것을 기억하고 있다. 아니, 책상 앞, 자동차 안, 화장실— 때로는 노상에서도 열심히 책을 읽은 것을 기억하고 있다. 목검은 물론 수호전 이후 두 번 다시 손에 들지 않았다. 하지만 책 위에서 몇 번이고 웃기도 하고 울기도 하였다. 말하자면 그것은 변신이었다. 책 속의 인물로 변하는 것이었다. 그는 인도의 부처처럼 무수한 과거 생을 지나왔다. 이반 카라마조프를, 햄릿을, 공작 안드레이를, 돈 주앙을, 메피스토펠레스를, 여우 라이네케를— 더구나 그중 어떤 것은 잠시 변신하는 것만은 아니었다. 실지로 어느 늦가을 오후, 그는 용돈을 받기 위해서 나이 든 숙부를 방문했다. 숙부는 조슈(長州) 하기(萩) 출신이었다. 그는 일부러 숙부 앞에서 거침없이 유신(維新) 대업을 논하며, 위로는 무라타 세이후(村田清風)로부터 아래로는 야마가타 아리토모(山縣有朋)에 이르는 조슈의 인재들을 찬양했다. 그러나 이 허위의 감격에 찬, 얼굴색이 창백한 고교생은 당시 다이도지 신스케보다도 오히려 쥘리앙 소렐— 「적과 흑」의 주인공이었다.

이런 신스케는 당연히 또 모든 것을 책 속에서 배웠다. 적어도 책에 힘입은 바 없는 것은 하나도 없었다. 실지로 그는 인생을 알기 위해서 가두(街頭)의 행인을 바라보지 않았다. 오히려 행인을 바라보기 위해서 책 속의 인생을 알고자 했다. 그것은 어쩌면 인생을 알기에는 빙 돌아가는 방법이었는지도 모른다. 그러나 가두의 행인은 그에게는 그저

3) 몸에 문신을 했기 때문에 화화상으로 불렸음.

행인이었다. 그는 그들을 알기 위해서는– 그들의 사랑을, 그들의 증오를, 그들의 허영심을 알기 위해서는 책을 읽는 것 외에 달리 방법이 없었다. 책을– 특히 세기말의 유럽이 낳은 소설이나 희곡을. 그는 그 차가운 빛 속에서 겨우 그의 앞에 전개되는 인간희극을 발견했다. 아니, 혹은 선악을 구분하지 않는 그 자신의 영혼도 발견했다. 그것은 인생에만 국한되지 않았다. 그는 혼조의 풍경에서 자연의 아름다움을 발견했다. 그러나 그의 자연을 보는 눈에 다소의 날카로움을 보탠 것은 분명 몇 권인가의 애독서– 특히 겐로쿠(元禄)의 하이카이(俳諧)였다. 그는 그것들을 읽었기 때문에 "서울에 가까운 산의 모습"을, "울금 밭의 가을바람"을, "빗발 내리치는 앞바다 순풍에 단 돛"을, "어둠 속에 가는 고이(五位)의 소리"를– 혼조의 풍경이 가르쳐주지 않은 자연의 아름다움도 발견했다. 이 "책에서 현실"로는 항상 신스케에게는 진리였다. 그는 그의 반생 동안 몇 명인가의 여인에게 사랑을 느꼈다. 하지만 그들은 누구 하나 여인의 아름다움을 가르쳐주지 않았다. 적어도 책에서 배운 것 외의 여자의 아름다움을 가르쳐주지 않았다. 그는 햇빛을 투과시킨 귀나 뺨에 떨어진 눈썹의 그림자를 골더나 발자크나 톨스토이에게 배웠다. 여자는 지금도 신스케에게는 그 때문에 아름다움을 전해주고 있다. 만약 그들에게서 배우지 않았다면, 그는 어쩌면 여자 대신에 암컷만 발견했을지도 모른다. ……

무엇보다 가난한 신스케는 도저히 그가 읽고 싶은 만큼의 책을 자유롭게 살 수는 없었다. 그가 이런 곤란에서 겨우 벗어난 것은 첫째로 도서관 덕분이었다. 둘째로 책 대여점 덕분이었다. 세 번째로 인색하다고 비난받을 정도의 그의 절약 덕분이었다. 그는 똑똑하게 기억하고 있다. –큰 도랑에 면한 책 대여점을, 사람 좋은 책 대여점의 할머니를, 할머니가 부업으로 하는 꽃장식 비녀를. 할머니는 이제 겨우 초등학교에 들어간 꼬마의 순진함을 믿고 있었다. 그러나 그 꼬마는 어느새 책을 찾는 시늉을 하면서 몰래 책을 읽는 것을 발명했다. 그는 또 똑똑하게 기억하고 있다. —고서점만 다닥다닥 줄지어 서 있던 20년 전의 진보초(神保町) 거리를, 그 고서점 지붕 위로 햇빛을 받은 구단(九段) 언덕의 경사를. 물론 당시의 진보초 거리는 전차나 마차도 다니지 않았다. 그는— 12살의 초등학생은 도시락이나 노트를 옆구리에 낀 채, 오하시(大橋) 도서관에 다니기 위해 몇 번이고 이 거리를 왕복했다. 거리는 왕복 15리였다. 오하시 도서관에서 제국도서관으로. 그는 제국도서관이 전해준 첫 번째 감명도 기억하고 있다. —높은 천정에 대한 공포를, 큰 창문에 대한 공포를, 무수한 의자를 전부 메꾼 무수한 사람들에 대한 공포를. 그러나 공포는 다행히도 두세 번 다니는 사이에 사라졌다. 그는 곧바로 열람실에, 철 계단에, 카탈로그 상자에, 지하식당에 친숙해졌다. 그 후 대학도서관이나 고등학교 도서관으로. 그는 그 도서관에서 몇백 권인지 알 수 없는 책들을 빌렸다. 또 그 책들 속에서 몇십 권인지 알 수 없는 책들을 사랑했다. 그러나—

그러나 그가 사랑한 것은— 대부분 내용이 어떤지 상관하지 않고 책 그 자체를 사랑한 것은 역시 그가 산 책이었다. 신스케는 책을 사기 위해서 카페에도 발을 들여놓지 않았다. 그는 그 때문에 일주일에 세 번 친척인 중학생에게 수학(!)을 가르쳤다. 그래도 여전히 돈이 부족할 때는 어쩔 수 없이 책을 팔러 갔다. 하지만 파는 가격은 새 책이라도 산 가격의 반 이상이 된 적은 없었다. 뿐만 아니라 오랫동안 가지고 있던 책을 고서점 측에 넘기는 것은 언제나 그에게는 비극이었다. 그는 진눈깨비가 내리던 어느 날 밤, 진보초 거리의 고서점을 한 집 한 집 살펴보면서 갔다. 그 사이 어느 고서점에서 자라투스트라 한 권을 발견했다. 그것은 단순한 자라투스트라가 아니었다. 두 달쯤 전

에 그가 판, 손때투성이의 자라투스트라였다. 그는 서점 앞에 우두커니 선 채로 이 오래된 자라투스트라를 여기저기 펼쳐 읽어 보았다. 그러자 읽으면 읽을수록 점점 더 그리움을 느끼기 시작했다.

"이거 얼마입니까?"

10분 정도 서 있다가 그는 고서점 여주인에게 이미 자라투스트라를 가리키고 있었다.

"1엔 60전― 깎아서 1엔 50전에 해두지요."

신스케는 달랑 70전에 이 책을 판 것을 떠올렸다. 하지만 판 가격의 두 배― 1엔 40전으로 깎은 다음 결국 다시 한 번 사기로 했다. 눈이 내리는 밤거리는 집들도 전차들도 뭔가 미묘하게 조용했다. 그는 이런 거리를 먼 혼조로 돌아가는 도중에 끊임없이 그 품 속으로 강철 색 표지를 한 자라투스트라를 느끼고 있었다. 그러나 동시에 또 입속으로는 몇 번이고 그 자신을 비웃고 있었다. ……

❖ 6. 친구 ❖

신스케는 재능의 다소를 묻지 않고 친구를 만들 수는 없었다. 설령 그 어떤 군자라고 해도 소행 이외에 장점이 없는 청년은 그에게는 쓸모없는 행인이었다. 아니, 오히려 얼굴을 볼 때마다 야유할 수밖에 없는 도화자(道化者)였다. 그것은 품행점수 6점의 그에게는 당연한 태도임이 틀림없었다. 그는 중학교부터 고등학교, 고등학교에서 대학으로 몇 갠가의 학교를 거치는 동안에 끊임없이 그들을 조소했다. 물론 그들 중 어떤 자는 그의 조소에 분개했다. 그러나 또 그들의 어떤 자는 그의 조소를 느끼기에는 너무나도 모범적인 군자였다. 그는 '싫은 놈'으로 불리는 것에는 항상 약간의 유쾌함을 느꼈다. 그러나 그 어떤 조

소에도 전혀 반응을 보이지 않는 자에게는 그 자신이 분노하지 않을 수 없었다. 실지로 이런 군자 중 한 사람— 어느 고등학교 문과생은 리빙스턴의 숭배자였다. 같은 기숙사에 있던 신스케는 어느 날 그에게 아주 그럴듯하게 바이론도 역시 리빙스턴 전을 읽고 하염없이 눈물을 흘렸다는 거짓말을 했다. 이후 20년이 지난 오늘날, 이 리빙스턴의 숭배자는 어느 기독교 교회의 기관 잡지에 여전히 리빙스턴을 찬미하고 있다. 그뿐만 아니라 그의 문장은 이런 한 줄로 시작되고 있다. —"악마적 시인 바이런조차 리빙스턴의 전기를 읽고 눈물을 흘렸다는 것은 무엇을 우리에게 가르치고 있을까?"!

신스케는 재능의 다소를 묻지 않고 친구를 만들 수는 없었다. 설사 군자는 아니라고 해도 지적 탐욕을 모르는 청년은 역시 그에게는 거리의 행인이었다. 그는 그의 친구들에게 상냥한 감정을 요구하지 않았다. 그의 친구들은 청년다운 심장을 갖고 있지 않은 청년이라도 좋았다. 아니, 소위 친우는 오히려 그에게는 공포였다. 그 대신에 그의 친구는 두뇌를 갖고 있어야 했다. 두뇌를— 튼실하게 만들어진 두뇌를. 그는 어떤 미소년보다도 이런 두뇌의 소유자를 사랑했다. 동시에 또 어떤 군자보다도 이런 두뇌의 소유자를 증오했다. 실지로 그의 우정은 언제나 어느 정도 애정 속에 증오를 잉태한 정열이었다. 신스케는 지금도 이 정열 외에 우정이 없다는 것을 믿고 있다. 적어도 이 정열 외에 Herr und knecht(주인과 하인, 주종관계)의 냄새를 띠지 않은 우정이 없는 것을 믿고 있다. 하물며 당시의 친구들은 어떤 면에서는 서로 양립할 수 없는 사적(死敵)이었다. 그는 그의 두뇌를 무기로 끊임없이 그들과 싸웠다. 휘트먼, 자유시, 창조적 신화— 전쟁터는 거의 도처에 있었다. 그는 그 전쟁터에서 그의 친구들을 쓰러뜨리기도 하고, 그의 친구들에게 맞아 쓰러지기도 했다. 이 정신적인 격투는 무엇보다도

살육의 환희를 위해서 일어난 일임이 틀림없었다. 그러나 자연히 그 사이에 새로운 관념이나 새로운 아름다운 모습을 나타낸 것도 사실이었다. 그 얼마나 오전 3시의 촛불의 불길이 그들의 논전(論戦)을 비췄던가! 또 그 얼마나 무샤노코지 사네아쓰(武者小路実篤)의 작품이 그들의 논전을 지배했던가? ―신스케는 9월의 어느 날 밤 촛불 옆으로 모인 몇 마리의 불나방을 선명하게 기억하고 있다. 불나방은 깊은 어둠 속에서 갑자기 눈부시고 아름답게 태어났다. 그러나 불꽃에 닿자마자 거짓말처럼 팔딱팔딱 죽어 갔다. 이것은 새삼스럽게 신기하게 여길 가치도 없는 것인지도 모른다. 그러나 신스케는 지금도 역시 이 작은 사건을 떠올릴 때마다― 이 신기하게도 아름다운 불나방의 생사를 떠올릴 때마다 왜인지 그의 마음속에 약간의 쓸쓸함을 느낀다. ……

신스케는 재능의 다소를 묻지 않고 친구를 만들 수는 없었다. 기준은 단지 그것뿐이었다. 그러나 역시 이 기준에도 전혀 예외가 없는 것은 아니었다. 그것은 친구들과 그와의 사이를 절단하는 사회적 계급의 차별이었다. 신스케는 그와 성정과정이 비슷한 중류 계급의 청년에게는 아무런 구애도 느끼지 않았다. 그러나 그가 알게 된 상류 계급의 몇 명의 청년에게는― 때로는 중상층 계급의 청년에게도 묘하게 타인 같은 증오를 느꼈다. 그들 중 어떤 자는 태만했다. 그들 중 어떤 자는 겁쟁이였다. 또 그들 중 어떤 자는 관능주의의 노예였다. 하지만 그가 미워한 것은 반드시 그것들 때문만은 아니었다. 아니, 오히려 그것들보다도 뭔가 막연한 것 때문이었다. 무엇보다 그들 중 어떤 자는 그들 자신을 의식하지 않고 이 뭔가를 미워했다. 그 때문에 또 하류 계급에― 그들의 사회적 대척점에 병적인 희열을 느끼고 있었다. 그는 그들을 동정했다. 그러나 그의 동정도 분명 도움이 되지 않았다. 이 뭔가는 악수하기 전에 언제나 바늘처럼 그의 손을 찔렀다. 바람이

차던 어느 4월의 오후, 고교생이었던 그는 그들 중 한 명— 어느 남작의 장남과 에노시마(江の島)의 벼랑 위에 우두커니 서 있었다. 눈 아래는 바로 거친 바닷가였다. 그들은 잠수하는 소년들을 위해 몇 갠가의 동전을 던져 주었다. 소년들은 동전이 떨어질 때마다 점벙점벙 바닷속으로 뛰어들어갔다. 그러나 한 해녀만큼은 벼랑 밑에 피운 해초 쓰레기를 모아 태우고 있는 불 앞에서 웃으며 바라보고 있을 뿐이었다.

"이번에는 저 여자도 뛰어 들어가게 해주지."

그의 친구는 동전 하나를 담배 상자 은색 종이에 쌌다. 그리고 몸을 뒤로 젖히고는 힘껏 동전을 내던졌다. 동전은 반짝반짝 빛을 내며 바람이 높은 파도 저 너머로 떨어졌다. 그러자 해녀는 벌써 그때 제일 먼저 바다로 뛰어들고 있었다. 신스케는 아직도 똑똑하게 입가에 잔혹한 미소를 띠고 있던 그의 친구를 기억하고 있다. 그의 친구는 보통 사람 이상으로 어학의 재능을 갖추고 있었다. 그러나 또 확실히 보통 사람 이상으로 날카로운 송곳니를 갖추고 있었다. ……

부기: 이 소설은 앞으로 이 서너 배 더 쓸 생각이다. 이번에 게재하는 만큼 「다이도지 신스케의 반생」이라는 제목은 어울리지 않겠지만 달리 대신할 제목도 없기 때문에 어쩔 수 없이 사용하기로 했다. 「다이도지 신스케의 반생」의 제1편으로 생각해 주면 좋겠다. (1924년 12월 9일 작자 씀)

초봄(早春)

윤상현

대학생 나카무라(中村)는 얇은 봄용 오버코트 아래로 자신의 체온을 느끼면서, 이미 주위가 어두컴컴한 가운데 2층 박물관[1] 돌계단을 오르고 있었다. 막다른 계단 왼쪽에 있는 것은 파충류 표본실이다. 나카무라는 그곳에 들어가기에 앞서 잠깐 금붙이 손목시계를 바라봤다. 다행히 시곗바늘은 아직 2시를 가리키지 않았다. '생각보다 늦지 않았군.' —나카무라는 이렇게 생각하면서도, 안심했다기보다는 왠지 손해를 본 기분에 가까운 것을 느꼈다.

파충류 표본실은 쥐 죽은 듯이 조용하다. 안내원조차 오늘은 걸어 다니지 않는다. 다만 희미한 방충제 냄새만이 썰렁한 표본실을 가득 떠돌고 있을 뿐이다. 나카무라는 실내를 둘러본 후, 심호흡을 하듯이 몸을 쭉 폈다. 그리고 커다란 유리 선반 안에 커다란 고목을 휘감고 있는 동남아시아산 구렁이 앞에서 걸음을 멈췄다. 사실 여기 파충류 표본실은 작년 여름 이후부터 미에코(三重子)와 만나는 장소로 정하였다. 이것은 특별히 그들의 취향이 병적이기 때문이 아니다. 단지 남의

1) 도쿄 우에노공원에 있는 국립박물관.

시선을 피하기 위한 궁여지책으로 이곳을 정한 것이다. 공원, 카페, 역 – 그것들은 어느 곳이나 소심한 그들에게 당혹감만 줄 뿐이었다. 특히 이제 막 소녀티를 벗고 어른이 된 미에코의 경우 당혹감 이상으로 생각했을지도 모른다. 그들은 수많은 사람들의 시선이 그들 등 뒤로 집중되는 것을 느꼈다. 아니, 자신들의 심장마저 뚜렷이 남들 눈에 비친 것을 느꼈다. 그러나 이 표본실에 오면 박제된 뱀이나 도마뱀 이외에 누구 한 사람 그들을 보는 자가 없다. 가끔 안내원이나 관람객을 만나더라도 유심히 바라보는 것은 한순간뿐이다…….

만나기로 한 시간은 2시다. 어느샌가 시곗바늘은 정확히 2시를 가리키고 있었다. 오늘도 10분이나 늦을 리 없다. –나카무라는 그렇게 생각하면서 파충류 표본을 바라보며 걸었다. 그러나 이상하리만큼 그의 마음은 조금도 설레임에 들뜨지 않았다. 오히려 뭔가 의무감에 대한 체념에 가까운 것이 가득 차 있었다. 그도 모든 남성들처럼 미에코에게서 권태를 느끼기 시작할 것일까? 하지만 권태를 일으키기 위해서는 동일한 것에 직면해야 한다. 오늘의 미에코는 다행인지 불행인지 어제의 미에코가 전혀 아니다. 어제의 미에코는– 야마노테선(山手線) 전차 안에서 그와 눈인사만 나눈 미에코는 자못 얌전한 여학생이었다. 아니, 처음 그와 함께 이노가시라(井の頭)공원[2]에 간 미에코도 아직 어딘가 온화하면서도 쓸쓸함을 띄고 있었다…….

나카무라는 한 번 더 손목시계를 쳐다봤다. 시계는 2시 5분을 지나고 있다. 그는 조금 망설인 끝에, 옆에 보이는 조류 표본실에 들어갔다. 카나리아, 꿩, 벌새– 아름답게 박제된 크고 작은 새들이 유리 너머로 그를 바라보고 있다. 미에코도 여기 있는 새처럼 형태만 남아있

2) 도쿄 무사시노(武蔵野) 시와 미타카(三鷹) 시에 걸쳐 있는 자연공원.

을 뿐, 영혼의 아름다움을 잃고 말았다. 그는 확실히 기억하고 있다. 이전에 만났을 때 미에코는 껌만 씹고 있었다. 또 그 이전에 만났을 때에도 오페라 곡만 부르고 있었다. 특히 그를 놀라게 한 것은 한 달 정도 전에 만난 미에코였다. 미에코는 실컷 장난친 다음 축구공이라 말하며 천장을 향해 베개를 걷어찼다…….

손목시계는 2시 15분을 가리켰다. 나카무라는 한숨을 쉬며 파충류 표본실로 되돌아왔다. 하지만 미에코는 어디에도 보이지 않았다. 그는 왠지 가뿐한 마음으로 눈앞에 있는 커다란 도마뱀에게 '작별 인사'를 하였다. 커다란 도마뱀은 메이지(明治) 몇 년부터 지금까지 오랜 세월 동안 새끼 뱀을 물고 있다. 오랜 세월 동안— 그러나 그는 오랜 세월 동안 있을 수 없다. 시곗바늘이 2시 반이 되기만 하면 서둘러 박물관을 나올 생각이다. 벚꽃은 아직 피지 않았다. 다만 료다이시마에(両大師前)[3]에 있는 나무는 구름이 잔뜩 낀 하늘 사이로 가지마다 꽃봉오리를 맺고 있다. 여기 이 공원에서 산책하는 것이 미에코랑 어딘가 외출하는 것보다 훨씬 행복하다고 말하지 않으면 안 된다…….

2시 20분! 이제 10분만 기다리면 된다. 그는 집에 가고 싶은 마음을 억누른 채 표본실 안을 서성거렸다. 열대 삼림을 잃은 도마뱀과 뱀 표본에는 묘하게 속절없는 허무함이 감돌고 있다. 이것은 어쩌면 상징인지도 모른다. 언젠가 정열을 잃어버린 그의 연애를 상징하는지 모른다. 그는 미에코에게 충실하였다. 하지만 미에코는 반년 동안 전혀 알아보지 못할 불량소녀가 되었다. 그가 정열을 잃어버린 것은 완전히 미에코 책임이다. 적어도 환멸의 결과다. 결코 권태의 결과가 아니다…….

3) 우에노 공원 내에 있는 간에이지(寛永寺) 중당(中堂).

나카무라는 2시 반이 되기가 무섭게 파충류 표본실을 빠져나오려고 하였다. 그러나 미처 출입구에 다다르기도 전에 빙그르 발길을 돌렸다. 어쩌면 미에코는 한 걸음 차이로 이 방에 들어올지도 모른다. 그렇게 된다면 미에코에게 딱한 일이다. 딱한 일? —아니, 딱한 일이 아니다. 그는 미에코를 동정하기보다도 그 자신의 의무감에 시달리고 있다. 이 의무감을 안심시키기 위해서는 10분 더 기다리지 않으면 안 된다. 아니다. 미에코는 결코 오지 않는다. 기다리든 기다리지 않든 오늘 오후에는 혼자 유쾌히 보낼 수 있다…….

파충류 표본실은 지금도 변함없이 쥐 죽은 듯이 조용하다. 안내원조차 아직껏 여기에 오지 않는다. 그러는 사이 다만 희미한 방충제 냄새만이 썰렁한 표본실을 가득 떠돌고 있을 뿐이다. 나카무라는 점점 자신에게 어떤 초조함을 느끼기 시작했다. 미에코는 필경 불량소녀이다. 하지만 그의 사랑은 완전히 식어버리지 않은지도 모른다. 그렇지 않다면 그는 이미 박물관 밖을 걷고 있었을 것이다. 원래 정열을 잃어버렸다 해도, 욕망은 남아 있기 마련이다. 욕망? —그러나 욕망이 아니다. 그는 이제 와 생각해 보면 확실히 미에코를 사랑하고 있다. 미에코는 베개를 걷어차기도 하였다. 그러나 그 걷어찬 발은 뽀얗게 하얄 뿐만 아니라 부드럽게 발가락을 젖히고 있다. 특히 그때 웃음소리—그는 가냘픈 고개를 기울인 미에코의 웃음소리를 생각해 내었다.

2시 40분.

2시 45분.

3시.

3시 5분.

3시 10분이 되었을 때였다. 나카무라는 얇은 봄용 오버코트 아래로 스며오는 추위를 느끼면서 인기척 없는 파충류 표본실을 뒤로 한 채 돌계단을 내려갔다. 여느 때처럼 마치 해질 무렵인 양 어두컴컴한 돌계단을.

❖ ❖

그날도 전등불이 켜지기 시작할 즈음, 나카무라는 어느 카페 구석 자리에서 친구랑 잡담을 나누고 있었다. 그 친구는 호리카와(堀川)라는, 소설가를 지망하는 대학생이다. 그들은 홍차를 마주 두고 자동차의 미적 가치를 논하거나, 프랑스 화가 세잔의 경제적 가치를 논하였다. 그러나 그마저도 지겨워지자, 나카무라는 담배에 불을 붙이면서 거의 남의 이야기 하듯 오늘 있었던 일을 말하기 시작했다.

"나 말이야. 바보 같지."

이야기를 마친 나카무라는 재미없다는 듯 이렇게 덧붙였다.

"흠, 자신을 바보라고 생각하는 게 가장 바보지."

호리카와는 아무렇지 않은 듯 코웃음 쳤다. 그리더니 또다시 낭독이나 하는 듯 갑자기 이렇게 읊기 시작했다.

"그는 이미 돌아가고 말았다. 파충류 표본실은 텅 비어 있고, 그곳에— 시간은 그리 지나지 않았다. 겨우 3시 15분 정도일까? 그곳에 창백한 얼굴을 한 여학생이 한 명 들어왔다. 물론 안내원도, 그 누구도 없다. 여학생은 뱀이랑 도마뱀과 함께 언제까지나 우두커니 서 있다. 그곳은 의외로 해가 빨리 질 것이다. 그 사이 햇빛은 점차 희미해진다. 폐관 시간도 다가온다. 하지만 여학생은 좀 전과 마찬가지로 언제까지나 우두커니 서 있다. —라고 상상해 본다면 소설이 되는군. 그리 멋진 소설은 아니지만 말이야, 미에코는 그렇다 쳐도, 자네를 주인공으로 하는 날에는……."

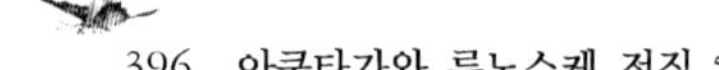

나카무라는 씨익 웃었다.

"안 됐지만, 미에코도 뚱뚱해."

"자네보다?"

"바보 같은 소리. 나야 23간(貫)[4] 500메(目)[5]이지. 미에코는 아마도 17간(약 64kg)일 거야"

어느새 10년이 흘러갔다. 나카무라는 지금 베를린에 있는 미쓰이(三井)인지 뭔지에서 근무하고 있다. 미에코도 이미 예전에 결혼한 것 같다. 소설가 호리카와 야스키치(堀川保吉)는 어느 부인잡지 신년호 권두 사진에서 우연히 미에코를 발견했다. 사진 속에서 미에코는 커다란 피아노 앞에 선 채로 아들딸 셋과 함께 모두가 행복한 듯 미소 짓고 있다. 얼굴은 아직 10년 전과 크게 변하지 않은 듯 보였다. 체중도-야스키치는 약간 주저하였다. 체중만은 어쩌면 20간(약 75kg)을 조금 넘을지도 모른다…….

(1925년 1월)

4) 일본 에도시대 때 무게 단위로 1貫=3.75kg.

5) 보통 匁(몬메)와 같은 뜻으로 1匁=3.75g. 그러므로 23간 500메는 약 88kg.

말 다리(馬の脚)

김명주

이 이야기의 주인공은 오시노 한자부로(忍野半三郎)라는 남자다. 하필이면 대단한 남자는 아니다. 베이징 미쓰비시(三菱)사에 근무하는 서른 살 전후의 회사원이다. 한자부로는 상과대학을 졸업한지 2개월 되던 때에 베이징(北京)으로 오게 되었다. 동료나 상사 사이의 평판은 특별히 좋은 정도는 아니다. 그러나 또 나쁘다고 할 정도도 아니다. 우선 극히 평범한 점은 한자부로의 외모 그 자체이다. 한 가지 이참에 덧붙이자면 한자부로의 가정생활 그 자체이다.

한자부로는 2년 전에 어떤 아가씨와 결혼했다. 그녀의 이름은 쓰네코(常子)이다. 이 역시 하필이면 연애결혼은 아니다. 어떤 친척 노부부에게 부탁해서 한 중매결혼이다. 쓰네코는 미인이라고 할 정도는 아니다. 하긴 또 못생겼다고 할 정도도 아니다. 그저 통통하게 살찐 뺨에 언제나 미소를 띠고 있다. 펑톈(奉天)에서 베이징으로 오는 도중 침대차에서 빈대에 물렸을 때 외에는 미소를 짓고 있다. 게다가 지금은 이제 빈대에 다시 물릴 염려는 없다. 그것은 XX후통(胡同) 사택 거실에 박쥐 문양의 살충제 두 통이 어김없이 비치되어 있기 때문이다.

나는 한자부로의 가정생활이 극히 평범하다고 했다. 사실 그 말대로가 틀림없다. 그는 그저 쓰네코와 함께 식사를 하거나 전축을 틀거나 활동사진을 보러 가거나— 모든 베이징의 회사원들과 별반 다름없는 생활을 하고 있다. 그러나 그들의 생활도 운명의 지배에서 예외일 수는 없는 것이다. 운명은 어느 한낮 오후, 이 평범한 가정생활의 단조로움을 일격에 깨버렸다. 미쓰비시 회사원 오시노 한자부로는 뇌출혈 때문에 급사하고 만 것이다.

한자부로는 역시 그날 오후에도 돈타누피이로오(東単牌楼)사 책상에서 바삐 서류를 검토하고 있었다. 책상 반대쪽 동료에게도 달리 이상한 점은 보이지 않았다고 한다. 그러나 일이 일단락된 듯하여 궐련을 입에 문 채 성냥에 불을 붙이려 하는 순간 느닷없이 엎어져 죽고 말았다. 너무나도 허망한 죽음이었다. 그러나 세간은 다행히도 어떻게 죽었는가에 대해서는 별반 평을 하지 않았다. 평하는 것은 생전의 모습뿐이었다. 한자부로도 그 덕분에 별다른 비난을 받지 않고 마무리되었다. 아니, 비난 정도가 아니다. 상사나 동료는 미망인 쓰네코에게 어느 누구 할 것 없이 깊은 동정을 표했다.

도진(同仁) 병원장 야마이(山井) 박사의 진단에 의하면 한자부로의 사인은 뇌출혈이다. 그러나 한자부로 자신은 불행히도 뇌출혈로는 생각지 않는다. 우선 죽었다고도 생각하지 않는다. 그저 어느새 본 적도 없는 사무실로 온 것에 대해 놀라고 있었다. —

사무실 창 커튼은 햇살 속에서 살랑살랑 바람에 나부끼고 있다. 다만 창밖에는 아무것도 보이지 않는다. 사무실 한복판의 커다란 책상 위에는 하얀 가운을 입은 중국인 두 사람이 마주 보고 장부를 검토하고 있다. 한 사람은 아직 스무 살 전후쯤 될까? 또 한 사람은 약간 누렇게 변색되어 가는 긴 콧수염을 기르고 있다.

그 사이 스무 살 전후의 중국인이 장부에 기입을 하면서 눈도 들지 않고 그에게 말을 걸었다.

"아 유 미스터 헨리 바렛 안츄?"

한자부로는 놀랐다. 하지만 가능한 한 태연하게 베이징 공용어로 대답했다. "본인은 이 일본 미쓰비시공사 오시노 한자부로!"라고 답했다.

"어이쿠! 당신은 일본인인가요?"

겨우 눈을 든 중국인은 역시 놀란 듯 이렇게 말했다. 나이 든 나머지 중국인 한 명도 장부에 뭔가를 쓰다가 망연히 한자부로를 바라보았다.

"어쩌죠? 사람이 바뀌었는데요."

"큰일 났군, 정말 곤란해. 제1혁명[1] 이후 한 번도 없던 일이야."

나이 든 중국인은 화난 듯이 손에 쥔 펜을 덜덜 떨고 있었다.

"아무튼 신속히 되돌려 보내 주게."

"자네는— 으음, 오시노 군 맞죠. 잠깐 기다려 줘요."

스무 살 전후의 중국인은 다른 두꺼운 장부를 펴고 뭔가 입속으로 중얼거리기 시작했다. 그러나 그 장부를 덮는가 싶더니 아까보다 더 놀란 듯이 나이 든 중국인에게 말을 걸었다.

"글렀어요. 오시노 한자부로 군은 3일 전 죽었는데요."

"3일 전에 죽었다고?"

"게다가 다리는 썩어 있어요. 두 다리 다 허벅지부터 썩었어요."

한자부로는 또 한 번 놀랐다. 그들의 대화에 의하면 첫째, 그는 죽은 사람이라는 것, 둘째, 사후 사흘이 지났다는 것, 셋째, 다리는 썩었다는 것, 그런 황당한 일이 있을 리가 만무하다. 실제로 그의 다리는

---

1) 신해혁명(辛亥革命, 1911-12).

이대로— 그는 다리를 들어 올리자마자 무심코 앗! 하고 큰 소리를 냈다. 큰 소리를 낸 것도 이상할 것은 없다. 빳빳이 주름이 잡혀 있는 그의 흰 바지에 흰 구두를 신은 그의 다리는 창에서 불어오는 바람에 둘 다 비스듬히 날리고 있다! 그는 이런 광경을 보았을 때 거의 자신의 눈을 믿지 않았다. 하지만 양손으로 쓱 만져보니 실제로 두 다리 다 허벅지 아래쪽은 공기를 잡는 것과 매한가지였다. 한자부로는 이윽고 털썩 주저앉았다. 동시에 또 다리는—이라기보다는 바지는 꼭 바람 빠진 고무풍선처럼 펄럭펄럭 바닥 위로 떨어져 내렸다.

"됐소, 괜찮소. 어떻게든 해 줄 테니."

나이 많은 중국인은 이리 말한 후, 아직 화가 풀리지 않은 것처럼 젊은 부하 직원에게 말했다.

"이건 자네 책임일세. 알겠는가? 자네 책임인 거야. 어서 공문을 올려야 해. 그런데, 그런데 말이지, 헨리 바렛은 지금 어딜 가 있는 거야?"

"방금 알아본 바에 의하면 급히 한커우(漢口)로 떠난 것 같습니다."

"그러면 한커우에 전보를 쳐서 헨리 바렛의 다리를 가지고 오게 하자고."

"아뇨, 그건 안 됩니다. 한커우에서 다리가 올 동안에 오시노 군의 동체가 썩고 맙니다."

"큰일이군, 정말 큰일이야."

나이 든 중국인은 한숨을 내쉬었다. 왠지 갑자기 콧수염마저 한층 밑으로 축 처져 버린 것 같았다.

"이건 자네 책임일세. 어서 공문을 올려야 하네. 하필 승객도 남아 있지 않겠지?"

"예, 한 시간 정도 전에 떠나고 말았습니다. 허긴 말이라면 한 마리 있습니다만."

"어디 말인가?"

"더성먼(德勝門) 밖 마시장의 말입니다. 방금 막 죽었거든요."

"그럼, 그 말 다리를 붙이자고. 말 다리라도 없는 것보단 낫지 않은가. 다리만이라도 좀 가지고 오게."

스무 살 전후의 중국인은 큰 책상 앞에서 일어서더니 휙 어딘가로 나가 버렸다. 한자부로는 세 번 놀랐다. 잘은 모르겠지만 좀 전의 이야기에 의하면 말 다리를 붙이려는 것 같다. 말 다리가 되는 날에는 큰일이다. 그는 엉덩방아를 찧은 채 나이 든 중국인에게 애원했다.

"저, 이봐요. 말 다리만은 봐주세요. 난 말을 너무 싫어해서요. 제발 평생 단 한 번의 부탁이니 사람 다리를 붙여 주세요. 헨리 뭔가 하는 사람 다리라도 괜찮습니다. 약간은 털북숭이라도 사람 다리라면 참을 수 있으니까요."

나이 든 중국인은 딱하다는 듯이 한자부로를 내려다보면서 몇 번이고 고개를 끄덕였다.

"그건 있기만 하다면 붙여 드리지요. 하지만 사람다리는 없으니 말이오. ―뭐, 재난이라 여기고 단념하시오. 하지만 말 다리는 튼튼해요. 때때로 말굽 편자를 새로 갈면 어떤 산길이라도 끄떡없소……"

그러자 벌써 젊은 직원은 말다리를 두 개 매단 채, 휙 또 어딘가에서 들어왔다. 마치 호텔 급사들이 부츠를 들고 오는 것과 같다. 한자부로는 도망치려 했다. 그러나 두 다리가 없는 슬픔에 쉽사리 몸을 일으키는 것조차 할 수 없다. 그새 직원은 그의 옆으로 와서는 흰 구두와 양말을 벗기기 시작했다.

"그건 안 되오. 말 다리만은 그만두시오. 우선 내 허락도 받지 않고 내 다리를 수선하는 법이 어디 있소……"

한자부로가 이리 고함을 지르고 있는 동안, 직원은 오른쪽 바짓가랑이에 말 다리를 하나 쑤셔 박았다. 말 다리는 이빨이라도 되는 듯 오른쪽 허벅지에 달라붙었다. 그리고 이번에는 왼쪽 가랑이에 나머지 다리 하나를 쑤셔 넣었다. 이것도 또 찰싹 달라붙었다.

"자, 이걸로 됐어!"

스무 살 전후의 중국인은 만족스러운 미소를 띠면서 손톱을 길게 기른 양손을 비비고 있다. 한자부로는 멍하니 자신의 다리를 바라보았다. 그러자 어느샌가 흰색 바지 끝에는 굵은 갈색 털로 덮인 말 다리가 두 개 떡하니 발굽을 나란히 하고 있었다. —

한자부로는 여기까지 기억하고 있다. 적어도 그다음은 여기까지처럼 명확히 기억에 남아 있지는 않다. 뭔가 두 중국인과 싸운 것 같은 기억도 난다. 또 경사가 심한 계단을 굴러떨어진 것 같은 기억도 난다. 하지만 어느 쪽도 분명치는 않다. 아무튼 그가 정체를 알 수 없는 환영 속에서 헤맨 후에 간신히 정신을 차렸을 때에는 XX후통 사택에 놓인 관 속에 누워 있었다. 그뿐만 아니라 마침 그 관 앞에는 혼간지(本願寺)파 젊은 포교사 스님 한 명이 마지막 사망 언도를 하고 있었다.

이 같은 한자부로의 부활에 대해 소문이 무성한 것은 물론이다. '순천시보(順天時報)'는 그 때문에 커다란 그의 사진을 싣거나 3단에 걸친 기사를 게재하기도 했다. 잘은 모르겠지만 그 기사에 따르면 상복을 입은 쓰네코는 평소보다 더 생글생글 웃고 있었다고 한다. 어떤 상사나 동료는 소용없게 된 조의금을 회비로 모아 부활축하회를 열었다고 한다. 다만 야마이 박사의 신용만은 위태해진 것이 틀림없다. 그러나 박사는 유유히 궐련의 연기를 동그라미로 만들어 내뿜기도 하면서 교묘히 신용을 회복하고 있었다. 그것은 의학을 초월한 자연의 신비를 역설하였던 것이다. 즉 박사 자신의 신용 대신에 의학적 신용을 포기한 것이었다.

하지만 정작 당사자인 한자부로만은 부활축하회에 출석했을 때조차도 조금도 들뜬 표정을 보이지 않았다. 보여주지 않은 것도 물론 이상할 것은 없다. 그의 다리는 부활 이후 어느새 말 다리로 변해 있었던 것이다. 발가락 대신 발굽이 달린 갈색 말 다리로 바뀌어 있었던 것이다. 그는 자신의 다리를 쳐다볼 때마다 이루 말할 수 없는 씁쓸함을 느꼈다. 만일 이 다리가 발각되는 날에는 회사도 틀림없이 한자부로를 해고하고 말 것이 틀림없다. 쓰네코도, ―아아. '약한 자여, 그대 이름은 여자라!' 쓰네코도 아마도 예외는 아닐 것이고, 말 다리 따위를 붙이고 있는 남자를 남편으로 두지는 않겠지. ―한자부로는 이런 생각이 들 때마다 무슨 일이 있어도 자신의 다리만은 숨겨야 한다고 결심했다. 기모노를 입지 않게 된 것도 그 때문이다. 긴 부츠를 신은 것도 그 때문이다. 욕실의 창이나 문단속을 엄중하게 하는 것도 그 때문이다. 그러나 그는 그럼에도 더욱 끊임없이 불안을 느끼고 있었다. 또 불안을 느꼈던 것도 무리가 아니었음이 틀림없다. 왜냐면―

한자부로가 먼저 경계한 것은 동료의 의심을 피하는 일이다. 이것은 그의 고심 중에서도 비교적 쉬운 편이었는지도 모른다. 그러나 그의 일기에 의하면 이 역시 항상 약간의 위험에 맞서야 했던 것 같다.

"7월 X일 아무래도 그 젊은 중국인 놈은 요상한 다리를 붙인 것이다. 내 다리는 양쪽 다 벼룩의 소굴이라 해도 좋을 정도다. 나는 오늘도 업무를 보면서 미쳐버릴 정도로 가려움을 느꼈다. 아무튼 당분간 전력을 다해 벼룩 퇴치에 대해 연구하지 않으면 안 될 것이다……"

"8월 X일 나는 오늘 부장님한테 판매 건에 대해 이야기하러 갔다. 그러자 부장님은 대화 중에 쉴 새 없이 코를 킁킁거리고 있었다. 아무래도 내 다리 냄새는 부츠 밖으로도 발산되는 것 같다……"

"9월 X일 말 다리를 자유롭게 다루는 일은 분명히 마술보다도 힘들다. 나는 오늘 점심시간 전에 급한 용무를 지시받았기 때문에 빠른 걸음으로 계단을 뛰어 내려갔다. 누구라도 이런 순간에는 일밖에 생각하지 않는 법이다. 나도 그 때문에 어느새 말 다리를 잊고 있었던 거겠지. 순식간에 내 다리는 7번째 계단을 뚫고 말았다……"

"10월 X일 나는 차츰 말 다리를 편하게 다루는 법을 익히기 시작했다. 이것도 간신히 체득하고 보니 결국은 허리 균형, 그뿐이다. 하지만 오늘은 실패했다. 하긴 오늘 실패는 꼭 내 잘못만은 아니다. 오늘 아침 9시 전후 인력거를 타고 회사에 갔다. 그러자 인력거꾼은 12전의 차비를 무슨 일이 있어도 20전을 내라고 한다. 게다가 나를 붙들고는 회사 안으로 들여보내 주려 하지 않는다. 나는 굉장히 화가 났기 때문에 느닷없이 인력거꾼을 차 주었다. 인력거꾼이 공중으로 붕 떠오른 것은 풋볼로 여겨질 정도이다. 나는 물론 후회했다. 동시에 또 나도 모르게 웃음이 터졌다. 어쨌든 다리를 움직일 때에는 한층 세심하게 주의하지 않으면 될 것이다……"

그러나 동료를 기만하는 것보다도 쓰네코의 의심을 피하는 것은 훨씬 난처한 일로 가득했던 모양이다. 한자부로는 그의 일기 속에서 끊임없이 그 곤란함을 한탄하고 있다.

"7월 X일 내 가장 큰 적은 쓰네코이다. 나는 문화생활의 필요성을 방패로 삼아 단 하나뿐인 일본식 공간을 드디어 서양식으로 바꾸고 말았다. 이렇게 하면 쓰네코의 눈 앞에서 구두를 벗지 않고 지낼 수 있기 때문이다. 쓰네코는 다다미가 없어진 것을 크게 불만스러워 하는 것 같다. 하지만 양말을 신고 있긴 해도, 이 다리로 다다미 바닥을 걷는 것은 도저히 나로서는 불가능하다……"

"9월 X일 나는 오늘 중고품 가게에 더블 침대를 팔아 치웠다. 이 침

대를 산 것은 어느 미국인의 경매였다. 나는 그 경매에서 돌아오는 길에 홰나무 가로수길 아래를 걸었다. 가로수인 홰나무는 꽃이 절정이었다. 운하의 물이 밝게 비치는 것도 아름다웠다. 그러나— 지금은 그런 것에 연연해 할 상황이 아니다. 나는 어젯밤 하마터면 쓰네코의 옆구리를 찰 뻔했다……"

"11월 X일 나는 오늘 세탁물을 스스로 세탁소에 가지고 갔다. 다만 단골 세탁소는 아니다. 도안(東安)시장 쪽 세탁소이다. 이것만은 이후에도 지키지 않으면 안 될 것이다. 속옷이나 내복이나 양말에는 언제나 말 털이 붙어 있으니까……"

"12월 X일 양말에 구멍이 나는 것은 보통 일이 아니다. 실은 쓰네코 몰래 양말값 챙기는 것만으로도 이만저만 고생이 아니다……"

"2월 X일 나는 물론 잘 때에도 양말이나 내복을 벗은 적이 없다. 더욱이 쓰네코에게 보이지 않도록 다리 끝을 모포로 덮어버리는 것은 늘 쉽지 않은 모험이다. 쓰네코는 어젯밤 자기 전에 '당신은 정말이지 추위를 많이 타는군요. 허리에도 모피를 두르고 있나요?'라고 했다. 자칫하면 내 말 다리가 발각될 때가 온 것인지도 모르겠다……"

한자부로는 이 밖에도 몇 번인가 위험에 맞닥뜨렸다. 그것을 일일이 열거하는 것은 도저히 내가 견뎌낼 재간이 없다. 그러나 한자부로의 일기 중에서도 가장 나를 놀라게 한 것은 다음 사건이다.

"2월 X일 나는 오늘 점심시간에 룽푸쓰(隆福寺)에 있는 헌책방을 둘러보러 갔다. 헌책방 앞 양지바른 곳에 마차가 한 대 서 있었다. 다만 서양식 마차는 아니다. 남색 휘장을 친 중국 마차였다. 마부도 물론 마차 위에서 쉬고 있던 것이 분명하다. 그러나 나는 크게 신경 쓰지 않고 헌책방에 들어가려 했다. 그러자 그 순간이다. 마부는 채찍을 흔들며 '스오스오'라고 했다. '스오스오'는 말을 뒷걸음치게 할 때 중국인이 사용하는 말이다. 마차는 이 말이 끝나기도 전에 따각따각 뒷걸음쳤다. 이와 함께 어찌 놀라지 않을 수 있겠는가? 나도 헌책방을 앞으로 한 채 한걸음씩 뒷걸음질치기 시작했다. 이때 내 마음은 공포라고 할까, 경악이라고 할까, 도무지 말로는 표현할 수가 없다. 나는 부질없이 한 걸음이라도 앞으로 나가려고 하면서 더더욱 무서운 불가항력 속에서 역시 뒷걸음질쳐갔다. 그 사이 마부가 '스오오'라고 한 것은 그래도 내 입장에서는 다행이다. 나는 마차가 멈추는 순간에 겨우 뒷걸음질을 멈출 수가 있었다. 그러자 말은— 마차를 끌고 있던 은회색 말은 형언할 수 없는 울음소리를 냈다. 형언하기 힘든? —아니, 형언하기 힘든 것이 아니다. 나는 그 날카로운 울음소리 속에서 분명히 말이 웃고 있음을 느꼈다. 말뿐만이 아니라 내 목구멍에서도 말 울음소리와 비슷한 것이 복받쳐 오르는 것을 느꼈다. 이 소리를 내서는 큰일이다. 나는 두 귀에 손을 대자마자 곧장 거기를 도망쳐 나오고 말았다……"

하지만 운명은 한자부로를 위해 마지막 결정타를 준비하고 있었다. 이리 말하는 것은 다름이 아니다. 3월 말 어느 오후 무렵, 그는 갑자기 그의 다리가 춤추거나 뛰어오르거나 하는 것을 발견한 것이다. 왜 그의 말 다리는 이때 갑자기 소란을 피우기 시작한 것일까? 그 의문에 답하기 위해서는 한자부로의 일기를 살펴보지 않으면 안 된다. 그러나 불행히도 그의 일기는 마침 타격을 받은 전날에 끝이 났다. 다만 전후 사정에 따라 대충의 추측은 못 할 것은 없다. 나는 마정기(馬政紀), 마기(馬記), 원형료우마타집(元享療牛馬駝集), 배락상마경(伯楽相馬経)과 같은 온갖 서적에 근거하여 그의 다리가 흥분한 것은 이런 연유였을 것으로 확신하고 있다. —

그날은 심한 황사였다. 황사라는 것은 몽골의 봄바람이 베이징으로

날려 온 모래먼지를 말한다. '순천시보' 기사에 의하면 그날 황사는 십몇 년 동안 일찍이 본 적이 없을 정도로, '다섯 걸음 밖의 정양문을 올려다봐도 이미 누각은 볼 수 없을 것'이라고 하고 있으므로 어지간히 심했던 것이 분명하다. 그런데 한자부로의 말 다리는 더성먼 밖 마시장의 폐마에 달려 있던 다리이고, 또 그 폐마는 분명히 장자커우(張家口), 진저우(錦州)를 통해 들어온 몽골산 쿠룬(庫倫) 말이다. 그러면 그의 말 다리가 몽골의 공기를 느끼자마자 갑자기 춤추거나 뛰어오르거나 하는 것은 오히려 당연한 것이 아닐까? 하물며 또 당시는 성 밖의 말들이 필사적으로 교미를 하고자 종횡무진 날뛰는 시기이다. 그러고 보면 말 다리가 가만히 있는 것을 견딜 수 없었던 것도 역시 동정할 만한 일이라고 하지 않을 수 없다…….

이 해석의 옳고 그름은 둘째 치고, 한자부로는 그날 회사에 있을 때도 무용 같은 것을 하는 것처럼 쉴 새 없이 뛰어다니고 있었다고 한다. 또 사택에 돌아가는 도중에도 겨우 300미터밖에 되지 않는 사이에 인력거를 7대나 차서 망가트렸다고 한다. 결국에는 사택에 돌아온 이후에도, —어쨌든 쓰네코의 말에 따르면 그는 개처럼 짖어대면서 비틀비틀 거실로 들어왔다. 그리고 간신히 긴 소파에 앉자마자 어이없어하는 아내에게 노끈을 가져오라고 지시했다. 쓰네코는 물론 남편의 모습에 큰일이 일어났음을 직감했다. 우선 낯빛도 굉장히 나빴다. 그뿐만 아니라 안절부절못하며 부츠를 신은 다리를 움직이고 있다. 그녀는 그 때문에 평소처럼 미소를 짓는 것조차 잊어버린 채, 도대체 노끈으로 무엇을 할 요량인지 말해달라고 애원했다. 그러나 남편은 고통스러운 듯 이마의 땀을 닦으며 이렇게 반복할 뿐이다.

"빨리 줘, 빨리, —빨리하지 않으면 큰일이니까."

쓰네코는 할 수 없이 짐 꾸릴 때 쓰는 노끈을 한 다발 남편에게 건

냈다. 그러나 그는 그 노끈으로 부츠의 양다리를 묶기 시작했다. 그녀의 마음에 발광이라는 공포가 드리운 것은 이 때이다. 쓰네코는 남편을 바라본 채 떨리는 목소리로 야마이 박사의 왕진을 청할 것을 권하기 시작했다. 그러나 그는 열심히 노끈을 다리에 감으면서 도무지 그 권유를 받아들이지 않았다.

"저런 돌팔이 의사가 뭘 알겠어? 그 놈은 도둑놈이야! 사기꾼이야! 그 보다 당신은 여기 와서 내 몸을 붙잡고 있어 줘."

그들은 서로 안은 채 가만히 소파에 앉아 있었다. 베이징을 덮은 황사는 점점 심해져 갈 것이다. 지금은 창밖의 석양마저 전혀 빛이라는 느낌이 들지 않는, 혼탁한 붉은 색을 띠고 있다. 한자부로의 다리는 그동안에도 물론 가만히 있었던 것은 아니다. 노끈에 친친 감긴 채로 눈에 보이지 않는 페달을 밟는 것처럼 역시 쉴 새 없이 움직이고 있었다. 쓰네코는 남편을 위로하듯이, 또 격려하듯이 여러 가지 이야기를 했다.

"당신, 당신, 왜 그렇게 떨고 있는 거예요?"

"아무 것도 아니야. 별거 아니야."

"하지만 이렇게 땀을 흘리고, —이번 여름에는 일본으로 돌아가요. 그래요, 여보. 오랜만에 일본으로 돌아가요. 네?"

"으응, 일본으로 돌아가자고. 일본으로 돌아가 살기로 합시다."

5분, 10분, 20분, —시간은 이러한 두 사람 위를 천천히 흘러갔다. 쓰네코는 '순천시보'의 기자에게 이때의 그녀의 심정은 사슬에 묶인 죄수와 같았다고 말하고 있다. 하지만 그럭저럭 30분이 지난 후에 드디어 사슬이 끊길 때가 왔다. 다만 그것은 쓰네코의 그 사슬이 끊긴 때가 아니다. 한자부로를 가정에 속박한 인간의 사슬이 끊기던 때이다. 혼탁한 붉은빛을 비추고 있던 창은 바람에라도 흔들리는 것인지,

갑자기 덜컹덜컹 소리가 울려 퍼졌다. 그와 동시에 한자부로는 뭔가 큰 소리를 내기가 무섭게, ―이것은 쓰네코의 이야기가 아니다. 그녀는 남편이 뛰어오르는 것을 본 것을 끝으로 소파 위에 실신하고 말았다. 그러나 사택의 중국인 사동은 이렇게 같은 기자에게 이야기하고 있다. ―한자부로는 뭔가에 쫓기듯이 사택 현관으로 날뛰며 나왔다. 그런 후에 아주 잠시 현관 앞에 멈춰서 있었다. 그러나 몸을 부르르 한 번 떨더니 꼭 말 울음소리와 비슷한 기분 나쁜 소리를 남기고는 거리를 온통 뒤덮고 있는 황사 속을 쏜살같이 달려가고 말았다…….

그 후 한자부로는 어떻게 되었을까? 그것은 지금도 의문이다. 다만 '순천시보' 기자는 그 날 오후 8시 전후, 황사로 자욱한 달빛 속에 모자를 쓰지 않은 한 남자가 만리장성을 보기 위해 유명한 바다링(八達嶺) 고개 아래 철로를 달리고 있던 것을 보도하고 있다. 그러나 이 기사는 반드시 정확한 보도는 아니었던 것 같다. 실제로 또 같은 신문기자는 역시 오후 8시 전후 황사를 적시는 빗속을 모자도 쓰지 않은 한 남자가 석인석마(石人石馬)가 줄지어 서 있는 스싼링(十三陵) 대로를 달리고 있던 것을 기사로 쓰고 있다. 그렇다면 한자부로는 XX후통 사택 현관을 뛰쳐나온 뒤 도대체 어디로 갔으며 어떻게 된 것인지 명확하지 않다고 하지 않을 수 없다.

한자부로의 실종도 그의 부활과 마찬가지로 소문이 자자했던 것은 물론이다. 그러나 쓰네코, 부장, 동료, 야마이 박사, '순천시보'의 주필 등은 모두 그의 실종을 발광 때문이라고 해석했다. 하긴 발광 때문이라고 해석하는 것은 말 다리 때문이라고 해석하는 것보다도 쉬웠던 것이 틀림없다. 화를 피해 평화에 이르는 것은 언제나 천하의 공도이다. 이 공도를 대표하는 '순천시보'의 주필 무다구치(牟多口) 씨는 한자부로가 실종한 다음 날, 거창한 문장의 사설을 발표했다.

"미쓰비시 사원 오시노 한자부로 씨는 어느 저녁 5시 15분 돌연 발광한 것처럼 쓰네코 부인의 만류에도 불구하고 홀로 어딘가로 실종되었다. 도인병원장 야마이 박사의 설에 의하면 오시노 씨는 작년 여름 뇌출혈로 쓰러져 3일간 인사불성이 되고나서, 이후 얼마간 정신 이상 증상을 보였다고 한다. 또 쓰네코 부인이 발견한 오시노 씨의 일기에 나타난 바로도, 오시노 씨는 늘 기괴한 강박관념을 가지고 있던 것 같다. 하지만 본인이 묻고 싶은 것은 오시노 씨 병명이 무엇인가가 아니다. 쓰네코 부인의 남편으로서의 오시노 씨의 책임 여부이다."

"우리들의 금구무결(金甌無欠)[2]한 국가는 가족주의 위에 성립하는 것이다. 가족주의 위에 성립하는 것이라고 한다면 일가의 가장으로서의 책임이 얼마나 중대한 것인지를 묻지 않을 수 없다. 이 일가의 가장이 되어 무분별하게 발광할 권리가 있는 것일까? 본인은 그러한 질문 앞에 단연코 아니라고 답할 수 있다. 가령 천하의 남편으로서 발광할 권리를 얻었다고 치자. 그들은 모두 가족을 뒤로 하고, 혹은 거리에서 행음(行吟)하고, 혹은 산야를 소요(逍遙)하고, 혹은 정신병원 속에서 포식난의(飽食暖衣)[3]하는 행복을 얻을 것이다. 그렇지만 세계에 자랑할 만한 2천 년 이래의 가족주의는 토붕와해(土崩瓦解)[4]하는 것을 면치 못할 것이다. 일러 말하기를, 죄를 미워하되 사람은 미워하지 말라고 했던가. 본인은 처음부터 오시노 씨에게 가혹하게 말하려던 것은 아니다. 하지만 경솔하게 발광한 죄는 큰 소리로 알려 그 책임을 추궁하지 하지 않으면 안 될 것이다. 아니, 오시노 씨의 죄만이 아니다. 발광금지령을 등한시한 역대 정부의 실정(失政)도 하늘을 대신하여 추궁

2) 외국의 침략을 받은 바 없음을 비유하는 말.
3) 배불리 먹고 따뜻하게 입음. 즉, 풍족한 상태를 말함.
4) 일이 근본부터 뒤엉켜 도저히 어찌할 도리가 없음.

하지 않으면 안 될 것이다."

"쓰네코 부인의 이야기에 의하면 부인은 적어도 1개월간 XX후통 사택에 머물며 오시노가 돌아오기를 기다리겠다는 것이다. 나는 정숙한 부인을 위하여 진정으로 동정을 표함과 동시에 현명한 미쓰비시 당사에도 부인의 편의를 고려하는 데 노력을 아끼지 말 것을 간절히 바라는 바이다……."

그러나 적어도 쓰네코만은 반년 정도 지난 후 이 오해를 신뢰할 수 없게 되는 새로운 사실에 직면하게 되었다. 그것은 베이징의 버드나무나 홰나무가 노랗게 물들어 낙엽이 되기 시작한 10월의 어느 어둑한 저녁 무렵이다. 쓰네코는 거실 소파에서 멍하니 추억에 잠겨 있었다. 그녀의 입술은 이제는 이미 그 한없는 미소를 띠지 않고 있다. 그녀의 뺨도 언제부터인지 완전히 살이 빠져 있었다. 그녀는 실종한 남편이나 팔아치운 더블 침대, 빈대 등을 계속 생각하고 있었다. 그러자 누군가 망설이듯이 사택 현관 벨을 눌렀다. 그녀는 그래도 별 신경 쓰지 않고 사동이 맞이하러 나가도록 내버려 두었다. 그러나 사동은 어디에 갔는지 쉽사리 모습을 드러내지 않았다. 벨은 그 사이에 또 한 번 울렸다. 쓰네코는 겨우 소파에서 일어나 조용히 현관으로 걸어갔다.

낙엽이 흩날리는 현관에는 모자를 쓰지 않은 한 남자가 희미한 어둠 속에 서 있었다. 모자를, —아니, 모자를 쓰지 않은 것만이 아니다. 남자는 분명히 모래먼지에 뒤덮인 너덜너덜한 겉옷을 입고 있다. 쓰네코는 이 남자의 모습에서 거의 공포에 가까운 것을 느꼈다.

"무슨 일로 오셨어요?"

남자는 아무 말도 않고 기른 머리를 푹 숙이고 있다. 쓰네코는 그 모습을 살펴보면서 한 번 더 조심스럽게 반복해서 말했다.

"뭐……뭔가 볼일이 있으신가요?"

남자는 이윽고 얼굴을 들었다.

"쓰네코……."

그것은 단 한 마디였다. 그러나 꼭 달빛처럼 이 남자를, —이 남자의 정체를 금세 분명히 해주는 한 마디였다. 쓰네코는 침을 삼킨 채로, 한참을 말을 잃어버린 듯이 남자의 얼굴을 계속 바라보았다. 남자는 수염을 기른데다가 전혀 다른 사람처럼 초췌해져 있었다. 하지만 그녀를 바라보는 눈길은 분명히 기다리고 기다리던 눈빛이었다.

"여보!"

쓰네코는 이렇게 소리를 지르며 남편 가슴에 뛰어들려고 했다. 하지만 한 걸음 내딛자마자 달궈진 쇳덩어리 따위를 밟은 것처럼 황급히 또 뒤로 물러섰다. 남편은 다 해진 바지 아래로 털이 덥수룩한 말다리를 드러내고 있었다. 희미한 어둠 속에서도 보이는 갈색 털의 말다리가 드러나 있었다.

"여보!"

쓰네코는 이 말 다리에 표현할 수 없는 혐오감을 느꼈다. 그러나 지금 이 순간을 놓치고 만다면 두 번 다시 남편을 만날 수 없을 것 같은 느낌이 들었다. 남편은 역시 슬픈 듯이 그녀의 얼굴을 바라보고 있다. 쓰네코는 한 번 더 남편의 가슴에 자신의 몸을 던지려 하였다. 그러나 혐오감은 한 번 더 그녀의 용기를 압도했다.

"여보!"

그녀가 세 번째 이리 불렀을 때, 남편은 휙 돌아서는가 싶더니 말없이 현관을 내려갔다. 쓰네코는 마지막 용기를 내어 필사적으로 남편을 따라가 매달리려 했다. 그러나 한 걸음도 채 떼지 못한 사이에 그녀의 귀에 들어온 것은 따각따각 울리는 말발굽 소리이다. 쓰네코는 새파랗게 질린 채 불러 세울 용기도 잃어버린 듯이 가만히 남편의 뒷

모습을 바라보았다. 그리고— 현관의 낙엽 속에 아득히 정신을 잃고 말았다…….

쓰네코는 이 사건 이후 남편의 일기를 믿게 되었다. 그러나 부장이나 동료, 야마이 박사, 무다구치 씨 등과 같은 사람들은 아직까지 오시노 한자부로가 말 다리가 된 것을 믿지 않는다. 그뿐만 아니라 쓰네코가 말 다리를 본 것도 환각에 빠진 것으로 믿고 있다. 나는 베이징 체재 중에 야마이 박사나 무다구치 씨를 만나 자주 그 망상을 깨보려고 했다. 그러나 언제나 반대의 조소를 보낼 뿐이었다. 그 뒤에도, — 아니, 최근에는 소설가 오카다 사부로 씨도 누군가로부터 이 이야기를 들은 것으로 보여, 아무래도 말 다리가 된 것은 믿을 수가 없다는 편지를 보내왔다. 오카다 씨는 만약 사실이라면, '아마 말 앞다리를 떼어 붙인 것으로 생각되는데, 스페인 속보라든가 하는 묘기를 연기할 수 있는 뛰어난 다리라면 앞다리로 물건을 찰 정도의 이상한 연기는 할 수 있을지 모르지만, 그렇다손 치더라도 유아사 소좌(湯浅少佐)[5] 정도가 타는 것이 아니라면 과연 말 자체만으로 해낼 수 있을지 의문을 품지 않을 수가 없습니다.'라고 하는 것이다. 나도 물론 그 점에서는 얼마간 의혹을 품지 않을 수 없다. 하지만 그만한 이유로 한자부로의 일기만이 아니라 쓰네코의 이야기까지 부정하는 것은 다소 성급한 판단에 지나지 않는 것은 아닐까? 실제로 내가 조사한 바에 의하면 그의 부활을 보도한 순천시보는 같은 면 2, 3단 아래에 이런 기사도 싣고 있다. —

"미화금주(美華禁酒) 회장 헨리 바렛 씨는 게이한(京漢) 철도 기차 안에서 급사하였다. 고인은 약병을 손에 들고 죽은 것 때문에 자살 의혹

5) 유아사 소좌(湯浅少佐, 1871-1904) 일본 해군 군인.

을 낳았지만, 병 속 물약은 분석 결과 알코올류로 판명되었다는 것이다."

(1925년 1월)

봄(春)

김상원

❖ 1 ❖

어느 벚꽃 필 무렵의 흐린 아침이었다. 히로코는 교토의 정거장에서 도쿄행 급행열차에 올랐다. 이는 결혼 후 2년 만에 어머니에게 문안드리러 가는 것이기도 하지만, 외조부의 금혼식에 얼굴을 내비치려 했기 때문이다. 하지만 그 외에도 전혀 일이 없는 것은 아니었다. 그녀는 적당한 이 기회에 여동생인 다쓰코의 연애문제도 해결하고 싶다고 생각하고 있었다. 여동생의 희망을 이룬다거나 또는 이루지 못한다 해도 일단은 어떠한 해결이라도 짓지 않으면 안 된다고 생각했다.

이 문제를 히로코가 알게 된 것은 4, 5일 전에 받은 다쓰코의 편지를 읽었을 때였다. 히로코는 결혼 적령기인 여동생에게 연애문제가 생긴 것에 대해 각별히 이상하게 생각하지 않았다. 예상했다고 할 정도는 아니었지만 당연히 있다고 생각했다. 하지만 그 연애 상대로 아쓰스케를 선택했다는 점은 이상하다고 생각하지 않을 수 없었다. 히로코는 기차가 흔들리고 있는 지금도 아쓰스케를 생각하면 무엇인가

갑자기 여동생과의 사이에 골이 생겼다는 것을 느꼈다.

아쓰스케는 히로코도 면식이 있는, 한 양화 연구소의 학생이었다. 처녀시절에 그녀는 여동생과 함께 물감 범벅이 된 청년에게 몰래 "원숭이"라는 별명을 붙여 불렀었다. 그는 실제로 얼굴이 붉고 희한하게 눈만 반짝이는, 즉 원숭이 같은 청년이었다. 그뿐만 아니라 옷차림도 빈약했다. 그는 겨울에도 금 단추가 달린 교복에 오래된 레인코트를 걸치고 있었다. 당연하지만 히로코는 아쓰스케에게 어떠한 흥미도 느끼지 않았다. 다쓰코도— 다쓰코는 언니에 비하면 한층 더 그를 좋아하지 않는 눈치였다. 혹은 오히려 적극적으로 미워했다고도 할 정도였다. 어쩌다 한번 전철에서 다쓰코가 아쓰스케의 옆에 앉게 됐다. 옆에 앉는 것만으로도 그녀는 기분이 나빴다. 거기에다 또 그는 무릎 위에 신문지로 싼 무언가를 펼치더니 부지런히 빵을 먹기 시작했다. 전차 안에 있는 사람들은 서로 말을 맞춘 것처럼 눈길을 아쓰스케에게 보냈다. 그녀는 그녀 자신에게도 잔혹하게도 그 눈길이 쏟아지는 것을 느꼈다. 하지만 그는 눈 한 번 깜빡이지 않고 느긋하게 계속해서 빵을 먹었다.

"야만인이야, 저 사람은."

히로코는 이 일이 있고 나서 이렇게 다쓰코가 욕을 퍼붓던 것을 새삼스레 떠올렸다. 왜 그런 아쓰스케를 사랑하게 됐을까? 그 점은 히로코도 이해할 수 없었다. 하지만 여동생의 기질을 생각해보면, 아쓰스케를 사랑하고 나면 어느 정도 정열에 불타오를지 대충은 상상할 수 있을 듯했다. 다쓰코는 돌아가신 아버지처럼 어떤 일에도 외골수였다. 예를 들면 유화를 시작했을 때도 그녀의 열중은 가족들의 예상을 초월했었다. 그녀는 화사한 화구통을 옆에 끼고 아쓰스케와 같은 연구소에 매일 부지런히 다니기 시작했다. 동시에 그녀의 방 벽에는 일주일에 한 장씩 꼭 새로운 유화가 걸리게 됐다. 유화는 6호에서 8호의 캔버스에 인물화면 얼굴만, 풍경화면 서양풍의 건물을 그린 것이 많은 것 같았다. 히로코는 결혼하기 몇 달 전에 유난히 깊은 가을밤에는 그런 유화가 걸려있는 방에서 몇 시간이고 여동생과 이야기를 했다. 다쓰코는 언제나 열심히 고흐나 세잔느 등의 이야기를 했다. 당시 어딘가에서 상영 중이었던 무샤노코지 씨의 희곡도 이야기했다. 히로코도 미술이나 문예 등에 전혀 관심이 없던 것이 아니었다. 그러나 그러한 그녀의 공상은 예술과는 거의 관계없는 미래의 생활들로 인해 뜸해졌다. 눈은 그 사이에도 액자에 그려 넣은 책상 위의 양파나 붕대를 한 소녀의 얼굴이나 감자밭 저편으로 늘어선 감옥의 벽을 바라보면서…….

"네 그림의 유파는 뭐라고 하는 거니?"

히로코는 그런 질문으로 다쓰코를 화나게 한 것을 생각해냈다. 하기야 여동생에게 혼나는 것은 신기한 일이 아니었다. 그들은 예술의 관점은 물론, 생활상의 문제 등에도 의견 차이가 종종 있었다. 실제로 어떤 날은 무샤노코지시의 희곡마저 말다툼의 씨앗이 됐다. 그 희곡은 실명한 오빠를 위해 희생적인 결혼을 굳이 하는 여동생에 대해 쓴 것이었다. 히로코는 이 상영을 봤을 때부터(그녀는 어지간히 심심하지 않은 한 소설이나 희곡을 읽은 적이 없었다.) 예술가 기질의 오빠를 좋아하지 않았다. 아무리 실명을 했다고 한들 안마사든 뭐든 하면 되는데, 여동생이 희생하도록 내버려두는 것은 이기주의자라고 극단적으로 말했다. 다쓰코는 언니와는 반대로 오빠도, 여동생도 동정하고 있었다. 언니의 의견은 엄숙한 비극을 일부러 희극으로 해석하는 세상 사람들의 유희라고 했다. 이런 언쟁이 격해진 끝에는 둘 다 항상 화를 냈다. 하지만 먼저 화를 내는 것은 언제나 다쓰코였다. 히로코는

그 점에서 그녀 자신의 우월함을 느끼지 않고는 못 배겼다. 그것은 다쓰코보다 사람의 마음을 잘 간파한다는 우월감이었다. 혹은 다쓰코만큼 공허한 이상에 사로잡히지 않았다는 우월감이었다.

"언니. 오늘 밤만은 진짜 언니가 돼주세요. 평소의 총명한 언니 말고."

세 번째로 히로코가 추억한 것은 여동생의 편지 한 줄이었다. 그 편지는 평소와 다름없이 하얀 종이에 가는 펜으로 쓴 글씨로 메워져 있었다. 하지만 아쓰스케와의 관계에 대해서는 거의 아무것도 쓰지 않았다. 단지 정성스레 반복하고 있는 것은 그들은 서로 사랑하고 있다는 단순한 사실 뿐이었다. 히로코는 물론 행간을 통해 그들의 관계를 읽어내려 했다. 실제로 또 그렇게 생각하고 읽으면 의심스러운 부분이 없지 않았다. 하지만 다시 생각해보면 그것도 모두 그녀의 그릇된 의심때문인 것 같았다. 히로코는 지금도 종잡을 수 없는 초조함을 느끼면서 다시 한 번 우울한 아쓰스케의 모습을 떠올렸다. 그러자 갑자기 아쓰스케의 냄새— 아쓰스케의 몸에서 발산되는 냄새는 건초와 닮은 듯한 느낌이 들었다. 그녀의 경험이 틀리지 않다면 건초 같은 냄새가 나는 남성은 대개 비열한 동물적 본능이 풍부한 것 같았다. 히로코는 그런 아쓰스케와 함께 순수한 여동생을 생각하는 것이 참을 수 없었다.

히로코의 연상은 계속해서 거침없이 흘러갔다. 그녀는 기차의 창쪽에 무릎을 딱 맞닿은 채로 때때로 창밖으로 눈길을 옮겼다. 기차는 미노의 경계에 가까운 오미의 산골짜기를 달리고 있었다. 산골짜기에는 대숲이나 삼나무 숲 사이로 하얗게 벚꽃이 핀 것도 보였다. "이 주변은 무척 추워 보여." —히로코는 언젠가 아라시야마의 벚꽃도 흩어졌던 것을 떠올렸다.

❖ 2 ❖

히로코는 동경으로 돌아간 뒤, 여러모로 일이 많아서 2~3일 간은 여동생과 이야기를 나눌 기회가 없었다. 이야기를 나눌 기회를 잡은 것은 외조부의 금혼식에서 돌아온 밤 10시 즈음이었다. 여동생의 방에는 앞에 이야기했던 대로 온 벽에 유화가 걸려 있고 다다미에 있는 원탁 위에도 노란 갓을 걸친 전등이 2년 전의 빛을 내고 있다. 히로코는 잠옷으로 갈아입고 나서 무늬가 그려져 있는 겉옷을 걸친 채로 원탁 앞의 안락의자에 앉았다.

"곧 차를 올릴게."

다쓰코는 언니 앞에 앉자 일부러 진지하게 그렇게 말했다.

"아니, 괜찮아. —진짜 차 같은 거 필요 없어."

"그럼 홍차라도 내올까?"

"홍차도 됐어. —그것보다 그 이야기를 들려줘."

히로코는 여동생의 얼굴을 보면서 최대한 가볍게 말했다. 그렇게 말한 것은 그녀의 감정을 —꽤나 복잡한 뉘앙스를 띤 호기심이라든지 비난이라든지 혹은 또 동정이라든지 하는 것들을 간파당하지 않기 위함이기도 하면서, 피고 같은 여동생의 마음가짐을 편하게 해주기 위함이기도 했다. 하지만 다쓰코는 생각 외로 곤란해하는 모습을 보이지 않았다. 아니, 그때 그녀의 표정에 조금이라도 변화가 있었다고 하면 그것은 어두운 얼굴 어딘가에서 거의 눈에 보이지 않을 정도의 긴장을 한 기색이 보인 정도였다.

"응, 나도 꼭 언니가 들어줬으면 했어."

히로코는 내심 시작이 간단하게 끝난 것에 만족했다. 하지만 다쓰코는 그렇게 말하고 나서는 조금도 입을 열지 않았다. 히로코는 여동

생의 침묵을 말하기 힘들기 때문일 거라고 해석했다. 하지만 여동생을 재촉하는 것은 조금 잔혹하다고 생각했다. 동시에 또 그런 여동생의 수치심을 오락으로 삼고 싶은 생각도 들었다. 한편 히로코는 안락의자에 앉아 서양식으로 꾸민 머리를 기댄 채 감상에 젖어 화제와는 전혀 상관없는 말을 꺼냈다.

"왠지 예전으로 돌아간 것 같네, 이 의자에 이렇게 앉아 있으니까."

히로코는 자신의 말에 소녀 같은 감상을 하면서 멍하니 방 안을 둘러보았다. 정말로 의자도, 전등도, 원탁도, 벽에 있는 유화도 옛 기억 그대로였다. 그렇지만 왠지 이상한 변화가 일어나 있었다. 무엇일까? 히로코는 금세 이 변화를 유화에서 발견했다. 책상 위에 있는 양파라든지, 붕대를 한 소녀의 얼굴이라든지, 감자 밭 너머의 감옥 등이 어느샌가 사라져 있었다. 혹은 사라져버린 게 아니라 하더라도 2년 전에는 볼 수 없었던 부드럽고 밝은 빛을 발산하고 있었다. 특별히 히로코는 정면에 있는 한 장의 유화가 신기하게 보였다. 그것은 어딘가의 정원을 그린, 6호 정도 되는 작은 작품이었다. 하얗게 바랜 이끼로 덮인 나무들과 나뭇가지에 핀 등나무 꽃과 나무 사이에 희미하게 보이는 연못이 그려진 그림에는 그 외에 아무것도 없었다. 하지만 거기에는 어떤 그림보다도 차분한 생기가 넘쳤다.

"네 그림이야, 저기에 있는 것도?"

다쓰코는 뒤돌아보지도 않고 언니가 가리킨 그림을 짐작했다.

"그 그림? 그 그림은 오무라 것이야."

오무라는 아쓰스케의 성이었다. 히로코는 "오무라 것"에 웃음이 났다. 하지만 순간 부러움과 비슷한 감정을 느낀 것도 사실이었다. 하지만 다쓰코는 아랑곳하지 않고 겉옷의 줄을 만지작거리면서 침착한 목소리로 이야기를 이어나갔다.

"시골 집의 정원을 그린 거래. 오무라 집안은 유서 있는 집안이래."

"지금은 뭐 하고 있는데?"

"현의원인가 뭔가일 거야. 은행이나 회사도 가지고 있는 거 같아."

"그 사람은 차남이나 삼남인가?"

"장남이라고 할까? 외동아들이래."

히로코는 어느샌가 그들의 이야기가 지금 당면한 문제로 들어가기 시작했다기보다 오히려 그 일부를 해결했다는 것을 깨달았다. 이번 사건을 듣고부터 신경이 쓰이던 것은 아쓰스케의 신분이었다. 특히 가난해 보이는 그의 옷차림은 세속적인 문제에 한층 더 무게를 더했다. 그런 문제가 그들의 문답으로 어느샌가 해결되어 버렸다. 문득 그 사실을 알아차린 히로코는 갑자기 농담을 할 여유를 느꼈다.

"그럼 훌륭한 신랑이네."

"응. 그런데 너무 자유분방해. 하숙도 이상한 곳에 있어. 방직물가게 창고 2층에서 하숙하고 있어."

다쓰코는 교활하게 살짝 언니를 보면서 미소를 보냈다. 히로코는 그 미소에서 갑자기 숙녀의 모습을 보았다. 무엇보다도 도쿄역으로 마중 나온 여동생을 봤을 때부터 종종 들었던 생각이다. 하지만 지금처럼 확실하게 느끼진 못했다. 히로코는 그 생각과 함께 갑자기 아쓰스케와의 관계에도 다소 의혹을 품기 시작했다.

"너도 거기에 간 적 있어?"

"응, 몇 번 간 적 있어."

히로코의 연상은 결혼 전날 밤의 기억을 불러일으켰다. 어머니는 그날 밤 목욕을 시작하면서 그녀에게 결혼 날짜가 잡힌 걸 말했다. 그리고 장난인지 진담인지 모르게 몸상태를 물어봤다. 공교롭게도 그날 밤 어머니처럼 담백한 태도로 대하지 못한 그녀는 지금도 그냥 가만

히 여동생을 바라보는 것밖에는 아무것도 할 수 없었다. 그러나 다쓰코는 여전히 차분한 미소를 띠며 눈부시게 노란 전등의 갓만을 바라볼 뿐이었다.

"그런 일 해도 괜찮아?"

"오무라가?"

"아니, 너 말이야. 오해받으면 기분 나쁘지 않아?"

"어차피 항상 오해받고 있어. 어쨌든 연구소 사람들은 시끄럽단 말이야."

히로코는 초조함을 느꼈다. 그뿐만 아니라 천연덕스러운 여동생의 태도도 연극이 아닌가 하는 의심마저 들었다. 그러자 다쓰코는 만지작거리던 겉옷의 끈을 던지면서 갑자기 이렇게 물었다.

"어머니가 허락해 주실까?"

히로코는 다시 한 번 초조함을 느꼈다. 그것은 태연한 태도로 말을 잇는 여동생에 대한 초조함이기도 했지만, 점점 받아들여야 하는 입장이 된 그녀 자신에 대한 초조함이기도 했다. 그녀는 아쓰스케의 유화에 침울한 눈초리를 보내며 "그러게"라고 분명하지 않은 대답을 했다.

"언니가 말해주면 안 돼?"

다쓰코는 응석 부리듯이 히로코의 시선을 잡으려고 했다.

"내가 말한다고 해도, 나도 너희들을 잘 모르잖아."

"그러니까 물어봐 달라는 거야. 그런데 언니는 전혀 물어보려고 하지 않는단 말이야."

히로코는 이 이야기가 시작됐을 때, 다쓰코가 잠깐 침묵한 것은 말하기 힘들기 때문이라고 해석했다. 그러나 이제 와서 생각해보니 그 침묵은 말하기 힘들다기보다도 말하고 싶은 감정을 참으면서 언니가 얘기해주는 것을 기다리고 있는 것이었다. 히로코는 물론 꺼림직한

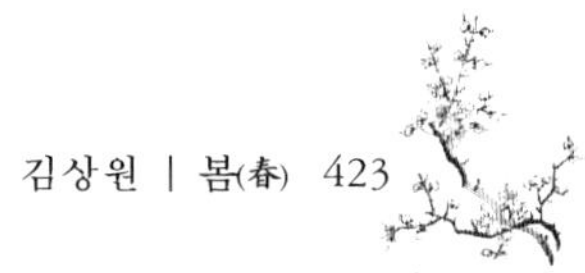

기분이 들었다.

하지만 또 그 순간 여동생의 말을 이용하는 것도 잊지 않았다.

"어머, 너야말로 말 안 했잖아. 그럼 다 말해줘. 그러면 나도 생각해 볼 테니까."

"그래? 그럼 일단 이야기해 볼게. 그 대신 놀리거나 하면 안 돼."

다쓰코는 똑바로 언니의 얼굴을 본 채로 그녀의 연애문제를 이야기하기 시작했다. 히로코는 고개를 기울이면서 때때로 대답을 하는 대신에 조용하게 고개를 끄덕였다. 그러나 내심은 이때도 끊이지 않는 두 가지 문제를 해결하려고 안달이 나 있었다. 그중 하나는 그들의 연애가 왜 시작됐는지이고, 또 하나는 그들의 관계가 얼마나 진전되어 있는지였다. 하지만 정직한 여동생의 이야기에도 첫 번째 문제는 조금도 해결되지 않았다. 다쓰코는 단지 아쓰스케와 매일 만나면서 어느샌가 그와 친해지게 되었고, 어느샌가 그를 사랑하게 된 것이었다. 그뿐만 아니라 두 번째 문제도 역시 전혀 판단이 서지 않았다. 다쓰코는 다른 사람 이야기를 하듯이 그가 구혼했을 때 이야기를 했다. 그리고 그것은 서정시보다 희극에 가까웠다.

"오무라는 전화로 구혼했어. 이상하지? 그림이 잘 안 돼서 방바닥 위에서 뒹굴거리고 있었더니 갑자기 그래야 할 것 같았다고 그러더라고. 그렇지만 갑자기 어떠냐고 하면 대답할 수 없잖아? 게다가 그때는 전화실 밖에 어머니도 뭐를 찾으러 왔었단 말이야. 그래서 나는 어쩔 수 없이 응, 응이라고 하고 전화를 끊었어."

그러고 나서 여동생의 이야기는 경쾌하게 사건을 따라갔다. 그들은 함께 전람회를 보러 가거나 식물원에 그림을 그리러 가거나 어떤 독일 피아니스트의 연주를 들으러 갔다. 그러나 그들의 관계는, 다쓰코의 말을 믿어보면, 친구 이상으로 보이지 않았다. 히로코는 그래도 방심하지 않고 여동생의 얼굴색을 보며 짐작하거나 이야기의 뒤를 생각하고, 한두 번은 속마음을 떠보기도 했다. 하지만 다쓰코는 전등 빛에 차분해진 눈망울이 초롱초롱 빛나며 조금도 기죽은 모습을 보이지 않았다.

"뭐, 대충 이런 식이야. 아아, 그리고 언니한테 편지를 보낸 거, 그건 오무라한테 이야기했어."

히로코는 동생의 말이 끝났을 때, 미흡한 설명에 답답함을 느꼈다. 하지만 대략적인 전모를 털어놓은 이상 이대로 두 번째 문제로 들어갈 수는 없었다. 그래서 그녀는 할 수 없이 첫 번째 문제를 다시 거론했다.

"그런데 너 그 사람은 아주 싫다고 말하지 않았니?"

히로코는 어느샌가 자신의 목소리에 도전적인 어조가 담겼음을 의식했다. 그러나 다쓰코는 이 물음에도 웃기만 했다.

"오무라도 나를 엄청 싫어했대. 진 칵테일 정도는 대수롭지 않게 마실 수 있을 것 같았다면서."

"그런 거 마시는 사람 있어?"

"당연히 있지. 남자처럼 책상다리를 하고 화투를 치는 사람도 있어."

"너희 신세대는 그렇니?"

"그럴지도 모르겠다고 생각하고 있어……."

다쓰코는 언니의 예상보다 훨씬 진지하게 대답을 했다. 그렇게 생각하자 다쓰코는 갑자기 미소를 지으며 한 번 더 화제를 되돌렸다.

"그것보다 내가 문제야. 언니가 말해 줄 수 없어?"

"말 못 해줄 것도 없지만, 못 해줄 것도 없지만……"

히로코는 세상의 언니들처럼 충고를 해 주려 했다. 그러자 다쓰코

는 이런 말로 히로코의 말을 가로막았다.

"무엇보다 오무라를 잘 모르니까. 그러면 언니, 2~3일 안에 오무라를 만나지 않을래? 오무라도 기쁘게 만날 거야."

히로코는 화제가 바뀌자 무심코 오무라의 유화를 바라봤다. 등나무꽃이 이끼가 낀 나무 사이에서 왠지 아까보다도 어슴푸레하게 보였다. 그녀는 순간 마음속에 예전의 "원숭이"를 떠올리면서 애매하게 "그러게"를 반복했다. 그러나 다쓰코는 "그러네" 정도로 만족하지 않아 보였다.

"그럼 만나 주는 거네. 오무라 하숙집에 가 줄래?"

"그렇다고 해서 하숙집으로 갈 수는 없잖아."

"그럼 여기로 와 달라고 할까? 그것도 좀 이상하네."

"그 사람은 전에도 온 적 있어?"

"아니, 아직 한 번도 없어. 그러니까 좀 이상하다는 거야. 그럼 이렇게 해줄래? 오무라는 내일모레 효케이칸으로 그림을 보러 가기로 했어. 그 시각에 언니도 효케이관으로 가서 오무라랑 만나 주지 않을래?"

"그래, 나도 내일모레면 성묘하고 나서 시간이 비니까……."

히로코는 무심코 이렇게 말하고 나서 바로 경솔함을 후회했다. 하지만 다쓰코는 그때 이미 다른 사람처럼 얼굴에 기쁨이 가득했다.

"그래? 그럼 그렇게 해줘. 오무라한테는 내가 전화 걸어 둘게."

히로코는 여동생의 얼굴을 보자, 어느샌가 완전히 여동생의 의지가 승리했음을 발견했다. 그 발견은 그녀의 의무감이라기보다 그녀의 자존심에서 비롯된 것이었다. 그녀는 마지막으로 한 번 더 여동생이 기뻐하는 틈을 타 그들의 비밀을 추궁하려 했다. 그러나 다쓰코는 그 순간, 언니의 입술이 움직이려고 한 순간 갑자기 몸을 뻗어서 분을 칠한

히로코의 볼에 소리 나게 키스를 했다. 히로코는 여동생의 키스를 받은 기억이 거의 없었다. 아마 한 번이라도 있었다고 하면, 그것은 히로코가 유치원을 다녔던 시절의 이야기였을 것이다. 그녀는 이런 여동생의 키스에 놀라움보다 되레 부끄러움을 느꼈다. 이 충격은 파도처럼 그녀의 침착함을 꺾었다. 그녀는 반쯤 미소 지은 눈으로 여동생을 째려볼 수밖에 없었다.

"싫어, 뭐하는 거야?"

"정말로 기쁘단 말이야."

다쓰코는 원탁 위로 상체를 내밀며 노란 전등 갓 너머로 거무스름한 얼굴을 반짝이고 있었다.

"하지만 처음부터 그렇게 생각했어. 언니는 분명히 우리를 위해서 뭐든 해줄 거라고. 실은 어제도 오무라와 함께 하루종일 언니 이야기를 했어. 그래서……"

"그래서?"

다쓰코는 장난꾸러기 같은 눈빛을 띄웠다.

"그걸로 끝이야."

❖ 3 ❖

히로코는 화장도구 따위를 넣은 은 장식 가방을 든 채로 몇 년 동안 온 적이 없는 효케이칸의 복도를 걸어갔다. 그녀의 마음은 그녀 자신이 예상했던 것보다 고요했다. 그뿐만 아니라 그녀는 그 침착함 속에 어느 정도의 유희를 의식하고 있었다. 수년 전의 그녀였다면 그것은 아마 떳떳하지 못한 의식이었을지도 모른다. 그러나 지금은 떳떳하지 않다기보다 오히려 자랑스러울 정도였다. 그녀는 언젠가부터 살

찌기 시작한 그녀의 육체를 느끼면서, 밝은 복도 끝에 있는 나선형 계단을 올라갔다.

나선형 계단의 끝에 다다른 곳은 낮에도 어두운 제1실이었다. 그녀는 그 어스름 속에서 조가비를 아로새긴 고대 악기와 고대의 병풍을 발견했다. 그렇지만 아쓰스케의 모습은 공교롭게도 보이지 않았다. 히로코는 잠시 진열대의 유리에 그녀의 머리 모양을 비춰본 후, 역시 특별히 서두르지도 않고 옆에 있는 제2실로 발길을 옮겼다.

제2실은 천장에서 빛이 들어오는, 가로보다 세로로 긴 방이었다. 양옆으로 길게 늘어진 방이 벽면에는 유리 액자로 된 후지와라나 가마쿠라라고 할 법한 고색창연한 불화뿐이었다. 아쓰스케는 오늘도 제복 위에 연갈색 크래버넷(레인코트)을 걸치고, 이 사찰을 닮은 방 안을 혼자 어슬렁어슬렁 걷고 있었다. 히로코는 그의 모습을 본 순간 갑자기 적의를 느꼈다. 하지만 그것은 과장없이 정말 순간적인 일이었다. 그때는 이미 그가 나를 바라보고 있을 때였다. 히로코는 그의 얼굴이나 태도에서 갑자기 예전의 "원숭이"를 느꼈다. 동시에 거리낌 없는 경멸을 느꼈다. 그는 이쪽을 보자 인사를 해야 하나 말아야 하나 고민하고 있는 것 같았다. 묘하게 침착하지 못한 모습은 확실히 연애나 로맨스와는 거리가 멀어 보였다. 히로코는 눈으로만 웃으면서 이런 여동생의 애인 앞으로 빠른 걸음으로 걸어갔다.

"오무라 씨죠? 저는— 알고 계시겠죠?"

아쓰스케는 단지 "예"라고 대답했다. 그녀는 이 "예"에서 확실히 그가 당황했음을 느꼈다. 뿐만 아니라 이 한순간에 그의 매부리코나 금니, 왼쪽 구레나룻의 상처, 무릎이 나온 바지 말고도 셀 수 없을 만큼의 무수한 사실을 발견했다. 하지만 그녀의 안색은 아무것도 모르는 것처럼 매우 밝아 보였다.

"오늘은 제멋대로 부탁드려 성가시게 해서 죄송합니다. 실례인 줄은 알지만, 아무래도 여동생이 만나라고 해서……."

히로코는 이렇게 말한 채 조용히 주변을 둘러봤다. 리놀륨 바닥에는 벤치 몇 개가 서로 등지고 늘어서 있었다. 하지만 거기에 앉으면 되레 사람들 눈에 띌 것이었다. 그들 앞뒤로 관람객 서너 명이 지금도 보현보살이나 문수보살 앞에서 멈춰 섰다가 걸어가고 있었다.

"여러 가지 묻고 싶은 게 있으니까 조금 걸어 다니면서 이야기할까요?"

"예, 그러죠."

히로코는 잠시 말없이 천천히 샌들을 끌며 걸어갔다. 이 침묵은 확실히 아쓰스케에게는 정신적인 고문인 것 같았다. 그는 뭔가 말하려는 듯이 한 번 헛기침을 했다. 그러나 그 헛기침은 순식간에 천장의 유리에 부딪혀 메아리를 냈다. 그는 그 메아리가 두려웠는지 결국 아무 말 없이 걸어갔다. 히로코는 이런 그의 고통에 어느 정도 연민을 느끼고 있었다. 하지만 어떤 모순도 없이 어느 정도 즐거움도 느끼고 있었다. 무엇보다 수위나 관람객에게서 때때로 곁눈질을 받는 것은 물론 그녀도 불쾌했다. 하지만 그들도 나이상으로—라기보다는 복장에서부터 결코 두 사람의 관계를 오해하지 않을 것이 분명했다. 그녀는 그 편안함으로부터 불안해하는 듯한 아쓰스케를 내려보고 있었다. 그는 어쩌면 그녀에게 적일지도 몰랐다. 하지만 적이라도 세상 물정에 어두운 여동생과 오십보백보의 적인 것은 확실했다.

"여쭤보고 싶다고 한 것은 대단한 것은 아니지만……"

그녀는 제2실을 나가려고 할 때 일부러 그에게 눈길을 주지 않고 드디어 본론으로 들어갔다.

"동생도 어머니밖에 안 계시는데, 그쪽은 부모님 두 분 다 계십니

까?"

"아니요, 아버지 한 분밖에 없습니다."

"아버지만이라. 형제는 확실히 없으셨죠?"

"네, 저 혼자입니다."

그들은 제2실을 지나갔다. 제2실의 밖은 둥근 천장 아래로 좌우로 발코니를 열어놓은 방이었다. 방도 물론 원형이었다. 그 원형은 복도 정도의 폭으로 빙 둘러싼 하얀 대리석 난간 너머로 아래에 있는 현관을 들여다볼 수 있도록 만들어져 있었다. 그들은 자연스럽게 대리석 난간 밖을 돌면서 아쓰스케의 가족이나 친척, 교우 관계에 대해서 이야기를 했다. 그녀는 미소를 머금은 채, 제법 묻기 어려운 부분까지도 교묘하게 이야기를 이어갔다. 하지만 그에 비해 그녀나 다쓰코의 가정 사정 등에는 침묵을 지켰다. 그것은 반드시 상대방을 부잣집 철부지로 생각하고 얕본 끝에 나온 계산은 아니었다. 하지만 또 부잣집 철부지로 얕보지 않았다면 그녀도 더 자신의 집안 사정에 대해서 대답을 할 것은 확실했다.

"그럼 별로 친구분이 계신 건 아니네요?"

미완, 大正14년 4월

아쿠타가와 류노스케 연보

西暦	和暦	年齢	芥川龍之介에 관한 사항
1892	明治 25	0세	3월 1일, 新原敏三와 후쿠(フク)의 장남으로 東京市京橋区入船町 8丁目 1番地 (현재, 中央区明石町)에서 태어났다. 모친 후쿠(フク)의 정신에 이상이 생겨, 생후 8개월에 本所区小泉町15番地 (현재, 墨田区 両国 3-22-11)에 사는 후쿠(フク)의 오빠 芥川道章의 집에 맡겨진다.
1894	明治 27	2세	**8월 1일, 청일전쟁이 시작된다.**
1895	明治 28	3세	가을, 芥川家에서는, 江戸時代에 세워진 집을 개축한다. **4월 17일, 청일강화조약 조인.**
1897	明治 30	5세	4월, 江東尋常高等小学校付属幼稚園에 입학. 이모 후키(フキ)의 조기교육에 의해, 한해 전경부터 글자나 숫자를 깨우쳐, 책을 읽기 시작했다.
1898	明治 31	6세	4월, 江東尋常高等小学校付尋常科 입학.
1902	明治 35	10세	江東小学校高等科에 진학. 동급생 大島敏夫 · 野口真造 · 清水昌彦들과 回覧雑誌『日の出界』를 비롯하여, 표지 그림이나 컷 등을 담당한다. 11월 28일, 친모 후쿠(フク) 사망.
1904	明治 37	12세	**2월 10일, 러일전쟁이 시작된다.** 8월, 芥川가와 정식으로 양자결연을 맺는다.
1905	明治 38	13세	3월, 江東小学校高等科 3학년을 수료. 4월, 東京府立第三中学校(현재, 東京都立両国高等学校)에 입학. **9월 5일, 러일강화조약 조인.**
1906	明治 39	14세	4월 경부터, 大島敏夫 · 野口真造들과 回覧雑誌『流星』(후에『曙光』으로 改題)를 비롯하여, 「廿年後之戦争」 등을 씀.
1910	明治 43	18세	2월, 東京府立第三中学校의『学友会雑誌』제 15호에「義仲論」을 발표. 3월, 차석으로 府立三中 졸업. 9월 第一高等学校第一部乙類에 무시험검정 입학.
1911	明治 44	19세	2월 1일, 第一高等学校第一大教場(講堂)에서, 徳富蘆花가 '謀叛論'이라는 제목의 강연을 한다. 급우 井川恭와 깊은 우정을 맺는다.
1912	明治 45	20세	**7월 30일, 明治天皇 死去.** 8월 중순, 木曾 · 名古屋方面으로 여행을 떠난다. 여름 방학 중「椒図志異」라는 제목의 요괴 등에 관한 노트를 작성한다.
1913	大正 2	21세	7월, 第一高等学校을 졸업한다. 9월 東京帝国大学文科大学英吉利文学専修에 입학.
1914	大正 3	22세	2월, 山本有三 · 山宮允 · 豊島与志雄 · 久米正雄 · 菊池寛 · 佐野文夫 · 土屋文明 · 成瀬正一 · 松岡譲와 제 3차『新思潮』를 창간. 창간호에 柳

			川隆之介라는 필명으로 아나톨 프랑스의 「バルタサアル」의 번역을, 5월호에 소설 「老年」을, 9월호에 희곡 「青年と死と」를 게재. **7월 28일, 제 1차 세계대전발발. 8월 23일, 독일에 선전포고(제 1차 세계대전에 참전).**
1915	大正 4	23세	2월, 吉田弥生와의 결혼 신청을 양부모와 이모 후키(フキ)에게 제안하지만, 반대에 부딛혀 단념한다. 8월 3일, 실연의 아픔을 치유하기 위해, 井川恭의 고향 松江로 여행을 떠나, 약 20일간 체재. 이 무렵에 쓰여진 「松江印象記」가, 井川의 「翡翠記」 안에 소개되었다는 형식으로, 그 고장의 신문 『松陽新報』에 게재된다. 9월, 「羅生門」탈고. 11월 18일, 仏文科의 岡田耕三의 소개로, 久米正雄와 함께 早稲田南町의 漱石山房의 木曜会에 출석, 이 후 漱石의 문하생이 된다. 같은 달 『帝国文学』에 「羅生門」이 실린다. 12월, 成瀬正一를 중심으로, 芥川・久米正雄・松岡譲 4인은 로망 롤랑의 『톨스토이』를 번역하여, 잡지간행자금에 보태게 되고, 「안나 카레리나」와 「老年」장을 담당한다.
1916	大正 5	24세	2월 久米正雄・松岡譲・成瀬正一・菊池寛과 제 4차 『新思潮』를 발간. 창간호에 「鼻」를 실어, 漱石에게 격찬을 받는다. 7월, 東京帝国大学文科大学英吉利文学専修를 졸업. 8월 중순에서부터 9월 초까지, 久米正雄와 둘이서 千葉県의 一の宮 해안에 체재하며, 그 사이에 塚本文 앞으로 구혼 편지를 보낸다. 9월, 『新小説』에 「芋粥」를, 10월 『中央公論』에 「手巾」를 발표하여, 문단에 등단. 11월 초, 一高時代의 은사 畔柳都太郎로부터 横須賀의 海軍機関学校 촉탁교수(영어) 취직 이야기가 있어, 가족과 의논하고 수락한다. 12월 1일, 辞令을 받아, 5일부터 수업을 시작한다. 12월 9일, 夏目漱石세상을 뜨다.
1917	大正 6	25세	1월, 『新潮』에 「尾形了斎覚え書」를 발표. **3월, 러시아혁명으로, 로마노프 왕조 무너짐.** 3월, 『新思潮』는 〈漱石先生追慕号〉를 내고, 이후 이어지지 않고 폐간된다. 5월, 첫 번째 단편 소설집 『羅生門』을 阿蘭陀書房에서 간행. 6월 27일, 日本橋의 레스토랑 鴻の巣에서 출판기념회가 열린다. 10월 20일, 『大阪毎日新聞』에 「戯作三昧」를 연재(~11월 4일). 11월, 단편 소설집 『煙草と悪魔』를 新潮社에서 간행.
1918	大正 7	26세	2월 2일, 塚本文과 결혼. 3월, 大阪毎日新聞社와 사우계약을 맺는다. 5월, 『大阪毎日新聞』 및 『東京日日新聞』에, 계약 첫 번째 작품 「地獄変」을 연재. 7월, 鈴木三重吉의 추천으로 『赤い鳥』 창간호에 동화 「蜘蛛の糸」를 발표. 같은 달 창작집 『鼻』를 春陽堂에서 간행. 9월, 『三田文学』에 「奉教人の死」를, 10월, 『新小説』에 「枯野抄」를 발표. **11월 11일, 독일, 휴전협정에 조인(제 1차 세계대전 종결).**

1919	大正 8	27세	1월, 소설집 『傀儡師』를 新潮社에서 간행. 3월 16일 친부 新原敏三 세상을 뜨다. 같은 달 말, 海軍機関学校 교수직 사퇴. 4월, 大阪每日新聞社의 사원이 된다. 이후 東京田端의 집으로 돌아와, 서재에 「我鬼窟」(菅白雲筆)라는 액자를 걸고 집필에 몰두한다. 5월, 菊池寛과 長崎로 여행을 떠나, 長崎県立병원에서 근무하던 斎藤茂吉와 만나다. 같은 달, 『新潮』에 「私の出遇つた事」라는 제목으로 「一　蜜柑」, 「二　沼地」를 발표. **5월 4일, 중국 · 북경에서 학생들이 山東문제에 항의하여 시위운동 (5 · 4운동).** 6월 10일, 10日会의 자리에서 여류가인(歌人) 秀しげ子와 처음으로 만나다.
1920	大正 9	28세	1월, 소설집 『影灯籠』를 春陽堂에서 간행. 4월, 『中央公論』에 「秋」를 게재. 7월, 『中央公論』에 「南京の基督」을, 『赤い鳥』에 「杜子春」을 발표.
1921	大正 10	29세	1월, 『中央公論』에서 「山鴫」을, 『改造』에서 「秋山図」를 발표. 3월, 소설집 『夜来の花』를 新潮社에서 간행. 같은 달 말, 大阪每日新聞社의 특파원으로 중국을 향해 출발. 上海 도착 직후 건성 늑막염을 앓아, 약 3주간, 일본인이 경영하는 병원에 입원. 퇴원 후, 上海 · 杭州 · 杭州 · 蘇州 · 揚州 · 南京 · 蕪湖 · 廬山 · 洞庭湖 · 長沙 · 漢口 · 洛陽 · 北京을 견학. 7월 말에 귀국. 중국체재 때는 章炳麟 · 鄭孝胥 · 李人傑 · 胡適과 같은 사람들과도 어울리다. 귀국 후, 오랜 여행으로 무리하여, 건강이 호전되지 않고, 신경쇠약까지 앓게 된다. **7월 1일, 중국공산당 창립 대회가 上海에서 열리다.** 8월 17일, 『大阪每日新聞』에 「上海游記」를 연재(~9월 12일).
1922	大正 10	30세	1월, 『新潮』에서 「藪の中」를, 『改造』에 「将軍」을, 『新小説』에 「神神の微笑」를 발표. 같은 달부터 다음 달에 걸쳐 『大阪每日新聞』에 「江南游記」를 연재. 3월, 『大観』에 「トロッコ」를 발표한다. 5월, 수필집 『点心』을 金星堂에서 간행. 8월, 소설 · 소품 · 기행문집 『沙羅の花』를 改造社에서, 10월 『奇怪な再会』를 金星堂에서 간행.
1923	大正 10	31세	1월, 菊池寛이 창간한 『文芸春秋』에 「侏儒の言葉」를 싣고, 이후 매호 연재(~25년 11월). 5월, 소설집 『春服』을 春陽堂에서 간행. **9월 1일, 関東大震災 발생.**
1924	大正 10	32세	1월 『新潮』에 「一塊の土」를 발표. 7월, 소설집 『黄雀風』을 新潮社에서 간행. 7월 22일, 軽井沢에 외출해, 8월 23일까지 つるや여관에 숙박한다. 가인이자 아일랜드문학의 번역가인 片山広子(松村みね子)와 교제. 9월, 수필집 『百艸』를 新潮社에서, 10월 『報恩記』을 而立社에서 간행.

1925	大正 10	33세	1월, 『中央公論』에서 「大導寺信輔の半生」을 발표. 11월, 『支那游記』를 改造社에서 간행. 같은 달, 興文社에서 『近代日本文芸読本』 全五集 중 1권 간행. 방대한 시간과 노력을 쏟은 일이었지만, 수입은 얼마 안되었던데다, 인세문제를 두고 일부의 문인들로부터 항의를 받아, 여러 가지로 마음이 괴로웠다.
1926	大正 10	34세	한해전 말부터 연초에 걸쳐 신경쇠약이 심해지고, 불면증에 걸린다. 4월 하순, 神奈川県의 鵠沼해안으로 가서, 東屋여관에 체재한다. 후에 근처의 현관을 포함해 3간의 집(イ의 4호)으로 옮겼지만 불면증은 치료되지 않고, 환각증상을 자각하기에 이른다. 그러던 와중에 「点鬼簿」와 유고가 된 「鵠沼雑記」를 집필. 12월, 수필집 『梅・馬・鶯』를 新潮社에서 간행한다. **12월 25일, 大正天皇 死去.**
1927	大正 10	35세	1월 4일, 누나 히사(ヒサ)가 시집간 西川豊의 집에 작은 화재가 나서, 방화혐의를 받은 자형(姉兄) 西川가 철도자살을 했다. 그 후 그 뒷처리로 쫓겨다니던 사이, 아내 文의 소꿉친구 達平松ます子의 도움으로 帝国ホテル을 작업장삼아 「河童」와 「蜃気楼」, 「歯車」 등을 집필. **3월, 금융공황발발. 4월, 각지에서 은행에 매달리는 소동이 일어남.** 4월부터 『改造』에 「文芸的な、余りに文芸的な」를 연재(4~6월, 8월), 谷崎潤一郎와 <小説の筋>를 둘러싼 논쟁을 주고 받았다. 6월 20일, 소설집 『湖南の扇』를 文芸春秋社出版部에서 간행. 같은 달 20일, 「或阿呆の一生」을, 7월 10일, 「西方の人」을 탈고. 같은 달 23일 「続西方の人」를 완성하고, 24일 새벽 田端의 자택에서 청산가리 (수면제라는 설도 있음)로 자살한다. 전야제(通夜)는 26일에 시작되어 다음 날인 27일, 谷中 장례식장에서 장례. 東京染井の慈眼寺の墓에 장사지냈다. 묘비명 「芥川竜之介の墓」는, 小穴隆一가 쓴 것이다.

역자일람

· 김난희(金鸞姬)

중앙대학교대학원 / 문학박사 / 제주대학교 일어일문학과 교수

· 윤 일(尹一)

규슈대학대학원 / 문학박사 / 부경대학교 일어일문학부 교수

· 권희주(權希珠)

고려대학교대학원 / 문학박사 / 가천대학교 아시아문화연구소 책임연구원

· 최정아(崔貞娥)

나라여자대학대학원 / 문학박사 / 광운대학교 일본학과 교수

· 임만호(任萬鎬)

다이토문화대학대학원 / 박사과정 수료 / 가천대학교 동양어문학과 교수

· 신기동(申基東)

도호쿠대학대학원 / 문학박사 / 강원대학교 일본어학과 교수

· 하태후(河泰厚)

바이코가쿠인대학대학원 / 문학박사 / 경일대학교 외국어학부 교수

· 김상원(金尙垣)

동국대학교대학원/ 문학박사 / 동국대학교 일어일문학과 강사

· 손순옥(孫順玉)

동의대학교대학원 / 문학박사 / 동의대학교 일어일문학과 강사

· 이시준(李市埈)

도쿄대학대학원 / 문학박사 / 숭실대학교 일어일본학과 교수

· 김명주(金明珠)

고베여자대학대학원 / 문학박사 / 경상대학교 일본어교육학과 교수

· 이민희(李敏姬)

고려대학교대학원/문학박사/한림대학교 일본학연구소 연구원

· 조사옥(曺紗玉)

니쇼가쿠샤대학대학원 / 문학박사 / 인천대학교 일어일문학과 교수

· 김효순(金孝順)

쓰쿠바대학대학원 / 문학박사 / 고려대학교 일본연구센터 HK교수

· 조성미(趙成美)

한양대학교대학원 / 문학박사 / 성신여대 일어일문학과 강사

· 김정희(金靜姬)

니가타대학대학원 / 박사과정 수료 / 숭실대학교 일어일본학과 겸임교수

· 조경숙(曺慶淑)

페리스여자대학교 대학원 / 문학박사 / 경북대학교 일어일문학과 강사

· 임명수(林明秀)

도호쿠대학대학원 / 박사과정 수료 / 대진대학교 일본학과 교수

· 윤상현(尹相鉉)

한국외국어대학교대학원 / 문학박사 / 가천대학교 아시아문화연구소 학술연구교수

· 송현순(宋鉉順)

나라여자대학대학원 박사과정 수료 / 단국대학교대학원 / 문학박사 / 우석대학교 일본어과 교수

아쿠타가와 류노스케 전집 V

芥川龍之介 全集

초판인쇄 2014년 6월 16일
초판발행 2014년 6월 27일

저 자 아쿠타가와 류노스케
편 자 조사옥
본권번역 윤일 조성미 권희주 이민희 외
발 행 인 윤석현
발 행 처 제이앤씨
등 록 제7-220호

우편주소 서울시 도봉구 창동 624-1 북한산 현대홈시티 102-1106
대표전화 (02) 992-3253
전 송 (02) 991-1285
전자우편 jncbook@hanmail.net
홈페이지 http://www.jncbook.co.kr
편 집 주은혜
책임편집 김선은

ISBN 978-89-5668-419-2 93830 정가 30,000원